U0450361

温斌 著

古代北方草原文学美学价值探究

GUDAI BEIFANG CAOYUAN
WENXUE MEIXUE JIAZHI TANJIU

中国社会科学出版社

图书在版编目(CIP)数据

古代北方草原文学美学价值探究 / 温斌著. —北京：中国社会科学出版社，2020.1

ISBN 978-7-5203-5319-9

Ⅰ.①古… Ⅱ.①温… Ⅲ.①少数民族文学—文学研究—中国—古代 Ⅳ.①I207.9

中国版本图书馆 CIP 数据核字(2019)第 221805 号

出 版 人	赵剑英
责任编辑	刘 艳
责任校对	陈 晨
责任印制	戴 宽

出　　版	中国社会科学出版社
社　　址	北京鼓楼西大街甲 158 号
邮　　编	100720
网　　址	http://www.csspw.cn
发 行 部	010-84083685
门 市 部	010-84029450
经　　销	新华书店及其他书店

印　　刷	北京明恒达印务有限公司
装　　订	廊坊市广阳区广增装订厂
版　　次	2020 年 1 月第 1 版
印　　次	2020 年 1 月第 1 次印刷

开　　本	710×1000 1/16
印　　张	24.75
插　　页	2
字　　数	345 千字
定　　价	128.00 元

凡购买中国社会科学出版社图书，如有质量问题请与本社营销中心联系调换
电话：010-84083683
版权所有　侵权必究

目 录

绪 论 …………………………………………………… (1)
  一 草原文化与草原文学 …………………………………… (1)
  二 古代北方草原文学的纵向概览 ………………………… (8)
  三 古代北方草原文学美学价值主要特点简述 …………… (10)
  四 古代北方草原文学对美的追求概述 …………………… (11)
    （一）古代北方草原文学美学价值主要构成 …………… (13)
    （二）古代北方草原文学美学追求概述 ………………… (14)

第一章 风调别样的美学追求
      ——先秦北方草原文学 …………………………… (62)
  第一节 草原诗歌的"异"枝独秀 ………………………… (66)
  第二节 其他文学创作中的草原话题 ……………………… (88)

第二章 风情多样的美学天地
      ——汉魏晋北方草原文学 ………………………… (95)
  第一节 冒顿人生传奇之美的激情演绎 …………………… (97)
  第二节 《匈奴歌》的深切悲吟 ………………………… (106)
    一 《匈奴歌》所蕴含的独特的草原民族民歌特色 …… (109)
    二 《匈奴歌》产生背景及其所表现的民族精神 ……… (112)
    三 《匈奴歌》体现的生态美学内涵 …………………… (116)
  第三节 汉武帝《天马歌》的美学思考 ………………… (119)
  第四节 "和亲"征程上的草原悲歌 …………………… (125)

第五节　草原乱离时期的女性心曲——《胡笳十八拍》…（137）
第六节　其他草原人物描写蕴含的美学价值……………（148）

第三章　豪壮之美的强力显现
　　　　——南北朝草原诗歌的倾情歌唱………………（151）
第一节　南朝文人与北方草原边塞的有机结缘…………（155）
第二节　多样草原之美的倾情赞颂——《敕勒歌》………（167）
第三节　刚性之美与阴柔之美的艺术融合——《木兰诗》…（174）
第四节　集中显现北方草原美学精神的北朝民歌…………（184）

第四章　豪壮、雄放、深婉、多彩的诗美世界
　　　　——唐代北方草原文学………………………（198）
第一节　豪壮、雄放之美的完美绽放………………………（201）
第二节　深婉、苍劲之美的倾情歌咏………………………（210）
第三节　异质、多彩之美的全力迸发………………………（215）

第五章　哀鸿心曲的婉转潜吟
　　　　——宋代草原诗歌美的独特魅力………………（243）
第一节　对于质实之美的追求………………………………（244）
第二节　亦诗亦史、诗文相合的美学范式…………………（259）

第六章　北方草原民族的放声讴歌
　　　　——西夏、辽、金草原文学的美学进程…………（271）
第一节　西夏党项民族文学所显示出的多元质实、通俗
　　　　简约的美学风尚…………………………………（271）
第二节　辽契丹民族文学对于刚劲之美、真切之美、
　　　　崇儒之美的热烈追求……………………………（276）
第三节　自然朴野、遒劲刚直、深婉清丽、多元并济的
　　　　女真民族草原文学之美…………………………（290）

第七章　草原美学精神的夺目绽放
——元代北方草原文学的美学追求 …………（303）
第一节　文化融合特质之美的精彩呈现 ……………（303）
第二节　质朴、世俗之美的异军突起 ………………（324）
第三节　北方草原风尚之美的亮丽展演 ……………（345）

第八章　多样美学追求的繁华落幕
——明清时期的北方草原文学 ………………………（353）
第一节　明代北方草原文学的美学追求 ……………（353）
第二节　清代北方草原文学的美学景观 ……………（360）
　一　对文学本质之美的探究 ………………………（360）
　二　形式美、内蕴美的开掘 ………………………（362）
　三　全景式、多角度的摹写与时代精神的体现 ………（366）

参考文献 ……………………………………………………（373）

后　记 ………………………………………………………（387）

绪　　论

一　草原文化与草原文学

　　中国古代北方草原文学是对中国古代文学进行文化属性划分的一种结果，是从文学创作主体、客体和文学活动过程蕴含草原文化特性的角度对古代文学进行探究的一种结果。当然，这种划分和探究不同于以往的时代性划分、简单的地域性划分，而是有其明确的、特定的文化性质特色。一般地说，古代文学多从朝代、作家进行研究，比如人们习惯的先秦文学、宋代文学或陶渊明研究、苏轼研究，但在此过程中，地域符号实际已经逐渐进入文学的视野，地域文学研究已成为文学不可忽视的研究对象，比如说起先秦文学，人们自然要提到楚辞，而最直接的话题自然是楚辞就是楚地的文学；还有隔江对峙的南北朝文学，其中北朝文学的另一种说法就是北地文学。这是从文学的宏观角度出发而引起的我们的思考。从微观的角度而言，文学的地域之别更是明显，曹丕在《典论·论文》中所言的"文以气为主"，虽然强调的是文人个体的气质、性格，但人的个性差异总是与所属地域的不同密不可分，于是就有了南方文人的温婉多情和北方文人的豪爽率直之说，而文学风致也就更是多姿多彩。

　　然而，我们所说的北方草原文学并不属于完全意义上的地域文学，因为一旦认定为草原文学是一种地域文学的话，那么就会带来异常明显的地域符号特性，就会将"鲜活生动"的诉诸于人的情感和审美趣味的文学活动套上僵硬的地域性标志，从而走到了死胡同，比如"楚辞"，按照宋人黄伯思在《新校楚辞序》中所说"盖屈宋诸骚，皆书楚语，作楚声，记楚地，名楚物，故可谓之'楚辞'"，那么在"楚辞"中出现的所有描写对象就应该是楚地之物，然而作为香草的"兰若"即兰花，并不仅生长于沅湘汉水，广阔的北方也生长兰花，难道就背离了楚辞的文学属性了吗？所以，草原文学不能简单地以地域特色，特别是描写对象的地域特征来看待，不能将草原文学等同于地域文学。那么草原文学究竟应该如何看待呢？

既然我们在开始讨论草原文学之时，谈到了草原文化的问题，因此，要想说清楚草原文学的概念，必须先说明白草原文化这一问题。因为二者有着必然有机的关联，可以说，是先有了草原文化，抑或是先有了草原文化的基本基因，才有了草原文学。

对于什么是草原文化，草原文化的意义，诸如此类的问题人们已经争论了很长一段时间，还是难以有一个让大家都能接受的结论，这个问题的关键之处在于草原文化和游牧文化的关系。一种意见认为，草原文化可与游牧文化画上等号，这两种文化可以任意替换，这是最为普遍的一种认识，人们对这样的概念调换也习以为常。另外一种看法则认为二者不能混为一谈，草原文化与游牧文化是不同的，游牧文化只是草原文化的主要构成和一个特定的发展阶段的表现，而草原文化的涵盖意义是大于游牧文化的，这一观点的代表人物是吴团英先生。他在《内蒙古社会科学》撰文说："所谓的草原文化，就是世代生息在草原这一特定的自然生态环境中的历代不同族群的人们共同创造的文化。它是草原生态环境和生活在这一环境下的人们相互作用、相互选择的结果，既具有显著的草原生态禀赋，又蕴含着草原人民的智慧结晶，包括其生产方式、生活方式及基于生产方式、生活方式而形成的价值观念、思维方式、审美趣味、宗教信仰、道德情操等。"而"所谓游牧文化，就是从事游牧生产、逐水草而居的人们，包括游牧部落、游牧民族和游牧族群共同创造的文化。它的显著特征就在于游牧民族的观念、信仰、风俗、习惯以及他们的社会结构、政治制度、价值体系等都是游牧生

绪 论

产方式和游牧生活方式的历史反映和写照。游牧文化是在游牧生产的基础上形成的，包括游牧生活方式以及与游牧生活相适应的文学、艺术、宗教、哲学、风俗、习惯等"。又说"草原文化与游牧文化虽然在一定意义和特定范围内具有内在的不可分割的联系性或同一性，但一旦超出特定范围，二者之间就有不可忽视的质的差异和区别。从文化属性看，草原文化从属地域文化，而游牧文化则从属经济文化；从地域分布看，草原文化基本同草原地带的分布相一致，而游牧文化则不尽其然；从其起源、形成和发展历程看，草原文化和游牧文化并非一直处于同步发展状态；从其构建特征看，草原文化是一种复合型文化，而游牧文化是一种单一文化"[①]。从以上两种观点来看，草原文化与游牧文化的界限仍然难以说得清楚，而这种结果的造成，是由于两个问题的混淆和模糊。第一个问题是草原和游牧这两个概念在某些层面上有些疑似对立，然而，实际上草原和游牧本相辅相成，草原是游牧存在的前提和基础，是一个客观环境，游牧则是草原在生产、生活方式方面的必然反映，至于草原在纵向历史的发展和演变中所带来的诸如其他生产、生活方式等方面的变化，虽然有冲击和改变原有草原文化和游牧文化的现象存在，但并不可能改变草原文化本质方面的属性，就像现在的内蒙古自治区已经成为我国西北地区重要的能源、工业基地，但内蒙古大草原的客观本质属性依然如故，游牧文化的特性也依然存在。第二个问题，草原作为人类生存与发展的主要自然环境依托，是一个客观的历史存在，虽然工业文明、现代文明对其产生了必然的冲击，但只要人类存在，草原就不会消失，草原文化也就必然永存；生态意识、生态文明日益被人们所接受，保护草原、延续和发展草原文化已经成为人们的共识。当然，在对草原文化认识这一问题上，还存在争论的声音，大体上认为草原文化并不存在于中华文化的主要构成中，只把黄河文化、长江文化作为中华文化的主要组成，但是从历史现实出发，特别是从中国古代文化的发展演变来看，草原文

[①] 吴团英：《草原文化与游牧文化》，《内蒙古社会科学》（汉文版）2007年第5期。

化或是草原民族所带来的文化对于汉民族文化所形成的影响和作用无疑是巨大的、明显的，比如汉魏晋南北朝时期的匈奴民族文化对于此时期中华文化的影响，比如唐代的多元文化状态，均包含着由游牧民族所带来的草原文化在内。所以在对中华文化主要构成这一问题的探讨上，人们逐渐将关注的目标放在草原文化之上。在20世纪90年代末，著名学者孟驰北先生以其百万字的鸿篇巨制《草原文化与人类历史》，详尽地论述了草原文化与人类社会发展的内在关联，在他看来，任何社会"都要建构适合它需要的文化内蕴。对社会文化内蕴起决定作用的是社会生产样式。从远古到现在，大致上可区分出这样几种社会生产样式：原始狩猎生产样式、原始采集生产样式、牧业生产样式、农业生产样式、商业生产样式、工业生产样式。与这几种生产样式相关联，人类历史长河出现过六种文化形态：原始狩猎文化、原始采集文化、牧业文化（或称草原文化）、农业文化、商业文化、工业文化，这是从人类历史整体说的。"①孟先生从马克思关于经济基础决定上层建筑、社会意识形态的理论出发，将人类历史文化形态分为六种，草原文化列入其中。虽然孟先生所言强调是针对人类历史整体而言，但必须明确，人类文化的历史发展存在着极为鲜明、显著的不平衡：一是并非所有的人类活动区域都经历过这些文化形态；二是在人类活动区域，这六种文化形态均不同程度地显现，特别是就地球各大洲的人类文化进展过程来说，某一种文化形态在某一个历史时段比较突出，而其他的文化形态则比较微弱，所以在思考人类文化历史的进程问题上，区域问题恐怕异常突出；否则就陷入了历史虚无主义的泥潭。但是，无论如何，孟先生所论极大地拓展了对人类文化存在形态进行研究的空间维度，将人们注目的焦点延伸到更为广阔的思维领域，特别是侧重强调了生产方式与文化形态的内在关联，指出了二者之间相互适应的关系，对我们进一步明确草原文化的历史意义以及和游牧文化之间的关系有重要的启迪意义。

---

① 孟驰北：《草原文化与人类历史》，国际文化出版公司1999年版，第2页。

◆ 绪 论 ◆

实际上，人类文化作为人类区别于其它物类群体而出现的一种精神现象，绝不可能以某种单一的文化形态而出现，绝大多数是以一种文化形态为主的与其他文化形态相辅助、支撑的多元结构体系，比如原始采集文化与原始狩猎文化的并存相依、原始狩猎文化与原始农业文化的互相绾结，而其中最显著的则是狩猎文化与草原文化的紧密结合。同时，就人类文化发展而言，地理区域自身的明显差异性也使文化形态形成极为丰富、复杂的构成状态，特别是在地域广阔、自然环境复杂的中国大地，既有纵横交错、曲折连绵的江河湖泊，又有一望无际、平坦广直的辽阔平原，也有起伏错落、深远苍茫的多样草原，这就使得中国的文化形态具有了明显的区域地理特征。从支撑人类活动的资源环境来看，既有依赖草原而生存发展的游牧民族，也有耕耘不已的农业民族，还有采集、狩猎、农耕并存的山地民族。生产、生存方式的多样性就造成了文化形态的多样性。而草原作为中国国土资源的重要构成，占据了整个国土面积的百分之四十以上，而在草原之上生活的各个民族也在历史发展的过程中创造了各自灿烂的文化、文明。所以，涉及中国文化构成之时，不能不提到草原文化。不仅孟先生坚持这样的观点，就是历史考古学界也是这样的认识。而到了21世纪初，由内蒙古自治区社会科学院组织国内外有关学者，共同研究、编著了大型草原文化研究系列专著《草原文化研究丛书》，从十一个方面对草原文化进行了全方位、多层次、多角度的研究，特别是将草原放置在整个中国文化历史的多元发展、演变的位置，全力追寻和把握草原文化、草原民族在中国政治文化、经济文化、思想文化、宗教文化、民族文化、历史文化、文学艺术等方面的价值、意义，以无可辩驳的历史事实证明了草原文化与黄河文化、长江文化一样是中国文化、文明的三大主源、构成之一，充分说明草原文化对中国文化、文明的形成和发展具有着不可替代的作用。

显然，不管如何理解草原，草原终究具有着多种意义，既有最基本的地理意义，所谓"草原是大面积的天然植被群落所着生的陆地部分，这些地区所产生的饲用植物，可以直接用来放牧或刈割后饲养牲畜"①是说草原具有地理资源的文化意义，草原文化是一种资源文化；同时，草原又具有地域因素，在我国，特别是北方大地，有多种草原分布，所谓典型草原、荒漠草原、草甸草原、高寒草原或者平原草原、山地草原、荒漠草原、高原草原等，而这些草原又与广远的山脉、高原、丘陵、平原紧密相连，从而呈现出两种甚至多种生产、生存方式杂糅共存的局面，比如蒙古高原草原就是以游牧、畜牧业经济为主，而狩猎经济则起到了极为重要的补充作用。这里，一旦涉及草原之时，必然会在草原之前加以地域的限制或标志，不管是广大的草原区域，还是比较狭小的草原区域，因此，草原又有地域之别，草原文化又是一种地域文化。而我们都知道，不同的地域孕育着、生长着不同的种族、不同的民族，而这些种族、民族均与游牧、牧业息息相关，所以还可以认为是属于游牧民族，或以游牧民族为主的多民族区域、地域，由此，草原文化又是一种民族文化，是相对于平原、江海湖泊等以农业为主要生产、生存方式的农业民族而言的。所以，草原文化的内涵极为丰富，可以从多种角度去理解、把握，但无论如何，草原文化的核心在于草原的资源特点和游牧民族的游牧属性。这样，我们就可以大致对中国古代的草原文化做一较为科学的阐释，即依托、依恋草原而生产、生活的人们创造的一切文明结晶，而游牧文化则是草原文化的核心所在。

　　基本明确了草原文化的概念，就能够思考和回答草原文学的内涵。关于草原文学的定义和解释，实际上到现在依然存在着激烈的争论。较有代表性的观点有：内蒙古大学刘成先生所说的"'草原文学'就是反映迷人的草原之美的文学，歌颂草原人之美的文学，描绘出草原之风俗画的文学，着力表现草原人民的风俗习惯、生活情趣、风土人情和各民族友爱和谐的文学"②；也有人认为"具有游牧生活特征或具有草原文化精神特点"的文学就是草原文学；还

---

① 中国农业部畜牧兽医司主编：《中国草地资源》，中国科学技术出版社1995年版，第1页。
② 刘成：《"草原文学"界定及其他》，《内蒙古民族大学学报》2011年第1期。

绪 论

有人说草原文学即"用独特的自觉的草原叙事方式"来进行文学创作的文学；等等。但是不言而喻的是，以上的阐释均有无法克服和自圆其说的弊病，在概念的内涵和外延方面具有难以自成其理的困难。之所以会出现这样的困惑，主要是因为对于草原文化理解、把握上的局限。事实上，虽然学术界存在着对草原文化是否是中华文化的有机构成的争论，但作为学术研究应该具有探索未知领域的勇气，应该具有敢于领时代之先的精神。在笔者看来，草原文学大致可以视为文学的宏观地域化研究范畴，而文学的地域因素有其深厚的学理依据和历史轨迹。丹纳的《艺术哲学》的主要观点就是人类物质文明、精神文明的性质和风貌均取决于时代、环境、种族三大要素，其中环境和种族与"草原文学"有直接的关联，而美国文学发展历史上就有"荒原文学""西部文学"的说法。基于此，我们认为草原既是地域符号，又是文化符号，又是民族符号，意义丰富，由此应从广义上去理解、把握，即凡在文学创作或表达过程中渗透或蕴含游牧生活特点、草原文化因子、草原民族质素的文学都应属于草原文学，而不论创作主体的民族属别、地域来历、出身状况等客观因素。亦即凡是依托草原而创作的文学、依恋草原而生成的文学，均属于草原文学的行列。其他观点或强调了对象、题材，或突出了体裁、写法、手段，均不能准确真实地反映草原文学创作的客观情况。笔者认为凡在文学创作过程中自觉或不自觉地叙议、咏叹草原，或渗透、蕴含游牧生活特点、草原文化因子、草原文化质素的文学都应属于草原文学，这样才能把草原文学的概念阐释得不是那样复杂和蹩脚，才真正把握了古代草原文学发展的实际。

我们知道，在马克思主义看来，世界上没有所谓超越时空、凌驾于民族之上的所谓"人类文学"，任何一种文学均归属于某种特定的民族文学的范畴，就像每一个人必然归属于某个民族一样，因为人是自然本质属性与社会本质属性的综合体，而这一切恰恰是形成某种民族符号的主要特征、因素。从历史发展来看，文学的符号意义总是与其地域、区域、民族等文化性符号结合在一起，文学总是以文化的丰富性、生动性、独特性等美学构成体现着人类对美的追求、探寻的脚步。草原文学就是如此，不管是游牧文化、草原文化，还是草原民族，都体现着"草原"这一本质属性、本质特征，都体现着草原所具有和生成的"美学的观点和历史的观点"，本课题就是要从古代北方草原文学的历史演变、创作发展的角度入手，去把握在漫长的古代文学、美学历程中，北方草原文学所做出的努力、贡献。

二　古代北方草原文学的纵向概览

　　大体而言，古代草原文学肇始于先秦，《诗经》《楚辞》的有关篇章虽然民族特色、草原特色不显，但北方草原文化的粗犷、豪壮的风韵已卓然独树，使先秦诗歌于温柔敦厚、摇曳多情之外又多了一种阳刚壮美和人与自然共生之色。汉魏晋南北朝，《匈奴歌》首次以民族诗歌的身份亮相于文学园地，悲而不抑、败而不弃，充分体现了草原民族的深厚情怀和人文精神；细君公主的《悲愁歌》等所蕴含的写实之美与悲剧之美实为汉代诗歌境界另辟新途，显示了文化冲突、异域风俗带给人的严峻思考，从而促使人们去思索人在文化困境中的生存问题；此时草原文学的扛鼎之作当数描绘草原壮美景观和文化精神的《敕勒歌》，它以大开大合之笔绘制北方草原的壮美广远，传递出浑然天成的自然、人文之美；此间又有《木兰辞》的奇异亮响，将民族文化交融之美挥洒得浪漫而神奇。而南朝虞羲和北朝鲍照等人的咏叹以神奇想象与人生履践的诗意为草原传神写照，从而将古人的功业名声与遥远而辽阔的北方草原绾结起来，直接启迪了唐人对草原的纵情歌咏。

　　唐人对北方草原的倾心突出体现在边塞性质的诗作，既有对丝路花雨中人生足迹的深情礼赞，又有人生青春意气风发的强烈表达；可以说是北方草原使唐人插上了豪壮飘逸的翅膀，使唐人在诗书之外发现了令人心旌摇荡的草原之美，从而使中国古代诗歌进入了一个流播着神奇异样和雄浑飞动之美的新时代，盐州五原、陇西大地、金城要塞、凉州故地、祁连山雪、居延城堡、敦煌飞天、大漠风尘、神秘楼兰等，均成为唐人驻足草原、放飞人生的最佳对象，遂使唐诗成为古代文学发展历程的卓然绝响。

宋、辽、西夏、金、元时，草原文学体现出独立性、自觉性、多元融合等特征。北方草原民族咏叹祖先、神灵的神歌、祝词、祭词以口耳相传的方式流传，传递出草原民族在本民族文化创生时期所积淀的精神遗产，为此时期草原文学的发展奠定了坚实的文化基础。宋代文人的草原文学创作主要体现在一大批情感、心理异常复杂微妙的出使他国之作，以范成大、洪皓等人为代表的出使金朝的宋朝文人，以满腹神州陆沉之悲和不得已而仰人鼻息之叹创作了诸多在古代文学史上别具一格的使节诗文和具有时代色彩的边塞诗作，使传统诗文拥有了一种奇异的文化冲突内蕴的震撼之美。此时期西夏党项民族的诗歌以《诸国帝王怎伦比》等作品为主，体现出西北民族沉积久远的壮远豪雄品格，从而将西北草原文学带入一个新生的豪气满宇的世界。而辽朝契丹民族的汉文文学创作更显自觉主动，《契丹风土歌》宛然是一幅展示契丹民族美好、理想、心灵草原的绚丽画卷；契丹贵族创作无疑是辽代文学辉煌之处，萧观音是契丹最杰出的女诗人，其《伏虎林应制》等虽无雕琢刻镂之精工绮丽，却如大漠雄风吹荡草原，可谓辽草原诗篇的压卷之作。与辽朝相异，金代草原文学为汉人仕金者和女真人共同所作，民族文化交融的色彩极为浓重，影响深远。

元代草原文学的成就更加彰显，主要体现在三个方面：一是产生了蒙古民族集大成式的历史文学巨著——《蒙古秘史》，以及一批如《江格尔》《格斯尔》般的英雄史诗，特别是《蒙古秘史》，"在整个蒙、元时期的文学中，从反映的历史跨度之长，展开的斗争画面之广，塑造的人物之众多鲜明，没有任何一部作品可以与之相比"[①]，是古代草原民族文化精神的形象写照。二是少数民族文人的创作日趋繁荣，成就了元代西域少数民族诗人创作群体，他们以风采各异的诗词曲作将古代诗歌推向了一个新的高度。三是各种

---

① 荣苏赫等：《蒙古族文学史》卷1，辽宁民族出版社1994年版，第417页。

体裁的佳作层出不穷，一是草原边塞诗篇不断催新，对草原的描写更加自觉，又以题画诗的形式对草原进行凝练提升；二是戏曲创作的草原元素更加浓郁，李直夫、石君宝、杨景贤等创作为草原文学注入了强烈的时代色彩。凡此，使元代成为古代北方草原文学的巅峰时期。

明清时期的草原文学愈加姹紫嫣红、丰盈壮美，举凡社会文化生活的各个层面都成为草原文学的有机题材；同时，对于东北、西北丰富草原生活的多般描写和北方草原民族在文学领域的有力探索，使古代北方草原文学响亮终结。

三 古代北方草原文学美学价值主要特点简述

古代北方草原文学对美的追求呈现出鲜明的民族性、区域性、时代渐进性、共生性等特点。

民族性是指古代北方草原文学具有着相异于产生和壮大成熟于农业文明基础上的汉民族文学的草原民族或者游牧民族的美学精神，自先秦的鬼方、戎狄等而至汉代的匈奴、魏晋南北朝的"五胡"，以至于唐代的多元文化相融而出现的"盛唐气象"，延至宋辽金元时期各种草原民族相继崛起而领时代风气之先，出现了古代草原民族文学创作的繁华盛景，直到明清时期草原民族与汉民族相融至深，草原文学的民族性特色渐与时代文化进程相和，其间任何一个时期的草原文学均体现出鲜明的游牧民族的美学风致，民族性成为北方草原文学美学价值的重要部分。

区域性是指古代北方草原文学的美学追求具有着浓郁的地域文化色彩。不论是先秦时期的《秦风》，还是北朝的民歌，或是唐代的边塞诗作，草原文学作品中总是沉积着极为丰厚的草原地域特色，或显或隐地体现在主体的表达过程中，体现在对象的倾吐描写中，而且自觉不自觉地形成了具有草原文学符号意义的描摹对象，像草原民族赖以生存、壮大的骏马和象征草原民族勇猛善战的"海东青"等，区域性也成为草原文学美学价值的必要组成。

时代渐进性是指草原文学对美的追求体现出明显的时代性变化特征,先秦时期的热烈而深沉、博远而庄重,格调古朴、沉雄,其间孕育着人与自然的内在依存关联,但多以汉民族的视野和笔触进行抒写,显现出单一而别样的美学旨趣。汉魏晋南北朝,多元地域、民族文化的亮丽色彩熏染着文学、美学进程,草原游牧文化的壮丽、阔远、阳刚之美尽显,成为古代北方草原文学美学精神的浓重一笔。唐代草原文学时代感鲜明,雄浑壮美、大气磅礴,酣畅淋漓、恣意挥洒,充溢着风雷阳刚之气,张扬着硬朗、刚健、雄阔、有力的草原民族精神,深化了唐代博大雄奇的美学境界。宋草原文学更具文化对撞之美,草原文化与农业文化的冲突得到了集中体现,而正是在冲撞的过程中,民族文化交融的魅力才绽放出夺目的光华。西夏民族诗歌是西北民族在文学史上的第一次群体性亮相,民族豪气之美跃然纸上。辽朝契丹文学深具刚健质朴的民族文化之美,金朝女真民族创作"颇多深裘大马之风"。元代北方草原民族的豪壮、包容、率真、开放的草原文化特征充溢于文学的各个角落,对文化的共存、世俗之美追求成为潮流。明清时期草原文学的厚重之美、记录历史之美愈加丰盈。必须注意的是,虽然我们强调了美学追求的渐进发展特点,但并不意味着随着时代的变迁,草原文学的美学核心有了质的改变,事实上,整个古代北方草原文学所体现出的美学精神、美学价值均是对力量之美、自然之美、和谐之美、阳刚之美等草原美学主要特质的不断润染和深化,草原文学的美学本质并没有改变。

共生性是指古代北方草原文学对美的追求呈现出多种美质共存相融的特点。自然美、人情美、民族美等紧密结合。

四 古代北方草原文学对美的追求概述

既然草原是人类赖以生存和发展的自然依托和环境之一,那么,自古以来,草原也就成为中国人民,特别是北方民族繁衍、生息的主要区域。在中国,草原形态虽然多种多样,但总的来说,草原主要还是绵亘在中国的北方大地，所谓长城内外、黄河脚下，向东延展至大兴安岭地区，向西扩展到阿尔泰山，西南蜿蜒至喜马拉雅山脉，向北一直到贝加尔湖一带的茫茫深林，其间杂草丛生、戈壁纵横、沙漠绵延、天水相接的广阔区域，就是孕育了中国草原文化、草原文明的北方草原。这里自中国最早的人群开始出现起，就产生了灿烂的文明，就以不同于中原文化形态的草原文化崛起、活跃于中国的历史舞台。因此，作为反映和表现人类精神旅程的文学创作也必然会对草原文化、草原文明深度触及，必然会在中国古代文化、文学的广阔园地中留下其深深的印痕。一句话，北方草原文学自然也就成为中国文学创作的重要有机组成。北方草原，从遥远的中国古代文学发轫时起，就成为草原文明、农业文明不断冲突、交融、汇聚的战场、舞台，演绎着动人心魄、感人至深的悲喜剧。其间以古代北方各种游牧民族为主要代表的草原民族，借助于多种艺术手段方式，吟唱、表演、创作了大量的令人叹为观止的文学作品，书写着草原民族的精神和灵魂，人生的情怀、民族的历史、生活的理想，成为中国古代文学艺术历史长廊中不可或缺的重要组成。由此，来自草原的慷慨雄放、豪壮健伟，又深婉流畅、自然和谐的天籁之声，就成为中国古代文学艺术百花园中最奇特夺目、芳香四溢的绚丽花朵。

值得注意的是，探究中国古代文明、文化、文学的发展史时，我们必然会发现一个极为重要的文化现象，即中国古代文化从来也没有出现过文化断裂、终止的时期，中国古代文化从来也没有以单一的体系形态影响、决定着中国古代社会的生存和发展，中国古代文学从来也没有以一种文体、一种风格、一种民族的创作独占某一时期的文坛。也就是说，从先秦到清朝，多元文化并存共生、多样文学交相辉映、多种民族创作彼此影响，始终是中国古代文化、中国古代文学的客观事实。而在这一过程中，充满激情、野性、灵气的草原民族以其异常充沛的充满活力的民族精神、民族气质不断冲击、变化着汉民族传统文化，从而使中国古代北方草原文学自始至终成为草原文化与农业文化碰撞、融合的代表性范例，成为草原文化在与汉民族传统文化交汇融合过程中不断积淀、不断进步、不断升华的美学天地。

但是，学术界对于草原文化、草原文学的研究和探讨并没有给予充分的重视，在此基础上逐渐呈现出来的古代草原文学的美学研究更是难以引起人们的普遍关注。然而，任何一个人去浏览中国古代文学，都必然会惊奇地发现不论是中国最早的诗歌总集《诗经》中《秦风》《唐风》和《雅》诗中个别诗篇与《诗经》整体风致、格调的迥然有别、另有洞天美景，还是在汉朝、匈奴长时期对峙下匈奴人发自内心的灵魂呐喊《匈奴歌》，或是洋溢着北方草原民族阳刚之气的北朝诗文，等等，北方草原文学始终以其特有的美学精神、美学追求催动着、活跃着丰富多彩的古代文学美学天地，这已是不争的事实。

本课题研究将从西北草原的粗犷、豪壮的风韵之美在《诗经》的奏响始，至以草原为材料而倾吐一切的清代草原文学终，最终明确对朴野之美、自然之美、和谐之美、英雄之美、阳刚之美、世俗之美、文化融合之美的追求是古代北方草原文学美学价值的主要构成，从而进一步丰富中国古代文学、美学的研究园地。

（一）古代北方草原文学美学价值主要构成

首先，朴野之美自始至终地贯穿于古代北方草原文学发展的始终，一方面是对草原、荒漠本身的自然之美、草原民族的质朴之美、本真之美的尽情讴歌，另一方面是对草原民族所体现出的对个体意志赞美、对个体勇力崇拜、对个体价值实现敬仰的普遍颂扬，流露出一种来自草原的野性狂放之美；同时，草原文学对生活真实再现的钟情与对文学展示世俗之美的重视跌宕起伏地展现于草原文学的全部过程，时代所赋予的贴近大众的世俗追逐享乐之美、渴求人性欲望实现之美在草原文学创作中得到了淋漓尽致的展演。

其次，豪壮、雄放的英雄主义、乐观主义的阔大阳刚之美始终是草原文学的主旋律，使草原文学始终释放着"古代童话"般的美，不论是祝词、赞词、英雄史诗，还是史传文学对于北方少数民族历史人物的描绘，都凝聚充溢着对不惧艰险、敢于奋斗、冲破束缚、矢志不渝的英雄主义的赞颂，而这些内涵流泻出与汉民族传统文学相异的美学内蕴。

最后，古代北方草原文学始终体现出求异尚新的特性，不论是汉语写作成就最为突出的诗词，还是口耳相传的民间文学，都显现追逐生新、热衷奇特、突出异样的草原民族特性，都体现一种不守成规、力求创新的人文精神，使草原文学的内涵更加丰腴、厚重，从而具有多元文化相融的美的力量。

（二）古代北方草原文学美学追求概述

1. 古代北方草原文学的文化精神

众所周知，任何一种文学都是社会文化在创作主体中形象、情感、审美的反映，都与社会文化有着密不可分的关系。其中，审美更是社会文化在对"美"的认识和表达过程中的投射和渗透，在文学艺术领域占有着重要的作用。人类自诞生之时，不管是个体行为或意识过程，还是群体对自身或自然的改造过程，均自觉或不自觉地体现着对美的追求与实现。"美"是人类生存与发展的重要构成，是社会文化在人类发展阶段上不断进步与提升的主要标志，是人类认识自身的社会地位、自然地位以及自身与社会、自然关系的精神反映；而这一切均投注于人类精神历程的形象记载——文学艺术之中，成为文学艺术在美的追求过程中有力的文化与思想支撑。

在中国古代北方草原文学的发展由涓涓细流逐步汇成汪洋之势的过程中，草原文化或其中最为核心的游牧文化，成为了推动草原文学向前发展的源动力。探讨草原文学对美的探寻和表现必然会关联草原文化，而其中一条贯穿历史始终的重要线索则是草原文化在中国历史上的从未中断，并且与农业文化不断交融、深化的客观进程，从而为古代北方草原文学在美的天地中的日渐浓郁、丰厚，提供了文化的营养。

当然，探讨北方草原文学美学追求的文化和思想的支撑理应从历史典籍的文本记录中寻找，然而，如前文所述，中国古代历史并

◆ 绪　论 ◆

没有在这方面为我们留存丰富的历史记忆，更很少见到用北方草原民族的语言来进行表述的种种文本，因此，我们只能以比较的观点，从浩如烟海的汉民族视野下的各种文字记录中去发现和总结其中的蛛丝马迹。例如，先秦文史典籍中《诗经》《左传》《楚辞》等其中有关草原民族文化的记载，汉代《史记》《汉书》《后汉书》中关于以匈奴为代表的北方草原民族的记载，以比较的思路和方法去总结北方草原民族的生存与发展的内在规律，从而去把握其在草原文学对美的追求与表达过程中的指导作用。事实上，以游牧文化为核心的草原文化，从根本上说是一种动态的、积极的、以个体奋斗为主的刚性文化。这里的刚性是相对于以汉民族为代表的农耕文化所呈现出的柔性文化而言。这种刚性文化促使草原民族将一切适于游牧经济的自然资源当作其生存发展的必然条件，由此草原民族与自然的关系和亲密程度远远超越于汉民族，游牧文化的核心法则"逐水草而居"就说明了这一点。而汉民族却"耕田而食，凿井而饮，日出而作，日落而息，帝力与我何有哉"，强调的是与自然界在一定程度上的疏远，突出的是农业民族的落地生根、安土重迁、自我满足、安于现状，同时也说明了农业民族不像草原民族那样过分地强调与自然的依存关系。而这也就是北方草原文学在创作上的一种文化支撑。

同样，草原民族在与自然界进行斗争的过程中，自然会形成一种对力量、对英雄的崇拜之情，这种力量不是汉民族传统文化所追崇的道德力量、精神力量，而是一种借助于战争、掠夺以拥有更多斩获之物为标志的力量，是人本身的力量的强大、意志的坚定、智慧的超群、能力的出众，是全然建立在对抗基础上的强大。由此，对于英雄的歌颂和崇拜就与汉民族的英雄情结有了不同的含义。实际上，古代北方草原文学美学追求从来都是与汉民族传统文学美学追求相伴而来、相异而生、相交而存，最终汇成古代中华民族文学的辽阔景观。

古代草原文化如果从先秦说起，周民族崛起壮大的历史本身就与草原民族不可分割。在先秦古籍中经常出现"西戎""戎狄"等民族,《礼记·王制》提到:"凡居民材,必因天地寒暖燥湿、广谷大川异制,民生其间者异俗;刚柔、轻重、迟速异齐,五味异和,器械异制,衣服异宜。修其教不易其俗,齐其政不易其宜。中国戎夷,五方之民,皆有性也,不可推移。东方曰夷,披发文身,有不火食者矣;南方曰蛮,雕题交趾,有不火食者矣;西方曰戎,披发衣皮,有不粒食者矣;北方曰狄,衣羽毛穴居,有不粒食者矣。中国、夷、蛮、戎、狄,皆有安居、和味、宜服、利用、备器。五方之民,言语不通,嗜欲不同;达其志、通其欲,东方曰寄,南方曰象,西方曰狄鞮,北方曰译。"虽然其中没有明确描写与"中国"不同的族群依据什么样的生产方式、生存方式而发展、壮大,但有一点是可以肯定的,即四方之民与"中国之民"相异。进入汉代,由于匈奴等少数民族的影响日益重大,中原政权对北方、西北少数民族的关注也明显加强,且加强了对其历史追述的内涵把握,比如对西北地区狄、羌民族的认识。关于"羌",《说文解字》载:"羌,西戎牧羊人也。"① 说明羌人即先秦西戎人的一部分,是以游牧为主要生产方式、生存方式的草原民族,也意味着先秦以来的所谓西戎、戎狄或汉朝以来的"羌"人,当被视作草原民族一类。由此,在先秦,在古老的中国北方,由于文化和经济中心不断变化,古老的草原民族逐渐与农业民族接触、交流,开启了中国古代民族文化交融的壮美篇章。

　　在《诗经·大雅·公刘》和《史记·周本纪》中,周民族的祖先公刘励精图治,为了躲避戎狄之族的威胁,从其统治中挣脱出来,探高原、履平地、涉水源,历经千难万险,最终在豳定居。这一过程中,虽然并没有异常明显的民族之别和民族生产方式的记载,但完全可以说这一过程本身,就是草原民族文化与农业文化交融的过程。周民族的族祖后稷"弃之隘巷,马牛过者皆辟不践;……其游戏,好种麻、菽,麻、菽美。及为成人,遂好耕农,

---

① (东汉)许慎:《说文解字》,中华书局1963年版,第78页。

绪 论

相地之宜，宜谷者稼穑焉，民皆法则之"[1]的神奇经历，都充分说明周民族生存环境的多元生产方式并存的特征。而在为周民族寻找更好的生存环境过程中，周民族与农牧文化的渗透交融也更加密切起来："公刘虽在戎狄之间，复修后稷之业，务耕种，行地宜，……行者有资，居者有畜积，民赖其庆。百姓怀之，多徙而保归焉。"[2]民族的血缘关系和地域关系相交，族系的血缘纽带逐渐被地域关联所淡化，这既是旧民族的逐步分离，也是新民族的逐渐形成。不管怎么说，中国古代的文化奠基时期，已经非常明显地呈现出多元文化、多元民族文化交融的倾向。因此，在探讨北方草原文学的美学追求之时，必须考虑到文化交融对美学领域的影响。

中国西北地区有着极为特殊的地域风貌特征，那里冰山高耸、草原纵横、大漠连绵、黄土漫漫，而且各种地貌交织蜿蜒，既遥远而神秘，又古朴而苍凉，既充满了淳厚而质朴的色调，又显示着新奇而刺激的魅力，既有悠远牧歌的深远、悠长，又有深挚、累积的沧桑、厚重，那古漠狼烟、沙尘肆虐、长河落日、丝路花雨，凝结着多少封尘的岁月、诉说着无尽的历史尘烟。在北方这无垠的草原大地，活跃着、生成着、积淀着浸透了浓郁草原民族文化精髓的文学艺术，需要我们去发现、探求。

对于北方草原文学来说，北方草原文化有其独具特色的魅力和风光，这是由于其地处中国的边疆，自然环境相对荒僻、险恶，因而导致了人与自然关系的特殊意义，一方面人与自然的关系极为直接、密切，人对自然的依赖性明显、突出，因而对自然的亲近之感、迫近之念、忧虑之切更为特出、鲜明，而这种感受又不似江南山水对人的细腻的轻抚，强调的是熨慰心灵一般的平和、温润，更不像南方士子优游于小桥流水那样，流溢着别致而精微的艺术感触，而是置身于广阔天地之间的人的高大和伟岸，是人在与自然抗

---

[1] （西汉）司马迁：《史记》，中华书局1959年版，第111—112页。
[2] 同上书，第112页。

争中的不屈不挠，是人与自然的无法割舍的依存和眷恋。由于自然的千变万化、无法掌控，于是人既要顺应，又要冲破和寻觅，因而草原民族"逐水草而居"的游动意识的动态生存观念遂成为草原民族所有精神文化的根源与核心，一切均建立在"动态"和"变化"的过程中。自然环境的瞬息万变，人生存观念的应时顺势而变，这种变化并不似农耕社会的主体对社会环境变化而引发的深沉思考，而是侧重人在强大的自然面前的种种应对，因而人的力量、智慧、意志力得以加剧和延伸。另一方面由于中国北方多大漠、戈壁、高原、草原，与南方有着天壤之别一般的差异，且又多地处边陲，所以地域上自然就形成了一种相对的封闭和独立的状貌特点，其文化具有着自我独特的基因和特质，于是北方草原既有着天然的独特姿态和内涵，较少受人为力量的侵扰、干涉，又不得不与外界发生关联，产生文化交融的必然与可能。这样，一方面要注意草原文学所存有的草原文化的精神内核，另一方面又要强调突出其文化交融的有机与鲜活。

  从更广阔的中国地域的角度来说，中国古代文化从来没有发生过类似印度和埃及文化那样的毁灭或断层，而是自有其内在的调节和生长机制，在笔者看来，这可以从多种角度来进行思考、回答，但是有一点恐怕在任何时候都不能忽视，即在中国这样一个本身就是多种民族、多种地域、多种地理并存的一个国度，其间文化自身的交流、冲撞、互补、渗透的过程从来就没有停止过，这本身就使中国古代文化呈现出一种新陈代谢的能力，一种不断与时俱进的能力，一种自我创新和发展的能力，而这一切最主要地来源于草原文化与农业文化的交融。任继愈先生指出："融合是民族文化发展的规律。文化发展，是不同地区的文化，不同民族的文化，不断融合的过程，同时也是不断分化的过程。停滞不动的文化，既不融合也不分化的文化，是考古的对象，不是活着的文化。"又说："民族为了生存，为了发展，就不可避免地与其他地区的文化发生交往。绝对自给自足的自然经济，在今天，对一个正常发展的民族、地区、国家来说，是不可能的。哲学思想、文化生活也是如此。文化的融合，开始众派分流，然后汇成百川。最终汇归大海。"① 在这样一个多元文化系统中，草原民族生成了一种独特的多维度的人生基本态度。一是一种强烈的在依守自然基础上的对自然的追逐占有意识，也由此养成了人的生存意识中那种不离不弃的自然依存观念，不论是原始的宗教信仰，还是对外来宗教的顶礼膜拜，对自然界的崇拜从来都没有终止过。匈奴民族如此，蒙古民族同样，均有着与生俱来的对自然界的敬畏、尊重、依守。二是一种对人类社会的进取征服的观念，这一方面源于本身物质生产资料的缺乏，另一方面又是生产方式的游牧特性所致。游牧本身就是草原民族天下观念的宇宙意识所致，只要有水草的地方就是游牧所在之处。《敕勒川》就形象地说明了这一点。当然，这就导致了中国古代史上经常发生的游牧民族政权对农业政权的掠夺性战争，也表现在游牧民族内部的政治斗争方面，其手段的直接、凌厉体现出一种强有力的征服特征。

一般来说，不管是草原民族的一员，还是具有草原文化质素的个体，都深感草原自然环境的艰难困苦，生存的艰难促使草原上的人们对于自然的关注和思考更多了一种凝重的忧患的色彩；同时，人的力量的张扬又使草原上的人多了一种浪漫的活力，豁达、豪放、直爽，古道热肠，伦理被感性所取代，群体被个体所遮掩，一种弥漫着个性生命力的活力、亮色，或浓或淡、或隐或现地展露在草原文学之中。

要想对古代北方草原文学的美学世界有所认识，即把握中国北方草原文学的文化精神、审美心理，必先考察一个广阔区域的文化精神或生活精神，因为文化精神或生活精神是艺术精神或审美心理的基础，是文学艺术进行审美和表现或再现的前提，也就是说，如果不将审美客体当作主体精神活动的基础来思考的话，恐怕就会产生无本之木、无源之水的弊病。北方文化精神是在北方自然地理、

---

① 任继愈：《民族文化的形成与特点》，复旦大学历史系中国思想文化研究室编辑：《中国文化研究集刊》第二辑，复旦大学出版社1985年版。

人文地理的客观背景之下，在漫长的社会多种实践过程中，在文化的不断积淀中逐步形成和发展的，是北方地区和民族文化心理和精神的总和。这里所言的民族文化心理是一个地区或民族的群体生存条件的内化，是观念形态的文化在民众内心的凝结、沉淀，是在共同的文化背景潜移默化的影响下而形成的相似的基本人生态度、情感方式、思维模式、价值观念等诸方面经过漫长的趋同和类化之后构成的有机整体结构。

虽然说得比较拗口，但是可以说民族文化心理或民族文化精神是一个不断积累和变化的过程。然而，在民族文化生成的过程中，民族的生存条件以及由此而产生的生产方式、生存方式是民族文化不断凝结的基础，就是通常所说的一方水土养一方人的道理；同时，也必须注意到，民族文化精神的生成有着比较明显的"集体无意识"特点，即民族最初出现之时的精神文化往往就是民族文化精神的主要内核之一。如果用神话原型的理论来说，神话就是集体无意识的自然表达。但是，从这个角度看草原文化或草原民族的文化精神缘起，恐怕很难自圆其说，这是由草原民族很少有文字记载的历史现实所决定的。因此，还得从历史唯物主义的观念出发，从物质决定意识的角度去把握这一问题。

通常来看，民族文化精神是以多种方式和载体留存和传播的，口耳相传是一种方式，文学艺术是一种方式，各种造型艺术也是一种方式。如果说在多种传达方式中选取最具有代表性的一种载体的话，那么文学艺术恐怕是最主要的。因为在诸种载体之中文学艺术是一种最有意味的形式，最适宜保存和传承、流播；它既能够记录和深化民族文化精神，作为民族的一种主要精神标志彰显民族特点，又可以成为民族心理的外化形式，多方面满足和平衡民族生存和发展的精神需求，起到疏通和补偿的机制作用。实际上，在我们探讨汉民族古代叙事文学，特别是戏剧艺术之时，都会注意到其中的"清官"现象和"团圆"现象，而产生如此集中的文学现象的主要原因无疑是汉民族的传统文化精神。汉民族传统文化中极力突出的"天人合一""君权神（天）授""和"的观念，无疑是此种现象出现的最佳温床。而其最大的功能就是给予苦难深重的民众心理以慰藉和希望，哪怕只是一种渺茫的希冀。但是，当我们探讨草原文化、草原文学之时，我们很少对其产生的社会化功能进行分析，这恐怕是一明显的弱点与不足。当然，文学艺术的作用还表现在强化民族认同心理、深化民族精神内涵、提升民族凝聚力等方面。

　　北方大地既有广阔的草原，又有绵延的农田，这就造成了草原民族与农业文化并存交融的局面。农业文化的守土为业与草原文化的游畜觅草形成了鲜明的不同。"守"意味着"重土难迁""静止难变""视动为害"，意味着在恒常的世界里寻求灵魂和精神的无休无止的建构，意味着在固定的文化中建造新的平衡、和谐，所以农业文化基础形成了汉民族传统文化的道德评价系统，而且渗透到所有的社会意识形态领域，包括审美评价、审美心理、审美机制等方面，所谓"温柔敦厚"既是对文学主体内在人格精神的一种品量，又是对作品整体审美标准的一种判断，其间包含着极为浓郁的道德内涵；在此基础上形成的"中和之美"就集中体现了这一点。而在草原文化系统中，游动、变化、创新、占有的特质充满于各个角落，在变化中占据最丰美的草原，不断变革固有的观念去适应和迎接新的挑战，就成为草原文化体系中的核心特点。于是，个体的力量、意志、智慧、能力就成为社会心理关注的核心，强健的体魄、无穷的力量、克服一切的勇气、自由精神的飞腾、坚强持久的意志、尽显个人风采的作为、争夺有利生存资源的奋斗，自然也就成为赞美的对象、内容，也就成为草原文化浸泡下的草原文学的表现内容。由于将在变动不居中个体的素质、能耐当作主要的对象来展示、描摹、歌咏，因此在与自然、社会冲突中迸放个体阳刚、奔放、豪壮等美的内蕴和形式，就成为草原文学美学世界的主要内容。

　　忧患意识的产生是人类社会发展过程中自我成长、成熟的标志，人类在与社会、自然的斗争中会遇到无法预料的困难、阻力、磨难，那么面对这些问题就会出现种种不同的思考和回答，忧患意识就是其中一种较为积极的回答。大体上说，不同的生产方式、生存方式背景下忧患意识的内涵和倾向也会有所不同。就农业社会而言，其忧患意识往往侧重于对深厚精神苦闷的自我消解，这种消解并非对精神、价值追求的自我逃避和隐匿，而是基于对社会、民族的高度责任感的无法实现而产生的一种精神的自我安慰和补偿，以自我对更高层面的精神追求和人格理想境界的追逼而呈现出的进取状态。一句话，精神上的自我提升、自我肯定、自我放大、自我升腾是农业社会忧患意识的主体内容。孟子所谓"生于忧患，死于安乐"，以道德精神的自我完满、自我肯定作为个体理想人生的最高境界，而其中主体的精神困扰、苦闷、挣扎、痛苦、忧郁则成为其忧患意识的核心；这里，儒家所倡导的"修、齐、治、平"之道已成为绝大多数的社会个体毕生追求的人生终极目标，然而，现实生存特别是政治生活的变幻莫测、个体人生的难以掌控，均使社会个体具有了传统意义上的"士不遇"色彩；这样就造就了政治生涯的举步维艰和个体精神探求不断深入的两离处境。现实仕途愈是艰难，精神领域愈是幽深，直至神明通达、灵魂透辟、优入圣域。这当为精神漫游的最佳过程，也是古代知识分子人生价值追求的理想途径，视之为自我殉道精神。另一种情况是哲学意义上的忧患，是个体洞悉历史、人生，勘验现实遭际，从而对社会存有一种理性意义上的全新的理解，不再对个体生存困境展开思索，而是立足于人类群体的发展之路，从与社会、政治完全背离的角度，为人类指出一条向上之路，尽管表现出深奥、玄虚难以领会和实践的特点，但依然不失为一种对社会人生严峻思考的结果。古代先秦时的老庄思想就是典型。由此，忧患意识的核心无论如何也是一种对生存与发展困境的严肃思考，其间充满了担当、使命、责任的成分，而这些往往来源于主体在成长过程中所形成的人生自我期待、自我认定、自我追求。宋代范仲淹在《岳阳楼记》中"先天下之忧而忧，后天下之乐而乐"的真情告白，无疑就是其中最具有代表性的回答，而范氏所言并非其春风得意时所言，而是处于人生低谷、贬谪失落时期。这无疑表明，他是以一种人生自我价值追求并实现的精神挺立于天地之间的，是一种主动自觉的人生价值的捍卫和坚守。而在草原文化景观下的生成的忧患意识，虽然也是在生存困扰下的一种自我解救、自我飞扬，也充满了焦虑、忧愁、深痛之感，但并不专力于自我精神领域的神思飞扬、别有洞天，特别是上升到哲理探求的层次，而是将原始初民时期产生的朴素的"天人合一"观念加以发展，有力剔除了其中包含着的精神层面的穷力追逐，尤其是孟子所谓的"尽其心者，知其性也，知其性则知天矣。"（《孟子·尽心上》），所谓由推究人性而测知天道，进而了解到"天""人"之间的内在关联，更摒弃了在心理、认知世界中不断深化的途径和目标，只是专注于外在世界、生存环境对人的生存所产生的影响，尤其是自然环境的变化在心理世界的影响。如匈奴人在失去了胭脂山（燕支山）之后所吟唱的《匈奴歌》，传唱出了丢失水草之地在匈奴人心中所引发的深沉忧伤；再如北朝民歌中普遍表达的地域之胜在北人心中所占有的分量。可以看出，草原文化对自然环境的感知度、认知度往往更为敏感、直接，体现出一种质朴、真率、达观的草原精神。虽然也有浓重的忧伤、呻吟之态，但其间更洋溢着一种深层次的乐观豪放之感，那直抒胸臆产生的悠远回响冲淡了忧患意识的哀怨之色，代之而来的却是努力淡化环境险恶、生存艰难所喷发出的浪漫精神、气度。同时，草原文化所养育的冒险精神，也使得忧患意识具有了一种个体英雄主义的色彩。当个体身处于政治生活的挤压危难之时，个体并非逆来顺受，接受命运的摆布，跌入痛苦的深渊，自怨自艾；或者在自我精神、心灵世界中营造一块属于自我的自由美好园地，努力培养、深化、建构人格世界。而是勇于冲破一切既成政治体制、社会习俗的辖制，以个体的勇敢、智慧甚至是狡黠重新建立人生存在的理想格局。由此，草原文化背景下的忧患意识又多了一种诉诸行为过程的实践性特点。

2. 古代北方草原文化背景下的审美意识

其一，审美意识或审美心理有一个产生、丰富、变化的过程性特点。作为观念形态或心理习惯性的产物，草原文化的审美意识必然是主体，也就是生存于草原上的人在草原文化意识的影响之下，以草原文化的历史观、价值观、风俗观作为审美活动进行的心理基础，进而努力在文学艺术的创作中自觉或不自觉地按照草原民族的审美规律进行创作，努力体现出草原文化的审美特征，传达出草原特有的韵味和风致。而古代历史上草原民族的审美历程极为漫长、丰富，从《诗经》中"秦风""唐风"和《小雅》中的个别诗篇开启草原文学美的历史先河，到回响在清王朝大地上沉重而忧伤的纳兰公子之音，草原文学一直在中国古代文学的美的天地中独树一帜、别领风骚。其间不论是奔放有力的民间文学，还是蕴含着浓厚汉文化、文学元素的少数民族文人创作，或是灿若贝珠的草原民族的史诗、赞词、祝词，均以其特具的草原文化审美特质丰盈着、改变着中国古代文学的审美历史。

其二，就中国古代最辉煌的诗歌创作而言，草原诗歌始终是草原文学的主体。在《诗经》中就已高歌亮响的具有后世边塞诗歌特征的草原诗歌始终显示出鲜明的时代性审美特征，尤其是发展到元代——古代草原文学的黄金时期，边塞诗完全改变了自产生时期就拥有的悲壮、肃杀之气，而是将草原民族始终高扬的乐观豪放之情推向了极致，一种壮美、明丽、激越的精神色彩充溢其中，即使是政治失意，朝廷贬斥，依然回荡着昂扬乐观的积极精神，依然显示着潇洒吞吐人生的自由情怀。延至清代，林则徐遭贬新疆，有《回疆竹枝词》说道："桑葚才肥杏又黄，甜瓜沙枣亦糇粮。村村绝少炊烟起，冷饼盈杯唤作馕。"又写道："村落齐开百子塘，泉清树密好寻凉。奈他头上仍起毳，一任淋漓汗似浆。"格调轻松明快，绝无凄凉冷落之情。

其三，草原文学对美的追求和表达比较突出地表现在浪漫情怀、浪漫之美的寻求和展示方面。浪漫至少包含两个层面的内涵，一是主体的情感自觉释放、宣泄，带有极强的主观性，以自我的视角、感触、认知去认识世界、描绘世界，"我"的天地、"我"的生活色彩极为浓郁。二是客体的神奇、幽邃，自然会将所反映的世界领入一个使人产生无限想象力的时空，会使人超越客观现实，拥有极为宽广、放任的感受。如此，草原文学的浪漫情怀自然也体现在草原文学的主体、客体两个方面。从主体角度而言，草原文化世界中一直奔涌着的乐观精神、冒险精神促使主体注重将英雄主义作为重要题材来进行抒写，特别注意展示英雄在艰难生存环境中的迅速崛起，其中蕴含着极为丰富的历史英雄主义精神，注重表现人在特定历史时期的壮伟、强大，一种个体人生的浪漫雄奇之美冲荡在其中。从客体角度而言，草原文化的久远、幽深、神秘、旷大等特征在草原文学中被放大、特写：一是远离中原或汉民族传统文化中心区域的自然特性而形成的特有的深远、悠远、旷远之美。一般来说，草原往往处于边远地区，处于文化疏散区域，由此一种由远距离而产生的深远之感必然会在草原文学作品中荡漾开来，而形成文本深远美感力量的特有草原物象自然会引起对草原的神奇追想。二是富有草原神奇属性的自然环境和不被文化浸染的人的原始本真状态，不可避免地在草原文学的字里行间流泻出来，从而产生奇妙的审美感受，再加上草原这一客体本身就具有的巨大、无边、动荡的自然景观特点，不由得会使草原文学插上了雄奇之美的标杆，而草原文化的标志性符号，如雄鹰、骏马、大漠等自然也会在草原文学中屡见不鲜。当然，人物的神奇性和力量感也在一定程度上强化了这种雄奇之美的分量。

3. 古代北方草原文学中的宗教、神话的审美功能

相对于汉民族或农业文化的宗教与神话来说，草原文学的宗教与神话更具有原型和文化根基的力量。如果说，农业社会所传承的宗教、神话强调的是一种在世俗社会中无法规避和逃脱的生存的最终依托，以及一种生活困苦中必须得到补偿和皈依的文化自觉拯救的话，那么，草原文化中的宗教、神话，特别是草原文学作品所呈现的宗教精神和神话传说，则体现了一种来自草原民族根深蒂固且不断强化的文化精神特质，这种特质被草原民族传承、发展，或者借助于某种特定的符号、意象、物象明朗地显现于作品之中，或者是一种精神内涵水乳交融一般深化在字里行间，必须通过耐心的咀嚼才能品味出来。

宗教信仰的泛神特点，对于自然神的由衷倾心和敬畏是草原宗教文化的一大特点。草原文学中的自然界尤以使人产生敬拜心理为主，也就是说，与汉民族传统文学相比，草原文学中的宗教信仰或宗教心理的宗教情绪、宗教色彩较为突出，人与自然的距离，特别是审美距离不像汉民族传统文学那样切近，强调神与境会、人神交流，在描摹中凸显自我主体的感受，而是心怀一种敬畏、膜拜的心理去体味，于是，草原文学中对景物的描写更多体现了客体的本质、特征。这里，草原文化系统中的自然意象本身，包括自然物本身，特别是在草原文化积淀中已经具有了特定文化意义的自然物、自然环境以及在草原文化形成过程中与人的生存密切关联的风俗文化、英雄人物、英雄故事等，随着岁月的不断流逝，在后人看来已经具备了类似"宗教"或"神话"的美感、力量，一经提起或描摹，就产生了一种神奇的魅力，产生了文学浪漫的艺术效果，从而强化了草原文学的美的厚度、深度。"长生天""太阳""月亮""大漠""荒原""骏马""弓箭""雄鹰"等，会使人感受到一种心旌辽阔、与天地化合为一，进而超越自身束缚、驾驭命运、征服一切的豪迈之感，人的主体性力量在这一过程中得到了明显的提升、壮大。同时，以上所言及的各种情况，虽然如满天星斗一样洒落在无垠的草原文学的各种载体之中，显得零散、纷乱，又有历史长河的不断冲洗、涤荡，但其中所包蕴的民族精神却随着时空距离的遥远逐步凝结成哲理内蕴而成为草原文化的精髓，成为中国古代优秀文化的重要组成。

4. 古代北方草原文学中人与自然的关系

人与自然的关系始终是美学认识的主要主题，自然在人们意识中的形象、特点、功能等反映了人的认识水平的进步与发展，而这一过程无疑在文学作品中得到了最直观、最富有韵味的展演。

一般来说，在人类社会之初，"自然界起初是作为一种完全异己的、有无限威力的和不可制服的力量与人们对立的。人们同自然界的关系完全像动物同自然界的关系一样，人们就像牲畜一样慑服于自然界"[①]。如此，自然界在进入到人们的视野之时，特别是进

---

① 《马克思恩格斯选集》第 1 卷，人民出版社 1995 年版，第 81 页。

绪 论

入到最初的文学作品之时，很少能产生令人愉悦的感觉，这可以从最早的神话中得到印证。如中国古代的《山海经》中的山水、动物，极少使人拥有一种与之共处之感，而西王母的形象则令人感到不可思议的恐怖、神秘。

然而，随着人类文化文明的不断进步，自然已经失去了纯粹"自然"的特性，已逐步成为人类物质文化、精神文化的主要对象和内容，人类已从对自然的恐慌惊怕中完全挣脱出来，已经不由自主地发现和深化着人与自然的某种内在关联，并使之逐步成为某种民族、地区的精神文化的深刻记忆。在这一过程中，由于自然界已经成为民族生存发展的必然物质基础，与民族形成一种不可分离的一体化有机体，因此人们对自然的把握、认识也就自然随着社会生产力的大体不同，形成了两种基本观念。一是社会生产力发展迅速的民族，主要是以农业文化为主的民族、地区，对自然界的利用程度较高，由此对人与自然的认识体会自然就会较为深刻、厚重，甚至产生了体系化的哲学思想，自然就会出现"人化"的刻印，带有深厚而鲜明的主观化、主体化倾向；二是社会生产力发展较为缓慢的民族，人对自然依存程度较为明显，受自然界摆布的特点较为突出，由此对自然的敬畏、尊重的程度自然就会更为强烈，自然对人的社会生活的影响就愈加突出，自然的"本真"程度也就更加明显，由此人与自然的关系也就更为纯粹、单一，这主要是指以游牧文化、草原文化为主的民族。但是，不论是哪种文化、何种民族，人与自然的关联都是客观存在的，自然孕育着人类，滋养着人类，就会将自我的某种基因、某种特性在人与自然的互动双向的"征服"过程中体现出来，以某种具有表征性意义的物象镌刻在人们的生活过程中，成为人们生存过程中获取的重要经验；同时，人类在社会生活过程中不可避免地要将自我的情感、意志、兴趣、愿望等主观意识移加到自然界之上，努力寻求和建立一种与自然协同一致的"同化"体系，努力使自然界成为自我需求的一部分。因此，不论处于什么样的社会生产力、社会文化之下，自然总是具有人的本质力量的特点，体现着该地区、该民族的人的本质力量，成为人类生存、发展的共同体,并以自我独特的存在方式丰富着人类的文化、文明,成为人类审美文化的主要构成,成为人类美学世界的重要组成。

以上侧重于人与自然关系的建立以及基本关系的表达,其核心在于说明人与自然的关系必然反映和体现在文学世界之中,成为某种民族、某种区域文学体现美的主要内涵。此外,还需说明的是,除了上文所说的主要以主观性认识为主的人与自然的关联成为人们审美对象、内容之外,自然界本身所体现的一些更具有形式美特点的状态、色彩、构图、氛围、线条、韵律等客观存在,虽然从本质上与人的情感、意识没有必然的关联,但是,由于自然界的瞬息变化和特有状貌、特征与生存于此中的人的意识、心理活动具有了某种相似、相异的成分,能够引发人的联想,也就成为了人们审美活动过程中的某种纽带、某种机缘、某种中介,因之也就成为了意义重大的审美对象,具有了审美价值。当然,自然在不同民族、区域、文化中的含义、价值、特点具有明显的不同,尤其是草原文化深厚的北方草原文学,其所体现的人与自然的关系与汉民族传统文化下的传统文学有着极为明显的差异。总体而言,汉民族传统文化、文学与草原文化、文学互为参照也是思考北方草原文学美学价值的一个方面。

必须明确,由于草原文化本身具有的荒蛮、野性、原始、本真等特性,所以其一经产生,就自然成为一种比较艰难的文化存在物:一是其不得不成为所谓农业文化、农业文明政权或中心文化地区进行政治和文化扩散、统治的对象,古代传统文化中的"华夷之辨"就是最鲜明的体现;二是草原的本身特征,使她自然成为农业文化、传统文明的对比体系,其所拥有的活力、新奇、生动、古朴等特性无论从哪个角度,都会使汉民族传统文化所滋生的沉重、压抑、凡庸为之一变,会使传统文化不断焕发生命、增长新的生养基因,为之提供新鲜的养分、元素。由此,正是草原文化对农业文化的不断冲击、影响,二者之间的不断交融,才使得中国古代文化、文学始终洋溢着昂扬的生命力。

传统文化关于人与自然的内在审美关系一个重要的表述就是先秦儒家孔子所倡导的"比德"之说，《孟子·尽心上》载："孔子登东山而小鲁，登泰山而小天下。故观于海者难为水，游于圣人之门难为言。"孔子所说的"逝者如斯夫，不舍昼夜"以及"智者乐水，仁者乐山；智者动，仁者静；智者乐，仁者寿"等话语，直接而形象地说明了自然与人的内在修养之间的关系。儒家的此种观念来源于古代文化的最初的朴素的天人合一思想，《周易》文化以超凡的想象力和形象化手段，将天地自然的运行变化比附人事，繁复的卦象和天地自然万物相符相应，并将天地自然万物以一种前所未有的方式与人的命运、品德、性格进行联系，"天行健，君子以自强不息"，"地势坤，君子以厚德载物"（《乾·象传》），以神妙又广阔的想象，为乾天、坤地和君子的品格德行建立了必然的联系。文学艺术中的"比德"最早见于《诗经》《论语》《楚辞》，以比兴之笔，将自然界的各种事物作为起兴抒情的对象，将"比德"的自然审美与人的内在道德的关系表达得惟妙惟肖、淋漓尽致，托物取意，兴发情感，言理及物，将"比德"之说推到了极致。由此李泽厚先生说："汉民族在对自然美德欣赏上，几千年经常把自然的美和人的精神道德情操相联系，着重于把握自然美所具有的人的、精神的意义。"① 从自然的观察、体悟、描摹、表现中领略、会心、掌握人生和社会的奥妙。日本学者东山魁夷由此感慨道："风景之美不仅意味着自然本身的优越，也体现了当地民族文化、历史精神"；"谈论中国的风景之美，同时也是谈论中国民族精神的美"。②

5. 古代北方草原文学的审美风貌

　　古代北方草原文学主要呈现出以阳刚之美为突出特点的审美风貌。从总的审美形态而言，草原文学由于其特定的草原文化内涵和价值倾向所致，呈现出一个动态的、开放的、以阳刚之美为核心的、由多种审美形态组成的有机整体状貌。其中雄浑刚健、粗放豪

---

① 李泽厚等：《中国美学史》（先秦两汉编），安徽文艺出版社1999年版，第141页。
② ［日］东山魁夷：《中国风景之美》，《世界美术》1979年第1期。

壮、阳刚有力、博远宏大、激越慷慨之美是主体、核心，而与之相对又相辅的温婉缠绵、精雅典丽、凄沉低徊等则附着于主旋律之上，显现出草原文学对美的追求的多元与丰富。

一直以来，中国古代文学对美的执着追求体现出汉民族传统的审美心理，而其中最重要的美学范畴则离不开刚柔相济、阴阳谐和，这恐怕与中国古代哲学、文化奠基时期的儒道两家的殊途同归之道有着紧密的关联。先秦儒家以"中庸之道"作为解决一切问题的思想基础和方法途径，而"中庸"的关键就是对矛盾事物的"和"化，化解冲突、不偏不倚、调和对立，虽然没有明确指出对立着的事物的具体指代，但可以明确的是指任何事物至少由两方面组成这一基本道理。当然在先秦儒家体系多指人格道德修养，比如君子与小人。因此，先秦儒家虽然没有明确阴、阳之别，但事物之间的两极对立和互相调和一体则是其最明显的思想意脉。道家则异常明确地指出了阴阳作为世界本体的哲学道理，《老子》明确说："道生一，一生二，二生三，三生万物也。万物负阴而抱阳，冲气以为和。"在道家看来，阴阳就是世界包括社会一切存在的基本构成，阴阳之间的对立、变化成为世界以及社会变化发展的动力。既然世界由阴阳相生相对变化而成，由天及人，人的秉性、气质、性格、风范等内在或外在特性也自然体现出或阴或阳两种基本倾向。

在中国古代文学史、美学史上最早将人的气质禀赋与文学创作联系到一起的当为魏晋时期的曹丕，曹丕在他著名的《典论·论文》中说："文以气为主，气质清浊有体，不可力强而致。"尽管曹丕没有明言"清""浊"之气具体是什么，但他在文中所言的"徐干时有齐气""刘桢壮而不密"，实际上已经将阴阳之说贯穿其中；虽然对"齐气"的理解有种种不同的回答，但"柔曼舒丽"的特点恐怕难以消除，而"壮"气的清刚有力则是对刘桢诗的最好概括。此后刘勰在《文心雕龙·风骨》中指出："故魏文称文以气为主，气之清浊有体，不可力强而致；故其论孔融，则云体气高妙；论徐干，则云时有齐气；论刘桢，则云时有逸气。公干亦云，孔氏卓卓，信含异气，笔墨之性，殆不可胜，并重气之旨也。"又

绪　论

说"文之任势，势有刚柔"，直接把文学作品的审美风格分为刚柔两体，并与人的性格气质有机结合。而到了清代，桐城派大家姚鼐集古代文学风格论述之大成，在《复鲁絜非书》一文中提出了"文者，天地之精美，而阴阳刚柔之发也"的观点，以阴阳刚柔之道统领古代文学风格之美，影响极大。

　　我们必须清楚一点，虽然中国古代草原文化滋养下的古代草原文学呈现出有别于传统文化浸泡下的文学，但并不意味着古代草原文学就全然与传统文化、传统文学不存在必然、有机的联系，所谓另起炉灶、彼此分离、相互独立，而事实上是二者自始至终就紧密相连、互相影响，特别是民族文化交融的不断深化，更是加剧了二者的关联。由此，草原文学的审美意识、审美活动、审美心理等也时刻受汉民族文学审美的影响。但从总体风貌来看，草原文学由于受草原这一特殊自然和社会景观的制约，在美学风尚方面表现出以阳刚、动态之美为主的审美倾向，由审美客体的壮丽、宏阔、遥远、幽深等特点而生养成的壮阔之美、辽远之美、巨大之美，由草原民族生存的艰难和流动的特点而滋生成的对个体力量、智慧、能耐、意志的崇拜，由此，人在社会活动中的一切积极的、活跃的、创新的、动态的活性质素充分被激活、激发、壮大，从而产生出富有力量动态之美的阳刚之美。

　　这里有纯粹自然对象的阳刚之态、阳刚之状，对自然物本身就存有的广袤无边、博大深阔、变化莫测等特征的极尽描绘；有对自然界神妙无端、开天辟地等具有神话传说特征的神奇想象；有对在草原特殊环境中人的精神力量、意志力量异常强大的展示；有自然意象、精神追求二者有机结合所生发出的沉雄博壮；有社会危机中人的生命力的韧强和壮大；有跃动着草原美的活性元素的尽情释放。

　　当然，以上所说的阳刚之美为主，也是就古代北方草原文学的整体历史而言，每一时代、每种文体在表现阳刚之美的过程中也有时代、文体的不同。也就是说，阳刚之美只是一种总体上的把握，而在民族文化交融的推动之下，草原文学的美的向往、追求、呈现，更多的是五彩斑斓、各具风致的多样化、多元化的美的天地。

一般来说，主客体之间的复杂关系是文学作品美学风貌产生、生成的重要依据，与汉民族传统文学相比较，草原文学主客体之间的关系较为简单、直接，既不强调主体、客体之间的"心与境谐""情与景汇"，也不突出主体内在的"澄怀虚静""心神皆忘"，更不重视"境外之象""言外之旨"，进而产生一种永远也无法言明的蕴藉之美、朦胧之美、含蓄之美，而是力求暴露主体与客体之间的强烈的矛盾、冲突、对峙、反差以及主体内部、客体内部之间的种种不和谐之处，力求展示在激烈的冲撞之中的悲壮之美、崇高之美、沉雄之美。如果说汉民族传统文学传递出一种主体、客体水乳交融、融合无际的"和""宁"之美的话，那么草原文学则体现出一种主体、客体竞相分离而产生的惊人之美：主体的高大、伟岸、阳刚、力量之美，客体的远博、宏壮、深古、野性、古朴之美；虽然未能绽放出汉民族传统文学那样的诉诸人的万里神思而产生的遐想神游之妙，但主体与客体所显现出的铿锵雄壮之乐已足以使人们沉浸于洪钟大吕所营造的草原深厚的历史感、沧桑感之中。

我们知道，文学作品的审美风貌同样还来源于作品的内容和形式的关系，即二者在作品中的比重关系。固然，任何文学作品都是内容和形式的有机统一体，但是就作品总体构架来看，内容与形式在作品中所占有的比重经常是不一样或不平衡的，二者总是显示出差异和不同。这种差异、不同也会使作品的审美风貌产生种种不同的美的景观。一般来说，文学作品偏重于形式方面的刻意求精追美，突出间架结构的和谐对称、语言的丰美新丽、技巧的娴熟驾驭等，那么作品就会容易产生以"秀丽""优婉""精雅"为主的柔美的追求倾向，如中国古代南朝时期的诗歌，所谓"俪采百字之偶，争价一句之奇；情必极貌以写物，辞必穷力而追新"（《文心雕龙·明诗》）。柔曼香靡、轻丽浮艳之美充斥文坛、诗坛。反之，如果作品的内容居主导地位，作品的审美风貌主要依据于其内容之时，那么审美风貌经常显现出以刚美为主的特征倾向。刚美，也就

绪 论

是阳刚之美，恰恰是草原文学之美的主体特性，不管是慷慨豪纵的诗歌，还是自由奔放的戏曲，或是随性而成的散文、小说，草原文学体现阳刚之美的脚步一直没有停止下来。尤其是在体现人的精神、力量强大的作品中，由阳刚之美而生发出的崇高美就逐步成为草原文学美的园地中的一个重要组成，而崇高美恐怕主要来源于作品的充满了力量的内涵之重、之深、之动。

西方美学家朗加纳斯认为，构成作品崇高风貌的主要有两个决定性的内在条件："第一而且是最重要的是庄严伟大的思想"，"第二是强烈而激动的情感"。① 思想和情感的激越、庄重、伟大构成了崇高风格产生的骨架。康德在《判断力批判》中更明确地指出，崇高之美本身源于"心灵本身所固有的崇高"，"真正的崇高不是感性形式所能容纳的"。② 凡此均强调了产生于内心的主体思想、情感在崇高之美展现过程中的主要作用。草原文学尤为突出草原文化精神的极力张扬、展示，那洋溢着动感力量、青春脉搏、野性风采的草原情怀成为草原文学刚性之美的主要内涵。

当然，阳刚与崇高是不可剥离分野出去的，但崇高的美感也不仅仅就来源于主体、内容的力量，客体的辽阔无尽、亘古深远、气势飞动、动态尽显，或者客体具有的积极浪漫、乐观豪壮和克服困难艰险的勇气、力量等特性，均能使作品具有一种强人心智、震撼魂魄的审美力量，使人豪气顿生，拥有一种压倒一切阻碍的精神力道和信心。

如果将古代北方草原文学的阳刚或刚性之美的内涵做一分析，那么悲情之美或悲剧之美无疑是其中的一种重要构成。

近代德国美学家伏尔盖特在其《论悲剧的美学》中言明悲剧构成的三种要素：一是极其强烈的异乎寻常的苦难，包含着身体和精神两方面的深痛；二是精神气质上的崇高；三是代表性的悲剧命

---

① 文艺理论译丛编辑委员会编：《文艺理论译丛》第二期，人民文学出版社1958年版，第37—38页。
② ［德］康德：《判断力批判》，邓晓芒译，杨祖陶校，人民出版社2017年版，第83页。

运。而在北方草原文学中首先需要强调的是生存环境的异常艰难以及由此而导致的战争的连绵不断。可以说，生存资源的稀缺和贫乏导致了对于生存环境的超常重视以及对生存资源的不断争夺，所以战争主题、战争美学就成为草原文学美学园地中的一大构成，而战争所引发的文化交融也自然成为草原文学蕴含美的内容之一。战争是形成草原文学悲壮之美的主要原因。

其次，北方草原往往处于中国的北方、西北地区，是中国作为世界东方的日落之处，总是与寒冷、孤独、衰败、僻远、失落等人的消极性情感联系在一起，因而人们总是将北方草原作为苦难之地、悲凉之地来看待。体现在文学领域往往有一种极为浓烈的肃杀、衰落、哀怨之感，就像人们所熟知的"大漠孤烟直，长河落日圆"，一方面使人领略西北草原的空阔广远，另一方面也蕴含着人生的孤寂无奈之情。可以说，草原自然环境的严酷使人的情绪多处于低落、悲凉的状态，加剧了草原文学的悲情。

再者，从由内地辗转而深入北方草原的人的情绪意脉来看，北方草原尤其是西北草原经常是古代悲剧性人生集聚所在，是历史上贬谪、流放、逃亡之人集聚所在，因而也是苦难人生的汇聚之处，是悲剧性情绪、悲剧性艺术迸发之处，其中蕴含着人对命运的抗争、对命运的呼喊、对命运的改变，因而悲凉之处的昂扬、衰败之处的崛起，新的开拓、新的人生均可以在草原找到契机和起点。

狄德罗曾说："一般说来，一个民族愈文明，愈彬彬有礼，他们的风尚就愈缺乏诗意；一切都由于温和化而失掉了力量。……需要的是巨大的、野蛮的、粗犷的气魄。"[①] 相对于古代北方草原文学来说，草原文化熏染养就的草原文学对于传统文化滋生、成熟的传统文学就是一种新奇、生异的力量，对于其自我革新、改造有着不可替代的文化与美学的催生作用，特别是元代文学，更是对古代

---

① ［英］李斯托威尔：《近代美学史述评》，蒋孔阳译，上海译文出版社1980年版，第241页。

绪 论

传统文学美学传统的一种有力破坏与重建。

同时，必须注意的是，草原文学的美学历程也存在着异常明显的"变化中重构"的特点。我们谈了草原文学贯穿始终的刚性之美、阳刚之美、崇高之美，但是在积极追求这些美学品味、风格的过程中，以上的美学质素也在逐渐发生着些微的变化，而其中一个重要表现就是崇高的世俗化、生活化倾向，主要表现在文学还原文学的原始美学品格方面。实际上，美学之所以成为人的精神生活的最高层面，之所以成为人的精神追求的理想世界，其最初也是最本真的心理诉求就是对于"朴拙""真纯"之美的实现，因为生活本身就是"真"美的具体化。于是当古代文学延伸到金、元之时，文学对"朴素""朴野""朴真""朴俗"之美的倾力追逐和表现已然呈现出风起云涌、蔚然成风的境界，无疑成为古代北方草原文学最为浓重而多彩的一笔。这里宗教世界的世俗化、散曲的世俗化、戏曲之美的世俗化将古代文学推向了一个改变美学追求、美学风貌、美学人生的新的天地。

诚然，阳刚之美、雄壮之美也是丰富多彩的，有崇高之美、粗犷之美、苍凉之美、雄奇之美，有刚性中的灵秀之美、妩媚之美、温柔之美，尤其是北人的南方山水之美，更是阳刚与纤柔之美的高度融合；有阳刚中的深沉之美、悲壮之美、冷峻之美、热烈之美、神异之美、诡谲之美，特别是草原民族的诗歌更是体现了刚性之美的多姿多彩。

必须注意到，草原文学的刚性之美或是草原雄风在很大程度上有其特有的表现方式，而对于愚拙或者是素美、拙美的热衷更是草原文学的一大亮点。这里草原文学表现对象的原生态、生活化、世俗化均集中体现了这一基本原则。同时，在探寻草原文学刚性之美的过程中，我们深刻感受到孤独意识与苍凉感的日渐丰厚也是草原文学追求美的必要构成，尤其体现在北朝民歌、唐诗所蕴藏的美学世界之中。在这一过程中，草原文学的崇高之美、传奇之美也得到了最大限度的释放，较传统文学更为鲜明、夺目。

6. 古代北方草原文学对美的表现

（1）古代北方草原文学的审美题材

法国文艺批评家布封说过"风格就是人"，作品所给人的审美感受，就是其自由地、浮雕式地"表露自己的精神风貌"。同样，草原文学也集中体现了草原民族的精神、草原民族的情感、草原民族的心理。然而，在产生草原文学美学特质的过程中，最为重要的则是草原题材、草原故事、草原人物、草原风貌、草原风情等具有鲜明草原特质的文学对象，这里北方草原文化的发展变化特别是民族文化交融所带来的文学的鲜明表现，为我们提供了极为丰富的矿藏，一方面是裹藏于汉民族文化、文学典籍中的关于草原文化、草原文学的种种记载，另一方面是由于民族文化交融力度、强度的提升而促使的北方草原民族的自我创作。一方面草原民族在遥远的先秦时期就绽放出与汉民族迥然相异的夺目光彩，流泻出升腾激越的豪壮之美，另一方面在先秦时期就以深刻而独特的人与自然的和谐相融的动听乐章将自然之美卓然奏响在中华民族最初的艺术天空，从而开启了草原文学对草原题材之美的探索之路。这里一是草原文化在人与社会、人与人的关系中的深沉刻印及文学表达，尤其是在民族文化交融最主要的方式——战争题材之中，草原文学的特质表现得尤为突出和强烈；二是对草原生活、草原风貌、游牧景观的细致入微的再现，特别是完全异于传统文化背景下的诗歌表达，带给我们一种新奇的别开生面的美的享受，《诗经》中的草原文学就是其最具有典范意义的作品。

在这一过程中，草原风习、草原世态人情的倾情描写也是烙刻草原美学印记的主要手段，因为风习是民族文化心理、精神的一种最外在、最显露、最明显的表现形式，也是民族文化的重要标志性符号之一，它既具备实在的形式性条件、要求，又有鲜明独特的社会性活动方式，包括宗教活动、群体性文艺体育活动、风俗、节日等。由于其具有鲜明的历史积淀性、稳固性，因而其变化、发展的过程异常缓慢，具有"形象化史料"的特点，从中可以反映出

绪 论

"整个部落所固有的性格特点"①。在草原文学历史演变过程中，对于草原民族文化的记载和反映的作品层出不穷，特别是展示草原民族历史、文化风情的作品更是屡见不鲜，不说北朝民歌对北方草原民族文化的全方位的歌咏，单说唐诗边塞诗作所蕴藏的民族文化风致就已经使人生气淋漓、精神澎涨；不说宋人对草原文化的另有一番品味，单说元代西域子弟的蹈厉奋起、倾情歌咏，就使北方草原文化席卷整个元代文坛，其中所包容的浓郁的草原民族对美好生活的向往、对人与自然和谐相融的认知、对社会的强烈介入等，已然将草原民族在美的世界中的独特性、深刻性挥洒出来，让人流连忘返。

其中，草原风景画，是草原民族特有的自然风貌，也是构成草原文学题材的客观材料。草原文学的重要特质之一就是题材的草原特色，不管是绿草如茵的草原盛景，还是广阔无垠的荒漠，或是连绵不已的戈壁，草原、游牧始终是草原文学的主要描写对象，始终是草原民族生存发展的主要资源。草原这一地域，是构成草原民族的要素之一，是形成草原精神、草原文化、草原心理的物质条件，因此，从草原文学中发现草原特质，分析草原特质，也是发现草原文学美的足迹的一大方向。对于草原民族来说，独特的自然风物和人文景观，在历史的演变过程中，有的已经成为某种草原民族的形象标识和独有象征。而在这一过程中，草原文学的描写、传播、积淀起到了最主要的推动作用。也就是说，草原民族的美学世界正是在草原文学的历史发展过程中逐步生成、发展。

对于汉民族传统文学而言，自然环境或自然风物、风景画、风俗画均是形成其特殊审美意识的有机构成。由于中国区域的广阔，南北方的自然景观、风土人情也有着明显的差异。这样，不同的自然环境对于培育熏陶民族气质性格、心理变化、审美观念以及其形成，有着不可忽视的生成、深化作用。一种是依照自然景观的客观

---

① 恩格斯：《英格兰和爱尔兰历史手稿》，载马克思、恩格斯《马克思、恩格斯论文艺》，人民文学出版社1963年版，第68页。

特征而进行描摹、再现的表达，透视出民族生成的自然客观性。借助于这种描写，表现出作品浓重的民族文化特征。另一种是随着历史的不断积淀，自然景观已经成为一种深沉的情感寄托和文化因子，最能够引发人们对故乡、民族的一种深厚的思考和眷恋。在南方，"暮春三月，江南草长，杂花生树，群莺乱飞。见故国之旗鼓，感平生之畴日，抚弦登陴，岂不怆恨"[①]。江南的风景与国家的命运绾结在一起，白居易的"日出江花红胜火，春来江水绿如蓝"诗句，勾起了多少故土之情。而到了广袤的北方草原，一曲《敕勒歌》就传递出草原民族的豪壮风情，体现出草原民族的审美视野的广阔远大。正如刘勰在《文心雕龙·物色》篇中所言："若乃山林皋壤，实文思之奥府，略语则阙，详说则繁。然屈平所以能洞监风骚之情者，抑亦江山之助乎！""江山之助"正是对自然风物描绘与审美心理内在契合而产生特殊审美效果的最佳概括。

一般来说，各个区域、各个国家、各个民族所处的自然环境均有其独特的文化内涵，而民族所处地区的自然美是养成整个民族审美意识的客观条件。草原民族在漫长的生存发展过程中，经历了异常艰难而又充满了传奇色彩的历史演变，在与自然的有机共存和不断奋争中，对于天地、日月、草木等自然景观有着极为特殊的情感和认识。草原的博大、广阔，草原的严酷、寂寥，草原的深沉、冷峻，草原的热烈、真率，草原的变幻无常、难以把控，草原的神秘、恐怖，等等，使草原民族产生了有别于农业民族的独特的审美意识、审美心理。而自然物与审美意识的和谐统一又使草原文学具有了别致奇异的审美韵致。

在西方，对于自然文化与民族心理、情趣以及对于文学艺术的影响探讨得极为深刻。一说西方文学，必然会提及古希腊文学，古希腊所处地理环境的优越，纯净湛蓝而又延伸至无限的海洋，使希腊人的泛神思想极为兴盛，体现在希腊神话和史诗之中，对于海洋的神异想象和无边探索就成为其最为亮眼之处。而在东方，由于农

---

① 出自（南朝）丘迟之作《与陈伯之书》。

◆ 绪　论 ◆

业文化极为发达，河流、灌溉、四季分明的特殊环境形成了农业文明特有的规律性、守常性，体现在文学内部，则是对于标志着有序、规范、守中的"中和之美"的有力追求。而在草原文学之中，扑面而来的则是跃动不已的阳刚与力量，是令人心胸为之扫荡一切的广远空阔，这一切均与草原这一特殊的自然景观相连。

斯大林曾指出："每一个民族，不论其大小，都有他自己的，只属于他而为其他民族所没有的本质上的特点、特殊性。这些特点便是每一民族在世界文化宝库中所增添的贡献，补充了他，丰富了他。"[①] 意即民族不分先进、落后、强弱、大小，每一个民族均有自我民族文化的优势、精华，均对世界文化、文明的进步起着积极的推动作用。相对于中国古老的民族文化而言，汉民族文化，或者农业文明自先秦起就成为中华文化的主体部分，起着主导作用，然而随着历史的发展，其作为一种文化的僵硬、保守、刻板等弊病也日益体现出来，虽然在这一过程中，有着诸子百家文化对其的不断改造，但是本质上的内在倾向和方式却有着难以突破性的变化，就像司马谈在《论六家要旨》中所说儒学"博而寡要，劳而少功"，只有在以匈奴等为代表的草原民族的文化的冲荡之下，汉民族传统文化才有了一种新鲜的姿态、新鲜的味道，才促成了汉末、三国以来的人本身的重新崛起、人本身的重新认识，才有了中国古代文化史上的"名士"现象，才有了文学艺术，特别是审美的个性化、主体化，才将中国古代文学带入到一个更加洋溢着个性、才情、多样、多元的美的世界。由此，可以说，没有草原民族、草原文学的深厚而热烈的营养给予，就没有中华民族文化的深广博大、源远流长。

（2）古代北方草原文学的语言审美特征

对于草原文学来说，除了题材上的草原之外，还有就是文学构成的其他材料，其中语言无疑是最为重要的部分。我们知道，语言有着极其鲜明的民族特征，是民族形式的第一要素、第一标志。语

---

① ［苏］斯大林：《在宴请芬兰政府代表团的宴会上的演讲》，转引自梁一儒《民族审美文化论》，中国传媒大学出版社2007年版，第101页。

言的民族性特征作为文学民族性体现的建筑材料来说，最能够生动有力地表现民族生活、展示民族形象、传播和深化民族精神。但是，语言作为文学要素之一，特别是文学的民族性、区域性的主要标志，在中国古代的情况却更为复杂、多变，其中时代性特征更为鲜明、突出。客观来看，中国古代的历史极为漫长，各区域、各民族均创造了自我民族辉煌的文化、文学、艺术，均为中华民族文化的形成、发展做出了重要贡献，尤其是自中国古代文化、文学发轫时起就出现的民族文化交融，对于中华民族文化更起到了巨大的推动、创新作用。然而，不可否认的是，各区域、民族文化的发展生态极为不平衡、不协调，因此，相对于汉民族传统文化而言，各区域、各少数民族的语言文化虽然有着悠久的历史，但在元代以前，很少有民族语言文字流传下来，而少数民族的历史，特别是文化、文学则主要是依据汉字的记载、汉语的写作而传承，这是客观事实。所以，专门从语言的区域性、民族性方面去探求民族文化、区域文化、民族文学、区域文学，恐怕不是科学的态度、科学的方式，对此，应从更广泛的空间去对待这一问题。由于中国古代存在着比较明显的民族语言，特别是民族文字的匮乏问题，所以我们在探求草原文学美学价值的课题之时，应本着语言民族性更广泛的意义，而不是板滞的民族语言的语言学内部的考察，因为语言的民族化不仅仅停留在音节、语音、语义、语言结构等方面，其更深层的意义在于反映、体现着民族精神、心理等方面。当然，用汉语写作、传播、承传是草原文学载体方面的一个主要特点，但即使是汉语写作，草原文学仍然具有着强烈的草原民族精神、草原文化特质，这也是古代文学的客观事实。同时，也需要注意到，在中国古代，语言的民族性、区域性也有一个渐变的特点，元代以降，民族语言的载体历史有了一个新的质变式的发展，以蒙古民族的蒙古语言文字为代表的古代少数民族语言文字的历史迈入了一个新的历史发展时期。反映在文学领域，各少数民族、特别是草原民族的本民族语言文学进入到一个快速发展的时期，中国古代文学出现了汉语写作与少数民族语言写作并驾齐驱的宏大格局。由此，语言的民族性体现更为鲜明、深刻。大体而言，相对于汉民族传统文学的语言特点，草原民族的文学语言更有其独特之处。如果说汉语语言艺术的音乐性主要体现在规范严整中的变化、声调韵律的流畅、节奏感的抑扬顿挫，显示出语言音韵的和谐统一之美，那么以蒙古民族为代表的草原民族的语言艺术的音乐性则主要体现在语音的轻重分明、铿锵有力、威武雄壮方面，与草原民族阳刚、豪壮的文化品格直接相关。体现在语言词汇方面民族性、地域性则更为明显，因为其与民族、地域的生产生活紧密相关。比如，对于历史悠久的农业民族来说，关于农业作物生长的词汇尤为发达，包括农作物的名称、生长时期、节令、节气和农业生产的活动方式及由此衍生出的其他活动等，如中国古代最早的诗歌总集《诗经·豳风·七月》中的有关农事活动的记载，活现出中国古老悠久的农业社会传统，其中关于农业作物的种类、生长周期的种类等演述得极为生动、鲜明。而草原游牧民族在历法、节令方面的记载则相对简单，但对于游牧经济活动所涉及的生活表达却异常丰富，比如牧草的种类、生长情况和牲畜的种类、生长情况等。而语言的使用习惯也与民族生产生活相一致。汉民族多用松梅兰竹等花草植物来形容某种情感、愿望，比如南朝民歌多用莲花、莲草来象征爱情，像《西洲曲》等，而草原民族则用缰绳与马儿的关系来比喻对爱情的追求，显现了草原民族的生活情状。

　　民族语言是民族审美心理、民族美学追求的神奇外衣、外化，其既具备一般语言共同具有的语义之美、音韵之美、语言结构之美、语言变化动态之美，又在语音体系、形态体系、语义体系等方面显现出鲜明的民族个性、民族色彩。一般来说，民族语言有一个异常明显的包含着语言系统所有元素在内的历史发展过程，在这一过程中，对语言起决定作用的是民族、区域的社会生产和民族思维规律，而这一切又与民族文化产生了极为密切的关联，这样，语言的民族特性就始终存在且不断变化。在中国古代，汉民族传统文化在思维方式方面强调以"平衡""守常""执中"为主要特点的"中庸之道"，在社会评价系统突出道德内涵、人格内涵，这就导致了汉民族传统审美倾向的"善美统一""善美一体"观念的产生，而二者之间的和谐相生、所谓"尽善尽美"的完美统一就成为审美文化、审美机制、审美活动的关键，就要求不同元素、质素、构成之间的一体"和谐"，从而明确规范了人在社会、自然环境中的价值追求的总体方向和目标，即重视人与家庭、社会、他人的统一、和谐，人与自然的统一、和谐，人的自然属性、人的欲望、心理、情绪与社会伦理、家庭伦理、社会要求的统一、和谐。体现在审美过程中就是不由自主地体现出讲究形式的美，形式的平衡、匀称，突出各种构成要素之间的比例、稳定，努力显现"中正和平""中和之美"的审美原则，外化于文学艺术的诸种要素之中。就汉民族传统文学的语言特点来说，平衡之美极为鲜明，比如汉语语音讲求声母和韵母的匹配结合，单音节词极为稀少，声母、韵母及双音节词张弛统一，极易形成既结构齐整又富有变化的节奏之感、节奏之美；再加上汉语声调的特殊作用，以平、上、去、入为主的四声调来调整汉语发音的高低、升降、顺逆、吐吸等各种变化，从而产生出声音的轻重、长短、急缓、强弱、间歇、平仄等各种语音效果，借助于语言语音的不同变化来准确地表达情感、思想。同时，汉语语言的平衡之美还集中体现在语言的音乐之美方面，受汉民族审美文化的影响，汉语语言体系的所有元素均体现出整一中显变化、变化中求统一的原则，音色的清浊扬抑、音节的舒促有致、声调的高低错落等营造出一种长短对偶、节奏清晰、变化有度的音乐之美。这样，构词系统的发达、章句系统的变化、修辞手段的多元等，均使汉语体系具有了极适用产生文学内蕴之美、联想之美的审美机制，而其灵魂就是汉民族审美文化中的核心观念"平衡"。与此相异，中国古代草原民族的语言体系则显现出草原民族的审美精神。虽然总体上草原民族的语言文化没有汉民族语言体系的繁复，但在体现民族文化精神，特别是民族审美心理方面，却更为突出。尤其是反映草原游牧生活的语言词汇的丰富度、新鲜度极大地超越了汉民族的语言体系。

　　同时，艺术技巧、文学体裁等文学内部因素也是一个不容忽视

◆ 绪 论 ◆

的方面。一般来说，涉及文学内部构成之时，人们多从具体手段入手，而对于草原文学来说，最能够体现其民族性、区域性的文学体裁恐怕也有一个时间、时代的问题，也就是说，草原文学的内部因素特别是体裁的适用也有一个时代的问题。但是，就中国古代而言，不管是汉民族传统文学，还是北方草原文学，诗歌一直都是最主要的文学体裁，诗歌的艺术表达技巧极为精巧、熟练，但是汉民族诗歌主要是以抒情诗见长，叙事性质的作品则较为薄弱，而草原民族的叙事诗则相对发达、强盛。这主要是由于汉民族史学发达，而草原民族由于历史记载方面相对欠缺，需要诗歌在民族历史记忆和传承方面发挥出应有的作用，因此，草原民族的史诗远远繁盛于汉民族。草原文学的叙事手段、技巧较为丰富，主要体现在叙事与抒情的高度融合及人物形象塑造的英雄主义、阳刚之气的展示方面。元末明初诞生的《三国演义》《水浒传》虽然是汉民族传统文学，但不能不说与草原文化、草原文学的美学精神息息相关。众所周知，汉民族传统文学中的抒情诗一直是文学园地中的瑰宝，在抒情写意、借物言情及志方面达到了语言文字表达力的极致，而叙事的布局结构、人物的形象刻画、情节的周密安排等叙事学范畴内的要素发展历史则较为短暂，只有到了说话艺术较为繁盛的宋元时期，古代叙事文学才有了较为明显的进展，但也只是停留在"说话"艺术层面，距离几十万甚至多达上百万字的鸿篇巨制的书面叙事文学的创作与问世还有一段较长的距离。然而，就在元末明初居然出现了将近百万字的《三国演义》和《水浒传》，而二者最大的相似点居然就是历史英雄或传奇人物的精心打造，其中男性的阳刚壮美、力量智慧的超凡出奇、出神入化几达古代文学的巅峰，这不能不说是中国古代叙事文学的一大奇迹，其中的缘由固然有历史、文学的不断积淀，所谓"世代积累型"小说，但不能不说是一个世纪多的草原民族文化在中国北方以至于全国范围内的统治和流传，特别是元代以来的以蒙古民族为代表的草原文化、草原文学的不断流播、渗透、影响，尤其是草原民族对英雄的向往、赞美、崇拜的民族心理，再加上此时期已经成书的歌颂草原英雄的史诗性作品的不断渲染，还有历经较长时期的草原民族统治所带来的心理、情感的变化，才导致对英雄群像的塑造的《三国演义》《水浒传》等作品的相继出现，由此也可以看出各民族文学相互影响、学习、交流等对于中国古代文学的影响。一句话，文学民族风格的形成也有其他民族文学影响的作用。在中国古代，各民族文学相互借鉴、学习、交流的事例不胜枚举，特别是元朝各民族文学文化、文学的交流达到古代民族文化、文学交融历史的高峰，其间元代西域群体文人的横空出世及独占文坛，就是汉民族传统文化与北方草原文学深度交融的结晶，西域文人普遍有着深厚的汉学修养，用汉语创作，从而在作品中体现了民族文学之间互相影响、互相渗透的鲜明特点。

（3）古代北方草原民族的民族气质与审美表现

马克思在著名的《神圣家族》一文中曾明确讲道："古往今来每个民族都在某些方面优越于其他民族。"① 每个民族在其形成与发展的过程中，均在不同方面具备了本民族文化的独特之处，并在文学艺术领域表现得极为鲜明、突出，这一切也经常被称作民族特点、民族精神。草原文学作为草原民族精神、文化、美学思想的形象体现，自然也就有其独具的民族特质。当然，草原民族本身就是一个笼统的称谓，在中国古代北方，自古就活跃着诸多草原游牧民族，每一草原民族都创造了灿烂的民族文化，每一草原民族都为中华民族文化的形成与发展做出了突出的贡献。但是由于生产力发展水平的不同，草原民族构成中的不同成分也有着不同的兴衰历史，有的也随着历史的烟尘而消失。但是，不可否认的是，草原民族的精神、意识、文学、艺术在中国历史上越来越鲜明、亮丽、夺目，越来越被汉民族传统文化所重视、吸收，这是一个不容置疑的历史客观。而在这一过程中，草原民族的民族气质、民族性格、民族精神也越来越壮大、成熟、挺拔。

民族气质反映着一个民族特有的地域文化、民族意识与审美心

---

① 《马克思恩格斯全集》第 2 卷，人民出版社 1957 年版，第 194 页。

理，具有着一定程度的稳定性和独特性，其中民族血统、民族遗传方面的民族生理基础对于民族气质的形成具有决定作用，而生产生活方式、客观生存环境等也对民族气质的形成起到了一定的促进作用。必须注意到，民族气质是民族心理、民族意识产生的基础和重要组成部分，与民族审美心理、审美意识紧密相关，民族气质的广泛适用性已经延伸到民族审美领域的各个层面，包含审美过程的显意识和潜意识的深层次结构，并且扩展到审美系统运转变化的各个层面。也就是说，民族气质规约着民族审美活动的趋向与方式，影响着审美过程的全部活动。所以探究草原文学的美学奥秘，也必须探究草原民族的民族气质。当然，气质本身就是一个极为复杂的构成系统，简单地规范、总结一个民族的民族气质，并以此作为探讨的理由恐怕不是一种科学的方法，应该从历史的、客观的事实出发，结合与民族气质构成联系最为紧密且深广的文学艺术，再联系民族历史进程中的特定的文化，才能对民族气质有一个大致准确的描述，切不可简单化处理。一般来说，民族气质至少具有两个层面的内涵。一是极为显性的，从文学艺术的一般性风格、特点之中就可以窥测到的民族气质，当然也是通常被人们所普遍接受的。就如人们在讨论西方诸种民族气质、性格之时所说的那样，拉丁民族如意大利人和法国人，民族气质一般外化为活泼、明朗、优雅、浪漫，具有着一种艺术的味道、品格，而德意志民族则显得理性、智慧、深沉，地处不远的英格兰人则将雄浑与幽默有机地结合一处，形成了英国人特有的气质、风范。同样，就中国古人来说，草原民族一般来说豪放、真率、开朗、奔放、乐观，而农业民族则显得保守、拘谨、理性。这些民族气质是显性的、流动的，潜移默化地体现在民族的精神文化实践活动之中，就像一种文化基因刻印在民族心理意识深处，无时无刻不影响着人的精神活动，以各种方式规约着人的意识、心理，需要探究、发现，特别是在民族文化交融的繁盛时期，这种现象尤为明显。二是深层次的民族美体现，不论民族气质是以何种方式呈现，民族气质最根本的体现归宿总是以民族美的凝结而展示的，民族美成为民族气质形成与壮大的最终结晶。在中国历史上，草原民族文化一经产生，草原民族美就闪亮于中国古代美学天地之中，成为草原文学传唱不已的最终主题。然而，在一般人看来，草原民族的性格、气质似乎是凝固不变的、约定俗成的，不管是汉代的匈奴民族，还是魏晋南北朝的鲜卑民族，或是后代的蒙古民族、女真民族、满洲民族等，人们都习惯于用"勇武豪壮、粗犷有力"去概括、表述，应该说这只是一种表面浅层次的民族气质的认识。当然，同为草原民族的这些民族，在精神气质上肯定有其共性，可以视之为草原民族精神的类型化表现。但是，如果仅仅止步于此，未免就失之于简单、空泛、武断，应该将民族气质、精神放置于特定的时空环境和特定的文化载体之中，从类型化、整体系统中挣脱出来，在比较中努力发现、提炼草原民族诸种性格、气质构成中的独特魅力，尤其是注重他们在草原民族性格整体系统中的功能、作用，这样，才能对草原民族的精神、气质、性格及其精彩展现有一较为准确的把握。以同为游牧民族的蒙古民族和藏民族的史诗为例，就可以探视出两种游牧民族的民族性格特点、民族审美理想的些微差异。最具有说服力的是藏民族英雄史诗《格萨尔王传》和蒙古民族英雄史诗《格斯尔传》的形成与流传。作为藏民族英雄的格萨尔王在藏民族雪域佛光的映照之下，不仅仅使藏民族善良、虔诚、刚毅的民族性格体现得淋漓尽致，而且将西藏文化的神秘、深沉、博大和藏民族历史的悠久、沉重宣泄出来，体现出一种西南高原特有的神奇之美的魅力。而脱胎于《格萨尔王传》的蒙古民族英雄格斯尔则将英雄的神异传奇和力量的无限、智慧的超群置于北方草原的广阔无边之下，借助于超凡出神的浪漫主义描写，将蒙古民族人马合一的尚武精神、积极向上的乐观情怀、崇尚和平的人文追求、向往人与自然和谐的民族品性强烈地显现出来。对二者进行分析，不由感受到不同民族风情和文化的独特魅力，感受到民族气质、性格的美的震撼。

色彩与线条虽然主要用于绘画、美术等艺术领域范畴，但在文学作品中仍然是一重要的描写对象，也具有着极为鲜明的民族文化、区域文化的美学精神。就色彩的一般规律性而言，色彩分为暖

◆ 绪　论 ◆

色、冷色、综合色几大系列，而暖色系列中的红色总是与热烈、激情、危险、刺目等联系，与此相对的黑色总是与毁灭、恐怖、阴暗等相关。色彩的民族文化特性主要是民族文化认同、喜好、价值追求、宗教信仰、生活习性等在色彩感受和使用上的具体、直观的体现。在中国古代，色谱系列的民族性差异更为明显，一方面与民族生理、心理基础有着直接关系，另一方面也与民族生存环境、文化精神相关，后者甚至更为重要。黄色是汉民族传统文化系统中的重要色调，意味着庄严、伟大、高贵、神圣，是汉民族文化系统中至尊的颜色，是皇权统治的色系象征。可以从多种文化角度去阐释这一特殊的颜色文化现象。首先，在中国古代最早的典籍文化中已将黄色作为一种美好、吉祥的颜色符号加以使用，《易经·坤卦》中就有"黄裳元吉"的明确说法，将黄色与国运等联系起来；其次，在中国古代传统"五行"之说中，黄色又属于居于中央方位的"土"，自然与政治统治的中央、中枢等问题联系起来；最后，汉民族作为农业民族，其赖以生存、繁衍的最主要的资源就是耕地和水源，而黄河、黄土高原恰好提供了农业发展所需，所以黄色成为汉民族传统文化中的重要色系也就不足为奇。同样，在草原民族那里，白色色系则受到了普遍的垂青与重视，这也与草原民族的生存、发展历史相关。北方草原进入冬春之季，大自然带给人们视觉上的最大冲击力就是唯一的白色色调，所有的一切均覆盖了一层厚厚的瑞雪，而到了夏秋之季在草原上最壮观的景致，莫过于铺天盖地的白色的羊群；同时，蒙古民族等草原民族追逐草地的繁盛，必然会对决定草木生长的日月进行崇拜，日月崇拜的宗教活动等也在一定程度上加强了蒙古民族对白色的认识。当然，以上只是从一般文化的意义上去进行考察，实际情况恐怕更为复杂一些。

　　应当说，中国古人对于美的探索从来也没有停止过。道德内涵的体现、审美形式手段的丰富，显示出古代美学天地的深厚、独特。同时，古人对于美的天地的开掘也已早早起步。这主要是体现在相异于汉民族传统文化的草原文化、草原文学之中。诚然，草原文学对于"丑"的关注与展示，也主要是建立在与汉民族传统文学

47

的对比的基础之上，并不是说草原文学最初专门将"丑"作为一个独立的审美对象来对待，而是经过了一个逐步发展、变化的过程。一般地说，美、丑从一开始就是两个判然分明的对立的审美范畴，因此在人们日常生活当中，"丑"性、类、状的事物一般都是人们厌恶、抛弃的对象，因为它总是使人产生恐怖、烦躁、恶心、呕吐等心理或生理反应，因之在文学作品中也很少被提及、表现。就文学创作而言，"丑"事物进入作家的审美视野，一般情况下均是作为陪衬、参照之物出现的，极少作为作品的主要表现对象而呈现。因为在人们的意识当中"丑"只能产生负面效应，只能毁灭作品的生命力，而不能使之增加任何亮色。所以文学作品中的"丑"多与正面的、主要的、使人愉悦的事物组合一起，很少单独出现。例如，自然界本身客观存在的狰狞恐怖之物，如怪异无比的僵死之物、使人远离逃遁的穷山恶水、凶恶之物等，一般被认为是毫无审美价值的，但是当它与阳光明媚、生机勃发之物融合一起之时，"丑"事物的功能作用就被极大地发挥出来。如元代散曲中的"老树昏鸦"这一意象，倘若没有"小桥流水人家"等暖色的轻快的格调的大力介入，恐怕难以产生强大的艺术想象空间，使《天净沙·秋思》成为千古相传的名篇。同时，随着人们社会认知力、思考力的不断加强，"丑"事物在人们意识中的地位、价值也在逐渐发生着变化。首先，人们明确意识到"丑"是一种客观存在，不管是自然界中的"丑"，或是人类自身，比如只在夜间出现的呼啸不已的蝙蝠和盘曲蠕动的蛇类，或是摧毁一切的自然现象，或是人的性格的严重扭曲、变形后产生的奇特现象，等等，人们同样可以从中有所收获、增益。对于人的求知欲的刺激、忍耐感的培养、好奇心的壮大、意志力的增长、想象力的延伸，等等，"丑"事物均有着不可替代的作用。在中国古代，人们对"丑"的认识主要是从社会道德层面去把握，而且注意到了形态的"丑"与内在的"美"之间的关系，先秦荀子曾在《荀子·非相》篇中说"形相虽恶而心术善，无害为君子也"，直接将相貌的美丑与道德上的完善结合起来，将人格的"美"、道德的"美"作为丑态对象审美判断的主要依据，从此，内涵的永恒正义性、主题的向"善"、人物道德方面的不断完善等，成为汉民族审美文化的重要内容，对汉民族传统文化、文学影响深远。而在草原文化、草原民族看来，对美丑的判断主要与其实用价值相关，主要看其能否对群体生存、发展有利，主要看其是否对部族壮大有利，主要看其是否对人的个体价值的充分展示有利，而不一定受制于道德、人格方面。比如匈奴民族的杰出领袖冒顿，弑父的行为在汉民族传统看来是一件大逆不道之事，应该遭到普遍的唾弃，即使为之，也必须千方百计加以遮掩、粉饰；而在匈奴人眼里，冒顿的被弃、成长、盗马、射父等过程却是其生存意志力强大、智慧出众等具有传奇色彩人生的充分展示，不仅没有任何责罚讨逆之声，而且因之有更多的追随跟从之众。这说明"丑"的内涵与价值在草原民族天地之中有独特的体现。当然，由于民族文化交融的不断深化，汉民族传统文化对草原文化、草原文学的影响也日益明显，在"美""丑"判断与表现方面，逐渐呈现出渐趋合流而又有明显差异的倾向。主要是草原文学深受汉文化的影响，在表现人物性格形象方面逐步渗透汉民族传统文化关于人的道德之美的观念，儒家思想对人物性格构成的影响渐趋明显，人物具有了向"道德美"转化的趋势；同时，多元文化的深度交融，特别是受草原文化朴俗之美追求的影响，在人物塑造上产生了鲜明的世俗化追求，注重人的客观、现实的生活需求，强调人在现实环境中的可能、可行，而不是一味地停留在传统文学对于人物形象之美的艺术化处理上。在这一问题上，元代西域文人兰楚芳、蒙古民族文人杨景贤可谓代表。兰楚芳的散曲《般般丑》中对女性意中人的刻画，杨景贤杂剧《西游记》中对于人物声色欲望的描写，均是对传统人物塑造之美的有力突破。

7. 古代北方草原文学的审美情感

审美情感是人的情感世界中一种极为独特的情感类型，由于其有特定的生理、心理的人类学基础，又在其萌生、发展、变化过程中受到外物的种种刺激，特别受群体生存环境的影响，于是产生了所谓审美情感的自然型基础；同时，由于其本质上归属于社会心理的范畴，受社会环境的种种制约，呈现出社会趋向与个体显现杂糅共存的特点，产生的多元复杂、多彩多姿、微妙灵动、显隐变化、精深无穷等特性使其具有了人类情感体系中最为重要的社会性元素。然而，虽然我们有意突出了审美情感的多维繁杂、精妙变化，但并不意味着人类审美情感就无从琢磨、无法把握，因为我们知道任何一种情感必须既依赖于社会群体的普遍性情感发展规律，又借助于个体心理经验和情感活动的种种状态而表现出来，并且不断地反映和超越着社会群体性规律，而人类的情感认识就是这种过程的不断深化和发展的过程。因此，对于草原民族、草原文学所体现和蕴含的审美情感的分析也必须从草原民族社会心理与个体情感活动的相互促进、演进、影响的角度开始。

人的情感必然受制于人所生存的社会文化，中国古代北方草原民族由于缺乏文字等文化载体、工具的特殊性，因而在记录和保存草原民族审美情感历史方面留下了历史的极大遗憾，但是，我们也要明确这样一个历史客观事实，即草原文化与农业文化的相对性、交融性和互补性，也就是说对于农业文化背景下产生的审美情感特性的分析会对草原文化背景下形成的审美情感特性的总结起到极大的推动作用，这是我们思考这一审美现象的理论认识前提。

从中国古代早期文化、美学、文学、艺术的整个发展过程来看，中国古代文学、艺术的审美情感并非一种单一的独立的情感类型现象，也就是说审美情感的产生、发展、变化等总是与人的社会性活动、人格性活动、道德性活动紧密相连、不可分割，纯粹的艺术审美情感活动从来也没有出现过。一方面其重视了情感活动的目的和归宿，也就是说任何情感活动必然是一种有序的涵养生成过程，另一方面又强调了情感活动的社会性功能、道德性指向、人格性完善等特点。作为先秦诸子文化的先觉者的老子强调了情感、心理、思维活动的"致虚极，守静笃"[1]，一种虚空静寂的状态下展

---

[1] （魏）王弼注，楼宇烈校释：《老子道德经注校释》，中华书局2016年版，第35页。

开上下无穷的探索，而其归宿是"复归于婴儿"①，达到无知无欲无思无虑的"无为"之状，尽管这在一定程度上触及了审美情感的无功利性和自由性，但其最终却是强调了情感活动导致人的价值追求的逐渐丢失。同时，先秦儒家的代表孔子、孟子、荀子关于人的情感活动的阐述则有意关注了人的修养提高的功能作用。孟子在《孟子·公孙丑上》云："我善养吾浩然之气。……其为气也，至大至刚，以直养而无害，则塞于天地之间也。"② 而所谓"浩然之气"就是孟子所倡导的道德型理想人格的丰富内涵，即对"仁义礼智信"等个体人格美的无限逼近和个体人格力量培养的极端重视。荀子在《荀子·王霸》篇中说："夫人之情，目欲綦色，耳欲綦声，口欲綦味，鼻欲綦臭，心欲綦佚。此五綦者，人情所必不免也。此五者有具，无其具，则王者不可得而致也。"③ 直接将人情的变化与政治王道之业结合起来，人情的训导养成与社会政治息息相关。而儒家的开创者孔子则更突出了情感之美的培养与人的精神修养、人格形就之间的内在关联。《史记·孔子世家》记载了孔子学鼓琴于师襄子的经过："孔子学鼓琴于师襄子，十日不进。师襄子曰：'可以益矣。'孔子曰：'丘已习其曲矣，未得其数也。'有间，曰：'已习其数，可以益矣。'孔子曰：'丘未得其志也。'有间，曰：'已习其志，可以益矣。'孔子曰：'丘未得其为人也。'有间，（曰）有所穆然深思焉，有所怡然高望而远志焉。曰：'丘得其为人，黯然而黑，几然而长，眼如望羊，心如王四国，非文王其谁能为此也！'师襄子辟席再拜，曰：'师盖云《文王操》也。'"④ 说明孔子学习鼓琴的过程并非停留在掌握琴技的层面，而是将重点放在领会音乐的内在精神和提高自我人格修养之上，是一个明显的由外在的视听感受、行为上的技术把握逐步上升到学养提

---

① （魏）王弼注，楼宇烈校释：《老子道德经注校释》，中华书局2016年版，第73页。
② （清）焦循撰，沈文倬点校：《孟子正义》，中华书局2017年版，第165页。
③ （清）王先谦撰，沈啸寰、王星贤点校：《荀子集解》，中华书局2017年版，第249页。
④ （西汉）司马迁：《史记》，中华书局1959年版，第1925页。

升、人格淳厚的境界过程。由于先秦文化先贤对于审美情感如上的奠基性认识，中国古代文学艺术在审美情感的演进和发展方面始终就沿着善美一体、道德至上、中和守正的轨迹前行，始终将诗品与人品、道德与文章、艺术与灵魂统一和谐，始终将情感的自然真纯、欲望的宣泄释放、自我的肆意表露、自然的真实描绘等文学创作倾向视为洪水猛兽，回避和排斥"侈情""淫情""私情"，批判文学艺术对于人伦道德之美的任何冲击、影响，将所有的文学表达统筹和规约在对善美道德人格的生成、熏养之上。优秀的作家要像清代桐城派大家姚鼐弟子管同在《与友人论文书》中说的那样，"日蓄吾浩然之气，绝其卑靡，扼其鄙吝，使夫为体也常宏，而其为用也常毅"。一方面要不断增益道德修养力量，一方面要促进读者的人格提升。所以，在古代审美情感天地之中，适性、止欲、节情，使情感的一切过程体现出平和稳定的状态，反对滔天巨浪般的起伏动荡，就成为汉民族传统文化审美情感的主调性规律，在古代文学艺术中起着调适一切艺术活动过程的作用。南宋理学家朱熹在《朱子语类》卷五中曾讲过一段非常有名的话："性所以立乎水之静，情所以行乎水之动，欲则水之流而至于滥也。"实际上已经异常鲜明地将欲望完全排斥于正常的情感范畴之外，对古代文学艺术影响深远。

　　那么，相对于异常深厚、巨大的道德型审美情感的影响，古代北方草原文学所蕴藏、体现的审美情感又是一种什么样的状态呢？在笔者看来，首先，古代北方草原文学是在北方草原文化的润养、影响之下生成的，当然其中相当多地吸收和融入了汉民族传统文化的有机成分，但其主体依然显现着鲜明的草原文学、草原文化特色。同时，古代北方草原文学所包含的审美情感并非一成不变，而是体现着异常明显的渐变的时代性、民族性特征。其次，在与汉民族传统文化润染下形就的传统古代文学审美情感的交融互动过程中，古代北方草原文学的审美情感之路愈加显得新奇、鲜艳，充满活力，对于中国古代文学的丰富与发展起到了极为有力的推动作用。

　　客观来看，古代北方草原文学从产生的一开始就具有了鲜明的

绪　论

草原民族特质，而审美情感同样如此。从历史典籍中寻绎到极为少见的草原文化、草原文学记录中，我们可以明确意识到古代北方草原文学的最初出现就展现了与汉民族传统文学不一样的审美情感形态。如果说《诗经》绝大多数的诗歌作品体现了一种以道德性审美情感为主的审美过程的话，那么《诗经》中少量的具有草原文化特质的诗歌作品则表现了另外一种草原诗歌的审美情感状态。作为中国古代最早的诗歌总集，《诗经》包罗万象，所谓"周代文化的百科全书"，从而其不可能只是汉民族传统审美文化的反映，其中一定包含了草原文化的因素，从而其个别诗篇也就可以列入我们所说的草原诗歌的范围，特别是《诗经》中的《秦风》与《小雅》中的诗篇，确实呈现出别样的审美情调和风致。如果说《诗经》绝大多数诗，特别是抒情诗均呈现出鲜明的"雅正""和善"之美，所谓"诗三百，一言以蔽之，思无邪"的话，那么少数的诗歌，则在这种"无邪"之音的统摄之下，有所超越、有所突破，展现出一种重视自我人生感受和地域文化特征的强烈追求，显现出一种崇尚真实、突出自然、讲求自我的审美情感。这里的"真"，并非儒家所倡导的"善"导引和规范下的"真"，是一种克服了"礼"的束缚的情感的纯粹、简单的"真"，是一种任我自由、心底自然流泻出的"真"。它较为接近《庄子·渔父》所说的"诚"之"真"。庄子谈道："真者，精诚之至也，不精不诚，不能动人。故强哭者虽悲不哀，强怒者虽严不威，强亲者虽笑不和。"[①] 所谓"强哭""强怒""强笑"即指种种经过礼法、规矩、道德过滤过的情感状态，并非内心的真实感受；在庄子看来"真悲无声而哀，真怒未发而威，真亲未笑而和。真在内者，神动于外，是所以贵真也"。只要是不假修饰和洗礼的真实情感，不注重社会效果的情感，不强调道德教化色彩的情感，则往往具有极强的情感力量。而这一点经常被后世所误解，就如金代大文人元好问在《杨叔能小亨集序》中所言："故由心而诚，由诚而言，由言而诗也。三者相为一。情动于

---

① （清）郭庆藩撰，王孝鱼点校：《庄子集释》，中华书局2016年版，第906页。

中而形于言，言发乎迩而见乎远，同声相应，同气相求，虽小夫贱妇孤臣孽子之感讽皆可以厚人伦、美教化，无它道也。故曰不诚无物。"①依旧强调了情感表达的社会教化作用。实际上，如果将人的情感表达置于一定的社会理性力量的框架规定之内，就必然会使本然的情感真实"变形""扭曲"，必然会导致文学艺术向矫饰、浮泛、虚缛方向发展，就会出现"伪文""虚情"的泛滥。中国古代文学历史上的每一次文学革新实际上就是二者之间的不断冲撞，而在中国古代文学演进历程中始终提举自然真实审美情感旗帜的就是不断冲刷着汉民族传统文学的草原文学。如果将先秦《诗经·秦风》中秦人的慷慨放歌与其他诸诗相比较，自然会发现秦歌中少了几许社会道德的分量，添了几多个性张扬的力量。而如果将视野放之后世，草原文学对"真"实审美情感追求与表达的特点会更为明显、浓郁，草原民族对于生存环境遭到破坏的恐惧、忧虑，对于男女爱情美好的大胆追逐、向往，对于家乡故土的热忱、关爱，等等，均流泻出一种没有任何修饰妆扮的真诚之情。到了元代，随着草原文化铺天盖地而来，古代文学对于"以真为美"审美情感的追寻和展演进入到一个新的时代，所谓文学真正意义上的返璞归真，意即文学对于社会世俗生活的真正介入和表现。实际上，自从中国古代文学诞生以来，对于真实之美的追求与展现的脚步从来也没有停止过，但究竟什么是生活的真实，如何演绎，则在文学史上并没有引起文人的注意，或者是文人已经习惯于在先秦孔孟美学思想的轨道上前行，而没有过多地关注生活的真实究竟是什么。于是自先秦而延至宋代，温柔敦厚的文学追求依然钳固着文学天地，其间虽有来自于契丹民族、女真民族、党项民族等草原文化的有力冲击，但古代文学对于典雅、精致、含蓄、唯美之风的崇尚和歌咏依旧是文学的主流。只有进入了蒙古民族作为统治民族的元朝，古代文学才将真正的生活真实引入文学艺术，文学表现生活的质感、深度才有了新的突破。比如由西域作家主导的新的边塞诗创作，从中再也

---

① （金）元好问：《遗山先生文集》卷36。

看不到唐代边塞诗所热衷的战争与和平的主题，而核心则是对于内地、南方极为罕见的边地生存环境、风俗的倾情描写，对于元代特有的都城景观的描写，其再现性描写的倾向使草原文化一次又一次流播天下，对于元代的多种文化交融、渗透起到了积极的推动作用。显然，文学艺术的政治功利色彩、道德教化特征有了明显减弱，随之而来的则是对现实生活之美的重新审视和发现、展示。这里，不仅仅停留在对于传统之美范畴的进一步发展方面，更重要的是新的美学天地的重新开掘和表达。比如，对于"肉欲"等人的感官刺激性满足方面的展示，对于现实生活中"丑"的重新评价和表现等，均成为元代文学崇尚自然之美、真实之美的强力展现。

8. 古代北方草原文学的悲剧性审美心理

谈及审美心理，实际是从文学、艺术的角度来谈人的情感状态、类型，所谓"悲""悲情""悲剧"实际上是一种情感类型，而并非一种艺术形式或体裁，还可以当作是一种美学观念、美学形态，是对人类情感性质、状态、功能的一种总体上的把握。中国古人很早就对人的情感、心理有较为全面的认识，有所谓七情六欲之说，《礼记·礼运》篇说："喜、怒、哀、惧、爱、恶、欲七者弗学而能。"意味着七种情感是人与生俱来的情感反应，而最基本的则为"喜""哀"两种；《吕氏春秋·贵生》篇说："所谓全生者，六欲皆得其宜者。"意指由六种生理性感官受外界的刺激而产生的种种欲望，后人以此作为人的最普通的情感欲望的概括之语。而对于其中的"哀情"而言，古人很少用"哀""苦"字去表现，而是多以"怨"去抒发，且又多和"愤"相联，所谓"怨愤"之情。但是，就汉民族传统文化中的美学思想表达而言，"怨愤"虽然成为后来的表达痛苦、不满甚至反抗等情感的通用之语，似乎二者没有太大的区别，"怨"就是"愤"，由"怨"而"愤"自然而然，实际上二者有着本质的不同，它是汉民族"哀"类情感的两种基本构成，是经儒家思想创始人孔子认定并且大力倡导推行的情感类型，是完全顺应、符合儒家思想要求、遵循"中庸之道"的情感状态。孔子论及《诗经》的审美功能时提出了著名的"兴""观""群""怨"理论,"怨"情、"怨"意、"怨"志就成为文学情感意蕴的中心内容,也成为"哀""苦"之情的集中体现。而从美学思想来说,"怨"就成为体现儒家文化精神的核心美学观念。所谓"以怨为美"的审美价值观念由此产生,且越来越壮大、发展,成为影响中国古代文学的一个最重要的美学判断和美学理想。中国古代文学所弥漫、充斥的"怨诗""怨文""怨曲"就集中说明了这一点。然而,必须注意,"怨"情虽然也是个体对生存状况和环境的一种不满、痛苦,但其根本是自我情感的收缩、内敛、压抑、隐藏,是情感在受到外界冲击后而产生的一种以自我保护机制为主的内在调节,而其最主要的方式是努力克制、弱化自我的"怨",使之停留在"哀而不伤""怨而不怒"的状态,实现情感的最终平衡、安宁。反映在文学作品中,就要使作者情感的抒发、表达与接受者的审美阅读情感恒定在"过犹不及"的"中庸"尺度上,不可破坏与冲击儒家对于"仁""礼"的种种规范和要求。此后经过屈原,特别是司马迁"发愤著书"的发展,"以怨为美"的美学思想又有了明显的发展,集中体现在"愤"怨之情的日渐浓重和强烈方面,"以愤为美"成为一种新的审美追求。所谓"至于楚臣去境,汉妾辞宫;或骨横朔野,魂逐飞蓬;或负戈外戍,杀气雄边;塞客衣单,孀闺泪尽;或士有解佩出朝,一去忘返"[①]。人生的苦痛悲哀已到极致,不由要有力度、有分量地宣泄出来,"以愤为美"于是在文学作品中逐步深化、显现,成为"以怨为美"的进一步拓展。而这种审美思想的变化在笔者看来,实是由草原文化、草原文学审美思想的有力影响而导致的、产生的、壮大的。我们知道,汉朝特别是东汉后期以匈奴民族为代表的古代北方草原民族逐渐发展壮大,虽然南匈奴明确附汉、归汉,成为汉代王朝的附属,但其草原文化及政权并没有根本性的改变,只是在名义上成为汉王朝的附庸。由此匈奴等草原民族所拥有的草原文化在多元民族文

[①] (南朝) 钟嵘:《诗品》,中华书局1998年版,第17页。

绪 论

化交融的过程中必然会对传统汉民族文化形成冲击，在美学追求方面也会对汉民族传统美学思想形成影响，特别是对"温柔敦厚""怨而不怒"的美学格局形成冲击。而产生这一变化的直接原因就是以注重个体价值实现，强调人的力量、智慧、意志的草原美学价值观的强力介入传统文化。中国古代文学至魏晋而一变，所谓文学自觉时代的来临，一种极为普遍的关注人的生存问题、价值问题的文学纷纷涌现，中国古代文学出现了令人称奇的"魏晋风骨"。何谓"风骨"，名家多有解读，但是在笔者看来，"风骨"就是个体的人在社会生存中的独有感悟、独有兴发、独有表现，就是人的个性、才情、观念、价值追求等感情、认识在文学方面，特别是诗歌上的个性化展示。虽然此时期显示了极为浓重的"以怨为美"的感伤主义色彩，就如被称为"五言之冠冕"的《古诗十九首》，但是，洋溢着人的自觉、人的觉醒、人的崛起、人的独立、人的尊严的生命意识、价值意识依然如不可遏制的春草一样昂然生长、鲜丽怒放，对此，李泽厚先生在《美的历程》中谈道："表面看来似乎是如此颓废、悲观、消极的感叹中，深藏着的恰恰是它的反面，是对人生、生命、命运、生活的强烈的欲求和留恋。……只有人必然要死才是真的，只有短促的人生中充满那么多的生离死别哀伤不幸才是真的。既然如此，那为什么不抓紧生活，尽情享受呢？为什么不珍重自己、珍重生命呢？"[①] 人只有在明确意识到生命的短暂、珍贵、难以把控之后，才能将关注和思考的重心放在自身生命存在的意义和价值的追求、实现上来。这样，在魏晋诗坛，尽管有"建安七子"的自我怜伤的痛苦呻吟、深远咏叹，但是最引人注目的还是幽燕老将曹操的慷慨雄放、阳刚四溢之作。这里不仅有时局的深沉感慨，更多的是对时代混乱、政治黑暗的愤激之情和对个体生命意义、价值的肯定、激赏之情，其《观沧海》《龟虽寿》《短歌行》等对个体人生价值的积极追求无疑是新的美学风范、美学精神的鲜明体现，是古代

---

① 李泽厚：《美的历程》，生活·读书·新知三联书店2018年版，第92页。

美学领域的新的拓展，是对"以愤为美"美学思想的有力促进。"以愤为美"的中心是张扬人的社会实践精神、开拓精神，是彰显人的作为、努力、形象，是对人的内在品格和外在追求、行为的一种肯定，是人在社会存在中受到挤压后的积极的反应和抗争，与草原文化、草原文学的中心阳刚之美、力量之美有着本然的联系，是以阳刚之美为代表的草原文学对汉民族传统文化、文学的一次有力的洗礼。至此，不论是北朝民歌的慷慨歌唱，还是唐代劲吹的边塞豪壮之曲，都是对"以愤为美"的进一步申扬、深化。也正是在此基础上，元代的草原文学才展现出更加夺目的奇异光芒。这里，不论是西域文人的倾情歌咏，还是草原民族文人的戏曲造型，都体现出一种独特的艺术品味，使人惊叹不已。而最为使人拍案惊奇的则是蒙古民族对于战争厮杀、血亲维护、忠诚友谊的刻骨铭心，这里没有对于战争的恐惧、退让，没有温情脉脉和儿女情长，只有严酷的拼杀和对抗；这里没有留有余地的情感缠绵和宽容忍让，只有血脉的保护和对承诺的誓死严守、以死捍卫，其间流溢出蒙古民族那种特有的草原美学品格，而这一切均是对"以愤为美"美学精神的强力发挥，而最为经典的例证则是被誉为"世界游牧民族罕见经典"的《蒙古秘史》。郑振铎先生在《插图本中国文学史》中极其动情地说其"浑朴天真""生气勃勃""真实地传达出这游牧的蒙古人的本色来了"。其最鲜明地体现在对于战争的态度认识方面、对于友情的体验方面、对于血亲的认可方面，而这一切都与汉民族传统文学的表达有着明显的不同。一般说来，战争是制造灾难的机器，哀鸿遍野、流离失所、民不聊生，总是使人产生痛苦深重、呻吟不已的感受，历代汉民族文学作品也始终把厌弃战争、痛恨战争、否定战争作为最核心的主题来歌咏，这使得作者也始终站在批判战争的立场上，将战争所带来的严重后果作为中心来叙写，将民众在战争中的风雨飘摇作为重点来展示，他们笔下的战争丝毫不能带来一种人与人之间对抗所产生的生命原始冲动、生命力强力绽放所拥有的快感。比如汉代著名女性文学家蔡文姬的《胡笳十八拍》，尽

绪 论

显民族战争冲突带给百姓的深重痛苦,感情哀痛深挚,而不能使人产生对于战争的一种渴望、一种欣赏的审美情趣。而在《蒙古秘史》描写战争的过程之中,我们不再止步于领会战争本身的破坏力的强大,而是静静地观览到蒙古民族在发展、强大的过程中战争所具有的神奇力量,那种视战争为民族生存正常的生产活动的表现态度,那种浓烈的对战争采取静观赞赏而不显露任何恐惧或悲悯的写作态度,完全改变了传统文学对于战争的展现格局。这里有"人对于人像狼一样"的凶狠、强悍,有人对于战争的强烈渴望和投入,有视战争为日常生活有机组成部分的平常心,有对于战争严酷、惨厉的司空见惯。而这一切并不是战争的频频爆发所带来的心态的冷漠和无奈,而是战争的日常化、随时化使蒙古民族已经将战争当作生存发展的必然组成部分。当然,我们可以将此理解为蒙古民族在部落争夺水草之地过程中已经习惯了战争的特点和危害,因而养成一种在日渐熟悉、适应和普遍积极参与情况下的赞赏态度,而并非将自我置于战争之外,或冷漠地旁观,或凌驾于战争之上,全然是一种置身事外的角度;或者,身处战争的进程之中,但只注重了战争的残酷、凶险及对生活的破坏,而完全抹杀和否定了战争使人的意志、力量、智慧、持久力等积极元素得到了最大限度的释放和展示,使人的愤懑、仇恨、忧虑等情感积累得到最大限度的宣泄和喷放,从而使人在这一最富有生命力显现和激情展示的舞台上尽显风致、挥洒风流,创造一个又一个属于人的传奇、神话。一句话,《蒙古秘史》中对于战争的态度、视角、手段等属于古代草原民族战争描写艺术系列中最具草原文学美学精神的部分,实际上,草原民族对于战争的认识已经显现出一种超越传统"以愤为美"的审美范畴的新的审美方向,一种以对抗为美、以力量为美、以搏斗为美、以血腥为美、以暴力为美的审美格局正在草原文学的艺术天地中展延开来。这是元代以《蒙古秘史》为代表的蒙古民族叙事文学新的审美追求的激情展演。

同样,在《蒙古秘史》中也将汉民族传统文化中的守信、诚信等个体道德的美的追逐、捍卫、维护等体现得更加具有力度、强度，更震撼人心，更为血腥和酷烈。信义之道是汉民族传统文化的精华所在，重然诺、守信义、讲诚信是人伦美德之一。在这一人格道德之美的构建和呈现方面，汉民族传统文学与北方草原文学均做出了自我的不懈努力，但却有着不同的审美力量和艺术效果。汉民族传统文学关于守信之美的经典之作可以元代宫天挺的杂剧《死生交范张鸡黍》为代表，草原文学中可以《蒙古秘史》中成吉思汗与札木合的安答之义为代表。前者讲述了一对异地同窗重视承诺的故事，按约定日期不远千里赴宴，以及友亡为之守墓百日，情感真挚，令人潸然泪下，一种发自心底的恻隐之念陡然浓烈弥漫，两个普通的读书人为了读书时的一句不经意的日常饭约，竟然形就了一段千古佳话。后者传递出蒙古民族对于信义的强大的自我捍卫本能，一种以生命去践诺的勇气和自觉。成吉思汗与札木合在少年时期结成情同手足的"安答"（即"兄弟"），并在各自人生发展最艰难的时期互相支持、不断深化，在草原上广为流传，成为他们各自人生征程中难得而又珍贵的一笔财富。然而，在统一蒙古草原部落的征战中二人反目成仇，不断征伐，结下血海深仇。终于札木合失败被俘，成吉思汗以大海般广阔的胸怀决定赦免札木合，而札木合却以蒙古草原民族对誓言和承诺的誓死捍卫为原则，主动要求"赐死"，说道"（我们）一块吃了不能消化的吃食，一块说了不能忘记的话语"①，而自己却以所作所为践踏了誓言，背弃了友谊，不由得深深自我谴责和懊悔。于是拒绝了成吉思汗的赦免，并按照蒙古民族的惩戒习俗俯首就戮，用毛毡裹身被乱棒击打身亡，以自我的慨然赴死维护了蒙古民族对于承诺和信义的忠诚与恪守。由此，汉民族传统守信经典强调了情感的意味深长、感人肺腑，侧重于在日常生活的点滴中捕捉感动人心的典型事例，在日常生活中升华诚信之美，而蒙古民族则更强调了生死存亡之下人们对于信义之道的捍卫，从中显现出蒙古草原民族豪壮磊落的民族品格。同时，前者

---

① 札奇斯钦：《蒙古秘史新译并注释》，联经出版事业公司1979年版，第285页。

突出了个体道德之美的自我约束和自我升华的力量，一种自觉维护内心道德之美的力量升腾而壮大，不由使我们惊叹古人对于生活之中只言片语进行刻意实践和追求的力量之大、付出之巨。后者深化了个体对群体约规的自我实现，与其说是一种自我践诺，不如说是一种自我救赎，在殷红鲜血的映照之下，失败了的札木合的形象也自然拥有了英雄之美，使人们崇敬不已。

第一章 风调别样的美学追求
——先秦北方草原文学

如果将中国古代文学艺术与西方的古代文学艺术进行比较，会发现两个奇特的现象：一是中国古代始终是一个诗歌的黄金国度，从上古歌谣、《诗经》、《楚辞》到唐诗、宋词、元曲、明清诗歌，诗的传统和价值源远流长，诗的数量浩如烟海，诗成为中国文学艺术中最有生命力、最有代表性、最具备东方文化色彩特征的文学体式。二是中国古代自文明发生时起，就是一个多民族共存共生的国家，少数民族、边疆区域的文学创作与汉民族文学一样历时久远，丰富多彩；他们以文学来抒写人生情怀，描述民族历史，表达生活理想，成为中国文学艺术历史长廊中不可或缺的有机组成部分。由此，自中国古代文学发轫萌生时起，来自草原的慷慨雄放、豪壮健伟，深婉流畅、自然和谐的天籁之声，就成为中国古代文学艺术园地中最奇特夺目、芳香四溢的绚丽花朵；而其中所渗透、体现、奔涌着的草原文明、草原文化、草原精神、草原审美心理、草原审美情感、草原审美方式等独特表达成为草原文学美学精神、美学追求的主要内涵。

说起草原，不论人们用什么样的语言去赞美它、描绘它，其蓝天白云、牛羊成群、绵延万里、一望无际、天地一体的广袤、苍翠总为人们所津津乐道。在人们的意识世界中，通常把杂草丛生、间或有耐旱树木的广阔区域称为草原。从这种意义出发，以散点透视的目光审视中国辽阔深远的北方，以蒙古高原为中心，向东伸展至大兴安岭，向西绵延到阿尔泰山，西南蜿蜒至喜马拉雅山脉，其间

第一章 风调别样的美学追求

宽阔、苍茫、宏伟的大地，就是令人神往的北方草原。在这片宽广神奇的土地上，有无数草原游牧民族所建立起来的部族、王国，或集中，或分散，与天地自然相抗衡，与中原汉民族主体政权相斗争，战争与和平，交融与对峙，侵扰与相安，统一与分裂，演绎着一幕幕感人至深、催人泪下的悲喜剧，震荡着、洗涤着悠久而又深厚的华夏文明，展演着草原民族对美的执着而又独特的追求。

一般来说，民族赖以生存和延续的基础便是民族文化的产生、巩固、深化，而其最主要的标志则是具有政权性质特征的地区统治的建立和发展。在深厚悠远的中华文明发展史上，文明的源头可以追溯到中原农耕文化初具雏形的夏朝。《左传·昭公六年》记载子产讲"夏有乱政，而作禹刑"[1]，这反映出夏代形成了国家，并制定出最早的刑法。《论语·宪问》南宫适云"禹稷躬稼而有天下"[2]，意为禹践行农业生产活动拥有了天下。《孟子·滕文公上》说"夏后氏五十而贡"[3]，即夏国家分给每户农民土地五十亩，农民向国家交一定的贡赋。《史记·夏本纪》说"禹乃行相地宜所有以贡"[4]；《汉书·食货志》也说"禹平洪水，定九州，制土田，各因所生，远近赋入贡棐"[5]。凡此，特别是贡赋缴纳的出现，是国家政治统治产生的一个重要标记。夏朝的建立标志着汉民族文明的正式产生。同样，随着夏朝的建立，与之相对的其它文明特别是草原游牧民族文明的部落政权也相继产生，成为与华夏主体民族文明相别的文明。根据《竹书纪年》的记载，夏朝建立之时，还有淮夷、于夷、方夷、畎夷、玄夷、岐踵戎各方民族部落政权。虽然历史文献缺乏此方面的记录，但可以说最起码有不同生产方式、生存方式的民族文明客观存在。时光延至商人建立的商朝，从现存甲骨文所提供的信息来看，除了在河南商丘、洛阳地区建立政治统治的

---

[1] 杨伯峻编著：《春秋左传注》，中华书局2015年版，第1275页。
[2] 程树德撰：《论语集释》，中华书局2017年版，1094页。
[3] （清）焦循撰，沈文倬点校：《孟子正义》，中华书局2017年版，第276页。
[4] （西汉）司马迁：《史记》，中华书局1959年版，第51页。
[5] （东汉）班固：《汉书》，中华书局1962年版，第1117页。

商朝政权之外，还有人方、土方、鬼方、羌方、戎方等民族文明，之所以均有一个"方"字，实际意味着生存区域的差别，"方"是对商朝政权中心而言的其他地区的民族文明的通称，"鬼方""羌方"等在《诗经》《左传》《史记》等文献中均有涉及，也被后世学者所认可；说明在商朝时期，中华大地上就活跃着诸多民族，而其中的"鬼方""羌方"等恐怕就是先秦夏商时期北方草原民族或游牧民族的代表。到了周朝，民族多元、文化多元的现象更为显著，《史记·周本纪》记述武王伐纣，就有庸、蜀、羌、髳等各处少数民族头领率兵相助，而随着周王朝疆域的不断扩展，周边各少数民族与周王朝的关系也越来越紧密。《左传·昭公九年》记载："王使詹桓伯辞于晋曰：'我自夏以后稷，魏、骀、芮、岐、毕，吾西土也。及武王克商，蒲姑、商奄，吾东土也；巴、濮、楚、邓，吾南土也；肃慎、燕、亳，吾北土也。'"① 意味着周王朝四方各有不同的民族部落，而在周天子的眼里，均属于其统治范围之内，居于北方的肃慎民族大致就以游牧、狩猎、采集为主要生产、生存方式，这就说明远在先秦时期就广泛出现了以农业文化为主的民族和以游牧文化为主的民族并存共生的历史格局。客观来说，在历史的车轮进入东周之前，文献典籍中还没有出现过关于中华大地上的华夏早期民族与周边少数民族产生激烈纷争或对立的记载，也没有明确各少数民族究竟以何种生产方式为主，但是，从早期的极少历史资料来看，在炎帝、黄帝为主要代表的中华民族祖先活动时期，就已经出现了多种民族部落相依共存的局面，而炎帝和黄帝逐渐成为农业民族和草原民族、游牧民族的代表、祖先，而在二人所代表的两大部落或两大文明、文化的争战过程中，北方草原文化、游牧文化也进入到农业文化繁盛的中原地区；同时，在其争战之时，许多部落恐怕也表现出较为鲜明的草原游牧狩猎特征。《列子·黄帝篇》记载的"黄帝、炎帝战于阪泉之野"②，就有"帅熊、

---

① 杨伯峻编著：《春秋左传注》，中华书局2015年版，第1307页。
② 杨伯峻编著：《列子集释》，中华书局1985年版，第84页。

第一章 风调别样的美学追求

罴、狼、豹、䝙、虎为前驱,雕、鹖、鹰、鸢为旗帜"①的多种部落的加盟,而这些以动物为图腾标志的部族,恐怕相当一部分属于游牧狩猎文化,但是此时期没有任何关于两大文化冲突的记录,倒是显得融合无间。《韩非子·十过》第十说:"昔者黄帝合鬼神于泰山之上,驾象车而六蛟龙,毕方并辖,蚩尤居前,风伯进扫,雨师洒道,虎狼在前,鬼神在后,腾蛇伏地,凤皇覆上,大合鬼神,作为清角。"②其中所谈到的"大合鬼神"即是说有多种民族、部落参加的一次盛大的部族大会。而一旦进入到周王朝,尤其至东周春秋时代,关于农业文化、农业民族与草原民族、游牧文化的纷争、矛盾则日益表现出来。在春秋时期的典籍中,常将"夏""夷"或"华夏""夷狄"对举,倡导"以夏变夷""以夏化夷",表现出极为鲜明的文化价值追求倾向。而客观上"夏"与"夷"的区别并不在于文化品位的高低,所谓的差别究其实质是区域、地域间生产方式、生存方式的不同,进而导致了生活习俗、价值观念、民族精神等方面的不同。这是一种客观的不同,并非所谓的先进、文明与落后、野蛮。自然环境不同,就有着不同的风俗习惯,有着迥异的文化传承和价值趋向,而文明的发生就是在自我相因沿习的生产、生活方式的基础上出现的。王夫之曾对华夏文明和夷狄文明之间的差异进行总结:"(华夏)有城郭可守,墟市之可利,田土之可耕,赋税之可纳,婚姻仕进之可荣";而"(夷狄)则自安其逐水草,习射猎,忘君臣,略昏宦,驰突无恒之素"。③从历史发展来看,少数民族政权或文明的客观存在,不仅限于周王朝的周边地区,就是在中原的腹地,也有相异于华夏文明的多种少数民族繁衍、发展。宋代学者洪迈在《容斋随笔·周世中国地》篇中明确说成周之世,"河东之境,有赤狄、甲氏、留吁、铎辰、潞国;洛阳为王城,而有杨拒、泉皋、蛮氏、陆军、伊雒之戎。……其中国者,独晋、卫、齐、鲁、宋、郑、陈、许而已,通不过数十州,

---

① 杨伯峻编著:《列子集释》,中华书局1985年版,第84页。
② (清)王先慎著,钟哲点校:《韩非子集解》,中华书局1998年版,第65页。
③ (明)王夫之:《读通鉴论》,中华书局1975年版,第1030页。

盖於天下特五分之一耳"①。说明进入周季，就连河北、洛阳等所谓中原文化的中心地区也有包括草原民族在内的多种少数民族生存发展，不唯周边、边疆地区。由此观之，在中国古代文明、文学发轫时期，中华大地上就有草原民族、草原文化生存、繁衍、发展，因而就产生了充满北方草原美学特质的草原文学。

第一节 草原诗歌的"异"枝独秀

在遥远的先秦，中华文明对美的古朴追求从一开始就是多元文化的荟萃、集中并形象呈现。不必说体现远古诗歌源起状态的诗舞之祖"葛天氏之乐"，其"歌八阕"之一的"逐草木"之义，恐怕既有原始初民对草木之神的敬重心理，也有渴望草木葱茏以飨羊牛的朴素愿望，透露出多种生产方式并存的历史客观；就是显示黄帝威势天下的音乐舞蹈《清角》的表演盛况，也充分说明了多元文化并存的特征，上文《韩非子·十过》所言的"清角"从记述来看，就是体现、汇聚各氏族部落图腾信仰与艺术精华的大型歌舞，不如此，无法显示黄帝的君临天下；直到春秋战国时期传奇的"九鼎"，也充分显现着多元民族文化并存这一特性，《左传·宣公三年》记载楚庄王觊觎周室："定王使王孙满劳楚子。楚子问鼎之大小轻重焉。对曰：'在德不在鼎。昔夏之方有德也，远方图物，贡金九牧，铸鼎象物，百物而为之备，使民知神、奸。故民入川泽山林，不逢不若。'"②《史记·封禅书》讲："禹收九牧之金，铸九鼎，皆尝鬺烹上帝鬼神。遭圣则兴，迁于夏商。"③可知九鼎乃禹治水划定九州之后而铸，以象征九州归一，一方面其由当时罕见的青铜铸炼而成，另一方面还雕镂着象征各种民族、部落图腾标志的各种物象，所谓"百物"之象，以此来显示总揽天下的宏大气势和百部统一的无上权威。

---

① （南宋）洪迈：《容斋随笔》，中州古籍出版社1994年版，第98页。
② 杨伯峻编著：《春秋左传注》，中华书局2015年版，第669页。
③ （西汉）司马迁：《史记》，中华书局1959年版，第1356页。

第一章　风调别样的美学追求

从以上的记载来看，华夏文明和夷狄文明从一开始就处于和谐共生与对峙并存两种状态。而和谐共生的前提是各区域、各民族文化同处于一个政权或一个王朝的统领之下，哪怕是短时期内暂时服从于一位首领或君主，然而绝大多数的历史情形是农业文化与草原文化的斗争与相抗，但是，不管是哪种情况，草原文化滋养下的草原诗歌都会大放异彩，显现出夺目而异样的光辉。作为中国古代最早的诗歌总集的《诗经》就极为鲜活地记录并反映了这一历史客观存在。被誉为"周代文化百科全书"的《诗经》以艺术和写实的手段反映了古代西周到春秋时期中国古代北方多彩多姿的生活，其中不乏以现实主义为主要美学精神的诗歌，就是在《诗经》的《大雅》《小雅》所谓以反映贵族生活为主的诗歌当中，也存有展现现实生活种种状貌的诗篇。对于《诗经》的现实性表现古人早有论述，东汉何休解诂《公羊传》说："男女有所怨恨，相从而歌，饥者歌其食，劳者歌其事。男年六十、女年五十五无子者，官衣食之，使之民间求诗。乡移于邑，邑移于国，国以闻于天子。"[①] 既提到了《诗经》内容的现实特性，又说明了《诗经》成书的缘由，其中"饥者歌其食，劳者歌其事"历来被认为是《诗经》现实主义精神的集中写照。由此，既然《诗经》表达的内容如此之丰、时间跨度如此之长、涉及区域如此之广，那么《诗经》就应该不仅仅是北方农业文化、农业文明的艺术再现，也应该有草原文化、草原文明的歌声，也应该有草原美学精神的艺术表达。沿着这样一种思路，翻检《诗经》，就会惊喜地发现，在《诗经·小雅》当中，有一首题为《无羊》的诗充分印证了我们的思考，在以艺术表达传统的农业文化为主要倾向下形成的"风""雅""颂"之中，也有奇绝的独奏之音，也有草原文明艺术瑰宝的晶莹闪现，这也有力地强化了《诗经》的现实主义精神实质。《诗经·小雅·无羊》写道："谁谓尔无羊？三百维群。谁谓尔无牛？九十其犉。尔羊来思，其

---

① 《十三经注疏》整理委员会整理：《春秋公羊传注疏》，北京大学出版社1999年版，第415页。

角濈濈。尔牛来思，其耳湿湿。或降于阿，或饮于池，或寝或讹。尔牧来思，何蓑何笠，或负其餱。三十维物，尔牲则具。尔牧来思，以薪以蒸，以雌以雄。尔羊来思，矜矜兢兢，不骞不崩。麾之以肱，毕来既升。牧人乃梦，众维鱼矣，旐维旟矣，大人占之；众维鱼矣，实维丰年；旐维旟矣，室家溱溱。"很明显，当我们认真审视此作时，自然就会联想到另外一首集中反映周代农业生产的现实主义诗歌《诗经·豳风·七月》。关于《无羊》，论者历来多关注写的是什么对象，是对占有大量牲畜的奴隶主畜牧劳作的反映，还是对从事畜牧生产的劳动者劳动、生活的艺术表达。实际上，关于此诗多次出现的"尔"字的讨论，似乎与本诗的性质、内容无太大关联，无非是"谁"在放牧、谁在咏唱的问题，无非是思想价值倾向的差别。在笔者看来，不论此诗描写的主人公是什么社会身份的人，不论是在抒发什么人的生活情感，如果说《诗经·豳风·七月》是中国古代最早的农事诗的话，那么《诗经·小雅·无羊》则可以认为是现存中国古代最早的牧事诗，或者是最早的反映草原畜牧生产、生活的诗。

关于此诗的主题，论者多在"牧羊"的主人身份上做文章，或沿袭《毛诗序》和孔颖达疏解所言，所谓"《无羊》，宣王考牧也"①；"今宣王始兴而复之，选牧官得人，牛羊蕃息，至此而牧事成功，故谓之考牧"②。或发展朱熹的《诗集传》之说，所谓"此诗言牧事有成而牛羊众多也"③。但均没离开统治者功德盛大和牛羊蕃盛两个方面，如余冠英在《诗经选》中说"这是歌咏牛羊蕃盛的诗"④；而程俊英的《诗经译注》则说"这是一首写奴隶主贵族畜牧生产情况的诗"⑤。以笔者来看，《无羊》一诗恐怕既有

---

① 《十三经注疏》整理委员会整理：《毛诗正义》，北京大学出版社1999年版，第631页。
② 同上书，第632页。
③ （南宋）朱熹：《诗集传》，中华书局1958年版，第126页。
④ 余观英：《诗经选译》，人民文学出版社1978年版，第71页。
⑤ 程俊英：《诗经译注》，上海古籍出版社1985年版，第358页。

"风"诗的特质,又符合"雅"诗的格调,即此诗是都城牧业地区生产、生活情状的反映,而作者当为熟谙牧业生产的周代文士。而不管怎么去把握,《无羊》叙写牛羊蕃盛、牧业活动的情状应无争论。那么此诗与《诗经·豳风·七月》相比,体现出哪些草原诗歌特有的风采、品质呢?

一则叙写、描绘的重点有了鲜明的变化,说明诗歌创作体现的审美倾向有了明显的不同。《七月》是典型的农业生产、生活的反映,叙事性质鲜明。而农业生产、农事活动最为鲜明的特性就是"据时而为",即农业活动必须严格按照时令、季节的变化,春种、夏锄、秋收、冬储,什么季节从事什么样的生产工作,而其间的闲暇之时又有养蚕、抽丝、纺织、狩猎、修缮等工作。可以说时间的季节性变化特征是农业生产、生活活动最为显著的标志。《七月》的叙事较为严格地以时令、季节的变化为序,将不同时节的劳作活动串联起来,从而完整地展现了周代农业生产活动的全貌。虽然,时节作为叙事的线索依据有时不甚明朗,显示出时间与事件安排上的有序又无序、散漫又整齐、总述与分述、实际与虚写的混同性,但却形成一种时令更迭、农事忙碌、应接不暇的紧迫感,恰好传递出农奴一年四季劳作不已的特点。就如孙扩所言:"衣食为经,月令为纬,草木禽虫为色,横来竖去,无不如意,固是叙述忧勤,然即事感物,兴趣更自有余。"《七月》以夏历为主体、以周历为标志而叙事,从"三之日"(正月)开始,历经"四之日"(二月)、三月至十月、"一之日"(十一月)到"二之日"(腊月),从不同时节的农业生产活动延伸到生活所需的衣、食、住等方面,经典地体现了《诗经》的现实主义精神。而《无羊》则选取了牧业生产活动的一个侧面、一个场景,集中再现放牧牛羊的生动画面。显然,与《七月》农业文化显著的季节性相比,牧业生产的时间性、季节性特征较为隐晦、不太明显,而牛羊的数量之繁、生命力之活跃则成为诗歌表现的重点。"三百维群。谁谓尔无牛?九十其犉。"三百只羊、九十头牛的场景就是放在今天的草原牧区,也是一幅颇为壮观的图画;然后《无羊》又将笔墨集中于满山遍野的牛羊,描绘放牧过程中牛羊的活力无限、多姿多彩。在牧人精心养护之下，牛羊或动或静、或立或卧、时聚时散、千姿百态，"或降于阿，或饮于池，或寝或讹。尔牧来思，何蓑何笠，或负其餱。三十维物，尔牲则具。尔牧来思，以薪以蒸，以雌以雄。尔羊来思，矜矜兢兢，不骞不崩。麾之以肱，毕来既升"。有的在山坡上轻盈缓步，有的互相追逐嬉闹，有的在水涧俯首饮水，有的还在咀嚼吃草。而拥有娴熟技艺的牧人肩披蓑衣、头顶斗笠，驱赶着牛羊，选择着牧场，让它们雌雄交配、竞相繁衍。就如姚际恒《诗经通论》所言："此两章是群牧图，或写物态，或写人情，深得人、物两忘之妙。"① 由此，作为农事诗的《七月》突出了农业文化的时令和劳作特点，而作为牧事诗的《无羊》则注重了牛羊蕃盛、生机无限的描写，均抓住了不同文化形态的最为本质的现象精心绘制，从而也逐步开启了不同文化下的美学探索。

如果说《七月》体现了农业社会背景下儒家文化初创时期美学追求的话，那么《无羊》则向世界展现了另外一种新的美学世界，尽管它还显得那样稚嫩、朴素，但它毕竟是另外一番美的天地、美的抒写。

同样是《诗经》中的作品，同样是在儒家美学文化的浸润之下，但却体现出了不同的审美情感趋向。《七月》是在忙碌的沉重中寻求和谐，是在人与人的差异中达到和谐，是矛盾和冲突的逐步弱化、消弭，以至于平和、相悦，其审美情感经过了一个自觉的理性约束过程，因此传达出礼乐文化异常鲜明的道德教化旨归。《无羊》也充分体现了和美一体的儒家美学，但它是在刻意描写人与自然的和谐共生中自然显露的，是人对自然的直接感官感受与深度接触后产生的感性体验，其审美情感的变化过程自然而流畅，强调了主体即人感知自然后所萌发的深厚依存特性。如果从叙事艺术必要的冲突元素来谈，那么《七月》展示了人与社会、人与人、人与自然的冲突，而《无羊》则似乎有意识地淡化了矛盾，着力于牧者与

---

① （清）姚际恒：《诗经通论》，中华书局1958年版，第201页。

第一章 风调别样的美学追求

牛羊的和融共存,更像是一首写意性极强的抒情诗。

很明显,《诗经》熔铸了极为浓郁的儒家美学观念,而最主要的是温柔敦厚的"中和之美"的美学思想。对于此观念,前人讨论极为充分,在笔者看来其最重要的观点则是吴国公子季札在鲁国"观乐"后的一段评述:"至矣哉!直而不倨,曲而不屈,迩而不逼,远而不携,迁而不淫,复而不厌,哀而不愁,乐而不荒,用而不匮,广而不宣,施而不费,取而不贪,处而不底,行而不流,五声和,八风平,节有度,守有序,盛德之所同也。"① 明确强调了诗乐所显示出的张弛有度、温婉动听、和谐入心的审美效果,而这一切又是"至德""盛德"所拥有的美好品格。于是在对立中寻求统一、在冲突中建立和谐、在情感的变化中构建安宁,就成为审美情感历程的必要组成。如此,《七月》虽然于经意不经意间流露出的哀怨、不满、忧伤,如:"一之日觱发,二之日栗烈。无衣无褐,何以卒岁。"朔风怒吼,天气凛冽之际,农奴为没有御寒衣物过冬而忧惧。"春日迟迟,采蘩祁祁。女心伤悲,殆及公子同归。"奔波劳累不已的女奴唯恐被"公子"掳掠回家。"穹窒熏鼠,塞向墐户。嗟我妇子,曰为改岁,入此室处。"残破简陋的居室难以抵挡严寒带来的威胁。"采荼薪樗,食我农夫。"农奴创造了巨大的物质财富,却只能以野菜和蒿草等养育自我。"嗟我农夫,我稼既同,上入执宫功。"井田制意味着农奴可以拥有相对的权利、些微的自由,但是偶尔的农闲,也被其他繁重的劳役所取代。凡此种种,既有季节更替、缺衣少穿所产生的焦虑、怨痛,更有社会不公、社会对立所导致的痛苦。其中在诗中一再出现的"殆及公子同归""为公子裳""为公子裘""上入执宫功"等,实际表明了激烈的社会冲突、人与人的冲突。但是,种种冲突、不公均不知不觉地被"为此春酒,以介眉寿"的尊老礼俗所冲淡,被"朋酒斯飨,曰杀羔羊。跻彼公堂,称彼兕觥,万寿无疆"的群体性祭祀活动所稀释,先秦礼乐文化的精髓——"以礼相别"与"以乐趋和"的有机统

---

① 杨伯峻编著:《春秋左传注》,中华书局2015年版,第1164页。

一的社会功效便自然呈现出来。在这一过程中，事物之间的矛盾性、对立性被理性的道德追求、人格追求、社会追求所消弭、淹没，追求事物之间的和谐一体关系遂成为认识和处理社会关系的主要原则。表现在文学艺术层面，"中和之美"的美学原则和精神充斥着早期诗歌的角角落落，成为情感抒发的主要精神旨归。本来情感本身有单一和多样之分，抒情的目的也有"乐""哀"两种基本形态，甚至更有"愤"的表达，但多样情感、多种诉求的直接性倾吐在"求和"的道德要求和"赋、比、兴"艺术手段的综合运用的共同作用之下，变得复杂、深沉、缠绵，本来应有的命运呐喊，也转变为低沉有致、回环往复的情感吟唱，从而导引出"乐而不淫，哀而不伤"的和美之章。《国语·郑语》记载的周王朝司徒郑桓公与史伯的对话涉及了"和美"理论的真谛，其中关键性的观点则是"夫和实生物，同则不继"与"声一无听，物一无文"，即不同质的事物杂配相生而为"和"，天地因"和"而万千变化，由此一种声音难以入耳，一种颜色无以成纹，"和"之根本就在于对立、矛盾中的"和"，就在于多质情感、多元情感之相"和"、趋"和"，就如同《左传·昭公二十年》晏子所提到的"和如羹焉，水火醯醢盐梅，以烹鱼肉，燀之以薪，宰夫和之，齐之以味，济其不及，以泄其过，君子食之，以平其心，君臣亦然"[①]。烹制美味佳肴的关键在于将各种不同味道的材料"和之"，才能口味宜人，而政治统治的过程和归宿也是如此，那么作为社会生活的能动而审美反映的文学艺术更是同样。所以《七月》尽管有人虫共处、"采荼薪樗，食我农夫"等哀号痛楚，也自然而然地沉浸于"称彼兕觥，万寿无疆"的祝福、企盼之中了。必须明确，先秦《诗经》绝大多数的诗作对"美"的追逐、表达始终遵循着一个基本的精神约束，即由情感的平和有致而导致社会、家庭的和谐有序，也就是不能有损于既定的社会、家庭的种种秩序，"无害"于他人、社会就是至上的法则。《国语·楚语》上有伍举与楚灵王关于章华之台

---

① 杨伯峻编著：《春秋左传注》，中华书局2015年版，第1419页。

的一段对话:"灵王为章华之台,与伍举升焉,曰:'台美夫!'对曰:'臣闻国君服宠以为美,安民以为乐,听德以为聪,致远以为明。不闻其以土木之崇高、彤镂为美,而以金石匏竹之昌大、嚣庶为乐;不闻其以观大、视侈、淫色以为明,而以察清浊为聪。……夫美也者,上下、内外、小大、远近皆无害焉,故曰美。'"① 说明了所谓的"美"包含着"善"的本质和"美"的形式,而形式必须服从于内涵、服务于内涵,不能破坏人们对道德的追求。儒家一再提倡的"尽善尽美""充实之为美""思无邪"等思想则更加丰富着这一观念。所以,《七月》等作品所透示出的道德约束、情感约束及产生出的平顺约致之状,充分表明"中和之美""美善一体"就是中国古代美学思想的核心,而古代文学始终依归和呈现着这两大命题。

然而,需要注意的是,虽然《诗经》极为浓重地展现了对"和美一体"的追求,但是,就《无羊》为代表的草原诗作而言,其"和美"的内涵则更丰富、多样,对于儒家的"美善"相偕的观念产生了一定的冲击。一是《无羊》有意回避了牧场、牛羊的所有权、归属者这一问题,而代之以牛羊成群、散漫山坡的场景描写,这就将人们所重视的矛盾、对立的根源性问题淡化处理,从而产生了人与牛羊、人与自然的和谐相容的美好景观。关于此诗"尔"的所指问题,历来受到论者的关注,但从出现的环境和"尔"所从事的活动内容来看,显然"尔"应为一普通的牧人,而并非所谓的牧主或奴隶主或牛羊的所有者,因为后者的解释与放牧的辛劳、牧羊的技艺等不相吻合。所以,开篇劈空两问,虽然问得突兀:"谁谓尔无羊?三百维群。谁谓尔无牛?九十其犉。"但认真想来,则不仅合理,还带有了诙谐意味。"谁说你没有羊哪?看看,这一群就是三百!"极为自然,惊奇、赞赏之情流露出来。而更重要的是诗作没有停留在牛羊所有权的追问和议论上,更没有就此产生更多的情绪上的波动、变化,而是从各种角度描绘放牧的场

---

① 上海师范大学古籍整理组校点:《国语》,上海古籍出版社1978年版,第542页。

景，流泻出对于自然的无比投入、对于动物的无比喜爱，体现出人对自然的倾心与融入。特别是诗作的二、三章，集中笔墨描绘牛羊的各种生动之态，"或降于阿""或饮于池""或寝或讹"几句写牛羊各种自然之状，不论何种状态，都传递出一种物无相碍、和谐共生的情状。而牧人身处其间，与自然相合，披蓑衣、顶斗笠、砍柴薪、猎飞禽，自由挥洒，悠然自得；整个场景由蓝天、绿草、白云、羊牛、牧人构成一幅自然和谐的放牧图画，致使清人方玉润于《诗经原始》中感叹道"人物并处，两相习自不觉两相忘"①，进一步点明了此诗诗境的幽静和谐之妙。与《七月》鲜明的时不我待的焦急、忙碌相比，《无羊》更显占尽人与物相宜之妙。其"和美"不仅有牧人的自由自在，更有人与自然、与山水、与牛羊的相依共存，这里充满了人在自然天地中的伟岸与壮观、人对自然界的驾驭之感，也有人与自然和谐相生而产生的愉悦快乐。二是对"美善一体"的美学原则形成了一定的冲击。很明显，先秦儒家美学世界中"美""善"虽然有种种不同的论述，但其根本二者始终密不可分、互相联系，其中虽然也涉及诸如伍举所言的"上下、内外、小大、远近"等构成"美"的元素的种种不同、相异，但其最终的指向依然是对社会道德力量、文化力量的依归，即"无害"；同时，虽然也强调了各种不同构成"美"的元素之间的关系，但其价值趋向依然指向社会的"善"，即道德的约束力，也就是上下最终相宜，内外终将谐通、大小趋向相接、远近走向趋同，形成清浊相续、刚柔兼济、张弛有节的美学力量，孔子所说的"文质彬彬，然后君子"，就是最好的注解。然而，在《无羊》中"善"的力量明显削弱了，"善"的构成条件明显被弱化了，道德的内涵、社会力量的内涵被人与自然的和谐之美冲垮了。我们从中无法体会教化的色彩，无法捕捉人与人关系的道德约束。代之而来的却是一种荡涤了人为力量色泽的纯粹自然之美、纯粹人与物相宜的自由之美，不由使我们联想到此时期流播开来的道家文化对"美"的探寻和思考。

---

① （清）方玉润：《诗经原始》，中华书局1986年版，第386页。

第一章 风调别样的美学追求

一般看来，儒家美学关注的是"美善统一"，强调文学艺术对人的道德的化育功能，所谓诗的"兴、观、群、怨"的功能，其最终归宿则是人对社会文化秩序的恭敬服从，强调人在社会文化力量面前的自然卑下和自然遵循；而道家则充分高扬人的主体地位，人在生存过程中的自由、独立、逍遥。所以，与其说道家是无为之学，不如说道家是审美学说。因为人一旦思考、追寻个体自我的快乐、自由之时，也就是人进入到审美阶段之时。由此，如果说儒家主张人应该如何适应社会，那么道家则重视人怎样快乐。显然，二者有着极大的差别。在笔者看来，如果说儒家侧重于社会群体的整规有礼，注重人与人之间的道德化约束，那么显然道家则更珍视个体的人的自我强大、自我成长，即个体"逍遥"地生存、"审美"地生存才是道家，特别是庄子最为关注的对象和理想。在庄子看来，人一旦进入社会，即一旦进入人与人相靡争利的社会，就会"莫不以物易其性矣。小人则以身殉利，士则以身殉名，大夫则以身殉家，圣人则以身殉天下。故此数子者，事业不同，名声异号，其于伤性以身为殉，一也"①。所以，个体必须从追名逐利的横流中挣脱出来，必须从群体的约束和影响中挺立起来，成为自我的主人，成为生存的主宰。而通向此间的不二渠道就是走入自然、物我相偕与心灵邀游、精神审美。于是，《无羊》中悠游自如的牧人，他的行为方式与梦境中的神游不是正好体现了庄子的人生追求吗？牧人时而挥动手臂，时而扬起鞭子，高低俯仰之间牛羊或静或动、或聚或散，显现出活力充沛的各异神态，也使牧人的形象凸显出来：灵动、轻盈、自在，一种劳动的充实快乐之感扑面而来，一种人在天地自然间的驾驭满足之感油然而生，一种生活的审美之感、愉悦之感深藏其中。如果说《七月》展示了文化力量下人们顺从地生存的景观，那么《无羊》则显现了人的审美的、高傲的生活图画，人的主体地位、审美特性得以充分展示。这里，人的生存没有受到来自社会、道德的桎梏，没有浸染自我约束的色彩，有的只是人与物的

---

① （清）郭庆藩撰，王孝鱼点校：《庄子集释》，中华书局 2016 年版，第 293—294 页。

相宜共存，真正达到了庄子所渴望的"与物相宜而莫知其极"① 的理想境界。庄子认为，人要审美地生活，必须处理好人与物的关系，一要认清自我，把自我当作世界、天地的一部分，而不是凌驾于万物之上，为自我融于自然创造条件，所谓"物物而不物于物"②；二要高扬人的主体地位、尤其是人的独立品格，"不以物害己"③"不以物挫志"④，与物俱化、纯任自然。《无羊》中的牧人与牛羊、与天地、与山水的相融互通、融合为一的画面不正是庄子理想的客观再现吗？这里，"美"的构成显然被加以扩大，由儒家的社会的"善"美向"人与物"的和谐依存关系拓展，向人本身的自我满足、愉悦转化，向自然之美本身进逼。当然，儒家美学追求也注意到了人与自然的和谐关系的建立，但儒家视野中的"自然"恐怕更多的是对于人的道德之美的升华作用、补充作用，显然是属于第二位的对象，孔子所言的"仁者乐山，智者乐水"中的"山""水"深含着君子之德的内蕴；也就是说儒家的自然已经是社会化、道德化的自然，它从属于社会、道德对人的涵化范围。而道家特别是庄子的"自然"显然与此不同。虽然庄子承袭老子的"道"的哲学观念，且走得更为遥远、玄虚，但这更使其深通天地自然与"道"的内在关联，将"天地自然"与"道"联为一体，天地自然就是"道"的形象化身。《庄子·知北游》明确说："天地有大美而不言，四时有明法而不议，万物有成理而不说。圣人者，原天地之美而达万物之理。"⑤"大美"存于天地之间，即自然界本身，所谓四时运流不滞、万物生生不息、山川风物千姿百态；人只应该与之共存相宜，而不应存有夺物之本性，变物之为用的动机、心思。由此，庄子将"自然之美"作为"美"的事物的主要代表来看，而《无羊》中摹写的牛羊生动之状、天地变幻之境、牧

---

① （清）郭庆藩撰，王孝鱼点校：《庄子集释》，中华书局2016年版，第211页。
② 同上书，第593页。
③ 同上书，第522页。
④ 同上书，第368页。
⑤ 同上书，第649页。

人精湛技艺之态不正是"自然之美"最好的注解吗？同时，庄子在他的美学世界中还强调了"真"在"美"的世界里的重要作用，提出了他的"贵真""以真为美"的主张，也在《无羊》中有所体现。所谓"贵真"观就是强调对于万物、自然的不相侵扰、共融共生，就是"不以人灭天，不以故灭命"①，保持万物的天性本然，所谓"真者，精诚之至也。不精不诚，不能动人。……真者，所以受于天也，自然不可易也，故圣人法天贵真，不拘于俗"②。"真"意味着绝少社会文化、道德色彩的润染，绝少人为力量的介入，纯任天性、本然的自然显现。如此，《无羊》源于对自然万物的倾情喜爱，源于对牛羊本性的无比了解，源于对牧业生活的自然依从，全诗采用直写的"赋法"进行描绘，而不是"比兴之笔"，将牲畜的各种情态、状貌尽收笔端，选择了牛羊最富特征的耳、角等加以描写，显现出（羊）众角簇立、（牛）群耳耸动的生动画面，既富有生活色彩，又极具客观逼真之美，具备了艺术"写生"的特质，让人想起闻一多先生赞美庄子是一位"写生的妙手"③的话语，清人王士禛《渔洋诗话》更是盛赞描摹牛羊"字字写生，恐史道硕、戴嵩画手擅场，未能如此尽妍极态"（《钦定四库全书·集部九》），而清人方玉润则说其"其体物入微处，有画手所不能到"④的艺术高度。不唯如此，更令人称奇的是《无羊》收束之胜。按照一般逻辑来说，牛羊成群，散放各处，应该收拢一处，归家团聚才对。而此诗却为放牧者设置了一个虚实交替、幻化不已的"梦"境：牛羊奔跑、鱼群翻飞、旌旗飘扬，最终以变化为漫山遍野的牛羊作结。这才是牧人内心中最为客观真实的期盼。写梦就是"真情实感"的自然表露，使人思接千载、遐想不已。

至此，借助于《七月》与《无羊》的对比，我们更加清晰地明确了中国古代最早的反映牧业生产、生活活动为主要内容的草原

---

① （清）郭庆藩撰，王孝鱼点校：《庄子集释》，中华书局2016年版，第524页。
② 同上书，第906页。
③ 闻一多：《闻一多全集·庄子》，生活·读书·新知三联书店1982年版，第287页。
④ （清）方玉润：《诗经原始》，中华书局1986年版，第386页。

诗歌的美学内涵，明确了在以温柔敦厚为主要美学精神的《诗经》创作之中，还有草原诗歌对美的探求与表达的精彩记录。然而，虽然说《无羊》草原诗歌的性质已明，其蕴含的美学思考也较为丰富，但是不得不说，《无羊》作为草原诗歌的地域性特征还不太显著，我们无法对《无羊》的地域文化作一充分的考证。由此，还需要对《诗经》的其它诗歌，尤其是有着鲜明草原地域文化氛围、特性的诗歌作一巡礼。基于此，如果说《无羊》等草原诗歌是早期牧业文化的热情讴歌，是一曲人与自然和谐相宜的礼赞之歌，那么《诗经》中的《秦风》和《唐风》中的有些诗篇就是先秦极具浓郁草原文化、游牧文化特点，重点展现以战争为主要形式的多元文化交融历史过程的草原诗歌的沉雄豪壮之音，其倾泻出的对于阳刚之美、力量之美的追求和以简易、利落、实用为美的精神内涵，填充着先秦诗歌的美学天地。

　　文学是社会生活的审美性的表达，草原文化作为中华民族文化的构成之一，也自然会从社会生活的史料记载的角度有所展现，而对于草原民族的详细史籍记载则是从后世扬名于天下的匈奴开始的。《史记·匈奴列传》和《汉书·匈奴传》就是其中的典型。《史记·匈奴列传》开篇就明确了匈奴民族独特的民族文化精神："匈奴，其先夏后氏之苗裔，曰淳维。唐虞以上有山戎、猃狁、荤粥，居于北蛮，随草畜牧而转移。其畜之所多则马、牛、羊……逐水草迁徙，无城郭常处耕田之业，然亦有分地。无文书，以言语为约束。儿能骑羊，引弓射鸟鼠，少长则射狐兔用为食。士力能弯弓，尽为甲骑。其俗，宽则随畜，因射猎禽为生业，急则人习战攻以侵伐，其天性也。其长兵则弓矢，短兵则刀铤。利则进，不利则退，不羞遁走。苟利所在，不知礼义。自君王以下，咸食畜肉，衣其皮革，被旃裘。壮者食肥美，老者食其馀，贵壮健，贱老弱。父死，妻其后母；兄弟死，皆娶其妻妻之。其俗有名不讳，而无姓字。"[①] 显然与中原儒家文化圈的汉民族精神价值迥然有别。草原

---

① （西汉）司马迁：《史记》，中华书局1959年版，第2879页。

民族匈奴人以游牧生活为主，逐水草而居，天下到处都是其所居之地；而对于勇武攻伐极为崇尚，贵壮贱老，利益至上，轻慢礼仪。而在先秦，并没有匈奴民族的身影，倒是猃狁、戎狄民族经常出现。这里需要说明一下，司马迁认为先秦时的北方草原民族猃狁、戎狄就是秦汉时期与汉王朝频繁接触的匈奴，近代的王国维、梁启超也认为商周间的鬼方、混夷、荤粥，宗周时的猃狁，春秋时的戎狄，战国时的胡，都与匈奴同种，实为一族。正是由于生存方式、文明程度的巨大差异，所谓农业文化和草原文化、游牧文化的巨大不同，北方的游牧文明、草原文明与中原地区的农耕文明产生了激烈的冲撞和战争，奏响了先秦草原强劲之曲。

《汉书·匈奴传》说："至穆王之孙懿王时，王室遂衰，戎狄交侵，暴虐中国。中国被其苦，诗人始作，疾而歌之，曰：'靡室靡家，猃狁之故'；'岂不日戒，猃狁孔棘'。至懿王曾孙宣王，兴师命将以征伐之，诗人美大其功，曰：'薄伐猃狁，至于太原。'"① 说周朝立国之后，饱尝北方草原民族猃狁侵袭之苦，百姓流离失所，周天子和诸侯们不得不兴兵抵抗，保家卫国，反映在《秦风》之中，写就了一曲曲慷慨激昂、雄壮深沉的草原诗篇。

先秦诸侯、列国众多，唯秦地、秦国与游牧民族、草原民族的渊源最深、最浓，地理区域也最接近，地域文化也最相似。从地缘文化角度来谈，秦地成形最晚，并非成周之际所建。我们知道，周武王灭商之后，大封天下，而秦直至周孝王时才有"封土得名之始"②。原先只是一处附庸之所，到了周平王时期，由于襄公积极护送避犬戎之难的周平王，周室才"赐之岐以西之地，曰：'戎无道，侵我岐丰之地，秦能攻逐戎，即有其地。'"③ 将秦封于岐以西之地，而此处虽然历史久远，但实际已被北方草原民族戎狄占据、经营多年，周王朝无力征讨，已然是另外一方水土、另外一种天地。《后汉书·西羌传》记载："及平王之末，周遂凌迟，戎逼诸

---

① （东汉）班固：《汉书》，中华书局1962年版，第3744页。
② 王蘧常：《秦史》，上海古籍出版社2000年版，第5页。
③ （西汉）司马迁：《史记》，中华书局1959年版，第179页。

夏，自陇山以东，及乎伊、洛，往往有戎。于是渭首有狄、獂、邽、冀之戎，泾北有义渠之戎，洛川有大荔之戎，渭南有骊戎，伊洛间有扬拒泉皋之戎，颍首以西有蛮氏之戎。当春秋时，间在中国，与诸夏盟会。"① 很明显，戎狄遍地，而其风土人情分明与匈奴一样，同为草原民族一脉。所谓"所居无常，依随水草，地少五谷，以产牧为业，其俗氏族无定，或以父名母姓为种号。十二世后，相与婚姻，父没则妻后母，兄亡则纳厘嫂，故国无鳏寡，种类繁炽。不立君臣，无相长一，强则分种为酋豪，弱则为人附落。更相抄暴，以力为雄，杀人偿死，无它禁令。……果于触突，以战死为吉利，病终为不祥。堪耐寒苦，同之禽兽，虽妇人产子，亦不避风雪，性坚刚勇猛，得西方金行之气焉"②。这样，秦人身处草原民族各部的环伺包围之下，自然会受到草原文化、游牧文化的深厚影响，形成了与中原汉民族地区完全不同的精神风貌。班固在《汉书·赵充国辛庆忌传赞》中说："山西、天水、陇西、安定、北地处埶迫近羌胡，民俗修习战备，高上勇力，鞍马骑射。故《秦诗》曰：'王于兴师，修我甲兵，与子偕行。'其风声气俗自古而然，今之歌谣慷慨，风流犹存耳。"意味着秦地民俗风情深受羌胡影响，在《诗经·秦风》中卓然独响。唐杜佑的《通典·边防十》说："北狄以畜牧为业，随逐水草。无文书，俗简易，以言语为约束。然各有分地。射猎禽兽，食肉衣皮，习于攻战，此天性也。"③ 对于秦人所处之区域的文化环境做了分析，也充分说明秦地草原文化的深厚、浓重。从秦人的历史发展过程看，秦的发展壮大也始终与草原文化紧密相关，与草原文化有着不解之缘。根据《史记·秦本纪》的记载，秦国的祖先可追溯到大费，又叫伯益，此人在舜时代就"佐舜调训鸟兽，鸟兽多驯服"④，赐姓嬴氏。"调训鸟兽"说明秦人自祖先开始就善于与自然相融、与动物相处，熟悉动物习性，

---

① （南朝）范晔：《后汉书》，中华书局1999年版，第1939页。
② 同上。
③ （唐）杜佑：《通典》，中华书局1992年版，第5298页。
④ （西汉）司马迁：《史记》，中华书局1959年版，第173页。

特别与马畜等草原文明特有的生活、生产工具有着极为密切的关联，"费昌当夏桀之时，去夏归商，为汤御（驭马驾车）"①；"造父以善御幸於周穆王，得骥、温骊、骅骝、騄耳之驷"②，驯服了不少千里良驹；"造父为穆王御，长驱归周，一日千里以救乱"③，立下了汗马功劳；又"非子居犬丘，好马及畜，善养息之。犬丘人言之周孝王，孝王召使主马于汧渭之间，马大蕃息"④。"马"是草原民族、草原文明的标志性符号，秦人崛起、奋斗的历史，可以说始终与草原文化相伴，与象征着速度、武力的"马畜"相随，充分说明秦人文化系统中有着极深的草原文化印记。同时，由于秦人政治地位提升和自身生存发展的需要，秦人必须向西、向北、向西南等地扩展，必须与周边的戎狄开战。于是自秦襄公而至秦文公，其间七十余年间，秦人不断为了拓地与戎狄作战，"公以兵伐戎，戎败走，于是文公遂收周余民，地至岐"⑤。由此，可以明确，秦人封土建国，以至于成为"春秋五霸""战国七雄"之一，最后一统天下，与秦人的地域文化形成以及受草原文化的深刻影响密不可分，而最明显的标志就是与草原文化相一致的好勇、尚武、爽利、简易的民族文化精神的深厚、鲜明，并且体现于《诗经·秦风》的诸多诗篇之中。

《诗经·秦风》共收秦人之歌10首，从作品内容、风格以及所包含的文化特性来看，除了《蒹葭》一首之外，其余作品在美学风尚方面均有着极为浓重的草原文化因素，体现出与《诗经》中其他诗作迥异的美学精神。

首先是《秦风》中慷慨激昂的对战争题材的咏唱。由于生存和扩张的需要，秦人征战不休，对于战争的歌咏于是成为《秦风》最为核心的主题。与《诗经》中其他表现战争的诗歌不同，《秦风》

---

① （西汉）司马迁：《史记》，中华书局1959年版，第173页。
② 同上书，第174页。
③ 同上书，第175页。
④ 同上。
⑤ 同上书，第179页。

中的战争诗改变了该类作品一般意义上的哀怨低沉、悲苦凄婉的情调，而是颂扬战争，彰显战争带来的力量之感和由此而产生的人的价值的充分体现，一种"舍我其谁"的英雄豪情冲荡其中，一种渴望在战争中一展英姿的个体昂扬情怀回旋不绝，一种男子汉建功立业的阳刚壮美倾注于字里行间。而最具有代表性的当数《诗经》中著名的爱国之诗《无衣》："岂曰无衣？与子同袍。王于兴师，修我戈矛，与子同仇！岂曰无衣？与子同泽。王于兴师，修我矛戟，与子偕作。岂曰无衣？与子同裳。王于兴师，修我甲兵，与子偕行！"《无衣》是《诗经》中少见的正面歌颂战争之美的抒情诗。对于战争，人们直接的反应就是畏惧、逃避，而体现在文学作品中则主要是描写战争破坏力的强大，民不聊生、满目疮痍，流露出一种厌战、无奈的普遍情绪。但对于立国未久的秦国来说，为了在戎狄遍布的西部站稳脚跟，与其他诸侯平起平坐，秦人踊跃参军，积极参战，显现着乐观高昂的英雄主义精神。《无衣》诗虽然也展示了对游牧草原部族入侵的愤怒之火，但着力抒发的是上下同心、抵御外侮的好战和胜战的乐观情怀。从外层的"袍"到内穿的"泽"，从上身的"袍"到下体的"裳"，不分彼此你我，既表明了士兵们亲如一家的兄弟般的"袍泽之义"，也展示了由衣着齐整所反映出来的战斗精神的饱满充沛，从而预示了战争的必将胜利。与《诗经·小雅·采薇》"昔我往矣，杨柳依依，今我来思，雨雪霏霏"般的低回吟叹相比，《无衣》诗传递出的是一种意志力的强大，一种情绪的饱满，一种英雄压倒一切的刚毅，恰恰反映出草原诗歌特有的美学质素。朱熹曾在《无衣》题解中说："秦人之俗，大抵尚气魄，先勇力，忘生轻死，故见其于诗如此。……雍州土厚水深，其民厚重质直，无郑卫骄慎浮靡之习。以善导之，则易以兴起而笃于仁义；以猛驱之，则其强毅果敢之资，亦足以强兵力农而成富强之业，非山东诸国所及也。"[1] 如果说《采薇》等诗作侧重

---

① 郭预衡：《中国古代文学史长编》（先秦卷），北京师范学院出版社1992年版，第124页。

于表现战争带给个体严重伤害，致使家破人亡、妻离子散，弥漫着极为浓郁的感伤情致的话，那么具有草原风致的《无衣》则将草原文化所特有的崇尚勇武、赞美力量、向往胜利、推崇意志的男性的豪壮阳刚之美展现得淋漓尽致。这里沉积于内心的家庭的不幸、个体的恐惧，均被那种冲破一切的进取精神所代替，一种勇于赴死、以己报国的价值追求尽显纸上，一种草原民族特有的豪情壮采流溢其间。个体情感的羸弱、缠绵荡然无存，而群体凝结的强大的意志、力量所呈现出的壮伟、豪迈被明显放大，这种精神恐怕才是本诗流传千古的主要原因。

其次，不唯《无衣》，就是包蕴着浓厚思妇思情的《秦风》诗作也同样显现着好勇尚武、慷慨激昂的草原风调。有战争，就有思妇，就有沉甸甸的使人沉酣不已的怨情、哀思，就有欲说还休、倾吐不尽的离情悲绪，就有极尽一切之能事，凸显思妇盼望丈夫归来的深挚哀叹的婉曲比兴之描写。而这一切又都传达出汉民族的深厚文化积淀、美学积淀。我们知道，作为中国古代最早的诗歌创作集成，或者可以说中国古代文学最早的艺术经典，《诗经》最突出的成就主要体现在抒情诗创作方面，而"赋""比""兴"的综合运用，特别是比兴手段的深入诗境，使诗作的情感容量大为扩展，使情感的表达更显委曲、蕴藉、含蓄、多样之美，也使诗的"贵曲"之美更加明显。其中《王风·君子于役》一诗可谓典型。此诗一方面直接抒发思妇对丈夫的深沉怀恋，"君子于役，如之何勿思"；另一方面又以极富农业文化特征的农村田园生活的多样之美来衬托劳役的奔波劳碌，以此来呼唤丈夫尽早归来。其中的每一种场景，或"鸡栖于埘"，或"日之夕矣"，或"羊牛下来"，无不渗透着、流淌着田园生活的温暖、平和、自然，一种浸透而温润人的内心的美好情感随着诗歌的不断咏叹而久久留存，使人回味不已。而《秦风·小戎》则不然，全诗如下："小戎俴收，五楘梁辀。游环胁驱，阴靷鋈续。文茵畅毂，驾我骐馵。言念君子，温其如玉。在其板屋，乱我心曲。四牡孔阜，六辔在手。骐骝是中，騧骊是骖。龙盾之合，鋈以觼𩎍。言念君子，温其在邑。方何为期，胡然我念之。俴驷孔群,厹矛鋈錞。蒙伐有苑,虎韔镂膺。交韔二弓,竹闭绲縢。言念君子,载寝载兴。厌厌良人,秩秩德音。"与《王风·君子于役》相比较,一是诗作的韵律之感截然不同。《君子于役》用语平和、自然,全然所谓农家平淡之语,自然、谐和、流畅,与农庄思妇的身份、处境和对丈夫深情的期盼极为契合、一致;而《小戎》出语不凡,几乎不为思妇之身份所应有。飞入读者眼球的皆为军容的齐整、装备的精良、气势的威武、出征的宏大,用语凸凹不平、颉亢有力,且侧重于抒写军马、战车上的各种饰件、用品的齐备、规整,尽显行伍、军队的刚健雄奇之美;而铿锵、顿挫的节奏、韵律营造出的紧张、严肃、规范的氛围又与思妇内心沉积着的好勇尚武精神相和谐。虽然也有"言念君子,载寝载兴"的款款深情,但更为充分的还是对驾着战车出征丈夫的孔武威风的赞美、自豪。二是抒发情感的方式不同。《君子于役》"曲笔"抒情,以农村田园特有的情致、家庭特有的情调、农事必依的自然之律来对比征战之苦、之疲,隐含着丰富微妙的生活感受。而《小戎》语句虽多,全诗30句,但状物抒情全用"直笔",直接描写、直接表达,一种刚直有力、磊落潇洒之美跃然纸上。思妇也渴望同丈夫一样奔赴沙场、建功立业。实际上,由于极为漫长的秦、狄共处历史,特别是地域文化特殊性的关系,秦人在很长的一段时间里被中原诸侯当作戎狄一样的异类,《战国策·魏策三》中信陵君就说:"秦与戎翟同俗,有虎狼之心,贪戾好利而无信,不识礼义德行……"[1]说明秦人举国不分男女,皆崇尚武力,对刚健英武的阳刚之美的颂扬成为人们普遍的审美心理。反映在情感的表达方面即热衷于爽直利落,而忌讳拖泥带水、委婉曲折。三是产生的审美效果有异。《君子于役》造境委婉有致、深长悠远,散发出一种深情吟咏、探幽揽胜的艺术魅力,使人不由低吟叹惋、回环往复。而《小戎》则借助于繁复的描写和用语的佶屈,演绎出一种乐观豪

---

[1] (西汉)刘向辑录,范祥雍笺证,范邦瑾协校:《战国策笺证》,上海古籍出版社2017年版,第1387页。

放、豁达忘我的浪漫之美。同样是战争，一是忧伤，一是乐观；一是盼归，一是乐战；一是平和，一是跌宕。同样的思妇，带给我们的却是不同的美的感受。

由此，战争题材成为先秦草原诗作的一大主题，对于中原文化哺育下的他国之诗，战争成为展演人的内心中的惶恐不安和忧愁苦闷的最好对象，厌弃战争、向往安宁成为最为普遍的生活感受，其中《诗经·小雅·采薇》堪为代表："采薇采薇，薇亦作止。曰归曰归，岁亦莫止。靡室靡家，玁狁之故。不遑启居，玁狁之故。采薇采薇，薇亦柔止。曰归曰归，心亦忧止。忧心烈烈，载饥载渴。我戍未定，靡使归聘。采薇采薇，薇亦刚止。曰归曰归，岁亦阳止。王事靡盬，不遑启处。忧心孔疚，我行不来！彼尔维何，维常之华。彼路斯何，君子之车。戎车既驾，四牡业业。岂敢定居，一月三捷。驾彼四牡，四牡骙骙。君子所依，小人所腓。四牡翼翼，象弭鱼服。岂不日戒，玁狁孔棘！昔我往矣，杨柳依依。今我来思，雨雪霏霏。行道迟迟，载渴载饥。我心伤悲，莫知我哀！"通常把这首诗当作我国现存最早的具有边塞诗特点的诗歌来看待。之所以这样评价，关键在于其交织着多种复杂情怀，是继《无衣》之后的深婉细腻地抒发文明冲突所带来的心灵和感情伤痛的悲愁之歌，它为古代草原诗歌的创作园地引入了更加深入人心、更加透视人的深层感受、更全面地展示了人自觉与无奈等生存困境的创作机制。

与《无衣》不同，《采薇》豪壮乐观、以死报国的精神意志淡薄了，表达的是文明的冲突、战争所带来的深沉的感伤、叹惋、思考，从中昭示出文明的和融共生、社会的和谐有序、生活的安定幸福才是社会发展与文明进步的必由之路这一永恒主题。根据《史记·匈奴列传》的记载，西周之时，游牧部族"犬戎"即玁狁"取周之焦获，而居于泾渭之间"[①]，直接威胁到周王朝的统治，致使周宣王分派尹吉甫进攻、南仲筑城，以抵抗游牧部落的进逼。《采薇》就集中表现这一重大文明冲撞折射在普通士兵内心中的复杂情感。

---

① （西汉）司马迁：《史记》，中华书局1959年版，第2881页。

《采薇》描写了战争对生活巨大破坏的典型场景:"靡室靡家""不遑启居""载饥载渴",长时期的征战、戍边,使士兵们失去家园,处于饥渴冻馁的忧伤之中;从而喷发出仇视战争、希冀和平的呐喊:"忧心孔疚,我行不来!"而战争却是由"薇亦作止"一直绵延至"维常之华",从"杨柳依依"推进到"雨雪霏霏",依稀显示了战争的连绵不断、无休无止。于是《采薇》唱出了对入侵者的强烈愤怒,唱出了对征战生涯的愁怨哀哭,唱出了催人泪下的思乡念亲,而这一切均与后代的边塞题材产生了密切的联系,积淀成对战争与和平的严正思考。也就是说,自《无衣》和《采薇》始,对于战争的描绘和关注就成为草原诗篇永不根绝的主旋律。

最后,《秦风》中其他诗作所展现的物品、饰件等也体现出极为浓郁的草原文化特色。作为地域文化异常鲜明的"十五国风",在叙事、抒情、写景的过程中不可避免地要显现出各自的地域特点,比如表达人的内在情感之时,多用各种特有的物象来寄托深意,《周南·关雎》"参差荇菜,左右流之。窈窕淑女,寤寐求之"句中的"荇菜",《卫风·伯兮》"自伯之东,首如飞蓬。岂无膏沐,谁适为容"句中的"飞蓬",还有人们熟知的"桃李""琼瑶"等,无不显示了情感的丰富多样和微妙细腻。而在《秦风》之中,虽然也有"栗""条""李"等物象出现,但总是给人一种硬朗、力道之感,仿佛透示着一种秦地特有的刚劲有力、沧桑深蕴的风格在内。更让人不由感慨的是,在诸多植物、动物物象之中,最具草原文化特色的"马"意象出现次数最高,如《车邻》中"有车邻邻,有马白颠"句,《驷铁》中"驷铁孔阜,六辔在手"句,《小戎》中"文茵畅毂,驾我骐馵"和"四牡孔阜,六辔在手。骐骝是中,騧骊是骖"句等,足见骏马种类之多,马文化的悠远历久。这与秦地深受草原文化的浸染、影响是分不开的。

从上文来看,秦诗有着深厚鲜明的草原诗歌的特点,显示了古代草原诗歌在最初奏响于诗坛之际所深藏的美学追求。一方面体现于题材的质实厚重。与《诗经》其它诗作不同,秦诗选材侧重于展示秦人的发展历史、壮大历史,洋溢着一种令人血脉偾张的精神力量。其中战争题材表现得尤为突出。战争作为人类历史发展的必经过程在草原诗歌当中第一次得到了充满"美"质特征的展现。战争所蕴含的人的力量、智慧、意志，尤其是男性在战争中的英雄壮美、阳刚豪气在古代诗歌中第一次得到了极为充分的展示；战争从此与草原文学结下了不解之缘。同时，不同文明、文化的冲突也借助于草原诗作有所体现，使人们不由深深地思考，如何正确对待与自我不同的文化、不同的民族，对抗还是交融？分离还是融合？这些问题自然地呈现于作品之中，自然就会使此类作品在主题充实、严肃、庄重方面加大分量。也就是说，战争题材在草原诗歌中的普遍表现，使诗歌对"美"的探求超过了诗歌本身所包含的范畴，不仅在于情景的有机融合和情感的忧乐，而且具有了更为深刻和重大的社会文化意义。可以说，《诗经》带给了后世多样情感之美，而类似《秦风》般的草原诗作却偏重于一种深刻、凝重之美，使我们在领略秦人豪情壮采之后，更多地关注于人类整体生存的命运，思考不同民族、文化之间的关系问题。由此，战争与和平、对立与交融就成为后世草原文学追求、表现"美"的必要内涵，而这也标志着文学关涉生活和社会的色彩更加深重。另一方面，草原诗歌对于"美"的探索也有了初步的展现。如果说《诗经》多数作品侧重于表现离情别绪等生活琐细之事之情的话，那么《秦风》则将重大事件、重大题材引入诗歌之中，即使是生活偶然事件刺激而兴，也具有了极为浓重的草原文化特质，尤其是秦人好勇尚武之风更是显著地表现出来。也就是说，以《秦风》为代表的草原诗歌以鲜明的草原文化特质表达了秦人的生活之感，具有独特的地域文化色彩。同时，《秦风》的横空出世，也使我们在观览古代早期诗歌之美之时，明显地感受到一种痛快爽利之美，一种情感表达传递方面的直抒胸臆的快感，一种直抵心底的力量涌动，就像李斯描述秦地音乐文化特点时所说的那样："夫击瓮叩缶，弹筝搏髀，而歌呼呜呜快耳者，真秦之声也。"[①] 从中亦可见秦人性格的刚烈直爽，不管是

---

① （西汉）司马迁：《史记》，中华书局1959年版，第2543—2544页。

喜是忧，激情、热烈、奔放的情感抒发特点异常鲜明。感情表达方式的利落干脆与题材的深刻严肃结合起来，自然就会使风格呈现出慷慨深沉、雄健豪壮之美，就会使诗歌具有了一种张力、一种渴望勃发自我、强大自我的张力，一种征服他人、征服社会的精神意志之美。唐人杜佑曾说："（秦）五方错杂，风俗不一。汉朝京辅，称为难理。其安定、彭原之北。坍阳、天水之西，接近胡戎，多尚武节。"① 秦地特殊的地理环境、发展历史造就了《秦风》独特的草原之风。

第二节 其他文学创作中的草原话题

众所周知，先秦史学异常发达，然而却鲜有关于草原民族历史的记载，我们只能从《左传》等史籍的不断翻检中寻找有关草原民族的些微记录。于是在《春秋》《左传》中自鲁隐公到鲁哀公12位君主期间，一共发现了关于中原和四方草原民族来往的47次记载，现摘录如下：

1. 隐公二年【经】二年春，公会戎于潜。秋八月庚辰，公及戎盟于唐。

2. 隐公七年【经】七年春王三月，冬，天王使凡伯来聘。戎伐凡伯于楚丘以归。【传】初，戎朝于周，发币于公卿，凡伯弗宾。冬，王使凡伯来聘。还，戎伐之于楚丘以归。

3. 隐公九年【传】北戎侵郑，郑伯御之。患戎师，曰："彼徒我车，惧其侵轶我也。"公子突曰："使勇而无刚者尝寇，而速去之。君为三覆以待之。戎轻而不整，贪而无亲，胜不相让，败不相救。先者见获必务进，进而遇覆必速奔，后者不救，则无继矣。乃可以逞。"从之。戎人之前遇覆者奔。祝聃逐之。衷戎师，前后击之，尽殪。戎师大奔。十一月甲寅，郑人大败戎师。

4. 桓公二年【经】九月，公及戎盟于唐。

---

① 转引自李浩《唐代关中士族与文学》，中国社会科学出版社2003年版。

5. 桓公十年【传】初，北戎病齐，诸侯救之。郑公子忽有功焉。齐人饩诸侯，使鲁次之。鲁以周班后郑。郑人怒，请师于齐。齐人以卫师助之。故不称侵伐。先书齐、卫，王爵也。

6. 庄公十八年【经】夏，公追戎于济西。【传】夏，公追戎于济西。不言其来，讳之也。

7. 庄公二十四年【经】冬，戎侵曹。

8. 庄公二十六年【经】二十有六年春，公伐戎。夏，公至自伐戎。

9. 庄公二十八年【传】晋献公娶于贾，无子。烝于齐姜，生秦穆夫人及大子申生。又娶二女于戎，大戎狐姬生重耳，小戎子生夷吾。晋伐骊戎，骊戎男女以骊姬。归生奚齐。其娣生卓子。骊姬嬖，欲立其子，赂外嬖梁五，与东关嬖五，使言于公曰："曲沃，君之宗也。蒲与二屈，君之疆也。不可以无主。宗邑无主则民不威，疆场无主则启戎心。戎之生心，民慢其政，国之患也。若使大子主曲沃，而重耳、夷吾主蒲与屈，则可以威民而惧戎，且旌君伐。"使俱曰："狄之广莫，于晋为都。晋之启土，不亦宜乎？"晋侯说之。夏，使大子居曲沃，重耳居蒲城，夷吾居屈。群公子皆鄙，唯二姬之子在绛。二五卒与骊姬谮群公子而立奚齐，晋人谓之二耦。

10. 庄公三十年【经】冬，公及齐侯遇于鲁济。齐人伐山戎。

11. 庄公三十一年【经】三十有一年春，筑台于郎。夏四月，薛伯卒。筑台于薛。六月，齐侯来献戎捷。秋，筑台于秦。冬，不雨。【传】三十一年夏六月，齐侯来献戎捷，非礼也。凡诸侯有四夷之功，则献于王，王以警于夷。中国则否。诸侯不相遗俘。

12. 闵公元年【经】元年春王正月。齐人救邢。【传】狄人伐邢。管敬仲言于齐侯曰："戎狄豺狼，不可厌也。诸夏亲昵，不可弃也。宴安鸩毒，不可怀也。《诗》云：'岂不怀归，畏此简书。'简书，同恶相恤之谓也。请救邢以从简书。"齐人救邢。

13. 闵公二年【传】二年春，虢公败犬戎于渭汭。冬十二月，狄人伐卫。

14. 僖公元年【传】元年春，诸侯救邢。邢人溃，出奔师。师遂逐狄人，具邢器用而迁之，师无私焉。

15. 僖公八年【经】夏，狄伐晋。【传】晋里克帅师，梁由靡御。虢射为右，以败狄于采桑。梁由靡曰："狄无耻，从之必大克。"里克曰："拒之而已，无速众狄。"虢射曰："期年，狄必至，示之弱矣。"夏，狄伐晋，报采桑之役也。复期月。

16. 僖公十年【经】十年春王正月，公如齐。狄灭温，温子奔卫。晋里克弑其君卓及其大夫荀息。夏，齐侯、许男伐北戎。【传】十年春，狄灭温，苏子无信也。苏子叛王即狄，又不能于狄，狄人伐之，王不救，故灭。苏子奔卫。

17. 僖公十三年【经】十有三年春，狄侵卫。

18. 僖公十四年【经】秋八月辛卯，沙鹿崩。狄侵郑。

19. 僖公十六年【传】秋，狄侵晋，取狐、厨、受铎，涉汾，及昆都，因晋败也。王以戎难告于齐，齐征诸侯而戍周。

20. 僖公十八年【经】五月戊寅，宋师及齐师战于甗，齐师败绩。狄救齐。冬，邢人，狄人伐卫。

21. 僖公二十年【经】秋，齐人、狄人盟于邢。【传】秋，齐、狄盟于邢，为邢谋卫难也。

22. 僖公二十一年【经】二十有一年春，狄侵卫。

23. 僖公二十四年【经】二十有四年春王正月。夏，狄伐郑。【传】狄人归季隗于晋而请其二子。王德狄人，将以其女为后。富辰谏曰："不可。臣闻之曰：'报者倦矣，施者未厌。'狄固贪婪，王又启之，女德无极，妇怨无终，狄必为患。"王又弗听。

24. 僖公三十年【传】夏，狄侵齐。

25. 僖公三十一年【传】秋，晋搜于清原，作五军御狄。赵衰为卿。冬，狄围卫，卫迁于帝丘。

26. 僖公三十二年【经】三十有二年春王正月。夏四月己丑，郑伯捷卒。卫人侵狄。秋，卫人及狄盟。

27. 僖公三十三年【传】狄侵齐，因晋丧也。公伐邾，取訾娄，以报升陉之役。邾人不设备。秋，襄仲复伐邾。狄伐晋，及箕。八月戊子，晋侯败狄于箕。郤缺获白狄子。先轸曰："匹夫逞志于君而无讨，敢不自讨乎？"免冑入狄师，死焉。狄人归其元，面如生。

28. 文公四年【经】四年春，公至自晋。夏，逆妇姜于齐。狄侵齐。

29. 文公六年【经】冬十月，晋狐射姑出奔狄。

30. 文公九年【经】夏，狄侵齐。

31. 文公十年【经】冬，狄侵宋。

32. 文公十三年【经】冬，公如晋。卫侯会公于沓。狄侵卫。

33. 宣公四年【经】夏六月乙酉，郑公子归生弑其君夷。赤狄侵齐。

34. 宣公十一年【经】秋，晋侯会狄于欑函。【传】晋郤成子求成于众狄，众狄疾赤狄之役，遂服于晋。秋，会于欑函，众狄服也。

35. 宣公十三年【传】秋，赤狄伐晋，及清，先縠召之也。

36. 宣公十五年【经】六月癸卯，晋师灭赤狄潞氏，以潞子婴儿归。潞子婴儿之夫人，晋景公之姊也。酆舒为政而杀之，又伤潞子之目。晋侯将伐之，诸大夫皆曰："不可。酆舒有三俊才，不如待后之人。"伯宗曰："必伐之。狄有五罪，俊才虽多，何补焉？不祀，一也。耆酒，二也。弃仲章而夺黎氏地，三也。虐我伯姬，四也。伤其君目，五也。怙其俊才，而不以茂德，兹益罪也。后之人或者将敬奉德义以事神人，而申固其命，若之何待之？不讨有罪，曰将待后，后有辞而讨焉，毋乃不可乎？夫恃才与众，亡之道也。商纣由之，故灭。"

37. 宣公十六年【经】十有六年春王正月。晋人灭赤狄甲氏及留吁。

38. 成公九年【经】秦人、白狄伐晋。

39. 成公十二年【经】秋，晋人败狄于交刚。

40. 襄公四年【传】无终子嘉父使孟乐如晋，因魏庄子纳虎豹之皮，以请和诸戎。晋侯曰："戎狄无亲而贪，不如伐之。"魏绛曰："诸侯新服，陈新来和，将观于我，我德则睦，否则携贰。劳师于戎，而楚伐陈，必弗能救，是弃陈也，诸华必叛。戎，禽兽也，获戎失华，无乃不可乎？《夏训》有之曰：'有穷后羿。'"公曰："后羿何如？"对曰："昔有夏之方衰也，后羿自鉏迁于穷石，因夏民以代夏政。恃其射也，不修民事而淫于原兽。弃武罗、伯困、熊髡、龙圉而用寒浞。寒浞，伯明氏之谗子弟也。伯明后寒弃之，夷羿收之，信而使之，以为己相。浞行媚于内而施赂于外，愚弄其民而虞羿于田，树之诈慝以取其国家，外内咸服。羿犹不悛，将归自田，家众杀而亨之，以食其子。其子不忍食诸，死于穷门。靡奔有鬲氏。"

41. 襄公十四年【传】将执戎子驹支。范宣子亲数诸朝，曰："来！姜戎氏！昔秦人迫逐乃祖吾离于瓜州，乃祖吾离被苫盖，蒙荆棘，以来归我先君。我先君惠公有不腆之田，与女剖分而食之。今诸侯之事我寡君不如昔者，盖言语漏泄，则职女之由。诘朝之事，尔无与焉！与将执女！"对曰："昔秦人负恃其众，贪于土地，逐我诸戎。惠公蠲其大德，谓我诸戎，是四岳之裔胄也，毋是翦弃。赐我南鄙之田，狐狸所居，豺狼所嗥。我诸戎除翦其荆棘，驱其狐狸豺狼，以为先君不侵不叛之臣，至于今不贰。昔文公与秦伐郑，秦人窃与郑盟而舍戍焉，于是乎有殽之师。晋御其上，戎亢其下，秦师不复，我诸戎实然。譬如捕鹿，晋人角之，诸戎掎之，与晋踣之，戎何以不免？自是以来，晋之百役，与我诸戎相继于时，以从执政，犹殽志也。岂敢离逷？今官之师旅，无乃实有所阙，以携诸侯，而罪我诸戎！我诸戎饮食衣服，不与华同，贽币不通，言语不达，何恶之能为？不与于会，亦无瞢焉！"

42. 襄公十八年【经】十有八年春，白狄来。【传】十八年春，白狄始来。

43. 昭公元年【经】晋荀吴帅师败狄于大卤。

44. 昭公九年【传】"先王居梼杌于四裔，以御螭魅，故允姓之奸，居于瓜州，伯父惠公归自秦，而诱以来，使逼我诸姬，入我郊甸，则戎焉取之。戎有中国，谁之咎也？后稷封殖天下，今戎制之，不亦难乎？伯父图之。我在伯父，犹衣服之有冠冕，木水之有本原，民人之有谋主也。伯父若裂冠毁冕，拔本塞原，专弃谋主，虽戎狄其何有余一人？"叔向谓宣子曰："文之伯也，岂能改物？翼戴天子而加之以共。自文以来，世有衰德而暴灭宗周，以宣示其侈，诸侯之贰，不亦宜乎？且王辞直，子其图之。"宣子说。

45. 昭公十二年【传】晋伐鲜虞，因肥之役也。

46. 定公五年【经】冬，晋士鞅帅师围鲜虞。

47. 哀公六年【经】六年春，城邾瑕。晋赵鞅帅师伐鲜虞。【传】六年春，晋伐鲜虞，治范氏之乱也。

显然，中原各国与周边少数民族政权、草原民族政权来往极为密切，尤其是战争和通婚成为最主要的方式。正如林惠祥先生在《中国民族史》所言："历史上诸民族永远互相接触，无论其方式为和平或战争，总之均为接触，有接触即有混合，有混合斯有同化，有同化则民族之成分即复杂而不纯矣。"从以上史料记录来看，春秋时期中原诸国与周边戎狄时战时和，联盟与战争相续，不断变化，而其中最为突出的特点则是中原文化对戎狄的敌对、轻视，如隐公九年郑公子突讲道："戎轻而不整，贪而无亲，胜不相让，败不相救。先者见获必务进，进而遇覆必速奔，后者不救，则无继矣。"说明在郑人的眼里戎组织纪律观念极弱，战争以掠夺为上，缺乏群体意识，讲究个体得失，人与人之间毫不谦让。而在鲁闵公元年的管仲之语则一语道破戎狄即为豺狼的观点，要求中原诸国联合起来共讨之。周边少数民族包括草原民族与中原文化的客观差异被有意夸大。如鲁宣公十五年晋大夫伯宗说道："必伐之。狄有五罪，俊才虽多，何补焉？不祀，一也。耆酒，二也。弃仲章而夺黎氏地，三也。虐我伯姬，四也。伤其君目，五也。怙其俊才，而不以茂德，兹益罪也。"凡是与中原礼教文化不同之处皆为罪过之一，而最明显的则是轻薄祭祀、喜好饮酒、无视君长等级、重才轻德等，反过来重视个体智慧、力量、能耐，蔑视群体文化规矩。

反映在《春秋》《左传》中的草原民族记忆显然是儒家"华夷之辨"文化观影响下的结果，代表了当时中原文化对周边民族文化的普遍性看法，文化之间的对立性极为鲜明，所以导致了先秦史学表达上的一致性，即轻视、批判基础上的对立，这就严重影响了后世对待草原民族的价值观念,导致了后代无论是文学还是史学,都罕见草原民族记录的史实。涉及其中所蕴含的美学追求,则基本上呈现为否定性的表达为主,一种唯恐避之不及的远离,一种欲灭之而后快的心理,一种仇视又畏惧的复杂心理,一种相隔分离的思想主张。当然在先秦特别是春秋普遍视戎狄为洪水猛兽的潮流中,偶尔也有一些和谐快乐之曲。其中与戎狄通婚较为密切的晋国就是一例。《左传·襄公四年》记载了关于是"战"还是"和"的一段对白:"晋悼公曰:'戎狄无亲而贪,不如伐之。'"大臣魏绛劝说道:"然则莫如和戎乎?""和戎有五利焉:戎狄荐居,贵货易土,土可贾焉,一也。边鄙不耸,民狎其野,穑人成功,二也。戎狄事晋,四邻振动,诸侯威怀,三也。以德绥戎,师徒不勤,甲兵不顿,四也。鉴于后羿,而用德度,远至迩安,五也。君其图之。""公说,使魏降盟诸戎,修民事,田以时。"①晋国君主最终采取了罢战求和的战略,晋国也终于成为春秋列国之首。

与以上晋国对戎狄的态度相似,在《韩非子·十过》《史记·秦本纪》和《吕氏春秋·不苟》篇中均记录了一个西戎使者由余出使秦国、说抗秦穆公的故事。由余虽然由西戎而来,但其彬彬有礼的举止、柔中带刚的讲理、娓娓道来的气度给秦穆公留下了极为深刻的印象,促使穆公改变了对戎的方略,而由余也成为先秦不同文化之间进行交流、对话的杰出使者。虽然我们了解到由余的先人是晋人,但长期生活在西戎的由余能够在秦人面前一展才具、亮丽四方,充分说明草原文化对其浸润之深,为先秦草原文学留下了一位外交使者的身影。

---

① 杨伯峻编著:《春秋左传注》,中华书局2015年版,第939页。

第二章　风情多样的美学天地
——汉魏晋北方草原文学

　　历史的发展告诉我们，中国古代春秋以至于战国初中叶，华夏文明与游牧性质的草原文明主要呈现出对抗相争的状态，但这种对抗实际上不足以改变或撼动华夏文明的根基，先秦文学所呈现出的尚和贵礼的君子之风始终是美学追求的核心精神；然而，这并不意味着草原文学没有闪现出其独特的身影，没有放射出夺目的光芒。事实上，先秦文学之所以能以中国古代文学的基因库或坚实基础而存在，就是由于先秦文学体现出以汉民族为主体的华夏文明具备着吐故纳新、自我修正的强大力量，保存在史籍中的成语故事"胡服骑射"就充分说明了这一点。先秦战国时期，"三家分晋"产生了赵国，赵国在"战国七雄"中势力薄弱，其国力的加强只能借助于内部制度的改革和外部领土扩张两个方面，而后一方面意味着赵国必须和北方地区的东胡、林胡、楼烦等游牧民族进行频繁接触、联系、交流，由此，中国先秦历史上就诞生了一段民族文化之间互相交流、学习，共同发展的政治人文佳话。先秦时期，见于史籍的生活在北方草原上的游牧民族除匈奴以外先后有氐、羌、白氏、乌孙、鞑鞨、东胡、肃慎、夫余等众多民族，基本以逐水草而游牧的畜牧经济为主，在匈奴单于冒顿崛起之前，基本呈"东胡盛，月氏强"的态势发展。这样，处于燕、齐、韩、魏包围中的赵国只有向西北方向发展，才能富国强兵，于是赵武灵王不顾顽固守旧的赵国宗室贵族和大臣们的强烈反对，采用东胡等游牧民族的装束和骑马射箭的技术，改革中原地区上衣下裳的传统服饰，形成利于军事作战的短制服饰，并且大力改革"不可以逾险"的笨重战车，代之以强弩射箭和快马奔袭，使赵国军队的战斗力大增，终于"西至元中、九原"，势力延伸到今天的内蒙古临河市一带。应当说，赵国的短暂兴盛与它大胆地进行文化的交流学习密不可分。也就是说，民族文化交融为中华文明的形成与发展、壮大注入了最为有力的生长活力，而这一点在汉魏晋北方草原文学的发展过程中更为抢眼、突出。

但是，民族文化的交融并非一曲和谐流畅的乐歌，而是充满了血腥与残酷的由各种音符、乐调所构成的铿锵有力而又起伏跌宕的交响乐，其根本在于文明的进步总是以文明的冲突为代价，从历史唯物主义的观点出发，中原文化与草原文明的关系就是在侵略与反侵略的拉锯过程中推进、发展的，由对抗分裂直至交融一体，汉朝与匈奴之间的关系就是其中的典型。而在这一漫长的历史过程中，战争对于北方草原文学美学追求的影响可谓达到了极致，可以说是战争养就了草原文学，是战争使草原文学的美学精神之花充分地绽放出来，从而蔓延到中原文化，直至成为中华文明、文学的有机构成。

总览此时期的北方草原文学美学，约略分为史传文学中的草原英雄人物塑造所体现的美学精神和草原诗歌所包含的美学追求两类。前者以《史记·匈奴列传》中匈奴单于冒顿人物分析为主；后者集中于《匈奴歌》《细君公主歌》《胡笳十八拍》，辅之以其他诗作。前者侧重于草原英雄人物的成长历程，将战争、土地与个体意志、力量结合起来，展现草原英雄人物的独特风采，从中把握草原文学在英雄人物塑造方面的美学追求；后者注重战争、政治、文化对于人的生存的严重影响，反映出民族文化之间的巨大差异，从而折射出全体中华民族共同的心灵呼唤，使草原文学的美学领域具有了更为广阔和普遍的人文情怀。

第二章 风情多样的美学天地

第一节 冒顿人生传奇之美的激情演绎

秦末，诸侯叛秦，中原、南方大战不休，匈奴首领头曼、冒顿父子惨淡经营，几度用兵，终于使匈奴和中国北方结束了草原部族四方分裂、各自为政的混乱局面，建立了一个强大的奴隶制军事帝国，标志着古代草原文明以全新的独立的姿态进入到中华文明的大家庭，从而使文明之间的冲突、交融、融合、发展的进程又进入了一个新的历史发展阶段，而这一切尽入《史记》之列，从而形就了中国古代最早的草原英雄人物的独特形象。

严格地说，司马迁的《史记》在记述四方少数民族历史过程时，也是有所保留的，最起码他没有给匈奴历史上最伟大的首领冒顿单于单独列传，而是将他放在匈奴民族整体历史发展的《匈奴列传》中表达。恐怕是资料匮乏的缘故，也有可能是冒顿的人生发展本身就与匈奴民族历史密不可分的原因。但是无论如何，司马迁在《匈奴列传》中将匈奴民族由弱到强、由小到大、由分裂到相对统一、由一盘散沙到军事帝国的壮大过程与冒顿的人生历史紧密相关，为后世呈现出古代草原英雄的别样风致。

我们知道，自农业文明出现之后，游牧文明就不断与之碰撞冲突，但这只是历史进程的一个短暂的瞬间，并没有影响或阻滞华夏文明的整体发展，并没有成为一代王朝政治军国大事的心头大患。当然也与游牧文明自身的零散、弱小有直接的关系。但进入到秦汉之际，特别是匈奴首领冒顿出现之后，中国古代北方最大的游牧部族匈奴的历史就进入了一个新的时期。冒顿以其超人的智慧和勇气弑父头曼而自立，先后"大破灭东胡主，而虏其人民及畜产"，又"南并楼烦、白羊河南王"，收复秦时蒙恬所夺取的匈奴土地，接着北服"浑庾"、"屈射"。"楼兰、乌孙、呼揭及其旁二十六国，皆以为匈奴。"① 使"诸引弓之民，并为一家"，第一次于蒙古高原

---

① （东汉）班固：《汉书》，中华书局1962年版，第3750页。

建立了相对统一的政权,《史记·匈奴列传》说:"自淳维以至头曼千有余岁,时大时小,别散分离,尚矣,其世传不可得而次云。然至冒顿而匈奴最强大,尽服从北夷,而南与中国为敌国,其世传国官号乃可得而记云。"① 自此,"南有大汉,北有强胡"的游牧文化与农耕文化的时而冲撞、时而交融的状态就世代延续发展下来。而这种"划地而治"的统治格局最初也得到了汉初文帝的认可,汉文帝曾致书单于:"长城以北,引弓之国,受令于单于,长城以内,冠带之室,朕亦制之。"② 这应该是中原农耕文明、华夏政治主体第一次在军事抵御不得力的情势下公开对游牧政权的国书致达,也标志着草原文化形态独立存在的开始。可以说,中国古代草原民族在历史上首次隆重登场、影响政治格局自冒顿时代启始。

然而,冒顿的人生成长和伟大贡献反映出草原民族哪些美学思想呢?在汉民族汉语创作的史传文学中草原英雄人物究竟具备哪些独特的美学魅力呢?笔者认为最主要的就是对人生价值的强烈自我肯定、对暴力的无限崇拜、对权力意志的无限追求、对草地的极度依赖以及由此而产生的个体力量的充分释放,最终演变成人物传奇之美的激情演绎。

首先,冒顿的初始人生展现出草原英雄不甘命运摆布的强烈的人生价值追求。对于生存环境而言,一般分成自然环境与社会环境两个部分,前者更具有宏观、整体的倾向,往往表现于生产力与生产关系的互动关系,对于个体的影响不大明显,而后者则千差万别,影响甚至决定着人的成长发展。就冒顿而言,他出身高贵,是为单于之子、太子,理应承继统治、成为匈奴民族的首领。但是,其父头曼单于宠爱幼子,欲废长立幼,完全倾向于幼子,制造种种事端加祸于冒顿。最为残酷的是将冒顿作为人质送给了与匈奴对立的另外一个草原民族政权月氏,其目的就是借月氏之手除掉冒顿,为幼子即位扫清障碍。这样,冒顿不得不置身

---

① (西汉)司马迁:《史记》,中华书局1959年版,第2890页。
② (东汉)班固:《汉书》,中华书局1962年版,第129页。

于生命的危在旦夕之间。可以想象，摆在冒顿面前的只有三种选择：一是听从命运的安排，引颈就戮；二是向父亲讨饶，表示不会与幼子争位，正常回归匈奴；三是完全臣服于月氏，成为月氏攻打匈奴的向导。然而，头曼根本不给冒顿思考之机，而是"急击月氏。月氏欲杀冒顿，冒顿盗其善马，骑之亡归"。冒顿于生命危难之际主动反抗，于看守严密之间偷盗良驹逃回匈奴。这里就产生了一个问题，一个与汉民族政治生活完全不同的政治命题：冒顿逃回匈奴，其行为与头曼单于之愿相违，显然是有违"父命"，不孝也，其命运又当如何？事实上，《左传·僖公二十三年》所载的晋公子重耳也遭遇了同样的命运，而重耳念念不忘的却是"保君父之命而享其生禄，于是乎得人。有人而校，罪莫大焉，吾其奔也"[1]。逃亡他国，流浪诸侯，以待转机的出现。而冒顿却没有等待，而是以惊人的勇猛、果敢，与命运直面、对抗，回到匈奴，以至于其父对他另眼相看，"头曼以为壮，令将万骑"[2]。电光石火间命运转折，冒顿成为拥有了自己军队的将军，有了改变自我命运的资本。这里，顺从还是抗争，是依"礼"而为，还是听凭自我意志，奋起反击、改变命运。显然，个体人生价值追求的充分展现成为冒顿改变人生的第一要务。正如司马迁所言匈奴人的价值观为"苟利所在，不知礼义"。对于功利、权力等人生价值的全力以赴、不虑其他，深刻地体现出生命意志的强大无比。按理说，头曼单于见其勇猛，分赏给他万余骑兵，是希望他听命自己，为匈奴政权服务，而冒顿却另有长远打算，欲弑父夺位。这里一方面要注意冒顿的"隐忍以求发展"的人生动机，另一方面要注意期间杀戮、暴力在冒顿壮大过程中的重大意义。前者说明他具有审时度势的远大抱负、政治追求，他没有在归来后怨怒父亲头曼攻打月氏、欲置其于死地的行为，显然他将愤怒藏于心底；同时他也没有欣欣然接受安排，成为单于麾下的

---

[1] 杨伯峻编著：《春秋左传注》，中华书局2015年版，第404—405页。
[2] （西汉）司马迁：《史记》，中华书局1959年版，第2888页。

一名普通将领，而是借助操练兵丁之机培养死士。学者一般认为，冒顿这一过程反映出其残忍凶狠、阴险毒辣的一面，但是一定要注意到冒顿形象绝不能建立在汉民族传统文化所重视的道德文化层面上，否则就丢掉了这一草原文学英雄人物的社会基础、文化基础。实际上，冒顿从父亲将他送到月氏为人质时起，就已经明确了自我奋斗的方向，在他看来，其父听信后母之言违背传统习惯、废长立幼，在他心里已经不是一个为君者应有的行为了，而是一个因美色私情而废政的昏庸之辈；而从头曼的所作所为来看，的确在位期间没有为匈奴民族做过突出性的贡献，唯一值得一书的是生下一个彻底改变匈奴民族命运的杰出人物冒顿。这样，冒顿具有了人生崛起的心理基础，他要成为匈奴民族一统北方草原民族的领军者，要担当匈奴号令天下的领袖。也就是说，冒顿萌生了极为强烈的人生政治欲求，即对于天下、民族、他人的征服统治欲望。在这一过程中他的充满了个体奋斗精神的生命价值追求表现得极为充分，而这些足可以用尼采著名的"权力意志"来说明。尼采认为，"权力意志"就是生命意志、生命本能，即要求人去对抗、战斗、征服；这是一种主动性的进攻和改变，所谓"生命自身的本质就是占有、伤害，去对弱者和他人进行征服，是镇压、严酷、强制和收编"①。而强权与暴力的结合为征服的实现创造了有利条件。作为匈奴民族的一员，冒顿深谙本民族对于征伐和杀戮的习以为常、对于个体勇猛和力量的崇拜向往、对于个体智慧能力的极度赞叹。而作为群体心理的表现则是"士力能毌弓，尽为甲骑。其俗，宽则随畜，因射猎禽兽为生业，急则人习战攻以侵伐，其天性也"。征战、杀戮是生存的必要之事，已经习以为常。冒顿的所作所为在于将此有力地推进了一步，他要以强权和暴力来树立和维护绝对的统治权威，要以强权和暴力来建立自我绝对的政治威仪，以此改变匈奴号令不行、群雄散乱的政治状态，于是"乃作为鸣镝，习勒其骑射，令曰：'鸣镝所射而不

---

① ［德］尼采：《尼采论善恶》，朱泱译，团结出版社2006年版，第269页。

悉射者，斩之。'行猎鸟兽，有不射鸣镝所射者，辄斩之。已而冒顿以鸣镝自射其善马，左右或不敢射者，冒顿立斩不射善马者。居顷之，复以鸣镝自射其爱妻，左右或颇恐，不敢射，冒顿又复斩之"[1]。连杀不听命者数人，更值得为之悚然动容的是居然训练手下射杀自己所宠爱的阏氏，以极为血腥残酷的手段来培养军队对自己的忠诚。由是，冒顿并不借助于某种思想、理念的灌输，并不采取长时间的教化改变人性的方式，而是直截了当地以强权和暴力强制性地培植自己的绝对权威。这里，讲求实效、突出实际、行事简易的游牧民族文化习性展现得极为分明。倘若与晋公子重耳历经十九年的颠沛流离、积蓄力量、等待时机，最终夺取晋国的统治权的经历相比，冒顿的成功更能够彰显草原英雄人物的果毅、勇敢、高大，更能够显现草原文化的独特魅力。也就是说，草原英雄人物的形成并非建立在社会道德符号的制约之下，并不是按照社会形成的道德标准来实践、形成，并不依照他人或社会约定的某种要求或规范去实践，并非以体现"君子"理想人格之美去塑造，而是全力突出英雄人物的强大的个人意志，特别是征服他人、战胜他人的勇气和力量，而其中最为重要的则是暴力所产生的效力。由此，对于个体价值实现的全力以赴、不计其他正是古代文学史上最早的草原英雄人物传奇之美的首要元素。

其次，草原英雄人物拥有着常人难以企及的见识和胸襟，具有非同凡响的政治智慧。冒顿并非一个滥用暴力、穷兵黩武之人，而是善于把握时机、有理有节地扩大自己的统治。他杀掉父亲头曼自立为单于之后，并没有向四方发起进攻，而是先稳定自己的统治，强化自我的统治权威。而对于匈奴邻国、强大的东胡而言，以暴力获得统治权的冒顿正好给他们提供了一个绝好的挑衅、发难的机会，于是不断提出非礼要求，使冒顿陷入难以选择的境地，以图制造内乱、挑起战争，进而占据匈奴民族的中心腹地。如此，东胡先是索要头曼单于在世时的千里马，而冒顿的臣子们则坚决

---

[1] （西汉）司马迁：《史记》，中华书局1959年版，第2888页。

反对:"千里马,匈奴宝马也,勿与。"① 我们知道,作为中国古代第一个建立统治帝国的草原民族,匈奴游牧生产方式的性质决定了马匹的极端重要性,所谓"行国"之说也正是建立在依赖马匹等动物牵动的基础之上。作为草原民族的匈奴人,对于人与马的关系、马的认识更为深远、独特。马既是匈奴人须臾不可脱离的生产生活工具,又是其征战四方、迅疾无比的动力之源,匈奴人对于马的体认恐怕是古代草原民族最早的马文化,所谓"其畜之所多则马、牛、羊,其奇畜则橐驼、驴、骡、駃騠、騊駼、驒騱"等记载足以说明其马文化的丰富,因而对马的感情也最深。东胡人就是看准了匈奴人重视马这一点,欲将其视为宝贝的千里良驹占为己有,以此激怒匈奴人。当臣子们坚持拒绝东胡人要求时,冒顿却认为没有必要因为一匹良马而损害目前与东胡的关系:"奈何与人邻国而爱一马乎?"实际上,冒顿正是靠良马才从东胡逃脱,就如同"飞将军"李广被俘跃良驹逃归一样,怎么不爱惜千里良驹呢?但是在冒顿看来,如果不答应东胡,就会引发其怒火,而对即位单于不久的他来说就是一场灭顶之灾,因而不如先示弱而图将来,于是将千里马送往东胡。这样,东胡人又提出了更加无理的要求,要得到冒顿的一位阏氏,意图刺激、激怒冒顿,以达到发动战争的目的。阏氏是匈奴首领单于之妻,从现存资料来看,阏氏在匈奴人眼里的地位极其尊贵,位同国母,所以当冒顿征求臣子之意时,大家都极为愤怒:"东胡无道,乃求阏氏,请击之。"② 但冒顿依然极度克制自己的怒火,把自己心爱之妻送给了东胡。实际上,这一方面说明匈奴此时确实难以与东胡相抗;另一方面也说明冒顿接连两次满足东胡要求,意欲激怒手下,蓄积力量,也意在使东胡轻视自己,以为软弱可欺、不堪一击,从而为彻底打败东胡创造机会。终于机会来了,东胡占有了宝马、美人之后,又企图占有匈奴与东胡共有的一处土地,所谓"弃地,

---

① (西汉)司马迁:《史记》,中华书局1959年版,第2889页。
② 同上。

莫居，千余里，各居其边为瓯脱"，由于是一块双方均暂时未用之地，所以有的臣子就说"此弃地，予之亦可，勿予亦可"。然而，冒顿对此却有不同的见解，讲道："地者，国之本也，奈何予之？"① 此言包含多重内涵。一是冒顿视土地为国家的根本，失去了土地，国家就失去了根基；当然，此处的土地并非农业文明的基础良田，而是适于畜牧的草地、草原。二是冒顿有着敏锐的政治地缘眼光，虽然是一块东胡、匈奴弃置不用的土地，但其地理位置异常重要，它是东胡、匈奴的缓冲地带，一旦此处被东胡占领，就等于被东胡占据了边疆、占据了大门。三是如果像宝马、美女一样应允东胡，那么匈奴民族恐怕就会沦为东胡人的奴仆。所以绝不能把这块土地送与东胡，于是冒顿把主张将土地给予东胡的臣子全部杀掉，免除内部的纷争，然后集结匈奴的全部兵力，以闪电战的方式突袭东胡。东胡人猝不及防，全军覆没，就这样，冒顿消除了当时匈奴人的最大威胁，扩大了匈奴的统治区域，成为真正意义上的匈奴领袖，也由此成为匈奴历史上第一个扩张型、攻击型的领袖。

从这一过程来看，冒顿的成功完全不同于汉民族传统文化滋养下的英雄成长，而是草原文化养育下的草原英雄的成长历史。一是个体崛起、个体抗争、个体奋斗的特点异常鲜明，全然是自我意志、自我智慧、自我挑战、自我力量的形象展现。如果说汉民族的英雄成长与他人或群体密切相关、不可分离的话，那么冒顿无论是勇于改变被动人生命运，还是主动挑战既有生存秩序，无论是培养自己的亲信力量，还是否定他人意见，都体现出完全意义上的自我色彩、自我精神，与稍早的晋国公子重耳的人生发展迥然不同。就如《左传·僖公二十三年》记载的郑国大臣叔詹所言："臣闻天之所启，人弗及也。晋公子有三焉，天其或者将建诸！君其礼焉。男女同姓，其生不蕃。晋公子，姬出也，而至于今，一也。离外之患，而天不靖晋国，殆将启之，二也。有三士足以上人而从之，三

---

① （西汉）司马迁：《史记》，中华书局1959年版，第2889页。

也。晋、郑同侪,其过子弟,固将礼焉,况天之所启乎?"① 其中"有三士足以上人而从之"恐怕也是重耳成为"春秋五霸"之一的不可或缺的条件之一。与此相较,冒顿的任何行为则更具个体传奇人生自我发展的魅力。当然,草原英雄人物的个体性特征形就于草原文化的特殊土壤,草原生存环境艰难,受自然变化制约明显,需要强大的意志、体魄战胜自然,于是就形成了"壮者食肥美,老者食其馀。贵壮健,贱老弱"②的价值观念,这就为突出个体力量之强大壮伟的人生追求取向奠定了基础,唯强者是从的群体心理也就形成,而冒顿能够在艰险丛生之际盗马而归,无形中就成了冲破和克服生存环境制约的英雄,使他自然超越于一般贵族人物之上。二是果敢冷酷,以连续的暴力杀伐确立自己的地位和权威。如果说汉民族传统文化背景下的英雄主要强调了"道义""道德"上的超凡入圣,以对"正义"的虔诚持久和不懈逼近而成就人生的话,那么草原文化熏陶下的英雄则主要建立在血腥暴力的基础之上,以强悍的意志和残酷的杀戮铺就成长之路。作为最早的草原英雄,冒顿历经部落之间的争斗,作为人质而被抵押于东胡,其本质原因就是匈奴无法与东胡相抗,"弱肉强食"就是草原民族最原始的生存境遇,唯有依赖战争,才能生存下去、延续下去。由此暴力和杀戮就成为草原英雄的必要构成。这也正是冒顿由弑父而推行的一系列杀戮能够延续下去而没有遇到强大内部阻力的社会原因。在蒙古族学者孟驰北看来,"游牧民族有着强烈的暴力意识。游牧社会就是一个军营,社会的一切动作都是围绕暴力进行的。不是准备抵抗外来暴力袭击,就是准备对他人施以暴力袭击。即使是在和平年代,也潜隐着风吹草动迎接暴力或战争的警觉"③。三是浓烈的民族情感以及由此产生的征伐情怀。冒顿完全可以像他的父亲头曼单于一样仰人鼻息,在东胡的威胁下苟安下去。事实上,"当是之时,东胡强而月氏盛。匈奴单于曰头曼,头曼不胜秦,北徙。十馀年而蒙恬

---

① 杨伯峻编著:《春秋左传注》,中华书局2015年版,第408页。
② (西汉)司马迁:《史记》,中华书局1959年版,第2879页。
③ 孟驰北:《草原文化与人类历史》,国际文化出版公司1999年版,第4页。

死，诸侯畔秦，中国扰乱，诸秦所徙适戍边者皆复去，于是匈奴得宽，复稍度河南与中国界于故塞"①。匈奴最为贫弱，完全在东胡、月氏的夹缝中生存，冒顿深感匈奴民族弱小所带来的屈辱，意欲振兴匈奴，而打败东胡、扩地千里就成为他的主要目标。唯此，才能彻底改变匈奴民族的卑微处境，才能在中国北方草原建立帝国。由此，冒顿以改变匈奴民族命运、地位为己任，隐忍而蓄积力量，待时而一击，成就了自我在草原英雄史上的独特地位。

最后，作为中国古代北方草原文学最早产生的英雄，冒顿具有着极为浓厚的掠夺特性。可以说，掠夺性是早期草原英雄的一大特征，由掠夺而成就功业，由掠夺而扬名天下，由掠夺而流传后世。这里并非指责草原英雄人物道德上的浅下，而意在强调草原英雄与掠夺的不可分离。作为崇尚暴力的草原民族，其暴力意识、暴力情结的喷发之处就在于不断地占据草场和财物等生存资料，尤其是在遇到了难以抗衡的自然灾害之时，在人口和领地不断扩大而生存物质难以为继之时，掠夺就成为必然的生存之路。匈奴民族在冒顿单于的率领之下，崛起于中国北方草原大地，经过不断征伐、杀戮，基本上统一了北方草原的各个民族、部落，其国土面积和人口极速膨胀，成为与大汉王朝南北对峙的一个强大的军事帝国。而与此同时的汉王朝却刚刚从战争的废墟中挣脱出来，其农业文化的物质积淀、人口积淀恰恰给匈奴提供了绝佳的掠夺对象和机会。于是自高祖刘邦而到武帝年间，匈奴人不断奇袭汉朝，抢掠物质、人口无数，成为汉王朝最大的外患。需要说明的是，掠夺只停留在生存资料的占有上，它是匈奴民族生存、发展的必要补充，而并非土地的占有，更不是对汉王朝的颠覆。也就是说，掠夺是草原民族发展延续过程中的一种必然的法则和惯例，是暴力意识的必然结果。否则发生在公元前200年的汉高祖白登之围，冒顿以四十万骑包围刘邦，纵然他人奇计百出，刘邦也无法逃脱出去。从根本上说，就是由于冒顿的所作所为是为了威慑汉朝，索取更多的利益，而不是南

---

① （西汉）司马迁：《史记》，中华书局1959年版，第2887页。

下占据汉朝的广袤土地，更不是推翻刘氏的统治，另立王朝。由此说明，草原英雄冒顿对草原故土有着深深的依存情怀，即使具备了君临天下的条件，也依然没有改变其固有的草原精神。就冒顿而言，他对汉王朝的屡次抢掠，尤其是对高祖刘邦的白登之困，已经使他具备了传奇之美的特质，成为古代北方草原英雄的拓荒者。而其所体现的美学内涵一方面是由草原民族所固有的民族精神所决定，另一方面则产生于文明之间的冲突之中。也就是说，冒顿作为最早的草原英雄，他对于农业文化的优势以及汉民族传统文化的"天下观念"还没有明显的触及，他的一切行动均建立在草原文化与农业文化对抗的基础之上。当然此时期也就很难涉及文化之间的深度交融。但是，正是冒顿对汉王朝的侵略、掠夺，才使得草原文化、农业文化完全地呈现在历史面前，才使得人们去研究它、正视它，才拉开了古代民族文化交融的恢宏巨幕。从此意义出发，冒顿可以说也是古代草原文化与农业文化交融的真正始作俑者。

第二节 《匈奴歌》的深切悲吟

历史证明，古代中国的民族文化交融主要发生在草原游牧民族与农业民族之间，即草原文化或游牧文化与农业文化之间的交融，而所有的交融最初都是由战争和对峙开始、引起。恩格斯曾经对不同民族间的关系，特别是民族之间战争的关系作过精辟论述："由比较野蛮的民族所进行的每一次征服，不言而喻，都阻碍了经济的发展，摧毁了大批的生产力。但是在长期的征服中，比较野蛮的征服者，在绝大多数情况下，都不得不适应由于征服而面临的比较高的'经济状况'，他们为被征服者所同化，而且多半甚至不得不采用被征服者的语言。"[①] 又说："在这些民族那里，获取财富已成为最重要的生活目的之一。他们是野蛮人，掠夺在他们看来是比用劳

---

① 《马克思恩格斯选集》第3卷，人民出版社2012年版，第563页。

动获取更容易甚至更光荣。"① 恩格斯所言涉及了民族间冲突的两个主要方面：一是不同民族间客观上的差异造成了物质占有上的区别，引发了为掠夺物质资料而爆发的战争；同时，战争确实造成了生产力的巨大破坏和人民百姓的深重灾难。二是民族间的交融往往由战争而导引、促进，战争成为民族间交流的主要方式。

  但是，就战争而言，总有胜败的不同，而由刘邦至汉武帝之间汉匈对抗基本上总是以汉朝的失利而终结，如"孝文十四年，匈奴单于十四万骑入朝那萧关，杀北地都尉卬，虏人民畜产甚多，遂至彭阳。使骑兵烧回中宫，候骑至雍甘泉"；后"匈奴日以骄，岁入边，杀掠人民甚众，云中、辽东最甚，郡万余人，汉甚患之"。②就是武帝初立之时，匈奴伊稚斜单于当政，"匈奴数万骑入代郡，杀太守共友，掠千余人。秋，又入雁门，杀掠千余人。其明年，又入代郡、定襄、上郡，各三万骑，杀掠数千人。匈奴右贤王怨汉夺之河南地而筑朔方，数寇盗边，及入河南，侵扰朔方，杀掠吏民甚众"③。汉代初年，像以上匈奴掠边甚至逼近长安之事不胜枚举。所以，汉武帝即位之后，积蓄力量，以图一雪国耻，彻底解除边患，终于大约在公元前121年，大败匈奴于祁连山、燕支山一带。依《汉书·匈奴传》记载："明年春，汉使骠骑将军去病将万骑出陇西，过焉耆山千余里，得胡首虏八千余级，得休屠王天祭金人。其夏，骠骑将军复与合骑侯数万骑出陇西、北地二千余里，过居延，攻祁连山，得胡首虏三万余级，裨小王以下十余人。"④后来班固曾撰《燕然山铭》，窦宪曾在燕然山石碑上铭刻"恢拓境宇，振大汉之天声"的碑文。也正是霍去病等此时期的大败匈奴，才成就了匈奴文学传世的最早诗篇《匈奴歌》。

  关于《匈奴歌》的文字必须予以说明，匈奴民族到底有无文字，历史上存在着极大争论。一种说法是匈奴民族无文字，按《史

---

① 《马克思恩格斯选集》第4卷，人民出版社2012年版，第181页。
② （东汉）班固：《汉书》，中华书局1962年版，第3761页。
③ 同上书，第3767页。
④ 同上书，第3768页。

记·匈奴列传》的说法"(匈奴)无文书,以言语为约束"①,交流主要是口耳相传。另一种说法是匈奴有类似文字的交流符号,《汉书·匈奴传》记载说"教单于左右疏计,以计识其人众畜牧","疏计"的进行必须建立在一定数量的符号基础之上,否则无从谈起。《盐铁论·论功》说"匈奴刻骨卷木,百官有以相记,而君臣上下有以相使"②,匈奴召开会议、传达政令,简单的刻记类符号难以完成,说明匈奴应有类似文字的交流符号,只是没有保存下来。而一般情况是,我国古代少数民族大都拥有自己民族的语言,但是鲜有自己的文字或这些文字鲜有流传,现今我们所能阅读到的古代少数民族的文学作品,基本上都是由汉族文人翻译为汉语,进行收集整理与加工的。由此,有史记载的匈奴民族最早的诗篇《匈奴歌》也只有汉文字流传下来。这样,《匈奴歌》大抵就是匈奴人在民间传唱,汉族文人发现并进行记录和翻译,最终整理成一部完整的诗篇。然而,即使今天我们看到的《匈奴歌》是由汉族文人翻译、加工的结果,但是它和汉民族创作的文学作品相比,还是有着突出鲜明的草原文化特性。

《匈奴歌》只有四句:"失我祁连山,使我六畜不蕃息;失我焉支山,使我妇女无颜色。"

《匈奴歌》在《史记》中只有歌名,没有正文,是后人在《史记·匈奴列传》的"索引"中引《西河旧事》所录。另外,此歌又见于《西河故事》《乐府诗集》《古诗源》等著作中。《西河旧事》作者不详,据说由北凉人所著,而今已经失佚。后来此诗又多次出现在其他的著作之中,诗中可能个别字不尽相同或者语句的顺序不一致,如将"妇女"写作"嫁妇"或"六宫";在唐人梁载言所撰的《十道志》中"失我焉支山,使我妇女无颜色"在前。此诗显然与《诗经》"国风"相似,吟唱出的是匈奴民族失去家园的悲哀苦楚之情,在被汉朝军队击败后,匈奴部落不得不离开他们水

---

① (西汉)司马迁:《史记》,中华书局1959年版,第2879页。
② 王利器校注:《盐铁论校注》,中华书局1992年版,第543页。

草丰美、世代繁衍生息的草原，这里可以看出，祁连山和焉支山在匈奴人的价值世界里极为重要，是他们赖以生存和发展的草原，是他们获取物质生活资料的"六畜蕃息"之地。《毛诗序》说："诗者，志之所之也，在心为志，发言为诗。诗歌之不足，不如嗟叹之，嗟叹之不足，不如手之舞之，足之蹈之也。"[①] 匈奴人在屡次取得军事上的胜利之后，突遭这骤然降临的失去土地的创伤，悲情深重，无以细说，只得以直抒胸臆之法，用两个对称性极强的句子，将他们的隐忧、焦虑倾泄而吐，显示了强烈的民族主体意识。由此，《匈奴歌》站在匈奴人的立场上，传唱着他们的情感，渴望和平与安宁。同时，必须注意到，《匈奴歌》体现了极为鲜明的北方草原异域风格。从诉求上看，它不同于汉民族悲愁的呻吟哀鸣，直抒胸臆，从意象上看，它不同于汉民族文学作品对一草一木的局部动态描写，落笔的意象直点草原，雄伟宏大。虽描述战争的伤痛，但并非气数低迷不振，而是用游牧民族磊落、刚直的气度，以一种直截了当的方式，展现出雄健、豪强的民族特性与风采，成为古代诗歌富有现实主义精神的草原之音。

下文将从《匈奴歌》的语言、内容、结构、感情基调等分析草原民歌的民族特色，探寻其中的民族精神以及匈奴民族朴素自然的生态价值观，并从中解析匈奴草原游牧民族文学独特的审美追求和美学价值。

一 《匈奴歌》所蕴含的独特的草原民族民歌特色

《诗经》是我国现存最早的诗歌总集，是早期农耕文化的代表。而《匈奴歌》是现存匈奴族唯一的一首民歌，是早期草原文化的代表。通过和《诗经》的对比能够凸显《匈奴歌》特有的游牧民族文化特色。由于《匈奴歌》是匈奴民族在和汉朝的对峙中失去祁连、焉支二山有感而发，所以可以将其看作是战争诗。可以选取《诗经》中涉及战争的诗歌加以对比。

---

① 《十三经注疏》整理委员会整理：《毛诗正义》，北京大学出版社1999年版，第6页。

1. **语词结构、音韵的对比**

（1）语词方面：《诗经》讲究歌词优美婉转，流利上口，用语整齐而富于变化，尤其叠字连绵词等居多，如《大雅·常武》中"王旅啴啴，如飞如翰，……"。《匈奴歌》的歌词则简洁明了、用语朴素简单，四句歌词没有华丽的辞藻，没有任何的雕琢堆砌，行文力求用词的准确和简洁、文意表达的清楚明白，极具简括包蕴之美。如果说《诗经》突出了音韵的和谐流畅，极具吟诵之美的话，显然，《匈奴歌》以口语入诗，是对"失去了什么，会怎样怎样"的大众群体性述说的一种简单的概括，作为诗歌的音韵特性就不那么鲜明，而全然是一种情感的直接表达，表现出一种真实、自然的生活色彩。如果说《诗经》有着较为明显的文人修饰特征，那么《匈奴歌》则体现出古代游牧民族不事雕琢、追求朴素天行之美的审美倾向，也与草原民族特有的追求简易、便捷的民族文化特性相关。

（2）结构方面：《诗经》的诗歌大都以四言为主，在结构上多采用重章叠句。如《秦风·无衣》全诗皆为四言，整齐有序，符合汉民族对称、和谐的美学追求。《匈奴歌》和《无衣》相比，它的句式显得更加自由无拘，五字、七字相连，短句、长句相续，不拘泥于句式的整齐划一，显现出一种按捺不住、喷薄而出的抒情态势。由于情感容量的巨大无比，所以在句式上难以严格、统一，从而形成散句连绵、字数不一的自由、开放的行文结构特点，表现了草原游牧民族自由、开放的精神追求。

2. **内容基调方面的对比**

（1）内容方面：同是涉及战争的诗歌，《诗经》中描写战争的诗按内容大致可分为两类：一类是夏商周等中原王朝和周边少数民族的战争，此类多是对君王、主帅的赞歌，如《大雅·常武》赞扬周宣王"王奋厥武，如震如怒。进厥虎臣，阚如虓虎"。《小雅·六月》赞扬主帅尹吉甫"文武吉甫，万邦为宪"。另一类是厌战诗，表达了战争巨大的破坏力，如《卫风·伯兮》整首诗以思妇的口吻来写对征夫的思念，从侧面写出对战争的不满和厌恨。由此，

《诗经》战争诗以宏远的气魄凸显王者之师的浩大严整,显示出"普天之下,莫非王土;率土之滨,莫非王臣"的豪壮和追求,而与此相关的则是连绵不绝的对战争带来的伤痛的深沉哀叹。而《匈奴歌》则把关注点放在了战后民族生存的问题之上。战争究竟带来了什么?仅仅是妻离子散、家破人亡吗?仅仅是诉诸个体内心深处的痛楚吗?恐怕不是这么简单。《匈奴歌》以草原、草场和女性两个方面展示战争对于匈奴民族的重大意义,意味着战争使他们失去了民族生存的园地,失去了民族赖以繁衍延续的妇女,是对民族生死存亡的决定性的打击。由此,虽然只有短短的四句,内涵却极其丰蕴,体现了草原民族对于草地、草原极其强烈的依赖感,对于女性生存的捍卫感,是一种发自民族集体心理深处的呐喊。他们对战争已经习以为常,所以家庭的流离失所、个人的死亡流血、情感的伤痛哀怨根本无法触动其内在的灵魂,只有撼动了民族群体生存的根基之时,他们才发出了对战争的严正拷问。内容上的不同是由民族间不同的生产生活方式造成的。汉民族自周代祖先开拓广阔的生存空间之后,有着富饶的土地从事农耕生产,有着相对稳定的收获,能自给自足。所以人们不再有进攻侵略的欲望,他们把更多的希望寄托在土地收获上,安于稳定和现状。匈奴是游牧民族,他们自诞生以来,就过着放羊牧马的生活,必须依靠草场、草原。然而草场毕竟有限,而且也不像耕地那样稳定,有播种就有收获,草场有着极其脆弱的一面,一场大的战争或者一场突如其来的自然灾害都可能将其毁于一旦,失去草场对游牧民族来说是致命的打击。因此,《匈奴歌》虽然从属性上可列入战争诗一类,但从内在精神而言,表达出草原游牧民族整体性生存最为关注的一面,从而传递出与汉民族战争诗不尽相同的精神风致。

(2)感情基调:《诗经》中涉及战争的诗歌大多描写的是对战争的厌倦和对和平的向往,整体基调凄凉哀婉。如《小雅·采薇》:"昔我往矣,杨柳依依。今我来思,雨雪霏霏。行道迟迟,载渴载饥。我心伤悲,莫知我哀。"此诗写的是战士九死一生归来,本该高兴,但是战争给他们心灵带来的创伤无法抚平,全诗充满着无限沮丧和哀伤。《匈奴歌》虽然也写失去了家园的无限感受,应让人觉得哀伤惋惜,但却不似《采薇》那般哀怨凄婉,读来悲而不抑,有着鼓舞人心的内容。《匈奴歌》是匈奴人传扬的失地悲歌,哀痛却不低沉,失败却不绝望,是悲怨之中蕴育着力量,哀婉当中积聚着刚强,是纵横驰骋于广阔空间,善于驾驭和征服外部复杂世界的游牧民族充满活力、慷慨豪纵精神气质的曲折显示。匈奴人生活的草原,广阔无边,养成了草原民族包容和吞吐一切的博大胸怀。生活资料的有限性又使得部落之间频发战争,民众崇尚武力,战争的伤痛只是让他们不断地积淀痛苦、积蓄力量,战争可以使他们失去一切,同样也可以让他们获取一切。所以战争不是痛苦忧伤的根源,相反,痛苦忧伤可以成为战争的动力来源。如此,《匈奴歌》既是失地的痛苦悲歌,又是催人奋进的壮美乐章,闪现出草原民族乐观豪放的进取精神。

二 《匈奴歌》产生背景及其所表现的民族精神

宋代郭茂倩将这首民歌收入他的《乐府诗集·杂歌谣辞》之中,并冠名《匈奴歌》,据此后世称之为"匈奴唯一的一首民歌"。"民间诗歌是自发的、天真的。人民只是在受激情的直接的和对立时的打动之下才歌唱,他们并不靠任何巧饰。"[1]《匈奴歌》就是匈奴人民根据自己民族特定时期的特殊经历创作的一首属于自己民族的歌曲。民歌是劳动人民的口头创作,高尔基说:"如果不知道人民的口头创作,那就不可能懂得劳动人民的真正的历史。"[2] 据《史记·匈奴列传》记载:"明年(汉武帝元狩二年,即公元前121年)春,汉使骠骑将军去病将万骑出陇西,过焉支山千余里,击匈奴,得胡首虏万八千余级,破得休屠王祭天金人。其夏,骠骑将军复与合骑侯数万骑出陇西、北地二千里,击匈奴。过居延,攻祁连山,得胡首虏三万余人。"[3] 这是《史记》对《匈奴歌》所描写的

---

[1] [法]拉法格:《文论集》,罗大纲译,人民文学出版社1997年版,第11页。
[2] 刘锡诚编:《俄国作家论民间文学》,中国民间文艺出版社1986年版,第336页。
[3] (西汉)司马迁:《史记》,中华书局1959年版,第2908页。

第二章　风情多样的美学天地

历史内容的全部记载，从中来看，匈奴在一年之内接连失去祁连、焉支二山。而依照古人对其的把握，此地除了水草肥美之外，还具有异常丰富的文化内涵。"《史记索隐》按《西河旧事》云：山（祁连山）在张掖、酒泉二界上，东西二百余里，南北百里，有松柏五木，美水草，冬温夏凉，宜畜牧。匈奴失二山，乃歌云：亡我祁连山，使我六畜不蕃息；失我焉支山，使我嫁妇无颜色。祁连一名天山，亦曰白山也。《史记正义》引《括地志》云：焉支山一名删丹山，在甘州删丹县东南五十里。《西河故事》云：匈奴失祁连、焉支二山，乃歌曰：亡我祁连山，使我六畜不蕃息；失我焉支山，使我嫁妇无颜色。祁连一名天山，亦曰白山也。其悯惜乃如此。"① 裴骃的《史记索隐》和张守节的《史记正义》分别对祁连、焉支二山的地理环境作了介绍，另外张守节还提到匈奴人对失去此地感到悯惜，"悯"和"惜"皆有"悲痛、哀伤、可惜"之意。张守节虽然出语简单，但"悯惜"二字恐怕不是仅哀伤、可惜所能概括。

　　首先，失去祁连山令匈奴人"悯惜如此"的一个重要原因是他们失去了"王廷"即"龙庭"，也就是政治统治中心和文化中心。匈奴的龙庭究竟在何地，至今没有定论，也缺乏有效的史料记载和考古物证。笔者认为匈奴龙庭在此处的原因是："唐代玄宗曾封焉支山神为'宁济公'，当时的河西节度使哥舒翰曾在焉支山修建有'宁济公祠'。据山丹县志载《燕支山神·宁济公祠堂碑》一文：'西北之巨镇曰燕支，本匈奴王庭。汉武纳浑邪，开右地置武威、张掖，而山界二郡之间。'"② 山丹县志明确指出燕支（焉支）属于匈奴单于王廷之地。此外，"焉支山"的"焉支"二字读音与"阏氏"相同，如果匈奴龙庭所在确与单于的"像天单于然"（班固《汉书·匈奴传》）相关的话，那么，"焉支山"也应该理解为匈奴女性的象征"王后山"，这样，失掉"焉支山"，就等于失掉了匈

---

① （西汉）司马迁：《史记》，中华书局1959年版，第2909页。
② 陈淮：《胡马—胡马—远放焉支山下》，《民间文化旅游杂志》2002年第3期。

奴至高无上的"母仪",失掉了匈奴民族的生长根基的象征,是一种民族整体的深切屈辱,是匈奴民族整体的失落、悲凉,所以才形成了群体性的撕心裂肺般的吟唱。同时,祁连山的"祁连"之意是"天",所以祁连山又名天山,我们知道匈奴人崇奉"天",他们把自己的单于称为"撑犁孤屠","撑犁"的意思为"天","孤屠"的意思为"子",合二为一,单于即"天之子",我们可以推断,祁连山的天山之名很有可能是以匈奴人龙庭所在之地而命名。龙庭是匈奴单于住地,会集匈奴各部族首领,相当于一国之都、政治中心;而龙庭也是匈奴祭祀之地,"五月,大会龙城,祭其先、天地、鬼神",龙城也是匈奴的文化中心、精神家园。失去首都,会引起单于之争,造成政局动荡;失去文化中心,匈奴民族会失去灵魂寄托之所。

《匈奴歌》就是在这样特定的历史背景之下产生,传达的是来自匈奴民族灵魂深处的声音,传递出战争对于匈奴民族生存、发展的毁灭性打击。汉匈战争说到底也只是中华民族内部的地域性战争,是以夺地和臣服为主要目标的战争,并非民族之间的战争冲突,并非以民族的毁灭为目的。所以对于汉匈旷日持久的战争来说,汉朝要一雪昔日白登之耻,打败匈奴,扫除匈奴对汉朝边疆和统治的严重威胁;而匈奴则依然凭借强大的铁骑对汉朝进行掠夺,所以汉武帝决定举全国之力对匈奴进行打击,这才有了匈奴人的不断败退,直至丢掉了生存与发展的最重要的栖息地。"六畜不蕃息",匈奴是草原民族、游牧生活,"随畜牧而转移。其畜之所多则马、牛、羊","其俗,宽则随畜,因射猎禽兽为生业","自君王以下,咸食畜肉,衣其皮革,被旃裘。壮者食肥美,老者食其馀"。① 不论是匈奴民族游牧性质的生产方式,还是其有力补充的狩猎方式,或者是匈奴人的衣食住行,都离不开草原、草场对其的强大支撑,草原就是匈奴民族的生存基础,因此"亡我祁连山,使我六畜不蕃息"说明了匈奴民族安身立命之根本的失去。联系匈奴

---

① (西汉)司马迁:《史记》,中华书局1959年版,第2879页。

第二章 风情多样的美学天地

杰出的领袖冒顿单于对于草地的珍视，不难显现出草原民族与草原的深刻依存关系，由此，《匈奴歌》在历史上首次高唱出草原民族的内在心声，表明了他们最为重视和向往的所在。同时，也要看到，匈奴人并非一蹶不振、颓丧废靡，在民族生存和延续受到巨大威胁的情况之下，为了扫除战争带来的阴霾，点燃整个民族的希望之火，匈奴人民需要的是一首可以唤起人们心中斗志的歌，一首可以激励人们奋发图强、勇敢生存下去的歌，《匈奴歌》由此而生。对于匈奴的民众来说，不管是之前的荣耀还是此时的败退，他们始终相依；对于整个战争带来的不幸，他们有着共同的感受、共同的心理。因此，《匈奴歌》以极其简括之笔抒写出匈奴民族最为关注的对象的失去，以此来唤起民族的凝聚力。这样，《匈奴歌》并非只是一首失去家园的悲歌，而是一种可以唤起匈奴族自强不息的声音，是可以表达整个民族深藏在心底、流淌在血液里的具有民族自强精神的歌曲。悲歌更能催人奋进，也只有这样悲壮的歌曲才能唤起匈奴人民心中对生活的希望、对未来的憧憬。《匈奴歌》不仅仅是失去家园的悲歌、哀歌，更是一首激励人民奋发进取、自尊自强的歌曲。

其次，《匈奴歌》具有着深厚的历史感，回荡着匈奴民族的兴衰起伏，蕴含着一个草原民族的非凡历史。从先秦起，匈奴就一直受到其他民族的压迫，直到冒顿单于始，国力才强盛起来，雄霸北方。那时他们不仅拥有来自天然草场生产生活资料的补给，还不时有来自农耕文明的农产品的补充，国力强盛，跃马雄视四方。后来，汉朝自武帝开始日渐强大，不仅逐步放弃了以"和亲"为主的汉匈政策，而且不断驱赶匈奴，经过数次的汉匈交锋，匈奴逐渐处于劣势，尤其是《匈奴歌》所表现的历史事件之后，匈奴最终从中国北方的政治舞台上逐渐消隐，直至浑邪王率众降汉、附汉。从这个角度出发，也可以将《匈奴歌》当作匈奴民族历史的一种低沉吟唱，一种令人回肠荡气、扼腕痛惜的吟唱。因此，从《匈奴歌》歌词内容来看，可以领略到他们对于自己民族历史的缅怀，对草场的渴望和追求，对故土家乡的思念和希望回归家园的情结，凝聚着匈奴民族群体的集体意识和那个特定时期的历史文化，背负着厚重的民族历史，拥有鲜明的民族历史观，是匈奴民族历史的精神记忆。正如林幹教授在《匈奴通史》中说："它的内容具有十分浓厚的游牧民族的特色以及与现实生活密切结合的特点。"① 《匈奴歌》体现出了匈奴民族独特的审美追求和文化精神。

三 《匈奴歌》体现的生态美学内涵

生态美学的一个突出特性就是强调生命之间的关联性。生态美学看待生命，不是从个体或物种的存在方式来看待生命，不是停留于单一的生命体的存在方式，而是超越了一般生命理解的局限与狭隘，将生命视为人与自然万物共有的一种属性，从生命之间的普遍联系来看待生命，重在生命与生命的关联性。也就是说，生态美学将世界看作一个整体，一个彼此依存、相互支撑的系统。《匈奴歌》虽然只有短短四句，却包含了人与自然的关系、人与动物的关系、人与人的关系，这正是生态美学特性的朴素体现。我们知道，一个民族拥有怎样的文化，这种文化又有什么样的特征，这种特征怎样形成，这一系列的问题都与该民族的生产生活方式直接相关，即一种文化类型的产生形成，离不开造就其文化的生存环境。作为草原民族的匈奴人，他们的生存、生活主要依靠大自然的恩赐，通过放牧、狩猎获得生活资料。他们要依据气候、季节的变化选择牧场和狩猎场地，采取不断迁徙游牧的生活方式。在这一生产活动中他们不断认识自然规律，积累生活经验。他们特别关注人与自然、动物的关系，形成了尊重自然、爱护自然、和自然融为一体的朴素自然观，尤其体现在匈奴的宗教祭祀文化方面。与汉王朝整齐、严密、规范的宗教祭祀相异，匈奴在宗教信仰方面奉行多神崇拜，对于天地、日月、祖先、鬼神尽相祭祀，《史记·匈奴列传》说"五月，大会龙城，祭其先、天地、鬼神"②，而《后汉书·南匈奴传》

---

① 林幹：《匈奴通史》，人民出版社1986年版，第167页。
② （西汉）司马迁：《史记》，中华书局1959年版，第2892页。

又说"岁有三龙祠,常以正月、五月、九月戊日祭天神";《汉书·匈奴传》所言匈奴君主自称"撑梨孤涂单于"①,意即代天驾凌于万民之上,崇拜天,对天祭祀;此外匈奴惯于夜间行军征战,对月亮怀有敬意,《汉书·匈奴传》说匈奴"举事常随月,盛壮以攻战,月亏则退兵"②,对月亮也进行祭祀,由此对于日、月的尊崇是匈奴祭天的主要内容。此外匈奴人相信万物有灵和灵魂不灭,要将死者尸体保留善待,使其灵魂得到永恒。如此说明,匈奴的宗教文化处于原始自然多神崇拜的状态,虽然有对祖先灵魂的祭拜,但还没有形成比较完整的祭祀体系、规程,表明人还没有完全从神灵桎梏的铁幕下挣脱出来,还没有体现出人与神、自然的区别与距离,而对于天地、日月的祭拜实际就是对自然的崇拜,意味着人与天地自然的不可分离,人、神、自然相连一体,这就更加促进了人与自然的和谐一体。在此基础上,匈奴人在长期的人与自然关系探索之中形成了朴素的生态理念,依存自然,依赖自然,与自然相始终。

《史记·匈奴列传》记载匈奴的生活生产方式"随畜牧而转移,其畜之所多则马、牛、羊,其奇畜则橐驼、驴、骡……逐水草迁徙"③,这段史料是我国北方草原民族典型的生活写照,草原民族生活的全部就在于此——自然、家畜、人。他们的生活单纯而唯一,均由自然环境所决定,逐水草迁徙,意味着水草的丰茂与否决定着牲畜的繁衍兴盛与否,也就决定了他们的生活所需要的食物、劳动力的兴盛与否。这种基本完全依赖自然的生活状态,导致在一切生存要素中,自然成为决定性的因素,而代表着自然环境的草原,就是匈奴民族最为重视的生存家园。

焉支山,又名胭脂山,不仅有着诗一般的名字,而且更有着诗一般的美景。唐代诗人韦应物的《三台令》:"胡马,胡马,远放燕支山下,跑沙跑雪独嘶,东望西望路迷。迷路,迷路,边草无穷

---

① (东汉)班固:《汉书》,中华书局1962年版,第3751页。
② 同上书,第3757页。
③ (西汉)司马迁:《史记》,中华书局1959年版,第2879页。

日暮。"① 勾勒出一幅夕阳西下，强壮健美的马儿在草原上奔驰的和谐唯美画面。匈奴人在这片富饶草原上过着自由自在的游牧生活，这片土地为他们的生活提供了保障，像母亲一样养育着他们。祁连山，水草丰美，冬温夏凉，宜畜牧。明代诗人陈栗的诗《祁连山》："马上望祁连，连峰高插天。西走接嘉峪，凝素无青烟。"纵马祁连山，远远望去连绵不断的山峰，高耸而直插云霄，满山的树木青葱凝碧，有如浩瀚青烟。为此，郭茂倩在《乐府诗集·匈奴歌》中才有"焉支、祁连二山，皆美水草，匈奴失之，乃作此歌"的判语。

　　草原游牧文化的生态美学不仅体现在人与自然的关系方面，还尤其体现在人与动物的亲密关系方面。据《史记·匈奴列传》记载，匈奴人"儿能骑羊，引弓射鸟鼠；少长则射狐兔：用为食。士力能弯弓，尽为甲骑"②，而《匈奴歌》的第一句就提到的"使我六畜不蕃息"，更可见他们对六畜之关切。草原，为匈奴民族提供了畜牧业的自然物质基础，在牧养的众多牲畜中，马匹成为其中最重要的种类，供以乘骑、驮运、贸易等，是匈奴民族生活、生产，甚至战争都不可或缺的亲密伙伴。而失去水草丰美、畜马养马发达的祁连山、焉支山地区，对匈奴人来说，不仅失去了依赖多年的自然环境与物质来源，更是失去了马匹的天然蓄养基地，失去了生活的亲密伙伴和战争中的军事后盾，给整个匈奴部落一个沉痛的打击。

　　简单来说，物质基础决定上层建筑，不同于农耕文明的稳定性，游牧生活的点点滴滴都取决于自然环境、天地万物的发展变化，在草原民族的概念里，人就在这天地万物之间，没有差别和高低之分。这样世代相传的生活认识，决定了匈奴民族内心对人与自然关系的重视，在漫长的探索中，他们形成了依赖自然环境、保护自然环境、信仰自然环境的民族心理，形成了朴素的生态意识和自

---

① 王启兴：《校编全唐诗》，湖北人民出版社 2001 年版，第 4349 页。
② （西汉）司马迁：《史记》，中华书局 1959 年版，第 2879 页。

然崇拜，并在这样的心理影响下，实践着崇尚自然、保护自然的发展历程。《匈奴歌》是"匈奴族文学作品中一件稀有的文学珍品"，虽然只有短短四句，但其中包含的匈奴民族美学价值却弥足珍贵，值得我们重视和珍藏。

第三节　汉武帝《天马歌》的美学思考

若论人与动物，特别是人与马匹的内在关联，恐怕就人类社会而言，只有草原民族最有发言权，也最有与生俱来的深刻体会。从以上冒顿单于的脱险、匈奴对汉朝的掠夺以及《匈奴歌》的产生等历史过程来看，草原民族对于马的钟情、重视与不可分割确实令人感叹不已。然而，汉民族王朝的代表汉武帝也对草原民族最为倚重的马匹产生了浓厚的兴趣，创作了古代皇帝诗歌史最为有名的咏马之曲《天马歌》，这究竟出于什么样的思考？体现着怎样的美学追求呢？事实上，我们将《天马歌》归入古代北方草原文学的序列，主要是由于其虽为汉人创作，但就对象和内容来说，展现的却是草原文学最为重要的题材即草原上最重要的行动工具，因之我们对此予以关注，欲探究在汉代最为强盛的时期，一个皇帝的马文化。

首先，汉武帝对于马匹的关注既有历史的缘由，也有现实的功利驱使，从某种意义说，马匹已经成为影响汉王朝兴衰的重要因素。在遥远的先秦，不论是天子，还是诸侯，对于马的喜好和重视都极为突出。秦国的崛起就与养马、驯马、用马有着直接的关系，而早期史籍《穆天子传》所记载的周穆王八骏，也反映了早期汉民族对于良驹的格外垂青。如果说以上所言与战争、国家等政治性符号关系较为疏远的话，那么赵国赵武灵王"胡服骑射"的历史佳话则直接将马匹、骑兵与王朝的兴衰联为一体。以上的历史因缘对于汉武帝来说，一定也有所影响。当然最为重要的还是现实政治统治的切实需要。我们知道，楚汉相争、汉朝一统之后，百业凋敝、民不聊生，不要说宝马良驹，就是天子所乘之车也无法保证马匹的随时供应，就如《史记·平准书》所言，"自天子不能具钧驷，而将相或乘牛车，齐民无藏盖，"① 马匹极为缺乏。而此时的匈奴却得到了长足的发展，尤其是冒顿单于借助强大的骑兵四处出击、逐步统一了中国北方草原的各个部族、部落，接着又长驱直入，不断袭扰、掠夺汉王朝，成为汉王朝政治统治的最大威胁。精于骑射、行动迅疾的匈奴军事特点直接依赖于马匹数量的繁多和质量的精良无比，马匹成为取得战争胜利的决胜法宝，灵活机动，不守成规，"星散电迈，隐见不测"（《续后汉书》卷79），于是，要想改变极为不利的汉匈对峙局面，改变"和亲"带来的屈辱，必须学习、效仿匈奴人养马、驯马的生产、生活技艺，大力发展骑战、骑兵，"今令民有车骑马一匹者复卒三人。车骑者，天下武备也，故为复卒"②。养马是为了军事，养一匹马可代替三口人的兵役。这样一来，汉朝民间养马形成风潮。于是至武帝时"众庶街巷有马，阡陌之闲成群"③，骑兵终于有了物质方面的保障，骑兵武装终于具有了充足的马匹供应。这样，武帝以来的汉匈对抗逐渐形成了拉锯、僵持的状态，而在这一过程中，对于马匹的重视逐步由数量转移到质量上来，千马易得，良驹难求，草原民族对于千里马的珍爱如此，汉朝人同样，汉武帝在长期与匈奴抗争的过程中，充分意识到良马对于骑兵武备的重要意义，于是千方百计寻求良马，追寻良马成为国之要事。不管是历史传统的影响，还是当时政治斗争、军事对抗的需要，总之，汉武帝对于良马的极端重视已成为汉王朝政治生活的一件大事，于是上至朝廷要员、下至黎民百姓，必然会投其所好、极尽寻马之能。于是就有了刑徒暴利长献马之事，成为武帝天马诗形就的直接线索。《史记·乐书》集解引李斐注说："南阳新野有暴利长，当武帝遭刑，屯田敦煌界。人数于此水旁见群野马中有奇异者，与凡马异，来饮此水旁。利长先为土人，持勒靽于水旁。后马玩习。久之，代土人持勒靽，收得其马，献之。欲神异此

---

① （西汉）司马迁：《史记》，中华书局1959年版，第1417页。
② （东汉）班固：《汉书》，中华书局1962年版，第1133页。
③ 同上书，第1135页。

马,云从水中出。"① 而《乐书》说武帝:"又尝得神马渥洼水中,复次以为《太一歌》。"这就说明,暴利长确实捕获一匹野马,此马与常见之马迥异,神骏奇特,而此地又处于西北草原中心,多野生动物,野马、野驴繁多,发现宝马、敬献君上,当为历史真实。汉武帝得神骏而欢喜异常,作《天马歌》一首,以示祝贺,诗曰:"太一贡兮天马下,沾赤汗兮沫流赭。骋容与兮跇万里,今安匹兮龙与友。"② 明确将此马名为"天马",而且把它当作神灵所赐;接着写出此马的神骏非凡:血汗淋漓、神采奕奕,迅疾无比、千里之驹,龙马相偕、寓意深远,既显现了此马的奇特之处,又契合了作者的身份、地位;既突出了马匹的跃动活力,又强调了武帝一代天子得到神灵佑护的至尊意义,可谓形神兼备,传递出武帝对天马的由衷喜爱。

其次,由上文可知,武帝是将得到的宝马作为天赐之物看待的,这就反映出汉代盛行的祥瑞观念对其的影响,有着深刻的时代文化精神内涵。祥瑞与灾异往往并举,然而在现实生活中,人们往往以各种手段扬祥瑞而贬灾异,将政治生活、王朝统治、帝王功业与之相联,把某些自然现象、生活现象作为祥瑞或灾异的象征、先兆来看待,以此来判断、探求上苍或神灵的旨意,形成了所谓的祥瑞思想。实际上,祥瑞观是先秦以来的朴素的"天人合一"思想的进一步发展,其根本目的在于深化"君权神授"、君道即天道的统治观念,为统治天下制造舆论。《吕氏春秋·应同》篇说:"凡帝王之将兴也,天必先见祥乎下民。黄帝之时,天先见大螾大蝼。黄帝曰'土气胜!'土气胜,故其色尚黄,其事则土。及禹之时,天先见草木秋冬不杀。禹曰'木气胜!'木气胜,故其色尚青,其事则木。及汤之时,天先见金刃生于水。汤曰'金气胜!'金气胜,故其色尚白,其事则金。及文王之时,天先见火赤鸟衔丹书集于周社。文王曰'火气胜!'火气胜,故其色尚赤,其事则火。代火者

---

① (西汉) 司马迁:《史记》,中华书局 1959 年版,第 1178 页。
② 同上。

必将水,天且先见水气胜。水气胜,故其色尚黑,其事则水。"①帝王兴盛、王朝繁荣必有祥瑞出现作为先兆。大儒董仲舒说道:"臣闻天之所大奉使之王者,必有非人力所能致而自至者,此受命之符也。天下之人同心归之,若归父母,故天瑞应诚而至。《书》曰'白鱼入于王舟,有火复于王屋,流为乌',此盖受命之符也。周公曰'复哉复哉',孔子曰'德不孤,必有邻',皆积善累德之效也。及至后世,淫佚衰微,不能统理群生,诸侯背叛,残贼良民以争壤土,废德教而任刑罚。刑罚不中,则生邪气;邪气积于下,怨恶畜于上。上下不和,则阴阳缪戾而妖孽生矣。此灾异所缘而起也。"② 因此,渥水出马、暴利长献马恰恰印证了天道、上苍、神灵对武帝君临四方、驾驭宇内的佑助之意。由此,马龙相伴,龙马合一,预示着汉王朝的大盛、武帝的大盛。

再次,《天马歌》也显示了武帝对于天下"大一统"政治理想的积极追求,具有着鲜明的政治色彩。"大一统"政治观念由先秦肇始,起初极为简括,但却具有丰富的政治内涵,如"普天之下,莫非王土;率土之滨,莫非王臣"(《诗经·小雅·北山》)就包含了领土以及思想意识两个方面的"大一统"。到周王室衰微,"礼乐征伐自诸侯、自大夫出",天下混乱,"大一统"遭到严重破坏,孔子对于辅助齐桓公抗击外族入侵的管仲,给予了极高的评价,他说:"管仲相桓公,霸诸侯,一匡天下,民到于今受其赐。微管仲,吾其被发左衽矣。"③ 说明孔子将"一匡天下"的"大一统"作为政治理想的至高状态去追求,并体现于《春秋》一书的思想体系之中。如《春秋》第一句话"春王正月",就是"大一统"观念的形象揭示。《公羊传》解释说:"何言乎王正月,大一统也。"董仲舒进一步解释说:"王者必受命而后王。王者必改正朔,易服色,制礼乐,一统于天下。"④ 对于季令更替、服饰改变的意义今人无法

---

① (秦)吕不韦等:《吕氏春秋》,中华书局2007年版,第105页。
② (东汉)班固:《汉书》,中华书局1962年版,第2500页。
③ 程树德撰:《论语集释》,中华书局2017年版,第1137页。
④ 赖炎元(注译):《春秋繁露今注今译》,台湾商务印书馆1984年版,第174页。

理解古人。在古代农业自然经济时代，一个朝代统一"正朔"是一件大事，"季令"的一致是保证国家经济、政治、文化统一运转的第一前提，而"易服色"即王朝更替的象征，"制礼乐"则是要统一政治制度。秦王朝杰出政治家李斯曾对秦王说："夫以秦之强，大王之贤，由灶上骚除，足以灭诸侯，成帝业，为天下一统，此万世之一时也。"① 董仲舒在回答汉武帝"天人三策"的结尾处又说："《春秋》大一统者，天地之常经，古今之通谊也。"② "大一统"成为汉武帝最主要的政治追求，首先是要实现思想文化上的统一、一致，要在意识形态领域建立、稳固统一的政治思想，即"罢黜百家、独尊儒术"；同时要在统治区域、领土上做文章，要将四方少数民族统治区域纳入到"中国"汉朝的版图，因而解决匈奴的威胁、处理好北方、西北地区的民族事务就是头等大事。由此，汉武帝对于西北事务、西北名马特别关注，能否顺利获得西北名马已经成为汉王朝能否挺进西北、占据西北、统治西北的一大标志，《史记·大宛传》记载："初，天子发书《易》，云：'神马当从西北来。'得乌孙马好，名曰天马。及得大宛汗血马，益壮，更名乌孙马曰西极，名大宛马曰天马云。"③ 是说武帝深感缺乏壮马对汉王朝的影响，日思夜想，于是借助占卜之道求神预兆，后果得暴利长献马，于是产生了第一首天马之诗。后为了形成对匈奴的包围、夹攻之势，也为了沟通汉王朝与西北文明的往来，扩大汉王朝的声威，张骞通使西域，作为礼物，大宛国的汗血马也偶有进献。据《史记·大宛传》载："（大宛）多善马，马汗血，其先天马子也。"④《史记集解》引《汉书音义》补充："大宛国有高山，其上有马，不可得，因取五色母马置其下，与交，生驹汗血，因号曰天马子。"颜色充血、壮健无比的杂交之马在汉武帝眼里更加神骏异常，武帝将之视为西域风物的标志物，于是以四年的时间、举国之

---

① （西汉）司马迁：《史记》，中华书局1959年版，第2546页。
② （东汉）班固：《汉书》，中华书局1962年版，第2504页。
③ （西汉）司马迁：《史记》，中华书局1959年版，第2160页。
④ 同上。

力，先后两次出兵大宛，终得汗血宝马数十匹、一般大宛马数千匹，取得了战争的胜利。《史记·乐书》对此记载说："后伐大宛得千里马，马曰蒲梢，次作以为歌。"《汉书·武帝记》进一步说："四年春，贰师将军李广利斩大宛王首，获汗血马，来作西极天马之歌。"① 很明显，大宛马自比暴利长所献之马更加神骏挺健，且得之更耗时费力，又是真正来源于广阔无边的西域，不由让武帝更加激动、感慨，诗性油然而生，作诗道："天马徕兮从西极，经万里兮归有德。承灵威兮降外国，涉流沙兮四夷服。"② 与第一首《天马歌》相较，显然此诗的内涵更加丰蕴，其美学价值也更加突出。一是改变了对马形象的直接歌咏、赞叹，代之以其来源的遥远和获取的意义；二是由此而催生出的对江山一统、四海臣服的"大一统"政治理想的积极憧憬；三是有力烘托出一种帝王才拥有的胸襟、气度。也就是说，诗作歌咏的对象已然是西域疆土的象征，天马的获取标志着对于西域广远土地的拥有，彰显着汉王朝对于遥远外族的征服，也渲染出一种宏大激昂的史诗一般的格调、韵味，当然也体现出汉武帝对于自我文治武功的高度肯定、颂扬，最终显现出武帝对于儒家政治"大一统"理想的渴望、奋进、追求。

最后，《天马歌》所展现的"天马"形象由于其具有着强烈的历史感、鲜明的时代感、深厚的政治内涵、特异的地域特色等因素，也由于其为一代卓越帝王所作，成为古代写马、咏马的名篇，成为后世对于神秘西域探寻、造访的主要对象，成为后世草原文学一种重要的表现主题。中唐诗人张仲素有《天马辞》二首，一为："天马初从渥水来，郊歌曾唱得龙媒。不知玉塞沙中路，苜蓿残花几处开。"二为："蹴踘宛驹齿未齐，拟金喷玉向风嘶。来时欲尽金河道，猎猎轻风在碧蹄。"将之作为西域特有自然风物的代表，更有西域的独特风光熔铸其中。

由此，特殊时代的特殊人物的特殊咏叹，充分体现出汉民族文

---

① （东汉）班固：《汉书》，中华书局1962年版，第202页。
② （西汉）司马迁：《史记》，中华书局1959年版，第1178页。

化对于草原文明、草原标志性风物的特有情怀。马作为古代北方草原文化的代表性对象,进入了汉民族政治文化、政治追求的宏大视野,进入了汉民族追寻草原文化、创作草原文学的美学历程,成为民族文化交融过程中独特的壮美风景。

第四节 "和亲"征程上的草原悲歌

如果说武帝的《天马歌》以西北草原独有的汗血宝马彰显政治作为,将草原骏马的雄奇壮伟与政治文化紧密结合,显示了汉民族文化与草原文化的巧妙交融,那么细君公主的《悲愁歌》则是两种文化在对峙之下一位汉族贵族公主的心灵悲歌,更是古代"和亲"征程上的首开纪录的草原诗篇。

"和亲"不管如何解释,其根本始终是"以亲求和",即以缔结姻亲的手段达到两个政权和平相存的目的。古代"和亲"历史始于汉代高祖时期,其时匈奴强盛、汉朝疲弱。公元前200年,汉高祖对匈奴作战惨败之后,遍询对策。曾经出使过匈奴的刘敬结合汉匈实际态势,提出了解决汉匈斗争的"和亲"对策:"陛下诚能以适长公主妻之,厚奉遗之,彼知汉适女送厚,蛮夷必慕以为阏氏,生子必为太子,代单于。何者,贪汉重币。陛下以岁时汉所余彼所鲜数问遗,因使辩士风谕以礼节。冒顿在,因为子婿;死,则外孙为单于。岂尝闻外孙敢与大父抗礼者哉?兵可无战以渐臣也。若陛下不能遣长公主,而令宗室及后宫诈称公主,彼亦知,不肯贵近,无益也。"[①] 以汉皇室公主嫁与匈奴为阏氏,欲以缔结婚姻的方式构筑起血缘、经济、文化的纽带,使对方产生化敌为友、渐为外臣的政治效果。"和亲"由此成为汉代以至于后代封建王朝统治所用的一种重要的政治外交政策,成为汉民族文化政权与草原文化政权之间沟通往来的一种重要手段。

"和亲"始于汉高祖刘邦,虽然为解决汉匈冲突发挥了一定作用,但终归是汉朝难以对抗匈奴的无可奈何之举,不管是为了汉王

---

① (西汉)司马迁:《史记》,中华书局1959年版,第2719页。

朝雄心勃勃的"大一统"政治理想的实现，还是为了一洗汉初之辱，打败匈奴、征服匈奴都必然是汉王朝政治追求的主要选择。然而屡次决战，均难以形成合歼灭的军事态势，难以扭转被动挨打的局面。这样，汉王朝必须与其他北方游牧民族政权建立比较稳固的军事政治联盟，才可能对匈奴形成地域上、军事上的围歼之态，才可能真正解决匈奴的问题。而广漠的西域就成为最主要的联络、沟通的对象。西域本身既有政治含义，又有地理含义，且还有鲜明的历史文化意义。从一般意义理解，西域就是西部广阔的区域，难以有一个比较明确的区域划分。到武帝年间，张骞通使西域，其地域之广令人惊叹，《新疆史纲》对此讲道："西域作为一个地理概念，在不同时代，具有不同的内容。汉代，西域有广义和狭义之分。广义的西域是指敦煌以西，天山南北、中亚甚至西亚部分地区；狭义的西域则是指玉门关、阳关以西，天山以南、昆仑山以北，葱岭（今帕米尔高原）以东的地方，以及乌孙游牧之地，即汉朝有效管辖的地方。"① 在这片广袤的土地上，先后出现了月氏、楼兰、乌孙、呼揭、焉耆、车师、大宛、鄯善等几十个少数民族政权，当然最主要的还是对西域进行大肆扩张、略地的匈奴。由此，与西域草原民族政权建立联盟，共同夹击匈奴不失为一种正确的政治军事策略。而居于西域中心地区的乌孙自然就受到了汉武帝的极大关注。"乌孙国，大昆弥治赤谷城，去长安八千九百里。……地莽平。多雨，寒。山多松樠。不田作种树，随畜逐水草，与匈奴同俗。国多马，富人至四五千匹。民刚恶，贪狼无信，多寇盗，最为强国。故服匈奴，后盛大，取羁属，不肯往朝会。东与匈奴、西北与康居、西与大宛、南与城郭诸国相接。本塞地也，大月氏西破走塞王，塞王南越县度（悬渡），大月氏居其地。后乌孙昆莫击破大月氏，大月氏徙西臣大夏，而乌孙昆莫居之，故乌孙民有塞种、大月氏种云。"② 可以看出，乌孙与匈奴一样，俱为北方草原民族，习俗亦相差不多；受匈

---

① 苗圃生、田卫疆主编：《新疆史纲》，新疆人民出版社2003年版，第61页。
② （东汉）班固：《汉书》，中华书局1962年版，第2691页。

奴统治，后来逐步强大起来，欲摆脱匈奴束缚；其地理位置尤为重要，与匈奴广为相接。于是结交乌孙、缔结盟约、共抗匈奴就成为汉王朝一项重大的军事政治策略。张骞在此间发挥了重要作用，"始张骞言乌孙本与大月氏共在敦煌间，今乌孙虽强大，可厚赂招，令东居故地，妻以公主，与为昆弟，以制匈奴"①。武帝极为看重此项建议。于是"汉元封中，遣江都王刘建之女细君为公主，以妻焉。赐乘舆服御物，为备官属宦官侍御数百人，赠送甚盛。乌孙昆莫以为右夫人。匈奴亦遣女妻昆莫，昆莫以为左夫人"②。汉朝为细君公主出嫁乌孙举行了盛大的仪式，派遣了大量随行人员，仪仗之隆、从属之多超过了汉朝任何一个"和亲"之女，其目的就是威慑乌孙，当然也有远嫁宗室之女加以安慰之意。"公主至其国，自治宫室居，岁时一再与昆莫会，置酒饮食，以币帛赐王左右贵人。昆莫年老，语言不通，公主悲愁，自为作歌曰：'吾家嫁我兮天一方，远托异国兮乌孙王。穹庐为室兮旃为墙，以肉为食兮酪为浆。居常土思兮心内伤，愿为黄鹄兮归故乡。'天子闻而怜之，间岁遣使者持帷帐锦绣给遗焉。"③ 至此，我们已经明确了古代第一首"和亲之歌"的创作背景。从表面来看，细君公主所忧虑的主要是二人年龄的巨大悬殊（此时昆莫儿孙满堂，而细君公主正值妙龄）、言语交流的极不通畅、身处异地的孤独寂寞、生活习惯的巨大差异等困难，但从深层次来看，更主要的还是汉民族传统文化与草原文化、游牧文明之间的冲突。地域文化所引发的民族文化的差异以及对异域文化的陌生感恐怕才是最为重要的原因。细君公主在风光旖旎、和风细雨的江南长大，受朝廷的指派，来到了荒凉、广漠、"多雨、寒"的西域塞外，人情、风物、文化的巨大差别使她仿佛置身于天外星球，一种人生巨大而沉重的孤独感日愈浓重，不由心生怨恨，渴望能像自由的鸿鹄那样离开异邦，飞转家乡。全诗感情真挚、深切，风格惆怅低回，确为"和亲"女子的真实心灵写照。

---

① （东汉）班固：《汉书》，中华书局1962年版，第2692页。
② 同上书，第3902页。
③ 同上。

在笔者看来,《悲愁歌》的美学价值主要体现在以下几个方面:第一,本诗是中国文学史第一次以汉家人的视野,以江南人的体验揭示了游牧文明和农耕鱼泽文化的激烈冲撞,第一次以一个女性特有的敏感、笔触抒写的异域草原、荒漠给予其强烈的刺激性的反映。从先秦开始,北方草原就以其特有的广阔、粗犷、原始、野性的地域文化特征进入人们的视野,也正是其遥远的缘故,中原特别是南方人士鲜有北方草原、戈壁的生活体验,于是自然而然地形成了一种地域文化之间的对立、隔膜之感。不必说像刘细君这样一个柔弱女子,就是能征惯战的军事将领也从内心感到汉胡之间的遥不可及,比如相传为西汉武帝时期李陵所作的《别诗》二十一首,其中"骨肉缘枝叶,结交亦相因。四海皆兄弟,谁为行路人。况我连枝树,与子同一身。昔为鸳与鸯,今为参与辰。昔昔常相近,邈若胡与秦。惟念当乖离,恩情日以新"① 等诗句,汉胡两地相隔的偏远、深僻,深感路途遥远而带来的愁情难以倾诉。而相传西汉后期昭君出塞时所作的《怨旷思惟歌》更是将匈奴故地与中原王朝距离的深远引发的"怨旷"之情加以抒发:"秋木萋萋,其叶萎黄。有鸟处山,集于苞桑。养育羽毛,形容生光。既得生云,上游曲房。离宫绝旷,身体摧藏。志念抑沉,不得颉颃。虽得委食,心有彷徨。我独伊何,来往变常。翩翩之燕,远集西羌。高山峨峨,河水泱泱。呜呼哀哉,忧心恻伤。"② 其中"翩翩之燕,远集西羌"句一语双关,既是北燕,又是自我,既有空间巨大的距离之苦闷,又有内心深重的情感上的遥远。同时,从先秦开始,以西域为代表的北方草原始终是以与中原文化、中原文明相对抗、相抵牾的民族政权形态出现于历史,极少能从先秦历史典籍中寻觅到二者深度交融的事例;而从秦王朝至汉代更是将二者之间的对抗、战争推向了巅峰,文史资料多将此予以记录、表达,著名的有贾谊在《过秦论》中的"胡人不敢南下而牧马",司马相如的赋文《难蜀父老》中的

---

① 逯钦立辑校:《先秦汉魏晋南北朝诗》,中华书局1983年版,第338页。
② 同上书,第315页。

第二章 风情多样的美学天地

"故北出师以讨强胡",均力在说明匈奴在汉人心目中的入侵者、野蛮人的形象特征。凡此种种,都对刘细君的心理世界产生了极大的影响,但反过来也说明民族文化交融的迫切、重要。也正是由于长时期的对峙、战争和文化之间的深刻差异,才产生、加剧了儒家文化所特别强调的"华夷之辨"。"华夷之辨"说到底突出的还是一种文化的对立、文化的对抗。实际上,人是适应性极强的动物,尤其是日常的生活起居问题,人都有适应的本能和能力。所以,细君公主在诗中所提到的起居饮食方面的困难不妨可看作是一种极强烈的短时间的人体不适应感在情绪上的喷发,是一种由于彼此的不了解、不交流、不沟通而产生的生疏之感,是一种由生理上的不适而产生的感情方面的愤懑的强烈宣泄。"穹庐为室兮毡为墙,以肉为食兮酪为浆"两句,说明乌孙人和匈奴人一样,住的是称作"穹庐"的毡房,"穹庐意即有天窗的圆形的居室,用牛皮兽皮或用羊毛编织成的毡子覆盖在木头支起的架子上作为住房,在毡壁上插满了所属部落种族的带有标志样的旗帜,且几代人住在一起"。吃的以肉食奶制品为主,饮用则多为牛奶、羊奶,所谓"以肉为食兮酪为浆",穿的"即以兽皮及毡布为裘、褐、长袍,裤子口小"。[①] 从而将西域草原生活景观完整地呈现出来,使古代的中原人、南方人了解到北方草原人民的异样的生活图画。另外,更值得注意的是,细君公主所遭遇的还只是生活起居方面的不适,更深层次的精神折磨、痛苦恐怕还是她不久就遭逢的生活伦理价值的挑战,从而涉及了不同民族文化价值观念的根本性问题,特别是家庭伦理问题。就汉民族传统文化来看,女子在家从父、出嫁从夫、父死从子,所谓"三从四德",强调的是人依"礼"而行,人是"礼"的实践者、维护者,而"礼"的主要功能则是规约人的伦理道德,所谓"君君、臣臣、父父、子子",各有各的道德使命、责任义务,尤其是婚姻方面的伦理规范约束更是极为严格、繁杂。就汉民族传统婚姻制度而言,虽然也经历了群婚到对偶婚、族内婚到族外婚、掠夺婚

---

① 卢冀宁、汪维懋:《历代边塞诗词选析》,军事谊文出版社1997年版,第43页。

到有偿婚等婚姻状况的发展阶段，但在婚姻缔结的一些核心问题上已经显现出共同约束、逐步认同的制度化、道德化、等级化特征，比如《礼运》所强调的"合男女，颁爵位，必当年德"①，意味着男女年龄、辈分及德行的对等关系在婚姻构合中的作用；比如《礼记·大传》所讲的"系之以姓而弗别，缀之以食而弗殊，虽百世而婚姻不通者，周道然也"②，重视的是同姓不婚，以至于《左传》进一步明确道"男女同姓，其生不蕃"③，对违反约规的像晋文公为狐姬所出之行为，口诛笔伐，视其为失礼之举；究其实质，汉民族传统婚姻制度以及礼俗实际上是在婚姻缔结的范围方面、血缘关系的亲远方面、宗族关系建立方面、人的社会地位方面，提出了诸多限制性的制度和要求，而其最终的目的是构建起以维护宗法制度为核心的统治秩序规范。正如《礼记·婚义》所言："敬慎重正而后亲之，礼之大体而所以成男女之别而立夫妇之义也；男女有别而后夫妇有义，夫妇有义而后父子有亲，父子有亲而后君臣有正，故曰婚礼者礼之本也。"④所以孟子才强调"男女居室，人之大伦也"⑤，对于男女婚姻所反映出的伦常、地位、特性高度重视。在此基础上，虽然没有明确在制度礼俗方面规定不同民族之间的通婚问题，但可以确定的是汉初以来的"和亲"之路确为古代汉民族婚姻制度、礼俗文化的一种有力的拓展，但客观上却遇到了汉民族传统价值观念难以接受的挑战。与匈奴同俗的乌孙，其婚姻制度更为复杂，父死子可以娶其后母；叔父死，侄子可以娶其叔母；兄长死，弟弟可以娶其嫂，从兄弟亦同；更有甚者，祖父虽未死，但不能延其血脉，孙子可以娶其后祖母。如果以汉民族传统价值观去衡量的话，此种习俗确为违背宗法伦常。而事实上，细君公主美貌年少，"昆莫年老，欲使孙岑陬尚公主"，想使他的孙子娶细君为妻。

---

① （清）孙希旦撰：《礼记集解》，中华书局1989年版，第583页。
② 同上书，第906页。
③ 杨伯峻编著：《春秋左传注》，中华书局2015年版，第408页。
④ （清）孙希旦撰：《礼记集解》，中华书局1989年版，第1418页。
⑤ （清）焦循撰，沈文倬点校：《孟子正义》，中华书局2017年版，第512页。

细君岂能听从,"公主不听,上书言状,天子报曰:'从其国俗,欲与乌孙共灭胡'"(《汉书·西域传》)。由是,细君只能再嫁先夫之孙,最终死在乌孙。所以,细君公主的《悲愁歌》触及了文明差异带给个体生命的严正思考,触及了政治责任与婚姻命运的两难情结,触及了民族文化之间难以逾越的价值冲突。作为一个政治统治的工具,婚姻只能是政治的摆设,个体的人生幸福也就无从谈起。而堆积起来的怨恨、苦闷又无法向统治者明言,只能借歌咏表达一种无可企及的心灵渴望。可以说,没有政治性"和亲"事件的发生,中国文学史也就没有文学意义上的"和亲"题材作品,没有《悲愁歌》的九转愁肠,也就没有文学意义上的草原文化、草原状貌的真实再现。从这种意义追寻,《悲愁歌》确有填补古代文学史创作空白之义。第二,由于"和亲"特殊的政治使命,由于特殊的人生命运变化,《悲愁歌》将汉民族传统文化与草原文化特有的美学元素凝聚起来,以尺寸之幅汇集南北之灵,一方面有力地传播了南方文学所具有的柔婉深挚之美,另一方面把北地特有的肃杀苍凉之风也融入其中,二者紧密结合,从而把古代七言诗的初创之局带入一个新的艺术世界。我们知道,诗歌是抒情的艺术载体,当个体在人生命运、遭际发生剧烈的变迁之时,人的内心、精神、意志会不由自主地产生激烈的冲撞,会形诸诗歌等工具喷薄出来;而在这一过程中,选用什么样的媒介、事物、意象一般来说必然经过至少两种考量:一是已经积淀深久、成为潜意识一部分的文化记忆符号,不用翻检,即时而现;二是爬罗剔抉、认真推敲的情感寄托形式,需几经甄别、拿捏。在笔者看来,身为汉王朝贵族女子的刘细君,以六句骚体诗宣泄其人生的巨大不幸和无望的希冀,而她本人又不是精通翰墨、创作圆熟的文人,所以不是那种即景抒发、一挥而就之作,而是在几经人生跌宕之后,既痛定思痛、惨淡经营,又随意择取民族文化中最为刺痛人心的意象,如"黄鹄""穹庐"等可以代表汉民族传统文化和草原民族文化的对象,将动静之美巧妙地融合起来,呈现出一种阔远、寂寥的深沉图景。如前所述,"穹庐"是草原民族、游牧民族文化的标志性符号,其简易、流动的性质就充分说明了草原文化所具有的人天相偕、人物相和、好动恶静的独特精神,《悲愁歌》成为古代诗歌史对于草原物态文明的第一次展示。同时,"黄鹄"也隐含着民族文化交融的深刻内涵。在汉民族传统文化背景之下,"黄鹄"有以下几层文化意义:一为贤达君子的仪貌、人格之美。《管子·形势解》说:"将将槛鹄,貌之美者也。貌美故民歌之。德义者,行之美者也。德义美,故民乐之。民之所歌乐者,美行德义也。而明主槛鹄有之。故曰:'鸿鹄将将,维民歌之。'"黄鹄具有了貌秀内美的特质,而刘细君恐怕也有以鸟喻己之义,意味着自己青春貌美、贤德有仪,奈何如花似玉之女却身不由己、远嫁乌孙,造化弄人、珍美遭残。二为福瑞吉祥的象征。《汉书·昭帝纪》说:"始元元年春二月,黄鹄下建章宫太液池中。公卿上寿。赐诸侯王、列侯、宗室金钱各有差。"①而《西京杂记》曰:"始元元年,黄鹄下太液池,帝为此歌。"即:"黄鹄飞兮下建章,羽肃肃兮行跄跄。金为衣兮菊为裳,喋喋荷荇,出入蒹葭。自顾菲薄,愧尔嘉祥。"②显然,黄鹄下临,在百官看来,此是国事兴盛之兆,而西汉昭帝则将黄鹄当作高贵荣耀的象征,这样,刘细君以黄鹄自喻,显然又有自我身份显贵尊崇,而今任人驱使,一种荣华已逝、今不胜昔之感暗含其中。三为思乡念亲、心志不易的寄托之物。宋郭茂倩的《乐府诗集》卷四十五中收录名《吴声歌曲》的《黄鹄曲》四首,所谓"黄鹄参天飞,半道郁徘徊。腹中车轮转,君知思忆谁。黄鹄参天飞,半道还哀鸣。三年失群侣,生离伤人情。黄鹄参天飞,疑翩争风回。高翔入玄阙,时复乘云颓。黄鹄参天飞,半道还后渚。欲飞复不飞,悲鸣觅群侣"③。此诗是用来歌咏鲁国陶明之女陶婴的。据西汉刘向的《列女传》记载,陶婴"少寡,养幼孤,无强昆弟,纺织为产。鲁人或闻其义,将求焉。婴闻之,恐不得免,乃作歌明己之不更二庭也。其歌曰:'悲黄鹄之早寡兮,七年不双。宛颈独宿兮,不与众同。

---

① (东汉)班固:《汉书》,中华书局1962年版,第213页。
② 周秉高编著:《全先秦两汉诗》,内蒙古大学出版社2011年版,第203页。
③ 同上书,第67页。

夜半悲鸣兮,想其故雄。天命早寡兮,独宿何伤。寡妇念此兮,泣下数行。呜呼悲兮,死者不可忘。飞鸟尚然兮,况于贞良。虽有贤雄兮,终不重行。'"联系诗歌特有的创作环境,"黄鹄"与女性生存命运息息相关,具有极为明显的翻飞、变动、流迁的文化意义,且家园精神的根基性特征已然显示出来;而在《晋书·乐志下》中则将此种家园文化予以明确:"淮南王,自言尊,百尺高楼与天连。后园凿井银作床,金瓶素绠汲寒浆。汲寒浆,饮少年,少年窈窕何能贤。扬声悲歌音绝天。我欲渡河河无梁,愿作双黄鹄,还故乡。还故乡,入故里,徘徊故乡,若身不已。繁舞奇歌无不泰,徘徊桑梓游天外。"讲述了一对青年男女深厚的愿化身黄鹄飞转故乡的故事。《晋书·乐志下》又说:"胡角者,本以应胡笳之声,后渐用之横吹,有双角,即胡乐也。张博望入西域,传其法于西京,惟得《摩诃兜勒》一曲。李延年因胡曲更造新声二十八解,乘舆以为武乐。后汉以给边将,和帝时,万人将军得用之。魏晋以来,二十八解不复具存,用者有《黄鹄》《陇头》《出关》《入关》《出塞》《入塞》《折杨柳》《黄覃子》《赤之杨》《望行人》十曲。"意思是说自汉代以来,中原音乐文化与以西域为代表的草原音乐文化逐渐碰撞交流,而对于西域音乐的吸收则是交流的重心,其结果产生了所谓的"二十八解",遗留下来的则只有包括《黄鹄》在内的"十曲"。而我们仔细翻检前代文献,并没有发现关于"黄鹄"鸟的任何记载,尤其在草原文化的历史积淀之中。但在汉民族传统文化的记忆长河中却有着极为丰富的文化内涵,历代均有所发挥、表达,其意义也逐步丰满、厚重起来。但是,作为一种诗歌意象的引入和创作,又包含着人生复杂的意蕴,细君公主的《悲愁歌》恐怕是文学史的第一次。由此,我们可以推断,刘细君之所以化用"黄鹄",一是深受汉民族传统文化的滋养、影响,其中蕴藏的自我形象、心志、人格方面的文化内涵已成为细君公主内在精神世界的有机组成,而汉民族深厚的乡关情结更极为契合她的人生变迁。二是黄鹄是候鸟,即天鹅,临季而辗转飞翔,寻找理想栖息之地,这一特征为细君公主所发现。她在乌孙古国长时期苦闷不已,目睹天鹅南北迁徙，据时而飞，不禁由物及人，乡关之思油然而生。而据考证，乌孙故地就在今新疆伊宁地区，属于第二大草原巴音布鲁克草原，境内有著名的巴音布鲁克天鹅自然保护区，一直生息着多种天鹅。由此，刘细君将富有汉民族文化色彩和关合自我身世的"黄鹄"与西北草原特有的自然景观结合起来，将具有南国香软缠绵之情的"黄鹄"与旷远雄浑的北国风光结合起来，传递出一个南方汉家女子身处西北异域的滴滴血泪、款款浓情。而"黄鹄"从此也就成为北方草原文学，特别是草原诗歌的一个重要意象，在后世不断被歌咏、叹惋，以至于唐代著名大诗人王维在他受玄宗所派到西北河西宣慰守边将士时，专门创作了一首《双黄鹄歌送别》："天路来兮双黄鹄，云上飞兮水上宿，抚翼和鸣整羽族。不得已，忽分飞，家在玉京朝紫微，主人临水送将归。悲笳嘹唳垂舞衣，宾欲散兮复相依。几往返兮极浦，尚裴回兮落晖。岸上火兮相迎，将夜入兮边城。鞍马归兮佳人散，怅离忧兮独含情。"此诗诗人自注："时为节度判官，在凉州作。"虽然难以明确作者所送之人，但其中借"黄鹄"起兴，述说自我低沉哀徊之情，令人感慨不已。

另外值得一提的是，《悲愁歌》对于古代七言诗的发展来讲，也起到了一种重要的推动作用，而其中一种特殊的创作契机则是草原文化对于抒发情感的影响。就中国古代七言诗来说，自有一个草创、演变、发展、定型、成熟的过程。汉代恐怕就是其较为重要的转折演变时期，其中一个重要的表现就是骚体诗与汉乐府民歌的逐步融合而催生出更符合古汉语音韵、音节规则变化的七言诗。一般文学史所提及的汉代有关七言诗的创作总要涉及张衡的《四愁诗》和曹丕的《燕歌行》，后者当为成熟的古体七言，而前者往往被认为对古代七言诗的形成有重要影响。

>我所思兮在太山。欲往从之梁父艰，侧身东望涕沾翰。美人赠我金错刀，何以报之英琼瑶。路远莫致倚逍遥，何为怀忧心烦劳。我所思兮在桂林。欲往从之湘水深，侧身南望涕沾襟。美人赠我琴琅玕，何以报之双玉盘。路远莫致倚惆怅，何

为怀忧心烦伤。我所思兮在汉阳。欲往从之陇阪长，侧身西望涕沾裳。美人赠我貂襜褕，何以报之明月珠。路远莫致倚踟蹰，何为怀忧心烦纡。我所思兮在雁门。欲往从之雪雰雰，侧身北望涕沾巾。美人赠我锦绣段，何以报之青玉案。路远莫致倚增叹，何为怀忧心烦惋。

——《四愁诗》

由于全诗由七字一句组成，后人评价较高，中国社会科学院文学研究所编写的《中国文学史》说："它是一首七言诗。在它以前，《诗经》和宋玉《招魂》、荀卿《成相篇》等就有一些七言句。汉代韵文七言渐多，但通篇都是七言而首尾完整的作品，当以这首诗为最早。"① 后来逐渐将《四愁诗》地位提高，认为其情感内涵极为丰富，是古代七言诗形成的重要转折。但是，认真比较《四愁诗》和《悲愁歌》，我们就会发现二者在遣词造句、抒情表意的方法方面有着很大差别。前者顺承而下，以一个主语引带全诗，鲜明的重叠往复的抒发模式和"兮"字入诗，可以明确此诗受南方楚地民歌的影响明显；同时，此诗将"之"多次使用，代指不同的区域，如果将此去掉，恐难以为诗。而后者《悲愁歌》却不然，全诗"吾家嫁我兮天一方，远托异国兮乌孙王。穹庐为室兮毡为墙，以肉为食兮酪为浆。居常土思兮心内伤，愿为黄鹄兮归故乡"六句，如果将带有江南楚地特征的"兮"字去掉，无一虚字、虚词，全诗显得紧凑、连续，具有突出的古体七言特征。所以，如果讨论汉代七言诗的发展，不能不提到《悲愁歌》。但是，《悲愁歌》之所以形成这样的一种艺术风貌，在笔者看来，恰恰是乌孙草原文化带给细君公主的痛断肝肠所致，细君公主遭受人生之不幸，以叙述的方式将此娓娓道来，内容涉及了发生、发展、结局等因素，全诗显得起伏紧密，实为较成熟的七言之作。

---

① 中国社会科学院文学研究所中国文学史编写组编：《中国文学史》（第一册），人民文学出版社1962年版，第153页。

细君公主远嫁乌孙，不仅是汉民族传统文化与草原民族文化的首次零距离碰撞，产生了流传千古的《悲愁歌》，而且在古代音乐文化交流史上也留下了极为重要的一笔，即中国古典音乐文化的经典乐器琵琶与之结下了不解之缘。一般观点来看，世人对琵琶的理解主要得益于唐代具有边塞风格的诗篇，特别是李颀的《古从军行》："白日登山望烽火，黄昏饮马傍交河。行人刁斗风沙暗，公主琵琶幽怨多。野云万里无城郭，雨雪纷纷连大漠。胡雁哀鸣夜夜飞，胡儿眼泪双双落。闻道玉门犹被遮，应将性命逐轻车。年年战骨埋荒外，空见葡萄入汉家。"古朴而流利，深刻而博远，将边塞之肃杀、酷烈，将士之牺牲、无奈，胡人之鏖战、流离，和平之重要、向往，倾情而泄，内容丰盈，其中"公主琵琶幽怨多"将琵琶与细君公主联系起来，且将琵琶之特有的情感表达特点予以明示，意味着琵琶之乐器的抒情倾向主要是哀怨、深痛一路，而非愉悦、热烈的情感。那么这样一种情感表达的美学特征是怎样形成的？实际上，根据史籍记载，也与细君公主远嫁乌孙相关。晋人傅玄的《琵琶赋》曰："汉遗乌孙公主嫁昆弥，念其行道思慕，故使工人知音者载琴、筝、筑、箜篌之属，作马上之乐。以方语目之，故云琵琶，取其易传于外国也。杜挚以为赢秦之末，盖苦长城之役，百姓弦兆而鼓之。二者各有所据，以意断之，乌孙近焉。"[1] 唐人段安节在《乐府杂录》中也说："琵琶，始自乌孙公主造。"[2] 虽然从中无法断言琵琶的产生就是如傅玄所说是汉地乐工专为细君公主出嫁研制，改造琴、筝、筑、箜篌等乐器而成，但不可否认的是琵琶传流中原内地，成为一种重要的弹拨乐器，确与细君公主远嫁乌孙有关。其中值得注意的是，汉地所制乐器经细君带入西域，经过了少数民族音乐文化的洗礼，最终又传入中原，成为具有草原异域风情特质的乐器，在后世的文学艺术作品中不断得到彰显。而细君公主的凄惨人生也使琵琶之乐拥有了更多呜咽哀鸣的特色。

---

[1] （南朝）沈约：《宋书》，中华书局1974年版，第535页。
[2] （唐）段安节：《乐府杂录》，中华书局2012年版，第130页。

至此，《悲愁歌》以其独具多种民族文化特质的美学内涵，成为古代北方草原文学早期诗歌的一朵奇葩。

第五节　草原乱离时期的女性心曲——《胡笳十八拍》

如果说细君公主的《悲愁歌》主要以"和亲"女子的不幸遭遇书写了一段奇特人生经历的话，那么东汉后期的才女蔡文姬则从更为广阔的人生视野，将个体人生的起伏变化置于时代混乱、战争冲突的疾风血雨之中，更加立体、全面地展示北方草原独特的地域环境、文化特征和自我人生悲剧性体验，从而把古代草原诗歌所蕴含的悲烈之美推向了诗歌史的巅峰。

蔡文姬的《胡笳十八拍》书写了胡地的游牧生活、风土人情、价值观念，表达了与细君公主相似的文化差异所带来的内心感受，所不同的是其中更充满了政权分立、胡汉相隔造成亲人惨别的深重痛苦。因此，回荡其间的百姓渴望国家统一、文化相融的心灵呐喊，在美学追求上更具有历史的普遍性。《胡笳十八拍》是一首中国文学史上的千古绝唱，它以159句的长篇诗行浓墨重彩地描写了东汉才女蔡文姬被掳流浪匈奴且生活了十二载的痛苦生命历程，是细君公主哀怨深重的《悲愁歌》美学境界和情怀的现实主义升华、拓展。

首先最值得关注的是《胡笳十八拍》充溢着的悲烈之美。悲烈之美是指文学、艺术在以悲为美的格调基础上的进一步发展，是对深缓沉滞、低回往复的传统"悲情之美"的一种冲破，是对传统诗歌"温柔敦厚"诗教传统之美的一种颠覆，是全方位的浓笔重墨地抒写与传统审美相背离的对象所形成的一种强烈的情感宣泄。这里改变了传统美学所欣赏的中和匀称之美，剔除了传统自然美、道德美内蕴的窠臼，更突破了汉代文学自汉赋以来所形成的文学"以宏大为美""以奇新为美"的美学藩篱，将古代诗歌自发生时所具有的"悲音之美"延伸到一种更为惨烈、更为悲壮、更为严酷、更为野性、更为血腥、更为宽阔、更为深邃的美学境界，其中人生在乱世的无法掌控、落叶飘零之状之感，北方胡地环境的肃杀、残酷，异域风俗习惯的天地之别，北方匈奴的嗜杀残暴、好武斗勇，母子分别的痛彻心扉，时空转换赋予个体的恐怖陌生，叱天骂地、诅咒神灵的极度悲愤，等等，使《胡笳十八拍》具有了"悲烈之美"的美学价值。

中国古代诗歌的最初风貌是以多种艺术元素融合之状而出现的，即所谓音乐、舞蹈、诗歌的三位一体，因此诗歌的美学走向与音乐性质紧密相连。从对《诗经》《楚辞》的美学格调的分析中可以看出，古代诗歌从其诞生时就将摇曳缠绵的情感悲愁之态、内蕴、过程作为表现的重点，表达人生兴高采烈、意气风发的作品较少；而从音乐的角度来说，"乐音"更为罕见，"悲音"逐步成为音乐艺术的主流。东汉王充在《论衡》中多次强调音乐的"悲音"动人特点，《论衡·书虚》篇说"唐虞时，夔为大夫，性知音乐，调声悲善"①，《论衡·感虚》篇说"鸟兽好悲声，耳与人耳同也"②，《论衡·自纪》篇讲"盖师旷调音，曲无不悲；狄牙和膳，肴无淡味。……美色不同面，皆佳于目；悲音不共声，皆快于耳"③。西晋嵇康也在研究古代音乐艺术表达情感特点的《琴赋·序》中说："然八音之器，歌舞之象，历世才士，并为之赋颂。其体制风范，莫不相袭。称其材干，则以危苦为上；赋其声音，则以悲哀为主；美其感化，则以垂涕为贵。丽则丽矣，然未尽其理也。"显然，嵇康所言要比王充之论更深刻一步，前者将"悲音"与美善统一起来，侧重于艺术的感染力、亲和力，后者则更加明确地认同音质、音色的悲哀属性，而形式上的美轮美奂、宏壮伟岸并不能反映出事物的本质特点。但是，汉代的诗歌、艺术的"悲音之美"依然没有冲破汉民族传统美学的"中庸"束缚，依然停留在感情冲突、碰撞的层面上，充满着希望与绝望、快乐与痛楚的冲击，张扬着内心深处的不尽哀怨。然而，无

---

① 黄晖撰：《论衡校释》，中华书局1990年版，第176页。
② 同上书，第240页。
③ 同上书，第1193页。

论如何，即使是虚妄的希冀依然存在，自我心理的平衡依然存在，寻求心理的抚慰和情感的收缩依然鲜明，艺术的自我补偿功能依旧表现得淋漓尽致。比如汉乐府中以"悲歌"为题的作品："悲歌可以当泣，远望可以当归。思念故乡，郁郁累累。欲归家无人，欲渡河无船。心思不能言，肠中车轮转。"已经明言"欲归家无人，欲渡河无船。心思不能言，肠中车轮转"，内心痛苦已到极点，但却以"悲歌可以当泣，远望可以当归"予以消解。而上文提及的细君公主的《悲愁歌》虽然将远离故土的忧伤尽情抒发，但结尾也把自己化作"黄鹄"，"居常土思兮心内伤，愿为黄鹄兮归故乡"，借南翔之鸟寄予自我的希望。而到了东汉后期蔡文姬的《胡笳十八拍》的艺术世界里，"悲音之美"的哀泣哭号、啼怨连连已变为愤怒之极的呐喊、咆哮，一种情感的张力随着叙述的深入而不断升腾、壮大，最终演化为充斥于天地之间的浓重的怨愤之气，从而使愁肠百转的怨情具有了一种来自乱离时代、战争草原的悲壮和悲苦人生自我壮大、自我提升的情感力量。

　　首先，《胡笳十八拍》的悲情抒发是建立在一个乾坤倒置、干戈四起、愁云密布的混乱不堪的时代基础之上，蔡文姬的人生流离已全然不是细君公主的个案，而是整个中华大地人生普遍不幸的浓缩。曹操在《蒿里行》中写道"铠甲生虮虱，万姓以死亡。白骨露于野，千里无鸡鸣。生民百遗一，念之断人肠"，以白描之笔绘制了东汉后期北方大地百姓的深重灾难。而使人顿生怜爱之心的是蔡文姬并非如刘细君一样为朝廷政治斗争需要所派，而是身如落叶，在战争对抗中被匈奴人掳掠，流落到异域他方。第一拍所写的"天不仁兮降离乱，地不仁兮使我逢此时。干戈日寻兮道路危，民卒流亡兮共哀悲"四句，将此时期普遍性的人生苦难流泻而出，使个体的悲剧具有了整体普遍的特性，具有了典型的意义。"天降离乱"，人为刀俎、我为鱼肉，哀鸿遍野、无所依就，任人宰割、如同牛羊，一种人生随风飘零、上下沉浮的孤苦之状扑面而来。身处战乱频仍之时，个体的人生已非个体所有，"民卒流亡兮共哀悲"写尽了百姓流离失所、到处漂泊的惨状。而才貌俱佳的蔡文姬更是此中不幸的最不幸者,她出身高贵、才慧过人,却生逢乱世、屡遭摧残;战乱将一妙龄才女带入到一个泯灭传统、毁灭人生的陌生境遇之中,她所能感知的只有绵延不绝的痛哭哀鸣,只有对人生无法改变的怨恨,只有将其寄托于琴笳之上,以此表达乱离之世普通大众的心情呼声,所谓"笳一会兮琴一拍,心愤怨兮无人知",从而将个体的人生悲剧与群体性悲剧融合为一,使渺小的个体苦难产生了整体性的意蕴,具备了群体的力量。因而其力度、强度更为扩大、有力。

其次,对于人生风雨飘摇之处的恐惧陌生的强力描写、叙述更超过了以往的任何作品,其所展示的北方瀚海草原拥有了一种野性野蛮力量的美。如果说细君公主的《悲愁歌》还只是着力于北方草原与中原故地、南方水乡距离的遥远和生活习惯的难以适应,那么《胡笳十八拍》把异域草地的生活感受置于一个胡虏强盛、战端四起的背景之下,使得她触目惊心的独特体会和深挚感人的情感表达,具有了强大的现实基础,也使她笔下的广袤无边、朔风浩荡的草原,更加动荡不安、严酷冷峻。"云山万重兮归路遐,疾风千里兮扬尘沙"(二拍),"毡裘为裳兮骨肉震惊,羯膻为味兮枉遏我情"(三拍),"冰霜凛凛兮身苦寒,饥对肉酪兮不能餐。夜闻陇水兮声呜咽,朝见长城兮路杳漫"(六拍),"逐有水草兮安家葺垒,牛羊满野兮聚如蜂蚁。草尽水竭兮羊马皆徙,七拍流恨兮恶居于此","天无涯兮地无边,我心愁兮亦复然"(九拍),等等,将北方草原的广阔无边、寒冬之际天气的冰霜寒冷、草原民族吃肉饮奶的生活习惯及逐水草而居的游牧生存方式一一道出,而每一种描写均体现出一种无法忍受的怨苦之情,所闻、所见、所感之物之境均显示出人生遭遇的惊心动魄、痛入骨髓。这里已丝毫显示不出草原诱人的魅力,而是一种近乎原始野性的裸露的自然原生态的真实再现。也许对于今人来说,草原只是一种别样的风情,而对汉末的蔡文姬来讲,不论是苦寒遭际,还是黄沙飞扬,抑或是游动搬迁的无根之感,总是凝练出一种陌生游离的动荡感,最终形成自我锻造"悲烈之美"的情感基础。不唯环境的严酷,更有使作者最难以触碰和接受的价值观的诸般呈现,这才真正触动了一个传统汉民族女子灵魂深处的底线。当然，这也触及了草原民族精神最为本质的内容。"烟尘蔽野兮胡虏盛，志意乖兮节义亏。对殊俗兮非我宜，遭恶辱兮当告谁"（一拍）？"人多暴猛兮如虺蛇，控弦被甲兮为骄奢"（二拍），"鼙鼓喧兮从夜达明，胡风浩浩兮暗塞营"（三拍），"唯我薄命兮没戎虏。殊俗心异兮身难处"（四拍），"日暮风悲兮边声四起，不知愁心兮说向谁是！原野萧条兮烽戍万里，俗贱老弱兮少壮为美"（七拍），此类语句集中描写匈奴民族的尚武精神和崇尚健壮的价值观念，这与汉民族传统文化形成了鲜明的区别。草原民族的地理环境与汉民族相比，基础薄弱，自然环境因素的变化决定了人的生存境遇的变化，而抵抗自然侵袭的唯一武器只能是人的力量，尤其体现在战争掠夺的习惯的养成和对年轻壮美的崇尚方面。而经过了汉代汉朝和匈奴的几度对抗，匈奴人的军事文化更有了明显的增强。在长期的与自然抗争和延续掠夺性生存的过程中，匈奴人形成了全民皆兵、整齐划一的军事文化体制，"战争以及进行战争的组织现在已成为民族生活的正常功能"[1]，匈奴人全民"控弦被甲"，尽为"甲骑"；战事一起，冲锋陷阵，毫不退缩。而平时多狩猎骑射，所谓"急则人习骑射，宽则人乐无事"[2]，真正将战争军事与生产生活融为一体。而在艰难的生存发展过程中，依仗武力进行掠夺逐步成为一种天然的生存方式，以至于汉初上至君王武帝、下到臣子主父偃均提到匈奴人的掠夺侵凌成性，《汉书·主父偃传》记载："夫匈奴，兽聚而鸟散，……夫匈奴行盗侵驱，所以为业，天性固然。"[3] 武帝也说道："匈奴逆天理，乱人伦，暴长虐老，以盗窃为务，行诈诸蛮夷，造谋籍兵，数为边害。"[4] 均指出匈奴人好战善战，杀伐斗勇、嗜杀成性，少有汉民族所信奉的礼仪之道，更缺乏恒久不变的价值观念。在匈奴人看来，生存和利益是第一位的，道德教化并不能给他们带来实际的价值。因此，农

---

[1] 《马克思恩格斯选集》第4卷，人民出版社2012年版，第180页。
[2] （西汉）司马迁：《史记》，中华书局1959年版，第2879页。
[3] （东汉）班固：《汉书》，中华书局1962年版，第2488页。
[4] 同上书，第2801页。

业文明所崇尚的尊老等等级观念并不被匈奴人所看重，谁能给部族带来生存资料，谁就是值得肯定的英雄。所以蔡文姬才异常惊讶地提到"俗贱老弱兮少壮为美"，以年轻力壮为美，以抵御自然风暴侵袭的意志、力量为美，以能依靠勇力战胜对手、夺取更多战利品为美。所以，匈奴人的好战之风在蔡文姬笔下就具有了动物凶猛、残暴的特点，所谓"人多暴猛兮如虺蛇"。事实上，匈奴人的确在长期的繁衍、发展过程中，形成了具有动物本能一般的适应性，生存能力极强，他们必须自我具有动物般的特点、本领，才能延续民族的生存，而其中最明显的特点就是据物而存、因地制宜，讲求适用性、实用性。汉代恒宽在《盐铁论·论功第》中说："匈奴无城郭之守，沟池之固，修戟强弩之用，仓廪府库之积，上无义法，下无文理，君臣嫚易，上下无礼，织柳为室，旃幨为盖。素弧骨镞，马不粟食。内则备不足畏，外则礼不足称。"① 认为匈奴简便易行，不尚文理，能像动物一样生存延续，而在蔡文姬的视野中匈奴则犹如虎狼一般凶残，这实为汉末战争频发、杀戮不断导致。由此，我们不得不对这一时期的社会尚武好战、以武力征伐决定一切的价值追求有所思考。事实上，关于匈奴等草原民族的勇力杀戮之风固然有其来自游牧狩猎之生产方式的关系，但汉末军阀割据、占地圈民的战争局面更助长了此种风气，尤其是董卓犯京而引发的各方、各族豪杰的争权夺利、互相厮杀，而在这一过程中以匈奴、羌等草原民族为主的西北豪强势力更是扮演了极为残暴、斗勇的角色。钱穆先生指出："东汉国运在东方的饥荒（黄巾）与西方的变畔（凉州兵与董卓）两种势力冲荡下断送。"② 其中的西方势力就包括了匈奴、羌等草原民族。而其首领丁原、董卓等皆出身边地之凉州、并州，称为"边地武人""习于夷风""寡于学术"，嗜杀戮，多残暴，犹如蛇狼一样，以至于《后汉书》郑泰曾说："天下强勇，百姓所畏者，有并、凉之人，及匈奴、屠各、湟中义从、西羌八

---

① 王利器校注：《盐铁论校注》，中华书局1992年版，第542页。
② 钱穆：《国史大纲》，商务印书馆1996年版，第193页。

种。"① 其凶残程度超出了人们的想象。这在一个深受儒家传统文化教育的贵族女子看来,断非其心智所能接受,故而以"虺蛇"相拟。反过来也足见对蔡文姬精神的震撼。而更令其痛断肝肠的是此种人生的绵绵不休,战争对抗的绵绵不休,"城头烽火不曾灭,疆场征战何时歇?杀气朝朝冲塞门,胡风夜夜吹边月。故乡隔兮音尘绝,哭无声兮气将咽"(十拍)。而年华、时光已逐步逝去,往昔一个绝色女子如今已变为一个胡地妇人,期间的种种摧残、种种不适最终演化为对人生变迁的不尽控诉:"天无涯兮地无边,我心愁兮亦复然。人生倏忽兮如白驹之过隙,然不得欢乐兮当我之盛年。怨兮欲问天,天苍苍兮上无缘。举头仰望兮空云烟,九拍怀情兮谁与传?"岁月的催逼、生活的磨难,再加上不得已而为人妻的事实,尤其是本不情愿的育有二子,使她对人生的思考更趋于深沉、批判,进而上升到一种超越前人的极为悲烈的程度。"为天有眼兮何不见我独漂流?为神有灵兮何事处我天南海北头?我不负天兮天何配我殊匹?我不负神兮神何殛我越荒州"(八拍)。天地神祇本是古人顶礼膜拜的对象,是公正无私、是非分明、惩恶扬善的代表,是古人道德建设、人格完善的缘起、归宿,是最值得肯定和赞扬的对象,因之古代汉民族形成了异常完善发达的祭祀文化体系,而核心是对天地、神灵的膜拜。孔子说"唯天为大,唯尧则之"②,对于"天"的崇拜自原始社会就已经产生,最初天只是一个温暖四方、普照天下的具体的太阳,是自然崇拜的主体;但到部落联盟形成以后,天便开始转化为受各部落崇拜的主神。"在国家产生之后,天又从部落联盟的单一主神,逐渐转化为至上神了。"③ 在此基础上,汉民族在周朝就已经形成了"天神、人鬼、地祇"的三大祭祀系统。《周礼·春官·大宗伯》载:"大宗伯之职,掌建邦之天神、人鬼、地示之礼,以佐王建保邦国。以吉礼事邦国之鬼神示,以禋祀祀昊天上帝,以实柴祀日月星辰,以槱燎祀司中、司命、风师、

---

① (南朝)范晔:《后汉书》卷70,中华书局1999年版,第1526页。
② 程树德撰:《论语集释》,中华书局2017年版,第633页。
③ 张鹤泉:《周代祭祀研究》,文津出版社1993年版,第51—62页。

雨师；以血祭祭社稷、五祀、五岳，以狸沈祭山林川泽，以疈辜祭四方百物；以肆献祼享先王，以馈食享先王，以祠春享先王，以礿夏享先王，以尝秋享先王，以烝冬享先王。"① 虽然没有涉及普通百姓，但祭祀天地神祇的文化传统却流传下来，逐步根深蒂固。古代社会心理认为，天道与善、天道嘉善、天道轮回，故而天地神祇支撑了古人心理、精神世界大厦的建构。而一旦坍塌，随之而来的则是古人整体人生理性世界的崩溃、瓦解。蔡文姬经历离乱、被掳、屈辱之苦，其时间之长、宽度之广、感触之深、力度之强均超过了以往任何一个类似之人，因而发出了控诉天地不公、神祇不灵、天道不善的吼声，其长期的郁积、堆累终于不可阻挡地如同地底火山一般喷溅出来，否定天地、怒此神灵，将时代积淀形成的对天地神祇的依循、尊崇的观念完全推翻，从而达到了感情悲烈的最高点，将人生的悲烈之美演绎到最高峰。由此，蔡文姬的怒吼已不是汉民族传统文学中人生悲情的哀鸣、抒发，更不是普通女子遭受人生困境而怨气弥漫、哭天抢地，而是对传统文化中最为核心的天地神信仰价值观的一种怀疑、一种颠覆，而唯有其来自内心最痛处的完全的否定，才能对整个离乱世界、离乱时代进行最有力的批判，才能将情感、心理方面的异常变化凝聚成一种强大的精神力量，才能具有独树一帜的悲烈之美。

　　一般来说，悲烈之美是以强大的否定、批判力量的显示而呈现出来的，其情感的强度已经达到人生情感的极限，由此往往由对一般价值观的否定而导致了对人生存在意义的否定，进而演变为殒身而亡，以生命的自我终结来体现人生的价值。但是，对于蔡文姬来说，匈奴生涯虽然促使她人生悲剧的苦难罄竹难书，虽然使她对世界产生了巨大的怀疑抛弃，但她依旧回归到普通人的情感世界，恢复到普通人的人生怀恋，而最主要的就是故乡的召唤、子女的留恋。"无日无夜兮不思我乡土，禀气含生兮莫过我

---

① （清）孙诒让撰，王文锦、陈玉霞点校：《周礼正义》，中华书局2016年版，第1296—1297页。

最苦。"（四拍）"胡人宠我兮有二子。鞠之育之兮不羞耻，愍之念之兮生长边鄙。十有一拍兮因兹起。"我们不能苛责蔡文姬没有以身殉汉，因为故土之根、归乡之念也是汉民族传统文化中极为重要的内容之一，而摆在蔡文姬面前的难题是对留在匈奴的二子的牵挂、割舍，是死于匈奴，还是回归故乡汉地，重新开始生活。最终她还是选择了汉朝故土，回转家乡。虽然这种选择使悲烈之美有所削弱，但在痛定思痛之后，依然回荡着做出这种抛舍而具有的异常的人生"悲烈之情"。二子虽然是与匈奴左贤王所生，但毕竟是自我养育成人。作为母亲的蔡文姬舍弃骨肉、回转故国，必须具有常人所难具有的强大意志、坚硬情感，这又何尝不是悲烈之美呢？

　　基于对子女的思念、对故土的思念，《胡笳十八拍》唱出了混乱时代诗歌的最强音，也是古代草原诗歌史上的最美之音，即对民族共存、和平世界的向往、歌颂，使诗歌具有了最为普遍的历史意义。"东风应律兮暖气多，知是汉家天子兮布阳和。羌胡蹈舞兮共讴歌，两国交欢兮罢兵戈。"（十二拍）诉求和平、胡汉欢乐相融的呐喊响彻胡汉两地的上空。对于蔡文姬来讲，和平不仅使蔡文姬归汉，也使她渴求与胡地儿子相聚的极尽缠绵、感人肺腑的心愿有了实现的可能。对于汉胡两地百姓来说，罢战和平更是一种普遍的美好愿望，因为战争给两地百姓、环境带来了巨大的伤害，"塞上黄蒿兮枝枯叶干，沙场白骨兮刀痕箭瘢。风霜凛凛兮春夏寒，人马饥豗兮筋力罢"（十七拍）。连年鏖战、白骨遍野，生产力遭到严重的破坏。由此，《胡笳十八拍》代表了所有人的美好愿景，拥有了跨越时空的恒久价值。

　　最后，《胡笳十八拍》也将"胡笳"这一北方草原民族特有的乐器的情感功能发挥到极致，"胡笳"此后演变为一种草原民族特有的文化符号，具有了不可替代的特有的美学功能。关于《胡笳十八拍》的来源，在古代文学、古代音乐研究领域有着不同的结论，但共同点是均认为与蔡文姬的本诗创作有着密切的关联，只不过一为叙事性极强的抒情作品，一为可以谱曲传唱的音乐作品。我们不去追寻哪种说法更有其充分的合理性，我们只考虑蔡文姬笔下的作品所具有的美学功能。作为有着深厚文学、音乐学渊源的蔡文姬，本身对音乐艺术有着高超的感受力和创作力，经过了十二载北方草原的苦难性人生体验，自然会对匈奴等草原民族的文化有着更为深刻的认识，再加上其九死一生、变幻莫测的人生遭遇，匈奴胡地婉转低沉的音乐艺术自然使她心有所触、情感激荡，于是"胡笳本自出胡中，缘琴翻出音律同"（十八拍），编创了这首情感缠绵、动人心魄的诗歌。实际上，本诗已经明确告知世人"胡笳"之乐来源于草原民族地区，是草原民族积淀深厚、特色鲜明的音乐文化，有着深刻的草原民族烙印。所谓的"缘琴翻出音律同"是指不论是汉民族音乐文化，还是草原民族音乐文化，在表达情感、心理方面的本质的相同性，韩愈说："乐也者，郁于中而泄于外者也，择其善鸣者而假之鸣。金、石、丝、竹、匏、土、革、木八者，物之善鸣者也。……人之于言也亦然，有不得已者而后言。其歌也有思，其哭也有怀，凡出乎口而为声者，其皆有弗平者乎！"[①] 于是蔡文姬根据自我对音乐的体会，特别是对胡汉不同民族乐器表达艺术的理解，创作了这首诗歌。而之所以再三明确"一拍""二拍"等音乐节拍，就是予以明确此诗的音乐特性，也充分说明原来匈奴草原民族固有胡笳音乐的变化属性。需要注意的是，胡笳之乐在蔡文姬诗乐出现之前，已经在一些历史文献中有所提及，《古文观止》中曾记载："胡地玄冰，边土惨裂，但闻悲风萧条之声。凉秋九月，塞外草衰。夜不能寐，侧耳远听，胡笳互动，牧马悲鸣，吟啸成群，边声四起。"[②] 其中"胡笳互动"意味着胡笳之乐已在草原流传久远，且此起彼伏、婉转深长，是草原民族惯常的情感表达之乐。但是此乐所传达的情感属性却属于低婉深徊的悲音系列。当然，她在《悲愤诗》中也说："胡笳动兮边马鸣，孤雁归兮声嘤嘤。乐人兴兮弹琴筝，音相和兮悲且

---

① （唐）韩愈著，马其昶校注，马茂元整理：《韩昌黎文集校注》，上海古籍出版社1986年版，第233页。

② （清）吴楚才、吴调侯著，阴法鲁译注：《古文观止译注》，北京大学出版社2000年版，第380页。

清。"说明胡笳与琴、筝等俱为匈奴人的音乐器物,但在蔡文姬的接受视野和内在感受中却只是"悲抑"之声。我们不能就此断定胡笳之乐一定只能表达低哀之情,但不可否认作为草原音乐的胡笳,经过了蔡文姬历经人生磨难的创作之后,异常分明地具有了"悲音"的性质。而在"五胡乱华"的"十六国"时期,还上演了一场"四面楚歌"以弱斗志的历史剧:"在晋阳,尝为胡骑所围数重,城中窘迫无计,琨乃乘月登楼清啸,贼闻之,皆凄然长叹。中夜奏胡笳,贼又流涕歔欷,有怀土之切。向晓复吹之,贼并弃围而走。"① 刘琨被胡人所围,情势危急,刘琨以"奏胡笳"之法,两度吹奏,终于使胡人思乡之情愈加浓郁,失去勇力,撤围而去,化险为夷;就连唐人王昌龄在《胡笳曲》中也深有感触地说道:"城南虏已合,一夜几重围。自有金笳引,能沾出塞衣。听临关月苦,清入海风微。三奏高楼晓,胡人掩涕归。"这一事例充分说明"胡笳"确为草原民族的音乐艺术,且与草原故土血肉相连。到了唐人边塞诗的世界里,草原、胡人、胡笳、悲情已经连为一体,成为诗人吟咏惆怅深挚之情的主要对象之一,李颀的《听董大弹胡笳》诗写道:"蔡女昔造胡笳声,一弹一十有八拍。胡人落泪沾边草,汉使断肠对客归。"崔融的《关山月》写道:"月生西海上,气逐边风壮。万里度关山,苍茫非一状。汉兵开郡国,胡马窥亭障。夜夜闻悲笳,征人起南望。"而最著名的则为岑参的《胡笳歌送颜真卿使赴河陇》:"君不闻胡笳声最悲,紫髯绿眼胡人吹。吹之一曲犹未了,愁杀楼兰征戍儿。凉秋八月萧关道,北风吹断天山草。昆仑山南月欲斜,胡人向月吹胡笳。胡笳怨兮将送君,秦山望断陇山云。边城夜夜多愁梦,向月胡笳谁喜闻。"情感委婉悲伤,撕裂肝肠。而在我看来,如果没有蔡文姬十二载的草原匈奴的悲苦人生,没有《胡笳十八拍》的深切悲音,胡笳即使再悠长深沉,也无法表达如此深厚丰富的情感。胡笳之音也无法成为标志性的草原艺术符号。

《胡笳十八拍》无疑是古代草原诗歌史的璀璨明珠,明朝人陆

---

① (唐)房玄龄等:《晋书》,中华书局1974年版,第1690页。

时雍的《诗镜总论》说:"东京风格颓下,蔡文姬才气英英。读《胡笳吟》,可令惊蓬坐振,沙砾自飞,真是激烈人怀抱。"其中自是充满了对荡人心魄的"悲烈之美"的首肯。

第六节 其他草原人物描写蕴含的美学价值

相对于文学典籍中的草原人物而言,在两汉时期还有一些对草原民族人物的文学描写,只不过由于其在文化史、文学史影响不大,所以显得不为人知。但是,对于草原文学美学价值研究来说,只要符合我们对草原文学概念的阐释,就可以作为探究的对象。

翻检唐代徐坚的《初学记·人部》中关于各类人物描写的诗赋文章,会发现有以汉代蔡邕为名而著的《短人赋》,提到了当时士大夫阶层对于戎狄等草原民族外在形象的一些看法。《短人赋》说:"侏儒短人,僬侥之后。出自外域,戎狄别种;去俗归义,慕化企踵。遂及中国,形貌有部;名之侏儒,生则象父。唯有晏子,在齐辨勇;匡景拒崔,加刃不恐。其余厎公,劣厥偻窭,画喷怒语,与人相距。蒙昧嗜酒,喜索罚举。醉则扬声,骂詈咨口;众人恐忌,难与并侣。是以陈赋,引譬比偶;皆得形象,诚如所语。其词曰:'雄荆鸡兮鹜鹨鹡,鹍鸠雏兮鹌鹑雌;冠戴胜兮啄木儿,观短人兮形若斯。'"① 作为东汉后期著名的经学家,蔡邕笔下的人物形貌、状态不可避免地沾染上儒家经学思想的色彩,在他看来,社会上看到的矮小丑陋的侏儒是"出自外域,戎狄别种",意即胡人的后代,虽然他们"去俗归义,慕化企踵"来到中国,但与汉人还是有着本质的差别。我们无法追寻出现在东汉都市中的侏儒的来源,但有一点可以说明,他们是仰慕汉朝文明而来,这就鲜明表现出大汉王朝的宏壮气象以及突出的汉民族中心观念,说到底,依旧是儒家"华夷之辨"的价值观在发生作用。因此文中极尽嘲讽、暴露、丑化之笔,以荆鸡、野鸭、鹍鸠、狗、蝗虫、蜈蚣等动物以及

---

① (唐)徐坚:《初学记》,中华书局1962年版,第462—463页。

棒槌、榫头等物件来比喻、形容，足见其中蕴含着渺小、卑琐等特性，反映出蔡邕对于他们的蔑视。显然，这是一种以人种、族别为中心进行人物描写的文章，集中显现了以蔡邕为代表的儒家士大夫阶层对胡人的态度，也说明此时期民族之间的隔阂之深、之广。而同时代的大臣繁钦在其《三胡赋》中则对来到中原的胡人进行了分类描写，所谓"莎车之胡，黄目深精，员耳狭颐。康居之胡，焦头折颏，高辅陷口，眼无黑眸，颊无馀肉。宾之胡，面象炙胃，顶如持囊，隅目赤眦。额似鼬皮，色象娄橘"。虽然也有丑化的痕迹，但较蔡邕之笔更为客观一些，足以表明此时期北方草原民族融入汉朝的人数之多、来源之多。

　　文赋是一种丑化的状貌，而诗歌则为另外一种天地，进入到中国文学史范畴的汉代著名诗篇《羽林郎》，借助于对一位形貌艳丽、体态婀娜的胡女的描绘，体现出胡汉民族融合一体的趋势。诗歌写道："昔有霍家奴，姓冯名子都。依倚将军势，调笑酒家胡。胡姬年十五，春日独当垆。长裾连理带，广袖合欢襦。头上蓝田玉，耳后大秦珠。两鬟何窈窕，一世良所无。一鬟五百万，两鬟千万余。不意金吾子，娉婷过我庐。银鞍何煜耀，翠盖空踟蹰。就我求清酒，丝绳提玉壶。就我求珍肴，金盘脍鲤鱼。贻我青铜镜，结我红罗裾。不惜红罗裂，何论轻贱躯。男儿爱后妇，女子重前夫。人生有新旧，贵贱不相逾。多谢金吾子，私爱徒区区。"读此诗首先扑面而来的是一种新鲜别致的浪漫之气，使我们不由自主地想起了汉代另外一首乐府民歌《陌上桑》，所不同的是故事的女主人公演变为一位来自异域胡地的"胡姬"，她年轻娇美、当垆卖酒、自食其力，显然与汉家女子"三从之德"不同，有着男性一般的欲求和作为，可见其出身来历的不同。更让人惊奇不已的是其内在精神追求、生活价值观念及外在的服饰装束已然深度"汉化"，是此时期草原文化与汉民族传统文化逐步融合的先锋。她"长裾连理带，广袖合欢襦"，内着长襟衣衫，腰系对称性鲜明的连理带，外罩一件长袖飘飘、绣着合欢花图案的精美短袄，体现出鲜明的汉代汉族女性的审美习惯。一是"长裾"深衣的装扮。根据出土汉代文物考古和文字资料说明,"长裾"深衣分为曲裾、直裾深衣两类,但不管哪一类,都强调了上下的协调及宽松之美,显示出"长袖善舞""长袖随风"的飘逸潇洒之美,显得灵动飞逸、可爱俊俏。二是图案华美艳丽,显现出汉民族女性"以柔为美"的审美理想。受传统"五行"观念和儒家"比兴"观的影响,古代将动物、花草及日月等形状绘于衣服之上,而体现在女性服饰上尤以花草为盛。一方面是自然生活的客观反映;另一方面也许与"楚风"流行有关,而《离骚》中的"制芰荷以为衣兮,集芙蓉以为裳",专将花草牵连以为衣饰,以显示品行之高洁、美艳。胡姬外在衣着恰恰表现出其内在的美。更让人叹为观止的是精神修养的崇高、美好,已全然是具有传统汉民族女性多样之美的形象。诗中说胡姬有着对爱情婚姻生活符合汉民族价值观念的理解:"男儿爱后妇,女子重前夫。人生有新旧,贵贱不相逾。"一为汉民族女性极为重视、践行的贞操观,一女不嫁二夫;二为贫富不移、感情第一,显然对嫌贫爱富的世俗观是一种有力的冲破,可谓情感高尚、美好。倘若诗歌不言明此女是一位胡姬的话,我们会把她当作是秦罗敷一样的具有反抗精神的汉家女子了。

  从以上几部作品来看,汉代对胡人、胡风有着迥然不同的认识,但不可否认的是,不管如何对待这一现象,胡风、胡人式的北方草原文化依然逐步深入到中原大地,深入到汉民族的生活中来,这就必然会对汉民族的文化、文学、艺术产生积极的影响。

第三章　豪壮之美的强力显现
——南北朝草原诗歌的倾情歌唱

南北朝时期是中国古代历史上又一次漫长的大分裂、大动荡时期。虽然历经汉末大乱、天下三分，司马氏曾短暂统一中国，建立西晋王朝，但经过了"八王之乱"这一激烈的宫廷政治祸变之后，西晋王朝受到了来自北方草原民族政治势力的有力冲击，最终瓦解，迁都建康，东晋建立，中国历史从此进入了一个政权林立、民族多元、多方对峙、南北分割的混乱时期——南北朝时期。

这一时期对于中国古代历史而言，有着无可替代的独特意义，而其最核心的价值主要表现在以下几个方面：一是空前的多元民族交融、融合的趋势已经形成，多元一体的中华民族文化的基本特征初现端倪。历史上曾说过的"五胡乱华"，从一般意义上理解，似乎是北方各少数民族、特别是草原民族大举进入汉民族腹地中原，在北方黄河流域建立了多个政权，对传统汉民族、汉民族传统文化造成了极大破坏，但从历史客观性来说，特别是从中华民族文化其厚重、深远、多元、包容的特性形成的历程上来看，如果没有此时期民族文化交融的轰轰烈烈，也就没有中华民族文化的多元一体，尤其是鲜卑民族的北魏政权在孝文帝当政期间推行的迁都洛阳和一系列改革，客观上促进了以鲜卑族为代表的北方草原民族同汉族的融合，各方文化的优势、精华充分展现、互补，"汉化""胡化"同步进行，政治、经济、文化、宗教信仰上的差异逐渐消除，而借助于广泛的杂居、通婚、迁移，中华大地上出现了多民族共存共生的历史新局面。二是由于长时期的社会巨变，特别是多元文化交融的空前集中、强烈，在社会思想体系和价值追求方面产生了极为鲜明而激烈的变化，尤其体现在汉代建立的儒家大一统政治文化系统和以道德建构、完善为主的人格价值体系受到了前所未有的冲击，出现了多种多样的富有时代精神和个性文化色彩的全新的人文价值追求，中国古代文化进入了一个新旧碰撞、交融重建的新的历史时期。首先是以儒家思想为主的传统文化受到了来自时代变化、文化交融带来的强大挑战，在人的生存、发展的各个方面出现了抛弃传统、追求个性自由和思想解放的社会意识，如曹操大胆提出，"不仁不孝而有治国用兵之术者"也可重用的主张，对于传统的用人制度进行挑战；而随着多元文化交融的不断深化，对于汉民族传统文化体系也进行了重新的探讨和追逐，大体上呈现出理性浓郁、叛逆鲜明、个性张扬、方式多样的特点，比如将老庄的"自然""无为"加以时代化改造，一方面"叛散五经，灭绝风雅"，重新建立新的思想体系，玄学出现；另一方面强调政治生活的极度残酷，宣称"越名教而任自然"，放浪自然山水和生命的自然消逝，在感性的生命世界里纵情于药酒，产生了中国文人史上最为个性化人生的一幕；或者将传统文化与新兴道教、外来佛教相杂糅，催生出更加符合士族文人生活情态和政治态度的士族文化。其次是草原文化的强劲渗透、介入，促使传统文化重新整合建构，从而将汉民族传统文化固有的人文精神、包容伸缩和强大的延伸特点展现得更加淋漓尽致，中国古代文化的开放、融合特性已经初步形成。客观地说，中国古代文化从先秦时起，就具有了一种包容和吸纳的功能特性，但到了西汉武帝之后，对儒学的尊崇和接受已经成为时代文化的主流，儒家的纲常伦理已经成为人们生存与发展的唯一准绳。然而，"五胡十六国"时期，"经典""权威"之类的字眼已经从历史的烟尘中消失了，一种民族、一方区域的文化垄断、独据的局面已不存在，相反，相互学习、多元并存、多元交融的格局逐步形成。从政治文化到经济文化、社会生活、风俗习惯、学术思想、文学艺术等，都体现出包罗万象、开放融合、兼收并蓄的倾向，以汉民族传统文化为中心，多民族文化互相依存、相互吸纳、共同发展已成为

第三章 豪壮之美的强力显现

时代的精神、历史的趋势。不必说五胡等少数民族在民族族源上的文化认同、历史认同,在政治文化建设上的"胡""汉"并重、"胡汉分治"和用人上的"胡汉杂糅",体现出明显的二元化或多元化等复杂特性,就是日常生活也具有了"汉化""胡化"并存交融的特点。如东汉后期"胡风"大盛,史载"灵帝好胡服、胡帐、胡床、胡坐、胡饭、胡箜篌、胡笛、胡舞,京都贵戚皆竞为之"①。到了西晋愈加浓烈,以至于史书说道:"泰始之后,中国相尚用胡床貊槃,及为羌煮貊炙,贵人富室,必畜其器,吉享嘉会,皆以为先。太康中,又以毡为帊头及络带袴口。百姓相戏曰,中国必为胡所破。夫毡毳产于胡,而天下以为帊头、带身、袴口,胡既三制之矣,能无败乎!"② 对世风日下表示不满。实际上,日常生活的"汉""胡"习俗并存,表明了一种新的文化价值观念的形成,即一切皆以实用方便为主,不必存有高低雅俗之别,就像发生于北朝东魏时期的一场关于掩衣当左还是当右的争论那样:"行台侯景与人论掩衣法为当左为当右。尚书敬显俊曰:'孔子云:'微管仲,吾其被发左衽矣。'以此言之,右衽为是。'王纮进曰:'国家龙飞朔野,雄步中原,五帝异仪,三王殊制,掩衣左右,何足是非。'"③ 不必讳言,这是一种进步、开放、包容的文化观念。可以说,进入南北朝后,中华民族文化的多元一体特性已初步形成。三是南北朝时期中国古代文学艺术的整体性美学把握发生了重大变化,中国古代文学艺术进入了一个全新的发展轨道。先秦至汉代,中国古代文学始终是政治统治的有机组成,始终是礼乐文化的有机组成,无论是对社会的态度、认识,还是文人的认知、表达、参与,都将文学作为经学的附庸、政治的工具、道德完善的途径来看待。而伴随着历史的演变,不论是文学的独立性、审美性、情感性,还是文学的功能作用、价值定位,此时期都出现了全方位的觉醒和变化,中国古代文学的独立性、审美性、多元性特征从此形

---

① (南朝)范晔:《后汉书》,中华书局1999年版,第2665页。
② (唐)房玄龄等:《晋书》,中华书局1974年版,第467页。
③ (唐)李百药:《北齐书》,汉语大词典出版社2004年版,第288页。

成。先秦以孔子为代表的儒家将诗歌作为追求、实现社会"仁"治、"礼"治的工具,所谓"思无邪""兴观群怨""尽善尽美""乐山乐水"之论,主要是就人格道德的完善和社会教化而言,而老子、庄子的真美一体也更侧重于人对自由、自然的追求,均没有涉及文学内在的各种规律和较为独立的品评标准。而延至魏晋南北朝之后,由曹丕的《典论·论文》发轫,古代文人对于文学的社会功能、内在特性、审美构成、文学的情感性要素等诸多关键问题,逞智斗奇、各显光芒,从而将古代文学艺术推升到一个崭新的天地。李泽厚先生曾针对魏晋以来的时代变迁对古代文化、文学、美学的影响说:"魏晋在中国历史上是一个重大变化时期。无论经济、政治、军事、文化和整个意识形态,包括哲学、宗教、文艺等,都历经转折。"[1] 又说:"在没有过多的统治束缚,没有皇家钦定的标准下,……一种真正抒情的、感性的纯文艺产生了。"[2] 曹丕在《典论·论文》中称:"盖文章,经国之大业,不朽之盛事。年寿有时而尽,荣乐止乎其身,二者必至之常期,未若文章之无穷。"相对于汉代将诗歌作为"经夫妇,成孝敬,厚人伦,美教化,移风俗"的政治工具,曹丕之言使文学具有了恒久和稳定的价值定位。而他同时谈到的"诗赋欲丽"主张更是将诗赋等文体创作从经学之道、政论之道的缠绕中挣脱出来,从儒家学说的束缚中解放出来,回归到讲求声韵之美、辞藻之美、章法之美的内在审美追求上来。由此出发,此时期陆机提出的"诗缘情而绮靡"、萧绎倡导的"情灵摇荡"等言论,既突出了个体气质、情感对于文学创作的重要意义,又强调了文学文体的不同审美属性,重视了文学震撼人心的抒情性。中国古代文学尤其是诗歌从此进入了一个吟咏性灵、抒发情志、宣泄情感、表达意志的自觉时代。

正是多种、多元的文化碰撞、交融,正是张扬个性、显示自我的文化风气,正是文学自觉时代的来临,才使得此时期的北方草原

---

[1] 李泽厚:《美的历程》,生活·读书·新知三联书店2018年版,第88页。
[2] 同上书,第90页。

文学之音更加激昂、更加豪壮、更加健美、更加丰润。

第一节　南朝文人与北方草原边塞的有机结缘

　　思考南北朝时期的北方草原文学，离不开此时期涌现出的大量的中国古代早期的边塞诗作，那么对于边塞诗该如何理解呢？这就涉及对于边塞概念把握的问题。就中国古代而言，边塞、边邑等概念的产生是与王朝、政权等政治符号同步而言的，是指一个政治统治地区的边界地带。在先秦，并没有出现过"边塞"一词，但边塞的基本意义则被人们充分认识。比如《吕氏春秋》所说的"故上失其道，则边侵于敌"①，意为来自边界地区的外敌的威胁。显然，边塞观念的起源与古代的"封疆建制"和"城邑固边"的思想直接相关。东汉许慎在《说文解字》中解释"边""塞"时说："边，行垂崖也；塞，隔也。"说明两地或多地相隔的地理特征。"边塞"连为一体，出自于《史记》，《史记·三王世家》中说："大司马臣去病昧死再拜上书皇帝陛下：陛下过听，使臣去病待罪行间。宜专边塞之思虑，暴骸中野无以报。"此处即指边庭的城垣。由以上分析，虽然"边塞"这一特定名词后来才出现，但在内涵和功能方面，"边塞"源远流长，可追溯至远古有阶级统治时期，而在以后的历史风烟中，"城邑""封疆""固边"的基本内容一直延续下来。先秦曾有"赵武灵王……北破林胡、楼烦，筑长城，自代并阴山下，至高阙为塞"②的记载（《史记·匈奴列传》），秦王朝历史有"秦已并天下，使蒙恬将三十万众北逐戎、狄，收河南，筑长城，因地形，用制险塞，起临洮，至辽东，延袤万余里"③的遗迹。凡此均说明边塞与政治统治的边域地区、与周边民族地区、与城垣城池关塞息息相关。

　　客观来说，先秦的边塞诗作与后世尤其是占据唐诗半边天下的

---

① （秦）吕不韦等：《吕氏春秋》，上海古籍出版社 1989 年版，第 28 页。
② （西汉）司马迁：《史记》，中华书局 1959 年版，第 2885 页。
③ 同上书，第 2566—2567 页。

边塞诗不可同日而语,这固然有许多其它方面的缘由,但其中没有类型化的产生则是最主要的。而经过漫长的汉王朝与周边政权,特别是与匈奴民族几百年的不断冲突、交融、融合,对于边塞的咏叹已经成为人们谈及政治、功业、抱负等人生重要话题的首选,边塞题材的作品自然逐步形成为古代诗歌创作的重要组成。同时必须说明的是,就古代边塞诗作所涉及的地理区域而言,边塞往往处于广阔的北方草原大地,且多为汉民族政权与少数民族草原政权的接触、交界地区,边塞这一地理特征因此就具有了边疆草原的特质、内蕴,所以把边塞题材作品纳入北方草原文学的范畴自然也就是合理、科学的一种认识。

一般来说,文学创作以类型化的形式呈现必然有较为坚实、厚重的社会土壤和文人群体作为支撑,就汉代文学而言,其最具有代表性的恐怕首先是雍容华贵的汉赋和独树一帜的史传文学,诗歌只能是步其后尘,难与二者相提并论。虽然至汉末之时有"魏晋风骨"的卓然独立,但不论是"三曹",还是"建安七子",终究难以在某种题材、意象、风格等方面形成较为一致的倾向,所以此时期中国古代诗歌的类型化创作依然还处于一种初步的探索阶段,但不可否认的是此时期文人诗歌的创作视野已经悄然发生了变化,对于战争的关注、对于边塞的倾心以及由此而生发出的建功立业、以身许国的壮志豪情和在北方草原文化不断冲刷下积淀起来的少年英气、游侠精神已经跃然纸上,成为最初的边塞诗作的壮美先声,成为古代边塞诗创作的有力先导。曹操的《蒿里行》和曹植的《白马篇》已经对边塞诗的内蕴做了初步的探索。而到了南北朝这一特殊的时期之后,受时代政治分割统治的影响,特别是民族文化交融、融合的有力深入的作用,流行于北方草原地区尤其是边塞地区的少数民族音乐文化不断散落中原,而随着晋室南迁和南北方文化的频繁渗透、影响,江南大地也弥漫着北方的草原之音,从而极大地触发了南朝文人的北方情怀、边塞情思。这里有两种情形值得关注,一是受传统儒家"大一统""家天下"观念的深入影响,中国古代文人在历史上的任何一个阶段均不约而同地向往和追求统一、稳定,而不是

第三章 豪壮之美的强力显现

热衷分裂、分割，尤其是当社会依然呈现分裂之状时，主张或南征或北伐也要一统江山的政治诉求始终是文人政治价值追求的重要组成部分。而事实上凡是分裂时期，局面往往是权臣当道、奸佞乱行、报国无门，由此文人只能将满腹报国之志借助于历史人物、借助于某种蕴含特殊意蕴的对象，在一种神思的飞翔之中实现自我的理想追求。此时期南朝涌现出的大量的边塞诗作就说明了这一点。南朝士族豪门把持朝政，士庶对立分明，中下层文人空有英雄壮志，却投身无门，只能徒生嗟时伤世之感，而茫茫北方草原和与之相关的历史陈迹无疑为他们抒发豪情壮志提供了最为丰厚的艺术营养。一是多元文化、多元价值、多样风气并存的时代文化特征为南朝文学风气的转变提供了可能。伴随着汉代封建政治统治的瓦解，特别是"五胡十六国"以及北朝等少数民族政权的不断出现，传统的儒家纲常伦理、名教观念受到极大冲击，人对自我价值的思考、探寻和在现实生活中的实践达到了一个前所未有的高度，特别是备受礼教文化束缚的女性的自我解放、追求自由的美好图景更加显示出此时期人的解放、人的追求的多元化。葛洪在《抱朴子·外篇》中曾深恶痛绝地说"而今俗妇女，休其蚕织之业，废其玄纴之务。不绩其麻，市也婆娑。舍中馈之事，修周旋之好。更相从诣之适亲戚，承星举火，不已于行，多将侍从，玮晔盈路，婢使吏卒，错杂如市，寻道褻谑，可憎可恶，或宿于他门，或冒夜而反。游戏佛寺，观视渔畋，登高临水，出境庆吊。开车褰帷，周章城邑，杯觞路酌，弦歌行奏。转相高尚，习非成俗，生致因缘，无所不肯，诲淫之源，不急之甚"，以致葛洪不由发出"愿诸君子，少可禁绝。妇无外事，所以防微矣"①的警戒之语，充分说明此时期社会风气的变化。讲求个性、释放情感、彰显主张成为一种时代的风气，而体现在诗歌创作领域，则是北方草原文化对于南朝文学、诗歌创作的有力影响。这样，相对于南朝玄言诗、田园山水诗、宫体诗等较为纯粹的文人内在理性追求、钟情山水、专注于女性角落的创作，清刚浑厚、雄浑豪放的

---

① 杨明照：《抱朴子外篇校笺》，中华书局2016年版，第616页。

边塞诗作更为契合南朝文人的多样火热的情感。同时，作为一种新的诗歌浪潮的兴起，必然有其内在而直接的艺术机制的变化作为因子，而这一切则仰仗于富于草原异域色彩的北方横吹曲乐的强力渗透。横吹即胡乐，"胡角者，本以应胡笳之声，后渐用之横吹。有双角，即胡乐也。张博望入西域，传其法于西京，惟得《摩诃兜勒》一曲，李延年因胡曲更造新声二十八解，乘舆以为武乐，后汉以给边，和帝时万人将军得之。魏晋以来二十八解不复具存，用者有《黄鹄》《陇头》《出关》《入关》《出塞》《入塞》《折杨柳》《黄覃子》《赤之扬》《望行人》十曲。"① 客观来说，横吹曲的流入，对于耳濡目染吴声西曲、胭脂粉黛的江南文人是一种全新的全方位的有力冲击，"西骨秦气，悲憾如怼；北质燕声，酸极无已"②。来自北方草原的苍凉博远、悲壮雄奇、低沉哀怨之声和裹挟着的草原多质风情之语使他们慷慨涕泗、痛快淋漓，使他们又寻觅到了一个更能使他们驰骋理想的艺术天地。虽然北方草原之音是一种全新的艺术，与南方吴歌软语迥然有别，所谓"子夜凄怨，横吹奇峭，各尽五言绝句之妙。子夜乃是南音，横吹故为北曲"③。但毫无疑问，它是人的另外一种心境，另外一种精神，另外一种感知，另外一种对于世界的品鉴。这一点首先表现在对于人事变迁、风吹草长有着敏锐感受力的南朝之人。"气之动物，物之感人，故摇荡性情，形诸舞咏……若乃春风春鸟，秋月秋蝉，夏云暑雨，冬月祁寒，斯四候之感诸诗者也。嘉会寄诗以亲，离群托诗以怨。至于楚臣去境，汉妾辞宫；或骨横朔野，魂逐飞蓬；或负戈外戍，杀气雄边。塞客衣单，孀闺泪尽；或士有解佩出朝，一去忘返；女有扬蛾入宠，再盼倾国；凡斯种种，感荡心灵，非陈诗何以展其义？非长歌何以骋其情？"④ 钟嵘所言与其说是对诗歌创作题材多样性的一种有力揭示，不如说是对于此时期南方创作、北方创作的一种概括，而对于南朝文人来

---

① （北宋）陈旸：《乐书》，四库全书本，（台湾）商务印书馆1986年版，卷130。
② （南宋）江淹：《横吹赋》，江文通集汇注本，中华书局1984年版，第61页。
③ （明）毛先舒：《诗辩坻》，清诗话续编本，上海古籍出版社1983年版，第38页。
④ （南朝）钟嵘：《诗品》，中华书局1998年版，第15、20、21页。

说最为新奇的则是"汉妾辞宫""骨横朔野""魂逐飞蓬""负戈外戍，杀气雄边"等北方草原特有的美学内涵。有意思的是，对于北方草原特有美学价值的发现和关注，就南朝文人来看，却是在文学史上以"宫体诗"闻名的南朝梁简文帝萧纲。他虽然贵为天子，但早期曾"在襄阳拜表北伐，遣长史柳津、司马董当门，壮武将军杜怀宝、振远将军曹义宗等众军进讨，克平南阳、新野等郡，魏南荆州刺史李志据安昌城降，拓地千余里"①，有过一定边塞生活经历，所以他对于北方草原文化所特有的豪壮悲凉的风格特征有着更深的体会，在《答张缵谢示集书》一文中说："伊昔三边，久留四战；胡雾连天，征旗指日；时闻坞笛，遥听塞笳，或乡思凄然，或雄心喷薄。是非曲直吟短翰，补缀庸音，寓目写心，因事而作。"虽然后世多将"寓目写心，因事而作"作为重点来探讨，但不可否认的是多元化的文学表达亦包含了对北方草原特有文化风格的认同，其中"胡雾连天，征旗指日；时闻坞笛，遥听塞笳"显然已成为南方文士对于北国之音接受的标志性符号，对于南朝文坛醉心于靡丽绮艳之美的文学追求显然形成了一定冲击。由此，南朝文人开始对北国草原、北国边塞产生了极为浓郁的创作热情，而边塞题材则构成其最为关注的审美对象。

鲍照是南朝最早有意识地大力创作边塞题材的诗人。对于鲍照而言，其最主要的诗歌成就并非叙写士庶两族之间的对立，虽然他对森严苛刻的门阀等级制度倾力批驳、揭露，留下了类似《拟行路难》等诸多现实主义的名篇，但他在古代诗歌史上真正具有拓展之功的还是其对于边塞题材的创制，可以说鲍照的边塞诗，特别是以乐府体创作的边塞诗数量多、内蕴厚、情感浓，实为古代早期边塞诗的巅峰之作。总的来说，鲍照集中笔墨从不同角度创作了大量反映草原边塞军旅征戍的作品，从多种角度显示了边塞诗作特有的美学内涵和美学取向。就鲍照人生来说，虽然他满腹才学、深有报国之志，具有着慷慨激昂的建功立业之心，但出身的卑微使他总是偏

---

① （唐）姚思廉：《梁书》，中华书局1974年版，第109页。

离报国之途，特别是他无法提兵北伐、成就统一大志。虽然鲍照曾数为参军之职，有着漫长的兵戎行伍经历，但他总是难以亲临北方、身处边塞，而内心却已经神往北国、投身疆场。这样，主体情志的神采飞扬与客观环境的阻隔相挡，主体投身北国沙场的积极豪迈与现实存在的丝竹悠扬，形成极为鲜明而激烈的情感冲撞，促使他的边塞诗情感饱满深沉，格调悲壮低吟，内蕴丰富浑厚，意象多元多质，体现了早期边塞诗多样的美学价值。

　　首先，鲍照的边塞诗内蕴深厚，拥有多样的文化魅力，展现出想象、虚拟下的北国边塞世界。鲍照的边塞诗并非唐人的边塞诗，唐诗多为作者亲身经历、体验，虽然也有气势宏大的纵笔阔写，气象恢宏、壮观，但也有笔触细微专注于一点一面的细致刻画，而鲍照则全然是一种借助于知识储存和浪漫想象下的神游边塞之作，全然是内心强烈情感的边塞注入和自我社会价值追逐的有力寄托，因此其边塞诗完全是笔随神移、景由情走，全然没有后世边塞诗的实虚相合、动静呼应，完全是诗人自我独特审美趣味和个性所致，可以说主体化是鲍照边塞诗最主要的美学特点。这里，集中体现在投身疆场、忠君报国的价值取向尤为突出，这也是他的边塞诗美学价值的核心所在。以他的代表作《代出自蓟北门行》为例，此诗描写忠勇将士为国捐躯的壮烈情怀和无所畏惧的英雄壮举，洋溢着强烈的国家至上的爱国主义精神，全诗写道："羽檄起边亭，烽火入咸阳。征师屯广武，分兵救朔方。严秋筋竿劲，虏阵精且强。天子按剑怒，使者遥相望。雁行缘石径，鱼贯渡飞梁。箫鼓流汉思，旌甲被胡霜。疾风冲塞起，沙砾自飘扬。马毛缩如蝟，角弓不可张。时危见臣节，世乱识忠良。投躯报明主，身死为国殇。"全诗没有任何历史环境的说明，没有任何历史事件、背景的说明，没有任何关于主体自身人生经历的说明，完全是一腔边塞热忱和神驰北国的激情流泻。这里到处是富有边塞文化意义的词汇、字眼，到处是充满草原意味的意象、景观，而灌注全诗的则是边地战争爆发之后将士昂扬的英雄主义精神和慷慨报国的激情斗志。纵然战事严酷、肃杀，充满了死亡的威胁，纵然失败难免，九死一生，纵然长期戍守、有家难归，但"时危见臣节，世乱识忠良"的人生价值追求使将士浑然不惧，因为"时危""世乱"才是显示忠臣之辈的最佳机遇，有这样高尚的忠勇精神，"投躯报明主，身死为国殇"的主旋律也就轰然作响、高扬不已。由此，回荡、洋溢着的高尚爱国主义情怀成为边塞诗最主要的精神内核，成为边塞诗最鲜明的主题价值，成为其触及社会、讴歌历史的主要内容。

其次，异常丰厚的题材内容，体现了尚质尚实的美学追求。鲍照的边塞诗内容充实，涉及诸多社会问题，体现出鲜明的现实主义精神。除了上文提及的爱国主义精神之外，诸如战争战事的大手笔鸟瞰式展现，使人仿佛置身于特定场景之中，深感战争的酷烈、恐怖，沙场鏖战所拥有的特定氛围凸显出来；还有明显的军中生活，尤其是展现士卒内心的愁苦，深挚感人，如《代东武吟》："主人且勿喧，贱子歌一言：仆本寒乡士，出身蒙汉恩。始随张校尉，召募到河源。后逐李轻车，追虏出塞垣。密涂亘万里，宁岁犹七奔。肌力尽鞍甲，心思历凉温。将军既下世，部曲亦罕存。时事一朝异，孤绩谁复论。少壮辞家去，穷老还入门。腰镰刈葵藿，倚仗牧鸡豚。昔如鞲上鹰，今似槛中猿。徒结千载恨，空负百年怨。弃席思君幄，疲马恋君轩。愿垂晋主惠，不愧田子魂。"全诗以一位历经战争疾苦、为国立下汗马功劳的老军士自叙的口吻，展现自身的生平遭际，其最动人心魄的是年少浴血奋战、屡立战功的荣耀与年老力衰、身被弃置的惨状之间的鲜明对比，其中深含着强大的批判力量：统治者的穷兵黩武、刻薄寡恩，将士的苦乐不均、无以为家等，可谓"风力"强劲，发人深省。最后的"徒结千载恨，空负百年怨"句，意味深长，将人生虚度、空余抱恨之感倾泻而出，耐人寻味，引人思考。从边塞诗整体内蕴来说，鲍照将人生功业意识、英雄主义追求切入诗中，将传统边塞题材纳入王朝疆域、君主统治、国家一体的轨道，使边塞诗的题旨倾向更加鲜明、集中，体现出强烈的主体性色彩和国家主人翁意识，而与之紧密相关的奋不顾身、舍我其谁的英雄主义精神就成为最为契合这一主旨的个体价值追求。在鲍照边塞诗中经常出现的"游侠"式人物，其义薄云天、御敌边外的豪情壮志充分显示了边塞诗特有的精神品格。而与之相关的深厚的批判力度也有力地显示了作者高度的社会责任感。由此，边塞诗至鲍照而一变，尤其是题材的丰满、主旨的鲜明，充分彰显了古代边塞诗特有的美学魅力。

再次，鲍照边塞诗将原来散见于文章、文献、诗歌中的边塞意象加以统摄，最大限度地呈现出来，使边塞诗的特定美学范畴愈加明显，而其中最为突出的则是边塞与北方草原的深度结缘，进而将边塞诗与北方草原结合起来，将古代北方草原文学引入一个新的天地。先秦作为边塞诗以一种诗歌类型出现的萌生阶段，其边塞内涵、边界较为混乱，往往与周边政权的战争、战事的反映联系，可以将之归入战争诗的类别之中；也就是说，"边塞"的特定内蕴还没有受到密切的关注。同时，颂扬帝王的功业和王朝历史的辉煌是先秦边塞诗的集中性主题，虽然其中也熔铸了将士辛劳、亲人离别等现实性题材，但大体上还是淹没在威武赫赫的战事之中。时至汉代，基本延续了先秦诗作的特征，边塞诗依然附着于其他诗歌之中，单调、零散，没有形成为一种较为独立的诗歌类型，难以作为"边塞"特征鲜明、突出的诗作来认识。虽然此时期出现了匈奴民族的《匈奴歌》和刘细君、蔡文姬的倾力之作，但是将之作为边塞诗而归类，恐怕会动摇对于边塞诗的传统认识。因此，中国古代的边塞诗真正在诗歌史占有一席之地，或者成为一种独立的诗歌类型，进而拥有自我独特的审美品性，恐怕只能从南北朝鲍照等文人的创作开始。这里，地域地理的边塞意义尤为重要，即北方草原背景下的边域、边疆以及富有政权交界意义的城垣、废墟、遗迹，对于发生或留存于此间地带的历史、战争、人物、风情等对象予以咏唱，具有着深厚忧患意识和爱国精神，显示出鲜明的北国草原文化特征和美学追求。比如对于发生于边塞历史的高度关注，内容上也有了较为稳定的历史指向，往往以展现错综复杂的民族矛盾为主。实际上，古代"边塞"归根到底是以北方以农耕为主的华夏民族政权、王朝与以游牧、狩猎为主的北方草原民族政权、部落之间的冲突为基本内容，不论是先秦的典籍记录，还是后世的文学表达，围

◈ 第三章 豪壮之美的强力显现 ◈

绕民族政权之间的对立、冲撞，特别是对于物质生存资料的争夺以及由此产生的其他社会问题，总是边塞题材文学的主要内涵，而这一点，直至到了鲍照等人的作品之中，才由微见著、蔚为大观，才成为一种较为独立的文学范畴。由于鲍照等人的不懈努力，在诗歌创作中自觉不自觉地形成了一种较为稳定的抒情模式，即极为浓重的汉代历史情结。作品往往挖掘关乎汉代与匈奴及其他相关北方草原民族的历史事件、历史人物，特别是名震边塞的"飞将军"李广的英雄壮举，以及历经艰险、出使西域的博望侯张骞等，借助于浩浩历史，抒发建功立业、忠君报国的人生追求，所谓"汉代情结"逐步产生，逐步成为"边塞"诗歌的重要美学内涵。比如异常鲜明的北方草原的地域文化特征符号：北方边关、城池类的标志性地名，如敦煌、玉门、交河、雁门、广武、敦煌、幽并、疏勒、楼兰等；北方草原标志性地区符号，如祁连、阴山等；北方草原典型风物性符号，如寒云、边城、胡风、朔风、飞沙、胡霜、沙砾、瀚海等；北方草原民族器物类鲜明符号，如胡笳、箫鼓等；北方草原民族性符号，如胡虏、胡人、杂虏、西零国、邪支王、楼烦、羌等；北方草原战争的标志性符号，如胡骑、战车、候骑、秦戈、角弓、旗鼓等。凡此种种，均集中呈现出北方草原文化的固有特征，虽在此前也频繁出现，但相对零散、单一，而经过鲍照等倾力实践，逐步形成一种富有北方草原气息的边塞符号体系，从而使边塞诗与北方草原深度结缘，使边塞诗更具有地域文化特性，彰显着北方草原的多彩魅力。

最后，豪壮、苍茫与雄浑、悲凉并现的美学风格逐步显示出来，成为中国古代边塞诗歌的美学核心。鲍照在边塞诗创作上做了多方面的探索，尤其是在诗歌美学风格追求和形成、凝集方面，逐渐形成了自我独特的艺术风貌。一是取物设景的凝重、宏大、飞动，着力营造出一种深沉、悲壮的艺术氛围，从而使情志的表达更具有一种深厚的历史的张力。情感的凝练、集中，总是体现着主体特有的性格气质，而其表现又总是借力于具有一定文化或美学内涵、价值的事物，由此，诗歌抒情对象、描写对象的选择实际就是

163

审美心理、审美情感逐步聚焦、显现的过程，它往往表现出主体内在或自觉或潜意识中的美学原则、美学追求。鲍照的边塞诗在情感的兴起之时，往往刻意将审美触角延伸到厚重而深沉的历史境域，以对历史的深情咏叹寄托现实的人生感触。《代出自蓟北门行》开首四句"羽檄起边亭，烽火入咸阳。征骑屯广武，分兵救朔方"，扑面而至的即是秦汉之时的边尘风烟、战争气势，进而将对边塞的思考引入历史的追忆之中，在北方草原的边塞之城"边亭""咸阳""广武""朔方"等处，狼烟四起，战火连绵，一种战争所特有的英雄志士壮怀激烈、浴血沙场的悲壮之气油然而生，为全诗美学风格的形成奠定厚实的基础。而突出动感、动态所形成的气势之美又是他观照审美对象的一大特点，特别是在全力展现北方草原特有的季候、风物之状之时，更是精心打造，《拟刘公干体》之三中的"胡风吹朔雪，千里度龙山"，《代东门行》中的"野风吹秋木，行子心肠断"，《代陈思王白马篇》中的"薄暮塞云起，飞沙被远松"，《代边居行》中的"边地无高木，萧萧多白杨"，《拟行路难》之十四中的"朔风萧条白云飞，胡笳哀急边气寒"等句中北方草原的草木、物候、天气均染就了一种飞扬飘动的色质，与北方草原自然环境的肃杀、严酷和战争背景的动荡、冷酷极为吻合。这里《代出自蓟北门行》中的"疾风冲塞起，沙砾自飘扬。马毛缩如猬，角弓不可张"数句堪为早期边塞诗的经典之语，它倾力于草原边塞冬季冰冷似铁的季节特征，将北风凛冽、沙石飘荡与戍边之地的将士感触结合起来，既传神地描绘了边塞环境的险恶苦寒，又深挚地表现了战争的艰苦和士卒的忠勇。特别是"马毛缩如猬，角弓不可张"直接启发了唐代边塞诗的创作，岑参的《走马川行》的边塞狂风，"轮台九月风夜吼，一川碎石大如斗，随风满地石乱走"，《白雪歌》中的雪中奇寒，"将军角弓不得控，都护铁衣冷难着"等，皆与鲍照此诗有异曲同工之妙。二是力求借助于神奇的想象将散乱于草原边塞各处的固有景象与人物活动、历史背景高度融合，形成具有特殊意义的边塞意象的模式组合。鲍照似唐代的边塞诗人那样能够投笔从戎、亲赴疆场，具有草原边塞的亲身体验，而此种自身的不足虽然一定程度上减损了感情的投入，但却更能使他驰骋想象，在神思飞动、遨游中无拘无碍，进而更自由地造设出自我的边塞世界。同时，作为南朝代表性的诗人，南朝诗歌设景状物突出巧绘精刻的形式美的艺术追求也在一定范围内促使其努力将艺术想象与历史、边塞、将士、凄冷等紧密融汇，刘勰曾说："窥情风景之上，钻貌草木之中。吟咏所发，志惟深远，体物为妙，功在密附。故巧言切状，如印之印泥，不加雕削，而曲写毫芥。"① 指南朝山水诗创作的精工细致，着力强调绘景状物的精细、微妙，突出作者观察、体会的细微以及想象在其中的巨大作用，自觉不自觉地把诗歌创作当作个人感情寄托和美感体验的最佳载体，使诗歌成为一种承载艺术享受、表达艺术享受、展现艺术美感活动的文学体制。于是句法、章法的对称、均衡，语言表达力的全力提升，努力形成声色圆润、情韵婉丽的艺术境界。而对于鲍照来说，虽然有着明显的缺乏真实边塞生活的体验，但南朝文风润染并形就的"思接千载、视通万里"的作诗习惯，使他能够将历史文献和前人诗作中的边塞语汇、词章、景象予以充分吸纳，依据自我的神奇想象融会贯通，从而创造出多种富有边塞美感的组合意象。比如寒月孤城、飞转蓬草、雪地传情、胡笳哀鸣、塞鸿南飞、将士思亲等，力图使人们沉浸在对瀚海绝漠的神奇想象之中，形成身临其境之感，而不论是何种意象，总是深含着一种凄清、悲凉的情韵在内，那一轮孤月笼罩下的孤城，那种远离统治中心的无奈，那种塞外飞蓬舞动而营造出的飘飘荡荡之感，隐约显示着戍边将士的一种欲抒还休的压抑，凡此种种，一方面令人感受到将士的豪情万丈，另一方面也传递出边塞诗特有的幽怨深长，最终演变为一种较为固定的边塞特定美学符号，从而对古代边塞诗产生了深远影响。

此时期还有另外一位著名的南朝边塞诗人吴均，与鲍照相比，吴均对政治功业的追寻更加迫切，然而才秀人微，备受压抑，于是

---

① （南朝）刘勰著，黄叔琳注，李详补注，杨明照校注拾遗：《增订文心雕龙校注》，中华书局2000年版，第567页。

其作品寄寓个人人生感慨、抒发仕途不平之气更为鲜明、强劲，表现在边塞性质的诗歌创作方面，则是如史书所载"文体清拔有古气"（《梁书·吴均传》），意即吴均气质雄健、刚毅，诗歌慷慨激昂、豪迈雄壮，具有古人清逸超拔之气，体现出骨气刚直、心胸远大的性情特点。唐代王通《文中子·事君》说其诗文"怪以怒"，则是强调吴均诗文主体意识浓厚、个性张扬鲜明，体现出一种强烈的剑拔弩张、郁勃不平的气势。如果说鲍照的边塞诗突出了质实、悲壮的美学追求，那么，吴均的边塞诗则着力凸显边塞将士的自我形象的倾情塑造，想象、夸饰异常鲜明，凝练出以豪壮英武为美的艺术格调。这里倾洒在鲍照边塞诗中的深沉、压抑荡然无存，战争边城的苦难、肃杀丝毫不显，突入视野的全然是具有浪漫主义风致的边塞将士的英勇无敌、世所罕匹，不论是锋利无比的兵刃，还是征讨敌军时的迅猛，抑或是侠肝义胆、壮志凌云的英雄本色，无不浸染着英雄主义精神的有力赞颂。可以说，吴均的边塞诗紧扣边塞将士的英雄壮美这一基本的美学特色，极尽渲染、描写之能，从而刻画出具有浓郁北方草原、北方边塞风采的浪漫画卷。吴均与鲍照一样，也没有边塞生活的亲身体验，因此从主观想象出发，从主观愿望出发，在边塞诗中努力融入自我生活理想，努力展现自我的英雄世界，就成为吴均边塞诗最主要的美学价值。

吴均的边塞诗以《胡无人行》《边城将诗四首》为代表，前者写道："剑头利如芒，恒持照眼光。铁骑追骁虏，金羁讨黠羌。高秋八九月，胡地早风霜。男儿不惜死，破胆与君尝。"而《边城将诗四首》之一说："塞外何纷纷，胡骑欲成群。尔时始应募，来投霍冠军。刀含四尺影，剑抱七星文。袖间血洒地，车中旌拂云。轻躯如未殒，终当厚报君。"前者以剑气四射耀眼无比开头，将军、宝剑融合为一、互相映衬、彼此争光的英武之美犹如镜头一般展现出来，而后者的"刀含四尺影，剑抱七星文。袖间血洒地，车中旌拂云"四句，则进一步渲染其英勇无敌，剑光所指之处敌军纷纷倒地，而我军旌旗招展、胜利在望。

与鲍照诗相较，吴均诗突出个体杀气纵横、慷慨激昂的气势之美，全诗注重英雄形象的浪漫主义塑造，充溢着杀敌立功、一往无前的英雄主义精神，实际是吴均自我英雄主义的有力外化，不论是战场氛围的刻意描写，还是跳跃快捷的诗歌节奏，都浸透着一种明快、爽利的阳刚之气，可谓早期边塞诗雄壮明丽之美的有意探索，显示着边塞诗多彩的一面。

第二节　多样草原之美的倾情赞颂——《敕勒歌》

无论如何，南朝文人的神奇想象将草原之美引入到军旅边塞，使之在充满了草原文化精神之时，又融入了男性阳刚壮伟之气，从而有力地拓展了草原诗歌的美学内涵。然而，此时期草原诗篇扛鼎之作当数蕴含草原多样、丰蕴之美的千古绝唱《敕勒歌》。

《敕勒歌》一经产生，就如同一枚光耀四射的明珠一般引起了社会、文人的普遍关注，人们从多种角度对其进行解读、研究，尤其是《敕勒歌》的族别、族属问题，作者问题和反映的地区问题，争论激烈，由古至今。人们从各种历史典籍、文献、方志中寻找其历史踪迹，推测其产生缘由，力图还原历史真相。然而终究由于其历史的遥远、地域的广阔、民族的多元、语言的转化等多种原因，难以有一公认的结论。实际上，这些问题固然存在，但对此类问题的探究并不影响、制约我们对《敕勒歌》美学价值方面的分析、理解，相反，《敕勒歌》所引发的热烈讨论更有助于我们对其把握的进一步深化、丰富。比如关于创作、传播《敕勒歌》的族属一事，有鲜卑民族、敕勒民族、维吾尔民族、哈萨克民族等说法，各有依据、理由，实际上均可以归入古代北方草原民族的类别；同时即使是必须给出一种观点的话，也应该从历史文献的最早记载中，而不是后期的历史资料中寻找。据此，《敕勒歌》应产生于北朝的北魏至北齐之间，是敕勒族流传已久的民歌。敕勒是乘高车、逐水草迁徙的游牧民族。《新唐书·回鹘传》记叙元魏时属敕勒一支的回纥时说："回纥，其先匈奴也，俗多乘高轮车，元魏时亦号高车部，或曰敕勒，讹为铁勒。"① 实际上，历史上所说的"高车"是对敕勒族的意译而已，意即乘高车、逐水草而居之人。敕勒族种姓复杂，据《北史》和《魏书》的《高车传》记载，敕勒族有狄氏、袁纥氏、斛律氏、解批氏、护骨氏、骨奇斤氏等部族，其中的斛律氏一支产生过诸如北齐名将斛律金、丞相斛律光，隋代户部尚书斛律孝卿，唐朝吏部员外斛律礼备等一大批历史名人，是南北朝时期北朝民族融合与交流过程中的一支重要组成力量。而关于《敕勒歌》的历史记载则更为复杂，最早提及《敕勒歌》的是唐人李百药所著《北齐书·神武本纪》："（武定）四年八月癸巳，神武将西伐，自邺会兵于晋阳。……神武有疾，十一月庚子，舆疾班师。庚戌，遣太原公洋镇邺。辛亥，征世子澄至晋阳……时西魏言神武中弩。神武闻之，乃勉坐见诸贵，使斛律金作《敕勒歌》，神武自和之，哀感流涕。……"② 另据《乐府诗集》引《乐府广题》记载："北齐神武攻周玉壁，士卒死者十四五，神武恚愤疾发。周王下令曰：'高欢鼠子，亲犯玉壁，剑弩一发，元凶自毙。'神武闻之，勉坐以安士卒。悉引诸贵，使斛律金唱《敕勒》，神武自和之。"③ 又说："本鲜卑语，易为齐言，故其句长短不齐。"④ 以上是历史文献对《敕勒歌》传唱背景的最早记录。而《敕勒歌》一诗的全文记录则是宋人郭茂倩所编《乐府诗集》的《杂歌谣辞》，即人们所熟知的"敕勒川，阴山下。天似穹庐，笼盖四野。天苍苍，野茫茫。风吹草低见牛羊"。

根据《北史》卷六《齐本纪》的记述，东魏武定四年（546年）9月，北齐神武帝高欢（时为东魏权臣）率兵大举进攻西魏玉壁，面对西魏晋州刺史韦孝宽的有力坚守，东魏在折损兵马七万多人之后，只得怏怏退兵。而西魏军中盛传高欢中箭。为了安定军心，激励士气，全身而退，高欢命令手下将军斛律金唱起《敕勒

---

① （北宋）欧阳修、宋祁：《新唐书》，中华书局1975年版，第6111页。
② （唐）李延寿：《北史》，中华书局1974年版，第229页。
③ （北宋）郭茂倩：《乐府诗集》，中华书局1979年版，第1212页。
④ 同上。

歌》，自己和唱不已，所产生的情感效应是"哀感流涕"不已，遂有了名垂千古的《敕勒歌》。由此说明《敕勒歌》并非斛律金即兴个人创作，也非只有敕勒族人所熟知，鲜卑化汉人高欢等人也很熟悉，否则不能唱和。同时，"其歌本鲜卑语，易为齐言，故其句长短不齐"①，说明《敕勒歌》原用鲜卑语传唱，流播过程中改为齐言（汉语），流传至今。由于《北齐书》只记载了歌名，而无具体歌词的记录，所以《敕勒歌》肯定是敕勒人先创作流传，又被译为鲜卑语流行，最后定型为汉语至今。由此，可以说《敕勒歌》由敕勒族首创，经过了南北朝民族文化融合与交流的润养，成为北方各族人民传唱不绝的佳作。而就敕勒民族而言，他们能歌善舞，乘高车、逐水草，发展畜牧业生产，是我国古代北方草原民族的重要组成。据《北史·魏书·高车传》的记载，敕勒"好长歌"②，"男女无大小，皆集会……歌舞作乐"③，时常有群体性的文化活动，"合聚祭天，众至数万，大会，走马杀牲，游绕歌吟忻忻，其俗称自前世以来无盛于此"④，客观来看，这才是《敕勒歌》产生的真正的土壤，充分体现出敕勒民族的草原民族本性和精神内核。这种规模宏大的群体性民间娱乐，固然有祭告天地神灵佑护族人的宗教目的，但更多的是民间狂欢娱乐欢庆的喜悦表达。然而，为什么要在军事征战失利的情势下吟唱《敕勒歌》呢？或者说短短二十七字的《敕勒歌》究竟包蕴着怎样深厚丰富的美学价值呢？

　　第一，《敕勒歌》极为鲜明地彰显了北方草原民族浓郁的地域文化标记，它有意识地明确了北方游牧民族赖以生存、发展、强盛的地域区域，具有北方草原民族普遍意义上的家乡故园意识，是北方所有游牧民族神驰心往的精神家园。上文曾言及《敕勒歌》的多民族族属问题，有鲜卑民族所创、敕勒民族所创、维吾尔民族所创、突厥民族所创等，此等看法不是反过来正好说明《敕勒歌》是

---

① （唐）李延寿：《北史》，中华书局1974年版，第224页。
② 同上书，第3271页。
③ 同上。
④ 同上书，第3272页。

北方草原民族共同的心理、情感寄托吗？不管各个草原民族此时期有过何种冲突、战争，而民族文化的交融与汇集的脚步从来也没有停止过。而文化的交融不唯是汉民族与草原民族的交融，在北方，草原民族之间的交融同样也轰轰烈烈。在1世纪东汉王朝由兴盛转向衰败的过程中，北方草原最为强大的草原民族匈奴逐步式微，内部分化，斗争激烈，最终分为南北匈奴两部，而北匈奴向西北迁移，空出大部地区，引发了北方各草原民族的大迁徙。其中敕勒民族向南进发，原处于东北地区的鲜卑民族转向西南发展，逐步成为北方草原民族的核心力量，"南钞汉边，北据丁零，东却夫余，西击乌孙。尽据匈奴故地，东西万二千余力，南北七千余里"①，逐步成为北方草原大地的主人。而鲜卑民族的一大主要政策就是加强与包括汉民族在内的其他民族文化的交融。于是此后的数百年间，北方草原兴起了古代民族文化交融的热潮，而《敕勒歌》就出现于这一时期。《汉书·匈奴传下》说："北边塞至辽东，外有阴山，东西千余里，草木茂盛，多禽兽，本冒顿单于依阻其中，治作弓矢，来出为寇，是其苑囿也。"② 说明我国古代在少数民族中第一个建立了强大的奴隶制政权的匈奴民族的杰出首领冒顿单于，就是将阴山脚下这块林木茂盛、水草丰美之地当做"苑囿"、治作弓矢，匈奴民族逐步发展起来。因此，阴山地区又以"匈奴故地""单于之地""匈奴旧境"见于史籍，成为后代北方草原游牧部族发达兴盛之地。而敕勒族人此时期也在东到濡水之源，西至阴山一代游牧、耕种，使这一地区的经济文化得到了前所未有的发展和繁荣。由此，可以说"敕勒川，阴山下"，正是我国古代北方游牧民族共同生存和发展的理想家园，是自然景观与人文景观的有机结合体，既有地域文化特征，更具有人文精神色彩。如此才能引发失意将士深埋已久的家乡情怀，以家园的深沉温暖抚慰战事多艰的创伤，使将士们从失利的阴霾中解脱出来，从而重新投入战斗。但

---

① （晋）陈寿：《三国志》，中华书局1999年版，第622页。
② （东汉）班固：《汉书》，中华书局1962年版，第3803页。

第三章 豪壮之美的强力显现

是，作如是思考之时，不由会使我们陷入一种极为尴尬的自相矛盾的境地，那就是以乡关之情来缓解战争不利所带来的痛苦，安定军心，不正是与楚汉相争中的"四面楚歌"的历史史实背道而驰么？汉军四面包围楚军，楚军本欲在项羽的盖世英武的鼓舞之下，在垓下与汉军决一死战。怎奈刘邦听从谋策的意见，于楚军之外尽唱楚地民歌，以思乡之情瓦解楚人的斗志。结果两军还未对阵，楚人已逃十之七八，不战自败。可见，以思乡之情来激励斗志恐怕并不能完全解释历史。但真实历史是高欢确在《敕勒歌》传唱之后，全身而退，回到京师。这恐怕只是历史的一个方面，而真正促使将士精神振奋、斗志大增的还要从《敕勒歌》蕴含的更深层次的美学思想的剖析中才能了解。

第二，《敕勒歌》积聚了北方草原民族的自然之美、精神之美、气度之美，是北方草原民族的精神赞歌。与《匈奴歌》《悲愁歌》《胡笳十八拍》相比较，北方草原的衰飒之气、悲凉之感失去了踪影，北方草原固有的多样之美得以第一次正面充分地展示。《敕勒歌》首次以远观、仰视的角度，展示了北方草原本身就具有的辽阔、壮丽、苍茫、豪健而又生机勃勃、活力四射的本色本质之美、自然之美，而回避和取消了任何限制性的时代、政治、军事矛盾的背景特征，寥寥几笔，直入草原本身就具有的生命盎然、生机无限的本质，尽显北方草原的宏阔壮伟，昭示出一种天地无尽、山川纵横、生灵活现、人畜一体的生命韵律之美。全诗七句，长短不一，整散不拘，句式的变化自然就形成了韵律、情韵的起伏跌宕之感，一种动态、旷远、深长之美隐含其中。如果将《敕勒歌》置入中国古代草原诗歌的整体行列中，我们就会惊喜地发现，它紧紧抓住了北方草原生命力最强劲的时节特征加以描写，着力突出草原的雄浑苍茫、广阔无边的空间远大之美，从远眺、鸟瞰、仰视等多元的视角展示其辽远博大，既有具体地理位置的简括推出，"敕勒川，阴山下"，又有蕴含着草原民族内在包容和探索精神的朴素的想象化概括，"天似穹庐，笼盖四野"，将草原民族以辽阔为美、以博大为美的审美观念体现出来。"敕勒川，阴山下"两句，绘制草原的独特地理状貌：广阔无边，绵延千里，依山而列，河泽纵横，为后边的牛羊满野、草木茂盛做足铺垫。紧接着视角突转，由远视改为仰望，"天似穹庐，笼盖四野"，既以朴素的事物深化表达草原的深远无际，渲染空间辽远之美又深含着北方草原民族淳朴质直而又别有意味的宇宙情感。"天"，在汉民族的精神世界中往往被看作神圣不可侵犯的生命存在，只能远视敬仰，不可亲近比拟，所以才有"以天为宗，以德为本"①（《庄子·天下》）的天命伦理观念的产生和发展。人们对天地只能顶礼膜拜，无限顺从。而在草原民族的宇宙意识中，天地、日月虽一样得到他们的崇拜敬仰，但和汉民族不同的是，他们把对天地日月的崇敬化作一种实用性极强的意识符号，当作可资利用的自然物对象，可以亲近和以之为工具。《汉书·匈奴传》说：匈奴"五月，大会龙城，祭其先、天地、鬼神"②，又说"单于朝出营拜日之始生，夕拜月"③。即使是最高统治者单于也自称"天所立匈奴大单于"④"天地所生、日月所置匈奴大单于"⑤。而天地日月到底是什么样子，是否如汉民族一样逐渐演变成人格化的神，游牧民族不加追究，只是随意自我选取，加以利用。还如《汉书·匈奴传》提到的"举事常随月，月盛壮以攻战，月亏则退兵"⑥的古老战法习俗，也为后世的突厥等游牧民族所继承。《隋书·突厥传》就有"候月将满，数为寇钞"⑦的记载。而后来的契丹和蒙古民族均有视日月变化而决定用兵行止的习俗。也就是说，天地日月已被游牧民族无限地与自我拉近，可以触摸体会，成为日常生活的有机组成。由此，"天似穹庐，笼盖四野"中将宇宙无限的标志物"天"，喻作日常生活的用具之一的毡房之顶，既亲切无比又豪壮有力，体现了草原民族刚健进取的精神

---

① （清）郭庆藩撰，王孝鱼点校：《庄子集释》，中华书局2016年版，第936页。
② （东汉）班固：《汉书》，中华书局1962年版，第3752页。
③ 同上。
④ 同上书，第3756页。
⑤ 同上。
⑥ 同上书，第3752页。
⑦ （唐）魏征：《隋书》，中华书局1973年版，第1864页。

第三章 豪壮之美的强力显现

品格。西方美学家库恩曾说:"美和艺术的意蕴不是局限在任何一个或两个命题的范围之内,而是在旷日持久地拟定一切定义的过程中所提炼出来的最完善的意义。……隐匿在所有形形色色的哲学体系和流派的辩证发展过程中。"① 中国古代北方草原民族有着悠久的历史,在古代政治、军事、文化舞台上扮演着极为重要的角色,不断积淀、锤炼着自我特有的美学天地、美学思想。虽然我们难以从历史典籍中寻觅踪迹,但闪现在历史长河中的片滴浪花依然可以使我们感触和把握其深沉博大的审美胸怀。《敕勒歌》就是其中最为夺目的一颗明珠,其以地域空间的辽阔无际为中心的审美心理既是对草原民族逐水草而居的生产生活方式的一种概括,又是其宇宙情感的一种外化,而核心则是历史沉淀下来的民族精神。"天似穹庐,笼盖四野",无边的大地、草原,无际的天空、山川,均在穹庐的笼盖之下,一种"以少总多"的暗示性潜含其中,似乎述说着草原民族的一种普遍的社会心理:在阳光覆照之下,凡有水草的地方都是我家;进而显示出草原民族视水草为家、天下为家的内在心理。在长期与自然抗争的历史过程中,草原民族流动不定的游牧生活本质,决定了其应有的博大的包容和进取精神,他们善于驾驭和征服外在的复杂多变的世界,具有着不拘一格、吞吐一切的独特心理。《敕勒歌》能在战争失利之下激励士气、鼓舞精神,如此理解才是内在原因所在。

同时,《敕勒歌》也典型地再现了北方草原特有的自然之美、草原游牧生活之美,是对草原自然环境、人文环境的高度审美观照,显示了草原文化的基本特质。上文我们重点强调了草原辽阔之美、民族心理之美,除此之外,《敕勒歌》也包含了北方草原民族游牧生活的标志性景观:"天苍苍,野茫茫。风吹草低见牛羊",一种劳动创造美,牲畜、自然相宜和谐的画卷跃然纸上。作为草原民族,放牧、游牧是生存、生活的必然选择,而草木繁盛、牛羊肥

---

① [美]吉尔伯特、[德]库恩:《美学史》,夏乾丰译,上海译文出版社1989年版,第4页。

壮则是游牧生活的最高理想。一句"风吹草低见牛羊"就将草原最美季节、最美景观最完美地呈现出来,可谓简括有力、形象生动、活力四现。不仅如此,此诗还体现着一种生命跃动的动态之美,风吹草原,牛羊时隐时现,人与牲畜置身于茫茫草原之中,也成为草原的有机组成,随风而动,这难道不是一幅描写生命力的最美图画吗?

第三,《敕勒歌》具有独特的"形式"之美,显示着此时期民族文化交融的时代特征。虽为"齐言"汉语,但显然不同于此时期流行的五言、七言诗,更类似于早期的杂言的汉乐府民歌。以三言、四言、七言结合杂糅的形式,形成长短相间、错落有致、激昂有力的韵律之美;语言朴素明快,直接显豁,写景白描之中结合着朴素的想象,传达出浑然天成的自然之美的风格。无怪乎有着游牧民族文化血统的元好问于《论诗》中无比深情地赞叹道:"慷慨谣歌绝不传,穹庐一曲本天然。中州万古英雄气,也到阴山敕勒川。"但是在笔者看来,《敕勒歌》之所以溢美之语不断,恐怕还在于其传达出草原民族独有的豪壮之美。豪壮之美并非壮美、阳刚之美与典雅之美、优雅之美的简单融合,而是将主体精神的跃动有力与客体多种美质高度融合而形成的综合之美。

总之,《敕勒歌》既展现了北方草原的辽远之美、北方草原民族的精神之美,又深藏着一种草原民族以力量征服为美的内在精神,"天似穹庐,笼盖四野。天苍苍,野茫茫",在展现天宇浩渺之时,也暗含着一种囊括天地、挥洒自如的征服进取之美,暗含着草原民族胸怀广阔、博大,能包容一切的壮美之气。

第三节 刚性之美与阴柔之美的艺术融合——《木兰诗》

如果就民族文化交融对于中国古代诗歌的显著影响而言,自是可以列举诸多经典案例,但如果单就北方草原文化与汉民族传统文化之间的深入交融对于诗歌的作用讲,恐怕再没有比《木兰诗》更具有典型性的了。关于《木兰诗》的研究成果汗牛充栋，但多从其产生的社会文化背景、花木兰形象的内涵、木兰的多重意蕴等角度进行分析。然而，在笔者看来，《木兰诗》在古代北方草原文学或古代文学园地中之所以独树一帜，关键在于它在北方草原文学对"美"的追求、探索的历程中闪烁着异常耀眼而夺目的光辉，辉映着多元民族文化深度交融的独特魅力，成就了刚性之美与柔性之美的巧妙融合。

  关于历史上的多元民族文化的交流与融合，马克思曾断言："依据历史的永恒规律，野蛮的征服者自己总是被那些受他们征服的民族的较高的文明所征服。"而如果论及中华民族文化，可以说无论是隔江对峙的南北朝，还是曾经一统天下的元朝、清朝，汉民族传统文化与入主中原的北方草原文化都不可避免地发生着交融、碰撞，而最终的结果总是在多元文化融合的基础上，将草原民族文化的优秀成果汇集于汉民族传统文化的长河之中，从而形成了多元一体的中华民族文化。过去在这一问题上，还存在着"汉化""华化""胡化"之间的争论，实际上，之所以有这样的言论，关键在于对汉民族传统文化和北方草原文化的核心思想的共性缺乏认识。我们固然认可由于地域、地区生产生活方式的不同，各民族文化之间存在着极大的差异，但是由于中国古代尤其是中国古代文化奠基时期——先秦、秦汉之际的思想、学术的传承、发展极为稳固，更由于在中国古代文化创立时期就已经产生的早期文化交融的常态化，古代北方草原民族文化在形成的过程中自觉不自觉地接受、延续了汉民族传统文化的核心观念，特别是政治文化的核心内容，从而为多元一体的中华民族文化的形成奠定了基础。魏晋易代之际，北方游牧民族继匈奴衰败之后又相继崛起了鲜卑、突厥、羯、氐、羌、柔然等北方草原民族，逐步建立多个政权，史称"五胡十六国"；而其中统治北方时间最久的和区域最广的要算鲜卑民族建立的北魏王朝。但是，不论何族所建，历时多久，区域多大，均在核心政治统治理念方面强力汲取汉民族传统政治思想。比如《史记》所宣扬的"民族同源"观念、"王权天命"观念、儒家的"大一统"政治理想等。作为建立政权的北方草原民族不约而同地从文化源头上开始了实现与汉民族同宗同源的建设工程，即神化创祖的工程。《晋书·载记第一》所描述的汉国（前赵）创立者匈奴人刘渊的出生情景显然受到了《诗经》"玄鸟生商"、《史记》立朝神化的影响："豹妻呼延氏，魏嘉平中祈子于龙门，俄而有一大鱼，顶有二角，轩鬐跃鳞而至祭所，久之乃去。巫觋皆异之，曰：'此嘉祥也。'其夜梦旦所见鱼变为人，左手把一物，大如半鸡子，光景非常，授呼延氏，曰：'此是日精，服之生贵子。'寤而告豹，豹曰：'吉征也。'"① 几乎与"玄鸟生商"的神话故事如出一辙。显然，刘渊降生的故事意在宣扬自我的神奇神圣特征，为政权建立涂抹一种"天命所归"的色彩。而对于建立政权的少数民族来说，均自觉认为自己并不是异邦异族，而是"中国"人的一部分，均将自我作为中原正统的代表，以统一中国、统一天下为自己的宏大政治目标，表现出强烈的天下主人的意识，如刘渊讲道："自和安已后，皇嗣渐颓，天步艰难，国统频绝。黄巾海沸于九州，群阉毒流于四海，董卓因之肆其猖勃，曹操父子凶逆相寻。故孝愍委弃万国，昭烈播越岷蜀，冀否终有泰，旋轸旧京。何图天未悔祸，后帝窘辱。自社稷沦丧，宗庙之不血食四十年于兹矣。今天诱其衷，悔祸皇汉，使司马氏父子兄弟迭相残灭。黎庶涂炭，靡所控告。"② 俨然以中原主人自居，代"中国"发言。以至于后来的孝文帝迁都洛阳连年对南齐征战，都是克定九州的"大一统"政治追求所致。正是多元文化并存、交融的历史土壤，才成就了草原叙事诗的巅峰之作《木兰诗》，催生出《木兰诗》的丰富美学价值。

关于《木兰诗》的文献记载并不繁多，南朝智匠所编的《古今乐录》最早记录了《木兰诗》的诗名，但无具体作品；宋人郭茂倩编著的《乐府诗集》将其列入"梁鼓角横吹曲"类，但并没有明确其时间属性，只笼统地说其为"古辞"；清人沈德潜编选

---

① （唐）房玄龄等：《晋书》，中华书局1974年版，第2645页。
② 同上书，第1554页。

第三章 豪壮之美的强力显现

《古诗源》收录《木兰辞》时的观点更为矛盾，一方面认为《木兰诗》"断以梁人作为允"①，是"梁诗"，另一方面又认定《木兰诗》"乃北音也"②，"北音铿锵，钲铙竞奏，《企喻歌》《折杨柳歌辞》《木兰诗》等篇，犹汉魏人遗响也"③。余冠英编著的《乐府诗选》将其收录为北朝乐府民歌类。现在基本上沿用了余冠英《乐府诗选》的观点。然而，沈德潜的观点也值得注意，他从另外一个角度证明了余冠英结论的正确，阐明了《木兰诗》确为南北朝时期民族文化交流、融合背景下产生的一首长诗。

《木兰诗》最为显著的美学价值就是展现了草原民族崇尚刚性之美与汉民族崇尚柔性之美的深度交融，体现出民族文化交融进而合流的历史趋势。关于刚性之美，有的学者从人类文化学的视角出发，将刚性与人类的基本气质、精神状态特点联系起来，将现当代科学进步与人类基本精神联系起来，认为"从根本上讲，这是在现代文明背景下勃起的具有反驳意味的原始主义冲动。所谓'阳刚之气'乃是力量和勇气的指代，它是以原始生命力冲动为核心的人类占有欲、攻击欲和征服欲等本能"④。在笔者看来，"刚性之气""阳刚之气"是人类动物性自然属性和文化性社会属性紧密结合的产物，是人类最为基础和自然化的本质属性之一，它既包含动物性原始自然本能的一面，还蕴藏了社会化、文化性的一面，它更多地强调了人类在生存发展过程中重视力量、意志等个体强大、征服、冲破的内涵，突出个体生命力的创造之美、超越之美，意即对英雄的崇拜之美。如果说"刚性之美"体现了一种力量、意志强力释放所呈现的壮美景观的话，那么"柔性之美"则恰好注重了文化积淀对人的影响、情感力量对人的制约，突出的是情感的美好、深厚，表现为人物的柔静深沉、沉绵婉约，而"刚性之美"与"柔性之美"的有机融合，恰是《木兰诗》美学价值的显著展演。

---

① （清）沈德潜：《古诗源》，中华书局1963年版，第327页。
② 同上。
③ 同上书，第3页。
④ 方克强：《文学人类批评》，上海科学出版社1992年版，第49页。

一般论者均将木兰当作一位具有明显汉化特征的鲜卑民族的奇女子形象。而笔者认为，如果将木兰归列为游牧民族的话，无疑就消减了花木兰这个受到所有人喜爱的女子的价值，特别是与北朝这个特殊的历史时期文化冲突、交融最为热烈的背景不相切合。我们知道，北朝特别是北魏统治时期民族杂糅融合的程度较高，一定程度上很难分清是汉人还是鲜卑人。陈寅恪先生在《唐代政治史述论稿》曾说"北朝汉人、胡人之分别，不论其血统，只视其所受之教化为汉抑为胡而定之"[①]。即人的文化倾向决定其民族属性，并出现了鲜明的汉人鲜卑化的倾向。《魏书·天象志四》东魏孝静帝"天平二年条"记载："天象若曰：王城为墟，夏声几变，……是后两霸专权，（高欢等）皆以北俗众事。"[②] 意指在政治制度、军事制度方面实行鲜卑化。由此，我们没有必要确指木兰为哪一民族之人，她只是浸润在文化、习俗、价值观念等多元文化形态交融时期的一个具有多种美质、体现刚性之美和柔性之美深度融合的北方的奇女子而已。但是，如果完全漠视木兰的民族属性，似乎很难细致分析其传奇人生的美学价值。因此，笔者认为不如将她明确为一个生长在草原民族与汉民族杂居地区，浸润民族文化交融、融合特点，具有汉民族传统文化美好情操，凝聚草原民族精神，绽放自我人生价值实现光芒的传奇汉家女子。花木兰之所以成为世代赞美的英雄，其原因不在于她像刘兰芝那样对爱情忠贞不二、以死殉情，也不似秦罗敷那样倾国倾城、轻薄富贵，更不同崔莺莺"一见钟情"的古典爱情神话，而在于她身处家庭困境、挺身而出，集须眉、巾帼之美于一身，成就人生理想追求的刚柔并济的传奇之美。

"刚性之美"主要体现在木兰具有男性阳刚之气的秉性、气度、体认，自觉以男儿所具有的意识、力量、意志冲破一切横亘于面前的阻力、困难，完美地抒写了一段女做男郎的人生佳话，展现出强大的意志之美、力量之美、勇气之美，展现出北方草原民族特具的

---

① 牛森主编：《草原文化研究资料选编》第三辑，内蒙古教育出版社2007年版，第301页。

② （北齐）魏收：《魏书》，中华书局1974年版，第2446页。

第三章 豪壮之美的强力显现

刚强、粗豪、朴野、勇武的精神品格。木兰本为一个北朝北方普通家庭中的普通女子,"唧唧复唧唧,木兰当户织"才是她待字闺中之时的生活写照。然而,"昨夜见军帖,可汗大点兵,军书十二卷,卷卷有爷名。阿爷无大儿,木兰无长兄"的生存窘境突然降临:父亲年迈,弟弟幼小,倘若自己不挺身而出,只能是老父无奈出征。于是,身受草原民族文化影响、有一定自主意识的木兰,毅然决然像男儿一样挺起门户、女扮男装:"愿为市鞍马,从此替爷征。"这里,木兰所蕴含的草原民族女性的自主、独立特征异常分明,集中凸显了北方草原民族的精神特质。在长期的艰苦卓绝的民族发展过程中,草原民族女性扮演了几乎与男子一样的重要角色,尤其是北朝鲜卑民族。一是鲜卑民族在建立北魏政权之前,母系氏族社会的遗风较为盛行,女性干政的现象依旧存在,女性的社会政治地位较高,如进据中原之后,"事无巨细,一禀于太后"(冯太后),"生杀赏罚,决于俄顷"[1],掌政达二十多年,为鲜卑民族汉化做出了突出贡献。二是女性把持门户,"妒"风盛行,禁止丈夫纳妾。东魏孝静帝时期,元孝友上书君王道:"古诸侯娶九女,士有一妻二妾。《晋令》:诸王置妾八人,郡公、侯妾六人。《官品令》:第一、第二品有四妾,第三、第四有三妾,第五、第六有二妾,第七、第八有一妾。所以阴教聿修,继嗣有广。广继嗣,孝也;修阴教,礼也。而圣朝忽弃此数,由来渐久。将相多尚公主,王侯亦娶后族,故无妾媵,习以为常。妇人多幸,生逢今世,举朝略是无妾,天下殆皆一妻。设令人强志广娶,则家道离索,身事迍邅,内外亲知,共相嗤怪。凡今之人,通无准节。父母嫁女,则教之以妒;姑姊逢迎,必相劝以忌。持制夫为妇德,以能妒为女工。自云不受人欺,畏他笑我。王公犹自一心,已下何敢二意?夫妒忌之心生,则妻妾之礼废;妻妾之礼废,则奸淫之兆兴。斯臣之所以毒恨者也。请以王公第一品娶八,通妻以备九女;称事二品备七;三品、四品备五;五品、六品则一妻二妾。限以一周,悉令充数,若

---

[1] (北宋)李昉等:《太平御览》,中华书局1966年版,第67页。

不充数及待妾非礼,使妻妒加捶挞,免所居官。其妻无子而不娶妾,斯则自绝,无以血食祖、父,请科不孝之罪,离遣其妻。"①元孝友对当时男性不敢纳妾的现象表示极为不满,反过来证明北朝女子的自主意识和家庭地位的高显、特殊。北魏汉族士人崔浩就曾说道:"漠北醇朴之人,南入中地,变风易俗,化洽四海。"② 木兰只知自己是家中成员,而无男女之别,这样她才像男郎一样"东市买骏马,西市买鞍鞯,南市买辔头,北市买长鞭",顶盔贯甲、仗剑出征,拉开了多彩人生的大幕。此后,十年征战,黄河流域、燕山脚下、黑山山头、胡骑烟尘,北方草原留下了木兰闪光的足迹。虽然诗中没有描写木兰数载军中经历,但"万里赴戎机,关山度若飞。朔气传金柝,寒光照铁衣。将军百战死,壮士十年归"数句却给我们留下了无尽的想象空间。"壮士"风貌、品格就是对木兰从军人生的最好概括。首先,她以坚韧的信念、强大的意志克服了思乡念亲之感,两句"不闻爷娘唤女声"承载了木兰无比深厚的亲情,既是深婉的哀痛,又是断然的诀别,更是痛定思痛后的执着,洋溢着勇赴沙场的豪气。其次,她以难以想象的英勇无畏,克服了战争的恐惧,血战十年、屡立功勋、天子赏赐,其荣耀超越了与她袍泽数年的男性伙伴,暗示出木兰付出了绝大的牺牲和超出常人的代价。不消说男女共处的不便,不提一个普通女子的柔弱,单言短兵相接、浴血拼杀,十年从军,木兰已然从一闺中劳作的少女自我成就为一个勇冠三军的将军。最后,从归乡后的伙伴惊诧之语"同行十二年,不知木兰是女郎"来看,木兰已经完全改变了女性应有的一切特征,完全是英武豪壮的将帅状貌,这就意味着木兰刻意从所有细节、言语、动作等方面向男性化转变,意味着木兰具有持久的忍耐力、意志力和超越性别差异的种种能力,英气超绝的"男性"将帅特征已成为木兰从军的主要形象标识,"男性"阳刚、"刚性之美"成为木兰人生传奇的核心价值。

---

① (北齐)魏收:《魏书》,吉林人民出版社1995年版,第260页。
② 同上书,第494页。

第三章　豪壮之美的强力显现

然而，上文曾说木兰还具有浓郁的柔性之美，是一个汉家的奇女子。之所以这样分析，是由于"不闻机杼声，惟闻女叹息"的主要原因是"替父分忧、解难"，是积淀深厚、传承悠久的汉民族传统文化的核心之一"孝道"观念在生发着极大的支撑作用，是汉民族"尽孝"的人格伦理道德价值追求促使木兰女扮男装、替父从军。而此时期受匈奴文化影响甚重的北朝各少数民族，还秉行着"贵壮贱老"的传统习俗，缺乏"替父出征"产生的社会文化土壤。同时，木兰"策勋十二转，赏赐百千强。可汗问所欲，木兰不用尚书郎，愿驰千里足，送儿还故乡"的重大人生选择，依旧是汉民族"孝道"思想所致。在没有完全明确人生归属、"宜其室家"之前，依亲父母、奉养家人，恐怕是封建社会女子的唯一出路。而倘若为草原民族女子，尽可以应诏入朝，引领军队，而没有必要千里还乡，恢复传统女性人生。更何况匈奴作战过程中，确实出现过阏氏作为主帅统领女兵、"负甲以戎"的作战史实。更何况"唧唧复唧唧，木兰当户织"的劳动场景确为汉家女子极为传统的"妇功"之习。而正是汉家女子的身份才使木兰平添上一种女子"柔性之美"的灿烂光辉。

一是木兰有着深沉厚重的思亲、恋亲、依亲之情，她并没有斩断乡关之思、亲人之念，而是在数载征战沙场的过程中，时时涌动着"爷娘唤女"之声，显现出一个离家之女的普遍情怀。二是她对女性身份和家居生活的向往、依恋，促使她急于回归、转化人生的传奇状态，而家庭、亲人对于木兰最大的魅力就在于其固有的温婉、柔和、安宁，与鏖战生涯的动荡、严酷、紧张形成鲜明的对比。三是木兰具有普通女子追求美、显露美的人生本性。一旦回转家乡，马上"开我东阁门，坐我西阁床，脱我战时袍，著我旧时裳。当窗理云鬓，对镜贴花黄"，一个美丽、光鲜的女子呼之欲出。凡此，均体现出木兰形象构成中自然具有着女性特有的温顺、和美。

需要注意的是，木兰虽然呈现出女性特有的情感深长、美丽光亮的特征，但这一切均转化在一种闪烁着壮美风采的人生奇观之中，一种博大深厚的爱国情感之中，一种渴望美好生活的情感之中。《木兰诗》作为融合了民族文化交融色彩的叙事诗，它所体现的北方草原游牧民族所共同崇爱的尚武精神、豪壮品格、报国志气、健壮体魄以及依稀的渴求男女平等、提高妇女社会地位的种种思考，无疑是中国诗歌史上绝无仅有的璀璨明珠。张萌嘉在《古诗赏析》中赞美道："木兰千古奇人，此诗亦千古杰作，《焦仲卿妻》后，罕有其俦。"① 应是不争的事实。作为草原之音的《木兰诗》是古代草原文学宝库中第一首民间叙事诗，共62句，其"事奇诗奇"（沈德潜语）。不论是内容的刚健有力、催人向上，风格的壮美豪纵，还是艺术结构上的严谨别致，语气的轻快爽利，都将草原诗歌的美学天地推向了一个新的高峰。

　　首先，《木兰诗》重新审视了战争题材对于草原文学创作的价值意义，对于草原、战争、人物之间的关系、状态重新思考、表现，改变了以往草原诗歌展示战争侧重于残酷、痛苦的基本格局，把主人公被动、受难的状态，提升到自觉、积极、乐观的层面。从木兰作为战争的主动参与者的角度，倾情注笔于普通百姓为了家乡的和平安宁，不畏牺牲、主动请战、报效国家的英雄主义行为，抒写"女性男行"、征杀战场、建立赫赫功勋的一段传奇人生，从而把普通社会民众对于社会生活的严肃思考和自我价值实现的积极追求引入草原诗歌，有力提升了草原文学的艺术表现力，为后代草原英雄主义文学的发展奠定了基础。

　　其次，《木兰诗》融现实主义、浪漫主义于一体，完美展现了奇女子花木兰的多样之美。她一方面具有着普通女子普遍共有的青春爱美、勤于女红、爱恋父母的情感心理，让人顿觉亲切无比；另一方面她又超越寻常百姓，敢于以自己弱小柔婉之肩挑起家国安宁的重担，这就将现实主义与浪漫主义紧密地结合在一起，给人以美的想象、美的启迪。她不仅流淌着汉族女子的血液，更闪现着北方

---

① 北京师范大学文学院组编：《中国古代文学史》上篇，北京师范大学出版社2008年版，第309页。

游牧民族刚健、勇武、豪壮的民族精神的神奇异彩，产生了文学符号的审美效应。

最后，《木兰诗》体现出鲜明的民间创作和文人润饰相结合的特点，这恐怕是北方草原诗歌诞生以来的第一次，对后世草原文学创作产生了重要影响，显示了民族文化、文学交融的巨大功能。第一，吸收了北朝民歌的精华所在，创造性地为己所用，如《木兰诗》"唧唧复唧唧，……女亦无所忆"开始八句，就与北朝民歌《折杨柳枝歌》中的"敕敕何力力，……今年无消息"的句子极其相似，但内涵和境界却迥然不同。前者宏壮中蕴含低吟，透视着欲从军建功所产生的焦虑和内心斗争的激烈；后者情绪哀婉，关注的是婚嫁的前途和个人命运，但都平直自然、生动流畅。第二，南北朝文风的相互渗透对其产生的影响。《木兰诗》产生于南北方文风交融、渗透的时期，北方质朴豪壮之风和南方遣词造句的雕琢之风汇聚于《木兰诗》，致使其于自然晓畅之外，又凝练精工。刘师培在《南北文学不同论》中曾说："自颜、谢诗文含奇用偶，鬼斧默运，奇情毕呈，句争一字之奇，文采片言之贵，情必极貌以写物，词必穷力以追新。齐梁以降，益尚艳辞，以情为里，以物为表，赋始于谢庄、诗昉于梁武，厥制益工，研练则隐师颜谢，妍丽则近则齐梁。子山继作，掩饰沉怨，出以哀怨之辞，由曹植而上师宋玉。此又南文之一派也。"① 北人倾向于平实质朴之道，南人更注重字词繁缛、句法字法技巧之美，二者融汇，形成了《木兰诗》兼具民歌群体创作和文人介入修饰的多样之美。《木兰诗》中高度凝练、对仗工整、结构严谨的关于十年征战的描写，"万里赴戎机，关山度若飞。朔气传金柝，寒光照铁衣"，从时间、空间和视觉、听觉多个角度着笔，高度概括木兰转战千里、沙场纵横、经历艰险、豪情顿生的传奇人生，极显文人创作的特征。此四句与其他首尾连缀的结构方式，口语化、对话式的叙述笔法有明显的不同，显然是文人积极参与的结果。清乔亿在《剑谿诗话》中说："无名氏之《木

---

① 刘师培著，劳舒编：《刘师培学术论集》，浙江人民出版社1998年版，第165页。

兰诗》,虽词意高古,而波澜渐阔,肇有唐风矣。"① 讲的也是这个意思。

《木兰诗》倾情展现了古代民族文化交融时期北方女子的多样丰韵之美,蕴含着丰富的美学和艺术价值,在古代北方草原文学中闪烁着夺目的光芒。

第四节　集中显现北方草原美学精神的北朝民歌

对于北朝民歌进行美学方面的把握,首先要对北朝民歌予以文本意义上的梳理。一般来说,论及北朝民歌,均以宋郭茂倩的《乐府诗集》卷二十五《梁鼓角横吹曲》中所收篇目为主要文本,其中《古今乐录》说:"梁鼓角横吹曲有《企喻》《琅琊王》《钜鹿公主》《紫骝马》《黄淡思》《地驱乐》《雀劳利》《慕容垂》《陇头流水》等歌三十六曲。二十五曲有歌有声,十一曲有歌。是时乐府胡吹旧曲有《大白净皇太子》《小白净皇太子》《雍台》《禽台》《胡遵》《利丘女》《淳于王》《捉搦》《东平刘生》《单迪历》《鲁爽》《半和企喻》《比敦》《胡度来》十四曲。三曲有歌,十一曲亡。又有《隔谷》《地驱乐》《紫骝马》《折杨柳》《幽州马客吟》《慕容家自鲁企由谷》《陇头》《魏高阳王乐人》等歌二十七曲,合前三曲,凡三十曲,总六十六曲。"② 从篇目名称来看,几乎涵盖了当时所有的民歌,然而对其民族属性则看法不一,论者多从内容、曲名等角度对此进行分析,最终得出是否属于少数民族民歌的结论。实际上,作为民族文化交融最为壮观、激烈的南北朝,尤其是经过了"五胡十六国"这一特殊时段洗礼的北方,我们很难断定文学作品的民族属性,也没有必要确证其民族属性,因为此时期北方各民族实际上已经融化在北方少数民族文化,尤其是北方草原文化的体系之中,由此对北朝民歌的关注必须从文化交融、草原文化

---

① 郭预衡:《中国古代文学史长编》(秦汉魏晋南北朝卷),首都师范大学出版社1995年版,第531页。
② (北宋)郭茂倩:《乐府诗集》,中华书局2003年版,第362页。

的视角入手，而没有必要从何种少数民族的角度切入。同时，此时期的史籍文献也有较少的诗歌记录，也应包括在北朝民歌系列之中，而不必完全依赖于《乐府诗集》。另外，对于北朝民歌的认识还应联系当时南北朝的文风的不同。关于南北朝文风之别，《隋书·文学传》的评价最为允当："暨永明、天监之际，太和、天宝之间，洛阳、江左，文雅尤盛。于时济阳江淹，吴郡沈约，乐安任昉，济阳温子昇，河间邢子才，钜鹿魏伯起等，并学穷书圃，思极人文，缛彩郁于文霞，逸响振于金石。英华秀发，波澜浩荡，笔有余力，词无竭源。方诸张蔡曹王，亦各一时之选也。闻其风者，声驰景慕，然彼此好尚，互有异同。江左宫商发越，贵于清绮；河朔词义贞刚，重乎气质。气质则理胜其词，清绮则文过其意，理深者便于时用，文华者宜于咏歌。此其南北词人得失之大较也。"① 南北文风的差异实际上反映出地域文化、地域民族文化的差异，表现出南北地区的人们审美心理的差异。总的来说，北朝民歌不同于南朝诗歌的委婉细腻、妩媚多情，而是契合了北方民族，特别是草原游牧民族特殊的性格气质、风俗习惯，多率直显露，脱口而出，凌厉直接，浑朴天成，风格以质实、朴正、刚健为主。郭茂倩的《乐府诗集》所说的"梁鼓角横吹曲"中的"横吹曲"，即北方游牧民族于马上演奏的军乐，鼓角齐鸣，催人上阵，又叫做"鼓角横吹曲"，自是粗犷有力，豪情万丈，有压倒一切之势。《晋书·乐志》也说："横吹有鼓角，又有胡角，即胡乐也。"② 意味着草原民族音乐文化的有力融入，自然也就显现出豪壮进取、生机无限的北方草原游牧民族对美的积极追求。

第一点，是其对朴野之美的充分展现。"朴野"一词出现较早，春秋时期《管子·小匡》中有管子向齐桓公进言的一段记载："是故农之子常为农，朴野而不慝，其秀才之能为士者，则足赖也，故以耕则多粟，以仕则多贤，是以圣王敬畏戚农。"意为农家子弟朴

---

① （唐）魏征等：《隋书》，中华书局1973年版，第1729页。
② （唐）房玄龄等：《晋书》，中华书局1974年版，第681页。

实而不奸恶，信赖、倚重他们粮多士广，圣王总是敬农而爱农。这里的"朴野"专指质朴无华。朴即本真、本色、本土、原生态等意味。"野"的本义是"郊外"，《说文解字》释"野"说："野，郊外也。"① 引申为旷野、山野、草野、林野、荒野等。二者连用，意在说明凡与文化、文明有所背离、相违的存在均属于"朴野"的范畴之内。如果说人的生存、发展必然有两种无可摆脱的前提条件，即社会与自然的话，那么最大限度地远离社会而投身自然即为一种向往"朴野"之美的生存选择；如果说人的精神活动总是围绕着本真、本源、本性、原始、生存欲望与社会发展带来的精致、精美、华美、礼仪、声色诱惑之间的矛盾而发生的话，那么抛弃奢华而追求本真即为一种向往"朴野"之美的精神活动；如果说中国古人的审美活动总是在"文镂"之美与"朴野"之美之间展开的话，那么，北方草原文学尤其是北朝民歌则主要是对"朴野"之美的追求与表达。

在中国古代美学的滥觞时期先秦的先贤看来，"美"只在道德之美，即人伦道德的不断完善过程和对于"自然"之美的无限逼近中产生。前者以儒家为主，《论语·雍也》所谓"质胜文则野，文胜质则史，文质彬彬，然后君子"②，《荀子·礼论》中明确讲"故事生不忠厚不敬文，谓之野；送死不忠厚不敬文，谓之瘠。君子贱野而羞瘠"③，把"雕琢刻镂，黼黻文章"作为审美活动的主要内容；后者以道家为主，所谓"天地有大美而不言，四时有明法而不议"，突出天地自然的本真之美，即"朴野"之美。由此引申，所谓"朴野"之美，即更推崇了原始本性之美、原生原始情状之美、自然真实之美，而远离文化教化、礼仪规范、制度约束，强调的是一种人的本性、本情、本欲的充分释放。从这一意义而言，北方草原民族的审美活动、审美心理、审美追求更

---

① （东汉）许慎撰，徐铉校定：《说文解字》，中华书局1963年版，第290页。
② 程树德撰：《论语集释》，中华书局2017年版，第462页。
③ （清）王先谦撰，沈啸寰、王星贤点校：《荀子集解》，中华书局2017年版，第359页。

第三章 豪壮之美的强力显现

接近老庄道家的思想。

从生产方式、生存方式来看，北方草原民族以游牧、狩猎为主要的生存、发展方式，居无定所、逐水草而居、天地无边、草原广袤、大漠纵横，在与自然界抗争的历史过程中，人们依仗的并非百试不爽的经验和繁缛多样的规矩，更不是建立在礼乐文化基础上的等级统治，而是充分展现人的生存本性本能的意志、智慧和力量。于是，在展现人的情感世界的文学艺术的天地里，北方草原民族的真率、粗豪、裸露、质朴的性格、气质、精神完美地体现出来，本性、气质的"朴野之美"酣畅淋漓地展现出来。

首先，诗歌艺术自先秦出现以来，尽管有"赋"笔直抒胸臆的优秀传统，然而不论在先秦，还是在后世，诗歌艺术以"曲"为美的美学风尚却日渐张扬，尤其是对于"比、兴"之法的逐步深化、丰富，逐渐形成了"委婉含蓄、深挚悠长、耐人寻味"的审美范式，传承于历史，渐被发扬光大。但是，在北方草原民族的精神世界里，人的情感、精神的表达却与此相反，尤其在北朝民歌的艺术天地里，更是突出了抒情表意方式的真率、爽直、粗豪、大胆、奔放，摒弃汉民族文学艺术推崇的婉曲深折、情肠百转，而是毫无顾忌、直截了当、直切主旨，构建出一种无间隔、零距离的对话、交流氛围，虽然显得生新、直硬、突兀，但那种直入心底、直接吐露的气势、力量油然而生，成为北朝民歌追求、体现"朴野之美"的心理基础。

爱情是人的情感世界中最为美好、最堪咏叹的感情，对于美好爱情生活的追求始终是文学表达的重要主题。在南方南朝的爱情民歌中，对于爱情的表达方式正如南方山水的溪流山间，曲折回环、温和娇软、遮遮掩掩、缠绵不已，如《子夜歌》其一写女子怀春之情："前丝断缠绵，意欲结交情。春蚕易感化，丝子已复生。"《子夜时歌》其一写时光流逝、欢情难续的悲愁："寒鸟依高树，枯木鸣北风。为欢憔悴尽，那得好颜容。"前者短短四句，情感容量却极为丰富，将一个女子极为复杂的情感变化过程表现出来，先是思情深重，后丝（思）断情留；又欲再续前缘，时光愈是流转，思情愈深，奈何对方没有明确，只是一方单相思罢了。如此含蓄微妙之情又以比兴之法断断续续而表，一种欲吐还休、琵琶遮面的情状展现出来，是所谓愁肠百转、难以言说。后者慨叹红颜易老、欢情难再，却将这满腔的追欢逐乐之情诉诸寒鸟对高树的依恋、枯木对北风的诉说，而"寒""枯"二字写尽了相思之女的思念无尽、痛断肝肠之状。两首诗情韵深长，如箫管婉转，余音不绝，耐人寻味。而北朝民歌表达爱情、婚恋之状却直抒胸臆、直达主题，爱、恨、欲望等诸般情感倾泻而出，毫无遮掩、忸怩、婉曲之样。在北朝，由于连绵不断的政权、地域争夺的战争，男丁稀少，女子形单影只、孤老家庭等现象遂成为一种普遍的社会问题，尤其是老女难嫁更为突出，《北史》记载东魏权臣高欢曾"请释芒山俘桎梏，配以人间寡妇"①。此现象在北朝民歌中展现更为强烈、迫切。《地驱乐歌》一诗完整地再现了北朝女子劳作、追欢、待嫁、唤郎等全部生活过程："青青黄黄，雀石颓唐。槌杀野牛，押杀野羊。驱羊入谷，白羊在前。老女不嫁，踏地唤天。侧侧力力，念郎无极。枕郎左臂，随郎转侧。摩挲郎须，看郎颜色。郎不念女，各自努力。"一方面是劳动场面的真实再现：猎杀野牛、巧捕野羊，而在此过程中，女子备受孤苦煎熬之状也随之表露出来。对男子的追逐寻欢并非借助于他物他景他事曲折表达，而是大声呐喊"老女不嫁，踏地唤天"，意在讲明年华逝去、青春不再对于天地的不公、天理的不容、自我的不平，从而将对于爱情、婚姻家庭的追逐上升到"天理"的层面，以此表现追寻男欢女爱的强烈程度，这种直白直言的方式生动显现出北方北朝女子的粗犷、质朴的气质性格：情随心移、口由情夺、直接倾吐、不涉其它。而更使人惊叹不已的是直接显现男女欢和的场面，虽然是女子的想象之语，也足以让人犹如身临其境之感："侧侧力力，念郎无极。枕郎左臂，随郎转侧。"完全摆脱了以《诗经·关雎》"寤寐求之""辗转反侧""琴瑟友之""钟鼓乐之"为典范的情爱表达范式，剔除了媒介、转折等任何修

---

① （唐）李延寿：《北史》卷6，中华书局1974年版，第229页。

饰装点的障碍，直吐心意，可谓真切、坦诚，显示了北方北朝女性的朴实无华、心直口快。而《折杨柳枝歌》中的"门前一株枣，岁岁不知老。阿婆不嫁女，那得孙儿抱。敕敕何力力，女子临窗织。不闻机杼声，只闻女叹息。问女何所思，问女何所忆。阿婆许嫁女，今年无消息"三首诗，更是将时光逝去、女子待字闺中的无奈和盘托出。本值青春妙龄、含苞待放，奈何父母不允，本来已承诺今年准许出嫁，怎奈又变了主张，只留下伴随着织机响声的女子的深重叹息，而传达出的女子寻求出嫁成家的心情也变得凝重起来。情感表达的大胆直白特点，为北朝民歌"朴野之美"的形成奠定了基础。

其次，"朴野之美"不仅体现在表达方式上的无距离间隔之态，更主要的是在情感、心理内涵方面的本真、本色、原生态，推崇的是生活本身、情感本身的本真再现，突出的是原生、原味、原汁之美，而非经过礼教、文化、道德洗礼过的生活、情感，是一种源于生活原始追求、生命渴望、生活依赖的愿望、欲求的表达，是一种质朴纯真，完全褪掉文明、礼教所带来的矫饰甚至病态的生命本能的还原，是一种生命情感体验的健康正常的宣泄、表露，是一种与人的规范、道德要求背道而存的生活体证、显现。南朝民歌则不然，其热衷于情爱活动过程轨迹的细腻展现，侧重于心理变化的微妙、复杂，包括相识、相恋、初恋、热恋、欢爱、负心、忧伤、思念、哀怨等情感现象，且往往借助于富有文化、艺术联想意味的景物、环境烘托而出，《读曲歌》道："柳树得春风，一低复一昂。谁能空相忆，独眠度三阳。"柳树随风高低摇曳，女子更需男郎爱抚，怎奈独守空房，任时光蹉跎流淌；《子夜歌》说："气清明月朗，夜与君共嬉。郎歌妙意曲，侬亦吐芳词。"月光轻泻，如水一般，良辰美景赏心乐事使人浮想联翩，而这一切必须通过玄妙的艺术思维活动才能有所了解、深入；再加上南朝民歌特有的谐音双关手法的运用，在流畅婉丽之外更显一种深隐内敛之状，《青阳度》云："青荷盖绿水，芙蓉披红鲜。下有并根藕，上生并目莲。"全诗言在此而意在彼，故而含蓄、朦胧、情意悱恻，甚至于难以言说。究其本质，南朝民歌所呈现出的"美"是一种对于生活、情感细致打磨、精选出的"美"，是经过了文人加工、过滤而上升至艺术层面的"美"，是舍弃了生活实质而转入到审美观照的艺术享受。而北朝民歌则不然，其重视和展现的是直接来源于客观生活真实本身的愿望、感触，是一种未经艺术雕饰和妆扮的情感本真的直线呈现。北齐学者颜之推在《颜氏家训·治家篇》中说："江东妇女，略无交游，其婚姻之家，或十数年间未相识者，惟以信命赠遗，致殷勤焉。邺下风俗，专以妇持门户，争讼曲直，造请逢迎，车乘填街衢，绮罗盈府寺，代子求官，为夫诉屈，此乃恒代之遗风乎？南间贫素，皆事外饰，车乘衣服，必贵齐整，家人妻子，不免饥寒。河北人事，多由内政，绮罗金翠，不可废阙，羸马悴奴，仅充而已，倡和之礼，或尔汝之。"① 颜之推生动地描述了南北女性生活状况的不同，还明确指出了是"恒代之遗风"所形成，由此可知，北朝女性"持门户""争讼曲直""代子求官""为夫诉屈"，实为社会生活一重要角色，所以其情感表达的生活质实性突出，往往是生儿育女、操持家务等世俗性愿望的表达，如《捉搦歌》写道："粟谷难舂付石臼，弊衣难护付巧妇。男儿千凶饱人手，老女不嫁只生口。谁家女子能行步，反著夹禅后裙露。天生男女共一处，愿得两个成翁妪。华阴山头百丈井，下有流水彻骨冷。可怜女子能照影，不见其馀见斜领。黄桑柘屐蒲子履，中央有丝两头系。小时怜母大怜婿，何不早嫁论家计。"在北方北朝女性看来，男儿理当养家糊口、女儿只应生儿育女，男女合为一处，才能完成双方的使命，而且对婚姻的渴望还包含着对渴望主持家业的追求，这恰是对于生活本真之美追逐的一种表达。同样写情人约会，如果置身于南方南朝，就会如《子夜歌》那样，以"夜长不得眠，明月何灼灼。想闻散唤声，虚应空中诺"来寄托情感，以空中传音而无人应答来表达女性的惆怅忧伤，而北朝民歌《地驱乐歌》却明确告知"月明光光星欲堕，欲来不来早语我"。如果不来就应该早点通知，

---

① （北朝）颜之推：《颜氏家训》，中华书局2007年版，第38页。

◈ 第三章　豪壮之美的强力显现 ◈

不要让我空等一晚，生活、情感的质朴、真实溢于言表。同时，从以上所列北朝民歌得知，在表达生活感受之时，北人虽然也尽可能地回避直接吐露真情的突兀，尽量也选择一些物事加以衬托，但是其选景状物的对象往往是直接来自生活本身的日常之物，如《地驱乐歌》中的"青青黄黄，雀石颓唐。椎杀野牛，押杀野羊"中的各种生产之事物，《捉搦歌》中的"粟谷""石臼""弊衣""夹襌""黄桑"等日常用品，从中可感受到一种生活俗朴的气息。显然这与南朝民歌惯用的意境的营造大不相同，如《前溪歌》："逍遥独桑头，东北无广亲。黄瓜是小草，春风何足叹，忆汝涕交零。"以"独桑头"等景物传达出无奈、悲愁的情感氛围，使人深思不已。这就是说，北朝民歌追逐的"朴野之美"已经内化为诗歌构成的所有环节、过程，从生命本能、愿望的直接倾吐到字里行间显现的寓意，均意在回归生活的本真、本色之美，均使传统道德文化意义上的"美"趋于模糊、迷离，使中国古代诗歌对"美"的追求呈现出一种返璞归真的异样景观。

　　第二点，对草原民族尚武精神的倾情讴歌，使北朝民歌充满了劲健、豪壮的强力、刚勇之美。如果说南朝民歌处处是民间小调、深婉低回，那么北朝民歌则为黄钟巨吕、铿锵作响，显示出自先秦《诗经》"秦风"以来一直强劲回荡的阳刚之美。显然，这与北方草原民族长时期的游牧生产、生活方式有着极为密切的关联，是草原民族长期积淀起来的民族精神、民族性格的艺术表达。相对于农业文明、文化来说，草原民族、游牧生产生活更能彰显个体的智慧、勇力、气势，更能突出个体的强健、本领、武艺，更能显现人在各种斗争中的尊严、伟大、崇高，而这一切均鲜明地体现在北方草原民族浓重的尚武精神方面。"尚武"意味着北方草原民族对于战争、军事、杀伐以及与之相关的勇气、健壮、强大、伟岸等个体素质的关注、热衷、追慕、赞美。《资治通鉴·齐纪》中说："北狄悍愚，同于禽兽。所长者野战，所短者攻城。若以狄之所短夺其所长，则虽众不能成患，虽来不能深入。又，狄散居野泽，随逐水草，战则与家业并至，奔则与畜牧俱逃，不赍资粮而饮食自足，是以历代能为边患。"① 是言北方草原民族实际上已将游牧、狩猎、军事、生产、生活紧密连为一体，长时期的积淀、历练自然也就生发出贵壮尚武的精神价值取向，如《企喻歌辞》四首，其一曰："男儿欲作健，结伴不须多。鹞子经天飞，群雀两向波。"其二曰："放马大泽中，草好马著膘。牌子铁裲裆，𨱋锋鹞尾条。"其三曰："前行看后行，齐著铁裲裆。前头看后头，齐著铁𨱋锋。"其四曰："男儿可怜虫，出门怀死忧。尸丧狭谷中，白骨无人收。"第一首以北方草原常见之鸟鹞子来比喻男儿的英武雄健，鹞子性格凶猛、飞翔迅疾，是雀类等小鸟的天敌，此诗写男儿有着刚毅的秉性，勇猛无比，就如同鹞子冲入雀群一般，势不可当，显现出北方草原男子的刚健壮美之态。第二、三首诗描写北方草原民族骑兵的威武矫健，骑兵盔甲严明、军容齐整，排成整齐的队伍疾驰在水草丰满的草原之上，最夺人眼球的却是插在头盔之上、随风摇曳不已的长长的鹞尾，以此显示出北方男儿对军旅生涯的喜爱。第四首诗虽然显得苍白凄冷，但一句直白之语"男儿可怜虫"，却传递出一种明知山有虎，偏向虎山行的执着和对男儿投身军旅、舍生忘死精神的赞美。

尚武精神的弥漫总是与对于强健、勇力的崇拜、歌颂息息相关，总是与对于英雄、侠义的赞美直接相联，总是与男儿的豪壮英武彼此相关。自古以来，关于什么样的人才是真正英雄一直是一个争论不休的话题，也是一个容易引起社会关注的话题。对此汉民族传统文化并没有太多的论述，而传统的"君子"式人格更与社会大众文化有所分离。孔子所推崇的"九合诸侯、一匡天下"的春秋齐桓公式的人物与时代变化所带来的人们心理的变化逐步产生了一定距离。而随着东汉末年诸侯蜂起、争夺天下局势的演变，特别是接踵而至的北方草原民族竞相登上政治舞台，英雄的内涵更是被赋予了新的草原元素。这里，不强调血统承袭而来的贵族文化，也不突出人格道德的尽善尽美，而是将北方草原历史发展凝聚的对群体中

---

① （北宋）司马光：《资治通鉴》，中华书局1956年版，第4274页。

涌现出的壮者、强者当作敬仰的对象，《琅琊王歌》其一曰："客行依主人，愿得主人强。猛虎依深山，愿得松柏长。"其二曰："快马高缠鬃，遥知身是龙。谁能骑此马，唯有广平公。"这里"客"可视为群体中的一员，"主人"可视为崇拜的"英雄"，英雄强大无比犹如猛虎入山；而身形有力、飞驰自如的骏马只配强者乘骑。我们知道"广平公"是一个历史上有争议的人物，但其智计百出、文武兼备、屡立功勋是不争的事实，所以百姓中就产生了追随强者、依附强者的愿望，从而体现出敬仰英雄的普遍心理。《折杨柳枝歌》也说道："健儿须快马，快马须健儿。跸跋黄尘下，然后别雄雌。"健儿、强者、英雄皆是一意，而勇悍孔武之人只能在战斗、比武、角逐中产生，战胜对手、一决雌雄，才显草原男儿本色；同时，对于兵器的喜爱也表现了草原民族的尚武精神，《琅琊王歌》其一写道："新买五尺刀，悬著中梁柱。一日三摩挲，剧于十五女。"显然这里展现出一组冲突，即美人与刀剑的矛盾，作为男郎自有"纵使花下死，做鬼也风流"的选择，也有项羽"霸王别姬"式的缠绵，而作为草原男儿，美色、情感与宝刀相比，已然默然失色，因为草原民族血脉中流淌的是奔腾不已的豪勇之情，是对于勇力、壮健、强者的崇敬赞美，是借宝刀进而驰骋大地、建功立业的英雄抱负。

  第三点，是仁者之怀与豪壮之情的有力融合。北朝民歌虽然主要显示了北方草原民族的审美心理和情感活动，然而其更是北方多民族文化竞相融合的艺术结晶，是北方多民族文化融合之美的交响乐，是北方各民族的大合唱，既显现了民族交融的巨大力量，又突出了不同民族的美学风采。就北朝北方民族而言，既有以鲜卑民族为代表的北方草原民族，也有自古就生存繁衍于北方大地上的传统的汉民族，而在民族交融不断加剧、深化的北朝，由于其不同的生产方式、生活状态，特别是由此而凝结成的文化价值观的不同，导致了其民歌美学内蕴关注的种种差异，而最显著的则是深厚的仁者之怀与豪壮之情的有力融合。

  在北朝民族大融合的背景之下，历史积淀而形成的农业文化、农业文明在草原文化、草原文明的冲击之下产生了鲜明的变化，其主要表现就是频繁战争对传统农业的践踏、破坏，传统农民的生活境遇受到了严重的威胁、侵害，流离失所、灾民遍野，因而控诉战争、渴望和平之声和反映颠沛流离、表达思乡之苦的民歌已成为北方北朝民歌的一大主题，而其本质深处却是根深蒂固的汉民族传统文化的仁者之心怀。战争既能磨砺壮者、强者的心智、勇力，锻造出英雄之美，但同样也造成了白骨掩地的种种惨象，对于战争罪恶的哭泣渗透着极为普遍的人的恻隐之情。《企喻歌辞》中的"尸丧狭谷中，白骨无人收"句直接绘制长年累月、横尸沟壑的人间惨状；《隔谷歌》直写战争的残酷和对生命的渴望："兄在城中弟在外，弓无弦，箭无栝。食粮乏尽若为活？救我来！救我来！"表达出对战争夺去人的生命的愤慨；《陇头流水歌辞》则形象地描绘出因战争和政权争夺而出现的民族迁徙之苦："陇头流水，流离山下。念吾一身，飘然旷野。朝发欣城，暮宿陇头。寒不能语，舌卷入喉。西上陇坂，羊肠九回。山高谷深，不觉脚酸。陇头流水，鸣声幽咽。遥望秦川，心肝断绝。"对于生活的无望、对于故乡的思念，深寄于漫长而起伏不已的陇头流水，一种悲抑哀怨之情缓缓流出。但是，尽管有种种人生不幸，尽管有战争的不可阻挡，北方大地上传扬着的依然是豪壮有力的壮美之歌，《凉州乐》唱道："远游武威郡，遥望姑臧城。车马相交错，歌曰吹纵横。路出玉门关，城接龙城坂。但事弦歌乐，谁道山川远？"战争和迁徙既然不能避免，那就索性热情地拥抱它、迎接它，《白鼻䯝》塑造出一个壮志凌云的少年英侠的风采："少年多好事，揽辔向西都。相逢狭斜路，驻马诣当垆。"一种人生豪迈激越之情呼之欲出。

仁者之怀是对处于灾难之中的大众的同情，豪壮之情是对处于乱世中的人的生存尊严和价值的肯定，在北朝民歌中不论是低沉哀怨之曲，还是高亢豪壮之乐，都不乏对生命力的赞美、对人的生存价值的追求。就以上所提《陇头流水歌辞》中的第三首而言，其中的"西上陇坂，羊肠九回。山高谷深，不觉脚酸"四句，就是最鲜明的写照，即使是山高路远、前途渺茫，但在跋涉者眼里，犹有可以克服、超越的可能；而《紫骝马歌辞》则将失去家园的人生流浪之苦写得旷放而豁达："高高山上树，风吹落叶去。一去数千里，何日还故乡？"虽然离家千里之遥，人生愁苦不已，但"高树""风吹""落叶"的景物、情状动感充分、力量丰满，充溢着一种遒劲有力的美感，使人在衰颓低迷之余顿生昂起振奋之感，叶落归根、强风劲吹，总有一天我能回转家乡。

第四点，是对于女性之美的倾情讴歌。严格来说，自先秦文学开始，古代文学对于女性美的展示、描写始终是一个讳莫如深的话题，偶有涉及也多在家庭婚姻和离情别绪的框架之内，然而，在北朝民歌之中却出现了大量从多方面展现女性之美、歌咏女性之美的诗篇，实为古代诗歌史上的一大奇观，也是北方草原文学对于中国古代文学的一大贡献。

首先，追逐爱情婚姻过程中隐含着的平等观念，闪现着依稀的渴望女性独立的光彩。上文谈到的北朝诗歌爱情婚姻主题的表达方式和美好特点，已经在一定程度上表现了北朝北方女性的大胆泼辣，在此基础上，北朝女性还具有着渴望女性独立的美好愿望。《幽州马客吟歌辞》其二说："南山自言高，只与北山齐。女儿自言好，故入郎君怀。"此诗中的女子眼界、见识、想法显然与传统女性不同：一是强烈的平等观念，以"南山""北山"的相提并论显示男女的平等，二者既相互独立，又互相依存；二是强烈的自主意识，一句"自言好"表现了女子的果断自信、刚毅有力，一种豪壮刚健的阳刚之气显现在女性形象之中。上文提及的《地驱乐歌》一诗中的最后两句"郎不念女，各自努力"，虽然有些调谑之意，但也有女性的独立精神在内，即使遭遇失恋，也是落落大方、毫不在意。再如《幽州马客吟歌辞》其五说："黄花郁金色，绿蛇衔朱丹。辞退床上女，还我十指环。"虽然不能明了此女的身份，但从男子的口吻得知，此女子色彩艳丽、容貌姣美，但秉性独立，即使与男子逍遥，也是你情我愿，丝毫不显传统青楼文学中的女性凄苦孤独之状。宗白华曾说："汉末魏晋六朝是中国政治上最混乱、社会上最苦痛的时代，然而却是精神是上极自由、极解放，最富于智慧、最浓于热情的一个时代。"① 体现在女性生存方面尤为突出。《颜氏家训·治家》中记载的北朝鲜卑的风俗之一就是女性主持门户并处理一家的对外事务，在此过程中还形成了鲜卑女性特有的"以妒为美"的社会风尚。《北史》记载："父母嫁女，则教之以妒；姑姊逢迎，必相劝以忌。持制夫为妇德，以能妒为女工。自云受人欺，畏他笑我。王公犹自一心，以下何敢二意！"② 受鲜卑民族文化习俗影响，北朝北方把"制夫"视为妇德，实是对汉民族传统文化的强力冲击，影响到北朝北方女性独立意识的萌生、壮大。

其次，女性已成为社会生活中不可或缺的重要角色和力量，刚性之美已成为女性美的重要组成之一。在汉民族传统文化体系中，女性只是男子的附庸。为此，董仲舒在《春秋繁露·基义》篇明确道："君臣父子夫妇之义，皆取诸阴阳之道。君为阳，臣为阴，父为阳，子为阴，夫为阳，妻为阴。阴道无所独行。"③ 借助阳尊阴卑的理论，女性对男性绝对忠诚与服从成为女性美的核心所在，东汉班昭的《女诫》七篇则系统地论述了"夫者，天也。天固不可逃，夫固不可离也"④ 的绝对正确性，女性从属地位由此确立。而在北朝，由于草原民族文化的巨大影响，女性的地位、作用逐步显现、突出起来，她们与男子一样劳作、征战，扮演着同等重要的社会角色。《魏书·李安世传》记载李波是广平豪强，曾率其宗族与相州刺史薛某的军队对阵，结果大败薛军。李波有妹名雍容，亦英武善战，时人作歌描写其英姿："李波小妹字雍容，褰裙逐马如卷蓬，左射右射必叠双。妇女尚如此，男子那可逢！"⑤ 这就是著名的《李波小妹歌》，从中可见李雍容英姿豪健、武艺超群，其阳刚之美已在民众之中流传。北朝历史上还有许多跃马沙场的女性英雄，如在《魏书·杨大眼传》中所记载的其妻的事迹："大眼妻潘

---

① 宗白华：《美学与意境》，人民出版社 1987 年版，第 176 页。
② （唐）李延寿：《北史》，中华书局 1974 年版，第 610 页。
③ （西汉）董仲舒：《春秋繁露》，中华书局 1957 年版，第 432 页。
④ （南朝）范晔：《后汉书》，中华书局 1999 年版，第 1884 页。
⑤ （北朝）魏收：《魏书》，中华书局 1974 年版，第 1176 页。

氏，善骑射，自诣军省大眼。至于攻陈游猎之际，大眼令妻潘戎装，或齐镳战场，或并驱林壑。及至还营，同坐幕下，对诸僚佐，言笑自得，时指之谓人曰：'此潘将军也。'"[①] 可谓能征惯战，与男子无异。

正是在对传统女性的"阴柔""顺从"之美强力冲击的基础之上，北朝民歌中的女性表现出"以壮为美"的审美倾向。《紫骝马歌辞》其一写道："烧火烧野田，野鸭飞上天。童男娶寡妇，壮女笑杀人。"此诗写一奇特的婚嫁场面，令人叫绝的不仅是男少女老的婚姻组合，而是在旁观看的人的反应，其中一女子以"壮女"名之，可说是极为少见，一方面是奇异的婚俗，另一方面是女性审美心理的微妙变化，这恐怕也是北朝民歌女性之美的独特性之一。除此之外，著名的《木兰诗》更是为我们塑造了一位具有多样美质的北朝奇女子形象，其中的阳刚之美更为鲜明亮丽。

至此，北朝民歌以奇特的草原多样之美飘荡和传扬在那悠远而亘古的草原大地，为中国古代诗歌黄金时代的来临奠定了有力的基础。

---

① （北朝）魏收：《魏书》，中华书局1974年版，第1634页。

第四章 豪壮、雄放、深婉、多彩的诗美世界

——唐代北方草原文学

提及唐诗,直入视野的恐怕首先是李白的雄奇飘逸、杜甫的沉郁顿挫、白居易的沉挚深婉,他们犹如横空出世的巨星,光照天宇。然而最能显示盛唐精神和骨脉的还是倾吐着豪壮、雄健、深悠、多彩气象之美的唐代边塞诗作。关于边塞诗与北方草原文学的关系,上文已有论及,在此不赘述,需要说明的是时至唐朝,传统的边塞诗作更富有时代精神、时代特色,更富有北方草原气象。一是盛唐精神的完美展现。黑格尔曾说:"时代精神是一个贯穿着所有各个文化部门的特定的本质或性格,它表现它自身在政治里面以及在别的活动里面。把这些方面作为它的不同的成分,它是一个客观状态,这状态的一切部分都结合在它里面,而它的不同的方面无论表面看起来是如何地具有各样性和偶然性,并且是如何地互相矛盾,但基本上它决没有包含着任何不一致的成分在内。"① 李白在《古风》其一中深情咏唱道:"群才属休明,乘运共跃鳞。文质相炳焕,众星罗秋旻。"意为盛唐之时,国运恢宏、气势昌盛、人才荟萃、意气风发。正如林庚先生在《唐诗综论·陈子昂与建安风骨》和《唐诗综论·盛唐气象》中指出的那样,唐朝是一个充满朝气、青春勃发的"全面意志旺盛

---

① [德]黑格尔:《哲学史讲演录》,贺麟、王太庆译,商务印书馆1957年版,第56页。

第四章　豪壮、雄放、深婉、多彩的诗美世界

的时代","表现为文学从华靡的倾向中解放出来,带着更为高涨的胜利心情,更为成熟的民主信念,更为豪迈的浪漫气质,更为丰富的朗爽歌声,出现在诗歌史上";而"蓬勃的朝气,青春的旋律,就是'盛唐气象'与'盛唐之音'的本质"。不论是走马边塞,还是徜徉山水,都体现了唐人豪壮而多情的人生气格。严羽在《沧浪诗话·诗评》和《答吴景仙书》中曾比较唐、宋诗的区别:"唐人与本朝诗,未论工拙,直是气象不同";"盛唐诸公之诗,如颜鲁公书,既笔力雄壮,又气象浑厚"。那苍劲的力道,绝大的胸怀,深沉的思想,多彩的世界,豪壮的精神,都充盈着唐王朝强大的国力和民族自信力。杜甫的《饮中八仙歌》"长安市上酒家眠,天子呼来不上船",李白的《上李邕》"大鹏一日同风起,扶摇直上九万里",杜甫的《望岳》"会当凌绝顶,一览众山小",杨炯的《出塞》"丈夫皆有志,会见立功勋",王勃的《送杜少府之任蜀州》"海内存知己,天涯若比邻",文人自命不凡,充满了对未来的进取和征服的精神,意气飞扬,豪情尽泻。在唐人的视野里,世界是属于他们的;宇宙无限,人间万象,然处处是我家,人人皆亲邻。然而,就展示唐诗壮美刚健的美学精神而言,边塞诗无疑是此中的巨响绝调,显示着唐诗豪壮、雄浑之美的最强音。那些沉酣于长河落日、大漠沙海、金戈铁马、边城烽火、百刃相接、以身许国的边塞诗,它们所表现出的险恶恐怖、惊心动魄的边塞景象,遍地飞石、冰天雪地、沙尘蔽日的恶劣环境以及诗人豪情壮志酿就的豪壮、雄放、深悠、多彩意象完美地折射出唐人特有的精神气度、时代风采。二是北方草原气象的夺目绽放。唐朝国运强盛,疆域广阔,成为与汉朝并列、为后人所津津乐道的盛世,明代地理学家王士性曾说:"古今疆域,始大于汉,最阔于唐。……唐全有汉地,今天下为十道、十五采访使,南北万里,东西万七千里,州府三百五十八,县一千五百五十一,又有通四夷羁縻路,一曰营州,入安东;二曰登州,海行入高丽、渤海道;三曰夏州,塞外通大同、云贵道;四曰中受降城,入回鹘道;五曰安西,入西域道;六曰安南,通天竺道;

七曰广州，通海夷道。故东至安东，西至安西，共府州八百五十六。"① 疆土的安宁、四方的统一、社会的稳定成为唐朝统治者最为牵挂之事，而事实上在漫长的历史长河中，有一个悬而未决的问题始终困扰着历代帝王和仁人志士，那就是边庭的安宁。唐代国力强大，士气旺盛，但西北和东北由游牧民族建立的政权的威胁依旧存在，依旧不时掠夺和侵扰唐帝国，这样，北方边疆问题就成为唐朝历代统治者和文人墨客倾心重视的对象。就如陈寅恪在《唐代政治史述论稿》中所言（唐朝）"全国重心本在西北一隅"，尤其是来自于西北大漠、草原深处的突厥、铁勒等北方草原民族政权更为突出。由此，自初唐文人开始，慷慨激昂、建功立业的边塞强音就始终叩响于辽阔的唐代诗坛，成为唐诗中最为凝重而深挚的一笔。鲁迅先生曾在《致曹聚仁》一文中说："古人告诉我们唐如何盛，明如何佳，其实唐室大有胡气，明则无赖儿郎。"② 鲁迅先生所言当然是指后人所论甚详的唐代帝王的"胡人"出身、血统一事；其实，正是由于唐帝国创立者的北方草原民族文化基因和政治统治的需要，唐朝举朝上下普遍弥漫、传播着极为浓烈的北方草原民族的生活风调、气派、审美情趣、价值观念等，所谓胡风浩荡、胡音充耳、胡色盈市，自然就浸泡着文人士子的心田、情感。同时，草原尚武风气裹挟着文人，建功异域的时代精神召唤着士子，文人再不似南朝那样，借想象之笔抒豪情壮志，空泛而又虚奇，而是亲身实践、身体力行，或为官吏而巡边，或从军而入塞，正如胡震亨的《唐音癸签》所言："唐词人自禁林外，节镇幕府为盛。如高适之依哥舒翰，岑参之依高仙芝，杜甫之依严武，比比皆是。中叶后尤多。盖唐制，新及第人，例就辟外幕。而布衣流落才士，更多因缘幕府，蹑级进身。"③ 正是由于文人丰富而多彩的边塞经历，边塞诗才一方面展现人生壮伟雄阔的图景、冲动、心理，另一方面又熏染北国草原

---

① （明）王士性：《广志绎》卷1，中华书局1981年版，第2页。
② 鲁迅：《鲁迅全集》第12卷，人民文学出版社2005年版，第404页。
③ （明）胡震亨：《唐音癸签》卷27，上海古籍出版社1981年版，第286页。

之气、之色、之格，无论是叙写从军出塞、守土卫边，或是遣使北国异域，经历草地戈壁，还是人生壮游于边国他乡，饱览北方草原的奇特风土人情，或是怀古抒情，都充满了北方草原游牧民族男儿本色的豪壮之美、雄奇之美、深婉之美、苍劲之美、多彩之美，尽显北方草原气象。

第一节　豪壮、雄放之美的完美绽放

谈及唐代边塞诗的美学追求，人们多以悲壮、雄奇之风概括。马兰州先生所著《唐代边塞诗研究》在论及唐代边塞诗的美学风格之时，也以"悲壮"作为唐代边塞诗最突出的美学特征相看。在笔者看来，以"悲壮"作为唐代边塞诗核心美学追求未免与上文所述的时代精神和草原气象不符，不能整体、完美地体现唐代边塞诗这一古代北方草原文学的精灵的魂魄所在。当然，从军边塞、置身异域是一种具有悲剧色彩的人生体验，是一种生命流程的苦难性经历，有着情感积淀过程中的"悲苦""飘摇""孤独"等抑制性、消极性色调情感特质的堆积、加剧，会凝聚压抑、伤感、失败、畏惧等情感、意绪。比如高适履职哥舒翰幕府期间曾在《陪窦侍御灵云南亭宴诗并序》一文中深有感触地说道："凉州近胡，高下其池亭，改以耀蕃落也。幕府董帅雄勇，径践戎庭，自阳关而西，犹枕席矣。军中无事，君子饮食宴乐，宜哉。白简在边，清秋多兴，况水具舟楫，山兼亭台，始临泛而写烦，俄登陟以寄傲，丝桐徐奏，林木更爽，觞蒲萄以递欢，指兰芷而可掇。胡天一望，云物苍然，雨萧萧而牧马声断，风袅袅而边歌几处，又足悲矣。"实为真实心声的写照，先言临秋之奔放豪爽之情，后诉边塞之凄楚，真是"兴尽悲来"、忧伤顿起，那触目可及的无边沙海、纵横戈壁，那潜伏着生命陨灭的战争厮杀、血雨腥风，那填满了将士皑皑白骨的冷酷战场、鼓角哀鸣，那充满了人生生死考验的生离死别、故乡情怀，无不散发着低沉、肃杀、凄凉之悲。中唐诗人李益于《从军夜饮六胡北饮马磨剑石为祝殇辞》中深情总结边塞之"悲"说："我行空碛，见沙之磷磷，与草之幂幂，半没胡儿磨剑石。当时洗剑血成川，至今草与沙皆赤。我因扣石问以言，水流呜咽幽草根，君宁独不怪阴磷？吹火荧荧又为碧，有鸟自称蜀帝魂。……秦亡汉绝三十国，关山战死知何极。风飘雨洒水自流，此中有冤消不得。为之弹剑作哀吟，蓬沙四起云沈沈。满营战马嘶欲尽，毕昴不见胡天阴。东征曾吊长平苦，往往晴明独风雨。……殇为魂兮，可以归还故乡些；沙场地无人兮，尔独不可以久留。"离乡万里、边塞寒苦、战争连绵、魂魄四散、消息全无，确为边塞将士边塞人生的完美再现。

然而，从人的情感产生的心理动机、心理机制思考，"悲壮"之美过多突出了情感的先验性特征，强调了情感产生的客体性限制；将先"悲"后"壮"作为边塞诗审美情感的核心来看待，其不足是重点审视了边塞生活对诗人主体的消极性体验，削弱了主体的精神力量、意志力量，而这一点恰恰是边塞诗彪炳于诗史的重心所在。"悲壮"之美首先就显现了边塞体验的孤苦、冷漠、惨烈，其次表明了随之而至的必然是克服此种阻力的人的力量的极大提升。一句话，"悲壮"之美注重了边塞这一边塞诗展现对象的特殊属性带给人的落寞、哀怨、低沉之感，它虽然也有力地包含了人的精神由低到高的豪放、崇高之美的产生，但是却毫无疑问地减损和降低了边塞诗的美的格调、美的气度、美的力量；同时也与唐王朝蒸蒸日上的国力和少年一般的活力四射的时代风尚拉开了极大的距离。由此，莫若以"豪壮""雄放"之美作为唐代北方草原诗篇、即边塞诗作的核心美学内核。

"豪壮""雄放"的基本含义是主体精神力量的无比强大，拥有一种包容宇宙、囊括四海、投身济世、舍我其谁的豪情壮志，犹有一种家国一体的强烈的参与精神，迸发出报国忠君、守土戍边、渴望和平、建功立业的激越豪壮之声。从汉代建立到唐代以降，古代社会经历了不断的社会重组，除了传统意义上的皇亲宗族、外戚等贵族力量之外，社会构成的中坚力量实际上也处于犬牙交错、竞相更替、逐步变化的过程，由汉代的"察举制"到三国的"九品

第四章 豪壮、雄放、深婉、多彩的诗美世界

中正制"的转变,意味着社会统治集团的"士族化"的产生,进而"士庶"对立、豪门丛生,阻断了平民子弟的人生进取之途;而随着隋代科举制的出现,尤其是唐王朝对于科举制的发展,寒门士子普遍萌发了跻身士林、入朝参政的人生进取理想,而投身边疆、入身行伍、边塞建功就成为一种极为普遍的人生选择。陈子昂的好友卢藏用在《陈氏别传》中说陈子昂"奇杰过人,姿状岳立,……至十七八未知书,尝从博徒入乡学,慨然立志",……"其立言措意,在王霸大略而已","感激忠义,常欲奋身以答国士"。本身份卑微却以国士自居,欲一展宏图、成就功业;他的《饯陈少府从军序》直言其追慕先贤、边塞立功的愿望:"少府叔凤彩龙章,才高位下。班超远慕,每言关塞之勋;梁竦长怀,耻为州县之职。"《旧唐书·马燧传》也说:"少时,燧尝与诸兄读书,乃辍卷叹曰:'天下将有事矣,大丈夫当建功于代,以济四海,安能矻矻为一儒哉!'"① 心系天下,天下关我,丈夫当建功立业,以身许国。盛唐诗人王维的《送李补阙充河西支度营田判官序》云:"汉张右掖,以备左衽,西遮空道,北护居延。然犬戎夜猎于山外,匈奴射雕于塞下,岁或有之。我散骑常侍曰王公,勇能尽敌,礼可用兵,读黄石书,杀白马将。入备顾问,载以乘舆副车;出命专征,赐以内栈文马。将军幕府,请命介于本朝;天子琐闱,辍谏官以从士。补阙李公,家世龙门,词场虎步。五经在笥,一言蔽诗。广屯田之蓄,度长府之羡,以赡边人,以弱敌国。然后驰檄识匿,略地昆仑。使麾下骑,刃楼兰之腹;发外国兵,系郅支之颈。五单于遁逃于漠北,杂种羌不近于陇上。子之行也,不谓是乎!拜首汉庭,驱传而出。穷塞砂碛以西极,黄河混沌而东注。胡风动地,朔雁成行,拔剑登车,慷慨而别。"是对勇于赴边、掷地有声的男儿本色的完美写照。辛文房在《唐才子传·畅当传》中对此评价曰:"尝观建安初,陈琳、阮瑀数子,从戎管书记之任,所得经奇,英气逼人也。承平则文墨议论,警急则橐鞬矢石,金羁角逐,珠符相

---

① (后晋)刘昫等:《旧唐书》卷134,中华书局2000年版,第2509页。

照，草檄于盾鼻，勒铭于山头，此磊磊落落，通方之士，皆古书生也。容有郁志窗下，抱膝呻吟，而曰'时不我与，人不我知'邪？大道无室，徒自为老夫耳！唐间如此特达甚多，光烈垂远，慨然不能不以之兴怀也。"① 坦言唐人的内心世界，即国运盛衰关乎自我，一种时不待我、欲显身手之状跃然纸上。即使是位卑职低之人同样壮心不已，向往边塞、渴望沙场。身为江宁县丞的王昌龄在《宿灞上寄侍御玙弟》一诗中说："贱臣欲干谒，稽首期陨碎。吾弟感我情，问易穷否泰。良马足尚跼，宝刀光未淬。昨闻羽书飞，兵气连朔塞。诸将多失律，庙堂始追悔。安能召书生，愿得论要害。戎夷非草木，侵逐使狼狈。虽有屠城功，亦有降虏背。兵粮如山积，恩泽如雨霈。羸卒不可兴，碛地无足爱。若用匹夫策，坐令重围溃。不费黄金资，宁求白璧赉。明主忧既远，边事亦可大。"期许边塞建立功勋，为国家王朝之太平而生。于是杨炯在《从军行》中说："宁为百夫长，胜作一书生。"弃文从武，意志坚决。崔湜在《塞垣行》中说："昔我事讨论，未尝息经籍。一朝弃笔砚，十年操矛戟。"时代呼唤价值观的改变，投身边塞是最佳选择。高适在《塞下曲》中说："万里不惜死，一朝得成功。画由麒麟阁，入朝明光宫。大笑向文士，一经何足穷。"此类豪言壮语，形成了文人士子亲赴边塞、参划军机、身历战争的时代风尚。这是一种人生的主动、自觉意识的鲜明表达，是一种主体自觉精神的艺术再现。这里没有丝毫的被迫、逼压，更没有情感上的忧愁、伤感，而是人生意气风发、青春壮伟的积极张扬。

"豪壮"之美意味着主体自我认可、肯定、期待的空前提升，展现出异常活跃的人生政治热情和昂扬乐观的进取精神，凝聚着唐人极为宽阔、博远的心胸和踏破一切障碍的意志、力量，进而升华为人生的崇高、壮美的理想追求。如果说前代的边塞诗还停留在人生转变的偶然性选择和历史题材的咏叹的话，那么唐代的边塞诗则全然为自我人生的自我设计、自我磨砺、自我掌握，因此，其主体

---

① （元）辛文房著，傅璇琮编：《唐才子传校笺》，中华书局1989年版，第125页。

性、参与政治的热情极为高涨。唐人将自我经天纬地的远大理想寄托于边塞人生，并非不得已而为之，其中当然也有客观上参与科举入仕图求人生发展极具难度的因素，就如《唐语林·补遗》所言："大抵非精究博赡之才，难以应乎兹选。故当代以进士登科为'登龙门'。"① 不论是"明经""进士"等科考，必须既精通经典文章又熟谙现实问题，金榜题名实为千年一遇。《上宰相书》载韩愈所言"九品之位，其可望；一亩之宫，其可怀。惶惶乎四海无所归，恤恤乎饥不得食，寒不得衣，滨于死而益固，得其所者争笑之，忽将弃其旧而新是图，求老农老圃而为师"之语，可谓士子科考蹭蹬、心底惶恐、无所栖身的真实表达。而更主要的主体即为自觉的爱国、报国精神与人生功名富贵利益追求的有机统一，促使边塞诗人神采飞扬、豪气盈怀，拥有了一种踏破一切苦难、吞吐一切障碍的精神气度和凌云壮志，豪放旷达、挥洒自如，产生出一种个体精神、意志异常强大的豪壮力量。尽管路途遥远、环境艰难，尽管有去乡万里、身死他方的种种担忧，但建功立业、留名青史的人生壮志激励着诗人们慷慨赴边。初唐魏征的《述怀》诗说道："中原初逐鹿，投笔事戎轩。纵横计不就，慷慨志犹存。杖策谒天子，驱马出关门。请缨系南越，凭轼下东藩。郁纡陟高岫，出没望平原。古木鸣寒雁，空山啼夜猿。既伤千里目，还惊九死魂。岂不惮艰险？深怀国士恩。季布无二诺，侯嬴重一言。人生感意气，功名谁复论。"明知前途杳渺、困苦四布，但浑然不惧，宁愿殒身报国。岑参的《送李副使赴碛西官军》写边地的奇热无比、人迹罕见："火山六月应更热，赤亭道口行人绝。知君惯度祁连城，岂能愁见轮台月。脱鞍暂入酒家垆，送君万里西击胡。功名祗向马上取，真是英雄一丈夫。"刻意强调男儿的豪壮本色，充溢着壮阔雄奇的英雄主义精神。岑参在《武威送刘单判官赴安西行营便呈高开府》中更是将男儿不畏边塞荒远、酷烈，当以国事为重的人生价值追求发挥到极致："热海亘铁门，火山赫金方。白草磨天涯，湖沙奔茫茫。夫

---

① （北宋）王谠著，周勋初校证：《唐语林校证》，中华书局1987年版，第689页。

子佐戎幕，其锋利如霜。中岁学兵符，不能守文章。功业须及时，立身有行藏。男儿感忠义，万里忘越乡。孟夏边候迟，胡国草木长。马疾过飞鸟，天穷超夕阳。都护新出师，五月发军装。甲兵二百万，错落黄金光。扬旗拂昆仑，伐鼓震蒲昌。太白引官军，天威临大荒。西望云似蛇，戎夷知丧亡。浑驱大宛马，系取楼兰王。曾到交河城，风土断人肠。寒驿远如点，边烽互相望。赤亭多飘风，鼓怒不可当。有时无人行，沙石乱飘扬。夜静天萧条，鬼哭夹道傍。地上多髑髅，皆是古战场。置酒高馆夕，边城月苍苍。军中宰肥牛，堂上罗羽觞。红泪金烛盘，娇歌艳新妆。望君仰青冥，短翮难可翔。苍然西郊道，握手何慨慷。"那广袤西部的黄沙扑面、炙热难耐、万里飘摇、风情迥异等自然、人文景观使人惊诧不已，一种身处边疆异地的陌生感、惊恐感散布开来；然而，更主要的却是克服这一切的来自于主体内心的意志、精神的超越、豪迈、壮伟之气的涌发，"功业须及时，立身有行藏。男儿感忠义，万里忘越乡"四句表现出唐人冲破一切生存阻力，渴求及时建功、时不我待的精神欲求。这种有意提升、壮大自我精神力量的人生自觉无疑使边塞诗具有了极为厚重的与传统的忧患意识、爱国精神紧密联系在一起的崇高之美，这是唐代边塞诗思想内涵、价值展示最为核心的部分，也是唐代边塞诗精神之美的核心内容，更是边塞诗豪壮之美的自觉升华。

　　传统经验认为文学的崇高之美总是产生于过分凸显审美对象的无限"大""恐怖"等特点的基础之上，意即主体意志、精神被动地涌动出一种意志或精神的力量。在笔者看来，就唐代边塞诗而言，主体在面对种种具有"量的巨大和力的强大"特征的客体，诸如黄沙肆虐、瀚海纵横、朔风怒吼、雪山横亘、边庭动荡、战争惨烈、血流成河之时，其反应并非产生下意识地恐惧、逃避，被动地抉择、奋起，而是自觉地、有意识地拥抱、碰撞，仿佛只有置身于边塞生活，才能体验人生的快乐、磨砺男儿的筋骨、体现生存的价值；这是一种主动地唤醒自我精神力量，一种主动地迎接对象的挑战、以边塞战火锻造人生的昂扬意志，一种自觉将自我凌驾于对象

第四章　豪壮、雄放、深婉、多彩的诗美世界

之上从而战胜困难的巨大力量。王维在《送刘司直赴安西》中说："绝域阳关道，胡沙与塞尘。三春时有雁，万里少行人。苜蓿随天马，葡萄逐汉臣。当令外国惧，不敢觅和亲。"诗中将西北塞外称作"绝域"，意味着边塞与内地风土迥异、难以适应，"胡沙"飞扬、黄尘漫天，春色全无、行人少绝，但边塞将士却以大无畏的英雄壮举保证了边庭的稳定、王朝的和平；因此，本诗虽然展示了边地的荒凉、枯寂，但诗歌的整体格调依然遒劲有力、昂扬进取，清朝沈德潜在《唐诗别裁》中称扬此作"一气浑沦，神勇之技"[①]，正是强调了诗人主体的精神力量，一句"当令外国惧，不敢觅和亲"，已经蕴含了边塞将士的崇高、牺牲和伟大。

同时，边塞诗的豪壮之美又与唐人期许的任侠精神连为一体，可以说任侠精神使边塞诗的豪壮之美更具有了一种男郎阳刚之气、自由之格、义勇之气、豪纵之气，使唐代的草原边塞诗篇平添了一种气壮山河、挥洒天地、神勇无畏的侠义风采，从而使草原边塞诗的豪壮之美更显雄壮、有力，更具有北方男子汉的品格、风范、神采。如果说唐前边塞诗的任侠精神集中于历史英雄人物的唱叹、留意于传统侠义精神的歌咏，还是在守然诺、重义气、任自由的天地中徘徊的话，那么，唐代草原边塞诗的任侠精神则在此基础之上又融入了极为浓烈的时代精神，即自我与群体的统一、侠义与报国的结合，使传统的侠义之美更具有了忠君、爱国等国家层面的积极意义，传统侠义文化突出的个体"士为知己者死"的报恩义气观念更具有了时代进步的特征。"初唐四杰"之一的骆宾王在《咏怀古意上裴侍郎》中云："三十二馀罢，鬓是潘安仁。四十九仍入，年非朱买臣。纵横愁系越，坎壈倦游秦。出笼穷短翮，委辙涸枯鳞。穷经不霑用，弹铗欲谁申。天子未驱策，岁月几沉沦。轻生长慷慨，效死独殷勤。徒歌易水客，空老渭川人。一得视边塞，万里何苦辛。剑匣胡霜影，弓开汉月轮。金刀动秋色，铁骑想风尘。为国坚诚款，捐躯忘贱贫。勒功思比宪，决略暗欺陈。若不犯霜雪，虚掷

[①]（清）沈德潜：《唐诗别裁集》，中华书局1975年版，第139页。

玉京春。"其中虽然隐含了深深的时不我遇、功业难成的感慨，但冲荡其间、动人心魄的还是边塞建功、以死报君的边塞侠士的爱国情怀。闻一多先生在《唐诗杂论》中曾说骆宾王"天生一副侠骨，专喜欢管闲事，打抱不平、杀人报仇、革命、帮痴心女子打负心汉"①，意在说明骆宾王本身就是一个充满了侠义精神的诗人，故在诗中倾情塑造了一个磊落刚毅、视野宽阔、志向远大的北方侠士形象，这也是诗人自我形象的艺术概括。

　　草原边塞题材与任侠精神的结合最引人注目的是边塞"游侠儿"等少年侠士的大量涌现，他们将尚武任侠、快意人生与时代需要、立功边塞紧密结合起来，使投身边塞、体验军旅、历经战争成为一种唐代文人极具审美意味的生存范式，从而具有了艺术人生、审美人生的美学意义。初唐文人虞世南的《从军行》其二写道："涂山烽候惊，弭节度龙城。冀马楼兰将，燕犀上谷兵。剑寒花不落，弓晓月逾明。凛凛严霜节，冰壮黄河绝。蔽日卷征蓬，浮天散飞雪。全兵值月满，精骑乘胶折。结发早驱驰，辛苦事旌麾。马冻重关冷，轮摧九折危。独有西山将，年年属数奇。烽火发金微，连营出武威。孤城塞云起，绝阵房尘飞。侠客吸龙剑，恶少缦胡衣。朝摩骨都垒，夜解谷蠡围。萧关远无极，蒲海广难依。沙磴离旌断，晴川候马归。交河梁已毕，燕山旆欲挥。方知万里相，侯服有光辉。"此诗以"龙城""楼兰""西山""上谷""萧关""蒲海""交合"等城垣、地区构成西北边塞特有的辽阔景观，为侠士纵横驰骋、斗杀敌人铺就厚重底色，以"烽火""尘飞""塞云"等物象突出战事频起、局势紧张，为侠士出场营造严酷氛围，然后以"龙剑""胡衣"衬托侠士的英勇、壮伟，而"朝摩骨都垒，夜解谷蠡围"两句则显现了侠士的战功卓著、声名远播。如果说虞世南的《从军行》是粗线条描写西北游侠的话，那么杨炯的《紫骝马》则是对少年英侠的典型刻画："侠客重周游，金鞭控紫骝。蛇弓白羽箭，鹤辔赤茸鞦。发迹来南海，长鸣向北州。匈奴今未灭，画地

---

① 闻一多：《唐诗杂论》，上海古籍出版社1998年版，第14页。

第四章 豪壮、雄放、深婉、多彩的诗美世界

取封侯。"侠士为国,由南至北、万里驱驰,金鞭紫骝、英气逼人,蛇弓羽箭、武艺超群;寄身边疆、杀敌立功,渴望着边庭安宁、封侯得名,寄托了作者功业至上的人生追求,慷慨昂扬、奋发有为,更有一种向往侠士人生的情感欲望,可谓杨炯真实内心的形象表达。在唐代边塞诗中,侠士总是以"少年"和轻视苦读的人生状态关联起来,而"少年"给人的印象往往是青春壮美、生机勃勃,体现着生命的活力四射、光彩照人,由此,侠义精神将唐代边塞诗的豪壮之美推向了一个更为活力迸放、意气飞扬的艺术境界。王昌龄的《少年行》二首可谓其中的代表,其一曰:"西陵侠少年,送客短长亭。青槐夹两道,白马如流星。闻道羽书急,单于寇井陉。气高轻赴难,谁顾燕山铭。"其二曰:"一身能擘两雕弧,虏骑千重只似无。偏坐金鞍调白羽,纷纷射杀五单于。"前者侧重强调西陵少侠慷慨赴边、举身沙场、为国征战的英雄壮举,其勇于赴难、以死报国的爱国精神和轻言功名、谈笑自若的侠义风范跃然纸上;后者重点描绘少侠的英武绝伦、建功边塞,一种视敌如无、疾如闪电、痛杀敌酋的凌厉勇猛之气喷发出来,使人不由感叹少侠的武艺精湛、英气逼人、驱敌如虎、痛快淋漓;少侠的国家至上的价值追求与人体人格的勇武矫健和谐一体,放射出夺目的光辉。著名学者钟元凯先生曾对此感慨道:"唐诗中的任侠精神不是个别的、偶然的现象,它随着唐诗高潮的到来而扩展为诗坛上普遍的风气。诗人们对游侠形象的集中歌唱,以及对生活中侠义精神的开拓和赞美,表现了这个时代特有的精神风貌。它显然并非儒、道、释这些意识形态所尽能规范的,这无疑构成了唐诗思想内容和美学风格不可缺少的组成部分。"[①] 钟元凯先生所言实际指出了传统任侠精神在唐代的发展以及在唐诗美学追求方面的精彩展现,强调了一种新鲜而又充满活力的新的美学元素在唐诗演变中的独特作用。实际上,侠义精神在边塞诗的创作中已然内化为一种美学认识上的自觉,已然

---

① 钟元凯:《唐诗中的任侠精神》,《北京大学学报》(哲学社会科学版)1993年第4期。

与人的社会责任、价值使命、理想抱负结合一处，演变为一种认识上的主动、精神上的释放、心理上的欲求，而所有的这一切均从侠义精神的内核流泻而出，而传统的以立言而流芳后世、以文章而建功扬名立万的文人价值实现方式已不为诗人所重，代之而兴的却是以游侠、少侠自勉，以人生的侠义果敢、效命边塞、殉义赴难的英雄主义精神为人生发展的核心内容。李白的《行行且游猎篇》写道："边城儿，生年不读一字书，但知游猎夸轻趫。胡马秋肥宜白草，骑来蹑影何矜骄。金鞭拂雪挥鸣鞘，半酣呼鹰出远郊。弓弯满月不虚发，双鸧迸落连飞髇。海边观者皆辟易，猛气英风振沙碛。儒生不及游侠人，白首下帷复何益。"全诗高调歌咏边城游侠的豪迈英武、雄健壮伟，以游侠的壮美与儒生的皓首穷经相对照，突出游侠的豪壮之气。

由是唐代草原边塞诗篇的豪壮之美又熔铸了极为深厚的侠义精神，从而使豪壮之美具有了男儿阳刚雄放的积极意义。雄放意味着男性的磊落、果敢、潇洒，充斥着英雄的无畏、正义、豪放，而这一切均有力地体现在洋溢着任侠精神的边塞诗中。

第二节　深婉、苍劲之美的倾情歌咏

唐代北方草原边塞诗篇虽说以豪壮、雄放见长，大开大合、境界远阔，然而这并不能说明该类诗歌就缺乏情感的低沉、深挚、丰厚。事实上，草原边塞诗另有一番情感丰韵的天地，只不过不似其豪壮、雄放的高蹈昂扬、夺目亮眼罢了。深婉、苍劲之美是言草原边塞诗具有浓烈的由现实人生遭遇感发而形成的具有现实主义、写实精神特质的情感抒发，蕴含着战争创伤、人世沧桑、命运遭际、情感托放等人生重要问题的深刻内涵，较之溢放着浪漫豪壮、神情飞扬的边塞诗美来说，更具有一种深沉、婉挚、低回的情感力量，更具有一种令人深思、反思、甚至批判的力量，从而与雄浑、豪壮的边塞诗美共同构筑起唐代草原边塞诗特具的美学长廊。

草原边塞诗篇的形成与战争密不可分，而战争的发生必然会带

◆ 第四章 豪壮、雄放、深婉、多彩的诗美世界 ◆

来诸多的社会问题,而其中最突出的就是战争的真正目的、意义何在。由此,从唐代草原边塞诗产生之时而起,对于这一问题的探寻就不绝于耳、连绵开来,成为边塞诗作的一个重要主题。初唐文人沈佺期的《杂诗》有言:"闻道黄龙戍,频年不解兵。可怜闺里月,长在汉家营。少妇今春意,良人昨夜情。谁能将旗鼓,一为取龙城。"首次揭开边塞将士戍边与亲人分离的内在冲突,将士只能梦想着不费吹灰之力、一举攻下龙城,以解思亲之苦,从而将豪壮雄放的边塞之美涂抹上了一层凄美的色调。如果说此类作品还只是停留在将士一种普遍的日常情感变化的话,那么随着时代的演变,将士对于战争的深层次思考愈加深刻,逐步上升到视野更加辽阔、深远,理性更加鲜明、突出的程度。李颀的《古从军行》和李白的《战城南》可谓其中的代表。《古从军行》写道:"白日登山望烽火,黄昏饮马傍交河。行人刁斗风沙暗,公主琵琶幽怨多。野营万里无城郭,雨雪纷纷连大漠。胡雁哀鸣夜夜飞,胡儿眼泪双双落。闻道玉门犹被遮,应将性命逐轻车。年年战骨埋荒外,空见蒲桃入汉家。"《战城南》写道:"去年战,桑干源;今年战,葱河道。洗兵条支海上波,放马天山雪中草。万里长征战,三军尽衰老。匈奴以杀戮为耕作,古来惟见白骨黄沙田。秦家筑城备胡处,汉家还有烽火燃。烽火燃不息,征战无已时。野战格斗死,败马号鸣向天悲。乌鸢啄人肠,衔飞上挂枯树枝。士卒涂草莽,将军空尔为。乃知兵者是凶器,圣人不得已而用之。"前者一改创作立意的角度,从发生在边塞的战争的双方入手,而非此前尽以唐人的眼光表达,以一战争参与者的眼光和经历阔笔展现战争带给北方草原大地和边境百姓以及将士的痛苦:战争持久不休,北方草原荒芜衰败、城池百姓凋敝不堪;而将士们空将战骨堆起,却不见和平的消息传来,极目所见只是微不足道的享用之物传入朝廷。一种无奈而又悲凉的情感逐步形成。而后者流露出鲜明的厌战情绪:对于用兵的频繁表示极度不满,对于惨烈的杀戮表示由衷的厌弃,而对于和平的渴望则充满心头。事实上,草原边塞诗篇对于战争的思考如同李白这样直白式表现的还是较为少见,更多的是出于自身的人生际遇而生发出的深重的悲凉之感，其中思乡念亲之情、功业难成之慨最为洪烈、集中，在这方面两度出塞的岑参堪为典型。作为南方士子的岑参西行之路触目惊心、令人难忘，其在《初过陇山途中，呈宇文判官》明言赴边感怀："一驿过一驿，驿骑如星流。平明发咸阳，暮及陇山头。陇水不可听，呜咽令人愁。沙尘扑马汗，雾露凝貂裘。西来谁家子，自道新封侯。前月发安西，路上无停留。都护犹未到，来时在西州。十日过沙碛，终朝风不休。马走碎石中，四蹄皆血流。万里奉王事，一身无所求。也知塞垣苦，岂为妻子谋。山口月欲出，先照关城楼。溪流与松风，静夜相飕飗。别家赖归梦，山塞多离忧。与子且携手，不愁前路修。"一地一悲、人困马乏，又有气候突变、碎石挡路，万里之遥，艰险可知，不由愁绪满怀、戍边之苦满腹。于是对于从军边塞、人生飘摇产生了重新的感悟，尤其是边庭动荡、征尘不休、功业难成的体味愈加深刻，《日没贺延碛作》一诗深沉讲道："沙上见日出，沙上见日没。悔向万里来，功名是何物。"为了功名来到边塞，所见之物皆为黄沙狂舞、石头满地，不由悔意顿生，自我拷问，功名是何物？万里尽黄土。《登北庭北楼呈幕中诸公》说："远城寂无事，抚剑空徘徊。幸得趋幕中，托身厕群才。早知安边计，未尽平生怀。"空有才具，但时运不济，难展平生抱负，只能抱剑徘徊，哀叹不已。而《北庭贻宗学士道别》则将这种时光流逝、理想未酬之悲推向了高潮："万事不可料，叹君在军中。读书破万卷，何事来从戎。曾逐李轻车，西征出太蒙。荷戈月窟外，擐甲昆仑东。两度皆破胡，朝廷轻战功。十年只一命，万里如飘蓬。容鬓老胡尘，衣裘脆边风。忽来轮台下，相见披心胸。饮酒对春草，弹棋闻夜钟。今且还龟兹，臂上悬角弓。平沙向旅馆，匹马随飞鸿。孤城倚大碛，海气迎边空。四月犹自寒，天山雪蒙蒙。君有贤主将，何谓泣途穷。时来整六翮，一举凌苍穹。"首先是对儒生路途与从军之道做了鲜明对比。本已是饱学之士，却在时代之风的裹挟之下置身塞外，于是深感世事难料、身不由己，人生的漂泊感触逐步浓郁起来。其次以数十句的篇幅历数征战边塞的人生经历：东征西讨、战事不断，十年戎马、功勋卓著,青春早逝、鬓发霜白。述说着历经边塞捶打的人世沧桑之感。虽然熟谙塞外天气、道路变化异常,但风景迥异的难适之苦依然痛彻心扉,不由暗地里祈祷上苍:何时荡却战尘、和平宇内?对于边事的追寻已然深入到战争、对抗的本质,深入到战争的价值等问题层面,使草原边塞诗篇现实主义精神特质更加浑厚、深刻,对现实的干预力量也更加突出。

诚然,草原边塞诗篇对于战争、战事、杀伐的思考触及了边塞题材的诸多深层次问题,显示了边塞诗在古代诗歌现实主义美学领域的有力深入。但是,实如边塞诗的实践所及,边塞诗对于人的情感的开掘和深化更多地体现在人的现实生活体验、感触方面,尤其是浓烈的乡愁、恋苦、思人之情,更为强烈、突出。李白的《关山月》深情演绎将士与家人妻子两地的相思、盼归之情:"明月出天山,苍茫云海间。长风几万里,吹度玉门关。汉下白登道,胡窥青海湾。由来征战地,不见有人还。戍客望边色,思归多苦颜。高楼当此夜,叹息未应闲。"秋风万里、云海无边,征戍数载、归家无期,亲人盼归、青春白发,红颜已老、归期遥遥,只能把两地的思念遥寄于天边的云海长风,也许能够捎去些许的慰藉。同样,岑参在《赴北庭度陇思家》中也明言思乡念亲之苦:"西向轮台万里余,也知乡信日应疏。陇山鹦鹉能言语,为报家人数寄书。"征尘万里、生死未卜,只能借书信表达内心的感受,可谓"烽火连三月,家书抵万金"的最好注解。李益在《从军北征》中则代表了所有戍边将士的共同心理:盼望停战,和平天下,那"天山雪后海风寒,横笛偏吹行路难。碛里征人三十万,一时回向月明看"的群体性形象,犹如雕像一般,将盼归、思家的将士情怀镌刻在无尽的时空之中,动人肺腑。如果说以上诗作实为内在复杂情感的岑参的阔大视野描写,那么岑参的《凉州馆中与诸判官夜集》一诗则更深入到戍边者的心灵深处,触及其多种深刻细微的情感变化:"弯弯月出挂城头,城头月出照凉州。凉州七里十万家,胡人半解弹琵琶。琵琶一曲肠堪断,风萧萧兮夜漫漫。河西幕中多故人,故人别来三五春。花门楼前见秋草,岂能贫贱相看老。一生大笑能几回,斗酒相逢须醉倒。"全诗专写朋友相聚场面，只见弯月高挂，清辉洒地，一种清幽凄冷的意味流泻开来；宾主相欢，共叙人生沧桑，却不料琵琶悠悠，勾起了戍边之人的感伤之情，"琵琶一曲肠堪断，风萧萧兮夜漫漫"正是此种情怀的真实写照，不仅是千百年来生长于斯的"胡人"的痛苦流露，也是边庭守护者的内心揭示，千里赴边、易水苦寒、长夜漫漫、秋草黄黄、何时归去，只能将这无尽的感受托付于酒杯，沉浸在缺月冷光的银辉之下。这里有戍边者对于月亮的敏锐的感知，有对于当地百姓的深切的同情，更有血雨腥风生涯之中难得的人生相遇，既有借酒消愁的惆怅、忧伤，又有人生纵情几时的浪放、痴狂，百感交陈、难诉衷肠。

  不仅如此，北方草原边塞诗篇在对于人的内心的开掘、显现方面，还延伸到人的情感的极为脆弱、敏感的一面，诸如寄身边塞数载而产生的人生孤独之感、面对战争死亡的威胁和环境的极度险恶而出现的软弱之态。实际上，这些感受和情绪的发现以及表达才是真正意义上的心灵的写实、人生的写实，才是直面边塞诗人的灵魂拷问。岑参曾写有《岁暮碛外寄元挚》一诗："西风传戍鼓，南望见前军。沙碛人愁月，山城犬吠云。别家逢逼岁，出塞独离群。发到阳关白，书今远报君。"这里没有我们业已习惯的英雄的豪壮、雄奇，有的只是浩荡西风劲吹之下的戍鼓悲音，而随着戍边人生的不断叠加、累聚，时光难度、人生寂寞之感愈加浓重，已到了对月生愁、见沙难越的程度；又正逢年关已近，曾经和乐不已的亲人却在万里之遥的故乡，自己只能离群远行，在孤独寂寞中徘徊，以书信往来慰藉远方的亲人。望月喟叹、对沙抒怀，凄清之景与冷落之怀彼此交融，凝练出一种迷茫、孤单、衰疲的情调，直入人的心底。这里，展现的已然是主体内心世界的另外一种心境，约略显示出人的精神、情感的软弱、伤疲、避让、退守的人生追求，充分说明人生精神领域的丰富、多元，更说明人唯有完全掌控自我、战胜自我，特别是战胜自我的委顿、低迷的精神桎梏，才能成长为真正完美的人。

  无论如何，大量的表露边塞诗人内心复杂、沉滞的诗作，已经突破了壮美、雄奇之美的主调咏唱，而是极力发现和抒写人的更加微妙而深蕴的情感变化，于豪壮、雄浑之外穷力追逐深婉、苍劲之美，从而将北方草原边塞诗篇的美学天地装扮得愈加绚丽多彩。

第三节　异质、多彩之美的全力迸发

相对于传统边塞诗美学世界而言，唐代边塞诗的北方草原特色、草原风格、草原精神更加浓郁、深厚、多彩，如果说传统边塞诗篇也将审美观照的重点投置于辽阔北方，那也是带有一种鲜明的自我主体价值观念之下的视野巡览，是一种建立在汉民族主体价值系统基础上的美学审视，由此展现出的文学表达也是汉民族主体地位的价值认识的艺术显现，所以缅怀汉代对抗匈奴英雄的历史功业、民族冲突所带来的巨大破坏、民族之间的隔阂距离等内容就成为传统边塞诗表现的重点；时至唐代，由于李唐王朝建立的基础本身就具有异常深厚而稳固的民族文化交融的特点，因之社会文化呈现出来自统治阶层本身的文化多元、文化汇聚、文化融合的强劲趋势，导致了北方草原游牧民族与传统农业民族以及自身文化等多方面的深度聚合、转变，从而将多元一体的中华民族文化建设推向了高潮。体现在唐代边塞诗创作方面，就意味着审美主体意识的转变、审美对象的扩展、审美文化的丰富，促使唐代北方草原诗篇充满了异质之美、多彩之美、多色之美。

宋代严羽在《沧浪诗话·诗评》中曾将唐宋之诗做过比较："唐人与本朝人诗，未论工拙，直是气象不同。"[①] 而宏大壮美的唐诗气象正是在多元民族文化交融、汇聚而产生的活力充沛的社会文化的"气象"基础上出现的。而根源则是唐朝统治者拥有有容乃大、海纳百川的开放视野、胸怀和全力倡导、实践着的天下一家、华夷一体的政治理念。与汉代统治不同的是，唐王朝是在前代多元

---

① （南宋）严羽著，郭绍虞校释：《沧浪诗话》，人民文学出版社1961年版，第144页。

民族文化交融、地域文化交融的强劲、深厚基础上建立的一代王朝。陈寅恪先生说："隋唐制度虽极广博纷繁，然究析其因素，不出三源：一曰（北）魏（北）齐，二曰梁、陈，三曰（西）魏、周。"① 三种制度文化源头实际既指汉代以来的汉民族传统文化制度，更包含了五胡十六国至北朝以来的北方草原民族文化的积极因素。同时，李唐皇族本身就是民族文化交融的产物，其骨血就含有充沛的"胡族"基因。陈寅恪先生在《唐代政治史述论稿·统治阶级之氏族及其升降》一文中申扬朱熹"唐源流出于夷狄"的认识："若以女系母统言之，唐代创业及初期君主，如高祖之母为独孤氏，太宗之母为窦氏，即纥豆陵氏，高宗之母为长孙氏，皆是胡种，而非汉族。故李唐皇室之女系母统杂有胡族血胤，世所共知，不等阐述。"② 由此，李唐王朝的建立不论是文化制度渊源，还是血缘文化基础，均是民族文化交融、汇合的结晶，对民族文化、外来文化具有一种天然、自觉的亲和力和包容感，从而直接影响到唐王朝政治统治意识和统治理念，致使唐初统治者高擎民族文化交融之旗帜，推行各民族共存、胡汉一家、天下一家的政治方略。《贞观政要》记载："贞观四年（630 年），太宗曰：'隋炀帝性好猜防，专信邪道，大忌胡人，乃至谓胡床为交床，胡瓜为黄瓜，筑长城以避胡……终被宇文化及使令狐行达杀之。'"在唐太宗看来，"夷狄亦人耳，其情与中夏不殊。人主患德泽不加，不必猜忌异类。盖德泽洽，则四夷可使如一家；猜忌多，则骨肉不免为仇敌。"③ 明确了"自古皆贵中华，贱四夷，朕独爱之如一，故其种落皆依朕若父母"（《贞观政要》卷六）的进步观念。以上述观点为核心的政治统治理念自然为民族文化交融的深广、拓进以及在文学艺术层面的充分表现奠定基础。

首先是岑参、高适为代表的边塞诗美追求的风格之奇雄、壮伟方面的独树一帜。传统观点自是将边塞诗美定格在雄健、壮伟之

---

① 陈寅恪：《隋唐制度渊源略论稿》，生活·读书·新知三联书店 2001 年版，第 3 页。
② 同上书，第 183 页。
③ （北宋）司马光：《资治通鉴》卷 193，北岳文艺出版社 1995 年版，第 1358 页。

第四章 豪壮、雄放、深婉、多彩的诗美世界

上,但是必须注意此种审美判断恰恰是自岑参、高适的边塞诗作而蔚为大观的,也就是说奇雄、壮伟的草原边塞诗美是自岑参等人的边塞诗创作而展露于唐代诗坛的,相对于以往的边塞诗美园地而言,无疑就是一种强有力的探索、创新。岑参在《北庭西郊候封大夫受降回军献上》一诗中回顾自我边塞经历说:"胡地苜蓿美,轮台征马肥。大夫讨匈奴,前月西出师。甲兵未得战,降虏来如归。橐驼何连连,穹帐亦累累。阴山烽火灭,剑水羽书稀。却笑霍嫖姚,区区徒尔为。西郊候中军,平沙悬落晖。驿马从西来,双节夹路驰。喜鹊捧金印,蛟龙盘画旗。如公未四十,富贵能及时。直上排青云,傍看疾若飞。前年斩楼兰,去岁平月支。天子日殊宠,朝廷方见推。何幸一书生,忽蒙国士知。侧身佐戎幕,敛衽事边陲。自逐定远侯,亦著短后衣。近来能走马,不弱并州儿。"除了赞美将军的赫赫战功之外,敢于将自己一介书生与游牧健儿相提并论,可见其豪情万丈以及对边塞生活的熟谙程度,这一切都使岑参成为唐人中最杰出的草原边塞诗人。清人翁方纲的《石洲诗话》说:"嘉州之奇峭,入唐以来所未有。又加以边塞之作,奇气益出,风云所感,豪杰挺生,遂不得不变出杜公矣。"[①] 岑诗之奇情奇景为读者描绘了一幅充满异域情调和浪漫色彩的边地艺术世界,不论是酷热严寒、火山黄云、狂风巨雪,还是莽莽平沙、胡琴羌笛、野驼美酒,边塞草原的生活场景等都被移入诗中。写西北火山云的瑰丽夺目:"火云满山凝未开,飞鸟千里不敢来。"(《火山云歌》)写出西北特有的厚重欲坠、鲜艳如火的积云特征。写热海水的炙热:"海上众鸟不敢飞,中有鲤鱼长且肥。……蒸沙砾石燃虏云,沸浪炎波煎汉月。"(《热海行》)描绘热泉滚涌、白气飞腾的地下水迸溅的奇观。写独具草原风情的宴饮舞蹈:"琵琶长笛曲相和,羌儿胡雏齐唱歌。浑炙犁牛烹野驼,交河美酒金叵罗。"(《酒泉太守席上醉后作》)"曼脸娇娥纤复秾,轻罗金镂花葱茏。回裙转袖若飞雪,左旋右旋生旋风。"(《田使君美人舞如莲花北鋋歌》)将新疆

[①] (清)翁方纲:《石洲诗话》,中华书局1981年版,第31页。

和甘肃的生活情调写得艳丽无比、风生水起。岑参草原诗作还有一点值得注意，就是写边地各族百姓浓烈的融合力，特别是唐军所至得到当地百姓的拥护支持，如："军中置酒夜挝鼓，锦筵红烛月未午。花门将军善胡歌，叶河蕃王能汉语。"（《与独孤渐道别长句兼呈严八御史》）这在历代草原诗篇中都是极其少见的。更主要的是，边庭草地严酷而恶劣的自然环境，本应给人以痛苦和灾难般的感受，但在岑参笔下，却借助奇特想象、大胆夸张和浪漫的激情，变成具有强大力量感和映衬戍边将士壮伟情怀的秀丽审美对象，让人沉浸于西北独有的自然景观之中，如："君不见走马川行雪海边，平沙莽莽黄入天。轮台九月风夜吼，一川碎石大如斗，随风满地石乱走。……将军金甲夜不脱，半夜军行戈相拨，风头如刀面如割。马毛带雪汗气蒸，五花连钱旋作冰，幕中草檄砚水凝。"（《走马川行奉送出师西征》）风雪严寒、军中奇冷反而成为将士戍边壮伟无畏精神的有力衬托，使奇丽壮美构成了岑参草原诗作的主要特色。高适的草原诗作的主要特点在于思想深度的开掘，具有边塞诗史的特质。尤其是他的代表作《燕歌行》将唐代草原边塞诗的内涵之深蕴、丰富推向了极致，成为唐代草原边塞诗现实主义美学追求的典范、顶峰。

其次是边塞诗将北朝以来的以"尚胡"为主的追异求新之风推向了极致，"胡人"遍地、"胡风"弥漫、"胡色"大盛、"胡气"纵横，"以胡为美"成为社会生活时尚追求的风向标，而草原边塞诗则首次浓墨重彩地展示了这一中国文化史、文学史上从未有过的草原边塞异域文化之美，异质充盈、色彩缤纷。学者向达著文说："李唐起自西陲，历事周隋，不唯政制多袭前代之旧，一切文物亦复不间华夷，兼收并蓄。第七世纪以降之长安，几乎为一国际都会，各族人民，各族宗教，无不可于长安得之。太宗雄才大略，固不囿于琐微，而波罗毯之盛行唐代，太宗即与有力焉。开元、天宝之际，天下升平，而玄宗以声色犬马为羁縻诸王之策，重以蕃将大盛，异族入居长安者多，于是长安胡化盛极一时，此种胡化大率为西域风之好尚：服饰、饮食、宫室、乐舞、绘画，竞事纷泊；其极社会各方面,隐约皆有所化,好知者盖不仅帝王及一二贵戚达官已也。"①《全唐文》记载曰:"伏见胡乐施于音律,本备四夷之教,比来日益游宕。异曲新声思淫溺,始自王公,稍及闾巷。妖妓胡人、街童士子,或言妃主情貌,或列王公名质,咏歌蹈舞,号曰合生。"可谓铺天盖地,盛极一时。

"胡气"风行天下,最引人瞩目的则是与中原人物形象神貌或者生活习惯有着明显差异的"胡人"群体。关于唐代"胡人",陈寅恪先生说:"一为其人之氏族本是胡类,而非汉族;一为其人之氏族虽为汉族,而久居河朔,渐染胡化,与胡人不异。"②说明汉胡相融之深之广,而北方草原边塞诗作则对其中的艺人、商人、旅人、传教者的形象做了精彩描绘,堪为唐代"胡人"人物系列画廊。岑参在《胡笳歌送颜真卿使赴河陇》一诗中写胡人艺人吹奏胡笳的情景:"君不闻胡笳声最悲?紫髯绿眼胡人吹。吹之一曲犹未了,愁杀楼兰征戍儿。凉秋八月萧关道,北风吹断天山草。昆仑山南月欲斜,胡人向月吹胡笳。胡笳怨兮将送君,秦山遥望陇山云。边城夜夜多愁梦,向月胡笳谁喜闻?"显现了边地胡人内心丰富的情感。而高适的《和王七玉门关听吹笛》则描绘关塞倾听胡人吹笛的景况:"胡人吹笛戍楼间,楼上萧条海月闲。借问落梅凡几曲?从风一夜满关山。"岑诗悲凉,高诗雅淡,而情调风格又与乐器特点相宜,可谓各臻其妙。李贺的《龙夜吟》则描述了倾听胡人吹奏竹管的神奇感受:"卷发胡儿眼睛绿,高楼夜静吹横竹。一声似向天上来,月下美人望乡哭。直排七点星藏指,暗合清风调宫徵。蜀道秋深云满林,湘江半夜龙惊起。玉堂美人边塞情,碧窗皓月愁中听。寒砧能捣百尺练,粉泪凝珠滴红线。胡儿莫作陇头吟,隔窗暗结愁人心。"如果说前二首音乐阔大而沉厚,那么此诗所描摹的乐曲则更为细腻、深渺,暗合竹箫、竹笛等管乐之器表情的深细、悠扬的特质;更使人不由称奇的是此曲如同天上传来,激荡起美人思

---

① 向达:《唐代长安与西域文明》,河北教育出版社2001年版,第42页。
② 陈寅恪:《唐代政治史述论稿》,生活·读书·新知三联书店2001年版,第15页。

念边塞戍边之人的无限深情，从而将塞外的荒远与江南的美艳连接在一起，给人以奇丽而深幽的艺术想象，可谓天上神曲一般荡人心魄。

北方草原边塞诗篇展示胡人从艺者中最为引人注目的是来自西北草原的胡人音乐舞蹈家所展示的高超的舞蹈技艺，据学者向达先生研究，出自西北草原边塞的胡人舞蹈种类繁多，有《胡腾》《胡旋》《柘枝》等名称，皆在"开元、天宝以后，盛行于长安，后更遍及于中国各处也"①。白居易专门写了《胡旋女》一诗加以赞美："胡旋女，胡旋女，心应弦，手应鼓。弦鼓一声双袖举，回雪飘飘转蓬舞。左旋右旋不知疲，千匝万周无已时。人间物类无可比，奔车轮缓旋风迟。"白诗以生花妙笔描写胡旋女的生动舞姿，既有激荡人心、振聋发聩的昂扬激越的鼓乐之声，又有千转万旋的胡女飞旋，对于习惯于钟鼓庙堂之乐的民众而言，可谓奇妙无穷、顿开眼界，以至于诗人用"人间物类无可比"来形容，产生了极大的轰动效应。李端的《胡腾儿》则生动展现胡腾儿舞蹈表演的全部过程："胡腾身是凉州儿，肌肤如玉鼻如锥。桐布轻衫前后卷，葡萄长带一边垂。帐前跪作本音语，拾襟揽袖为君舞。安西旧牧收泪看，洛下词人抄曲与。扬眉动目踏花毡，红汗交流珠帽偏。醉却东倾又西倒，双靴柔弱满灯前。环行急蹴皆应节，反手叉腰如却月。丝桐忽奏一曲终，呜呜画角城头发。胡腾儿，胡腾儿，故乡路断知不知。"凉州胡儿状貌与中原人氏判若两端、形象迥异，肌肤纯白、鼻端挺健，动若脱兔、静如处子，应节而动、身形百变，可谓于传统"莺歌燕舞"之外别开生面，令人目不暇接，不由产生同情之感。而张说的《苏幕遮五首》前二首则将"苏幕遮"这一极具异域特色的艺术形式予以展示："摩遮本出海西胡，琉璃宝服紫髯胡。闻道皇恩遍宇宙，来将歌舞助欢娱"；"绣装帕额宝花冠，夷歌骑舞借人看。自能激水成阴气，不虑今年寒不寒"。"苏幕遮"源于西域龟兹，是龟兹人在祭祀文化基础上形成的一种乞求生活顺达、远离灾

---

① 向达：《唐代长安与西域文明》，河北教育出版社2001年版，第65页。

第四章　豪壮、雄放、深婉、多彩的诗美世界

祸的综合民间乐舞,服饰、道具极具异域风情:缀满琉璃饰品的衣服、高耸于顶的额冠,轻盈曼妙的歌舞,极具力量之感的骑势动作,喷水化气的魔术表演,使人产生一种如梦如幻的"时空转变"之感,多种艺术形式的综合运用,带给唐代长安市民一种从未有过的新鲜刺激的审美享受。

如果说以上胡人舞蹈艺术家男女间有的话,那么既具女性的风情万种,又兼艺术特质,更能善解人意、与人交流,在唐诗人心目中独占一席之地的胡人应数闹市酒肆中的"胡姬"形象。胡姬入诗始见于东汉辛延年的《羽林郎》一诗,从年龄、服饰、发型、情状等多方面刻画一位北方草原民族的少女形象,虽然惊艳无比,但与主体交流、来往处着墨无几,充其量只是外在形象的惊艳无比;而时至唐朝,商业繁盛、酒肆林立,从事卖酒、侍酒事务的多为北方胡地年轻女性,向达先生说:"是当时贾胡,固有以卖酒为生者也。侍酒者既多为胡姬,就饮者亦多文人,每多形之吟咏,留连叹赏";"西市及长安城东至曲江一带,俱有胡姬侍酒之酒肆"。① 那对于面对新奇新异现象有着特殊艺术敏感的文人来说,胡姬就成为他们体味人生、倾吐情感、宣泄自我的最佳对象。草原边塞诗对此极尽表达之能事,著名边塞诗人岑参作《青门歌送东台张判官》一诗说:"青门金锁平旦开,城头日出使车回。青门柳枝正堪折,路傍一日几人别。东出青门路不穷,驿楼官树灞陵东。花扑征衣看似锦,云随去马色疑骢。胡姬酒垆日未午,丝绳玉缸酒如乳。灞头落花没马蹄,昨夜微雨花成泥。黄鹂翅湿飞转低,关东尺书醉懒题。须臾望君不可见,扬鞭飞鞚疾如箭。借问使乎何时来,莫作东飞伯劳西飞燕。"在"胡姬酒垆"与友饯别,一方面是依依不舍的款款情愫,另一方面又是极具异域风情的酒楼,不论是醉人的美色,还是豪放的气韵,都能使诗人酣畅淋漓、情脉流淌。故而岑参又在《送宇文南金放后归太原寓居因呈太原郝主簿》一诗中提到胡姬:"归去不得意,北京关路赊。却投晋山老,愁见汾阳花。翻作灞陵客,怜君

---

① 向达:《唐代长安与西域文明》,河北教育出版社2001年版,第40页。

丞相家。夜眠旅舍雨，晓辞春城鸦。送君系马青门口，胡姬垆头劝君酒。为问太原贤主人，春来更有新诗否。"人生失意需要饮酒解忧，而胡姬劝酒更添无限魅力，既有离别时的忧伤，又有祈愿时的浪漫，再加上胡姬特具的豪情异彩，使得人间的凡俗之别拥有了更多的异域美质和风调。胡姬作为西域草原女性进入中原的代表，不论是性别的特异，还是其自身的禀赋，都自觉不自觉地成了西部异域草原风情、文化的主要载体，对于传统文人的审美世界形成了巨大的冲击和刺激。她们不同于中原礼教社会熏养下而成就的窈窕淑女，也异于被迫走入风尘渴望从良的青楼娼妓，她们体现着独具西域特色的刚健与奇特，追逐新异、喜好浪漫、渴求热烈的英迈之气与唐代边塞文人的豪壮坦荡之格紧密融合起来，形成了唐诗中特有的奇艳绝伦的胡姬现象。一方面胡姬以其独具异域色彩的天生丽质和脱俗豪放点缀着唐人的浪漫生活，成为他们追求风流放歌人生的必要内容，比如多情李白在《前有一樽酒行》中说："琴奏龙门之绿桐，玉壶美酒清若空。催弦拂柱与君饮，看朱成碧颜始红。胡姬貌如花，当垆笑春风。笑春风，舞罗衣，君今不醉将安归？"胡姬成为诗人纵情人生的倾诉对象。另一方面，胡姬来自西部草原，崇尚雄健英豪的阳刚之美，她们视礼教如虚无，张扬个性、大胆粗豪、热情似火，无疑对枯寂与死亡并存的边塞生涯是一种强有力的诱惑与缓解，进而成为温暖、慰藉边塞将士生活的美丽风景。唐代章孝标的《少年行》和温庭筠的《敕勒歌塞北》均对此有所描写。前者写"平明小猎出中军，异国名香满袖薰。画槛倒悬鹦鹉嘴，花衫对舞凤凰文。手抬白马嘶春雪，臂竦青鹘入暮云。落日胡姬楼上饮，风吹箫管满楼闻"。后者说"敕勒金幨壁，阴山无岁华。帐外风飘雪，营前月照沙。羌儿吹玉管，胡姬踏锦花。却笑江南客，梅落不归家"。羌管悠悠、胡姬踏舞，手舞足蹈间奇香四溢、沁入心扉，不由忘却了思乡之痛、别离之苦，而胡姬也成为了唐代草原边塞诗中一道奇艳的风景。

随着大唐国力的雄阔四方，来自西部草原异域之人愈加繁多，而在形象状貌和行为举止方面给人留下深刻印象的除了上述艺术天

第四章 豪壮、雄放、深婉、多彩的诗美世界

才之外,还有活跃于商业领域的胡人商人。对于以农业文明而著称的汉民族而言,草原民族所擅长的经商、流通始终是一个难解之谜;而在历史典籍当中西部草原的各族百姓一直就以精于经商而著称。《汉书·西域传》言:"自宛以西至安息国,颇异言,然大同,自相晓知也。其人皆深目,多须髯。善贾市,争分铢。"① 说明秦汉以来人们就对西域人有着深刻的认识,尤其在商品流通领域更是极为独特。后来的史书对此记载得更加明确、细致,《北史·西域传》说康国人"皆深目、高鼻、多髯。善商贾,诸夷交易,多凑其国"②,商品交易主要是各地各国特产之间的流通;《旧唐书·西域传》延续了这一历史:康国人"善商贾,争分铢之利。男子年二十,即远之旁国,来适中夏,利之所在,无所不在。"③ 说明西域之人有着悠久的经商传统,经商成为西部草原之人的一种重要的生存方式,胡商也就成为唐人所关注的重要对象。元稹《西凉伎》一诗曾说:"吾闻昔日西凉州,人烟扑地桑柘稠。蒲萄酒熟恣行乐,红艳青旗朱粉楼。楼下当垆称卓女,楼头伴客名莫愁。乡人不识离别苦,更卒多为沉滞游。哥舒开府设高宴,八珍九酝当前头。前头百戏竞撩乱,丸剑跳踯霜雪浮。狮子摇光毛彩竖,胡腾醉舞筋骨柔。大宛来献赤汗马,赞普亦奉翠茸裘。"其中的"大宛来献赤汗马,赞普亦奉翠茸裘"两句实际就是胡商从事物品交易所带来的结果,可谓八方风物竞相荟萃、商品交易琳琅满目。无独有偶,现实主义大诗人杜甫的《喜闻盗贼总退口号》(五首)中有三首也提到了西部草原物品进入中原的状况,更难能可贵的是将西南边陲吐蕃与内地的往来记入诗中,成为西藏地区渐入中华版图的历史记录。松赞干布与文成公主的联姻是中国古代民族文化交融史的一件大事,是当时优秀的唐朝文化与西南边陲,特别是藏族文化第一次强有力的接触,是汉民族传统文化的精华第一次大规模的有意识的输出。尹伟先在《中国西北少数民族通史》中说:"吐蕃本西羌属,

---

① (东汉)班固:《汉书》,中华书局1962年版,第3889页。
② 许嘉璐主编:《二十四史·北史》,汉语大辞典出版社2004年版,第2630页。
③ (后晋)刘昫等著:《旧唐书》,中华书局2000年版,第3613页。

盖百有五十余种，散处河、湟、江、岷间；有发羌、唐旄等，然未始与中国通，居析支水西。"① 意为吐蕃本属古代西羌的一部分，大致在距今两千多年前，迁至西南方向的青藏高原，逐渐与当地土著融合，形成古代的吐蕃民族。唐时其首领松赞干布平定叛乱，实现了西藏的统一，后仰慕中土文化与文成公主联姻。《旧唐书·吐蕃列传》记载："贞观十五年，太宗以文成公主妻之，令礼部尚书、江夏郡王道宗主婚，持节送公主于吐蕃。弄赞率其部兵次柏海，亲迎于河源。见道宗，执子婿之礼甚恭。既而叹大国服饰礼仪之美，俯仰有愧沮之色。及与公主归国，谓所亲曰：'我父祖未有通婚上国者，今我得尚大唐公主，为幸实多。当为公主筑一城，以夸示后代。'遂筑城邑，立栋宇以居处焉。公主恶其人赭面，弄赞令国中权且罢之，自亦释毡裘，袭纨绮，渐慕华风。仍遣酋豪子弟，请入国学以习《诗》《书》。又请中国识文之人典其表疏。"将唐朝文化大力引入，先在上层贵族中展示、推行，后逐渐形成"渐慕华风"的价值追求。由文成公主与松赞干布联姻开始，中原文化与吐蕃文化的交融正式拉开了大幕，吐蕃与古代中华的距离才一步步拉近，最终融入到中华民族的大家庭之中。杜诗记录有三：一是"赞普多教使入秦，数通和好止烟尘。朝廷忽用哥舒将，杀伐虚悲公主亲"；二是"崆峒西极过昆仑，驼马由来拥国门。逆气数年吹路断，蕃人闻道渐星奔"；三是"勃律天西采玉河，坚昆碧碗最来多。旧随汉使千堆宝，少答胡王万匹罗"。杜诗以写实之法写边塞冲突逐步消隐，打开了尘封已久的和平互通之门，公主和亲、民族交融，唐朝与西部各民族的交流愈加频繁，人物、车马、物品往来不已；杜诗第三特别提到了唐朝用丝绸换取勃律玉石和坚昆碧碗之事，可见当时民族交融之广、商品交易之盛。在来往于西域与唐王朝商品流通过程中，胡商特异的珠宝欣赏、鉴别能力使唐人惊叹不已，以至于不触红尘的诗僧寒山在《诗三百三首》中也有这样的表

---

① 尹伟先：《中国西北少数民族通史》（隋唐五代卷），民族出版社2009年版，第269页。

第四章 豪壮、雄放、深婉、多彩的诗美世界

述:"掘得一宝藏,纯是水精珠。大有碧眼胡,密拟买将去。余即报渠言,此珠无价数。"宝物罕见,而西域胡商慧眼识宝,意欲采取手段,购得此物;而寒山恐宝物流失,询问他人,此珠确为无价之宝。寒山作为遁隐古刹之人,居然注意到了一次常见的珠宝交易,可见西域胡商经商活动的社会影响力之大。中唐诗人刘禹锡有一首吊慰杨贵妃的《马嵬行》诗,全诗写道:"绿野扶风道,黄尘马嵬驿。路边杨贵人,坟高三四尺。乃问里中儿,皆言幸蜀时。军家诛戚族,天子舍妖姬。群吏伏门屏,贵人牵帝衣。低回转美目,风日为无晖。贵人饮金屑,倏忽舜英暮。平生服杏丹,颜色其如故。属车尘已远,里巷来窥觑。共爱宿妆妍,君王画眉处。履綦无复有,履组光未灭。不见岩畔人,空见凌波袜。邮童爱踪迹,私手解鬐结。传看千万眼,缕绝香不歇。指环照骨明,首饰敌连城。将入咸阳市,犹得贾胡惊。"诗歌以实录之笔描写杨贵妃死后惨状,特别是坟墓中的宝物流入民间,百姓争相目睹,就连浸润宝物日久的西域胡商也极为稀罕,感叹中原宝贝的繁多和价值之高。刘禹锡的《马嵬行》本是咏史怀古之作,但却触及了西域商人关注杨贵妃陪葬品的事件,一方面表现出贵族的奢华,另一方面也慨叹西域商人的眼光独具,从中可窥唐代西部草原商人活动的身影。

在来自西部广袤异域草原的胡人群体当中,还有一支人生经历特别奇特、理想追求尤为崇高的队伍,即致力于宗教传播的胡人胡僧。谈及"胡人"的范围,殆至唐朝,传统意义的北方,尤其是西北草原民族、游牧民族的"胡人"的内涵继续延伸,而由于中外文化交流的深入,特别是域外之人的逐步增多,对于中亚以及欧洲等西方国家之人,甚至是印度人,也笼统地称作胡人,特别是传播印度佛教的人尤为突出。也许是东方地域辽阔、人口众多的缘故,或许是佛教较早地传入中原的缘故,来自西部草原和印度的胡人传教者日趋增多。根据佛教史传和有关历史文献,先后有西域的于阗、疏勒、高昌、康国、吐火罗国等地的僧人来到中华大地,还有古印度的大量僧人也汇集于人口稠密之处,弘法为怀、传教为上,克服千难万险,随缘化法、度化大众,成为入唐胡人中一种奇特的群

体，从而也进入了唐诗人，特别是草原边塞诗人的艺术视野。

深得唐人关注的首先是胡僧形貌的奇特，唐人多以"碧眼""青眼"视之，实为色彩奇丽之缘故。唐代诗僧贯休的《山居诗二十四首》其一写道："业薪心火日烧煎，浪死虚生自古然。陆氏称龙终妄矣，汉家得鹿更空焉。白衣居士深深说，青眼胡僧远远传。刚地无人知此意，不堪惆怅落花前。"对于胡僧独特容貌和对于佛教的传扬予以描写，且涉及了佛教传扬的传播途径，即居士状态的传扬，还有纯粹教徒的流播。唐代诗人张祜在《题画僧二首》中说："骨峭情高彼岸人，一杯长泛海为津。僧仪又入清流品，却恐前生是许询。瘦颈隆肩碧眼生，翰林亲赞虎头能。终年不语看如意，似证禅心入大乘。"明确高僧是异域之人，身形状貌与中原人士有所不同，长颈、隆肩、碧眼，但佛心虔诚、佛志坚韧，深得众人的赞许。其次是胡僧对于佛教修持和传播的坚定和付出，给唐人留下了极为深刻的印象，主要指胡僧万里而来，历经千辛万苦，其中包括生活的极为艰苦、身体的极度劳损、过程的极为孤独、心志的异常恒定、对于佛学的极度追求等。唐诗人权德舆有诗《锡杖歌送明楚上人归佛川》写道："上人远自西天竺，头陀行遍国朝寺。口翻贝叶古字经，手持金策声泠泠。护法护身唯振锡，石濑云溪深寂寂。乍来松径风露寒，遥映霜天月成魄。后夜空山禅诵时，寥寥挂在枯树枝。真法常传心不住，东西南北随缘路。佛川此去何时回，应真莫便游天台。"写来自天竺印度的僧人头陀为了弘大佛学，遍行唐朝佛教寺院，其传教方式是极具印度佛教特色的"口翻贝叶"之经、教化大众，而其身份标志则为"手持金策"，虽然有孤寂冷清之苦，但在胡僧看来，恰是佛家随缘方便、修养佛学之路。对此，草原边塞诗人岑参更是深有感触，他对于胡僧的远涉万里、护法修行、传扬佛理的崇高壮举和身居高山之巅、远离人间烟火的佛家修为极度推崇，在其《太白胡僧歌并序》中写道："太白中峰绝顶，有胡僧，不知几百岁。眉长数寸，身不制缯帛，衣以草叶，恒持楞伽经。云壁迥绝，人迹罕到。尝东峰有斗虎，弱者将死，僧杖而解之。西湫有毒龙，久而为患，僧器而贮之。商山赵叟，前年

第四章 豪壮、雄放、深婉、多彩的诗美世界

采茯苓,深入太白,偶值此僧。访我而说,予恒有独往之意,闻而悦之,乃为歌曰:闻有胡僧在太白,兰若去天三百尺。一持楞伽入中峰,世人难见但闻钟。窗边锡杖解两虎,床下钵盂藏一龙。草衣不针复不线,两耳垂肩眉覆面。此僧年几那得知,手种青松今十围。心将流水同清净,身与浮云无是非。商山老人已曾识,愿一见之何由得。山中有僧人不知,城里看山空黛色。"从中可见岑参对胡僧的极度向往、艳羡之情:一是胡僧年岁之长之久,已带有强烈的神秘色彩;二是衣食等常人依赖之物均受自然之馈赠,世所罕见;三是不因社会、自然之变化而有所改变,在人迹罕至之处专事佛学修为,养就救死、伏龙之神通,多为百姓出力,普度众生、救苦救难的佛家宗旨有了更为新奇的实现途径;四是"恒持楞伽经",形象庄严,给人留下极为深刻的印象。最后是胡僧在唐日久,不由自主在传扬佛教的过程中习染中国文化,特别是对于唐诗有着特殊青睐和浸润,逐渐养成了吟诗弄句之生活习惯,白居易的《秋日怀杓直时杓直出牧澧州》一诗说:"晚来天色好,独出江边步。忆与李舍人,曲江相近住。常云遇清景,必约同幽趣。若不访我来,还须觅君去。开眉笑相见,把手期何处。西寺老胡僧,南园乱松树。携持小酒榼,吟咏新诗句。同出复同归,从朝直至暮。风雨忽消散,江山眇回互。浔阳与湓阳,相望空云雾。心期自乖旷,时景还如故。今日郡斋中,秋光谁共度。"诗中提到西寺胡僧吟咏诗句的日常生活场景,实为胡僧感慕唐朝诗歌文化之风气,也逐步用诗歌来表达生活感受。

由此,胡姬、胡商、胡僧等点缀着灿烂无比的唐诗,丰富着唐代北方草原边塞诗的多彩风景,成为草原边塞诗人追新逐异审美世界的亮丽一笔。

不唯如此,唐代北方草原诗篇还将审美视野延伸到广阔北方草原的深处,对于北方草原异域固有的地理环境、风土人情、生活习俗等内容多有涉及,可谓北方草原异域文化的大观园;以此表现为中心,唐代北方草原边塞诗篇以百川聚海之势吸纳异域美学元素,从而使唐代诗歌呈现出异彩纷呈、争相夺目的多元美学特质,有力

227

地拓展了古代诗歌的美学领域。

首先是对壮阔、博远、雄奇的北方草原地理美学特质的集中展现。地理美学是将文化地理学和地理学、美学等学科高度融合而形成的、以研究地理客体的审美规律为主要内容的学问。虽然迄今为止，人们还无法对其有一个非常准确的科学性的把握，但地理环境、地理认识、地理表达等历史事实无一不渗透着人们的审美认识、审美情感、审美表达已经成为不争的客观存在。就像古代诗歌等文体对于特殊地理环境的表现，实际就是地理美学的鲜活再现。由此，唐代北方草原边塞诗篇对于西北边塞草原的异常集中性、全方位描写，堪为古代北方草原地理美学的艺术表达。对于长期生活于中原、南方的古代文人来说，北方草原无论从哪个角度说，总是给予他们极为震撼的艺术感染力，一种从未进入视觉感受的新异、壮阔之感油然而生，一种从未有过的身置其中的地理风物之异直接刺激着他们的审美触觉，促使他们重新激活、改换固有的审美意识，去拥抱和歌咏这一陌生而充满生机的大地，而北方草原边塞的地物风貌、地理特征总是最早进入他们的审美视野。罗庸先生曾说："南朝征戍诗为文人想象之作，故内容多雷同。"① 相对于南北朝边塞诗人而言，唐朝边塞诗人走出了楼台亭阁、小桥流水，走出了道德约束、模山范水，而是亲身长时期地触摸、感受北方草原这一神奇的审美对象，所以北方草原之美展现的客观性、真实性较以往的表现大大增强。西北边疆草原或称之为广阔的西域草原客观上本身就具有浓重的神秘色彩，有着极为丰富的文化意义，唐代学者裴矩专门编撰《西域图记》予以介绍，《西域图记》序言说："虽大宛以来，略知户数，而诸国山川，未有名目。至如姓氏风土，服章物产，全无纂录，世所弗闻。复以春秋递谢，年代久远，兼并诛讨，互有兴亡。或地是故邦，改从今号，或人非旧类，因袭昔名。兼复部民交错，封疆移改，戎狄音殊，事难穷验。"② 意味着对于

---

① 郑临川记录，徐希平整理：《茄吹弦颂传薪录——闻一多罗庸论古典文学》，上海古籍出版社2002年版，第297页。
② 陈尚君：《全唐诗补编》，中华书局1992年版，第748—749页。

第四章 豪壮、雄放、深婉、多彩的诗美世界

唐人来说,西部草原就是一个极为陌生、遥远的所在,此地区的历史沿革、人情风物、地理环境等全然是一种未知的状态。而正是在这样一种首次接触、碰撞的心理之下,唐代草原边塞诗篇给我们绘制了一幅幅充满北国地理美学特质的草原画卷。

边塞诗人代表岑参踏上北国,一路走来惊奇不断,到处留下了他吟咏北国地理环境风物之新、之异的诗作。轮台就是其中的一个代表。《轮台即事》写道:"轮台风物异,地是古单于。三月无青草,千家尽白榆。蕃书文字别,胡俗语音殊。愁见流沙北,天西海一隅。"这里提到的轮台实际是古代边塞诗作的一个标志性地理对象符号,具有极为丰富的地理文化内涵。轮台有所谓汉朝轮台和唐代轮台之别,虽然对于唐诗中的轮台到底指何处有着较为激烈的争论,但大体上人们还是以唐代轮台即今乌鲁木齐一带为主。唐代初年,唐朝周边尤其是西部、西南部的政权日趋强盛,不断威胁到唐王朝的统治。对此,学者陈寅恪在《唐代政治史述论稿下篇》的《外族盛衰之连环性及外患与内政之关系》一文中曾经讲过:"唐关中乃王畿,故安西四镇为防护国家重心之要地,而小勃律所以成唐之西门也。玄宗之世,华夏、吐蕃、大食三大民族皆称盛强,中国欲保其腹心之关陇,不能不固守四镇。欲固守四镇,又不能不扼据小勃律,以制吐蕃,而断绝其与大食通援之道。当时国际之大势如此,则唐代之所以开拓西北,远征葱岭,实亦有其不容已之故,未可专咎时主之黩武开边也。"为了更加有效地控制西北边疆,唐朝设置了安西都护府、北庭都护府等政治军事机构,陈文中提到的四镇实际为整个西北边塞的缩影,而对于戍边的将士来说凡是唐朝管辖的城塞均为军事要冲,均为捍卫领土的所在,轮台只是其中较为重要的要塞之一。岑参草原边塞诗有多次提到轮台;《北庭西郊候封大夫受降回军献上》中的"胡地苜蓿美,轮台征马肥";《北庭贻宗学士道别》中的"忽来轮台下,相见披心胸";《使交河郡,郡在火山脚,其地苦热无雨雪,献封大夫》中的"奉使按胡俗,平明发轮台";《白雪歌送武判官归京》中的"轮台东门送君去,去时雪满天山路";《轮台歌奉送封大夫出师西征》中的"轮台城头

夜吹角,轮台城北旄头落。羽书昨夜过渠黎,单于已在金山西。戍楼西望烟尘黑,汉兵屯在轮台北";《天山雪歌送萧治》中的"交河城边飞鸟绝,轮台路上马蹄滑";《走马川行奉送封大夫出师西征》中的"轮台九月风夜吼,一川碎石大如斗,随风满地石乱走";《与独孤渐道别长句兼呈严八侍御》中的"轮台客舍春草满,颍阳归客肠堪断";《送刘郎将归河东,同用边字》中的"谢君贤主将,岂忘轮台边";《发临洮将赴北庭留别,得飞字》中的"闻说轮台路,连年见雪飞";《临洮泛舟,赵仙舟自北庭罢使还京》中的"白发轮台使,边功竟不成";《首秋轮台》中的"轮台万里地,无事历三年";《赴北庭度陇思家》中的"西向轮台万里余,也知乡信日应疏";《登北庭北楼呈幕中诸公》中的"尝读西域传,汉家得轮台";《送李副使赴碛西官军》中的"知君惯度祁连城,岂能愁见轮台月"。凡此种种,均说明岑参对边塞生活有着长时期的亲身体验,在这里他送军出征、胜利祝捷、为友饯别、思乡念亲、忧伤国事,特别是感风物气候之异、发触目惊心之语,将北国的壮阔无边、风物之奇、气候之异表现得奇崛夺目、生气流注,充满了新异奇突之美。一是充满了历史的厚重感、沧桑感,使人触目所及皆为边地、战争、异域之物象,从而将温馨、和平、欢乐等庸常生活愿望弃之脑后,从而进入一个风雨飘摇、血腥残酷、恐怖生疏的天地。这里地域辽阔无边,处于中原以西极为遥远的地带,"愁见流沙北,天西海一隅"句写出了此地的辽远、独倚,犹如天的西部、海之一角,使人不觉联想到王昌龄的《从军行》中的"青海长云暗雪山,孤城遥望玉门关"之句,显现了西北边塞的旷远、辽阔。同时,"地是古单于""汉兵屯在轮台北"等写出了此地历经战争风云洗礼、战争痕迹鲜明、民族对抗频仍等特点,不由自主地产生出一种战争的严酷感、紧张感、沉重感,肃杀、严峻之气顿时散发开来;而以"出征"为题的诗歌则直接显示了战争的紧迫、临近。二是突出了边地别开生面的异域风貌、情状,令人耳目一新,甚至瞠目结舌。这里,地域之奇、之异以铺天盖地之势扑面而来,带给人们从未有过的新奇之感,将人们带入一个从未谋面的

第四章 豪壮、雄放、深婉、多彩的诗美世界

新鲜世界。比如莫贺延碛,指处于玉门关至哈密之间的沙漠戈壁地带,是丝绸之路北道必经之处,也是唐王朝经略西北边疆的重要区域。《新唐书·吐蕃传》记载武后之时,曾有大臣建议废除西北四镇,右史崔融则反对,献议曰:"今孝杰一举而取四镇,还先帝旧封,若又弃之,是自毁成功而破完策也。夫四镇无守,胡兵必临西域,西域震则威慑南羌,南羌连衡,河西必危。且莫贺延碛袤二千里,无水草,若北接虏,唐兵不可度而北,则伊西、北庭、安西诸蕃悉亡。"明确指出莫贺延碛对于西北边防的重要价值,要求武后一定要派兵驻防。根据《大唐慈恩寺三藏法师传》的记录,此地区"长八百余里,古曰沙河,上无飞鸟,下无走兽,复无水草";对于初到此地之人来说犹如地狱一般恐怖,玄奘"四顾茫然,人鸟俱绝,夜则妖魑举火,灿若繁星;昼则惊风拥沙,散若时雨。……此等危难百千不能备叙"[①]。虽然《大唐慈恩寺三藏法师传》有诸多想象神秘之处,但莫贺延碛的了无生机是客观的,确为人烟罕至之地。然而就是这样一处西北荒漠,却进入了岑参的艺术天地,其《日没贺延碛作》一诗成为唐人草原边塞诗中唯一咏叹此处的诗作,充分说明岑参创作探索之广:"沙上见日出,沙上见日没。悔向万里来,功名是何物。"虽然没有形象描写莫贺延碛的荒凉寂寞,但两句沙上之语已然窥探出诗人对此地的了解之深,极目所望,唯有沙海起伏、绵延,不见一丝生命的绿意。于是不由在内心追问,是什么使自己万里到此,真的是对于功名的强烈追逐所致吗?而在笔者看来,恰恰是莫贺延碛的广远无边、寸草不生、极端寂寥才促使诗人产生这样深沉的思考。也就是说是广袤无际的荒原触动了诗人的创作思维,日出日落的场景勾起了诗人对人生时光的联想,这里,荒原日落与人生低沉有机地连为一体,使草原边塞诗具有了更为深广的思想意义。再如对于西北焉耆古国的描绘。焉耆与高昌、龟兹一样,皆为西域古国,汉代史书中多有记载,与中原王朝多有

---

① (唐)慧立本,彦悰笺:《大慈恩寺三藏法师传》卷1,载《中外交通史籍丛刊》,中华书局2000年版,第12、17页。

接触，也是古代西北边塞的要地之一。进入唐朝，此地曾时属突厥统治、时属唐朝管理、时属吐蕃统辖，是一处各方争夺之地。《新唐书·西域传》对其地理位置和生产生活等情况做了详细的记述："焉耆国直京师西七千里而赢，横六百里，纵四百里。东高昌，西龟兹，南尉犁，北乌孙。逗渠溉田，土宜麦、蒲陶，有鱼盐利。俗祝发毡衣。……俗尚娱遨。"①的确是沟通西域诸国的交通枢纽。岑参有《早发焉耆怀终南别业》一诗予以歌咏："晓笛别乡泪，秋冰鸣马蹄。一身虏云外，万里胡天西。终日见征战，连年闻鼓鼙。故山在何处，昨日梦清溪。"诗中显现焉耆古国的遥远、宽阔，西北大漠、连天接地、无边无际，此处征战不休、连年累月，不由使人产生厌战、乏味之情，因而思乡思亲之情油然而生。两首诗均以高度概括之笔总摄西北草原的凝重、深远和战争的严酷、无情，传递出戍边将士复杂无奈的深切感受。与此同时，岑参的西北草原边塞作品还对异域草原的极为奇特、怪异的独具荒漠之美魅力的地形、地貌、物候特征进行全方位的展示，带给人们更加新奇，甚至怪诞的审美享受。这里被唐人称作热海的地处中亚吉尔吉斯西北的伊塞克湖和西北荒漠特有的肆虐的黄沙、飓风、冰雪形成了岑参草原边塞诗作特有的物象，对其突兀、疾变、奇崛等客观特性予以揭示，极力张扬自然伟力的强大、严峻、冷酷，从而衬托出戍边者高尚的报国情怀。先看热海，《新唐书·地理志》对其地理位置做了详细的描述，但并没有指出热海的独特之处，而《大唐西域记》则对其有所补充，说道："山行四百余里至大清池，或名热海，又谓咸海。周千余里，东西长，南北狭。四面负山，众流交凑，色带青黑，味兼咸苦，洪涛浩汗，惊波汩淴，龙鱼杂处，灵怪间起。"②其间掺杂有想象的成分。到了岑参《热海行送崔侍御还京》和《武威送刘单判官赴安西行营便呈高开府》的笔下，则惊风雨、泣鬼神般展现了西北草原荒漠这一独特而奇异的景观。《热海行送崔

---

① （北宋）欧阳修、宋祁：《新唐书》，中华书局1975年版，第6228页。

② （唐）玄奘口述，辩机撰，季羡林等译注：《大唐西域记校注》卷1，载《中外交通史籍丛刊》，中华书局2000年版，第69页。

第四章 豪壮、雄放、深婉、多彩的诗美世界

侍御还京》写道:"侧闻阴山胡儿语,西头热海水如煮。海上众鸟不敢飞,中有鲤鱼长且肥。岸旁青草常不歇,空中白雪遥旋灭。蒸沙烁石燃房云,沸浪炎波煎汉月。阴火潜烧天地炉,何事偏烘西一隅?势吞月窟侵太白,气连赤坂通单于。送君一醉天山郭,正见夕阳海边落。柏台霜威寒逼人,热海炎气为之薄。"以往人们只注意到了诗歌对热海蒸气逼人、炙热无比、难以靠近的夸张描写,所谓"热海水如煮,众鸟不敢飞",忽略了此诗还写出了热海地域广阔、热气瞬时变化、对比鲜明异常、令人惊叹不已的一面。一边是热气蒸腾、徐徐上升、雪化霜消、沙石火热、红云密布、气吞日月,使人惊奇而恐惧;一边是寒霜逼近、冷酷无比。这就进一步烘染出热海地域的宽广无际,也显示了西北边疆天气的变化无常,可谓此热彼寒、难以忍受。与之相较,《武威送刘单判官赴安西行营便呈高开府》更是对将士戍守热海的壮志和此处的风物、气候作了更加全面的描述:"热海亘铁门,火山赫金方。白草磨天涯,湖沙莽茫茫。夫子佐戎幕,其锋利如霜。中岁学兵符,不能守文章。功业须及时,立身有行藏。男儿感忠义,万里忘越乡。孟夏边候迟,胡国草木长。马疾过飞鸟,天穷超夕阳。都护新出师,五月发军装。甲兵二百万,错落黄金光。扬旗拂昆仑,伐鼓震蒲昌。太白引官军,天威临大荒。西望云似蛇,戎夷知丧亡。浑驱大宛马,系取楼兰王。曾到交河城,风土断人肠。寒驿远如点,边烽互相望。赤亭多飘风,鼓怒不可当。有时无人行,沙石乱飘扬。夜静天萧条,鬼哭夹道傍。地上多髑髅,皆是古战场。置酒高馆夕,边城月苍苍。军中宰肥牛,堂上罗羽觞。红泪金烛盘,娇歌艳新妆。望君仰青冥,短翮难可翔。苍然西郊道,握手何慨慷。"一面是热海地理位置的异常险要、突出,扼守西北门户,"热海亘铁门",是唐军西北重要关隘;一面是沙石飘扬、四野萧条、骷髅满地、惊心动魄,真可谓古来战场拼杀之地,令人唏嘘不已。

如果说轮台、莫贺延碛、焉耆、热海成为以岑参为代表的唐代草原边塞诗人审美情感凝结、审美心理关注的几处典型化的西北草原地域的话,那么集中体现西北草原物候特征的狂风、黄沙、冰雪

则成为最富有地域气候特点的代表性景观符号。首先是对于西北草原狂风的多样性进行描写，极尽狂风的多样之状、力量之强、破坏之重。岑参的《使交河郡郡在火山脚其地苦热无雨雪献封大夫》诗中的"九月尚流汗，炎风吹沙埃"和《经火山》诗中的"我来严冬时，山下多炎风。人马尽流汗，孰知造化功"等句，将西北火山地区的狂风名之为"炎风"，明确了虽值深秋、隆冬之际，此地劲吹的狂风依然热气逼人、无法接近的景况，可以说是热风浩荡、犹如盛夏，令人惊诧不已，大自然的奇妙、神异可见一斑。接着是对狂风持续力的强劲度进行描写，狂风肆虐、时时刻刻、连天累日，使人如同置身于风口之中，岑参的《北庭作》诗中的"秋雪春仍下，朝风夜不休"和《初过陇山途中呈宇文判官》诗中的"十日过沙碛，终朝风不休"等句，尽显西北狂风大作、连日不停的奇观，可谓较早的关于沙尘暴的描写，风雪相连、沙石遍野，足见自然界的伟力，从而忘记了《老子》中的"飘风不终朝，骤雨不终日"①的警示。又写人对狂风酷烈冰冷的种种感受，以此显现风的力度之大、破坏力的强劲。岑参的《银山碛西馆》诗中的"银山碛口风似箭，铁马关西月如练"和《赵将军歌》诗中的"九月天山风似刀，城南猎马缩寒毛"等句，直笔描绘荒漠劲风拂面、如同刀剑相割般令人恐怖，足以显示西北地区寒风刺骨、遍体生寒的感觉；而他的《首秋轮台》诗中的"雨拂毡墙湿，风摇毳幕膻"和《轮台歌奉送封大夫出师西征》诗中的"剑河风急雪片阔，沙口石冻马蹄脱"则写出了风雨交加、风力无穷、摇动毡房和雪风相裹、气温骤降、沙石冻裂的奇景，前者使人无法安住，后者使马无法立足，足显西北边疆奇景。黄沙则是西北大漠的常见之物，边塞诗人历年所见，然而最主要的感受还是沙海的连绵不断、纵横交错，显现出西北荒原的空阔、荒芜、寂寥。岑参的《玉门关盖将军歌》诗中的"玉门关城迥且孤，黄沙万里白草枯"和《武威送刘单判官赴安西行营便呈高开府》诗中的"白草磨天涯，湖沙莽茫茫"等

---

① （魏）王弼注，楼宇烈校释：《老子道德经注校释》，中华书局2016年版，第57页。

◆ 第四章　豪壮、雄放、深婉、多彩的诗美世界 ◆

句,阔笔直叙黄沙万里、无边无沿,而人烟却稀少无几,一种人生的寥落、孤独之感生发开来。黄沙漫漫,连天接地,使人顿感仿佛置身天边一样,那么何处才是栖身之处?诗人不由发出"走马西来欲到天,辞家见月两回圆。今夜不知何处宿,平沙万里绝人烟"(岑参《碛中作》)的低吟。实际上,在笔者看来,黄沙的暴虐正映衬了将士心胸的宽广;草原边塞诗与其说是显示西北风物奇观,不如说是表现戍边英雄们的崇高精神;他们一方面要与凶残的敌人殊死搏斗,另一方面还要从意志上、身体上、心理上、情感上与西北的自然界相抗、斗争。然而来源于自然界的考验除了风沙之外,更有常人难以抵御的寒冷,可以说大自然对于人的精神和力量的审视、检验莫过于带有灾害性的自然力了,西北草原一方面是寒热变化莫测,一方面是荒芜旷野无际;一方面是风沙连绵,一方面是冰天雪地;但是最难以忍受的恐怕还是奇特的寒冷,透过肌肤直入心底的寒冷。尤其对于南方的文人来说,北方草原深秋严冬之际最鲜明的特点就是无法抵抗的寒冷。岑参以夸张想象之笔对此进行了极为繁复的描写,从中可见感触之深、反响之切。《白雪歌送武判官归京》中著名的写雪花飞溅、雪中奇寒奇观的名句:"北风卷地百草折,胡天八月即飞雪。忽如一夜春风来,千树万树梨花开。"夏秋之交,南方正值梨树花绽四溢的温暖之季,北方边塞已然是冰天雪地、彻骨冰冷。"散入珠帘湿罗幕,狐裘不暖锦衾薄。将军角弓不得控,都护铁衣冷难着。"雪花裹着寒气渗入帷幕,致使裘衣不暖、锦被更薄,就连将军的弓箭和盔甲也难握、难穿,而迎风飘扬的军旗也僵硬静止,无法翻卷。《走马川行奉送封大夫出师西征》中的"五花连钱旋作冰,幕中草檄砚水凝",直现骏马奔腾之气之汗在风雪之中顷刻凝结成冰,帐幕之中习文之砚水也凝冻不开。可以说,愈是强化、突出西北草原边塞自然环境的异常的广漠、艰苦、蛮荒、冷寂、奇特,特别是强调天气的超常、突变、寒冷,显现出人在奇特自然伟力中的无奈、孤苦、挣扎,就愈能展现将士的高大、伟岸,愈能凸显将士人格的卓尔不群,愈能表现将士忠诚、坚韧、奉献、报国的高尚情怀。

体现在北方草原边塞诗篇的异域奇景除了以上地域、地貌、天气特点之外，还体现在边塞诗人对于西北边疆风物、风俗、物候奇异的深刻内在体会方面。岑参的《轮台即事》开宗明义就说"轮台风物异，地是古单于"，申明轮台地区的物候特征、风俗特征等与中原迥然有别，全然是另外一种天地、另外一种景象；接着具体描绘"三月无青草，千家尽白榆。蕃书文字别，胡俗语音殊"的种种状貌，时值三月，本应春光烂漫，花草盛开，所谓草长莺飞、莺歌燕舞，然而由于天气的寒冷，时空的差异，西北草原依然是无际的荒芜、寸草未生，只有洁白的榆树在风中挺立，述说着过往的一切；而始料未及的是文字语言不同、风俗习惯有异，使人如同身处天边海角，陌生与孤独之感不由涌动开来。他的《首秋轮台》和《北庭作》指出了季节、气候等方面与内地的巨大差别，前者写道："异域阴山外，孤城雪海边。秋来唯有雁，夏尽不闻蝉。雨拂毡墙湿，风摇毳幕膻。轮台万里地，无事历三年。"除了直接表明"异域"之外，还具体描绘了夏秋之交的雁鸣蝉静之景。大雁是北方最为常见的候鸟，春来秋往，总是寄托着人的思归之情，而蝉却是栖息在树上的发声之物，也是北方大地的司空见惯的昆虫，初唐四杰之一的骆宾王以蝉明志，专门创作了唐代著名的咏物诗《在狱咏蝉》，其中"西陆蝉声唱，南冠客思侵"和"露重飞难进，风多响易沉"四句，写出了秋蝉强大的生命力，蝉的高唱正是作者心志高远、磊落高洁的形象折射。然而在西北边疆草原，蝉声了无、寂静无鸣，只有秋风浩浩，更显大地的荒远、空阔。后者写道："雁塞通盐泽，龙堆接醋沟。孤城天北畔，绝域海西头。秋雪春仍下，朝风夜不休。可知年四十，犹自未封侯。"从中可见边塞草原春季的奇特之景，"秋雪春仍下，朝风夜不休"句，意味着西北风雪的强劲的持续力量，一年四季，倒有三季风雪弥漫、无休无止，这一奇观恐怕只有长时期戍守边庭之人才能体验得到。

对于唐人来说，边塞的瞬间变化、边塞的一草一木均能进入其审美视野，不论是残垣颓壁，还是孤月大漠，都能引发其敏感的审美情志，唐人王涯的《垄上行》写道："负羽到边州，鸣笳到陇

第四章 豪壮、雄放、深婉、多彩的诗美世界

头。云黄知塞近,草白见边秋。"黄云密布、草色枯白,标志着已然到了西北边关,天地不同。但是更重要的是边塞诗人努力高扬精神崇高、意志强大、抱负深远的旗帜,虽然时时流溢出空间的极为遥远,几达天边和环境的荒蛮凄苦、难以承受,但是终归是一种精神强悍持久的陪衬、底色。虽然伴随着四季轮回的跌宕差异、花开花落的起伏不同,虽然有主体审美经验、审美心理的适应过程,虽然有新旧审美对象的截然相别,但诗人们随着对于西北草原边塞的深入体验,随着对于边疆草原民族生活的不断了解,即使是生活的窘迫、不适,时空的转换、变化,也无法从根本上撼动诗人们对于草原异域的向往、奔趋,因为那里才是审视人的精神、意志、力量的最佳战场。岑参在《登凉州尹台寺》中写道:"胡地三月半,梨花今始开。因从老僧饭,更上夫人台。清唱云不去,弹弦风飒来。应须一倒载,还似山公回。"先写随季节变化而应有的风物之变在凉州这一边塞之城的停滞,令人感慨边疆时光的凝滞不动,隐含着日月无转、时光难耐的生活感受;接着又写与尹台寺僧共餐赏乐,似乎已经忘记了季节的别样,而沉浸在凉州特有的风情之中。他的《河西春暮忆秦中》同样也写到了凉州:"渭北春已老,河西人未归。边城细草出,客馆梨花飞。别后乡梦数,昨来家信稀。凉州三月半,犹未脱寒衣。"与上首诗不同的是此诗强调了边关思乡之情,尤其在"凉州三月半,犹未脱寒衣"的晚春时节,春寒料峭、乍暖还寒,更使人难以度日,于是遥想家乡、思念亲人。需要注意的是,自然风物的迥异、季节物候的不同使文人的审美经验产生了新奇的变化,有哀怨、有沉吟,然而更多的是将异域之景化作一种新的审美感受,在审美对照中产生新的体悟、新的表达,折射出一种以昂扬、进取为主旋律的边塞审美情感。从唐人边塞诗作的一般情形来看,主体与客体结合所产生的诗的意境往往是在主体有意营造的苍凉、悲壮的情感基础上所烘托、渲染而形成的,而苍茫、辽远、荒芜的意境则有意识地与人的处境、心态相对照而显示出来。比如诗人总是将阔大无边与渺小、孤独相连,总是将自然界的变化无穷、神秘威力与人的无奈、忍受相联系起来,比如自然界

的无比广阔、博大,在此映照之下,戍边将士、边塞诗人则显示出孤单、微细之状,以此艺术构思、布局,自然形成了多重不同状态、意蕴的巨大反差、对比,最突出的就是自然伟力的无尽、变幻、辽阔与个体力量的有限、渺小、孤独,例如将士戍守之地总是在无边的苍茫的雄壮的雪域高山或连绵无际的瀚海大漠、浩浩黄河等苍凉、洪荒的背景映衬之下,用"孤城"或某一西北实际地名标示,像凉州、玉门关等,如边塞名句王之涣的《凉州词》中的"黄河远上白云间,一片孤城万仞山",晚唐诗人翁绶的《关山月》中的"笳吹远戍孤城灭,雁下平沙万里秋",上文提到的岑参的《首秋轮台》中的"异域阴山外,孤城雪海边"等,着力体现自然力、环境与人的力量的比较、冲突,体现一种客观意义上的无限的"大"、主体情感上的"孤弱"之间的冲撞,客观上造成了来自自然力客体对诗人主体的一种强大的压力、冲击,因而思家念亲、哀怨惆怅之感流淌开来。但是,情感上的低沉、感伤并不能改变和减弱戍边将士精神的高大、强壮、有力,他们努力将自我的渺小与战胜自然伟力、克服生命威胁结合在一起,努力以强大的人格提升、建构和建功报国的个体人生价值实现来对抗所面对的一切,努力以雄壮、豪迈的英雄主义精神和男儿血洒疆场的浪漫情怀来抵御所面对的一切,纵然是"青海长云暗雪山,孤城遥望玉门关",也要"黄沙百战穿金甲,不破楼兰终不还"(王昌龄《从军行》),即使是"战鼓惊沙恶天色,猛士虬髯眼前黑。单于衣锦日行兵",也欲"阵头走马生擒得""虎狼窟里空手行"(李廓《猛士行》),不管是自然阻力,还是残酷战场,草原边塞诗所展现的始终是一往无前的斗志和人的意志力的无比强劲。

正是由于戍边者精神的崇高和精神的强大,致使文人们即使长期置身异域、荒漠,也能够谈笑风生、畅情人生,在了解、亲近、接受异域风俗的同时,以生花妙笔展现其别样之美。对于唐人来说,奔赴边疆、浴血沙场并非是要泯灭种族之别、民族之别,更非以战争的形式来处理民族之间的矛盾,更不是靠战争来征服、统治其他民族,而是以战争来抵御侵略、守土卫边,保持大一统王朝的

第四章 豪壮、雄放、深婉、多彩的诗美世界

实现、完整。唐代建立以来，四海和同、民族和谐、共融并生的价值趋同心理逐步形成，唐太宗的《执契静三边》明言道："执契静三边，持衡临万姓。玉彩辉关烛，金华流日镜。无为宇宙清，有美璇玑正。皎佩星连景，飘衣云结庆。戢武耀七德，升文辉九功。烟波澄旧碧，尘火息前红。霜野韬莲剑，关城罢月弓。钱缀榆天合，新城柳塞空。花销葱岭雪，縠尽流沙雾。秋驾转兢怀，春冰弥轸虑。书绝龙庭羽，烽休凤穴烖。衣宵寝二难，食旰餐三惧。"其中的"执契""持衡"可以视之为武功、战争的变相说法，而其最终目的是万众合欢、天下一体。王维的《归西安应制》也说"无战是天心，天心同覆载"，表达了天下兵息、民族和同的美好愿望。基于此，虽然实际上确有不同文化之间的界限、障碍，但由于客观上长期的异域戍边生涯，特别是对四海和宁、安享太平美好生活的共同憧憬，诗人们热情不息地绘制了一幅幅不同民族、区域人们交流往来、展现异域生活风情的多彩画卷。诗人崔颢的《雁门胡人歌》写道："高山代郡东接燕，雁门胡人家近边。解放胡鹰逐塞鸟，能将代马猎秋田。山头野火寒多烧，雨里孤峰湿作烟。闻道辽西无斗战，时时醉向酒家眠。"描写边地胡人架鹰狩猎、野火取暖的自在生活，而作者也不由感染于逍遥无拘的情调，在酒肆中取乐、安睡，俨然一种安宁、自在、和平的生活场景。岑参的《戏问花门酒家翁》写作者凉州偶遇回纥老翁的一段经历："老人七十仍沽酒，千壶百瓮花门口。道傍榆荚仍似钱，摘来沽酒君肯否。"短短四句，写老翁待客、美酒飘香、诗人喜春、巧妙戏问等情景，字里行间表现出边塞安定、生活安定、百姓和谐的时代特征，实为盛唐时期西北河西百姓和乐生活的风俗画卷，既平中见奇，将春天的榆荚视作唐币，又幽默诙谐，逗乐、调笑七十老翁，可见当时其乐融融之况。这里不唯边城百姓渴望、追求和顺、安宁的生活，就是冲锋陷阵的将军也在战事消停之日，与少数边地少数民族同欢共乐。岑参的《玉门关盖将军歌》中"五千甲兵胆力粗，军中无事但欢娱。暖屋绣帘红地炉，织成壁衣花氍毹。灯前侍婢泻玉壶，金铛乱点野酡酥。紫绂金章左右趋，问著只是苍头奴"等，反映边地

将领在紧张的战备、战事空隙与当地胡人将士推杯换盏、举酒饮宴，幔帐、声色尽显边地特色。正是在不断接触、交流的过程中，西北边地异域的风俗、情调逐步在草原边塞诗中浓郁起来，而最鲜明的还是让人记忆最为深刻、印象最为突出、色彩最为鲜丽的异域饮食文化、服饰文化、音乐文化。如岑参诗《玉门关盖将军歌》中提到的"野酡酥"，意即草原民族喜用的乳制品酡酥，色泽金黄、香味扑鼻，可谓边地草原最为典型的日常食用之物；岑参的另外一首《酒泉太守席上醉后作》写当地烤牛烹驼的生活习俗："浑炙犁牛烹野驼，交河美酒归叵罗。"硕大无比的牛驼之物竟然也被大快朵颐，使人惊奇无比，又不由生品尝之愿。从中可见边地百姓喜用高热量之肉食、奶食、油食。而体现在服饰方面则沿袭了匈奴以来的北方草原民族多以皮裘为主的习惯，昼则为衣、夜则当被，挡风御寒、行卧方便，实际还是生活方式的简易实用观念所导致。岑参诗《赵将军歌》写道"将军纵博场场胜，赌得单于锦鼠袍"，写将军战前游戏，居然赢取了边地少数民族首领的锦鼠皮袍；其《胡歌》写道"黑性藩王貂鼠裘，葡萄宫锦醉缠头"，更加申明了边地之人以貂、鼠之毛皮为衣的习惯。中唐诗人刘商写的《胡笳十八拍》四拍写道"水头宿兮草头坐，风吹汉地衣裳破。羊脂沐发长不梳，羔子皮裘领仍左。狐襟貉袖腥复膻，昼披行兮夜披卧"，详细描绘了边地草原民族的生活习性：一是相伴水草而生，可见游牧民族对于水草的依赖；二是风烈有力，汉地服饰难以适应当地的气候；三是发髻以羊油整理，满身膻腥之气味；四是以羊皮、狐皮、貉皮做衣物，领口朝左，有的一件衣服以多种皮物制成，一来挡风，二来以此物寝卧相盖。从中可见皮裘之物在草原民族生活中的重要性。更使人难以忽视的是边塞诗人对于草原民族音乐文化的神往和追逐。中唐诗人元稹的《琵琶》一诗对此有过形象生动的反映："学语胡儿撼玉玲，甘州破里最星星。使君自恨常多事，不得工夫夜夜听。"意味着胡儿之声悠长婉转，犹如破空而出的星星，使得听者流连忘返，怅憾自己多事，无法长时期沉醉其中，可见北方草原民族音乐魅力之强。比元稹稍早的边塞诗人李颀在《听安万善吹觱篥歌》诗中说道:"南山截竹为觱篥,此乐本自龟兹出。流传汉地曲转奇,凉州胡人为我吹。傍邻闻者多叹息,远客思乡皆泪垂。世人解听不解赏,长飙风中自来往。"此诗专写西域龟兹之曲传入内地他乡的反响。从描绘来看,此乐器以竹器制成,本为西域音乐,在流播过程中逐步产生了变化,在原有情调的基础上强化了哀怨低沉的元素,思乡之情的抒发逐渐成为其主要内涵,以至于闻者垂泪、叹息不已。实际上,本诗所展现的恰恰是人所共有的一种普遍的美好的情感,这种怀乡之情最能触发人的情感机制,尤其是当人身处异地他方之时、消极落寞之际,自小积淀起来的家乡温暖和亲人关爱就成为抚慰人的心灵的绝佳药方。就连长期润染草原异域、有着深厚草原边塞经历体验的岑参也有同样的感叹,其诗《田使君美人舞如莲花北铤歌》说"此曲胡人传入汉,诸客见之惊且叹",又说"始知诸曲不可比,《采莲》《落梅》徒聒耳。世人学舞只是舞,姿态岂能得如此。"意在突出西北草原音乐格调奇突、壮伟、有力,犹如草原之风、迅疾如飞,与南方的音乐相较,显得新奇亮丽,不由沉醉其中、赞叹不已。

受草原异域人文和自然景观吸引,诗仙李白也在笔落惊风雨的惊艳诗章中对草原表达了独特的关注,其《幽州胡马客歌》对于牧马人的勇武剽悍和游牧民族的生活风俗做了全景式的极具艺术美特质地描绘:"幽州胡马客,绿眼虎皮冠。笑拂两只箭,万人不可干。弯弓若转月,白雁落云端。双双掉鞭行,游猎向楼兰。出门不顾后,报国死何难。天骄五单于,狼戾好凶残。牛马散北海,割鲜若虎餐。虽居燕支山,不道朔雪寒。妇女马上笑,颜如赪玉盘。翻飞射鸟兽,花月醉雕鞍。旄头四光芒,争战若蜂攒。白刃洒赤血,流沙为之丹。名将古谁是,疲兵良可叹。何时天狼灭,父子得闲安。"笔力酣畅自如、收纵相合,极尽赞美之能事。先是突出胡马客的英姿奇健,"绿眼虎皮冠"强调其西域身份、游牧狩猎生涯,一种超越凡俗的奇异之美散发开来,吸引着读者的耳目,触动起人的想象。接着落笔于胡马客的精湛武艺,以想象夸张之法凸显骑射功夫的超群绝伦,箭发雁落、云端可见,可见既精纯无比,又力大无穷，一个驰骋于北方草原的英雄形象呼之欲出。更可贵的是身怀绝艺、以死报国之志的迸发，从而将个体的豪壮浪漫之美与国家、社会的价值追求连为一体，使传统的草原英雄意义更具有了一种社会美的价值，对于传统边塞诗而言是一种有力的提升和深化。不仅如此，更可贵的是，此诗还以草原女子的美艳绝伦来烘托草原游牧生活的欢快奔放、激情四射，展现出北方草原女性特有的游牧生产方式基础上形就的生活的美、劳动的美、健康的美、技艺的美，是对北方草原女性美的诗意凝练和美的写照。一是具有男儿一般的体魄，身居草原高寒地区，却不畏霜雪，潇洒自如，显示出北方草原女性长期游牧生活所锤炼成的强健的体质，可以经受严峻的自然考验。她们对生活乐观热情，时时发出爽朗的笑声。作者观察到草地女性特有的脸部肤色特征，用"赪玉盘"来形容劳动生活所带来的健康、朴素的美，"赪"字显示了北地特有的强烈的太阳紫外线留在妇女面容上的印迹，一轮玉盘突出她们的艳美无比，说明她们有着长期野外生活劳动的磨砺，是草原游牧民族生存延续的主力军，劳动不仅促使她们健壮，还使她们娇艳动人，给诗人留下深刻而美好的印象。同时，她们同男儿一样，纵马如飞、起落娴熟，射猎牧羊、样样在行，饮酒作乐、醉卧马鞍，极具豪迈、雄壮的男儿色彩。胡马客与草原女子相互辉映，成就了一幅极有动感和色彩如画的草原射猎图。作者对此不由感慨天下安定，才能将草原人们自然而幸福的生活延续下去，使一首短短的草原边塞诗拥有了普遍而积极的社会意义，为草原异域多彩之美添上了极为浓重的一笔。

无论如何，唐代北方草原边塞诗篇将荒原大漠、雪域风情、戈壁飞石、奇寒朔风镌刻在古代诗歌的浩荡长河之中，把北方草原文学具有的以豪壮之美为主体的美学世界抒写得博大、深远，将唐诗推向了古代诗歌史的巅峰。

第五章　哀鸿心曲的婉转潜吟
——宋代草原诗歌美的独特魅力

宋代文学延续着中国古代文学传统的文学文体地位，即诗歌方面的成就依然成为宋代文学的核心代表，当然包含着与传统诗歌一脉相承的宋词，由此探究宋代草原文学在美学方面的追求，只能在诗、词两种领域进行。关于宋诗的特点，清人蒋士铨在《辨诗》中慨叹"宋人生唐后，开辟真难为"[1]，意在说明宋人作诗的无奈，难以超越唐人；而对其特点一般则引用宋人严羽在《沧浪诗话·诗辩》中的论述："诗者，吟咏情性也。盛唐诸人惟在兴趣，羚羊挂角，无迹可求。故其妙处透彻玲珑，不可凑泊。如空中之音，相中之色，水中之月，镜中之象，言有尽而意无穷。近代诸公作奇特解会，遂以文字为诗，以才学为诗，以议论为诗。"[2] 严羽所言，终以为宋诗缺少性灵情趣，情寡理实，强调用字出处来历，全不管兴之所到，情景韵俱来。对此钱锺书先生也说："唐诗、宋诗，亦非朝代之别，乃则体格性分之殊。天下有两种人，斯分两种诗。唐诗多以丰神情韵擅长，宋诗多以筋骨思理见胜。"[3] 与严羽观点相近，钱先生同样强调了唐诗主情、宋诗重理的美学倾向。然而，如果我们将宋代诗词的题材内容作一较为严格的梳理，领略宋代文人关于

---

[1] （清）蒋士铨著，李梦生笺：《忠雅堂集校笺》第2册，上海古籍出版社1993年版，第986页。

[2] （南宋）严羽著，郭绍虞校释：《沧浪诗话校释》，人民文学出版社1983年版，第26页。

[3] 钱锺书：《谈艺录》，生活·读书·新知三联书店2001年版，第3页。

北方草原、北方草原民族的创作的话，恐怕就会感受到宋代诗词另外一种美学意蕴，另外一处美的洞天。

宋代的草原文学从创作主体的角度大致可以分为两类：一是宋代文人在强敌环视、多种北方草原民族政权威胁之下，秉承唐朝草原边塞诗人的积极情怀，面对西北及东北地区的西夏、辽、金政权的不断侵扰，主观上产生渴望收复失地、一统天下的理想志愿，但在客观上时事不与、时局不利，于是低沉压抑、悲壮哀叹，关注北方草原边塞、展现草原边塞生活，但与唐人笔下的北方草原边塞诗歌相比，质厚情薄、理实境短，描写细密而集中，抒情压抑而悲怆，形成了宋代边塞题材特有的有心无力、深婉哀叹、气韵低沉的美学格局；而描绘北方草原民族的精神风貌、风俗习惯、自然风光与慨叹山河分离、难以收复遂成为最为主要的主题。二是由于天下分离、国土宰割、武力疲弱，与北方草原民族政权时而战争，时而讲和，进而不得不与北方草原民族王朝通使往来，所以就产生了一大批审美独异、情感复杂的出使他国之作，称之为出使诗歌，包括使辽、使金之作。内蕴深重婉曲、风格多样卓异，渗透着极为浓烈的、罕有的、独特的草原文化情怀，从而将古代北方草原文学对于美的追寻延展到一个新的极具时代特征的新的天地。

第一节　对于质实之美的追求

古代诗歌自开启时起，主情、尚情、抒情就成为创作的主要追求，《尚书·尧典》所言"诗言志"实际也是讲的情感的抒发；刘勰在《文心雕龙》中谈到的"人秉七情，应物斯感，感物吟志，莫非自然"[①]也强调了情感在诗歌创作时的不可抑制特点。唐朝更是将主情之诗推向了历史的高峰，所谓豪壮之美、深婉之美均是对抒情方式、抒情倾向所做的美学把握。时至宋朝，尤其是体现在北方草原诗歌创作，主体饱满、强烈的情感抒发逐渐被草原强大的客

---

① 吴林伯：《文心雕龙义疏》，武汉大学出版社2013年版，第122页。

◆ 第五章 哀鸿心曲的婉转潜吟 ◆

体之美所取代,逐渐被严密的思理之胜所取代;突出客体对象的客观性、展示客体的真实美成为宋代草原边塞诗歌的主要追求。

宋代草原诗篇的开山之作当为宋代草原边塞诗系列中柳开的《塞上》。柳开是宋代初年倡导文风革新的代表,主张"重道轻文"的文艺观,提倡文学现实主义精神。其为人质直有力,力主收复失地,颇"有胆勇",曾上书曰:"臣受非常恩,未有以报,年载四十,胆力方壮。今契丹未灭,愿陛下赐臣步骑数千,任以河北用兵之地,必能出生入死,为陛下复幽蓟,虽身没战场,臣之愿也。"[①]他曾任代州刺史、忻州刺史,均在宋朝北方边庭,对边塞少数民族的生活较为了解,创作了一篇犹如油画一般的草原诗作《塞上》:"鸣骹直上一千尺,天静无风声更干。碧眼胡儿三百骑,尽提金勒向云看。"相对于唐人关于塞上的作品,比如王维的《使至塞上》,柳开诗如同绘画一样干净利落,动静相合、色彩鲜明、角度多变、视点集中。它不同于唐人境界的阔远、博大,也不突出诗人主体的主观感受,有意去强调文人的豪情壮志、义薄云天,而是全力绘制北方草原民族的英武强健、精骑善射,全然是一幅契丹民族的草原射猎图。起句先声夺人之响,万里晴空、辽阔草原,契丹健儿纵马飞驰,喧嚣阵阵,突然一支响箭穿向云端,众人不约而同勒马伫立,凝睛远望,一种动静相宜、声色皆备的立体性的画面感油然而生,而作者的欣赏赞叹之情也暗暗地随即流淌出来。需要注意的是,全诗没有明显的直接的主题思想和情感的流露、介入,也不像唐人那样融情入景、寄情于物,也不像宋代其他文人那样经意不经意地显示传统的"华夷之辨",而就是将所见所闻犹如摄影机似的直接写出,表达出北方契丹草原民族特有的精神风采,这对于深受辽国袭扰的宋人来说,未尝不是一种新鲜别样的精神气度。更确切地说,在柳开看来,契丹民族本身就是活跃在北方草原的强悍而进取的草原民族,它所凝练和显示的就是与宋朝武防羸弱不堪形成鲜明对照的北方草原民族的强健之美、有力之美;而写实性、客观性

---

① (元)脱脱:《宋史》,中华书局1977年版,第13024页。

成为柳开落笔描绘的指导思想,再现真实、再现对象的客观美遂成为柳开《塞上》的主要审美心理。就契丹民族而言,射猎是其主要的生产、生活方式,是一种与生俱来的天性。《辽史·营卫志中》记载:"契丹大漠之间,多寒多风。畜牧畋猎以食。"① 说明契丹人与我国北方其他草原民族一样,游牧、射猎是其主要的生存、发展方式,这样,契丹民族将骑马射猎当作他们生活的第一要素,自小练就骑射本领,也就不足为怪。《辽史·食货志》也说:"契丹旧俗,其富以马,其强以兵。纵马于野,驰兵于民。有事而战,矿骑介夫。"② 说明契丹民族有着与游牧、畜牧、射猎生产生存方式相适应、吻合的价值标准,马匹数量的多少标志着贫富的差别,而部落的强大弱小则只看拥有兵马的多少。所以游牧、狩猎联为一体,无事为民、有战则兵,兵民合二为一,逐步形就了契丹民族强悍、勇健的民族精神。《塞上》短短四句,把浩瀚的边地、晴朗的天空、飞驰的响箭、奔驰的健儿、静止的骑兵尽收画面,烘托出北方草原民族尚武强健的精神追求。此外,可贵的是,本诗截然抛弃了长存于宋人内心深处的对北方草原民族的轻视、敌视等民族对立情绪、意识,对北方草原民族政权往往用"戎""夷""狄""骄虏""狂虏""逆虏""胡虏"等蔑称,而对己方则常用"圣朝""故国""神州""王师"等字眼,扬贬之意泾渭分明。柳诗则用"胡儿"一词表达其亲切亲近之意,清晰显示出对契丹草原民族武力强盛的肯定、赞美,与唐人李颀的《古从军行》中"胡雁哀鸣夜夜飞,胡儿眼泪双双落"相比较,消减了几许同情,增添了几分首肯,说明描写对象的客观性力量、气势依然冲荡了主体内心深处的理性积淀影响,对象本身的美的震撼力否定了敌对者的情感认知。同时,本诗还以"鸣骹"壮其声势、威力,以此凸显契丹草原民族战力的强悍。"鸣骹"意为"响箭",也称作"鸣镝",本诗"鸣骹直上一千尺,天静无风声更干"两句,一是写出了一支飞箭划过天

---

① (元)脱脱:《辽史》,中华书局1974年版,第373页。
② 同上书,第923页。

空的高超箭艺，衬托出射者膂力的惊人、强大；二是意味着纪律的严明、指挥的整一，不由使我们联想起北方草原匈奴民族的杰出首领单于冒顿，他为了统一匈奴、集结力量，更为了号令的绝对服从，"乃作鸣镝"，最终杀掉了父亲头曼。可见"响箭"已是北方草原民族极为常用的武器，也可见作者对于契丹民族的客观性审美态度。

无独有偶，宋初熟谙边事的大臣范雍的《记西夏事》等诗作也为我们认识全新崛起的北方草原民族党项民族的精神魂魄提供了另外一扇窗口。范雍曾任振武军节度使，知延州以御敌，具有抵御党项族建立的西夏王朝进攻宋朝的较为丰富人生体验，写下了《记西夏事》，对党项民族军队的作战经验、战斗习惯、战术变化和宁死不屈的精神意志予以客观的描述，可谓是宋代草原诗词中比较全面描写党项游牧民族军事生活的力作。其一曰："七百里山界，飞沙与乱云。虏骑择虚至，戍兵常忌分。啸聚类宿鸟，奔败如惊麇。难稽守边谣，应敌若丝棼。"其二曰："剧贼称中寨，驱驰甲铠精。昔惟矜突骑，今亦教攻城。伏险多邀击，驱赢每玩兵。拘俘询虏事，肉尽一无声。"党项民族也是生长在西北地区的古老的草原民族，有着与契丹、女真等草原民族相近的悠久历史，形成了以游牧、狩猎为主，农耕为辅的生产方式，而对于武力的重视则成为其发展、壮大的主要原因。《隋书·党项传》说其"俗尚武力，无法令，各为生业，有战则相屯聚"①。说明党项民族是一尚武好战的草原民族，生产与战备、和平与战争之间的差别微乎其微。由于我国古代西北地区自然环境的险恶、条件的有限，也由于此地区自古以来就是中原王朝与边疆少数民族政权纵横捭阖、攻伐杀戮、连年战争的集中所在，生长于此的党项民族故而养成了骁勇强劲、尚武笃战、孔武凶悍的民族精神，反映在王朝的政治法度建设上就是极为重视军力的培养、战备的加强，突出以武立国、全民重武。宋人

---

① （唐）魏征：《隋书》，中华书局1973年版，第1845页。

文集曾说西夏王朝规定"凡六十以下,十五以上皆自备介胄弓矢以行"①。可谓全民皆兵,人人均是战士。又说:"人人习骑射,乐战斗,耐饥渴,其亲冒矢石,蹈锋刃,死行阵,若谈笑。"② 从中可见西夏党项民族对于攻伐战争的习以为常。由比,范雍的《记西夏事》诗两首集中叙写西夏军马战斗力的强盛、速度的迅疾、战术的多变、意志的强悍,可谓西夏党项民族战力图画的集中绘制。首先是在乱云飞渡、山势险峻之处,党项兵马呼啸而来、嚗口而去,平常里散居各处,一声呼啸霎时聚齐,如同归巢之鸟一样快速无比,令宋军疲于应付、焦虑不已;其次,他们训练有素,往往乘虚而入、专拣宋人兵丁分散处而攻,令宋兵痛苦万分、难以抵御;同时,他们铠甲鲜亮,善于冲突,而且喜好设置诱兵,在险要处袭击宋军;更有甚者,惯于突然奔袭的党项骑兵竟然攻城掠战,可见西夏军力的强大、勇猛。最后,令人印象深刻的还是"拘俘询虏事,肉尽一无声"所展现出的西北草原民族精神力量的强大和对国家民族的忠诚无比,尽管失败被俘,至死也不吐露一句军事真情,可谓处处有忠贞之士,时时见仁人君子。西夏著名臣子野力仁荣曾慷慨激昂地说:"国家表里山河,蕃汉杂处,好勇喜猎,日以兵马为务,……惟顺其性而教之功利,因其俗而严以刑罚,则民乐征战,习尚刚劲,可以制中国,驭戎夷。"③ 说明西夏人重视民族气节、精神的养成,在长期的游猎、放牧和战争不断延续的历史过程中,不断强化、磨炼民族精神气质,突出民族复仇精神、民族刚毅心性的造就,而不像汉民族那样讲究刚柔相济、阴阳调和。《西夏书事》曾言:"夏俗,以不报仇为耻。"④ 民风强悍有力,绝不认输投降,所谓"西夏风气强梗,民多耐寒暑,忍饥渴,而性恶雨雪"⑤,

---

① (南宋)曾巩:《隆平集》,(台湾)文海出版社1981年印行版。
② (南宋)李纲:《梁溪集》,文渊阁四库全书本。
③ (清)吴广成著,龚世俊等校证:《西夏书事校证》,甘肃文化出版社1995年版,第186页。
④ 同上书,第107页。
⑤ 同上书,第141页。

◆ 第五章　哀鸿心曲的婉转潜吟 ◆

绝不苟合、妥协。这与宋人长期与西夏、辽、金对峙中所出现的大量叛国、投降之人相比，亦是一种强有力的对照、反讽。范雍诗特意将此画面作为全诗的结语，未尝不是一种有意识的警示。本诗与柳诗有所不同，有着较为鲜明的民族对立和"华夷之辨"的倾向，诗中提到的"虏骑""剧贼"等词语就鲜明地表现出这一点；然而，作者没有停留在将此大书特书之上，没有更多地展示其野蛮、落后、不讲礼仪的一面，而是以客观感受的真实体验为主，把党项民族军事力量的真实再现当作创作的第一要务，为宋人全面而深刻地了解党项民族的武力强盛做了充分的准备，从战争环境、战斗过程、战斗特点、战斗结果、战斗感受等方面予以展示，堪为一幅党项民族军事征战过程、特点的全景图，从中可见作者更多地重视了审美客体质实有力的全景揭示，而非主观情感的刻意表达。

　　同样，即使是侧重张扬主体内在感触的边塞诗歌，也在审美情感的倾注上突出了抒情艺术彰显质实之美与格调的低沉深重之间的有机结合，而这些集中体现于宋代早期具有草原边塞性质的词作创作。如果说唐代边塞诗气势恢宏、崇高雄壮，凸显着唐人气宇轩昂、豪壮奔放的精神气度，境界阔大、色彩亮丽，显示着昂扬进取的时代精神，那么宋人则在边塞题材中普遍流泻着一种深沉低怨、难以倾诉的情调，与唐人相比，主体战胜客体对象的自主进取精神、自我提升品格往往被军事的败北、战况的惨烈、草原的了无生机、情感的沉痛无比而抵消。不管是抒发宋朝戍边将士的内心情怀，还是描写北方草原边塞的特有生活，都显示出现实生存的严肃性、紧张感，都透露出一种既重视诗歌表达的理性化，强调客观质实为上，又要传递出一种难以明言的无奈感，不得不在此挣扎、坚持，二者有着难以弥合的踌躇、犹豫、痛苦。在这方面，宋初文人刘敞的《防秋》和范仲淹的《渔家傲》《苏幕遮》堪为代表。诗题题名"防秋"本身亦有深意，说明了此作表达的重点，意味着要突出这一季节强化边防军事力量的重要性，具有鲜明的纪实、强调色彩。从历代所记载的中原王朝与北方各草原民族政权对立、战争的过程来看，历史上西北各游牧部落，往往在秋高马肥之时对中原政

249

权发动进攻,此时期往往成为中原政权防卫边疆安宁的紧张时段,经常抽调军队、加强边备,称之为"防秋"。《旧唐书·陆贽传》就有陆贽上书皇帝强调秋季边防重要性的记述:"又以河陇陷蕃已来,西北边常以重兵守备,谓之防秋。"① 全诗写道:"秋霜折胶胡马壮,胡马窥边怒边将。游骑夜入烧回中,烽火朝传过陇上。"全诗四句描写双方将士剑拔弩张的对峙紧张局势。对于北方草原民族来说,秋草已高,战马肥壮,正是用兵开战的最佳时节,所谓"沙场秋点兵"。所以胡马不断窥探我方营垒,挑衅迭起,欲以激怒我方士卒;而且又乘夜色放火进攻,战报传到陇上,空气异常紧张、严酷。显然,此作不以唐代边塞诗惯常的以描绘边塞奇异自然环境起笔,而是以陇上特定边塞物象为依托,以秋霜、胡马、边将、游骑、回中、烽火、陇上等涉及特定季节时令和军事行动的对象刻绘为重点,组合成相互联系、相互映衬的连续性画面,以写实性的手段折射出胡兵的强壮英武、难以抗衡。全诗动感鲜明,体现出剑拔弩张的战场氛围。相形之下,略显宋人兵备无力、羸弱,毫无唐人边塞诗的气势充沛之感。同样,曾经有过经略陕西防务的著名文人范仲淹也在其作《渔家傲》中表达了浓重而悲凉的边塞愁情:"塞下秋来风景异,衡阳雁去无留意。四面边声连角起,千嶂里,长烟落日孤城闭。浊酒一杯家万里,燕然未勒归无计。羌管悠悠霜满地,人不寐,将军白发征夫泪。"此作由西北边塞浓烈的秋景起笔,抒写秋景引发的戍边感受,虽然有着与唐诗相近的阔大之景,但贯穿其中的却是无法燕然记功的低吟之声,缠绕主体内在心怀的是和平的无法企及和时光流逝难以追还的压抑痛憾。一种由时代决定的无法克服超越的悲愁哀怨充溢其中,一种无法强力壮大自我的痛感失落充溢其中。长期戍守西北边疆的范仲淹,一方面对于西北宋朝和西夏的军事对峙形势有着充分的体验,另一方面对宋朝内部积贫积弱的现实有更深入的了解,这就促使他满怀悲怨,给我们留下了这首可以使我们窥测到宋人独特情怀的《渔家傲》。

---

① (后晋)刘昫:《旧唐书》,中华书局1975年版,第3804页。

第五章 哀鸿心曲的婉转潜吟

宋代草原文学对于质实之美的追求还更深刻地体现在篇数繁多的出使诗歌的创作方面。宋朝积贫累弱、重文轻武,致使军力薄弱,很难在武力上与东北地区契丹族建立的大辽、女真民族建立的金朝、西北地区党项民族建立的西夏等草原民族政权相抗,于是宋朝使节频繁出没于东北、西北,文人出使之诗便成为宋代北方草原文学的主体。

纵览宋代出使诗歌创作,从作品数量来看以出使辽、金的作品为多,几达千首,出使西夏王朝作品最少,难见踪影;而从作品主要内容来看,使辽诗歌多记述辽国的自然景观、乡俗民情,而使金之作则多写地形地貌、民族习俗、历史废墟、人物追忆,但不管是何种主题,出使诗歌均冷静平实、客观写实,绝少热烈豪壮之感的抒发,体现出较为明显的突出质实之美、真实之美的审美倾向。这里有两点原因值得关注:一是出使者的身份和使命要求其作品讲究客观真实的记录、反映,有一个回朝禀告回复的责任,且出使者均为宋朝名满天下的文人重臣,创作心态以端庄、严肃为尚,强调过程中人、情、物的真实记录,即使是偶有主观情感的强烈抒发,也必然会牵带起心底无法释怀的国弱兵疲,呜咽述说中还是充溢着真情实感。比如宋初臣子苏耆出使辽国之时,"每舍必作诗,山漠之险易,水荐之美恶备然,尽归而集上之,人争布诵"①。二是宋人出使辽、金等朝,不仅创作了众多的出使诗歌作品,还有大量的详细记录出使行程、路线,反映出使所到区域政治、经济、文化、礼俗等方面情况的散文化的行程录、奉使录。根据朝廷规定,使臣们出使回国,要将出使过程写成文章、上奏朝廷,代表性的有路振的《乘轺录》、宋绶的《契丹风俗》、王曾的《王令公行程录》、刘敞的《使北语录》、范成大的《揽辔录》和洪皓的《松漠纪闻》等,这些记游类作品均是作者亲身经历的反映,可与出使诗歌相互映衬、对照,更强化了出使诗歌的质实之美。最早的较有影响的出使诗歌当数欧阳修的使辽之作。欧阳修是宋代诗文革新运动的领袖,

---

① (北宋)苏舜钦:《先父墓志铭序》,《苏学士集》卷14,四库全书本。

也是北宋初年的朝廷重臣，任枢密副使、参知政事，曾于宋仁宗后期奉朝廷之命出使契丹，创作了多首使辽诗歌，为宋人刻画了契丹草原民族的种种生活画卷。在欧阳修记忆深处难以忘怀的首先就是隆冬之季北方草原的冰雪交加，人在经历着一次又一次生理极限的挑战。由于出使辽国的正旦使、生辰使一般是在农历八月出发，所以北方冬季的草原景况对于使节来说往往令人既惊奇又恐惧，《马啮雪》就鲜明地体现出这一点，全诗写道："马饥龁渴饮冰，北风卷地来峥嵘。马悲踯躅人不行，日暮涂远千山横。我谓行人止叹声，马当勉力无悲鸣。白沟南望如掌平，十里五里长短亭。腊雪消尽春风轻，火烧原头青草生。远客还家红袖迎，乐哉人马归有程。男儿虽有四方志，无事何须勤远征。"北风怒吼、路途遥远、人困马渴，出使的艰辛可见一斑，而文人心怀天下的豪情壮志已被北方的严寒、道路的崎岖一扫殆尽，一种冷峻、严酷的情调跃然纸上。其次是人在大自然催逼下的茫然不知所措，一种人的力量无法抵御自然伟力的无奈之状的极力挥洒。刘敞曾有《墨河馆连日大风》一诗，对于塞北草原的风沙之大、之奇进行了极度夸张性的描写，全诗写道："我行迫隆冬，周览穷荒回。魑魅丑正直，共工负其材。初如百万兵，鸣鼓天上来。日月惨不光，星辰为之颓。又如海水翻，洪洞奔天台。四顾无复人，但听万壑雷。摇山堕危石，略野荒纤荄。鸟雀失食悲，虎豹亡群哀。大叫不自闻，却行尚欲摧。"显然，作者极力叙写隆冬之际北方的风雪的强劲无比，与唐人借助于对象的一般性夸张相比，刘敞更突出了天旋地转、日月无光、鸟兽失群、人马欲摧，更显示出人的渺小、无力。实际上唐人在对自然界强大与人的力量渺小的对立的描绘中，更立足于人的精神力量、意志力量对自然力量的征服性刻绘，显然，突出了主体压倒一切的崇高、伟大，而在宋人出使北国的记述中，人却变得异常的萎靡、乏力，而这一切恐怕来源于两个方面：一是时代赋予文人的心灵感知缺乏一种与自然、社会抗争的理性力量；二是宋人强调理实的思考习惯促使他们重视描写对象本身的真实客观。这就形成了唐宋两代文人相同的对象、不同的情状的文学奇观，而最终却烘托出宋人

第五章 哀鸿心曲的婉转潜吟

出使草原文学侧重质实之美展现的创作倾向。

宋人出使北国，除了对于酷烈、奇特、严峻的自然环境进行真实描绘之外，更多的还是对于契丹民族和女真民族生活习俗、风物的全景式再现，逐构成出使草原诗歌的内涵核心，而王安石的《北客置酒》、苏颂的《契丹纪事》、彭汝砺的《妇人面涂黄而吏告以为瘴疾问云谓佛妆也》、苏辙的《虏帐》、朱弁的《北人以松皮为菜予初不知味虞侍郎分饷一小把因饭素授厨人与园蔬杂进珍美可喜因作一诗》《善长命作岁除日立春》《炕寝三十韵》等堪为代表。《北客置酒》写道："紫衣操鼎置客前，巾鞲稻饭随粱饘。引刀取肉割啖客，银盘擘臑蔑与鲜。殷勤劝侑邀一饱，卷牲归馆觞更传。山蔬野果杂饴蜜，獾脯豕腊如炰煎。酒酣众史稍欲起，小胡捽耳争留连。为胡止饮且少安，一杯相属非偶然。"意在突出胡人豪爽好客、劝客饮酒，但对宋人来说，却是一种极不适应的饮宴，于是作者极为详备地记述了契丹人日常生活以肉类为主，以刀取肉、用手拿肉吃的生活习惯。对于契丹民族来说，他们"马逐水草，人仰湩酪，挽强射生，以给日用"①。各种动物皆是他们狩猎食用的对象，而食用之时又不似汉民族那样有着各种各样的程规礼仪，而是粗豪使气，想尽一切办法使客人敞开胸怀、极尽食饮之能，这就使得熟谙儒家纲常礼仪的宋朝儒家文人感到极大的困难，于是只能连连致歉，表示感谢。《契丹纪事》写道："夷俗华风事事违，矫情随物动非宜。腥膻肴膳尝皆遍，繁促声音听自悲。沙昧目看朱似碧，火熏衣染素成缁。退之南食犹成咏，若到穷荒更费辞。"此诗对于辽人与宋人南北两地习俗的巨大差别予以概括性的描写，尤其是对肉食火烤而显现出的膻腥之味和烟火弥漫记忆深刻，而实景式的描绘更从中助力巨大，给人以客观写实的审美记忆。同样让人难以释怀的还有《妇人面涂黄而吏告以为瘴疾问云谓佛妆也》一诗所展现的契丹女性对于美好面容的热烈而别样的追求，诗歌写道："有女夭夭称细娘，真珠络鬓面涂黄。华人怪见疑为瘴，墨吏矜夸是佛妆。"

---

① （元）脱脱：《辽史》，中华书局1974年版，第923页。

此诗写宋臣彭汝砺出使辽国,惊奇地发现辽国女性梳妆打扮与宋朝截然不同,居然以"佛妆"为美、以黄色涂面,还以为是生有疾病,令人无法接受。实际上,古代北方草原民族女性对于美的追求一直体现着与汉民族女性的不同,汉民族女性往往涂脂抹粉,而在取色方面则侧重于粉红、青黛,颜色往往以淡雅为主,或是黑白分明,或是素面朝天,力图娇艳动人;而随着佛教传入,女性对美的追求便有所变化,如《日下旧闻考》引《西神脞说》所言:"妇女匀面,古惟施朱傅粉而已,至六朝时乃兼尚黄。"① 以黄色涂面、抹额虽然到六朝、唐时泛滥,但明确与佛教文化相连却是在晚唐、宋辽之时,南宋文臣吴曾所编著的《能改斋漫录·事始》篇记载:"张芸叟《使辽录》云:'胡妇以黄物涂面如金,谓之佛妆。'予按:后周宣帝传位太子,自称天元皇帝,禁天下妇人不得施粉黛。自非宫人,皆黄面墨妆,以是知虏尚黄久矣。"② 《契丹国志》也表达了同样的内容。这就说明契丹女性并没有汉民族女性禁忌繁多,而是讲求时尚,追逐新奇。而在晚唐五代以来,在北方草原民族普遍追奉萨满教的基础上,佛教流播开来。佛教流行必然与佛像塑造相关,而佛像往往以金色雕塑,以突出佛像安详端庄、明亮辉煌、普照四方。而契丹女性以佛像颜色涂抹面容,一方面显示了她们对美的独特追求,另一方面又体现出宗教文化对于人们审美心理的影响。《北人以松皮为菜予初不知味虞侍郎分饷一小把因饭素授厨人与园蔬杂进珍美可喜因作一诗》更是奇妙无比,展现北人奇特的饮食文化,写道:"吾老似出家,晚悟愧根钝。滋旨却膻荤,禅蜕要亲近。伟哉十八公,兹道亦精进。舍身奉刀几,割体绝嗔恨。鳞皴老龙皮,鸣齿溢芳润。流膏为伏龟,千岁未须问。便堪奴笋蕨,讵肯友芝菌。跏趺得一饱,万事皆可摈。侍郎文懿后,落落众推俊。澹然世味薄,内典得所信。香厨留净供,频食不言顿。晏然默不语,草木雷音震。得法于此公,骨髓传心印。应怜持节人,饷此为

---

① (清)于敏中等:《日下旧闻考》卷146,北京古籍出版社1981年版,第2336页。
② (南宋)吴曾:《能改斋漫录》,上海古籍出版社1960年版,第20页。

◈ 第五章 哀鸿心曲的婉转潜吟 ◈

问讯。欲将无上味，为我洗尘坌。食之不敢馀，感激在方寸。"出家之人不尚荤腥，专门在植物花草之中寻求可资食用的材料，由此金人居然从"十八公"松树皮的制作入手，去皮、加笋成为一道素斋之食，以此来款待由宋入金的朱弁，对于作者来讲，真是闻所未闻，以至于作诗留记。从中可见金人对于植物食用的深入研究。如果说以上诸篇侧重于日常生活习俗的真实记录，偏重于个体情状的反映，体现出北方草原民族简易实用的文化特征的话，那么以下诸篇则主要反映草原民族群体生活的特性，特别是居所和狩猎状貌的记录性描写，一方面进一步深化了对于北方草原民族游牧民族生产生活方式的认识，更主要的则是体现了草原民族对于生态文化的朴素追求，渗透着生态美的重要原则即平衡和持续的生态理念。苏颂的《契丹帐》写道："马牛到处即为家，一卓穹庐数乘车。千里山川无土著，四时畋猎是生涯。酪浆膻肉夸希品，貂锦羊裘擅物华。种类益繁人自足，天数安逸在幽遐。"纪实性地写出契丹民族逐水草而居的草原游牧生活，指出凡有水草之处即是放牧牛羊之地，就是草原民族的家，而搬迁转移极为简便，草原民族的房屋均为利于拆卸、安装的帐篷，千里转迁以车为具，迅速快捷；而百姓酪浆畜肉为食，锦貂羊裘为衣，物产丰盈，一派生机勃勃之景。本诗是出使诗中少见的赞美艳羡草原民族生活美好幸福的诗篇，一方面概括、客观地描写了草原民族游牧生活的自由自在，流露出向往之意，另一方面对草原民族生养在北方草原，依水草而生、逐水草而往、守水草而居，放牧与狩猎并生的生活图景予以刻画，可谓全面揭示北方草原民族生产生活状貌的形象画卷。对于北方草原民族而言，自然界的变化是制约其生存、发展的主要障碍，因为放牧、游牧的先决条件即是水草的繁茂，而这又取决于自然和天气物候的变化。因而草原民族必须顺应和掌握北方草原的气候、水草的变化、生长规律，依照草原生态的变化来放牧和狩猎，这样就产生了一个极为重要的问题，即维护草原生态系统的平衡和持续，而不是人为地无休止地索取甚至破坏。本诗虽然没有明确标示出契丹民族对于生态文化的认识，但客观上所绘制的画卷却显示出草原民族生活的快乐，而其中自然就有草原生态系统有序、平衡的内涵在内。同时联系有关契丹民族关于游牧、住居等内容的其他出使之作，北方草原民族对于草原生态的重视愈加鲜明地呈现出来。苏辙的《虏帐》写道："虏帐冬住沙陀中，索羊织苇称行宫。从官星散依冢阜，毡庐窟室欺霜风。春粱煮雪安得饱，击兔射鹿夸强雄。朝廷经略穷海宇，岁遗缯絮消顽凶。我来致命适寒苦，积雪向日坚不融。联翩岁旦有来使，屈指已复过奠封。礼成即日卷庐帐，钓鱼射鹅沧海东。秋山既罢复来此，往返岁岁如旋蓬。弯弓射猎本天性，拱手朝会愁心胸。甘心五饵堕吾术，势类畜鸟游樊笼。祥符圣人会天意，至今燕赵常耕农。尔曹饮食自谓得，岂识图霸先和戎！"本诗很明显地表现出极为强烈的民族对立观念，"虏帐"为题和"顽凶""堕吾术"之语，鲜明体现出作者意识中的"华夷之辨"思想。然而，剔除了这些落后的观念意识，认真体会其中所蕴含的关于契丹民族生存生活习俗的描写，就会发现契丹民族对于草原这一生存地域的深刻领悟和长久草原生活所积淀的生态观念。一是居所的辗转迁移与时令季节的和谐适应，一种草原民族生活特别是居住的朴素之美、流动之美洋溢其中，将草原民族的"逐水草而居"的动态、游动之状生动地呈现出来，其不同于汉民族王朝皇帝王宫、宫廷的壮丽辉煌、豪奢无比、坚固久长，而是极其简单实用选择沙石坚厚深低之处，用绳索围栏阻挡住羊群、用苇草搭建较为宏大的帐篷、毡包，即为君王所居之处，明确称之为"行宫"，意味着草原民族的"流动"生涯自上而下、举国迁转。二是年年如此，流动不已。"往返岁岁如旋蓬"句写出了契丹民族注意草场的休憩、恢复、生养以图来年再居的生产特性，保护草原生态的草原转场意识已经潜移默化地显露出来，否则根本不用"行宫"称谓，且建筑也不必如此简陋，实际均是为了维护草原的生态稳定。三是再一次揭示了契丹民族游牧、狩猎相结合的生产方式，"击兔射鹿夸强雄""钓鱼射鹅沧海东""弯弓射猎本天性"等语集中体现出这一点，而由此也可推知契丹民族并非纯粹地单一地游牧、放牧依赖水草而生，而是也活跃在森林——草原，相伴林木草场、与之共生的草原民族，用传统的术语来讲是生长在松漠之间的森林草原民族,因为其射猎的对象包含了伴随林木草原的动物——鹿,而鹿即是依托林木草场而生的动物。由是在狩猎的过程中,猎取和保护就成为一种对立的矛盾。而体现在整个古代北方草原的原始宗教萨满教文化精神所强调的万物有灵、动物崇拜观念在其中就发挥了巨大的作用。人类学学者认为"在我国北方地区,狩猎业从很早就成为古代一些民族获取生活资料的重要手段,因而,在我国北方各民族中,动物崇拜占有突出的地位"①。由于鹿机敏、善跑且浑身是宝,又善良温顺,所以古代北方草原民族多有对鹿神的崇拜,《辽史·国语解》篇载:"辽俗好射麀鹿,每出猎,必祭其神以祈多获。"同时还强调要对鹿进行保护,不能赶尽杀绝,专门设置"鹿人"一职专管鹿生养、保护,专门划定猎鹿"禁地"予以保护,《辽史·兴宗》篇记载辽兴宗于重熙十年规约"诸帐郎君等于禁地射鹿,决三百,不征偿;小将军决二百以下,及百姓犯者,罪同郎君论",以保证鹿资源的持续繁衍。由此可知契丹草原民族在繁盛壮大之时,已经关注到了动物、草场的生态维护,具有生态美持续发展的初步理念。

谈及契丹草原民族居住所涉及的生态美理念的追寻,不得不谈及契丹民族游牧、狩猎流动过程中一个极为重要的组成部分——"捺钵"习俗。《辽史·营卫志》中记载:"辽国尽有大漠,浸包长城之境。因宜为治,秋冬违寒,春夏避暑,随水草就畋渔,岁以为常。四时各有行在之所。谓之'捺钵'。"②"捺钵"是契丹语,即行营、行帐,所谓活动的住所之意,一般情况下专指契丹民族统治者的居所,所以有时称之为"行宫"。根据《辽史》记载,契丹民族四季皆有与之相宜的重要生产、政治活动,除了通常意义上的放养牲畜之外,春捺钵主要是钓鱼、捕鹅等贴近水边的活动,夏捺钵主要是避暑、草原游猎等活动,秋捺钵主要是入林射鹿打猎,冬捺钵主要是取暖避寒及狩猎等活动。四季分明、各有职守,说明契丹

---

① 杨军:《文化人类学》,吉林人民出版社2003年版,第360页。
② (元)脱脱:《辽史》,中华书局1974年版,第373页。

草原民族的所有生产、生活活动均与草原生态的变化、季节的变化相适应、相一致，这就是符合草原生态规律要求的具体体现。使辽文人彭汝砺的诗作《广平甸》专门记述了契丹冬捺钵的活动情况："四更起趁广平朝，上下沙陀道路遥。洞入桃源花点注，门横苇箔草萧条。"广平淀即今内蒙古赤峰翁牛特旗一带，是契丹冬捺钵之所；关于冬捺钵在广平淀的情况，《辽史·营卫志》有着较为详细的记载："冬捺钵曰广平淀，在永州东南三十里，本名白马淀。东西二十余里，南北十余里。地甚坦夷，四望皆沙碛，木多榆柳。其地饶沙，冬月稍暖，牙帐多于此坐冬，与北、南大臣会议国事，时出校猎讲武，兼受南宋及诸国礼贡。"① 此段文字一方面记录了契丹草原民族冬季捺钵活动的举行地点的地理特征：以榆柳包围的沙石之地选择坚实平坦之处；另一方面显示了契丹人在方向问题上"东向"的特点，隐约流露出契丹民族对于日月的崇拜祭祀习俗，而这一点也具有着维护生态系统稳定的因素。与中原王朝坐北朝南的方向意识相别，契丹草原民族坐西朝东，臣子分列南北两边，所谓"北、南大臣会议国事"。《辽史·国语解》有"凡祭皆东向"的记载；《新五代史》又说："契丹好鬼而贵日，每月朔旦，东向而拜日。其大会聚视国事，皆以东向为尊。四楼门屋皆东向。"②说明契丹"东向"习俗实是对日月崇拜心理的具体反映，对于生存于北方酷寒地区的民族来说，能够带来温暖的太阳成为他们生存发展的必要资源，由此产生了"拜日""祭日"的传统，实际也是草原民族自我不断总结生产生活的经验所致，也是对于自然由崇拜进而尊敬、顺从的朴素生态观念的体现。同样，由于天气的寒冷，如何度过漫长的严冬，也是北方草原民族生存发展的重要问题，而对于由南而来的宋朝使节而言，也是一个极为新鲜的话题，南宋使臣朱弁就专门写诗记录了东北女真草原民族用炭为燃料、发明火炕的历史事实，名为《炕寝三十韵》，全诗如下："风土南北殊，习尚

---

① （元）脱脱：《辽史》，中华书局1974年版，第375页。
② （北宋）欧阳修：《新五代史》，中华书局1974年版，第835页。

非一蹋。出疆虽仗节，入国暂同俗。淹留岁再残，朔雪满崖谷。御冬貂裘敝，一炕且跧伏。西山石为薪，黝色惊射目。方炽绝可迩，将尽还自续。飞飞涌玄云，焰焰积红玉。稍疑雷出地，又似风薄木。谁容鼠栖冰，信是龙衔烛。阳曦助喘息，未害摇空腹。惠气生袴襦，仍工展拳足。岂惟脱肤鳞，兼复平体粟。负暄那用诧，执热定思沃。收功在岁寒，较德比时燠。虽余炙手焰，宁有烂额酷。矧当凝冱晨，炎帝独回毂。玄冥真退听，祝融端可录。嗟予亦何者，万里歌黄鹄。偃仰对窗扉，妍暖谢衾褥。壮怀羞灶媚，晚悟笑突曲。因思堕指人，暴露苦靫瘃。频年未解甲，蹈此锋刃毒。遥知革辂中，旰食安豆粥。陪臣将命来，意恳诚亦笃。有奇不能吐，何术止南牧。君心想更切，臣罪何由赎。此身虽自温，此志转烦促。论武贵止戈，天必从人欲。安得四海春，永作苍生福。聊拟少陵翁，秋风赋茅屋。"《大金国志》附录一的"女真传"也表述了同样的内容："女真人依山谷而居，墙垣篱壁，率皆以木，门皆东向。环屋为木床，炽火其下，与寝室起居其上，谓之炕，以取其暖。"① 严冬时节、寒风刺骨，裘衣御寒也难抵挡，而女真民族却烧炭暖炕，以至于南方文人朱弁倍感新奇，以多种比喻形容这一难遇之状，为后世留下了女真民族难见的生活历史记忆。

第二节 亦诗亦史、诗文相合的美学范式

就出使诗而言，北宋、南宋较为相似，只是文人的内在心理产生了较大变化，《三朝北盟会编·宣和己巳奉使行程录》记载："金人既灭契丹，遂与我为敌国，依契丹旧例，以讲和好。每岁遣使，除正旦、生辰两番永为常例外，非常庆吊别论也。"② 南北分割、神州陆沉、北方丢弃、儿孙辈分等一切均使南宋文人的心理异常沉重，相较于北宋出使诗歌，南宋文人的出使诗显得更具计划

---

① 旧题（宋）宇文懋昭著，崔文印校证：《大金国志校证》，中华书局1986年版，第584页。
② （南宋）徐梦莘：《三朝北盟会编》，上海古籍出版社1987年版，第141页。

性、条理性、目的性，如绍兴二十九年（1159年）出使金朝的周麟之辑录自己使金途中所写诗歌，名为《中原民谣》，在其序言中明确写作的动机、过程："绍兴乙卯冬，予被命出使，……及往返中原数千里，观人心之向背，测天地之逆顺，得之讴吟者，盖不一而足，……于是因所闻见，论次其事，檃栝其辞，为《中原民谣》十首，庶乎如古所谓抒下情、通讽喻、宣上德、广风化者。异时太史采诗，或可以备乐府之阙云。"而范成大在使金途中更是每到一地、每遇一事、每见一人、每有一感即写诗留记，既有计划地编撰了使金日记散文《揽辔录》，又自《渡淮》开始而到《会同馆》止，创作了自成一体的组诗《北征集》七十二首，开创了亦诗亦史、诗文相合的北方草原诗歌新的美学世界。

  北方草原文学美学的基本情调是豪壮为美、深厚为美、沉雄为美，而对于使金文人来说，出使女真金朝的内在心理极为沉重，是王朝弯曲、人格低落而又不得不强打精神、自我壮大的激烈冲撞，是北国丢失、中原失据而滋生的恢复之愿无法实现的深深哀吟。而所有的这一切均寄托于具有历史思想价值的北国废墟、城垣败关、历史遗迹之上，于是出使女真草原民族所建金朝的诗歌极为凝练地承载了巨大深厚的情感内蕴，使使金之诗将传统北方草原诗歌所具有的厚重之美拥有了如同散文一样的"载道"之质、"明道"之魂。范成大的《双庙》诗云："平地孤城寇若林，两公犹解障妖祲。大梁襟带洪河险，谁遣神州陆地沉。"所谓双庙，是唐人为纪念张巡、许远二人所立。唐安史之乱中，张、许合力坚守睢阳，"以千百就尽之卒，战百万日滋之师"，"蔽遮江淮，沮遏其势"（韩愈《张中丞传后序》中语），以一小小的弹丸之地保障了唐王朝的转危为安，保障了唐王朝天下的虽衰又续，可谓功勋卓著、名垂青史；而北宋大梁，京畿重地，兵多将广，"襟带洪河"，天险可恃，却像舟船在陆地上沉没了一般，迅疾失守，导致了北宋的灭亡。范成大并没有直斥懦弱的赵宋朝廷，而是以诘问商讨的语气，询问北宋衰亡的历史缘由，留下思索的无限空间，从而使短短的小诗具备了巨制散文的力量。钱锺书先生说陆游"看到一幅画马，碰

第五章 哀鸿心曲的婉转潜吟

见几朵鲜花,听了一声雁唳,喝了几杯酒,写了几行草书,都会惹起报国仇、雪国耻的心事"①。陆游诗是诗人的气质、艺术家的敏感与恢复中原的爱国追求强烈融合的诗,是凡触物及景皆能漾发豪放激越的爱国情志的诗;而范成大是以一国使节的强烈使命感、责任感与史家的实录精神的有机结合来表达他郁积于骨子血脉里的深沉情感,是经过深思熟虑后的深沉寄托。清人钱谦益在《和范致能燕山道中绝句八首》的序言中讲道:"吾郡范文穆公成大,以乾道六年使金,自渡淮至燕山途中有绝句诗一卷,自白沟河抵会同馆凡八首,则余入畿南所经历道也。吊古忧时,感叹天水、金源遗迹,援笔属和,情见乎辞,庶几效朦瞽之义焉。"② 意指范成大情韵深厚、感情急切,以纪实之笔、史官之见叙写其所闻所感,抒发其教诲、感化之义。因而他所择取的描写对象往往具有深厚历史文化内涵和象征意义,是借史抒情、表义,如《虞姬墓》《留侯庙》《雷万春墓》《李固渡》《唐山》等,每一处历史遗迹都蕴含着国破家亡之际仁人志士舍身报国的崇高品格,他是以对历史文化的挖掘创新抒发回天无望的悲凉情绪、冷峻思考。

同时,范成大使金诗对北地女真民族风俗文化、地域特色,以及对民族文明文化冲突交融过程的揭示具有着诗史互证、散点透视的特征,从而使他笔下的北方女真草原民族更加真切全面,而多元民族文化交融的魅力也更加丰富多彩。女真草原民族在长期的发展过程中,形就了不尚一格、不偏一隅,因时应势而为的活跃开放的民族文化品格:"善骑射、喜耕种、好渔猎","俗勇悍、喜战斗、耐饥渴辛苦",以草原文化的游牧、骑射、狩猎为主,又有农耕文化的有机要素的渗入,多元生产、生活方式杂糅相和,多质并存、兼容相生,这就为女真草原文化与汉民族文化的交汇相融奠定了坚实基础。这一点在范成大使金诗中得到了鲜明反映。严格地说,金朝统治者在立国之初还没有建立起类似中原政治统治的礼教文化、

---

① 钱锺书:《宋诗选注》,人民文学出版社1982年版,第192页。
② 湛之编:《杨万里范成大资料汇编》,中华书局1964年版,第115页。

等级制度，古朴氏族原始之风盛行；随着中原汉人的北迁和女真人的南迁政策的不断推行，金朝统治对汉民族的礼教文化、生活习俗的接受与改造日渐深入，而各民族之间的文化交融也日益广泛，出现了使金文人洪皓《次三月望日出游》所绘制的场景："五方民杂居，濑泽非广谷。鸡犬或相闻，要知是荒服。跋涉频问津，引领主人屋。老稚俱迎门，击鲜馈豚肉。"来自不同地域、民族的百姓杂居而处，共同生活，互相学习，在不断接受对方文化影响的基础上努力保持自我民族特点，从而形成了一种别有文化意味的北地民族生活风情图画，范成大的《松醪》《临洺镇》《良乡》《内丘梨园》《大宁河》《芦沟》《燕宾馆》《邯郸驿》《秦楼》《七十二冢》《灰洞》等诗，从日常饮食生活习俗、衣着打扮、物产特点，到丧葬文化和自然奇景等方面予以描绘，既客观冷静，又处处倾泻着在政治、军事明显劣势基础上的高扬汉文化优势的浓烈情感。《松醪》《临洺镇》以酒文化寄托深意。《松醪》诗云："松风漱罢读《离骚》，翰墨仙翁百代豪。一笑膻裘那办此，当年稽阮尚舖糟。"作者于诗前自注："中山酒犹名松醪，然甚漓。"范成大特以中山称谓此酒，言其历史悠久，自战国中山国时就有，非金人所能知晓；而"松醪"一名又蕴藏着汉文人诗酒风流的雅致，唐人李商隐的《潭州》诗就有"目断故园人不至，松醪一醉与谁同"之语，而宋代大文人苏东坡专就此酒有《中山松醪赋》书法作品传世；更有此诗提点《离骚》，表露出范成大以魏晋名士自居，风情纵横，谈笑自若，他深谙晋人王孝伯之语，所谓"名士不必须奇才，但使常得无事，痛饮酒，熟读《离骚》，便可称名士"①。由此，此诗主要意图是以汉民族酒文化的深远丰厚与汉文人气质风度潇洒飘逸来映衬的金人饮酒的粗放无忌、单调简陋；《大金国志》说金人"饮食甚简陋，……嗜酒，好杀。酿糜为酒，醉则缚之，俟其醒。不尔，杀人"②。又有《三朝北盟会编》引《女真传》说"其饮食则以糜酿

---

① （南朝）刘义庆：《世说新语》，中州古籍出版社1994年版，第320页。
② 旧题（南宋）宇文懋昭著，崔文印校证：《大金国志校证》，中华书局1986年版，第554页。

第五章　哀鸿心曲的婉转潜吟

酒，以豆为酱，以半生米为饭，渍以生狗血及葱、韭之属和而食之，……饮酒无算，只用一木勺子，自上而下循环酌之。"① 从中确然稀见文化的内涵意义，更没有让人心醉神驰的艺术品味，流淌着的只有女真民族在白山黑水间形成的务实、简易、还原生活本色的文化特质。《临洺镇》则专写女真人饮宴时的豪情酣畅和生活习俗："竟日霜寒暮解围，融融桑枳染斜晖。北人争劝临洺酒，云有棚头得兔归。"诗前自注说："去洺州三十里。洺酒最佳，伴使以数壶及新兔见饷。"诗人于秋冬交接、斜阳染照桑枳之时来到了历来盛产好酒的洺州，亲身体验了女真人的热情、豪迈、好客，也对他们的饮食文化有了更深的了解。前文已知金人善饮，但其本民族之酒多以糜酿制，度数较低，在文史资料中多以"薄酒""细酒"名之。《三朝北盟会编》引《茅斋自叙》有"食罢，方以薄酒传杯冷饮"② 的记载；而留金十余载的宋使节洪皓在其所编著的《松漠记闻》里详述了金人接待宋使者的常规状况："金之待中朝使者，使副日给细酒二十量罐、……上节细酒六量罐。"③ 薄酒常有，外来使节都有供应，但洺酒则是此地由来已久的佳酿，女真人极尽好客之道，争相劝客，场面热烈酣然，使人想到宋使节洪适《次韵北使邀观常丰湖》中"主人甚顾他乡客，莫使归途欠一杯"的诗句，女真人的热烈、豪放跃然纸上；又有当下才猎取的野兔下酒佐欢，更是主宾一体，欢饮达旦；也表明金人有看重、喜好野味的习惯，《三朝北盟会编》载宋许亢宗出使金国的经过，多次提到"以鹿、兔、雁"等野味款待使节，表明女真人崇尚生活本真自然的精神风貌。如果说《松醪》等作品展示了金人饮酒文化，那么《秦楼》《相国寺》等诗作则显现了金人丰富而独特的服饰文化。《秦楼》诗云："栏街看幕似春游，斑犊雕车碧画油。奚女家人称贵主，缕金长袖倚秦楼。"《相国寺》说："倾檐缺吻护奎文，金碧浮图暗古尘。闻说今朝恰开寺，羊裘狼帽趋时新。"《秦楼》一诗别开生面，

---

① （南宋）徐梦莘：《三朝北盟会编》卷39，上海古籍出版社1987年版，第17页。
② 同上书，第30页。
③ （南宋）洪皓著，翟立伟标注：《松漠纪闻》，吉林文史出版社1986年版，第43页。

以相州人氏倾城出迎宋使为背景，描绘了一个坐倚秦楼、服饰绮丽、落落大方的女真贵族女子的形象。作者诗前作注说："在相州寺中，上有贵人幕而观使客，云是郡主，太守之妻也。"与汉族女子循规拘礼、热衷闺阁女红相别，女真贵族女性抛头露面，于大庭广众之前大胆率真，直面宋使，且缕金长袖、华服丽装，凸显出女真女性特异的服饰风采。从历史来看，女真民族于兴起之初在外在衣着服饰方面并没有明显的等级贵贱差别，而随着契丹、汉文化对其影响的不断深入，尊卑有序、上下有别的礼教等级文化在服饰上逐渐体现出来，由早期的"吏员与士民之服无别"，向服饰等级化、符号化发展，体现在女性身上，则是服饰依"官诰"而定，如《金史》载："六品、七品，红遍地草锦褾，小白绫八幅，角轴，大安加银缕。公主、王妃与亲王同。郡主、县主、夫人，红遍地瑞莲溪鹅锦褾，金莲溪鹅五色罗十五幅。"① 而此诗所描写的恰是一位郡主，长袖飘飘，衫裙艳丽，如花团锦簇，分外动人，有着一种别样的美感。《秦楼》演绎了女真女性贵族的美华独特，《相国寺》则绘制了女真普通百姓惯常的装束打扮。作者以尘土满壁、荒凉冷清的相国寺为背景，叙写正逢寺内市场开市、金人蜂拥而进购物的热闹情景，其中"羊裘狼帽"凝聚了白山黑水间繁衍生长发展起来的女真人固有的生命追求，是他们与恶劣艰难的自然环境不断斗争壮大的强大武器；女真人古称"肃慎"或"挹娄"，《后汉书·东夷列传》说其"好养豕，食其肉，衣其皮。冬以豕膏涂身，厚数分，以御风寒"②；《三朝北盟汇编·北征》记载女真人"平居惟着上领褐衫，无上下之辨，富者着褐色毛衫，以羊裘、狼皮等为帽"③；《大金国志·男女冠服》条说"土产无桑蚕，惟多织布，贵贱以布之粗细为别。又以化外不毛之地，非皮不可御寒，所以无贫富皆服之。……秋冬亦衣牛、马、猪、羊、猫、犬、鱼、蛇之皮，或獐、狼、鹿皮为衫。裤袜皆以皮"。凡此都意在说明家养或野生

---

① （元）脱脱：《金史》，中华书局1975年版，第1339页。
② （南朝）范晔：《后汉书》，中华书局1965年版，第2812页。
③ （南宋）徐梦莘：《三朝北盟会编》，上海古籍出版社1987年版，第730—731页。

动物之皮成为女真人赖以生存的物质资料。范成大以与汉民族服饰风格迥异的"羊裘狼帽"来形容金人的独特,虽然隐含着嘲弄揶揄之意,却客观上再现了金人特有的皮毛服饰文化,具有鲜明的地域文化和民族特色。有独具民族特征的饮酒、服饰文化,就有风情别样的地域物产,范成大以《良乡》《内丘梨园》《大宁河》等诗饶有情趣地刻画了金人统治下燕山、内丘等地的民情物产,给人以耳目一新之感。《良乡》诗曰"新寒冻指似排签,村酒虽酸未可嫌。紫灿山梨红皱枣,总输易栗十分甜"。《内丘梨园》诗言"汗后鹅梨爽似冰,花身耐久老犹荣。园翁指似还三叹,曾共翁身见太平"。《大宁河》诗讲"梨枣从来数内丘,大宁河畔果园稠。荆箱扰扰拦街卖,红皱黄团满店头"。良乡是燕山故地,物产丰富,作者于诗前注说良乡"燕山属邑,驿中供金栗梨、天生子,皆珍果。又有易州栗,甚小而甘"。作者以清新自然之笔、白描刻绘之法写此地色泽鲜亮、小巧玲珑、经冻而愈甜美的珍奇水果、干果,一股乡野朴素、亲切之气扑面而来,令人顿生神清气爽之感。后两首诗专写内丘的鹅梨、山枣之盛,先是描写鹅梨的生长特点:时久出汗,深秋味道绝佳;接着以概括之笔明确点出"梨枣从来数内丘",吸引着四方客商都来采买,一片热闹繁盛的景象,满含赞美之意;又特别写到琳琅满目的"红皱黄团"样的梨枣堆满人群汇聚之处,即如作者诗前自注"北人谓道上聚落为店头",具有着浓烈的地域文化特征。不仅如此,《芦沟》《燕宾馆》《邯郸驿》等诗从金人特有的待客习俗、节日习俗和祭天习俗入手,展现女真文化的特别之处,也显示了女真文化逐步向汉文化学习,进而共融的发展倾向。《芦沟》诗写道"草草鱼梁枕水低,匆匆小驻濯涟漪。河边服匿多生口,长记辂车放雁时",诗前自注说"去燕山三十五里,金以活鸭饷客,积数十双,至此放之河中,金法五百里内禁采捕故也"。"生口"即俘虏,本诗从活鸭、生雁待客一角来展示金人的狩猎文化。金人把射猎当作国俗对待,形成独具民族特色的狩猎文化,比如随季节的不同,有不同的狩猎安排:一、二月钓鱼于海上,三、四月放海东青猎雁,五、六月猎杀麋鹿,七、八月不猎,九、十月至年终捕获虎豹之类;且禁止民间随意采捕,以保护野生动物的正常繁衍。《燕宾馆》写重阳节俗:"九日朝天种落骦,也将佳节劝杯盘。苦寒不似东篱下,雪满西山把菊看。"作者诗前自注说"至是适以重阳,虏重此节,以其日祭天。伴使把菊酌酒相劝。西望诸山皆缟,云初六日大雪"。历法、节俗对于初始时期的女真人来说还是一片未开垦的荒原,《松漠纪闻》:说"女真旧绝小,正朔所不及,其民皆不知纪年。问之则曰'我见青草几度矣'。盖以草一青为一岁也。自兴兵以后,浸染华风,酋长生朝,皆自择佳辰。"①正是由于多元民族文化的大力交融,原来连年号时历也没有的女真人也在长期的发展过程中形成了具有自我民族特色的节俗文化,本诗所描写的重阳即可见一端。首先天气物候有所差异,汉民族的重阳往往兴举于秋高气爽之时,而燕地的重阳虽也是九月初九,但已是雪花飘转、银色弥漫、天气寒冷;其次过节方式也有明显不同,汉民族的重阳以民间自发的登高望远、遍插茱萸和饮酒赏菊来驱却灾戾为主,而女真人的重阳却以狩猎、祭天和其他武事活动为主,"'重九出猎,国朝旧俗。今扈从军二千,彪无扰民,可严为约束。'……九月丁酉,秋猎,以重九,拜天于北郊。"②而同时金人又充分吸收汉民族民间习俗,于自上而下的打猎祭祀过程中融入了浓浓的诗酒风情,可谓阳刚与柔美兼备,把重阳之节打造得更加丰富多彩,才使范成大犹如置身于另外一个世界,萌生别有洞天之感。《邯郸驿》诗写路途感闻:"长安大道走邯郸,倚瑟佳人怅相间。若见膻腥似今日,汉宫何用忆关山。"作者愤激而语,但客观上却是途中目睹金人的特有祭祀习俗。如本诗诗前自注:"驿后有磔犬祭天者,大抵尽为胡俗。"金人的宗教信仰是萨满教与多神崇拜的结合,与汉民族相似,也奉献牺牲于上天和神灵,尤其对萨满虔敬有加,《三朝北盟汇编》将"萨满"标记为"珊蛮",并说"珊蛮者,女真语巫妪也"③,"能道神语",因而"疾病无医药,尚

---

① (南宋)洪皓著,翟立伟标注:《松漠纪闻》,吉林文史出版社1986年版,第29页。
② (元)脱脱:《金史》,中华书局1975年版,第132页。
③ (南宋)徐梦莘:《三朝北盟会编》卷3,上海古籍出版社1987年版,第18页。

巫祝，病者杀猪狗以禳之"①，由此才有于驿站后场金人杀狗割肉以祈福于天的场景，范成大习惯于汉民族的"少牢""太牢"的祭祀，今见"磔犬祭天"的奇特情形，不由生发出呜咽不平之音。同时，《灰洞》《固城》《七十二塚》等作品对北地恶劣而奇异的自然环境、地理特点和丧葬习俗予以描写，奇风异景洒落笔端。《灰洞》诗写肆虐于北方的黄风沙尘："塞北风沙涨帽檐，路径灰洞十分添。据鞍莫问尘多少，马耳冥蒙不见尖。"诗前自注说"在涿北燕南之间，两旁皆高岗，无风而路极狭，尘土垒积，咫尺不辨人物"。灰洞是天长日久由狂风、旋风不断吹袭渗透而形成的路边壁崖的洞穴奇观。本诗是文学史上较早描写北方沙尘天气的作品，作者亲身体验了风沙弥漫、遮天蔽日、眼不能视物的扬沙天气，以惊诧的语气再现了这一自然奇景。《固城》诗写中原固城艰难的生存环境："柳棬凉罐汲泉遥，味苦仍咸似海潮。却忆径山龙井水，一杯洗眼洞层霄。"叙写固城百姓饮水困难，须用柳木做大棬从深井汲水，水质还极差，如诗前自注"水味极苦"，故而使作者思念龙井之水，表现了作者对此地民众的同情。《七十二塚》诗写女真人为曹操疑冢封土加固之事："一棺何用冢如林，谁复如公负此心。闻说群胡为封土，世间随事有知音。"诗前自注说"在讲武城外，曹操疑冢也。森然弥望，北人比常增封土"。受特殊时代政治文化的影响，曹操在宋人眼里是奸臣汉贼的象征，而在女真人那里，曹操却重新受到了尊敬和重视，女真人给他的多处疑冢添土加固。作者一方面对同一历史人物在不同文化背景下产生不同的影响事实给予记录，另一方面也借助此事反映了女真人丧葬习俗的变迁。《新唐书·黑水靺鞨传》说鞨鞨人"死者埋之，无棺椁"②；《大金国志·初兴风土》也说金人"死者埋之，而无棺椁"③，意在说明金人的原始葬法是纯粹的土葬，不垒土冢、不作标记、无棺椁敛尸、

---

① （南宋）徐梦莘：《三朝北盟会编》卷3，上海古籍出版社1987年版，第18页。
② （北宋）欧阳修：《新唐书》，中华书局1975年版，第6178页。
③ 旧题（南宋）宇文懋昭著，崔文印校证：《大金国志校证》，中华书局1986年版，第552页。

无地面建筑，而随着文化交融的不断推进，汉民族根深蒂固的丧葬文化礼仪对金人的影响逐渐明显，形成了火葬与土葬并行且封土立碑、兴建陵庙以示尊崇的丧葬礼俗，逐步与中原文化合流交汇。

此外，范成大还以《清远店》《西瓜园》《真定舞》《柳公亭》《丛台》《蹋鸱巾》《耶律侍郎》等诗作，从女真制度文化的原始野蛮以及与汉民族文化之间的冲突、交融等方面述事言理、绘景状物，为后人刻录了特定历史时期的特异的人文景观。《清远店》诗云："女僮流汗逐毡䩞，云在淮乡有父兄。屠婢杀奴官不问，大书黥面罚犹轻。"此诗直面社会野蛮落后现象，将关注对象集中于女真地区女婢的不幸遭遇。从史料记载的情况来看，金人统治区域女婢的社会地位普遍低于汉族统治区域的女婢，她们既被当作陪嫁物、随葬品随意处理，也可被作为牲畜、财货任意买卖、屠杀；《大金国志·婚姻》就说"北人以金银、奴婢、羊马为博"[①]。范成大于定兴亲眼看到婢女脸上刻有"逃走"的字样，极为惊诧；细问才知"黥面"已是较轻的惩罚，连奴婢被主家屠杀而官府不闻不问的现象都时有发生。可见宋金南北对峙之际，女真人虽早已建立了大金王朝，但在制度文化、生存规范方面逐步建设健全的同时，依旧存留了奴隶社会、部落时代的诸多陋习。由此，《清远店》等诗足有史家实录之功能。同样，《西瓜园》诸诗也描述了那个时代特有的印记。《西瓜园》写金人在汴京城郊引种西瓜："碧蔓凌霜卧软沙，年来处处食西瓜。形模濩落淡如水，未可葡萄苜蓿夸。"诗前自注说"味淡而多液，本燕北种，今河南皆种之"。作者对金人从北地引种西瓜于河南却品质不佳之事予以评述，一方面说金人不谙汴京之地的土质和种植习俗，故而味道寡淡如水，显示了农业文化交流方面的隔膜；另一方面由今及古，从现实论及汉代，强调现实中的金人虽然也是移植栽种，但远不及汉朝的使节那样因地制宜，引种成功。宋诗人梅尧臣的《咏苜蓿》说"苜蓿来西域，葡萄亦既随。胡人初未惜，汉

---

① 旧题（南宋）宇文懋昭著，崔文印校证：《大金国志校证》，中华书局1986年版，第553页。

使始能持。宛马当求日,离宫旧种时"。范成大所谓"未可葡萄首蓿夸"正有此意。《真定舞》《丛台》等诗直接触及了汉民族文化与女真文化之间的冲突。《真定舞》诗曰:"紫袖当棚雪鬓凋,曾随广乐奏云韶。老来未忍耆婆舞,犹倚黄钟衮六幺。"诗前自注说"虏乐悉变中华,惟真定有京师旧乐工,尚舞高平曲破"。此诗从音乐舞曲的角度表现文化间的矛盾,一面是铺天盖地般涌来的女真乐舞,如《金史》所言"有渤海乐,有本国旧音"① 等,已"悉变中华",其中"老来未忍"一句言其深入之广、影响之大,到处是"胡乐"鸣奏、"胡舞"翩翩;一面是只有极少数人还依然留恋钟情于传统雅正庄严的古典《云门》《大韶》,还在致力于传统庙堂之乐的保护延续,从中不难窥测出金宋不仅有在政权、地域上的尖锐斗争,也有在文化表层意义上的激烈对立。《丛台》诗曰:"凭高阅士剑如林,故国风流变古今。祓服云仍犹左衽,丛台休恨绿芜深。"此诗由登"丛台"而发思古伤今之幽情,"丛台"本是战国赵武灵王"胡服骑射"进而富国强兵的所在,在极富民族情绪的范成大意识中这本是汉民族勇于吸纳外族文化、发奋自强的象征,现在却被后继的胡人(女真人)所占据统治,所谓"祓服云仍犹左衽",触目所及皆是金人衣冠服饰。这里不仅女真人如此,就连中原百姓也在政治高压和日常生活的耳濡目染之下逐渐女真化。《大金吊伐录》载天会四年枢密院告谕两路指挥:"今随处既归本朝,宜同风俗,亦仰削去头发,短巾,左衽。敢有违犯者,即是犹怀旧国,当正典刑,不得错失"②,强迫汉人习仿接受女真服饰,于是范成大在《揽辔录》中深沉地感慨道"民亦久习胡俗,态度嗜好与之俱化,最甚者衣着之类,其制尽为胡矣。自过淮北皆然,而京师尤甚",对中原民众普遍"祓服左衽"表示忧惧,权且以拟人化的手法聊以自慰。无独有偶,《柳公亭》诗是从金人相伴、主客欢宴的场景落笔,以汉族文士"曲水流觞"的文坛雅集与柳亭绳床对举,叹文华消逝、胜景难再、胡物

---

① (元)脱脱:《金史》卷39,中华书局1975年版,第881页。
② (金)佚名编,金少英校补,李庆善整理:《大金吊伐录校补》卷106,中华书局2001年版,第306页。

满地，文化的挫败感油然而生。"绳床"即胡床，自汉代由游牧民族传入，得到了少数皇亲贵戚的喜爱，《后汉书·五行志》说"灵帝好胡服、胡帐、胡床、胡座、胡饭、胡箜篌、胡笛、胡舞，京都贵戚皆竟为之"①；到金宋相抗之时，民风皆然。范成大来到邢台城北小园，安坐于"胡床"之上，闻听"旧有流杯"之事，只能举杯伤怀，感物是人非，所谓"曲水流觞非故物，马鞍山色旧青青"。

如果说上述诗歌涌动着作者深痛的抑郁苦闷，那么《踢鸥巾》《耶律侍郎》等诗则让范成大扬眉吐气，借金朝官员求讨头巾样式和目不识丁来宣泄积郁之气，倾吐强大、深厚、悠久文化的自豪感，以填充满足早已残破的民族自尊。《踢鸥巾》诗曰"重译知书自贵珍，一生心愧踢鸥巾。雨中折角君何爱，帝有衣裳易介鳞"。诗前自注有"接伴使田彦皋爱予巾里，求其样，指所戴踢鸥，有愧色"之语。《耶律侍郎》诗说"乍见华书眼似獐，低头惭愧紫荷囊。人间无事无奇对，伏猎今成两侍郎"。诗前自注讲"兵部侍郎耶律宝，馆伴使也。不识字，如提刑运使等字，亦指以问"。一是喜极汉文士所戴头巾，不惜折节相求，还面有愧色；一是不通点墨，向作者询问常用之字。二人均为金朝高级官员，有此行为，一方面说明金人在文化修养上的普遍落后，致使作者以嘲弄、鄙夷的口气极尽揶揄之事；另一方面也体现了金人自觉地渴慕、学习、效仿汉文化，难能可贵。从几丝细微之处显示了文化之间的交汇融合。

由此，范成大使金诗以多方面的关注、摹写，成就了中国古代诗史上最为独特的出使之作，为后世留嵌了特殊时代、特定地区独有的草原文学记忆，蕴含着独特的草原文学美学追求，诗文相称、诗史和谐的诗歌特质成为古代北方草原文学少见的宝贵财富。

综上所述，宋人的北方草原文学首先突出了诗歌质实、厚重的美学价值追求，其次强调了情感的低回潜吟、哀鸣婉曲，从而进一步拓宽了古代北方草原文学的美学天地。

---

① （南朝）范晔：《后汉书》，中华书局1965年版，第3272页。

第六章 北方草原民族的放声讴歌
——西夏、辽、金草原文学的美学进程

如果说宋人的草原诗篇凝重有力、深刻质实，普遍存有一种复杂的忧患意识和民族情绪，那么西夏党项、辽朝契丹、金代女真等北方草原民族的草原文学则更显民族本色、地域本色；而由于民族文化交融的加剧、深化，这些北方草原民族文学对于美的追求也更加自觉、成熟，更显示出自然活泼、健康积极的民族之美。

第一节 西夏党项民族文学所显示出的多元质实、通俗简约的美学风尚

西夏王朝是10世纪至13世纪初崛起于西北地区的以党项羌为主而又联合汉、吐蕃、回纥等民族共同建立的民族政权。"东尽黄河，西界玉门，南接萧关，北控大漠"，地域辽阔，民族繁多，但总的来说掌控西北、扼守东西交通，是古代北方少数民族建立的据地广袤、统治时间长久的王朝之一。由此其生产方式的日渐多元、民族文化建设的日渐多元等特性在其历史发展过程中就逐步显现出来，成为西夏党项民族文学即西夏草原文学创作的坚实基础，成为分析党项民族文学创作美学精神的起点和支柱。党项民族自身有一个演变发展的历史过程，其本身原是古代西羌民族的一支，源自青藏高原的古羌族，故而自称为"蕃"。在其北迁之前放牧、游牧成为其最主要的生产方式。《隋书·党项传》说其"牧养牦牛、羊、

猪以供食，不知稼穑"①。北迁之后，尤其是与西北百姓有了长时期的接触、交流之后，就在传统的"畜牦牛、马、驴、羊，以供其食。不知稼穑，土无五谷"②的基础之上逐步融入了农业农耕的成分，草原游牧文明与农业农耕文明逐步交融，出现了游牧、农耕并举共生的多元化的生产局面，记载和反映西夏王朝历史的重要文献《圣立义海》说："积雪大山，山高，冬夏降雪，雪体不融，南边雪化，河水势涨，夏国引水灌禾成粮也。"又说："阏支山上，冬夏降雪，炎夏不融，民庶植灌，地冻，大麦、燕麦九月熟。"③说明西夏党项民族在长期发展过程中，逐步意识到水利对农业生产的重要意义，意识到引雪水、河水来灌溉农田对于生产发展的极大益处。同时，在农业生产发展的方式方面，也出现了以屯田营田为主的多种模式，《西夏书事》记载：李继迁兵围灵州时下令"凡田旁膏腴之地，使部族万山等率蕃兵驻榆林、大定间，为屯田计，垦辟耕耘"④。这样，逐步形成了草原游牧、农田耕作相结合的生产方式，也为西夏党项民族文化的多元性产生奠定基础。一是外藩内汉的建构文化模式加速了文化多元性的形成，元人虞集曾说："西夏之盛，礼事孔子，极其尊亲，以帝庙祀。乃有儒臣，蚤究典谟，通经同文，教其国都，遂相其君。"⑤又说："西夏强盛之时，宋人莫之能御也。学校列于都邑，设进士科以取人，尊信仲尼以'素王'之名号，极于褒崇，然文风亦赫然昭著矣哉！"⑥北宋臣子富弼所上宋仁宗的奏疏《河北守御十二策》中说："西夏得中国土地，役中国人力，称中国位号，仿中国官属，任中国贤才，读中国书籍，

---

① （唐）魏徵：《隋书》，中华书局1973年版，第1845页。
② （后晋）刘昫：《旧唐书》，中华书局1975年版，第5291页。
③ ［俄］克恰诺夫、李范文、罗毛昆等：《圣立义海研究》，宁夏人民出版社2009年版，第58页。
④ （清）吴广成著，龚世俊等校证：《西夏书事校证》，甘肃文化出版社1995年版，第80页。
⑤ （元）虞集：《西夏相斡公画像赞》，《道园集古录》卷4，影印文渊阁四部丛刊初编本。
⑥ （元）虞集：《重建高文忠公祠记》，《道园类稿》卷25，影印文渊阁四部丛刊初编本。

用中国车服，行中国法令。"① 元人脱脱的《宋史·夏国传》也说："（西夏）其设官之制，多与宋同，朝贺之仪，杂用唐、宋，而乐之器与曲则唐也。"② 从而逐步促成"外藩内汉"的文化建设格局。二是西夏王朝本身就是以党项民族为主、众多民族共同组成的民族政权，党项民族以外，还有汉人、吐蕃人、回鹘人、契丹人、女真人、蒙古人、吐谷浑人等，所谓"蕃汉杂处"、民族共生，西夏文五言诗《新集金碎掌直文》曾对多民族形象特点进行描绘，所谓"西夏人骁勇，契丹人迟缓，西藏人信佛，汉族人崇儒，回鹘饮酸乳，山狄食莽饼"，可谓色彩纷呈、各有特色，充分显示了西夏文化的多元特质。

文化的多元必然会在文学艺术领域显现出来，逐步形成西夏草原文学多种文学品格、追求的多元并存，既有由宋入西夏的汉人汉文创作，也有西夏党项民族自我创作的文学作品，还有较为发达的民间俗文学的创作，但均体现出多元相融、质实简易的美学精神。首先是内容风格的多元杂糅，既突出党项草原民族的豪健质朴，又强调农业文化的群体意识、注重教化，显示出美学追求的多样、多元质素。陈炳应先生在《西夏诗歌、谚语所反映的社会历史问题》一文中曾转译了六首古朴、透发着原始生活气息的西夏古诗，其中有几首歌颂党项民族祖先的诗歌："黔首石城漠水畔，红脸祖坟白河上，高弥药国在彼方。""母亲阿妈起族源，银白肚子金乳房，取姓嵬名俊裔传。""繁裔崛出弥瑟逢，出生就有两颗牙，长大簇立十次功，七骑护送当国王。"前三句追溯党项羌人祖先的发祥地，说明党项是石城、白河地区的羌人的后裔，"黔首""红脸"是党项羌人古代先民所建的两个部落，可能是说西夏党项是这两个部落交融通婚的结果。中间三句是对族源始母神话般的崇拜赞美，正是这个银肚金乳的羌族姑娘，生了七个儿子，从而繁衍了西夏王族。后三句是歌颂西夏开国君主李继迁的，他"生而有齿"，神异无

---

① （元）李焘：《续资治通鉴长编》卷150，中华书局1985年版，第3641页。
② （元）脱脱：《宋史》，中华书局1977年版，第14028页。

比，曾扩地千里，夏人引以为荣。而历史上李继迁确为西夏王朝杰出的开创者，《宋史·夏国上》记载元昊上书宋廷表文说："祖继迁，心知兵要，手抱乾符，大举义旗，悉降诸部。临河五郡，不旋踵而归；沿边七州，悉差肩而克。"① 对其祖崇赞无比，由此民间广为传播，形成了民族始祖神话般的史诗性描写，表现了党项民族淳朴、豪壮的乐观精神。如果说西夏古诗展现了党项民族对其祖先的质朴赞美之情，是对先人拓土开疆、创建基业历史追述的话，那《诸国帝王怎伦比》一诗则是对"圣君"美好政治的积极向往，更直接揭示了党项民族纯美的理想追求，诗歌说道："常有国王走极端，獬豸兽作忠诚志。在这伟大天地里，寻求大智在兽旁。纷说著草应尊敬，草边拜寻思维力。唯独圣君睿思广，弃恶存善承祖志。不举凤凰幸福旗，尊重智者当荣幸。不齿赤金及白银，只当它是贵物品。忠诚封侯最为珍，任人唯贤言守信。圣天福星细倾听，乐下九天助国君。唯君独得御宝座，诸国帝王怎伦比！"从中可见党项民族的理想政治所具有的几大素质：对于善良即道德政治的向往、肯定；对于智者的尊崇，在党项民族眼中，智慧可以消弭灾祸；对于忠诚、诚信的维护，对于任人唯贤政治的追求；对于金银珠宝的极端轻视，认为其远不及道德素养珍贵。而这一切最终归结于君主的美德美能，认为上天也会降福垂爱这样美好的君主，最终带来美好生活。可以说，虽然从形式、表达手段等方面与汉民族此类诗歌有所不同，但在核心内涵方面却鲜明地体现了汉民族文化核心——儒家的政治追求，即道德政治、仁君政治的理想追求。只是更加直接、豪放、有力，体现出草原民族文化的巨大影响。由此也可见出汉民族特别是儒家文化对西夏党项民族文化的深厚影响。《诸国帝王怎伦比》一诗丝毫不见文人个体情怀的踪影，只是党项民族群体心理的直接反映，虽然以追求美好理想政治为主，但也体现出西夏文学重视教化的特性，而儒家伦理道德方面追求在其中得到了鲜明反映。

---

① （元）脱脱：《宋史》，中华书局1977年版，第13995页。

第六章 北方草原民族的放声讴歌

实际上,文化的多元更多地来源于多元民族文化的交融和影响,但是在文化的交流过程中也是有选择性的,而其中一个至关重要的因素是其内容的真理性和适用性。就儒家文化对西夏党项民族文化的影响而言,恐怕更多的是对儒家传统道德仁义文化的发扬、传承,这就表现出文化流传的选择性,而选择就意味着文化之间的互相洗礼。儒家文化有其自身的系统性,一方面是王统、道统的内在统一,一方面是诉诸社会全体成员的各种无形有形的繁文缛节,一方面是文质合一的表达方式,而对于西夏党项民族来说,只是将其赋予社会教化含义、利于社会稳定和人心向善的文化营养加以吸收,以明确、直接、简化的方式在诗歌中呈现出来。也就是说,西夏诗歌更重视了内容的质实、实用、简易,而不在表达方式方面刻意追求。西夏民间文学的代表、谚语集《新集锦合辞》中不断体现着关乎人的道德美修养的思想,而语言却简练易懂,比如"不孝父母恼祸多,不敬先生福智薄""有物不贵有智贵,无畜不贱无艺贱""叔侄兄弟当相助,无空口助;岳母妯娌当相送,无空碗送",等等,均集中体现出党项民族质朴而美好的生活追求。

西夏党项民族草原文学的美学追求还可从民族文化交融的典范长诗《颂师典》的分析中有所收益,全诗写道:"蕃汉弥人同一母,语言不同地乃分。西方高地蕃人国,蕃人国中用蕃文。东方低地汉人国,汉人国中用汉文。各有语言各真爱,一切文字人人尊。吾国野利贤夫子,文星照耀东和西。选募弟子三千七,一一教诲成人杰。太空之下读己书,礼仪道德自树立。为何不跟蕃人走,蕃人已向我低头。大陆事务自主宰,行政官员共协立。未曾听任中原管,汉人被我来降服。皇族续续不间断,弥药儒言代代传。诸司次第官员中,要数弥药人最多。诸君由此三思忖,谁能道尽夫子功?"此诗虽然表面上是对西夏王朝圣师的赞美,但实际上却洋溢着极为强烈的民族独立意识和称霸天下的民族自信心,表现出豪壮无比、勇于追求的草原文化精神。从历史上看,党项羌人经历了先归顺吐蕃、后归顺中原的历史,但在本诗里,吐蕃人和汉人却均为党项羌人所降服,一种渴望民族强盛、天下争雄的英雄豪气充斥其间;更可贵的是此诗反映出蕃汉弥人本为一家的"大天下""大中华"意识,"蕃汉弥人同一母,语言不同地乃分",西夏党项民族朴素地意识到民族共生的中华大家庭观念,不论哪一民族,均是一母所生,只是由于语言的差别、地域的差别,才出现了民族的不同。虽然有些稚嫩肤浅,但不得不说确为党项草原民族在民族发展过程中对于先进理念的积极追求,是一种偏居一隅的草原民族发出的内在呼声,是一种对于民族发展、天下共荣的社会向往的有力表达。同时,此诗也体现了鲜明的对汉民族文化,特别是儒学的认同和敬仰,这实是党项民族共同的心理趋向。

党项草原民族的文学不仅有本民族的创作,还有由宋入西夏的汉族文人的创作,他们与党项民族一起,为西夏文化的发展作出了积极的贡献。如张元,他亲历西北地区大雪纷飞、铺天盖地的奇景,写下了《咏雪》这一西夏汉人诗歌创作的代表性作品:"五丁仗剑决云霓,直取银河下地畿。战退玉龙三百万,败鳞残甲满天飞。"张元采用《华阳国志·蜀志》中"五丁开山"的典故,借具有无限创造力的勇士与云霓决战的场景,形容雪花弥漫宇宙、建砌世界的壮美之景,可谓气象飞动、力道无穷,一种升腾于西北草原的遒劲力量之美流溢其中,充满蓬勃向上之力,令人耳目一新。

总的来说,西夏党项民族流传至今的文学作品不多,但从史籍的记载来看,其文学艺术活动却极为繁盛,既有著名的《宫廷诗集》,收录了诸多反映西夏王朝各种生活情态的诗歌种类,也有篇数繁多的表记奏疏类散文创作,还有来自民间的俗文学创作,但由于文字语言和时间久远等障碍,难以尽识西夏党项民族的文学之美。

第二节　辽契丹民族文学对于刚劲之美、真切之美、崇儒之美的热烈追求

宋人苏辙在其出使诗《虏帐》中以"弯弓射猎本天性"来概括契丹草原民族的生活习性、风土人情,意为契丹民族以鞍马车帐

为家、逐水草而居，是较为典型的游牧生活；而随着国土面积的不断延伸，契丹民族也在传统放牧、游牧、渔猎的基础上，从事农业、农耕，由此，草原文明、农业文明相互交融、多民族共生便成为辽代民族文化的基本特征。于是，北方草原民族的豪健刚直、粗犷真切和农业民族的深挚浑厚、典雅婉曲便成为契丹文学生成、发展的文化、心理基础。

辽朝以武建国，崛起于北方草原，其对武事战争的重视必然导致社会文化风气的形成。《辽史·文学传》说："辽起松漠，太祖以兵经略方内，礼文之事固所未遑。及太宗入汴，取晋图书、礼器而北，然后制度渐以修举。至景、圣间，则科目聿兴，士有由下僚擢升侍从，骎骎崇儒之美。但其风气刚劲，三面邻敌，岁时以搜狝为务，而典章文物视古犹阙。然二百年之业，非数君子为之综理，则后世恶所考述哉。"① 说明辽朝建立之初，无暇文化建设，专事统一北方、四面扩张；而随着社会的日益稳定，文事文化建设也逐步提上了辽朝统治的重要日程。而在这一过程中，向宋人学习、汲取汉民族文化、崇儒奉教等一系列文化建设活动日渐兴盛。《辽史·宗室传》记载："时太祖问侍臣曰：'受命之君，当事天敬神。有大功德者，朕欲祀之，何先？'皆以佛对。太祖曰：'佛非中国教。'倍曰：'孔子大圣，万世所尊，宜先。'太祖大悦，即建孔子庙，诏皇太子春秋释奠。"② 自辽太祖耶律阿保机开始，辽代代礼奉孔子，尊崇汉民族文化。"汉人教之以隶书之半增损之，作文字数千，以代刻木之约。"③ 由于民族文化交融的影响，辽代的文学才渐渐兴盛起来。沈德潜在《辽诗话·序言》说："辽自唐季基于朔方，虽地处北鄙，文墨非其所尚，然享年二百，圣、兴、道三宗，雅好词翰，咸通音律，……文学之臣，若萧、韩家奴耶律昭、刘辉、耶律孟简，皆淹通文雅。"④ 但是，每一个民族在自身文化

---

① （元）脱脱：《辽史》，中华书局1977年版，第1445页。
② 同上书，第1209页。
③ （元）叶隆礼：《契丹国志》，上海古籍出版社1985年版，第221—222页。
④ （清）丁福保：《清诗话》，上海古籍出版社1982年版，第787页。

建设、发展的过程中，都有保护、延续本民族固有文化的历史使命，因而契丹草原民族的文化、文学建设根本上还是在尚勇重武的草原文化精神基础上兴建、发展，因而契丹草原文学的美学追求呈现出对于刚劲之美、真切之美、崇儒之美强力追逐的明显倾向。

辽朝契丹文学主要由三部分构成，一是契丹贵族文学，基本上是君主、后妃、重臣的创作；二是由中原王朝入辽的汉族文士，受契丹草原文化的影响，创作了具有北方草原风致的诗作，同时还有繁多的以墓志铭为主要构成形式的散文创作，深厚典雅；三是民间创作，虽然作品较少，但也体现了契丹民族对美的热烈追求。

首先是刚劲之风、真切之美对于契丹贵族文学的深度润染，而代表人物则首推耶律倍、萧观音等皇族文人。耶律倍是辽太祖耶律阿保机的长子，向慕汉民族文化，通晓汉语、契丹语，《辽史·宗室传第二》记载，耶律倍"工辽、汉文章，尝译《阴符经》"①，意为他通晓汉语、契丹语，追慕汉民族文化，对于汉民族文化经典有所领略。后来因太祖后妃之意而未能承继君位，在位为东丹王之际"起书楼于西宫，作《乐田园诗》"，可见其汉文学修养深厚，后不得已流亡后唐，今存《海上诗》一首。耶律倍的《海上诗》是现存最早的契丹民族创作的完整的汉语诗，只有四句："小山压大山，大山全无力。羞见故乡人，从此投国外。"《海上诗》表现了在弟弟辽太宗的猜忌、逼迫下走投无路的遭遇，抒发了亡命异国的凄楚的情怀。耶律倍的母亲淳钦皇后在辽太祖死后，统摄军国大事。她不喜欢儒雅的耶律倍，用权谋让次子耶律德光继位，耶律倍只得率数百随从投奔后唐，此诗就写于耶律倍深受挤压、无处诉说、决心逃往文明古邦之时。诗语平质直率，刚劲有力，含义深刻，耐人思考。作者巧妙地利用汉字本身具有的隐微表意的特殊功能，以富有力量感的"大山""小山"来直接比喻自我与后宫、皇帝，耶律倍本身实力无法与后宫、皇帝相抗，但自觉从礼法、功业上应由自己登临君位，所以直言不讳将自己比作"大山"，于是"小山压大

---

① （元）脱脱：《辽史》，中华书局1977年版，第1211页。

山"本不合情理，但联系当下形势，自然就让人想起"小汗"压"大汗"的意义。此诗与讲究比兴寄托、遥托深远的汉民族诗歌相比，虽然在诗境、韵味方面少了几许含蓄、蕴藉，但却显现出一种强力重压、挤迫之下的刚劲力道之气。清赵翼在《二十二史札记》中曾说："情词凄婉，言短意长，已深有合于风人之旨矣。"意在说明其质实有力、铿锵慷慨的风格特质。

当然，耶律倍的一首《海上诗》还无法有力说明契丹文学对于刚劲之美的全力追求，倒是不如契丹贵族女性的诗歌创作更能说明这一点。辽朝契丹女性文学创作以萧观音、萧瑟瑟为代表，而成就最高、影响最大的当属萧观音的诗文创作。

作为契丹民族的一位君后，萧观音一扫女性的柔弱、谦卑，而是以"不让须眉"的男郎阳刚之气和北方契丹草原民族特有的刚劲峻拔、豪壮挥洒之质及对于汉文学极深的禀赋修养，驰骋于北方草原辽朝政坛，活跃于契丹民族文学艺术天地。作为女性，萧观音体现了契丹民族女性特具的精神气质，与男儿一样纵马草原、劳动放牧，有着积极而明确的社会参与感、责任感，对于政治、军事有着敏锐而独到的观察力。《辽史·后妃传》说："辽以鞍马为家，后妃往往长于射御，军旅田猎，未尝不从。如应天之奋击室韦，承天之御戎澶渊，任懿之破重元。古所未有，亦其俗也。"[①] 她们与男人一样，不分彼此、难见轩轾。耶律洪基的第一位皇后萧观音，是一位杰出的女诗人，有着出色的文学艺术才能，《辽史·后妃传》说她"姿容冠绝，工诗，善谈论。自制歌词，尤善琵琶，好音乐"[②]。这就说明萧观音非寻常女性可比，而是有着较强的独立品性和判断力，善于表达和张扬自我。曾多次参加契丹民族惯常的尽显男儿阳刚力量和勇武之美的狩猎活动，一次她扈从皇帝涉猎秋山。受辽道宗的指派，专门创作了展现辽国草原雄浑博大气魄的《伏虎林侍制》一诗。诗曰："威风万里压南邦，东去能翻鸭绿江。

---

① （元）脱脱：《辽史》，中华书局1977年版，第1207页。
② 同上书，第1205页。

灵怪大千俱破胆,那教猛虎不投降。"此诗写作于萧观音册立为皇后的第二年,作品以辽国皇家贵族的游猎生活为题材,反映了契丹民族以勇武立国的传统文化和怙强恃勇、吞吐天下的文化心理,以及契丹民族崇尚勇武的刚劲之气。伏虎林是辽代帝王的秋捺钵,辽国俗尚渔猎,四时捺钵是国君出猎的行营,汉人称为"行在""行宫"。此诗出语不凡,想象奇崛,语气磅礴,以威风万里之势形容出猎队伍的宏大壮观,在神思飞涌之中臣服南邦宋朝、东邻高丽,表达了不已升腾的民族自信心。"威风万里"与"翻"飞江水,顺承之中又有叠起、奔腾,显示了波涛壮阔、气度非凡的民族自豪感,可谓一展辽人扫荡六合、叱咤风云、一统天下、掌握乾坤的精神追求。此诗还以佛语入诗,大千为佛家语,即"三千大千世界"的简称。佛教以须弥山为中心,以铁围山为周缘,名一世界,此世界的数千倍为小千世界,小千世界的千倍为中千世界,中千世界的千倍为大千世界。萧观音目睹契丹皇室行猎的英武超绝,神驰万里,以万千世界俱为胆战心惊来衬托大辽王朝的隆盛国威和雄心壮志。四句虽无雕琢刻镂之精工奇丽,却如大漠雄风,狂逸不羁、雄放无比,诗格豪健壮伟,尽显刚劲之美。清人谢蕴山评析道:"四时捺钵振天威,殪虎秋山漫赋诗。"① 突出其刚直有力、响彻天宇。吴梅也夸扬说此诗"有宋人所不及者",意在说明《伏虎林侍制》气宇超凡、刚劲雄奇,实是辽草原诗篇的扛鼎之作。同样,对于刚劲壮阔之美的追求还体现在她的《君臣同志华夷同风应制》一诗。本诗是辽道宗大宴群臣、君臣唱和、共抒心志时所作。从诗题来看,就表现出一种鲜明的天下一体、同风共愿的博远追求,名为应制,实是辽朝君臣政治抱负的诗意再现。全诗写道:"虞廷开盛轨,王会合奇琛。到处承天意,皆同捧日心。文章通谷蠡,声教薄鸡林。大寓看交泰,应知无古今。"诗歌开篇即显唱和之作的弘美颂扬之声,以虞舜之光称扬道宗朝廷的文治武功之盛,所谓"虞廷"即为圣君虞舜朝会之处,显现道宗朝承天地之伟业、续圣朝之荣

---

① 蒋祖怡、张涤云整理:《全辽诗话》,岳麓书社1992年版,第6页。

光；"谷蠡"是北方草原民族之祖匈奴贵族之称，《史记·匈奴列传》说："置左右贤王，左右谷蠡王。"① "鸡林"指东部朝鲜新罗王朝，晚唐人杨夔在《送日东僧游天台》诗有言："回首鸡林道，唯应梦想通。"将此列入诗中，意味着辽朝具有经天纬地、囊括宇宙的政治雄心，可谓指点江山、飞扬心志、喷薄万里。此等胸怀从一后妃道出，一方面说明契丹草原民族的豪迈狂放，另一方面也突出了萧观音的诗歌创作有意在追逐刚劲飞扬、孔武有力的美学境界，显示她个性的张扬劲健。

  同样的诗美追求还体现在由北方汉人王朝入辽的文人赵廷寿的《塞上》一诗。赵廷寿原是后梁偏将赵德钧的养子，随赵德钧降辽后，封幽州节度使、燕王，由于图谋自立，被辽世宗所杀。《塞上》一诗集中展示了北方草原奇异风景及契丹民族游牧、狩猎的生活习俗，热情颂扬了契丹民族勇武剽悍、豪放雄阔的精神生活："黄沙风卷半空抛，云重阴山雪满郭。探水人回移帐就，射雕箭落著弓抄。鸟逢霜果饥还啄，马渡冰河渴自跑。占得高原肥草地，夜深生火折林梢。"《塞上》一诗选取了契丹民族生活场景的一个侧面，集中展示契丹草原民族不畏大雪封山、寒风怒吼、黄沙击面的恶劣环境，积极进取，乐观豪迈。寻觅水源、占有草地、抄弓狩猎、"鸟逢霜果"、"马渡冰河"等有力展现了契丹民族生命力的强大、持久，他们善于克服困难，适应自然环境。他们像鸟一样，即使无处觅食，也仍旧能从被霜雪吹打下的果实中，择取吞咽，蓄养体力，以迎接更严峻的挑战。契丹民族由弱到强，经历了一个较为漫长的崛起兴旺过程，其发展的一个重要原因即为精神、意志的刚劲进取，《辽史·营卫志中》记载："契丹之初，草居野次，靡有定所。至涅里始制部族，各有分地。太祖之兴，以迭刺部强炽，析为五院、六院。奚六部以下，多因俘降而置。胜兵甲者即著军籍，分隶诸路详稳、统军、招讨司。番居内地者，岁时田牧平莽间。边防纠户，生生之资，仰给畜牧，绩毛饮湩，以为衣食。各安旧风，

---

① （西汉）司马迁：《史记》，中华书局1959年版，第2890页。

狃习劳事，不见纷华异物而迁。故家给人足，戎备整完。卒之虎视四方，强朝弱附，东踰蟠木，西越流沙，莫不率服。部族实为之爪牙云。"① 从中可见契丹人旺盛的生活斗志和对民族精神的持守。诗尾两句则透露了契丹草原民族生存、发展的一个信息，即对于肥美水草之处的极度渴望，有力印证了游牧民族"居无常居"的动态特征。

  契丹民族对刚劲之美的追求与对真切、真实之美的崇尚连为一体。由于生存环境的艰难和草原文化的不断滋养，契丹民族形成了重视真实质朴、倾心真切客观的审美风尚。虽然他们努力向汉文化、文学汲取养分，心慕汉学，但从根本上还是坚守了草原民族本身具有的刚劲豪健、真实质朴之风，其中还以君后萧观音的诗文创作为典型。萧观音出身豪贵，她是辽朝太祖钦哀皇后的弟弟枢密使萧惠之女、辽道宗之皇后。在契丹民族壮大发展的过程中，刘姓、萧姓尤为突出，实为契丹皇贵之氏，《辽史·后妃传》记载："太祖慕汉高皇帝，故耶律兼称刘氏；以乙室、拔里比萧相国，遂为萧氏。"② 两姓同姓结交、异性通婚，在辽王朝政治统治中具有极为重要的地位。《契丹国志》说："皇族惟与后族通婚，更不限以尊卑；其皇族、后族二部落之家，若不奉北主之命，皆不得与诸部族之人通婚。"③ 由此可见萧氏一门或者说后族一门在辽代社会地位的尊贵。但是，由于宫闱内廷争权夺利极为激烈，即使是贵为皇后，也屡遭指斥、迭遭陷害。《辽史·后妃传》说她"好音乐，伶官赵惟一得侍左右。大康初，宫婢单登、教坊朱顶鹤诬后与惟一私，枢密使耶律乙辛以闻。诏乙辛与张孝杰劾状，因而实之。族诛惟一，赐后自尽，归其尸于家"④。虽然我们无法得知事件的真相，但萧观音成为朝廷内部政治斗争的牺牲品这一点是毋庸置疑的。从这一过程中道宗皇帝没有明显的作为来看，恐怕皇帝对萧观音也有所疏离，最起

---

① （元）脱脱：《辽史》，中华书局1977年版，第377页。
② 同上书，第1197页。
③ （元）叶隆礼：《契丹国志》卷23，上海古籍出版社1985年版，第221页。
④ （元）脱脱：《辽史》，中华书局1977年版，第1205页。

码没有切实关注事件的真伪，任凭他人的左右。究其原因，或许和萧观音为人处事总是真情表露、真切表达，没有更多顾及他人的感受有所关联；或者是来源于惯常思维下的嫉妒贤能，唯恐萧观音永驻道宗心房。在笔者看来，萧观音的人生悲剧更多还是应与她粗豪外显、真切暴露的个性风格有关。我们知道，契丹民族有着悠久的游猎习俗，而道宗更是好猎成性，如此就延误朝政、荒废军国大事，为此，萧观音专门创作了一篇情真意切的劝诫之文《谏猎疏》："妾闻穆王远驾，周德用衰；太康佚豫，夏社几屋，此游畋之往戒，帝王之龟鉴也。顷见驾幸秋山，不闲六御。特以单骑从禽，深入不测。此虽威神所届，万灵自为拥护。倘有绝群之兽，果如东方所言，则沟中之豖，必败简子之驾矣。妾虽愚阁，窃为社稷忧之。惟陛下尊老氏驰骋之戒，用汉文吉行之旨。不以其言为牝鸡之晨而纳之。"（《全元文》第一卷《焚椒录》）行文流畅、情注笔端，显示出一个契丹女性罕有的汉文化学识和强大的胆魄，这不仅体现在她指事用典、倾向鲜明，正反对比、思想深刻，而且明知此举确有后宫干政之嫌，还是发自肺腑、真情告白，展现出极为强烈的政治参与意识。表现在文章的艺术志趣，可以看出作者毫无矫揉造作、无病呻吟之意，也没有附庸风雅、显才扬己之愿，而是目睹道宗嬉戏游猎、荒淫误国，大胆提醒、真诚警告，将对于国事的忧虑、对于道宗的深情和盘托出，毫不遮掩，足显其为文的真诚之美。

谈及真诚、真切之美的笃深激越，萧观音的《回心院》十首更具有代表性。萧观音对于汉文化、文学的熟谙程度前文已述，但以"回心院"为题作诗还需说明一下。"回心院"语出《新唐书·后妃传》所载唐高宗探望废后王氏、废妃萧氏之事："初，帝念后，间行至囚所，见门禁锢严，进饮食窦中，恻然伤之，呼曰：'皇后、良娣无恙乎？今安在？'二人同辞曰：'妾等以罪弃为婢，安得尊称耶？'流泪呜咽。又曰：'陛下幸念畴日，使妾死更生，复见日月，乞署此为"回心院"。'帝曰：'朕即有处置。'"[1] 实为宫廷后

---

[1] （北宋）欧阳修：《新唐书》，中华书局1975年版，第3473—3474页。

妃自处伤心之处。萧观音以此为题自然也就避免不了内心幽怨缠绵的抒发。全诗如下："扫深殿,闭久金铺暗;游丝络网空作堆,积岁青苔厚阶面。扫深殿,待君宴。拂象床,凭梦借高唐;敲坏半边知妾卧,恰当天处少辉光。拂象床,待君王。换香枕,一半无云锦;为使秋来辗转多,更有双双泪痕渗。换香枕,待君寝。铺翠被,羞杀鸳鸯对;犹忆当时叫合欢,而今独覆相思块。铺翠被,待君睡。装绣帐,金钩未敢上;解却四角夜光珠,不教照见愁模样。装绣帐,待君眠。叠锦茵,重重空自陈;只愿身当白玉体,不愿伊当薄命人。叠锦茵,待君临。展瑶席,花笑三韩碧;笑妾新铺玉一床,从来妇欢不终夕。展瑶席,待君息。剔银灯,须知一样明;偏使君王生彩晕,对妾故作青荧荧。剔银灯,待君行。爇薰炉,能将孤闷苏;若道妾身多秽贱,自沾御香香彻肤。爇薰炉,待君娱。张鸣筝,恰恰语娇莺;一从弹作房中曲,常和窗前风雨声。张鸣筝,待君听。"对于罕见的契丹民族女性的这首诗作,人们多关注于此诗的文体性质,是归于诗体,还是当作词体?实际上这一问题没有太多的讨论价值,因为一是辽宋金元之际,朝代更迭频繁,文体演变明显,诗词曲互相吸纳,词曲难分;二是对于契丹草原民族而言,诗词曲的分野没有那么严格、细致;三是没有必要归于哪一类别,只要能充分表达人生的感慨即可。由此,对于萧观音的《回心院》十首应主要注意其情感内蕴和表达方式以及由此而显现出的审美追求。从内容来看,《回心院》一改萧观音其他作品豪情壮采、叱咤风云般的男儿本色、阳刚气概,而是从宫廷生活、帝妃相处的日常细节描写入手,全力抒发萧观音渴望帝王临幸、宠爱的款款深情,从扫殿光耀环境、拂床以待君王、换枕泪洒锦被、铺被追忆往昔、装帐梳洗靓装、叠茵伴君入寝、展席多愁善感,到剔灯以现光明、熏炉香溢帐幔、张筝以娱君耳,联缀十种宫闱生活场景,表现自己对道宗的情思绵绵,直接而不张扬、显豁而又缠绵,可谓深婉低吟、凄切动人。从内容、格调来看,《回心院》十首依稀可见宫体诗温柔香软、缠绵悱恻之质,无疑是宫廷女性相思、孤寂、哀怨心情的艺术表达。近代况周颐的《惠风词话》评价道:"风雅道

第六章 北方草原民族的放声讴歌

衰,抑何至是。唯是以一当百,有懿德皇后《回心院》词。其词既属长短句,十阕一律。以气格言,尤必不可谓诗。音节入古,香艳入骨,自是《花间》之遗。"① 清人徐釚的《词苑丛谈》说《回心院》:"词怨而不怒,深得词家含蓄之意,斯时柳七之调尚未行于北国,故萧词大有唐人遗意也。"② 二人评价各有倾向,前者将《回心院》十首置于唐宋易代、风雅道衰之际,认为《回心院》十首香艳逼人,自有晚唐《花间》之美;后者说《回心院》十首蕴藉含蓄,有深挚的言外之韵味,直逼唐诗之美。二人的共同点均指向了作品情感的真实自然的流露、表达,所谓"香艳入骨"和"唐人遗意"意即情感的深厚、真实、本色,而非女情男表、故作凄婉。显然,两位诗家均注重了作品有力汲取汉民族文学风韵流散的一面,但却忽视了作品蕴含的北方草原民族文化精神的一面。实际上,不管草原民族如何钦慕汉文化、文学,其本质、精髓依然还是北方草原民族的文化品性、气质。《回心院》虽然从字里行间流淌出的依旧是宫廷女性恐惧冷落、担忧寂寞的感伤,依旧是渴望君主垂怜抚爱的向往,但在描写的真实自然、表达的大胆粗豪、感情的外放无忌方面,与传统的呻吟之状的"花间之美"大不相同。如果说传统的宫廷香软之作极尽错彩镂金之富丽、展温柔缠绵之情状,那么《回心院》则现日常生活体验之细致、全面、客观,表周到、体贴、慰藉之深情。她并非以艳句丽词取胜,而是以真切、真实之深厚情感的外露而擅长。所以学者周惠泉先生曾赞美说:"如果就表现男女燕婉之私、词风富艳精工言之,《回心院》词与唐五代的《花间集》有一脉相承之处。不过如果能抛开表面现象,便会发现二者的差异。就《回心院》词表现男女之情的真率自然、大胆泼辣、深刻感人言,是花间词派所无法比拟和难以企及的。"③ 这就说明萧作并没有极尽描写艳缛秾丽的女性神态、装束和生活场景

---

① (清)况周颐著,王幼安校订:《蕙风词话》卷3,人民文学出版社1960年版,第56页。
② (清)徐釚撰,唐圭璋校注:《词苑丛谈》卷8,中华书局2008年版,第189页。
③ 周惠泉:《辽代契丹族女诗人萧观音的诗词》,《文史知识》2004年第11期。

的某一种，也没有专门就相思苦痛而辗转反侧、忧愁满腹，而是从客观的帝妃生活的点点滴滴入手，将对于君王的思念、盼望化作生活化的每一个角落；虽然显得繁复、细密，但却一方面真实显现出帝后生活的华贵、富丽，另一方面表现了萧观音对道宗的一片真情痴爱。而这一切都来源于萧观音对于诗歌表达突出真实真切之美的追求。如果将"美"分解为若干个层次、构成的话，那么，对于真实之美的追逐和表现无疑是美的最高境界。而就中国古代诗歌而言，强调意境之美的美学追求显然侧重于表现，由之也逐步形成了诗词创作讲究朦胧迷离的审美态度；与此相对的则是继承先秦风雅精神的写实传统，强调写实的真实真切之美，且专以略显烦琐的客观情景再现为主，突出了以真情实感动人感人的审美体验。萧观音的《回心院》十首无疑就是属于后者中翘楚。

如果说耶律倍、赵廷寿、萧观音等集中展现了契丹文人之作对于刚健、真实之美的艺术追求的话，那么收录在《白石道人诗集歌曲》中的《契丹风土歌》则宛然是一幅展示契丹民族理想草原、心灵草原的绚丽画卷，表现了契丹民族对于生活理想的美的追求，也反映出契丹民族崇尚刚健真实、乐观进取的精神世界。全诗如下："契丹家住云沙中，耆车如水马若龙。春来草色一万里，芍药牡丹相间红。大胡牵车小胡舞，弹胡琵琶调胡女。一春浪荡不归家，自有穹庐障风雨。平沙软草天鹅肥，胡儿千骑晓打围。皂旗低昂围渐急，惊作羊角凌空飞。海东健鹘健如许，鞲上风生看一举。万里追奔未可知，划见纷纷落毛羽。平章俊味天下无，年年海上驱群胡。一鹅先得金百两，天使走送贤王庐。天鹅之飞铁为翼，射生小儿空看得。腹中惊怪有新姜，元是江南经宿食。"显然，此诗是对契丹民族生活状貌全景式的描绘、展示。由于据说该诗是降宋契丹族金军将领萧鹧巴口述、姜夔整理而成，所以自然会有民族隔阂、偏见在内，如"群胡""大胡""小胡"等称谓，但从整体来看，此诗改变了汉唐以来传统草原诗篇专事肃杀沉寂、荒凉广漠的风格定式，将契丹人的草原编织描绘得花团锦簇、生机无限，从而将北方草原带入到一个新的审美天地。首先，春色妆点下的草原，百花怒放、五彩绚烂，车马一体的契丹民族尽情歌舞，一派祥和繁华的景象。其次，它将描写的重心放在了契丹民族饮食特点方面，特别是对天鹅钟情有加。我们知道，渔猎所得在契丹人的饮食中占有相当的比例，从"一鹅先得金百两，天使走送贤王庐"句来看，显然也是为皇室捺钵准备。春季捺钵，除了"凿冰取鱼"之外，还要用海东青鹘捕天鹅，"鹘擒鹅坠""举锥刺鹅""皇帝得头鹅荐庙"等，举行"头鹅宴"以飨众臣。① 此外，还提到一种特殊的人物"天使"。"天使"在宋代往往被看作皇帝的代表，意为代天子出使，所谓"若衔命出外，即通呼'天使'"②。而辽朝建立后效仿宋朝礼制，也建立了天使巡视制度，诗中所言的"一鹅先得金百两，天使走送贤王庐"句，即指要对天使分外重视、款待。最后，此诗结尾两句"腹中惊怪有新姜，元是江南经宿食"，写品尝北疆美食的感受，美味横生，原来是江南美食的余香与北域的新鲜之味混融起来，别有一番滋味，体现出南北饮食文化的融汇与交流。整体论之，《契丹风土歌》欢快爽利、刚劲硬朗，是契丹草原民族生活的艺术写照。

其次，崇儒之美的文化风气对契丹文学美学追求的影响。契丹民族由草原而来，壮伟狠戾、豪猛斗力，自然将武功、武事放在首位，而文化上的建设必须经过一个较为漫长的过程来营造，而在这一过程中，"崇儒之美"无疑成为关键与核心。耶律倍、萧观音等人的诗文实践，在文学对于社会的关注、对于王朝政治的敏感，以及对于个体参与社会的责任感等方面的展现均异常突出，而这些均可视为由儒家所倡导的人与社会的密切关系所导致，也就是说，儒家的政治文化、道德文化、文道关系等方面的思想已经深深影响着契丹民族的头脑，影响着辽人的精神世界、审美世界。

契丹民族从太祖耶律阿保机开始就对以孔子为代表的汉民族

---

① （元）脱脱：《辽史》，中华书局1977年版，第374页。
② （清）徐松辑，刘琳等点校：《宋会要辑稿》，上海古籍出版社2014年版，第2384页。

传统及其载体汉语倾心、学习不已，不论是《辽史》本传还是散见于其他传记的史料，都能说明他对汉文化的熟谙和效仿，《旧五代史新辑会证》说："阿保机善汉语，谓坤曰：'吾解汉语，历口不敢言，惧部人效我，令兵士怯弱故也。'"① 说明其对汉语极为熟悉。在他带动之下，辽代君臣对于汉文化、汉语的学习不断加强，如《辽史·文学传》排列第一的萧韩家奴就"博览经史，通辽、汉文字"。此后辽王朝历代君王不断吸收儒学文化，崇敬儒学之风大盛，从而对于契丹文学活动、文学创作产生了极大影响。

　　首先是对于文章之道的认识不断深化，文武之道的关系逐步明确，文学活动成为政治生活的有机组成。契丹民族尚勇恃武，但随着疆域的不断扩展、社会的逐步稳定，对于文化礼法的建设也在逐步加强，其鲜明表征之一就是文武并重。《全辽文》所收《灵感寺释迦佛舍利塔碑铭》有言："皇朝定天下以武，守天下以文。"说明辽朝开始了文武并重、以文强武的建设之路。而《全辽文》所收《王邻墓志铭》所载的"或征伐以获功"之说，意味着征伐之事与文化文学同等重要。这样，文学活动也就日益活跃起来，成为辽朝政治文化的重要内容之一。《契丹国志》记载，辽圣宗就曾把白居易的讽喻诗译成契丹文字流传并让臣子诵读，并"出题诏宰相以下赋诗，诗成进御"；又上文提到的辽道宗曾与君臣诗词唱和，有《君臣同志华夷同风诗》的联题创作。再如《辽史·文学传》所载萧韩家奴"帝与饮酒赋诗，以相酬酢"，耶律孟简"闻皇太子被害，不胜哀痛，以诗伤之，作放怀诗二十首"等史实，均说明辽朝文学活动的繁盛。说明文章、文学之道已经深入人心，文治之重要渐被人们所接受。

　　同时对于文学的功能价值的认识也在加强，而对于文学本身特性的把握和对于创作倾向的追求也逐步形成，而对于道德之美、真诚之美的逼近逐步成为主流。儒家在讨论文学艺术意义之时，总是

---

① （北宋）欧阳修著，陈尚君辑纂：《旧五代史新辑会证》，复旦大学出版社 2006 年版，第 4281—4282 页。

第六章 北方草原民族的放声讴歌

将此与人格、道德的完善结合起来，所谓诗歌的"兴、观、群、怨"和"文质彬彬，然后君子也"。辽朝文学追求大体上也在朝着善美一体的道路前行。《全辽文》所载的王师儒撰写的《萧裕鲁墓志铭》说："洎太祖开国而下，文武奕代，将相盈门，积善之家，庆有余而弥劭；盛德之后，虽百世以犹昌。"真可谓尽取汉民族传统文化精华，是对《易经》文化"积善之家，必有余庆，积不善之家，必有余殃"思想的进一步发展，显然将道德、人格的"善"放在极为重要的位置。《全辽文》所录的《史殉直墓志铭》说道："文行言政，士之善也，标于鲁语；富贵寿康，人之福也，载在周书。有一于兹，犹为美矣；兼二备者，果何人哉？"从中可知辽人对于汉文经典异常熟悉，认为文章、文学就是要干涉政治，就是对于善的追求，而福寿康安也是人追逐的目标，但向善、行善才是根本、基础，这就显示了辽人将善作为一个重要的指标、至美来看待的认识。同时，善并非一个简单的道德完善的过程，而是把个体对人格理想的实现与社会的进步互相结合的过程，《辽史·文学传》详细记述了萧韩家奴主张轻徭薄赋、善待民众进而不断擢升的经历，特别提到皇帝"仍诏谕之曰：'文章之职，国之光华，非才不用。以卿文学，为时大儒，是用授卿以翰林之职。朕之起居，悉以实录'"[1]。说明萧韩家奴之所以得到帝王的宠信，被视为心腹，主要还是因其不断完善道德人格的"善美"修养而获得君王的嘉许，是为人格建设的典范。而同样在《辽史·文学传》占得一席之地的耶律昭也在奏疏中说："昭闻古之名将，安边立功，在德不在众。故谢玄以八千破苻坚百万，休哥以五队败曹彬十万。良由恩结士心，得其死力也。"[2] 进一步申扬人格道德力量的威力；说明对于道德之美的追求已在人生的发展征途中位居重要的地位。

辽人对于人生完美的追逐突出了道德层面的内蕴，而在具体的表现方面，则更加强调了真实、真纯之情的表达。而这一点与辽代

---

[1] （元）脱脱：《辽史》，中华书局1977年版，第1449页。
[2] 同上书，第1455页。

君臣的主张、喜好和努力是分不开的。辽圣宗、辽道宗共同喜好的一个宗教人士海山大师，俗名郎思孝。据金朝王寂所撰的《辽东行步志》"癸卯日"篇的记载，道宗曾与海山谈诗论道，海山不愿作诗，道宗"以诗挑之"曰："为避绮吟不肯吟，既吟何必畏真心。吾师如此过形外，弟子争能识浅深。"道宗作诗自是无拘无碍，更是真情流露，无须任何遮掩回避，所以表达自我对诗的理解也是直言不讳。在道宗看来，作诗必须以真实情感的抒发为主，与"绮吟"相反，即与将遣词造句的繁缛绮丽之美与情感的自然释放相结合的诗歌境界相对，提倡质朴之语与真挚之情的和谐统一。显然，真心、真实、真诚是诗歌的第一要素。而《辽史·文学传》中所收耶律孟简传有其自作《放怀诗》二十首的《自序》说："禽兽有哀乐之声，蝼蚁有动静之形。在物犹然，况于人乎？"① 说明情感、情绪、感受、心理本身与生俱来，是人在外界触动之下的一种自然本能的反映，也就是真情实感。由此，联系上文所述耶律倍、萧观音等人的文学实践，无一不是个人人生真实经历、感受的真诚表达，反过来也深化着辽人对美的追求、实现的历史足迹。

第三节　自然朴野、遒劲刚直、深婉清丽、多元并济的女真民族草原文学之美

女真民族是生活在白山黑水间的古老民族，大约在1115年正月，首领金太祖完颜阿骨打在今黑龙江阿城县南称帝建国，开启了女真民族拓土开疆、君临天下的历史篇章。如果就西夏党项、辽朝契丹、金朝女真草原民族的文学发展而言，金朝的文事景象远较西夏、辽朝为盛。《金史·文艺传》说："金用武得国，无以异于辽，而一代制作能自树立唐、宋之间，有非辽世所及，以文而不以武也。"② 清朝乾嘉年间学者张金吾曾纂集《金文最》一书，推崇金

---

① （元）脱脱：《辽史》，中华书局1977年版，第1456页。
② （元）脱脱：《金史》，中华书局1975年版，第2713页。

代文学，稍后的谭宗浚在《金文最序》中进一步申扬说："世多以金偏安一隅而国祚稍促，遂其文不及宋、元，不知有元一代文章，皆自金源启之。"说明元代文学实际源于金代文学的巨大影响。实际上，金人本身对其文学的自成一脉、自据一格就有清醒的认识，甚至还带有一些自许夸大、超宋越元的倾向，但无论如何，金朝汲取唐朝以来的优秀传统，在大力吸纳宋代文化、文学精华的基础上，更在北方草原文化愈加深厚、丰盈的土壤上，秉北方草原文化之气、融南北文化之风，逐步形成了金代特有的文学风气和美学景观。比如清人刘熙载在其著名的《艺概·词曲概》中就将金元之际的大文人元好问誉为"集两宋之大成者"，而元好问本人也一方面刻意编撰所谓"国朝文派"专集《中州集》，以华夏文化的真正代表而自居，另一方面也明确《中州集》就是本着"不可遂令一代之美泯而不闻"的目的而结集。（郝经《遗山先生墓铭》）以上均充分说明金代文学自有其不可忽视、错会的地位、价值，正如当代学者吴功正先生所言："金代美学不是可有可无的时期，而是有着鲜明的时代特征和丰厚的时代审美内涵。"① 与西夏、辽朝相比较，金代文学更为繁富、多样，更体现出时代演变、民族文化交融对文学演进的影响，更体现出地域文化、民族文化对美的追求的巨大作用，更体现出文学在多元文化冲击下努力前行的艰难与复杂，更体现出民族文化精神在对美的追求召唤之下自身渐变与持守的历史过程，更体现出古代北方草原民族逐渐汇聚中华民族文化历史长河的美的历程。

  毋庸讳言，金代文学成就超越于西夏、辽朝之上，这无疑是中国古代地域文学、尤其是北方文学的一次丰硕的聚会，是古代北方文学的一次巨大的巡礼，主要表现在两个方面。一是文学成就的全面性。不说金人元好问所编《中州集》一部书就收录了金代文人250余位、诗歌2000余首，而诗集中提及的诗文集就达120余种之多；单是后人所辑录之诗、词、文的数量就令人咂舌不已，尤其是

---

① 吴功正：《宋代美学史》，江苏教育出版社2007年版，第564页。

今人收汇的金人之作，更让人叹为观止。唐圭章先生的《全金元词》收录金朝词人70余位、词作3500余首，薛瑞兆等先生的《全金诗》收录诗人530余位、作品12000余首，阎凤梧先生的《全辽金文》录金代文人550余位、文章2500篇，可谓繁华胜景、美不胜收。二是格调鲜明，均体现出北人特具的豪朴刚劲之气、雄浑有力之美；而与南宋文学相比，更是凸显北雄南秀各占美景之势，张金吾在《金文最·自序》中直言对金人之雄美的偏爱："金有天下之半，五岳居其四，四渎有其三，川岳炳灵，文学之士后先相望。惟时士大夫秉雄深浑厚之气，习峻厉严肃之俗，风教故殊，气象亦异。故发为文章，类皆华实相扶，骨力遒上。……而知北地之坚强，决胜江南之柔弱。"突出了北方金人文学创作美学追求的基本风范，实际是古代文学审美表达在宋辽金元之际的地域性体现、民族性体现。

但是，必须注意，金代文学的创作是在两种层面上发生、展开的，一是数量繁多的汉人创作，二是已具规模的女真民族文人创作，而不管主体为何种民族，其所面临和生长的环境是一样的，即女真民族建立的金朝对于汉民族文化的倾力吸取和对本民族文化力图强化的复杂状态，这也是一切民族文化交融过程中所遇到的共同问题。这里有三种现象要引起关注。一是女真民族在其发展过程中形成的多种生产方式并存，"善骑射、喜耕种、好渔猎"[①]，"俗勇悍、喜战斗、耐饥渴苦辛"[②]，为金代文化建设的多元交融、互相汲取奠定了坚实基础。女真民族大力吸纳汉民族文化成果，表现为"文人北移""借才异代"和自觉尊崇效仿汉民族文化礼制。金末文人刘祁在其所著的《归潜志》中说："金朝名士大夫多出北方。……余戏曰：'自古名人出东、西、南三方。今日合到北方也。'"[③] 清人庄仲方在《金文雅序》中曾说："金初初无文字也，自太祖得辽人韩昉而言始文；太宗入宋汴州，取经籍图书，宋宇文

---

① 旧题（南宋）宇文懋昭著，崔文印校证：《大金国志校证》，中华书局1986年版，第551页。
② 同上。
③ （金）刘祁：《归潜志》卷10，中华书局1983年版，第115页。

虚中、张斛、蔡松年、高士谈辈先后归之，而文字煨兴，然犹借才异代也。"意为北宋滞留于北方的汉人大量涌入金朝，成为金朝文化建设、文学创作的主要构成；而至金章宗之时，金代"宫室之壮、服御之美、妃嫔之盛、燕乐之侈、乘舆之贵、禁卫之严、礼义之尊、府库之限，以尽中国为君之道"①，从各个方面显示出汉民族文化的影响。二是以汉民族和女真民族为主的多民族共存融合的局面已经形成，出现了南宋使金诗人洪皓的《次三月望日出游》中"五方民杂居，濒泽非广谷"和南宋文人陆游在其诗《得韩无咎书寄使虏时宴东驿中所作小阕》中"上源驿中槌画鼓，汉使作客胡作主。舞女不记宣和妆，庐儿尽能女真语"的较为和谐的景况，客观上使民族文化交融的价值观念渐入人心。三是效仿汉文化和保存发展女真民族文化之间存有的二难现象，成为一道难以跨越的障碍，也是我们考察金代草原文学美学追求所面临的问题。就金朝对于汉法、汉文学的态度而言，至熙宗朝时达到高潮，《大金国志·熙宗孝成皇帝》记载："（天会十三年五月）升所居会宁府，建为上京。仍改官制。初，宋使宇文虚中留其国，至是受北朝官，为之参定官制。"② 加剧了对汉文化的吸取，致使"（熙宗）适诸父南征中原，得燕人韩昉及中国儒士教之。遂能赋诗染翰，雅歌儒服，分茶焚香，弈棋象戏，尽失女真之故态"③。女真民族传统文化遭致不断的遗弃、改造。北宋人许亢宗的《宣和乙巳奉使行程录》反映了金朝故都黄龙府语言风俗的情况："故此地杂诸国风俗，凡聚会处，诸国人语言不能相通晓，则各为汉语以证，方能辨之。是知彼固被服先王之礼仪，而应对亦以华言为证也。"④ 说明汉语已成为女真民族发祥地的主要交流工具。而到了金世宗时，世宗目睹女真文化、语言、风俗逐步凋落，尽管采取了一系列补救改革之法，但收

---

① （南宋）徐梦莘：《三朝北盟会编》，上海古籍出版社1987年版，第1200页。
② 旧题（南宋）宇文懋昭著，崔文印校证：《大金国志校证》，中华书局1986年版，第136页。
③ 同上书，第551页。
④ （南宋）徐梦莘：《三朝北盟会编》，上海古籍出版社1987年版，第144页。

效甚微，人们对汉文化、汉语的熟悉、使用已成风气，短时间内难以改变。这也正是女真民族建立的金朝本民族语言文学创作极少而汉语创作较为繁盛的原因所在。

由于金代文学存在着汉族文人和女真文人创作的自然区分，还由于汉人创作多存留故国之思的悲壮沉郁之慨，虽然也浸染辽阔北方的苍茫雄浑之气，但较少对北方草原文化、草原风致的渗透，因此在分析金代草原文学展示对美的追求之时，主要侧重于女真草原民族的作品，少量涉及汉人之作。

纵览金朝女真民族创作，会惊奇地发现女真民族文学创作显现出鲜明的完整的发展轨迹和渐变的美学倾向，较契丹、党项民族而言更趋时代变化和逐渐丰盈的特点，更体现出由自然朴野之美、遒劲刚直之美向深婉清丽之美转变的特性，更展现出北方草原民族追求美的征途中逐步化合、整一的趋向，实是北方草原民族追求美的历程的完整显现，而在这一过程中，崇尚自然朴实真情之美始终是不变的美的核心。

根据史料的记载，女真民族经历了一个较为漫长的由原始部落到部落联盟进而建立军事联盟制帝国的历史发展过程，而作为北方草原民族在其壮大过程中，难以例外地接受、传承着北方草原民族的最普遍的宗教信仰——萨满教信仰，即较为朴素的以祭祀日月天地草原为主要对象的泛神信仰，由此在祭祀过程中自然会产生祈祷诸般神灵降福减灾或诅咒魔鬼恶人坠入他方的祈祷祭祀性质的诗歌作品。由于历史久远和资料的缺失，虽然我们无法准确地理解其内在目的、含义，但还是可以揣摩其大致内涵，走近女真人最初的审美世界。《金史·始祖以下诸子·谢里忽传》中记载了一起萨满巫师发诅咒之歌、惩罚犯法当杀之人的事件，恐怕是女真草原民族保留较为完整的萨满活动过程记录："国俗，有被杀者，必使巫觋以诅祝杀之者，乃系刃于杖端与众至其家，歌而诅之曰：'取尔一角指天、一角指地之牛，无名之马，向之则华面，背之则白尾，横视之则有左右翼者。'其声哀切凄婉，若《蒿里》之音。既而以刃画地，劫取畜产财物而还。其家一经诅祝，家道辄败。"① 从命名为"国俗"来看，此诅咒过程实为国家整体信仰崇拜的集中体现，其主要方式则是句式错落不相一致的杂言格式诅咒之语，而情调则哀怨凄楚，预示着不幸即将显现；联系文中所明确的结果"其家一经诅祝，家道辄败"，则说明自有公正、善恶分明的朴素的审美价值取向。《金史·跋黑传》说："跋黑既阴与桓赧、乌春谋计，国人皆知之，而童谣有'欲征则附于跋黑，欲死则附于劾里钵、颇刺淑'之语。"② 显然，反映了女真人共有的朴素的善恶观念。从以上文献记载可知，不管是萨满宗教性质的祭祀之歌，还是表达民意的童谣之曲，均体现着原始、朴野、杀伐之气，女真民族的勇悍野性之美展现无遗。诅咒之歌的指天抵地、以刃画地、劫取畜产财物和童谣的刻毒宣泄等内容反映出女真草原民族的朴野悻杀、狼戾果敢的性格气质，实为一个草原民族崛起时群体原始力量和意志的形象体现。实际上，女真民族的发展较长时期地伴随了古朴野性的原始之风，《新唐书·北狄传》对女真民族的生活进行描述："俗编发，缀野豕牙，插雉尾为冠饰，自别于诸部。"③ 从发型、装饰等方面可见审美意识有着深刻鲜明的原始部族特点，而《大金国志》则说"金俗好衣白，辫发垂肩……自灭辽侵宋，渐有文饰"④，显示出人们观念的逐步变化，原始而兼有文饰是为其突出特征。

　　金朝立国之初，文事简化、粗疏，女真文学尚未有明显亮色，文化文学主要是南人北移、借才异代之人而来，所以无论从文人地域文化影响，还是自身难以完全摆脱的"贰臣"身份来看，正如由宋入金文人刘著的《月夜泛舟》提到的"浮世浑如出岫云，南朝词客北朝臣"，一种萎靡残缺、低吟沉郁之状显现文坛，而金代文学之所以能由柔媚温婉之风一变为雄放豪劲之美，不得不说是由

---

① （元）脱脱：《金史》，中华书局1975年版，第1541页。
② 同上书，第1542页。
③ （北宋）欧阳修：《新五代史》，中华书局1975年版，第6178页。
④ 旧题（南宋）宇文懋昭著，崔文印校证：《大金国志校证》，中华书局1986年版，第552页。

女真民族文人创作所带来的草原大漠的遒劲刚直、雄阔豪放之风气的影响，正如近代陈匪石在《声执》下卷所言："金据中原之地，郝经所谓歌谣跌宕，挟幽并之气者，迥异南方之文弱。国势新造，无禾油麦秀之感，故与南宋之柔丽者不同。"而风气劲吹者实由女真民族草原文学之扛鼎者海陵王完颜亮的艺术实践所开创。

金代女真草原文学首开风气的当为海陵王完颜亮的诗歌创作。完颜亮是金朝初年皇族文人群体的代表，文采飞扬、气吞山河，政治慷慨有为、积极变革，是金朝封建制统治建立的有力推动者。然而由于其为君过程的杀伐不断，改革的雷厉风行、大刀阔斧，为人诟病者也堪为历史之最。《金史·海陵本纪》议论道："海陵智足以拒谏，言足以饰非。欲为君则弑其君，欲伐国则弑其母，欲夺人之妻则使之杀其夫，三纲绝矣，何暇他论。"① 又说："天下后世无道主以海陵为首。"而几乎同时期的刘祁的《归潜志》却说："海陵庶人，虽淫暴自强，然英锐有大志，定官制、律令皆有可观。又擢用人才，将混一天下。功虽不成，其强至矣。"② 不可否认，以纲常名教之礼论之，实为无道之君；以才干贡献论之，实是女真民族史上的英雄。同时，就古人评价而言，海陵王欲求高远、手段狠辣、果决朴直，重结果而轻过程，其性格雄健、强悍，就如北方草原上空翱翔的鸷鹰一般，凶猛、凌厉、刚直、遒劲，实是女真草原民族朴野有力、勇悍暴戾精神的集中体现。

遒劲刚直、粗豪质朴、显豁裸露之美为古代北方草原民族审美追求的共性特征，实是由北方草原民族长时期生存发展的历史积淀所形成，而延续至女真民族崛起于辽阔北方大地之际，由民族壮大图强的雄心抱负和四处征伐胜利而累积起来的民族自信力促使海陵王等女真民族英雄意气风发、指天夺地，凝结、形就了一种开疆拓土、气冲牛斗、汹涌澎湃的雄霸壮伟之气。而最突出的特点则是一种充满原始力量之美的抱负的宏远、博大，一种荡人心魄的征服一

---

① （元）脱脱：《金史》，中华书局1975年版，第118页。
② （金）刘祁：《归潜志》卷12，中华书局1983年版，第136页。

切的意志、力度所显现出的气势、震撼，一种击碎一切的震荡天地的遒劲、勇猛，从而显示出一种极其强悍的张力的美。《大金国志》记载："（完颜亮）好读书，学弈象戏，点茶，延接儒生，谈论有成人器。既长，风度端严，神情闲远，外若宽和，而城府深密，人莫测其际。"① 岳珂《桯史》说他："颇知书，好为诗词，语出辄崛强，慭慭有不为人下之意。"② 由此观之，海陵王汉学修养较深，借诗词而抒发其内在性情尤其在行，以至于《大金国志》称赞道："一咏一吟，冠绝当时。"③ 而更重要的是从中可凸显其性情的复杂深密、心机深重，有着异乎常人的高远的雄心抱负，而核心却是强横恣肆、不可一世的北方草原豪杰的天纵禀赋。而这些均在其少量的诗词创作中展现出来。年少之时，海陵王就显示出其草原民族豪杰特有的雄心远志，展现出不堪人下、渴求显露头角的咄咄逼人之势，《归潜志》记载："金海陵庶人读书有文才，为藩王时，尝书人扇云：'大柄若在手，清风满天下。'人知其有大志。"④ 说明其为人坦荡粗豪，毫不在意他人的反应、议论。《金史·高怀贞传》有一段海陵王与高怀贞君臣之间的对话："吾志有三：国家大事，皆自我出，一也；帅师伐国，执其君长问罪于前，二也；得天下绝色而妻之，三也。"⑤ 观览古代帝王言论，像海陵王这样毫无隐匿地吐露自我心志者，极为罕见，其无拘无碍、粗暴野蛮之心性不由使我们想起了魏武帝曹操。刘勰评价曹操的《让县自明本志令》之文称其有"通脱"之美，即放言无忌、大胆直露、毫不掩饰，而这又何尝不是海陵王抒发内在心理的特征呢？这一方面取决于其拥有的社会地位和个人超绝他人的才具，另一方面更是北方草原民族追求自然放任、朴实真挚人生之美的形象再现。海陵王有完

---

① 旧题（南宋）宇文懋昭著，崔文印校证：《大金国志校证》卷13，中华书局1986年版，第185页。
② （南宋）岳珂撰，吴企明点校：《桯史》卷8，中华书局1981年版，第95页。
③ 旧题（南宋）宇文懋昭著，崔文印校证：《大金国志校证》卷15，中华书局1986年版，第212页。
④ （金）刘祁：《归潜志》，中华书局1983年版，第3页。
⑤ （元）脱脱：《金史》，中华书局1975年版，第2789页。

整的诗词作品，留存于世的有九首，包括其即位之前和为帝之后，而不论是大权在握，还是身为藩王、将帅之时，都气势如山、力道遒劲，实有气魄盖世、称雄宇内的霸气、意志，一个蕴含着无穷力量、胆识的草原英雄的形象呼之欲出。《咏竹诗》《题岩桂诗》《书壁抒怀》等作品直现女真草原民族粗犷豪迈之美，凸显出一个雄心勃勃、有着无穷驾驭力的草原英雄的精神世界。《咏竹诗》云："孤驿潇潇竹一丛，不同凡卉媚春风。我心正与君相似，只待云梢拂碧空。"《题岩桂诗》云："绿叶枝头金缕装，秋深自有别般香。一朝扬汝名天下，也学君王著赭黄。"《书壁抒怀》云："蛟龙潜匿隐沧波，且与虾蟆作混合。等待一朝头角就，撼摇霹雳震山河。"前二首从诗歌所咏之物来看，一是潇潇风雨弥漫中的一丛孤竹，一是深秋之季岩壁上绽放着金色光芒的绿叶，表面上没有什么特异之处，但作为一个身处藩邸等待大展身手的欲望无穷的海陵王来说，孤竹、绿叶正是他"潜龙在野"，正欲翱翔天宇心志的生动寄托，即使是经受着诸般风吹雨打的孤竹和身置岩壁险要之处的崖头绿叶，也振作精神、袖里乾坤、翘盼春风，也在阳光的照耀之下，一片金黄、四射异香、深藏奇想，等待着风云际会，就要冲破羁绊、腾云飞翔。这里，虽然以孤竹、绿叶相拟，隐约显现着一种柔弱乏力之感，但"媚春风"之"媚"和"金缕装"之"装"，已然透示出一种蓄积已久的力量，一种主动进取、跃动不已、不同凡俗的意志精神的宏壮之感显露出来。而"云梢拂碧空"和"君王著赭黄"之句脱口而出，凌厉直露，尽显奇志，重整山河、黄袍加身之政治追求完满再现，一种挥洒人生、倾吐为快的豪猛之状显示出来。而《书壁抒怀》则明白如话地表达心欲，没有任何掩饰难状之感，真可谓诗为心声、人如其语，自然真挚、雄悍有力，一种雄夺天下、掌控山河、唯我独有的猛霸雄壮之势充溢其间，实为北方草原民族豪杰心性的真实写照。从审美心理而言，虽然海陵王留意于翰墨、词章，但并没有雕镂词句华美之嫌、深厚意境营造之意，丝毫不显巧绘缛丽之态，也就是说他刻意摒弃宋代文风的深挚、弘议之美，也不追慕婉约词风蕴藉含蓄之风，更没有宋代诗词所共有的

第六章 北方草原民族的放声讴歌

渲染脂粉烟花之俗和彰显认知之深的"掉书袋"之习,而是心性所致、自然流泻、一气呵成,全然突出了北方草原民族慷慨纵横、遒劲雄悍的民族习性。清人张得瀛在《词征》中说观金主亮之词,"独具雄鸷之概"①,实际在登临君位之前,海陵王诗已以其特有的草原雄霸之气横扫萎靡沉寂的金代文坛,已然以其特有的风力气骨将女真民族登上历史舞台的豪壮有力之美展现出来,雄悍、遒劲、勇猛成为海陵王诗美的标志性符号。吴功正先生有意指出:"金代美学不是软弱无力的,而是有着振奋的功能和效用,是有感于诗坛靡废而出现劲健,产生向建安风骨回归的倾向。"② 靡废指宋诗情韵失真、气势皆无的窘态,而挟带着北方草原苍茫雄浑之气的女真民族作品则由民族对本真、本色之美的追求出发,大胆显豁地吐露真实情感,对于社会人生积极干预,充满着力道遒劲、阳刚力量之美,实为诗歌风力四射、情感超迈的美的再现。其身为君主之后,抱负更加远大,将女真民族壮大发展定位于对于南宋政权的吞并。借助于宋代诗词、书画的传播,他对南宋风物更生仰慕占有之心,宋人罗大经的《鹤林玉露》卷一曾记载说完颜亮偶闻柳永的《望海潮》一词,"欣然有慕于'三秋桂子,十里荷花',遂起投鞭渡江之志"。不能说一首词有引发政权战争的效力,但可以说完颜亮对于南宋领土的占有欲望鲜明异常,由此,他在《题软屏》诗中明目张胆地说道:"万里车书盍混同,江南岂有别疆封?提兵百万西湖上,立马吴山第一峰。"车书混同意味着天下一统,而有意思的是对于南宋偏安江左、自成一朝,完颜亮竟有不大认同之感,在他看来,金王朝才是主宰天下的正宗,所以要兵蹈江南、立马西湖。与其说是一首诗,毋宁说是发动战争的檄文,一种豪猛强悍、夺人心魄的政治气魄扑面而来,草原民族崇尚刚直勇力之美暴露无遗。

  诗作如此,词品更显。海陵王作词四首,除了《昭君怨·雪》词格稍变、略显柔媚之态之外,其余三首无不是其力道惊天动地、

---

① (清)张德瀛:《词征》,中华书局1986年版,第4170页。
② 吴功正:《宋代美学史》,江苏教育出版社2007年版,第507页。

发语金刚怒目、倾力展现草原民族豪猛壮伟精神气概之作。《喜迁莺·赐大将军韩夷耶》写道："旌麾初举，正驶骎力健，嘶风江渚。射虎将军，落雕都尉，绣帽锦袍翘楚。怒磔戟髯，争奋卷地，一声鼙鼓。笑谈顷，指江南齐楚，六师飞渡。　　此去，无自堕。金印如斗，独在功名取。断锁机谋，垂鞭方略，人事本无今古。试展卧龙韬韫，果见成功旦莫。问江左，想云霓望切，玄黄迎路。"岳珂在《桯史》中说："使御前都统骠骑卫大将军韩夷耶将射雕军二万三千，围子细军一万，先下两淮。临发，赐所制《喜迁莺》以为宠。"此词气魄宏伟，竭力张扬北方草原民族军威盛大，有摧枯拉朽、冲破一切之势。从诗题看，本词实是出征壮威之作，主旨一目了然：踏平江河、直灭南宋。而尽显草原风力的则是选取极具阳刚力量之美的骏马、烈风来衬托大军出征时的气壮山河之威，以射虎、落雕来形容将军的威武天下的雄姿，显示出一种江山尽在我手的豪纵不拘、不可阻挡之势，力道之美的充分张扬是其主要特点。此外完颜亮还有一首《念奴娇》词，更是彰显草原诗歌对于力量之美追求和展现的代表："天丁震怒，掀翻银海，散乱珠箔。六出奇花飞滚滚，平填了山中丘壑。皓虎颠狂，素麟猖獗，掣断珍珠索。玉龙酣战，鳞甲满天飘落。　　谁念万里关山，征夫僵立，缟带沾旗脚。色映戈矛，光摇剑戟，杀气横戎幕。貔虎豪雄，偏裨真勇，非与谈兵略。须拼一醉，看取碧空寥落。"此作与进入西夏的汉族文人张元的《咏雪》"五丁仗剑决云霓，直取银河下地畿。战退玉龙三百万，败鳞残甲满天飞"可互相参照。《咏雪》全为虚拟之笔，神话典故的渗透表现出大雪翻飞的无限张力，但总显短暂瞬间即逝之感；而完颜亮的咏雪之作既有大雪如同翻江倒海、从天而落的壮阔巨大之势，又有雪景变化多端、张牙舞爪的形态，更有上下翻涌、澎湃起伏的力量，实是作者势盖天下、气宇不平心态的真实再现，凝聚着女真民族开拓进取精神，显示了女真民族一代豪杰的超迈不凡，而力道之美、遒劲之美则是此词的特异之处。如果说唐边塞诗咏雪之作显示了北方草原的地域、季候特征，也主要是突出了北方草原风雪弥漫所带来的奇异的寒冷，雪中奇冷成为最主要的特征，而《念奴娇》则全力展现雪的力道之巨、力道之势、力道之威，汇雪的状态之美之大全，穷力显现雪的压倒一切的种种态势，其中开阔而富有征服力成为其主要特色。同时一句"谁念万里关山"，将虚实统一起来，一方面有力拓展雪的飞舞空间，南北相连，山河一体，预示着如同北方风雪的女真民族即将征服江南，另一方面将雪势、军威、将军结合起来，相互映衬，营造出一种难以阻挡的草原力量之美，显现了况周颐关于金词"颇多深裘大马之风"的评价。对于力道美感的追寻不仅体现在雄悍豪壮之词的创作，也体现在其柔质词风的实践中，比如《鹊桥仙·待月》和《昭君怨·雪》，前者写道："停杯不举，停歌不发，等候银蟾出海。不知何处片云来，做许大、通天障碍。　虹髯撼断，星眸睁裂，惟恨剑锋不快。一挥截断紫云腰，仔细看，嫦娥体态。"后者说："昨日樵村渔浦。今日琼川小渚。山色卷帘看。老峰峦。　银帐美人贪睡，不觉天花剪水。惊问是杨花。是芦花。""待月"即为咏月，古诗词常见之主题，不外乎见月伤怀、思人，离情别恋、情致缠绵，即使是金人顶礼膜拜的苏轼之作，也不过是将月作为述说人间变迁的对象，境界有所扩展而已，而词风的柔美恐怕是咏月之作的基本性质。然而在女真民族君主完颜亮的笔下，柔婉而多情的月亮却成为作者力图征服的对象，待月之人也不是香软女子或风流书生，而是凶神恶煞般的武将，这就为传统的以柔弱婉约为美的月亮形象注入了北方草原民族文化的因子，月亮具有了产生阻力、障碍的力量，而反衬之下，窥视"嫦娥体态"，就不是传统审视美人的过程，而是具有了政权争夺的延伸意义，是完颜亮对于江南欲得之而后快心理的完整揭示，嫦娥即美不胜收的江南、西湖。此作中的"撼断""睁裂""截断"等神态、动作描写，一方面突出了作者急不可耐的迫切心理，另一方面也强调了方式的凶蛮粗野。如果说柔风之词本应清词丽句，而本词却简易实用、质朴浅显、不避俚俗，凸显出完颜亮粗豪野性的本色特征。后者描写雪景、美人的相得益彰、相互生色，而在笔者看来，此词虽然还带有该类作品传统的风姿绰约之美，但实际上已具有了鲜明的草原民族文化的特质，即力量的渗入、力道的美感。昨日今日之变幻莫测，世界的银装素裹，只是充满了无尽神力的天孙的剪水所致，美人的恍惚神思和巧妙追问也是天孙的行为所致。从中可见完颜亮虽然偶有柔曼之词的涉及，但始终没有脱离对于雄悍霸气和遒劲有力之美的追逐。

海陵王作品是金代女真民族创作的中坚，集中呈现出北方女真草原民族对于力量美的崇拜和赞颂，诗词均体现出一种躁动亢奋的生命冲击力，实是女真民族自然朴野精神文化的有力再现；而表达的狂放直接、自由率性，又形象地说明了女真民族自然朴实的文化心理。

海陵王之后，女真民族的文学创作基本上呈现出鲜明的入乡随俗倾向，即逐步淡化了北方草原民族的刚直豪壮之气，向着更深层次地融入汉文学美学天地的道路迈进。但是需要说明的是，虽然女真贵族文人等诗词作品极力追慕宋人诗词多元并济的创作之美，深婉清丽、典雅浓艳成为其创作的主要风致，但是女真北方草原民族的朴实自然之美并没有完全消退，还是在体物表情方面显示出平淡自然之美。由于不具有鲜明的草原风致，就不再赘述。

第七章　草原美学精神的夺目绽放

——元代北方草原文学的美学追求

就中国古代北方草原文学的发展而言，进入到元代，随着北方草原民族——蒙古民族的入主中原，建立了大一统的强大的元朝，中国古代北方草原文学也就进入了最为辉煌和耀眼的历史时期；而其对于美学世界独特的探索、表现也更加富有了时代和民族文化交融的特色。以蒙古民族为代表的北方草原民族以壮伟狠戾之风、摧枯拉朽之势有力冲击着日趋玄奥深邃和复杂精微的汉民族传统文化，北方草原文化中的质朴尚实、豪壮进取、涵括包容、自由奔放、简易务实、贵真近俗、浪漫粗直等精神要素对元代的文学艺术产生了巨大影响，使之成为中国古代文学史转型变革的有利中介，从而标志着古代文学艺术一个新的审美时代的来临。而在这一过程中，北方草原文学更以其文化融合特质之美的精彩呈现、世俗质朴之美的异军突起、北方民族风尚之美的亮丽展演等活跃于元代文学对美的穷力追求之中，成为古代北方草原文学最为繁盛、最为生动、最为丰富的时段。

第一节　文化融合特质之美的精彩呈现

如果就中国古代的文化建设而言，多元文化交融始终是不变的主题和真理，而其核心恐怕主要是农业文化与草原文化、农业民族与草原民族之间的交融。而在元朝，其文化融合的范围已远远超越了传统的局限，域外文化、边疆文化、宗教文化、多种北方少数民族文化已渐渐渗透其中，成为推动元代文化进展的有力因子，可以说，元代是中国古代多元文化交融最为活跃的时期，而这一切，深深影响并推进着北方草原文学对美的追求与实践。而这些元代文化特殊性的出现，主要得益于以下几个方面的原因。

一是疆域的无比辽阔，提供了地理意义上的有益条件。就中国古代而言，再没有任何一个封建王朝比元代广大。《元史·地理志·序》说："自封建变为郡县，有天下者，汉、隋、唐、宋为盛，然幅员之广，咸不逮元。"元代是中国古代又一个更为阔大、统一的多民族王朝，疆域北达今俄罗斯贝加尔湖，西到东欧一带，南至南亚北端，东到大海，其幅员辽阔堪为中国古代历代王朝之最。元世祖忽必烈极其自信地说："元也者，大也。大不足以尽之，而谓之元者，大之至也。"① 所谓"四方未禀正朔之国，愿来臣服者，踵相蹑于道，十余年间，际天所覆，咸为一家，土宇之广，开辟以来未有也"②。同时，元朝解决了中国历代统治为之痛彻心扉的边患问题。在强大的蒙古民族豪装英武、金戈铁马的荡涤之下，近百年的元朝政治统治再没有了来自边疆民族政权的威胁，再没有了自先秦以来的中原政权与周边政权的冲突、战争，再没有了自先秦《诗经·秦风》以来的传统意义上的边塞诗作。边疆地区文化、外域文化、宗教文化、各种少数民族文化与内地文化的交融再没有了地理意义上的制约，从而使元代多元文化交融达到了中国历史的高峰。

二是元朝政治中心的"两都制"的建立，客观上为农业文化与草原文化的有机交融提供了肥沃土壤。扩地是蒙古民族的一项基本国策，成吉思汗曾对几个儿子说："天下土地广大，河水众多，你们尽可以各自去扩大营盘，占领国土。"③ 而在蒙古民族崛起之时，占地又主要是为牧场、草场的兴建服务，而牛马羊的养护是草原民

---

① （元）苏天爵：《元文类》，商务印书馆1936年版，第529页。
② （元）苏天爵著，姚景安点校：《元朝名臣事略》，中华书局1996年版，第250页。
③ 道润梯步译注：《新译简注〈蒙古秘史〉》，内蒙古人民出版社1979年版，第11页。

族生存发展的必要资源。"元起朔方,俗善骑射,因以弓马之利取天下。"① 而从草原民族的生活来说,对牧业又极为倚重,"出猎射生,纯肉食,少食饭,人好饮牛马奶酪"②。重牧贱农就成为最初的共识,直到元世祖即位,"世祖即位之初,首诏天下,国以民为本,民以食为本,衣食以农桑为本"③,表现出对农业的高度重视,而建立两都制就成为一重要举措。"遂幸上都,避暑于朔。虑牧畜之妨农,逐水草于广漠"④,一方面借两都巡幸保护蒙古民族的传统生活习俗,另一方面体察民情,了解农桑之事。元人袁桷的《龙虎台》一诗说:"先皇雄略深,省方岁巡狩。翠华悬中天,问俗首耕耨。"⑤ 可以说,两都制对于游牧文化与农业文化的有机交融产生了重要的推动作用。

三是蒙古民族的历代领袖自觉向汉文化、思想学习,儒家学说逐步深入人心,成为元朝政治统治的核心思想。成吉思汗逐渐接受耶律楚材"天下虽得之马上,不可以马上治"⑥的正确观念,欣赏全真道丘处机"敬天爱民""清心寡欲"的主张,为蒙古民族统治接受儒家思想奠定基础。到忽必烈时,首先,儒学的认识、接受就更为深厚、牢固。郝经曾说:"主上虽在潜邸,久符人望,而又以亲则尊,以德则厚,以功则大,以理则顺,爱养中国,宽仁爱人,乐贤下士,甚得夷夏之心,有汉唐英主之风,加以地广众盛,将猛兵强,神断威灵,……其为天下主无疑也。"⑦ 对忽必烈推行汉法、统一天下极为赞同。而"世祖度量弘广,知人善使,信用儒术,用

---

① (明)宋濂:《元史》,中华书局1976年版,第2553页。
② (元)郑思肖撰,陈福康点校:《心史》,载陈福康《井中奇书考》,上海文艺出版社2001年版,第523页。
③ (明)宋濂:《元史》,中华书局1976年版,第2354页。
④ (元)周南瑞辑:《天下同文集》,影印文渊阁四部丛刊本。
⑤ (元)袁桷:《清容居士集》,影印文渊阁四部丛刊初编本。
⑥ (元)宋子贞、谢方点校:《中书令耶律公神道碑》,载《湛然居士文集》,中华书局1986年版,第326页。
⑦ (元)郝经著,秦雪清点校:《郝文忠公陵川文集》,山西古籍出版社2006年版,第526页。

能以夏变夷，立经陈纪，所以为一代之制者，规模宏远矣"①。忽必烈始终恪守"天下一家"的政治理念，在王朝名号的确立、中华民族民族认同感的深化等关键问题上推行儒家思想，比如1265年忽必烈在颁发给日本的诏书中讲："高丽，朕之东藩也。日本密迩高丽，开国以来，时通中国，至于朕躬，而无一乘之使以通和好。尚恐王国知之未审，故特遣使持书，布告朕心，冀自今以往，通问结好，以相亲睦。且圣人以四海为家，不相通好，岂一家之理哉。"②所谓"元为中国帝，行中国事，其民为中国人，族为中国族"③。由此可见儒家"天下一统"、民族共存、皆为一体等观念的深入。

四是缠绕在汉民族人士意识深处的传统"华夷之辨"等落后思想逐步消解，汉民族文士自觉为蒙元王朝服务，成为中国古代民族文化交融史上的一大盛事。成吉思汗、窝阔台时期只有耶律楚材、丘处机等契丹贵胄、方外人物受诏出仕，无法代表汉民族文士的主流，而至忽必烈时期，北方汉人的所有大儒、名士，如赵璧、刘秉忠、张德辉、许衡、郝经、"一代宗匠"元好问、词赋状元王鹗等皆云集于世祖周围，形成了一个强大的汉族文士集团，直接为大元王朝的建立和巩固竭尽智慧、奔走呼号，而其中最主要的原因是汉民族文人对"华夷之辨"传统观念的时代性突破和自身知行的有效调适。他们从传统经学关于"道统""王统""正统"理论探讨中挣脱出来，努力建构一种知行合一、身体力行的新的华夷观念体系。元代文人杨维桢曾对此明确说："道统者，治统之所在也。尧以是传之舜，舜以是传之禹、汤，禹、汤传之文、武、周公、孔子。孔子没，几不得其传百有余年，而孟子传焉。孟子没，又不得其传千有余年，而濂洛周、程诸子传焉。及乎中立杨氏，而吾道南矣。既而宋亦南渡矣，杨氏之传，为豫章罗氏、延平李氏，及于新安朱子。朱子没，而其传及吾朝许文正公。此历代道统之源委也。

---

① （明）宋濂：《元史》，中华书局1976年版，第377页。
② 同上书，第4601页。
③ 张博泉：《中华一体的历史轨迹》，辽宁人民出版社1995年版，第114页。

然则道统不在辽金而在宋，在宋而后及于我朝，君子可以观治统之所在矣。"① 突出"道统""君统""正统"实为一体，明确元朝亦是传统"道统""君统"（治统）一体实现的王朝。而郝经、许衡等自觉强调儒学、汉法在中国大地的实际可实践性，认为不管是哪个民族、哪类人，只要推崇儒学、实践儒学，就是"正统""道统"之所在。所谓"今日能用士，而能行中国之道，则中国主也"②。正是在郝经，尤其是许衡的带动之下，汉民族士大夫主动仕元逐渐蔚为大观，游牧文化与农业文化、游牧民族与汉民族的文化交融也就愈加深入。

五是多种宗教文化的并存共生，使元代文化交融更加全面、深入。通常来看，宗教总是与民族息息相关，萨满信仰是蒙古大元王朝国家宗教祭祀文化的核心，《元史·祭祀志一》说："元兴朔漠，代有拜天之礼，衣冠尚质，祭器尚纯，帝后亲之，宗戚助祭。其意幽深玄远，报本反始，出于自然，而非强为之也。"③ 意味着萨满信仰依然是蒙古民族追念祖先、渴求自然之神佑助自我的主要宗教行为。《元史·祭祀志三》说："其祖宗祭享之礼，割牲、奠马湩，以蒙古巫祝致辞，盖国俗也。"④ 同时，藏传佛教即喇嘛教也风行天下，所谓"元起朔方，固已崇尚释教。及得西域，世祖以其地广而险远，民犷而好斗，思有以因其俗而柔其人，乃郡县土番之地，设官分职，而领之于帝师。乃立宣政院，其为使位居第二者，必以僧为之，出帝师所辟举，而总其政于内外者，帅臣以下，亦必僧俗并用，而军民通摄。于是帝师之命，与诏敕并行于西土。百年之间，朝廷所以敬礼而尊信之者，无所不用其至。"⑤ 一方面说明藏传佛教与萨满信仰的相近特性，另一方面也强调了"因其俗而柔其

---

① （元）陶宗仪著，王雪玲点校：《南村辍耕录》，辽宁教育出版社 1998 年版，第 36 页。
② （元）郝经：《与宋国两淮制置使书》，载李修生编著《全元文》，江苏古籍出版社 1998 年版，第 104 页。
③ （明）宋濂：《元史》，中华书局 1976 年版，第 1781 页。
④ 同上书，第 1831 页。
⑤ 同上书，第 4517 页。

人"的政治意图,说明元代宗教实用主义的盛行。宗教已不全然是在灵魂深处构筑起的精神世界的彼岸追求,而是政治统治实用主义的有力图解,元人汪元量曾作诗说道:"释氏掀天官府,道家随世功名。俗子执鞭亦贵,书生无用分明。"① 意味宗教的实用性、世俗性极为突出,以至于《世界征服者史》讲道:"因为(成吉思汗)不信宗教,不崇拜教义,所以,他没有偏见,不舍一种而取另一种,也不尊此而抑彼;不如说,他尊敬的是各教中有学识的、虔诚的人,认识到这样做是通往真主宫廷的途径。他一面优礼相待穆斯林,一面极为敬重基督教徒和偶像教徒。他的子孙中,好些已各按所好,选择一种宗教:有皈依伊斯兰教的,有归奉基督教的,有崇拜偶像的……他们虽然选择一种宗教,但大多数不露任何宗教狂热,不违背成吉思汗的札撒,也就是说,对各教一视同仁,不分彼此。"② 比如伊斯兰宗教文化由成吉思汗西征而逐步传入中原壮大起来,这样,作为人类精神世界的重要组成的各种宗教文化在元代均具有了发展的空间,从而初步奠定了中国五大宗教佛教、道教、伊斯兰教、基督教、天主教共生、发展的局面,对元代文化交融影响深远。

  正是在多元文化交融坚实的基础上,元代北方草原文学的文化融合特质之美才色彩斑斓、夺目绽放。主要体现在文人创作队伍的民族融合、文学活动的民族融合、审美追求的文化融合等方面。

  首先是文人创作队伍的民族融合。客观地说,古代文学史自先秦滥觞以来,其创作主体始终是以汉民族文人为主,其间虽也时有四方少数民族,特别是北方草原民族的代表性作品问世,也多为民歌群体创作;即使唐朝以降,也鲜有完整意义上的草原民族文人创作,更何况此类观点一经产生,学术界就会引发极大的争论。而到了辽金西夏时期,特别是金王朝,出现了体系性特征初步形成的女真民族文人创作,产生了极富北方女真草原民族文化特色的诗歌作

---

① 陈得芝:《蒙元史研究丛稿》,人民出版社2005年版,第505页。
② [伊朗]志费尼:《世界征服者史》,何高济译,内蒙古人民出版社1981年版,第29页。

品，但终归还是少量的皇族、贵族的表情达意，还不能说是整体意义上的少数民族文人群体出现。只有延至元王朝，中国古代文人队伍的构成才真正具有了多民族的特质，完整意义、体系意义的少数民族文人队伍才真正形成。元人戴良在《丁鹤年诗集序》中坦言："我元受命，亦由西北而兴。西北诸国若回回、吐蕃、康里、畏吾儿、也里可温、唐兀之属，往往率先臣顺奉职称藩，其沐浴休光，霑被宠泽与京国内臣无少异。积之既久，文轨日同，而子若孙遂皆舍弓马而事诗书。至其以诗名世，则贯公云石、马公伯庸、萨公天锡、余公廷心其人也。论者以马公之诗似商隐，贯公、萨公之诗似长吉，而余公之诗则与阴铿、何逊齐驱而并驾。他如高公彦敬、巎公子山、达公兼善、雅公正卿、聂公古柏、斡公克庄、鲁公至道、成公廷圭辈，亦皆清新俊拔，成一家之言。"这段文字常被引用，至少包含了以下几种信息：一是由于蒙古民族横扫辽阔西北大地，略地无数、获人无数，而西北更多各种少数民族，他们与蒙古民族有着天然地域文化的相似性，因此，西北、西域地区的回回、吐蕃、康里、畏吾儿、也里可温、唐兀等北方少数民族更早地融合于蒙古民族的浩荡洪流之中，而且均表现出对于汉民族传统文化、文学的特殊喜好，"舍弓马而事诗书"，完成了由弓马之业向诗书之好的华丽转身，成为传统意义上的文人。二是他们并非偶然为之、情趣所致，而是倾心创作、表达，使诗文创作成为他们生活的有机组成，成为构筑自我精神世界、展现人生价值追求的主要载体，在元代社会产生了重要影响，"以诗名世"，遂成为元代文化建设、文学演进的不可或缺的重要力量。三是西北少数民族文人在自觉不自觉汲取汉民族文学传统精华的基础上，自成一派、各领风骚，如清代顾嗣立所编《元诗选》初集二中所言："要而论之，有元之兴，西北子弟，尽为横经。涵养既深，异才并出。云石海涯、马伯庸以绮丽清新之派振起于前，而天锡继之，清而不佻，丽而不缛，真能于袁、赵、虞、杨之外，别开生面者也。于是雅正卿、达兼善、乃易之、余廷心诸人，各逞才华，标奇竞秀。亦可谓极一时之盛者欤！"可谓元代文学一突出景观。也就是说，提及元代文学，少数民族文人的成就及探索已经是不能不论、不得不言的客观存在。这样，元代文坛呈现出少数民族文人与汉民族文人并驾齐驱、共同辉煌的美好格局。但是需要注意的是，这两支队伍并非各自独立发展，互不影响，而是彼此渗透、相互切磋、互为相长，是一种文化思想的深度交融、美学追求的彼此交流、文学实践的互相效仿，是古代文学史文人创作队伍的一次大交汇、大融合。

从中国古代历代王朝对于北方边疆少数民族的政治统治来说，元代以前的状况还是以结盟和羁縻方式为主，即使如唐代在西北边疆建立都护府实行统治，实际上也难以真正实现四海同一、民族共生，更不涉及其中文化精英的相互促进与交融，而尤以汉代以来的西域广阔土地的少数民族为盛。时至元朝，蒙古军队西征，与西域各民族关系更加密切，尤其是维吾尔民族的先民，正如翁独健先生所言："其中居住于别失八里、哈剌火州一带的畏吾儿人，由于最先归附蒙古，在蒙古西征中亚、南伐中原的征服活动中效力甚多，因此很受蒙元统治者的信任与重用。畏吾儿人在元朝政治生活中颇为活跃。据《元史氏族表》的统计，畏吾儿人入仕元朝的竟达三十三族之多。至于畏吾儿首领亦都护及其家族，更被蒙古君主'宠异冠诸国'。这个家族自巴而术阿而忒的斤降附蒙古后，格外受到成吉思汗的优遇，被准许'仍领其地及部民'，世世承袭亦都护之职。"① 实际说明，蒙古西征、南伐的过程，虽然本质上是军事征战、血腥杀戮、政权争夺，但客观上也加剧了古代北方草原民族之间的交融。由此，西域多种民族在自身广泛接触的基础上，伴随着蒙古铁骑的所向披靡、四处征伐，不断东扩、南下，从而与汉民族深度交融，掀起了元代多民族文人队伍文化文学交融的高潮。元人王德渊对西域色目人薛昂夫极其了解，在《薛昂夫诗集序》中深刻解读其姓氏名字的民族文化意蕴："薛超吾字昂夫，其氏族为回鹘人，其名为蒙古人，其字为汉人。盖人之生世封域不同，瓜瓞绵亘，而能氏不忘祖，孝也。仕元朝水土之恩，名不忘国，忠也。读

---

① 翁独健主编：《中国民族史纲要》，中国社会科学出版社1980年版，第552页。

中夏模范之书,免牛马襟裾之诮,字不忘师,智也。"① 王氏所说实际说明薛昂夫深受多民族文化浸润、影响,故而其姓氏、名字有着诸般文化内涵。蒙古贵族子弟同样也多从汉族文人大家学习汉文、汉法,忽必烈让近臣子弟师从王鹗、赵璧、姚枢、许衡等,《元史·选举志·学校》章对此有详细记载。而蒙古族诗人泰不华与汉族文人交往更是密集,与之唱和酬答的既有虞集、杨载等元代诗文领军文人,也有西域少数民族文人廼贤等。元人苏天爵高度赞美他的诗歌创作,曾在《题兼善尚书自书所作诗》一文中评价道:"白野尚书向居会稽,等宋山,泛曲水,日与高人羽客游。间偶遇佳纸妙笔,辄书所作歌诗以自适,清标雅韵,蔚有魏晋风度。"② 一方面说明泰不华如同汉民族文人一样,流连山水、投身自然,另一方面说他日渐形成诗书遣兴抒怀的文人习惯,完全是古代文人士大夫的风神标格。廼贤是一位西域回族文人,在元代文坛上独占一席,他长时期居于南方,与南方文人过从甚密,曾拜汉族文人郑觉民为师,学习汉民族传统文化、文学,汉学修养极深,当时著名儒家学者黄溍说他"雅志高洁,不屑为科举利禄之文,平生之学悉资以为诗"③,对他夸赞有加,与南方文人古文家、书画家韩与玉并称"江南三绝",在京师轰动一时,产生了极大影响。窥一斑而见全豹,由上述几则事例可知,元代文人队伍往往多相交往,特别是少数民族文人与汉民族文人的交融极为普遍,一方面使北方草原文学创作队伍进一步扩大,不仅是来自北方草原的少数民族文人的倾情讴歌,另一方面文人相互影响渗透也促使其他民族包括广大的汉民族文人自觉不自觉地将北方草原文化的某些因素、因子或显或隐地体现在自身的文学创作之中,从而将元代北方草原文学的美学世界妆点得更加色彩斑斓。

其次是文学活动的交融也极为活跃、频繁、密集。纵览中国古

---

① (元)王德渊:《薛昂夫诗集序》,载李修生主编《全元文》,凤凰出版社2004年版,第18页。
② (元)苏天爵:《滋溪文稿》卷30,适园丛书本,第12页。
③ 云峰:《民族文化交融与元代诗歌研究》,内蒙古大学出版社2013年版,第153页。

代文学史,像元代这样有如此密集、集中的多民族文学活动、文人雅集、文人同题唱和之事实为罕见,其中最著名的文学活动最起码有如下代表性的文学现象。一是同一题材、对象的历时性咏唱,比如对于元上都的集中咏唱:远在元朝帝国创立之时,由于两都制的确定,远在塞北草原的上都即今天的内蒙古自治区锡林浩特盟正蓝旗上都镇也成为元朝极为重要的政治军事中心,又称夏都;每到夏天,皇帝巡幸,大批各族大臣、文人随驾扈从,在上都进行各种文学活动,产生了多部《上京纪行诗》诗集,还有袁桷的《开平四集》、胡助的《上京纪行诗》、柳贯的《上京纪行诗》、周伯琦的《扈从集》、张昱的《辇下曲》、杨允孚的《滦京杂咏》等专集,其他还有大量的个人关于上都题材的诗词歌赋作品。由于是较为集中相近的题材,必然会相互学习、参考、比较进而提高,使得上都成为元代北方草原的文化文学活动中心。二是少数民族和汉民族竞相举办各种文士雅集活动,成为元代异常鲜明的文学盛宴。比如西域色目高昌人廉希宪组织的廉相泉园文人聚会活动,就是元代较早的文人雅会。廉希宪得先人恩荫,深受元世祖赏识,治理西北政事,在主政陕西事务之时,舞文弄墨、四方交游,时人有"宾客填门惟慕德,诗书满架不知贫"①之语,在士人中有极高声誉。清雍正《陕西通志·古迹》"廉相泉园"条目记载:"元至元中平章廉希宪行省陕右,爱秦中山水,逐于樊川杜曲林泉佳处葺治厅馆亭榭,导泉灌园,移植汉沔东洛奇花异卉,畦分碁布,松桧梅竹罗列成行,暇日同姚雪斋、许鲁斋、杨紫阳、商左山、前进士邠大用、来明之、郭周卿、张君美樽酒论文,弹琴煮茗,雅歌投壶,燕乐于此。教授李庭之为记,征西参军畸亭陈遂题诗。"②参与雅会的皆是忽必烈幕府的核心成员,更是元初北方汉族文人的精英之人,其中遂还有《廉相泉园》一诗,写道:"乱朵繁茎次第花,牡丹全盛动京华。红云一片春风好,便是山中宰相家。"描绘了廉希宪泉园牡丹

---

① (元)侯克中:《艮斋诗集》,文渊阁四库全书本。
② (元)李庭:《故陕西行中书省讲议官来献臣墓志铭》,载(明)赵廷瑞修,马理、吕柟编纂《陕西通志》卷73,文渊阁四库全书本。

盛开、分外喜人的情景。显然，从中可见廉希宪与汉族文士交往繁密，对其文学创作影响较大。后来廉希宪到京城为官，廉氏家族的私家园林廉园又成为京城大都文人饮酒聚会的重要场所，即使是廉希宪去世之后，廉氏家族依然延续了这一文化传统。参加廉园文学活动的著名文人先后有王恽、姚燧、张养浩、袁桷、赵孟頫、卢挚、贯云石等，其中王恽、姚燧等皆为忽必烈重用之臣，张养浩、卢挚是元代汉族散曲大家，赵孟頫是宋朝宗室后裔，贯云石则是西域少数民族著名诗人。文人雅聚，必然会兴到意会、赋诗唱和，有力地促进了诗歌艺术的交流。王恽曾有《秋日宴廉园清露堂诗序》对此说明："右相廉公奉诏分陕，七月初一宴集贤、翰林两院诸君留别，中斋有诗以记燕衎。因继严韵作二诗，奉平章相公一粲。时座间闻有后命，故诗中及之。"张养浩也多次提到廉园会聚一事，作诗《廉园秋日即事》《廉园会饮》《寒食游廉园》等以作纪念，其中《廉园会饮》写道："倥偬常终岁，从容偶此闲。雾松遮老丑，雪石护苍顽。池小能容月，墙低不碍山。殷勤问沙鸟，肯与侧其间。"写游历京城最大私家园林胜景的感受，虽主要是赞美廉园美不胜收、清崎独特，但隐含着向往园林、自然的出世之思。还有更为盛大的元末由南方汉族名士顾瑛主办的玉山文人雅集活动，更是名动天下、影响深远。对于玉山雅集文人聚会，《四库全书总目提要》曾有一段评论："考宴集唱和之盛，始于金谷兰亭；园林题咏之多，肇于辋川、云溪。其宾客之佳，文词之富，则未有过于是集者。虽遭逢衰世，有托而逃，而文采风流，照映一世，数百年后，犹想见之。"可见此文人雅会的历史影响力之深远。元末文人李祁的《草堂名胜集序》记载了其中一次文人雅集的场景："良辰美景，士友群集，四方之来，与朝士之能为文辞者，凡过苏必之焉，之则欢意浓浃。随兴所至，……列席赋诗，分题步韵，无间宾主。仙翁释子亦往往而在。"[1] 既有享誉文坛、画坛、书坛的汉民族名士杨维桢、倪瓒、黄公望、朱珪等，又有元后期少数民族的杰

---

[1] （元）顾瑛辑，杨镰、叶爱欣整理：《玉山名胜集》，中华书局2008年版，第7页。

出文人泰不华、聂镛等，可谓元代后期文人墨客文学艺术活动的集中体现。参与过玉山雅集的元末文人郑元佑于《写萧元泰诗序后怀达兼善》一文中表达了对泰不华的思念、追忆："尊师与予皆与白野达兼善公相友善，白野公为庸田使时，得玉山君诗读之，常欲扁舟访君界溪，未果，而除浙东帅。安知公死于王事，忠义之烈，昭如日星。……援笔感念，为之慨然。"① 文中虽然没有明确泰不华造访玉山，实际是说他没有在玉山别墅落成之后到过，而之前却和玉山之主顾瑛多相往来，且有诸多文人的酬答之作，而且顾瑛玉山胜景多有泰不华题写作文的手迹。从郑文可知，玉山之所以吸引了如泰不华这样的名满天下的西域贵胄文人，除了山水之美的精心凝聚打造所形成的心灵休憩吸引之外，更主要的还是对于文学艺术的共同喜好，慕诗而来、相互切磋、共同提高才是最主要的活动追求。即如被顾瑛称为"西夏郎官"的西域文人昂吉，生长于江南名山秀水，多次参与玉山雅集，是聚会的常客，顾瑛曾说昂吉"登戊子进士榜，受绍兴录事参军。多留吴中，时扁舟过余草堂。其为人廉谨寡言笑。非独述作可称，其行犹足尚也"②。顾瑛之说至少说明以下几个问题：一是他对昂吉极为了解，说明交流极多；二是昂吉多次参与玉山雅会，诗文、行为、言谈等给顾瑛留下了深刻印象；三是顾瑛作为元末名动江南的大名士，对昂吉诗作和为人极为推崇。就是元后期号称"铁崖体"诗风创作的大诗人杨维桢也在《送启文会试》诗称美道："西凉家世东瓯学，公子才名久擅场。"对其科场高中充满信心，以作鼓励。对于昂吉来说，能参加名士尽现的玉山盛会显然是一人生的幸事，更是难得的文学交流活动，于是，他在《至正九年听雪斋诗集序》中记录了玉山雅集的一次盛况："至正九年冬，余泛舟界溪，访玉山主人。时积雪在树，冻光著户牖间，主人置酒宴客于听雪斋中，命二娃唱歌行酒。雪霰复

---

① （元）顾瑛辑，杨镰、叶爱欣整理：《玉山名胜集》，中华书局2008年版，第273页。

② （元）顾瑛撰，杨镰、祁学明等整理：《草堂雅集》，中华书局2008年版，第844页。

作，夜气袭人，客有岸巾起舞唱《青天歌》，声如怒雷。于是众客乐甚，饮遂大醉。匡庐道士诫童子取雪水煮茶，主人具纸笔，以斋中春题分韵赋诗者十人，俾书成卷，各列姓名于左。是会十有二月望日也。"① 记录言语详尽、充满感激之情，同时也描绘出文人雅集的基本特点，对人生胜景抒内在感怀，且饮酒赋诗交相而至，既检验风度雅量，又见出诗才高低，实是文人交流促进的最佳手段。蒙古族诗人聂镛也是玉山雅集的常客。他与杨维桢交往极多，与顾瑛、杨维桢等唱和不已，尤其是与杨维桢的《西湖竹枝词》的酬答之作深入人心，获得了后人的赞誉。清人张其淦对此诗评说："茂宣自幼通经术，诗歌意气皆纵横。集中尤工小乐章，天锡音节同铿锵。乃识太拙生巧手，玉山铁崖尽心倾。"② 茂宣是聂镛的字，他是元代后期西域少数民族诗人群体中的重要一员，诗风清雅亮丽，尤其是用韵别致有力，受到时人的关注。清人所言指出聂镛汉学修养深厚，作诗意气纵横，极具萨都剌的风范，致使顾瑛、杨维桢等拜服不已。而聂镛也在玉山盛会中表达对杨维桢诗歌的喜爱，一首《题可诗斋》可见一斑："久知顾况好清吟，结得茅斋深复深。千年再庚周大雅，无言能继汉遗音。竹声绕屋风如水，梅蕚吹香雪满襟。何日扁舟载春酒，为君题句一登临。"③ 首句以中唐大文豪顾况好诗惜才发语，将顾瑛玉山雅集提举自己与天下名流交游的感受加以表达，接着赞美杨维桢诗歌直接风雅传统，深得汉唐遗韵之美。可见杨、聂了解期许之深。

由此，元代极为密集的文学交融活动，进一步促进了元代各民族文学的发展，也使得元代北方草原文学更富有文化、艺术追求的多元交融性特质。

最后，是审美追求的多相交融。前者没有明确元代北方草原文

---

① （元）顾瑛辑，杨镰、叶爱欣整理：《玉山名胜集》，中华书局2008年版，第279页。
② 赵相璧：《历代蒙古族作家述略》，内蒙古人民出版社1990年版，第44页。
③ （元）顾瑛辑，杨镰、叶爱欣整理：《玉山名胜集》，中华书局2008年版，第131页。

学的范围,谈及审美追求,必然会涉及文本,因此必须从范围方面对元代北方草原文学予以界说。元代北方草原文学主要从三个层面上加以明确。一是蒙元相续时期出现的北方民族所创作的文学作品,包含蒙古民族叙事文学巨著《蒙古秘史》和《江格尔》等英雄史诗,它们以长篇纵笔的形式描绘传奇英雄成长的历史,属于叙事文学的范畴,由于其篇章繁复、内蕴博大、价值多元,因此本章只是简单提及,不对其详细探究;又指亲历元代建立的文人创作,如耶律楚材等人的创作,深浑苍健,风骨俱佳,可谓蒙古民族崛起历史的文人心路记录。二是突出北方草原这一特定的描写对象,凡是将北方草原文化特质纳入或渗透到审美追求、表现在文本之中的作品,就可以归入北方草原文学系列;当然,这一问题异常复杂,而最主要的还是强调对象客体的特定性。典型的即如传统边塞题材的诗作和展现北方草原风土人情的作品,如大量出现的关于元代上都题咏之作。三是有着深厚北方草原文化血统的西域文人和其他北方草原民族文人创作,他们虽然足迹遍布大江南北,但依然有着鲜明的草原文化情结,因此将其倾吐北方草原情怀的作品或具有明确草原意象的作品也归入北方草原文学之列。同时,由于文人主体性的普遍提升和绘画艺术的蓬勃发展,北方草原诗篇出现了清寂状态下的艺术遐想结晶——草原题画诗创作,对塞外草原进行凝练提升,使古代草原诗作更加精工完美、浑然圆融,如陈旅的《辽人涉猎图》和张可久的《昭君出塞图》等。

概括来说,元代北方草原文学审美追求的交融主要表现在以下三个方面:一是传统审美风尚与北方草原审美风尚的交融;二是南方地域审美风尚与北方草原审美风尚的交融;三是市民审美风尚与传统审美、草原审美的交融。同时,不同审美风尚交织在一起,共同促进了元代文学美学追求的时代性演进。我们知道,从先秦至唐宋,中国古代文学始终以典雅庄重、沉健厚实的"雅风""雅美"为主,不论是《诗经》的"无邪"、《楚辞》的"典丽"、李白的飘逸、杜甫的沉郁,也不论是成一家之言的《史记》,还是气盛宜言的韩愈散文,或是玲珑透彻、意境深远的唐

第七章 草原美学精神的夺目绽放

诗，情致深婉、蕴藉绵邈的宋词，均诚挚有力、委曲畅达，"诗言志""词缘情""文明道"的印迹深刻而鲜明。不论是对审美对象的观照、审美情感的融入，还是思想情感的表达，都自觉不自觉地遵循着儒家的中和之美的审美原则，都将统治之道、规范之礼、人伦之规视为文学创作的内在约规的永恒机制，文学与政治统治、伦理教化、社会稳定紧密相关，情与礼之间存在着极为鲜明的自我统摄、约束关系，情感始终在理性、道德的自我自觉约规的限制之下，所谓"发乎情，止乎礼"，成为文学艺术追求和表达的经典皈依主旋律。进入元代，由于多民族文化交融的日益深广，来自北方草原民族文化的刚健朴俗之风吹荡着文学艺术的古老殿堂，自然爽利、朴野通俗、豪壮有力的北方草原审美文化追求如势不可当的金戈铁马，对元代文学艺术进行了一次整体意义上的吹荡洗礼，完全改变了传统文化影响下的文学审美格局，就如张晶先生在《辽金元诗歌史论》中说的那样："中国诗歌越来越圆熟，艺术表现也越来越细致，以至于圆熟得缺少生机，缺少那种朴野的生气，辽金元诗歌往往以自然朴野的气息，为诗中注入了新的生机，尤其是那些少数民族诗人，也许正是还没有在更深的层次上完全汉化，也许是不屑于拘守某种诗学蹊径，也许正是那种豪放伉爽的民族性格决定他们以本色天然之语，朴野之风，给人以新鲜的审美感受，给诗坛带来了一股生新朴野的新活力。"[①]张先生所言侧重于古典诗歌审美趋向的变化，一是由此带来的诗歌体式的变化，新诗体的散曲兴盛于元代，完成了古代诗歌真正意义上的返璞归真，正如明代学者王世贞《曲藻序》所言："曲者，词之变。自金元入主中原，所用胡乐，嘈杂凄紧，缓急之间，词不能按，乃更为新声以媚之。"可见散曲出现与北方草原民族音乐文化有着直接而密切的关联。二是戏曲艺术的蓬勃兴起。尽管中国古代的舞台表演艺术源远流长，各时代均有极具特色的艺术展演，但只有到了元代，随着北方草原蒙古民族入主中原，他们

[①] 张晶：《辽金元诗歌史论》，吉林教育出版社1995年版，第5页。

对歌舞特殊的喜好以及与歌舞并生的民族文化习性，直接导致了戏曲表演艺术的繁荣，而尽显民族文化魅力的以曲词演唱为主要表演方式的发展，带来了俗文艺的盛极一时，从而引发了包括诗歌在内的各种传统文体内蕴、风格、倾向等一系列审美因素的变化，而最为突出的是北方草原风韵的强力渗透，尤其是对具有豪壮勇力的草原英雄的崇拜、歌颂，对传统边塞主题、题材的富有时代特质的改造、革新，对北方草原民族历史与现实的追述、赞颂，对富有现实生活色彩的世俗之美的追求、表达，对传统礼教规约下所形成的人格道德的有力冲破、重建，对传统文化所塑造的文化范式的颠覆、重塑，对文学创作传统审美类型的重新审视和表现，等等。统而言之，北方草原清新刚健、豪壮雄浑的自然壮美之风，还原生活本色之美的慕俗尚俗的世俗之风，使中国古代文学的审美追求至元而一变。从此，俗文化、俗文学重新崛起而为古代文学的核心、主流。三是南北地域文化的交融在元代文学中得到了更为完美、集中的呈现。关于中国古代地域文化在文学艺术中的渗透、表现，可以说先秦文学初现端倪，《诗经·秦风》既有婉柔折曲的《蒹葭》深情缠绵的咏叹低吟，更有掷地有声的铿锵之歌；汉魏晋南北朝，北音、南调各擅其长，分别显示其独有的地域文化风采，只有在庾信的笔下，南北文风才具有了实质性交融的美学意义，因而才出现了"庾信文章老更成"的和融之美。延至唐朝，南方文人大量北进，北方草原特有的自然之美、人情之美、戍边生活有力刺激着他们的内在积蕴，因而催生了大量以南人视野审视北方草原的边塞诗篇，南北地域文化也就有了进一步的交汇、深入。宋朝与西夏、辽、金、元对接、相续，致使古代南北地域文化交融达到了历史的最高峰。在这一过程中，北人南下，南人北上，北方草原民族文人和北人、南人交流密集而频繁，使南北文化尤其是北方草原民族文化与南方地域文化、南北方市民文化深度交融，促使元代文学的地域文化之美竞相开放，呈现出五彩斑斓、各有其美的融合之状。从地域文化而言，南北各有其独特风致之美，近代学者梁启超曾在《中国地理大势论》中说道:"其在文学上,则千余年南北峙立,其受地理之影响,尤有彰明较著者,……燕赵多慷慨悲歌之士,吴楚多放诞纤丽之文,自古然矣,……长城饮马,河梁携手,北人之气概也;江南草长,洞庭始波,南人之情怀也。散文之长江大河一泻千里,北人为优;骈文之镂云刻月善移我情者,南人为优。盖文章根于性灵,其受四周社会之影响特甚焉。"① 梁氏所言实为中国古代文学南北文化影响而呈现相异景象的高度概括,其核心在于地域文化的差异导致了人的性灵、气质的大相径庭;而北人以气概为尚、南人以柔情为尊成为南北文学的大体描述。巴尔扎克曾将气候、食物、土壤、地形四种因素作为决定人类生活、命运的主要条件,实际也是影响文学艺术差异的主要因素。近代刘师培针对中国南北地区的差异也说:"大抵北方之地,土厚水深,民生其间,多尚实际。南方之地,水势浩洋,民生其际,多尚虚无。民崇实际,故所著之文,不外记事、析理二端。民尚虚无,故所作之文,或为言志、抒情之体。"② 均说明地区自然状况的不同必然会导致心理、气质、性格、习俗等方面的不同,均会在文学艺术的创作中显现出来。

  元代更是如此,作为与生俱来的北方草原文化的血统性传人的北方少数民族文人不论在何种情况下之下,都会自觉不自觉地流露出北方草原民族特有的审美精神、审美情感,北方草原的民族对于刚健有力的体魄、坚韧不拔的意志、粗犷豪壮的性格、质朴昂扬的风范、雄壮浪漫的格调的崇拜、赞美,对于草原民族历史和英雄的民族自豪、认同、颂扬,都会自觉不自觉地在笔下呈现出来,元世祖麾下大将伯颜,不仅能征惯战,而且还是一位典型的蒙古民族诗人,他的《奉使收江南》一诗,气魄宏壮、境界深阔,一个"收"字直写出摧枯拉朽、势不可当的北人精神,所谓"剑指青山山欲裂,马饮长江江欲竭。精兵百万下江南,干戈不染生灵血"。全诗

---

① 梁启超:《中国地理大势论》,载刘梦溪主编《中国现代学术经典》,河北教育出版社 1996 年版,第 707 页。
② 刘师培:《刘申叔遗书》,江苏古籍出版社 1997 年版,第 562 页。

气吞天下、势压群雄，显现出北方蒙古草原民族昂扬奔放、豪勇无敌的积极进取精神，语言简洁明快、通俗质朴，表现出草原民族崇尚自然的审美倾向。贯云石作为西域色目人的后裔，虽然没有经历过祖先血雨腥风的战争洗礼，但北方草原民族根深蒂固的崇尚孔武有力和好勇斗狠的民族精神深深流淌在其血液之中，使他在审美过程之中不由自主地灌注着向往沙场、渴望厮杀的阳刚遒劲之美，即使是感慨人生无常、时运不济的散曲之作，也一样回荡着草原男郎的壮美之态，《中吕·醉高歌过红绣鞋》唱道："看别人鞍马上胡颜，叹自己如尘世污眼。英雄谁识男儿汉，岂肯向人行诉难？阳气盛冰消北岸，暮云遮日落西山，四时天气尚轮还。秦甘罗疾发禄，姜吕望晚登坛，迟和疾时运里攒。"我们知道，叹世和归隐是元代散曲最主要的主题，往往充斥着哀怨、惆怅、无奈，然而同样为感世之难以把握之曲，在草原民族文人贯云石的心灵之中，却激荡着一种郁勃不平、待时而起的乐观向上之志，实际是北方草原民族的豪迈积极的精神使他始终充满了生活的信心。北方草原民族"生长鞍马间，人自习战，自春徂冬，旦旦逐猎，乃其生涯"。生存环境的异常艰难和部落征战的频繁使得草原民族生就果勇好战、豪放达观的心理特征，倾注于诗文之中常常演化为一种昂扬不羁、自由奔腾之气，充满着一种来自草原的雄浑力量和自由精神。元人邓文原在《贯云石公文集序》中不由深有感触地说："示所著诗若文，予读之尽编，而知公之才气英迈，信如先生所言，宜其词章驰骋上下，如天骥摆脱絷羁，一踔千里。"（《巴西集》）用天马行空来形容贯云石诗文的自由不拘、腾跃不已的风格特征，可谓一语中的。除此之外，更可贵的是元代草原文学中始终显现着一种南北地域文化的交融凝结之美，尤其体现在北方少数民族文人的创作之中。比如上文所提的贯云石，虽然他长期生活于江南地区，耳濡目染皆为清婉香柔之象、低哝浅吟之语，但北方草原民族的生活习性依然深深吸引着他，其在散曲《清江引·杂咏》中说："靠蒲团坐观古今书，赓和新诗句。浓煎凤髓茶，细割羊头肉。与江湖做些风月主。"意味着他依旧无法忘怀草原民族的浓郁风情，即使是日常生活的点点滴滴，也渗透着草原男儿的民族本性。贯云石对于南方自然风物有着深切的了解，经常捕捉江南富有文化意蕴的对象入诗，比如他的著名的《蒲剑》一诗，既有浓厚的南方地域文化色彩，香草美人、指事用典，又有强烈的北国风致，冷峭激荡、风起云涌，一种积压已久的奔腾力量之状："三尺青青古太阿，舞风斫碎一川波。长桥有影蛟龙惧，流水无声日夜磨。两岸带烟生杀气，五更弹雨和渔歌。秋来只恐西风恶，销尽锋棱恨转多。"蒲即菖蒲，是南方水草之地的花类植物，自古与水仙、菊花、荷花并称"花中四雅"，是古代文人墨客寄托情思的主要对象，而且往往与求仙访道、隐居胡泽相关。唐朝诗人张籍《寄菖蒲》曾说："石上生菖蒲，一寸十二节。仙人劝我食，令我头青面如雪。逢人寄君一绛囊，书中不得传此方。君能来作栖霞侣，与君同入丹玄乡。"突出的是炼丹求道、直入仙界，显现的是轻柔温婉的情感基调。而在北方草原民族诗人贯云石的诗中却是南北之风交融、刀光与柔情并生。太阿没有力劈华山之雄浑，却有搅碎江水之气势，一个"斫"字尽显北人之气概；江水两岸并非烟波浩渺、雾气朦胧，却是杀气弥漫、危机潜伏，密密麻麻的雨点在诗人的眼里演化为征战的枪林弹雨，而婉转渔歌声中深隐着深重不平之气，草原民族意识深处的勇武之气、力量之势依然跃动不已，可谓南北地域文化融合的代表。同样，西域诗人马祖常的诗风也体现了南北地域文化的交融。在元代北方少数民族文人群体当中，马祖常文名极盛，"元诗四大家"之首的大文人虞集说他"用意深刻，思致高远，亦自成一家"[1]，虽然对其诗歌总体风格意蕴未有定论，但他对北方草原文化的钟情、依恋始终是其诗风多样化的深厚基础，而突出的一面则是北方草原刚健有力、雄浑质实之深蕴与江南温柔秀婉之美质的深度交融，逐步形成了具有北方草原阳刚豪健而又不失江南清丽灵秀的交融之美的美学世界。马祖常深得江南水乡文化的浸润，自觉向江南民歌学习，熟谙江南"竹枝词"民歌的美学情韵，创作了多首"竹枝词"体诗

---

[1] 李修生编：《全元文》第27册，凤凰出版社2004年版，第265页。

歌，堪为南北文化交融的经典之作。比如《和王左司柳枝词十首》中的"春日烟雨秋日霜，曲尘丝织衫袖长。谁言折柳独送客，章台还堪系马缰"和"都门辇路花万株，塞垣苦寒多白榆。独怜柳枝弱袅袅，有情好写闺中书"以及"橐驼驯象奴子骑，女郎能舞大小垂。蹛林猎罢各献捷，卷唇芦叶逐手吹"等作品，第一首将江南烟雨与北方秋霜融为一体，写人世间普遍的依依送别之情，但见征尘浩浩、红袖曼曼，数不清多少离别之苦；只见征人即将跨马而去，惯常的还是折柳惜别。这样就把深挚柔婉的离情置于更为广阔的空间，把儿女之情上升到更为普遍的人之情感，在柔情细语之中注入了些许北方草原的刚劲之气。第二首抒发闺中之情，但出语却以北方特有的孤寂苦寒来衬托南方花开遍野的美景，使女子的相思之感随着袅袅摇摆的柳枝散发开来，从而产生了一种具有北人特点的力量之感。第三首专写北方草原民族特有之风情习俗，一是驯兽表演，二是舞女盘旋，三是打猎场景，最后一句将南北联为一体，卷叶做哨、呼啸不断，积淀着生活的无限生机。还有一首直写北人至南的生活感触："北客到吴亦懊侬，苎衫兰桨膏饰容。日食海错一百品，不敢上京来住冬。"此诗极有生活气息，先写北人来到南方，由于言语不通，听不惯吴侬软语，所以多少有些懊恼之意，更使人难以接受的是此间充斥着香柔之气，讲究脂粉饰容；后经长时期历练，特别是每日海鲜品尝，让人大快朵颐，不由已尽失北人风致，恐怕冬天也不敢来北方居住。由此，马祖常之"竹枝词"完全改变了唐人柳宗元以来的南方民歌的流利婉转之风，代之而来的是豪健之美的强力介入，对于南方民歌也是一种创新式的探索。这里主要强调了西北子弟马祖常诗歌的南北交融之美。实际上，元代后期廼贤的作品也是如此，他的《送吴月舟之湖州教授》一诗也堪为南北交融的代表，诗中写道："天涯作客少清欢，剪烛裁诗强自宽。江树莫云离思远，杏花春雨客怨寒。"表面上是送人之作，实际也是作者人生沦落之慨。但是与传统送别之诗相比较，境界顿开，天涯之状使沉沦之思陡然开阔、壮大，一句"剪烛"不由使人想起浩渺的江南烟雨，而尾句的"杏花春雨"更是将人带入迷离深渺的楼台送别之中，从而使得诗情于缠绵悱恻中带有北国的寒意，一种峭拔峻冷之意随之散发开来。

同样，戏曲文学也体现出鲜明的文化交融之美的追求倾向。这里需要注意的是，中国古代戏剧表演艺术与生俱来就是一种以唱为最主要、最核心、最常用的艺术手段的舞台表演艺术，也就是说唱曲是其最主要的艺术构成形式，因此，填词、作曲实为一体，只不过其功能是演唱故事、延伸情节、展现人物，而并非纯粹的诗人自我的表情达意，所以传统戏曲创作实际上也是作曲的一个过程，与诗歌、传统的词、散曲有着天然的血缘关联；这样，谈戏曲亦是说诗词。女真族剧作家石君宝精心创作的杂剧《秋胡戏妻》，实际上就是多种审美文化交融凝结的艺术结晶，女主人公罗梅英既具有汉民族传统文化的"妇德之美""孝道之美"，又高度融合女真民族文化、蒙古民族文化等北方草原文化，其最震撼人心的就是在中国文学史上第一次发出了"整顿我妻纲"的人生誓言，充溢着摆脱依附男性、争取生存独立的女性光辉。传统女性或以死相拼、以死殉情、以死卫道，但本质上依附男性的社会属性并没有改变；她"是比罗敷格外有力和刚毅的，她不仅和罗敷一样一再拒绝了男性的卑劣的诱引，并且还体现了一个能够独立生活，不受男性支配束缚的更坚强的女性性格"[①]。而在蒙古民族剧作家杨景贤杂剧《西游记》的笔下，一系列女性形象的塑造，有意张扬了冲破传统礼教观念的市民世俗化追求，对男女性爱大胆肯定，对宗教禁欲主义积极批判。对于封建女性的成长而言，禁锢灵魂、灭绝人性的最大力量无疑是"夫权"和"贞节"文化制约，而《西游记》中的女性以其绝大的勇气不断冲击着这一腐朽文化制度对她们的束缚。女儿国国王面对唐僧以佛教中人的神圣感、使命感违心相拒和苦苦挣扎，大胆抱住唐僧，强行欢娱，显露出人性欲望的不可阻挡和宗教禁欲主义的虚伪乏力，无疑呈现出市民壮大之后的对世俗文化之美积极追求的生活愿望。

---

① 顾学颉：《元人杂剧选》，人民出版社1957年版，第570页。

第二节　质朴、世俗之美的异军突起

相对于唐宋文学而言，元代文学鲜明的美学特质即是整体美学风尚的深刻变化，如果说这是中国古代文学创作整体性的由"雅"到"俗"，那么体现在北方草原文学创作领域中的对于质朴之美、世俗之美的追求和表现就更为突出、独特、鲜艳、集中，而且普遍带有一种异常强烈的北方草原的文化气息。

质朴之美首先表现在对于自然本真之美之情的大胆吐露、毫不遮掩、不事雕饰。文学是情感的艺术，情感的形成自然来源于生活，而对情感的积淀、表达则有着不同的认识和倾向，自然也就形成了不同的审美心理倾向，形成了不同的美学天地。大体来说，审美对象是客观的一种存在，哪怕是留存于主体意识深处，也是曾经的历史现实，只不过演变为一种历史记忆、情感记忆；而对象本身又呈现出五彩斑斓、多元多样之状，但总的来说又不外乎人文社会属性的对象和自然景观的对象两类。而就人的审美情感而言，大体也呈现出两种基本类型，一是侧重于对象本身本质属性、规律性特点从而进行以再现式为主的情感审视，二是强调主体对客体对象的情感性把握，主体自觉不自觉地凌驾于客体之上，产生一种借助于客体、主要展现主体内在精神变化的审美心理活动，也就是经常所说的表现式情感审视。当然这种划分失之于简单，但不可否认此为审美情感的两种基础形态，而所有的审美情感、审美心理的变化均是在此两种基本形态基础上产生、变化。然而，就汉民族传统文学而言，从《诗经》《楚辞》肇始，重视表现、突出主体的审美核心，强调人文精神的审美渗透，注重儒家政治伦理教化等一系列主体性原则，逐步成为古代文学审美过程的关键内容，不容破坏和动摇，唯此，才产生了曹丕"文章者，经国之大业，不朽之盛事"的文学主张，才产生了"文以载道""气盛言宜"的文学宏旨，特别是经过唐诗"以情主诗"和宋诗"以理主诗"洗礼之后，古代文学的侧重主体情感表现的审美倾向更为浓烈、深厚，而且逐步形成了情感的格调、风尚的不同分野,从而引发了古代文学艺术风格、风尚的巨大变化,"以品入诗""以品读诗"成为诗歌创作和欣赏、批评的一种习惯。由此强调主体情感的多样化、多元性,进而演化为百花园般的诗歌美学天地。但是,在这一发展过程中,主体情感对于审美对象的倾注和寄予又有不同的艺术追求,一般来说,汉民族传统文学的主体情感寄托、表现显现出两种审美态度。一是重视情感的温柔淳厚、中和之致,即情感的持中守和、不偏不倚,由此所谓的"真情实感"也是道德评价过滤、净化后的情感本身,实际上也就偏离了客观真实;二是道家虽然提倡回归真实,如庄子所言"不精不诚,不能动人",但道家的"真"也并非客体本身或情感本身的原生态,而是一种"道"本体意义上的"真",意即经过主体精神内化、荡涤之后的精神的"真",是来源于"道"又回归于"道"的"真",是形而上与形而下巧妙结合的"真"。所以道家对"真"的审美追求往往沉淀为玄虚、深邃的义理表达,比如玄言诗的出现,或者纯粹不食人间烟火的主体艺术化、象征化的"真"自然山水田园,像王维的亲近自然的作品。由此,就汉民族传统文学而言,对于质朴之美、真实之美的寻觅始终伴随着道德教化和哲学提升的羁绊,始终连缀着自我人生道德完善、社会使命实现的庄严负担,始终体现着社会大众的代言、启示责任,始终关联着超越现实生活的精神飞跃。而对于北方草原民族而言,流动不已、折地而生的游牧生产生活方式和简易实用的生存价值体系决定了他们对于质朴真实的生活追求、文学追求更偏重了生活和自然本身,更突出了客观本真情感的直接表达,更强调了自然和生活的原汁原味,更侧重了民族、地域的文化本根意味。

  实际上,由于宋辽金元朝代的相迭而至和多元文化交融渗透的强化,元代北方草原文学对于质朴自然之美的追求愈加自觉主动,愈突出草原民族文化的自身认同和深化,愈注重北方草原的典型性、特征性表现,愈来愈显示出北方草原文学的自身美学属性。换句话说,古代北方草原文学对质朴自然之美的追求至元代而一变。如果说古代北方草原文学一直具有着对于质朴自然之美天然性质的偏重的话，那么到了元代此种与生俱来的审美倾向更加鲜明、集中地呈现出来，显现出一种趋向于系统化、类型化的美学现象，对于古代文学美学追求的演进和文学创作的深化产生了巨大影响；而尤为可贵的是此中的主力是由北方少数民族文人来完成的。

  主要是对于质朴自然之美的追逐和表达更加具有文化上的自觉主动色彩。西域色目文人马祖常是元代西北文人群体中"舍弓马而事诗书"的代表，在元代诗坛上声誉极高，清人顾嗣立说："（元代）延祐、天历之间，风气日开，赫然鸣其治平者，有虞、杨、范、揭，一以唐为宗，而趋于雅，推一代之极盛，时又称虞、揭、马、宋。"① 将马祖常与"元诗四大家"并称齐名，肯定了马祖常在元诗逐"雅"方向的引领之功。然而要明确的是，马祖常的"雅"美并非传统意义的雅正、典雅之属，而是将质朴自然本真之情通贯整体创作的"雅"，也就是说，即使是所谓反映盛世之况的作品，也强烈渗透着发自内心深处的对于草原民族开创盛世伟业的真挚拥颂之情，而非不得已而为之的无病呻吟的唱和应制。更重要的是这源于马祖常本身具有着西北草原男儿的桀骜不驯之气，是马背民族血液中流淌着的自由不羁之气，《四库总目提要·石田文集》评价道："才力富健，如《都门》《壮游》诸作，长篇巨制，迥薄奔腾，具有不受羁勒之气。""不受羁勒"即是文人自觉主动的本真之情的强力宣泄，是一种摆脱以往审美习惯、模式的审美创新，是文人有意识地追求和营造的新的美学境界。作为西北草原民族的后代，马祖常有着极为深厚的西北草原情结，对于西北草原的历史、人文、自然怀着一种浓烈的文化寻根，进而构建自我文化本根的意识。马祖常极为认同汉民族传统文化"慎终追远"的价值观念，不仅邀请元代名儒黄溍撰作西域祖先族谱《马氏族谱》，从血缘根柢意义上建立精神家园，而且创作《饮酒》一诗盛赞祖先的辉煌文明，写道："昔我七世上，养马洮河西。六世徙天山，日日闻鼓鼙。金室狩河表，我祖先群黎。诗书百年泽，濡翼岂梁鹈。尝观

---

① （清）顾嗣立：《寒亭诗话》，上海古籍出版社1999年版，第84页。

汉建国，再世有日碑。后来兴唐臣，胤裔多羌氏。《春秋》圣人法，诸侯乱冠笄。夷礼即夷之，毫发各有稽。吾生赖陶化，孔阶力攀跻。敷文佐时运，灿灿应壁奎。"对于祖先游牧与诗书并举的家族历史赞颂不已，自觉认同草原文化的滋养培育之功，并且为之英气纵横、豪壮有力，草原文化的雄浑豪劲之力在其内心澎湃跃动、激荡不已。由此，尽管西北草原荒漠自然环境严酷而惨烈，甚至使人难以忍受，但在马祖常的笔下，却显现出独有的质朴自然之美的魅力风光。他曾出使河西一带，朝中同僚极言边塞草原之苦，以诗勉励，诗人袁桷《送马伯庸御史出使河西》写道："青琐倦迂散，执辔逾关河。黄流何奔倾，积石何嵯峨。承诏抚疲氓，惊乌在林柯。沙场有冻骨，野亩无遗禾。日夕寒云聚，宿燐明岩阿。访俗感素心，因之聆咏歌。"一派凄凉寒苦冷落之状，读之令人唏嘘痛苦。同样的自然、历史景观，在马祖常的诗歌之中却蕴含着对草原的无比熟悉、无比喜爱、无比投入、无比自豪，透示出一种热情颂扬草原民族文化、自觉美化草原民族文化的审美态度、审美倾向。《灵州》一诗写道："乍入西河地，归心见梦馀。葡萄怜酒美，苜蓿趁田居。少妇能骑马，高年未识书。清朝重农谷，稍稍把犁锄。""归心梦馀"句显示了似曾相识、仿佛魂牵梦萦般的"故乡"情怀，目之所见及之人之物无不流露出一种拙朴、散漫、自在、随性之状，丝毫不见西北草原大漠的荒凉、冷漠、了无生机，而是将北方草原民族浪漫、自由的秉性、习性不经意间显示出来。《河湟书事》二首写道："阴山铁骑角弓长，闲日原头射白狼。青海无波春雁下，草生碛里见牛羊。"又："波斯老贾度流沙，夜听驼铃识路赊。采玉河边青石子，收来东国易桑麻。"一方面是草原民族尚武崇勇的民族精神的赞扬，铁骑劲弓、阴山狼烟，浮现出祖辈金戈铁马的荣耀；另一方面是春燕飞翔、牛羊满坡，显露出草原民族生活的悠然；同时波斯商人长途跋涉，一路辛苦，只为物品贸易、沟通往来，反映出马祖常对商旅之人的特有关注。这里，无法寻觅京城诸人诗中所写的满目疮痍、萧条枯寂，这里，充满了对草原生活无比的眷恋、向往。《庆阳》诗说："苜蓿春原塞马肥，庆阳三月柳依依。行人来上临川阁，读尽碑词野鸟飞。"身为西域人的马祖常，对庆阳这个西域进入中原的必经之地有着特殊的情感，它是西域雍古部落迁徙中原的主要落脚地，所以在诗里作者热情讴歌该地的风土人情，字里行间倾注着浓厚的故乡情怀，不管是马的骠壮、柳的含情，还是空中野鸟的飞动，都显示出春天的生机无限，蕴含着作者对庆阳的无限深情。而句末的特写镜头"读尽碑词"则反映出作者追寻祖先光辉足迹的急切渴望，力图了解发生在这片土地上的辉煌历史，进而滋养自我草原民族的精神血脉。对文化故乡的深沉咏叹显示出一个北方草原游子的精神追求，这里再也没有传统边塞诗的战争杀戮、妻离子散，再也没有飞沙走石、寸草不生的荒芜死寂，再也没有边疆特有的行路迟迟、忧愁漫漫，这里充满了生活的祥和、生气。

无独有偶，西域子弟贯云石也体现出极为强烈的文化寻根、文化认同情怀，流泻出浓郁的西北草原情结。杨镰先生曾说："贯云石一生从未回到过西域故土。但我们可以肯定，作为鲁克沁绿洲一个幸运的自耕农的后裔，他同样从未忘记自己在玉门关外的根。从他的作品里能够体会到，在诗人心中有一根敏感的心弦，一旦触动了，就会发出使人心灵震颤的呻吟，只不过诗人有意按住了它，不让它轻易发出声响罢了。"① 贯云石在元代西域少数民族诗人群体中较为特殊，主要是其极少正面描绘北方草原，也没有直接呈现北方风物的诗篇，但是，其心灵深处依然怀有深厚的北方草原情怀，依然无法舍弃自己一个西北草原子弟的文化基因，因此，其为数不多的诗作依旧潜含着北方草原的文化精神，依旧显现着草原民族的豪壮有力、质朴真挚的感情力量。如他的有名的《美人篇》，虽然也继承屈原"香草美人"的比兴象征之法，以"美人"自况，但翻新出奇的却是"霜刃自裂石榴裙，闭门不识诸王孙"的高傲、自洁和"天与美人倾国色，不如更与美人节"的精神寄托，从而使传统的香泽艳丽的美人具有了一种自我张扬有力的气节、精神，使传

---

① 杨镰：《元西域诗人群体研究》，新疆人民出版社1998年版，第139页。

统的软弱无力的比兴之物，具有了一种自我壮大的力量。他的绝笔之作《辞世诗》表达了一个北方草原民族后代对生死的达观态度，同样给人以乐观、豪放的力量之美："洞花幽草结良缘，被我瞒他四十年。今日不留生死相，海天秋月一般圆。"不同于陶潜的托体于山阿的投身自然、与自然同一，也不同于普通的亲戚悲戚的众生普相，而是浑然无惧、不喜不悲，生死全然掌控于自己之手，死亡也如同海天秋月一般是一绝佳的人生归宿，一种通达透彻的生命态度，一种乐观积极对待死亡的人生力量升腾起来。这在中国古代文学史上恐怕也是极为罕见的。《秋江感》写江南生活感受，但"西风两鬓山河在，落日满船鸿雁声。村酒尚存黄阁醉，短檠犹照玉关情"四句依然深深隐含着对北国草原的思念、向往，阵阵鸿雁、玉门关情无不倾吐着西北子弟的乡关之思。《观日行》一诗中的"乾坤空际落春帆，身在东南忆西北"更是明确说出自我的内心感受。美人、秋江、日月、生死，不论是人生感怀、生死思考，还是即景抒情，都有着对于北方草原的深深依恋和思念，都有着无法抹去的草原文化精神。如果说贯云石的质朴自然的北方草原文化精神还是一种潜在的深藏的状态，还是一种无法直言的混合式的展现的话，那么元代杰出的西域文人萨都剌的诗作则直接喷发出对北国草原的热爱之情，一种无法抑制的强烈的颂扬北国草原之美的情感犹如火山爆发般奔涌而现。代表作有《上京即事》五首、《泊舟黄河口登岸试弓》等，前者一是"大野连山沙作堆，白沙平处见楼台。行人禁地避芳草，尽向曲阑斜路来"；二是"祭天马酒洒平野，沙际风来草亦香。白马如云向西北，紫驼银瓮赐诸王"；三是"牛羊散漫落日下，野草生香乳酪甜。卷地朔风沙似雪，家家行帐下毡帘"；四是"紫塞风高弓力强，王孙走马猎沙场。呼鹰腰箭归来晚，马上倒悬双白狼"；五是"五更寒袭紫毛衫，睡起东窗酒尚酣。门外日高晴不得，满城湿雾似江南"。后者写道："泊舟黄河口，登岸试长弓。控弦满明月，脱箭出秋风。旋拂衣上露，仰射天边鸿。词人多胆气，谁许万夫雄？"与前人摹写北方草原的作品相比，一是充满赞叹、艳羡之情，完全摒弃了北方草原环境的不如人意；二是全方位地集中描绘上京地区的草原风情；三是强力凸显草原民族的豪壮雄健，显示出对于草原民族弓马骑射生活的无比喜爱。后者则将心理活动演变为现实，作者深感草原民族的英武豪迈，感慨祖先的英雄历史，不由得跃跃欲试、舍岸"试弓"，虽说从语气上有自我夸美赞誉之嫌，所谓"控弦满明月，脱箭出秋风"，俨然一位草原英雄，但是正如作者自言"词人多胆气，谁许万夫雄"，即使是满腹经纶的书生，也由于他潜蕴着草原民族的深深血脉，随时可以骑马射箭、威势纵横，同样胆气顿生、可为英雄，充分显示出雄悍有力的草原民族的文化精神。

由此，从以上北方草原民族的诗人作品来看，元代草原文学对于质朴自然之美的追求更加趋于民族文化意义上的自觉有力、主动集中；也正由于文人的自觉意识的加强，所以凡是涉及北方草原地域文化色彩之时，总是洋溢着民族的自豪之情，总是流淌着对文化的认同、向往之感，总是显现着客体对象本身之美和主体情感赞颂之情相结合的美学因素。

一般来说，对于质朴自然之美的追逐总是与生活本身相关，而此种关联也大致呈现出两种倾向，一是超越于生活本身的艺术化甚至唯美化的生活，二是有意识地还原生活本真，即世俗生活之美的展现。显然，元代北方草原文学对于质朴自然之美的追求就显现出这一鲜明特征。我们知道，草原文化是北方草原民族的生存之根和精神基础，而如果从根本上进行总结，最起码可以把草原文化简单概括为一种以崇尚自然、本真为主要特质的生态型文化、生活型文化，而不论是生产生存或情感活动、精神活动，除了与天地自然的崇拜、信仰有着直接关系，强调人的生存发展适应、依照自然之外，还突出现实、客观生活的当下性与直接性，即草原文化不重视对于现实的超越和哲学意义的探究，而是把目光投入与生存生活密切直接关联的各种现实性或者可能性，使人们更加专注于生活本身，追逐现实本身，表现现实本身，从而形成了对于现实世俗之美的追求和表现的审美倾向。

当我们以比较的视野，认真审视元代少数民族或者汉民族文人

◈ 第七章 草原美学精神的夺目绽放 ◈

描写北方草原生活、风物的诗篇的时候，我们就会惊奇地发现，从汉代、唐代直至宋代以来的具有边塞特征的诗作的绝大部分主要的内涵、风尚到了元代一扫而光，包括边塞自然环境的极度衰飒、艰苦，包括边塞战事的连绵不断、军中的苦乐不均、战争的惨无人道，包括怨战思想、情感以及对良将守边与和平生活的向往等与战争对抗的相关题材，在元人展现北方草原的诗作之中绝难发现，代之而来的元代描绘北方草原的诗歌将笔触集中于草原自然风光之美之奇、少数民族生活习俗之美之乐、少数民族文化内涵之广之深，并且呈现出强烈的、鲜明的集中摹写、主题描写、细致描写的特征倾向，从而传递出浓烈而鲜明的现实生活化、世俗化审美倾向，使传统北方草原诗篇在审美取向、主体选择、主题凝练、情感表达等诸方面为之一变，完全改变了汉唐以来北方草原诗篇的审美格局。

首先是审美取向的转变。传统北方草原诗篇往往由汉民族文人创作，且带有一种异常明显的功利价值观念，或者是显示皇恩浩荡、代天子巡边慰问，或者是投身疆场、扬名立万、建功立业，因而对于北方草原的描绘总是建立在一种居高临下的远距离的审视或人生尚奇体验的立场之上，所以其笔下的草原或者成为弘扬主体意志异常坚定、映衬主体精神无比崇高的陪衬之物，或者成为戍边者豪情万丈、斗志昂扬生成的环境土壤，或者成为显现边疆和平、百姓和乐的理想画面，或者成为读者猎奇心理满足的异域奇观，总之，全然是"他者"在环视、巡视、审视的视野中的一种主观审美情感的表达，是主体内在人生体验的审美升华，是一种只能在心灵向往、精神中感知的草原，而无法近距离或零距离地逼近或感受，更无法深入了解其内在的精髓和特质。而进入元代，民族文化交融的深化，尤其是西北少数民族文人群体的出现，则有力地冲击着这一审美局限。如果说传统草原诗篇侧重了主体情感的激情宣泄，那么在元代北方草原诗作之中则明显偏重了客体本身、草原本身的美，从而真实再现草原现实的种种生存、生活情状。从元代文人普遍的审美理想而言，"元人尚意"恐怕是一种普遍的现象，元代著名画家倪瓒倡导绘画美学的"逸笔""逸气"之论，提出了著名的

"不求形似，聊以自娱"的主张，而尽管对此有不同的阐释、理解，但强调绘画要突出主体的内在心理、要满足主体的情感释放等观点则是一致的，即主体要压倒客体的审美要求逐步明朗，文学艺术审美的依规附理色彩逐步淡化，从而极大地申扬了主体对文学艺术的驾驭性、自主性。从元代北方少数民族文人情感、心理而言，虽然他们足迹遍布天下，但对于北方草原的故土、乡关的情怀深刻而持久，不论是文化上的寻根、认同，还是出于对草原民族建立的帝国王朝的赞颂、依恋，均使他们拥有一种天然的草原民族的精神心理，从而促使他们发自内心地、身置其中般地描绘草原、再现草原，他们不再是"看客"，更不再是"过客"，他们本身就是北方草原的一分子。元代文人陈旅在《送旺札勒图还河阳序》中说："国家初置成均，本教国人子弟，因浸及其馀焉。国人子弟之所以学者，非专尚乎文辞之葩华也，训诂之繁琐也，与细儒曲士角分寸于瓠翰之间也。醇庞之质，伟茂之器，固将有以成其美；而翼忮之气，傥荡之习，亦欲有以变其故也。"这里所言的"翼忮之气，傥荡之习"可谓是对草原子弟心性气质的简单概括，而突出的一点就是率性放达、由气使意、由意生情，反映在文学创作上，更加强调主体的个性审美习惯，特别是民族审美习惯。相对于汉唐以来的文人民族身份淡化、模糊而言，元代北方草原民族文人的民族身份更加突出、鲜明，更具有一种草原民族的民族自豪感、认同感，他们总是自觉不自觉地显示出北方草原民族的身份，比如马祖常被称作"西北贵种"雍古人后代，萨都剌为"上马则备战斗，下马则屯聚牧养"的西域草原民族答失蛮氏的后裔，余阙为河西唐兀氏族的骨血，他们在作品中均显示出对于北方草原民族身份的骄傲、自豪之感，字里行间流露出对于北方草原文化和精神的深深的爱戴、敬仰。由此，在他们展现草原之时，才能更真实客观地再现草原、再现生活，从而更贴近草原本身、草原本真，使北方草原文学具有了现实美、世俗美的意义。

其次是主体选择、主题凝练方面的转变。如果说传统草原边塞诗作的写作对象的选择总是呈现出一种散点式、随意化倾向，总是

第七章 草原美学精神的夺目绽放

显现出浓重的个性化色彩,总是聚焦于战争、戍边的城垣关塞,那么到了元代北方草原诗篇之中,则产生了明显的变化。一是对象择取具有了强烈的生活化、世俗化色彩,写实性明显加强。即使如扈从成吉思汗西征的耶律楚材,虽然有"塞外景色,描写如绘,雄丽得未曾有"[①]的壮美西域的千古诗作,如《过阴山和人韵》等,确实将汉唐以来的边塞描写对象拓展到天山南北、中亚各地,而最为可贵的是他将目光投注于西域小城蒲华,留下了《过西域蒲华城戏作二首》,其一写道:"苍颜太守领西阳,招引诗人入醉乡。屈眴轻衫裁鸭绿,葡萄新酒泛鹅黄。歌姝窈窕髯遮口,舞妓轻盈眼放光。野客乍来同见惯,春风不足断人肠。"其二写道:"太守多才民富强,风光特不让苏杭。葡萄酒熟红珠滴,杷榄花开紫雪香。异域丝簧无律吕,胡姬声调自宫商。人生行乐无如此,何必咨嗟忆故乡。"名为"戏作"实际就是说明此时作者的心态异常轻松,没有唐代边塞诗人的人生社会使命的庄重、严肃之感,故而更能贴近生活、触及现实,而较唐人足迹来说,更是延伸到中亚诸国,蒲华即今天乌兹别克斯坦的布哈拉市,所以可谓别开生面、闻所未闻;同时,就所写内容而言,第一首侧重表述太守款待作者的酒宴、歌舞之盛,给人以他乡故交、异地亲人之感,第二首更是将异邦生活精彩呈现,中亚歌舞音乐、奇异果实与苏杭胜景相关,给人以一种逍遥纵情之感,尤其是最后两句"人生行乐无如此,何必咨嗟忆故乡",明确了异域行乐、人生快乐的主题。作者并没有赞颂皇恩浩荡,也没有咏叹从军使命,更没有生发人生政治追求,而是将笔触集中于异域快乐生活场景,着眼于当下的生活感受,流露出现实人生日常生活的满足与享受,从而使传统的吟咏边塞生活的诗篇具有了现实生活化、生活日常化甚至世俗化的色彩。再如马祖常的《上京翰苑抒怀》一诗,极为详尽地描写了蒙古草原的游牧生活:"沙草山低叫白翎,松林春雨树青青。土房通火为长炕,毡屋疏凉启小棂。六月椒香驼贡乳,九秋雷隐菌收钉。谁知重见鳌峰客,飒飒临

[①] 钱基博编著:《中国文学史》,中华书局1993年版,第759页。

风鬟已星。"蒙古旷远草原再没有往昔的沙海漫漫、狂风劲吹，也不再愁云惨淡、生死一别，而是白翎绕飞低山、沙草纵横无间，春雨弥漫、松树青青，给人以一种清新明秀之感。更主要的是冬春之际，虽然天气寒冷，但农牧相间的文化交融已然促使人们学会烧炕暖房，农业文化对牧人的影响可见一斑，而传统的牧人毡房小窗开启、通风纳凉，使日常生活增添了几分惬意舒适；而诗中写到的驼乳、椒香、蘑菇，不论是供奉尊长，还是日常食用，都显示出鲜明的季节性特征，如果没有对于生活的长期观察、体验，恐怕无法表达出来。由此，此诗以充满着浓烈乡土生活气息的细腻民居民情描写，为我们还原了元代蒙古草原民族的生活情景，使人如同身临其境、分外亲切。

然而更充分地说明主体选择和主题凝练生活化、世俗化倾向的当数元代出现的大量的展现上京生活图景的诗作。上京作为元代政治生活的中心之一，已然成为元人普遍的歌咏对象，而除了一般政治意义上的颂扬、溢美之诗外，还有数量繁多的描绘上京地区生活情状的作品，而且更令人惊叹的是这些作品基本上是以组诗的形式呈现，集中描摹、集中展现是其最基本的特点。比如迺贤的有关上京观礼活动的作品"上京纪行诗"31首，如数家珍一般地记述了一个长期生活于江南水泽之地的北方草原民族子弟由南至北、游历上都草原的经过，虽然确有浓厚的草原儿女文化寻根的情结和渴遇人生发展机会的目的，但不可否认的是组诗蕴含的生香活色的上京草原生活场面，比如其中的《塞上曲》五首，一改以往草原边塞题材作品宏观概括般的描写方式，代之以具体生活、具体场景地集中展现，体现着浓郁的生活气息、世俗气息。其一写道："秋高沙碛地椒稀，貂帽狐裘晚出围。射得白狼悬马上，吹筇夜半月中归。"专门描写游牧民族夜晚围猎生活，凸显草原民族捕猎游牧一体化的生产方式，只不过选取了一个特殊的狩猎时段——秋天夜晚，生活化色彩愈加鲜明。其一写道："杂沓毡车百辆多，五更冲雪渡滦河。当辕老妪行程惯，倚岸敲冰饮橐驼。"专门描写游牧生活的惯常场景——秋冬转场迁徙，只见毡车杂沓、冒雪迁转，而其中一个近距离的老妪饮驼的特写,更是显现了草原民族女性的豪壮与坚韧,传递出生活的淳朴本色。其一专写军中饮宴情景:"马乳新挏玉满瓶,沙羊黄鼠割来腥。踏歌尽醉营盘晚,鞭鼓声中按海青。"士兵们高擎质地如玉的木制酒杯,尽享沙羊黄鼠之肉食,畅饮马奶美酒,伴随着歌舞阵阵,虽然已是东倒西歪,但匍匐在士兵身边的海东青依旧精神抖擞,随时等待主人发令飞行,显示出蒙古民族尚武好勇、善于作战的生活习性。其一专写上京草原生活的宁静、美好:"乌桓城下雨初晴,紫菊金莲漫地生。最爱多情白翎鸟,一双飞近马边鸣。"雨后初晴,边地鲜艳,鸟飞马鸣,生机无限,活现出草原民族对于生活的热爱。其一全力刻画一位草原姑娘的自然朴素之美:"双鬟小女玉娟娟,自卷毡帘出帐前。忽见一枝长十八,折来簪在帽檐边。"令人叹为观止的是作者对其极为熟悉,能随口叫出她的名字玉娟娟;只见她发髻高耸、梳到两边,是为双丫髻之状,是典型的草原未婚少女的发型装扮,一种洋溢着青春活力的动态生活之美也随之流泻开来;更细微的是作者捕捉了她摘取名为"长十八"的野花、插在帽檐旁边的动作神态,活现出草原少女追求自由自在的生活的美好情感,一种似曾相识的生活情态由此展现开来,自然美和人情美融为一体。而他的《锡喇鄂尔多观诈马宴奉次贡泰甫授经先生韵》五首组诗则表现了蒙古统治者举办国宴诈马宴的宏大而奢华的情景。虽然其中绝大部分主要是描绘百官齐聚之众、衣着华艳之美、音乐歌舞之盛,但也显示出蒙古草原民族大型国宴的生活化色彩,"金盘禁脔才供膳,阶下传呼索井盐"等诗句,传递出蒙古草原民族喜好饮酒食肉的生活习性。对于上京地区草原民族生活的关注,不仅体现在北方草原民族文人的作品之中,更多的还有扈从皇帝北巡的汉民族诗人的作品,而其中引人注目的除了展现自然地理的风光之奇美,还有多样充满了草原民族生活风俗和宫廷活动的内容,致使传统北方草原文学对于生活的表达更加细致、具体,从而生活化色彩也更加浓郁。正如元人欧阳玄的《渔家傲南词序》所言,"国家之典故,乘舆之兴居,与夫盛代之服食、器用,神京之风俗、方言,以及四方宾客宦游之况味"等纷纷驰入文人笔下,而他的《渔家傲南词》十二首从元月至十二月历数上京生活感受，生活气息极为突出，比如"十月都人家旨蓄，霜菘雪韭冰芦菔。暖炕煤炉香豆熟。燔獐鹿，高昌家赛羊头福。　　貂袖豹祛银鼠褥，美人来往毡车续。花户油窗通晓旭。日寒燠，梅花一夜开金屋"。对于临近入冬时节的牧人生活状态进行描写，一派储物、暖房、宰割、饰窗等忙碌的景象，可见作者对上京生活感受的细腻、真切。同时，汉民族文人还对于上京地区的民俗活动予以展示，比如展现草原儿女力量和意志之美的角抵摔跤活动，王沂的《上京诗》说道："黄须年少羽林郎，宫锦缠腰角抵装。得隽每蒙天一笑，归来驺从亦辉光。"是说宫中少年光鲜亮丽、盛装而出，摔跤搏击较力比智，以此充实宫廷生活。还有徒步快走的体育活动，元代文人杨允孚《滦京杂咏》写道："九奏钧天乐渐收，五云楼阁翠如流。宫中又放滦河走，相国家奴第一筹。"实际就是今天的竞走运动，但早先是蒙古皇家卫队的训练科目，提升卫士的体力意志，即"贵由赤"运动，而在杨允孚笔下，俨然已经成为一项宫廷文化活动。

　　随着草原文学生活化特质的逐步深厚，生活的世俗化精神也较以往逐渐显现出来。客观来说，世俗化也就是文学现实性、现世性的浓烈和积聚。如果就中国古代文化特性而言，汉民族传统文化侧重于人本身自我道德、精神世界的改造、提升，体现在文学艺术方面则强调首先主体自身人格建设的完美与丰富，正如韩愈提出的"气盛言宜"理念，以其"气"驭"文"、以"气"驭"言"，实际是先秦孟子"充实之谓美"的进一步深化；或者倡导"文以载道"，文学实为自身人格的承载工具，就如一篇《岳阳楼记》实是范仲淹张扬"先天下之忧而忧，后天下之乐而乐"精神理想追求的载体，而岳阳楼本身则为作者、为他人所忽视。而北方草原文化则不然，尤其是随着女真草原民族、蒙古草原民族不断统治中原进而统一天下，草原文化逐步渗透且影响到社会生活的各个组成部分，逐步成为主导社会一切存在的主流文化，因而北方草原文化的基本特质、精神也逐渐渗入、触及着传统汉民族文化，使之变化、改造；而其中本身就具有草原文化精髓的北方少数民族文人的不断扬波起澜，更使北方草原文化深入人心，逐步浸染、润化着元代文学的方方面面。从一般意义来说，北方草原文化是一种突出生态和谐、稳定的崇尚自然的文化系统，而如果就关注人的本身成长、发展而言，草原文化更突出人的自由生长、自由发展，更重视人在现实现世当下的生存状态，而较轻视礼法、制度、道德等文化秩序或自身道德精神要求等方面对人的种种约束；再加上此时期商品文化、城市文化、市民阶层的不断发展，元代北方草原文学在展现社会生活的千姿百态之时，自然而然地呈现出关注现世、当下世俗生活的审美倾向，并在诗歌尤其是新兴的散曲、戏曲艺术中展现出来。

王国维先生对于占一代之长的元曲曾作出盛赞其洋溢"自然之美"的论断："盖元剧之作者，其人均并非有名位学问也；其作剧也，非有藏之名山传之其人之意也。彼以意兴之所至为之，以自娱娱人。……故谓元曲为中国最自然之文学，无不可也。"[①] 王氏所言涉及了两个元代文体概念，一为元剧、一为元曲，似是一个问题，实为两个紧密相连的文体，一为叙事体的戏剧，一为抒情体的散曲，但二者却均与曲体之文相关，所以王氏说的元剧、元曲实为一类，只不过其所面对的受众和作者创作的基本动机有所不同。而将之放入古代北方草原文学对美的追求的探讨过程，如果单就作品多呈现的具体的环境特质、对象特质、内容特质来看，似乎多少有些不妥，但如果就北方草原文化渗透、影响、波及曲体文学而言，也可以将北方少数民族文人展现北方少数民族生活的戏曲和抒发独特社会生活感受的散曲归入北方草原文学之列。这样才较为符合元代文学实际。事实上，中国古代文学对美的追求，不仅随着时代的演变而变化，文体的更新也促使文学美的内涵发生变化，而戏曲作为一种舞台表演艺术，其切近观众、链接市场、伴随经济的特点必然会使它反映社会大众的情感心理；而重视剧场展演、讲究关目衔接、突出矛盾冲突、吸引观众眼球、维持心理平衡等自然就成为剧

---

① 王国维：《宋元戏曲史》，中国书籍出版社2006年版，第252页。

作家最为关注的问题。由此，强调人的生存，特别是人在生活中的自身矛盾、自身欲望等现实、世俗状态就成为戏曲所展现的一个重点问题。实际上，在笔者看来，中国古代戏曲从萌芽发生时段起始，本质上就是一种讲求娱乐、调笑、滑稽、幽默等特点的艺术，不论是先秦"优孟衣冠"的俳优表演，还是活跃于南方楚地的《九歌》式的"巫风""巫舞"，都有欢快、取乐使情感、心理释放、满足的审美功能。但是，戏曲这一基本美学特性并没有在传统文化滋养下的汉民族剧作家手中得到完美、顺畅的实现，虽然诸如《窦娥冤》《赵氏孤儿》等名剧确有平民人物的贞纲正义、果敢坚强和崇高之美，但故事的主要内容依旧不能摆脱传统的正义与邪恶、忠勇与奸伪，依旧将社会的黑暗与内心的光明作为主要矛盾来展现，体现了传统文人精神的价值追求的稳定性。而在元代北方少数民族文人剧作家的笔下，即使涉及社会主要矛盾冲突，但也是围绕着生活化的具体矛盾而来，特别是世俗性的生活习惯而来，生活化突出。比如女真族剧作家李直夫的传世名作《虎头牌》，剧本浓墨重彩地塑造了一个国法如山、军纪天大的女真少数民族军事统帅山寿马的光辉形象，其最突出的优秀品质就是公而忘私、不徇私情，而为了显现其品格，营造的戏剧主要冲突既不是两军对垒的沙场厮杀，也不是派谁出战的远近亲疏，而是面对着叔父银住马耽恋酒杯、贻误军情、山口失利所做的抉择，是秉公执法，还是妄徇私情，焦点则是银住马好酒误事，从而集中呈现女真民族嗜饮豪饮的生活习性。因为饮酒丢失重要阵地，实是元代戏曲冲突世俗化一个侧面揭示。而从历史文献记载来看，酒与女真等北方草原民族的生活息息相关，饮酒成为上下一体的重要的政治、军事、外交活动，酒宴已成为草原民族生活的大事。《大金国志》曾说："金国凡用师征伐，上自大元帅，中自万户，下至百户，饮酒会食，略不间别，与父子兄弟等。所以上下情通，无闭塞之患。"[①] 显然，饮酒

[①] 旧题（南宋）宇文懋昭著，崔文印校证：《大金国志校证》卷36，中华书局1986年版，第521页。

第七章 草原美学精神的夺目绽放

作乐是女真草原民族贯通人际关系、和谐军政环境氛围、联络部族情感的重要手段和不可或缺的重要过程，以至于出现了如《三朝北盟汇编》一六六卷所提的"君臣宴然之际，携手握臂，置腹推心，至于同歌共舞，莫分尊卑，情通心一，各无觊觎之心"①的所谓理想和乐的政治生态。由此，饮酒确为女真草原民族极为重要的生活习俗，也是其政治军事生活的重要组成，也确实起到了种种重要作用，但不可否认纵酒嗜酒之习也逐步演变为一种生活的陋习，出现了"酒行无算，醉倒及逃归"②等普遍现象，政治上产生了纲纪废弛、礼法尽失的纰漏，出现了金熙宗的酗酒过度、滥杀无辜，导致了朝政的败坏。从女真民族这一生活化的习俗入手，李直夫的《虎头牌》对于本民族世俗化的生活喜好进行反思，可谓直面民族文化传统的一部力作。与李直夫相近，蒙古民族剧作家杨景贤的《西游记》也充满了对于现世人生世俗享受追求的审美倾向，尤其体现在对于女性形象的塑造方面。就女性形象而言，古代文人主要将其框限在传统礼教束缚、传统婚姻制度桎梏、向往至死不渝爱情、渴盼情比金坚婚姻的格局之内，虽然也显示着人类进步、女性独立的光辉，但毕竟偏离现实生活、较少生活气息，文人审美色彩浓烈。而在杨景贤的笔下，女性形象皆有意冲破传统礼教观念的世俗化追求，对男女性爱大胆肯定、实践，体现着北方草原文化的绝大魅力和市民要求个性解放的时代精神。三藏母亲殷氏强颜欢笑，与贼人刘洪共同生活十八年，终于配合儿子报了血海冤仇，自始至终没有丝毫的"一女二夫""贞节"的忧虑；后面见丈夫，不仅没有表现出愧疚，而是"云头上显出白衣衣，市廛间诛了绿林儿，贼巢中趁了红裙志"（杨景贤杂剧《西游记》第三出）。与后世小说中殷氏最终从容自尽的结局相比，杂剧中的殷氏更具有现实世俗色彩。另外一个女性形象女儿国国王则显现了人的正常性爱欲求的无法遏制。她虽拥有帝王之尊，却有着常人难以忍受的孤寂之痛："我怕

---

① （南宋）徐梦莘：《三朝北盟会编》，上海古籍出版社1987年版，第1197页。
② 旧题（南宋）宇文懋昭著，崔文印校证：《大金国志校证》卷36，中华书局1986年版，第585页。

不似嫦娥模样,将一座广寒宫移下五云乡。两般比喻,一样凄凉:嫦娥夜夜孤眠居月窟,我朝朝独自守家邦。虽无那强文壮武,宰相朝郎;列两行脂粉,无四野刀枪。千年只照井泉生,平生不识男儿像。见一幅画来的也情动,见一个泥塑的也心伤。"(杨景贤杂剧《西游记》第十七出)闻听大唐国师经过,不由春心摇荡:"说他几载其间离了大唐,来到俺地方。安排香案快疾忙。今日取经直过俺金阶上,抵多少醉鞭误入平康巷。我是一个聪明女,他是一个少年郎。谁着他不明白抢入我花罗网,准备着金殿锁鸳鸯。""稳情取和气春风满画堂。宰下肥羊,安排的五味香,与俺那菜馒头的老兄腾了肚肠。陪妆奁留他做丈夫,舍身躯与他做正房。可知道男儿当自强。"(杨景贤杂剧《西游记》第十七出)面对唐僧的苦苦挣扎,"扯唐僧唱道:'(幺)你虽奉唐王,不看文章。舜娶娥皇,不告爷娘。后代度量,孟子参详。他父母非良,兄弟参商,告废了人伦大纲,因此上自上张。你非比俗辈儿郎,没来由独锁空房。不从咱除是飞在天上,箭射下来也待成双。你若不肯呵,锁你在冷房子里,枉熬煎得你镜中白发三千丈。成就了一宵恩爱,索强似百世流芳。'"(杨景贤杂剧《西游记》第十七出)体现出一种自觉意义上的追逐世俗情欲满足的现世生活理想。

  散曲作为元曲的有机组成部分,一方面在审美倾向方面受到金元以来北方草原文化的积极影响,呈现出重视现实生活、世俗生活进而再现世俗生活的审美表达热潮;另一方面,不可否认的是散曲情感表达上的强调生活现实体验、感性感受,实际也受到了戏曲舞台表演艺术注重现场性、审美效果即刻实现性等特点的影响。传统诗词讲究"含思落句势者,每至落句,常须含思,不得令语尽思穷";所谓"不著一字,尽得风流"。而散曲则突出语"散"而意"俗",意即以最生活化的直露式语言表达最惬意的生活感知、画面。而且,就情感凝练和集聚而言,散曲的生活化、世俗化审美还表现在一种生活积淀的共同性情感认知、感受方面,与传统诗词突出文人独特个性审美经验相别,散曲往往侧重生活的普遍性认同的艺术再现,在艺术创作和流传过程中获得一种情绪的满足、释放,而不苛求言外之旨、委曲之妙。正如学者任讷所言："曲之初创，本属一种游戏文字，填实民间已传之音调，茶余酒后，以资笑乐者耳，初非同于庙堂之乐章，亦无所谓风诗之比兴也。"[1] 这些特质均在北方少数民族散曲作品中集中显示出来。元代北方少数民族曲家云集，但将自我人生追求生活化、世俗化地展现的代表则主要是贯云石、薛昂夫、兰楚芳、高克恭等散曲名家。作为北方草原民族散曲家，他们一致将官场政治否定、批判，而以世俗生活欲望满足与之相抗。显然，世俗生活的适意、世俗情感的追逐、世俗欲望的满足、世俗生活自在的快乐已成为其人生至上的追求，而再不是精神的超越、理性的思辨、学问的提升，更不是人生"三不朽"的上下求索和"浩然之气"的不断淬炼。比如贯云石的《清江引》三首，将传统社会人生价值追求中的"学而优则仕"而获取的功德事业视之为竞取"微名"的"下坡之车"，充满了"惊险""残祸"，远不如"知音三五人，痛饮何妨碍"，远不如"避风港走在安乐窝"。由此"安乐窝"实为贯云石生命追求的世俗化显现。那么"安乐窝"的本质特征又是由哪些构成的呢？从其《清江引》《知足》《田家》等散曲来看，一是酒醉狂放、模糊人生、放纵人生，所谓"醒了醉还醒，卧了重还卧，似这般得清闲的谁似我"（《清江引》其一），所谓"邀邻翁为伴，使家童过盏，直吃的老瓦盆干"（《田家》其一），所谓"寻几个知心伴，酿村醪饮数碗，直吃的老瓦盆干"（《田家》其一）；二是勘破政治人生本质，尽可能地实现以闲书、山水闲淡人生、自在人生，所谓"烧香扫地门半掩，几册闲书卷。识破幻泡身，绝却功名念，高杆上再不看人弄险"（《知足》其一），所谓"野花满园春昼水，客来相陪奉。草堂书千卷，月下琴三弄"（《知足》其一）。从以上贯云石的自我生存理想表达来看，其人生追求一方面继承了汉民族传统文人与自然交流、对话，"乐山""乐水"之志，在自然界中寻求精神、情感的适意、快乐；而其更突出的则是将精神的满足与生活的世俗化、感性化结

---

[1] 任讷：《散曲概论》，山西古籍出版社1999年版，第21页。

合起来，这就为古代文人从高端经典的神坛上走向了生活、走入了大众，从而更具有了现实生活的底蕴、特色。

散曲创作对于男女情爱格外青睐，但与传统诗词相比较，并不在于情感表达的缠绵细致，更不体现于借男女之情而开掘申扬出的人生多般感受，或者是传统的"香草美人"、君臣际遇，而是直入主题，呈现世俗男女情爱中的切身感触，呈现男女交往过程中的实际体验，包含着几多"肉欲"、几多性爱，实是现实世俗情爱过程的再现。贯云石的《中吕·红绣鞋》其四说："挨着靠着云窗同坐，偎着抱着月枕双歌，听着数着愁着怕着早四更过。四更过情未足，情未足夜如梭。天哪，更闰一更儿妨什么。"男女之交已完全生活化、世俗化，再没有彼此心灵、精神的沟通，更没有志同道合的超越、飞升，只是实际情爱生活中过程的片段绘制。更值得一提的是在这一过程中，传统的"美""丑"观念逐渐发生变化，而集中体现这一鲜明差异的则是西域少数民族散曲家兰楚芳的作品《南吕·四块玉·风情》："我事事村，他般般丑，丑则丑村则村意相投。则为他丑心儿真博得我村情儿厚。似这般丑眷属、村配偶，只除天上有。""村"即"蠢"，是言自我难解男女风情，不谙情感交流，更不精于搔首弄姿、卖弄风流，只有对对方的一片真情。虽然只是短短几句肺腑之言，但却将人生的至真之情的高尚、美好、可贵表现出来，丝毫没有触动传统文化的审美理念。在古代汉民族传统文学的爱情天地，往往呈现出四种极端的爱情或者婚姻审美倾向。一是为传统汉民族文人所憧憬的才子佳人模式，所谓"西厢"一见钟情式的爱情婚姻，既展现男性的风流倜傥、才气纵横，又突出女性的容貌倾国倾城、才艺独步女林、追求妙合大众，可感可叹，被视为古典爱情婚姻神话。二是昙花一现式的青楼爱情模式，讲究男性的才情魅力和女子的妩媚曼妙，在美酒佳肴、轻歌曼舞之中演绎古代文人的浪漫无羁、诗酒风流，唐宋文人的青楼生涯由此可知。三是举案齐眉式的爱情婚姻，男女恪守礼教文化规矩，言行举止可为道德约规的楷模、标准，被视为古代社会最理想的男女之道。四是最受推崇的门当户对、媒妁之言框架之内的爱情婚姻，男

第七章 草原美学精神的夺目绽放

女只是这一价值体系的完美实践者,古代文人的自身经历绝大如此。不唯如此,还应发现,在古代爱情婚姻世界的展现过程中,绝大多数情形为男性话语体系的园地,展示的是男性世界对爱情婚姻的种种要求,表达的是男性的审美情感、审美标准,是男性代女性而发言,是男性化的女性心理、情感;正是在这样一个话语世界背景之下,宋代词人李清照的高标独立才显得格外的稀缺、珍贵。由此可知,古代众多爱情婚姻状态基本上建立和表演于汉民族传统礼教文化的基础之上,男性视野、男性主体的格局稳健而盛行,不论男女皆强调外美内修、教化为主,凡不符合传统审美文化的因素难以进入爱情婚姻的世界之中。当然,最为人们所无法接受的主要是汉代社会形成的女性的"七出"之规,虽然没有明确规定女子的容貌这一特殊的天然形就之状在爱情婚姻中的独特作用,但不可否认的是自《诗经·氓》始,到元代散曲爱情表现止,出现在古代文学艺术天地中的女性哪一个不是艳丽夺人、魅力四射,而男性哪一个不是胸怀锦绣、文气飞扬,这就说明在文人普遍的审美判断过程中,姿色容貌、道德素质、才气风度等始终决定着爱情婚姻的缔结、形成,也充分说明这一人的生活的主要问题还停留在一个较为狭窄的天地,停留在传统文人的审美理想的展现之中,并没有真正触及和延伸到社会世俗大众之中,并没有展现芸芸众生的爱情婚姻世界。实际上,古代、现代亦然,郎才女貌、一见钟情或者国色天香、才艺惊人等永远只能是艺术想象的产物,或者即使真的在现实生活中出现,也只能是千年一遇,不为社会大众所认可、接受。由此,将爱情、婚姻归还于现实生活本身,还原爱情婚姻本真,真正反映世俗百姓的真实爱情婚姻,才是文学真正意义上的返璞归真。兰楚芳的《南吕·四块玉·风情》可谓首夺先声、开启大幕。这里,首先呈现了男女的生活现状的对等性,男的"般般丑",貌不惊人、艺不出众,实为普通人中的一个,但却是大众的缩影;女的"事事村",不言女子无才、才艺皆无,就是风情也无从说起。所以二人相配对等,实为社会大众爱情婚姻的代表。这样,实际提出了一个对审美标准重新判定的问题,即《南吕·四块玉·风情》显

343

示着现实世俗生活中大量存在着的"以凡俗为美"甚至"以丑为美"的生活现象，从而与传统审美文化形成激烈的冲撞，是对传统审美的一种冲破和超越，表达的是大众世俗生活的审美心理，而非少数文人的审美心理。"以凡俗为美""以丑为美"，并非将现实生活中的一切视之为"美"的事物的体现，而是择取对于现实生活极为有益的成分，强调的是内涵和生活本身的实用和适用。"般般丑"侧重于外在、气质，而非劳动能力和情感、品质，而这些才是现实生活之中至关重要的需求。因此，"以凡俗为美""以丑为美"恰是提炼生活真美、表现生活本真的最佳展示。

同时，以女性视野看情感婚姻世界，突出的是"意相投""心儿真""情儿厚"，是男女之间的情深意厚、密切交流，而非传统汉文化土壤上生成的种种模式的复制，更不是男性单一立场上的俯瞰式审视，具有着现实生活中普遍存在的互助互爱、彼此欣赏的朴素之美；更使人赞叹不已的是自我对这段男女交往的大胆肯定，"似这般丑眷属、村配偶，只除天上有"，视之为与人人艳羡的天上神仙眷侣等齐并美的人间佳配，可谓充满着强大的自信力和对生活之美的憧憬。

与对于爱情矢志不渝相反，现实生活中还有极为普遍的负心男子的丑恶现象，对此的揭露、批判也是元代文学，特别是散曲的一大类型。但是，翻检古代文学相似创作，一般情况下，此类创作主要集中于青楼题材、娼妓题材，而对于社会大众的触动、影响较小；而随着北方草原文化的渐进人心，元代文学碰触社会、链接大众、反映世俗生活的审美取向日渐显露，致使"富贵易妻"渐成文学主题，并把批判对象集中在传统书生文人贪图权势富贵、寡情少义之上，而宋元交替之际东南沿海地区出现的民间戏曲——南戏遂成为此中代表。与南戏相近，北方草原民族散曲创作也对此显示了极为辛辣的批判。高克恭的《双调·雁儿落过得胜令》写道："寻致争不致争，既言定先言定。论至诚俺至诚，你薄幸谁薄幸。岂不举头三尺有神明？忘义多应当罪名。海神庙见有他为证，似王魁负桂英。碜可可海誓山盟，缕带难逃命，裙带上更自刑，活取了个年少书生。"首先可见痴情真心女子对男女爱情的价值观是真诚相待、永不变心，表明世俗大众对此极为重视，说明彼此的信任、负责才是大众婚姻缔结的第一要素，虽然朴素，却弥足珍贵。其次对男子的口不应心、许诺毁诺表示极为愤恨，反射出女子的至诚至真；在女子看来，为人就要说到做到，言而无信、形同游戏实际是对生活的不尊、不诚，言行一致、口出必践方是为人之道。再次女子所言说明作者对民间流传的王魁负桂英之事极为熟悉，故以天地神明报应之说怒斥男子，反映出朴素而美好的婚姻信义观念。最后，与传统题材相较，高克恭笔下的女性对男子的谴责极富力度之美，明确表示即使是天地神灵不显，自己也要裙刀自刑，将负心之人化为鬼魂，体现了女子的狠辣决绝。实际上，随着北方草原文化的逐步渗透深化，北方草原文化追求的人性自由自主之风荡击着所有的传统价值观念，尤其是人本身的生存观念。此曲塑造的豪辣果敢女子无疑就是一个深受草原文化润染而有着自主人格的普通女子。

第三节　北方草原风尚之美的亮丽展演

如果将元代北方草原文学所蕴含的草原风尚之美作一次详细排列展示的话，恐怕非繁卷巨制不能完成，因为不论是元代文学创作的文体之富、作品之丰，还是其中各类文体所包蕴的草原风尚之多，都非简单论述所能说明。比如仅以元代杂剧为例，不提为数不多的北方草原民族文人的剧作，如杨景贤、李直夫、石君宝等，就是王实甫、关汉卿等汉民族剧作家的剧作也蕴藏着较为丰富的草原文化内涵，比如无名氏所创作的《黄延道夜走流星马》一剧，就收录了极为丰富的北方草原荒漠地区的人文、自然景观以及蒙古民族的各种习俗、风尚，例如饮食、居住、语言等方面的内容，具有极强的历史文化资料价值。而女真民族的李直夫作品中显现的女真民族的能骑善射的好武之风、射柳击球的娱乐文化以及北方草原民族共同的喜好歌舞的习俗，均在他们的作品中随处可见。由此，这里我们侧重探讨元代北方草原文学所体现的对英雄的特殊的审美之感。

　　以往我们探究古代北方草原文学中的英雄人物之时，侧重强调英雄的几大因素构成，比如力与勇的结合、忠与信的统一、情与爱的绾结，而其中最主要的则是具有力大无穷、凶猛剽悍、所向无敌的力量之美、斗杀之强的战斗力的赞美，是对人本身在与自然和社会斗争中形就并渴望的身体强健无比、力量超凡绝伦、意志坚韧异常、武艺无人能敌等男性阳刚之美的崇拜、向往，例如我们曾讨论过的匈奴民族杰出首领冒顿单于就是其中的一个典范，而这一点在蒙古民族最伟大的史诗性经典创作《蒙古秘史》中也得到了强烈的回应。《蒙古秘史》所载纳忽崖之战，札木合有对英雄的诸般描画："额如生铜般坚硬，舌如锥子般尖长，心如钢铁般无情，牙如钉子般锋利，四条吃人的疯狗，挣脱其钢铁锁链，欲吃我人肉尸骨，垂涎三尺狂奔而来，饮朝露捕飞禽，骑乘风暴疾如飞，射弓箭舞刀枪，素以战器为伴友，此来四条疯狗者，乃为蒙古大战将：者别、忽必来二人和者勒蔑、速别额台也！"① 而铁木真弟弟合撒儿："魁梧伟岸力无穷，身高足有丈五尺，顿餐吃进三岁牛，身上披挂三重甲，此来驾有三头牛，开口能吞背弓人，如同咽下一块肉，张口能吞一活人，如同咽下水一滴，怒来拉弓射箭去，射穿远处人一片，气来弯弓放箭去，射杀山外敌一群，用力可射九百庹，轻轻弹则五百庹，生来就与众不同，身壮如同蟒古思！"② 从中可见蒙古民族对英雄形象的刻意描绘，而勇与力堪为英雄的主要特质。对英雄的赞美由来已久，但是，对于英雄的构成要素却有着不同民族和区域的种种内在差别，特别是农业民族与草原民族更有着巨大的差异。从历史典籍和文学记忆来看，汉民族传统文化、文学对于英雄的认识主要建立在儒道互补的文化基础之上，而以儒家对于君子或"士"的要求为基础，如《论语·述而》中提到士必"志于道，据于德，依于仁，游于艺"③，《泰伯》篇说"士不可以不弘毅，任重

---

① 特·官布扎布：《蒙古秘史》，阿斯钢译，新华出版社2006年版，第158页。
② 同上书，第160页。
③ 程树德撰：《论语集释》，中华书局2017年版，第512页。

而道远。仁以为己任，不亦重乎！"① 显然，儒家将社会功业的实现与自身人格的建构作为英雄形成的必要条件，用孟子的话说即"达者兼济天下，穷者独善其身"者兼为英雄，而儒家经典《春秋公羊传》所言的"立德，立功，立言"的"三不朽"则为英雄的成长指出了向上之路。道家没有专门为人设计英雄之途，但老、庄不约而同地钟情于启导帝王的王者之师似乎也是他们关注政治社会和人生成长所做的最佳思考，本质上也是将个体修为与对社会的贡献紧密结合于一体。由此，有以功业成为英雄者，诸如三国乱世的众位英豪，有以德业文字成为英雄者，如历代文坛的代表。但是，在汉民族文学世界中鲜有对"英雄"二字进行专门探讨和表达的记录，特别是在元代文学产生之前。由此可以说明，古代文学对于英雄的关注、思考已经淹没在史家编创史学的天地之中，而另一方面，古代文人缺乏对自身英雄感的体认和向往，也是普遍缺乏英雄题材文学的一大原因。

时至元代，不论是夺目耀眼的叙事文学，还是散发凡俗之美的散曲创作，都对"英雄"产生了浓厚的兴趣，表达了特有的"英雄情结"。需要说明的是，对于英雄的认识和感受，不管是汉民族文人，还是北方草原民族文人，都显现出较为一致的审美倾向，都把功业建立、青史留名作为英雄构成的核心要素来看，都流露出追慕英雄、叹惋英雄的深厚情怀。所不同的是，汉民族文人重视对历史积淀中英雄人物的思考，赞颂与感伤并存，依稀蕴含着一种具有民族情绪和意识的历史情怀，激荡着一种挥之不去的汉民族整体失落的时代精神。因而，借历史上的汉民族豪杰来抒发英雄情志，表达对历史兴亡、王朝更替的思考。关汉卿的《单刀会》《西蜀梦》，马致远的《汉宫秋》，白朴的《梧桐雨》皆属此类。《单刀会》中关云长的"流不尽二十年的英雄血"实际是对"英雄"内涵的最佳阐释，从中流泻出英雄壮伟进而改变历史的积极意义，是呼唤英雄主题的直接表达。而《汉宫秋》中的昭君形象则全然是作者英雄

---

① 程树德撰：《论语集释》，中华书局2017年版，第608页。

意识的有意寄托，是"国家兴亡、匹夫有责"传统价值观念的具体再现，昭君就是一个女性英雄的符号代表。而北方草原文学中的英雄则完全是另外一种景象。

首先，北方草原文学中的英雄一方面既有对民族豪壮历史过程中改天换地英雄的追忆，显示着极为强烈的草原民族的自豪感，另一方面更多的是对现世开创功业的英雄人物的赞美、向往，一种遥想比肩的民族豪气生发出来，从而产生了诸多欲以英雄自况的生命审美感受。西域文人迺贤的作品堪为其中最突出者。元代文人李好文在迺贤《金台集序》中曾说："易之西北方人，而天地精英之气所赋若是。然宇宙之广，土域之大。山川人物风俗之异，气之所受固不能齐也。尝爱贺六浑阴山敕勒之歌，语意浑然，不假雕刻，顾其雄伟质直。"意在称扬迺贤汇聚北方草原文化之美，具有北方草原英雄的本质之美，"雄伟质直"一语既是说人，又是叹文，意味着其作品鼓荡着来自北方草原的英雄豪壮之气。他在《送达理马识理正道监州归江南三十韵》中写道："世祖图勋旧，先公立要途。声华台阁重，宠渥禁庭殊。喜见传家子，真成堕地驹。春云浮玉树，秋水出冰壶。世赏诸侯爵，平分刺史符。……东山宁久卧，国政赖匡扶。"虽然是一首寄托友情的送别之作，但却饱含着作者冲荡不已的英雄情感，一方面着力赞美元世祖忽必烈率领群雄南征北战、统一天下的英雄历史，另一方面又对同族先人戎马生涯、建功立业的壮美人生表示向往，最后又有对于友人的英雄期许，希望朋友匡扶国政、功业超越。他的《送阿拉坦布哈万户湖广赴镇》用夸张之笔描绘现实中的草原英雄人物："三品新除万户侯，红旗照海出皇州。腰间宝带悬金虎，马上春衫绣玉虬。水落张帆游梦泽，月明拟鼓过南楼。书生最喜从军乐，何日辕门借箸筹。"作者倾力打造即将到江南赴任的少数民族友人，此公得到皇上重用，英武豪壮、气宇非凡，举手投足间彰显出草原儿女的尚武好勇之风，但可贵的是一句"书生"之语，将文武兼备的英雄之美完全显露出来，不由得使作者艳羡不已，从而脱口而出"何日辕门借箸筹"，一种崇拜英雄的感受油然而生。还有他的《送平章扎拉尔公》更是显露出作者向往英雄之美的情感:"太师功德古无伦,相国材名冠荐绅。谔谔敢言天下事,堂堂能服世间人。骑迎晓日旌旗动,衣绣春云黼黻新。贱子平生蒙奖誉,弃襦从此入西秦。"作者对扎拉尔平章极为了解,盛赞他的生平功业,一方面公平执法、宽容待人,一方面忠诚无比、仗义直言,又不避亲恶,善荐人才,从而誉满天下,实为作者心仪已久的英雄。

其次,现实环境总是使人无法把握自我的人生追求,总是伴随着悲剧性的人生体验,因而对于英雄的追逐也总是裹挟着苦闷、压抑,甚至是怒火和无奈,以及由此而产生的厌倦、逃离,这一点在汉民族散曲家、北方草原民族散曲家作品中都得到了鲜活的反映,所不同的是,汉民族曲家一般将对于英雄的向往消解于世俗现实生活,或遗憾怅惘不已,或寄情山水之间,少有沉郁低徊之间的蓬勃崛起、自我肯定。汉民族文人查德卿的《蟾宫曲·怀古》说道:"问从来谁是英雄?一个农夫,一个渔翁。晦迹南阳,栖身东海,一举成功。八阵图名成卧龙,六韬书功在非熊。霸业成空,遗恨无穷。蜀道寒云,渭水秋风。"高度肯定姜子牙、诸葛孔明的历史功业,然而在作者看来,不过是昙花一现、"霸业成空"、"遗恨无穷",所以远不如"山岳糟丘,糊海杯瓯。醉了方休,醒后从头"。以现实世俗的生活感性满足来慰藉自我对历史英雄的感怀。而北方草原民族曲家则是另外一番风采。就如上文所提贯云石的《中吕·醉高歌过红绣鞋》,其中的"看别人鞍马上胡颜,叹自己如尘世污眼。英雄谁识男儿汉"和"秦甘罗疾发禄,姜吕望晚登坛,迟和疾时运里攒",实是作者以英雄自比而发出的深沉感慨,实是作者纵览历史英雄成长过程、目睹草原民族英雄雄霸天下而发出的低沉而有力的不平之语,"看别人鞍马上胡颜"是为草原民族英雄的形象概括,意味着刚猛四射的草原马背英雄的虎虎生风、威势逼人。贯云石熟谙他人疆场厮杀、成就英雄的过程,而自己也曾"善骑射,工马槊,尝使壮士驱三恶马疾驰,公持稍前立而逆之,马至腾上,越而跨之,运稍风生,观者辟易。挽强射生,逐猛兽上下"(欧阳玄《贯公神道碑》)。经历非凡、超出常人,具有北方草原英雄的气概、技艺、力量。但是时运不济，英雄难成，作者只能以少年成名的甘罗和老年功就的姜太公来宽慰自己，意识到只要自己永不停歇对英雄的渴求，时运终将会眷顾自己，英雄梦一定能够实现。虽然充斥着浓厚的苦痛无奈，但中间依然闪现着一种欲求挣脱羁縻、驰骋沙场、建功立业的勃勃英气，体现出草原文学的独有魅力。

对于北方草原风尚之美的钟情，不唯少数民族文人所独擅，汉民族文人也在元代北方草原文学的百花园中留下了他们极为珍爱的一笔。他们或感于人生亲身经历，或目睹北国草原生活，情不自禁地描绘草原风尚之美的争奇斗艳、五彩斑斓。汉族全真道派开创者长春真人丘处机的《泺驿路》侧重北方草原文化的独特和珍贵："极目山川无尽头，风烟不断水长流。如何造物开天地，到此令人放马牛？饮血茹毛同上古，峨冠结发异中州。圣贤不得垂文化，历代纵横只自由。"作者重点说明北方草原文化的主要特点即是纵横驰骋，奔放自由，而没有必要以一种文化来取代另一种文化，所谓"圣贤不得垂文化，历代纵横只自由"，既触及了北方草原民族文化的核心，也指出了文化相融、并存才是向上之路的正确思路。而陈孚的《开平即事》、马致远的《南吕·四块玉·紫芝路》、张养浩的《上都道中》、柳贯的《后滦水秋风词》等从不同的侧面展示了蒙古草原民族的生活风尚。《开平即事》云："百万貔貅拥御闲，滦江如带绿回环。势超大地山河上，人在中天日月间。金阙觚稜龙虎气，玉阶闾阖鹭鸶班。微臣亦有汾河策，愿叩刚风上帝关。"开平是元上都所在地，据《元史·地理志》所说："中统元年，为开平府，五年以阙庭所在，加号上都。"本诗描绘的元上都已尽失穹庐毡帐之特色，或远眺绿水滦河环绕禁卫森严的宫廷所在，或仰观都城的居高临下、君临万里的气势，尽显上都建造的流光溢彩，气势恢宏，实为上都的传神写照之作。马致远的散曲《紫芝路》云："雁北飞，人北望，抛闪煞明妃也汉君王。小单于把盏呀剌剌唱。青草畔有收酪牛，黑河边有扇尾羊，他只是思故乡。"虽属歌咏昭君出塞的作品，但重点却是尽情描绘草地风俗，饮酒作乐的单于、吃草的奶牛、肥大的绵羊，以通俗自然之风显示草原亲切本色之美。

第七章 草原美学精神的夺目绽放

张养浩是元代散曲名家,其草原诗篇《上都道中》将羁旅念乡之情放置于北方草原背景之下,使传统乡愁更添阔远无边之美:"穷沍惟沙漠,昔闻今信然。行人鬓有雪,野店灶无烟。白草牛羊地,黄云雕鹗天。故乡何处是?愁绝晚风前。"本诗主题是抒发羁旅之思,但此种乡愁并非前人惯常吟咏的前途渺茫、人生无涯之感,而是将思乡之情置于一个特定的寒冷草原边塞之下,一种不畏霜雪、进取人生的积极态度传递出来;"白草牛羊地,黄云雕鹗天"两句,以简洁传神之笔描写草原的天高地迥,其中的风物选择足见作者审美眼光的独特,择取了最具草原代表性的动物,既有温顺的牛羊,又有凶猛的雕鹗,动静之间让人的思绪更加深远、悠长,遂成为描写草原风光的佳句。

柳贯与虞集、揭傒斯、黄溍,并称"儒林四杰"。他曾由大都至上都数次,对于蒙古草原民族生活异常熟悉,因而创作了众多颇有草原特色的诗作,特别是《后滦水秋风词》等作品,别有新意。其一为:"旋卷木皮斟醍酪,半笼羔帽敌风沙。丈夫涉猎妇当御,水草肥甘行处家。"其二为:"山邮纳客供次舍,土屋迎寒催墐藏。砂头蘑菇一寸厚,雨过牛童提满筐。"其一聚焦于蒙古民族生活细节,将重心置于蒙古民族女性美的展示之上。剥除树皮进而刻制成各种盛放乳酪、奶酒的器具,显现生活技艺的高超;与汉民族所不同的是当男子骑马狩猎之时,女子就赶着勒勒车,迁转搬家,放牧牛羊,比男子有更多的辛劳。可以说,本诗以写实的手法,赞美了蒙古女性辛勤劳作的美德。其二将笔触凝注于草原上少见的土屋和牧童劳动场面,展示游牧民族渐向农业民族学习,在无边的草原之上,建立了许多旅舍,方便往来之人。正是春夏之交,一方面修缮房屋、堵塞缝隙,另一方面,春雨过后,草原低洼之处生长出好多肉质厚实的蘑菇,在阳光的照射下分外鲜明。牧童一边放牧,一边采摘,表现出一种生动而宁静的生活图景。

元代北方草原文学对草原风尚的展现还体现在大量题画诗的出现上。宋元是我国古代绘画史上的黄金时期,明人张丑的《清河书画表》说:"近世谈画,例推元人为第一。"元代诗画一体,文人无论自己作画，还是观赏他人作画，往往挥毫题诗于画面之上以抒写感受，达到诗意与画境水乳交融的艺术境地，重构为一个浑成圆融的艺术整体。清人王士禛在《香祖笔记》中说倪瓒等人"每作画必题一诗，多率意漫兴"。在借助于画面表达自我艺术构想的同时，也有许多触及了北方草原的强大吸引力，虞集的《金人出塞图》可谓其中翘楚："海风吹沙如卷涛，高为陀碛深为壕。筑垒其上严周遭，名王专居气振豪。肉食湩饮田为遨，八月草白风飀飀。马食草实轻骨毛，加弦试弓复置櫜。今日不乐心惛惛，什什伍伍呼其曹。银黄兔鹘明绣袍，鹧鸪小管随鸣鼛。背孤向虚出北皋，海东之鹜王不骄。锦韂金镞红绒绦，按习久蓄思一超。是时㬜清天翳绝，驾鹅东来云帖帖。去地万仞天一瞥，离娄属望目力竭。微如闻音鸷一掣，束身直上不回折。遂使孤飞一片雪，顷刻平芜洒毛血。争誇得隽顿足悦，旌旗先归向城阙。落日悲风起萧屑，烟尘满城鼓微咽。大酋要王具甘歠，王亦欣然沃焦热，阏支出迎骑小骥，琵琶两姬红颧颊。歌舞迭进醉烛灭，穹庐斜转氍毹月。"本诗之所以在元代题画诗坛上独占鳌头，一则是元代诗文大家虞集所为，文名盛大，其作品影响也就较大。二则是其诗赋笔写来，既依循于画作本身，由外到内、由远及近，依次描绘，显得层次分明、力道充沛。又不限于画作给定之象，而是运思骏远、想象深邃，形象、细密、完整地描写了塞外女真皇族名王出猎的经过：首先从宏大背景着笔，突出名王出猎前的声威壮烈，豪气冲天；其次，注目于田猎过程中的随从、弓弦、猎鹰的各个细节，点染相衬，虚实一体，妙趣横生；最后，收笔于打猎归来，痛饮庆贺。其间更有极富北方草原少数民族服饰之美特征的草原女儿的翩翩起舞，使人神驰遐想不已，可谓形象鲜明，逼真地再现了女真人的风习人情，展示了他们英武豪迈、剽悍粗犷的北方草原民族个性。

第八章　多样美学追求的繁华落幕
——明清时期的北方草原文学

第一节　明代北方草原文学的美学追求

与元代北方草原文学相比，明代草原文学稍显落寞，主要是难以产生群体性的草原文人创作队伍，难以出现集中描摹北方草原生活的繁富作品，但是并不能说北方草原文学在明代就停止了对美的探求，恰恰相反，明代北方草原文学的主题更为集中、题材更为凝练，展现草原之美更为自然如画、亲切动人，更侧重对草原生活的重大事件、重要人物、主要风俗的表现；也充分说明明代北方草原文学对自然美、人情美的描绘更加富有主体性审美价值追求的意义。虽然说数量、题材、品位难以比肩元代，但却显现出明代特定历史时期的北方草原风貌，使我们可以从中一览中国古代北方草原的美的历史性变迁。一是虽然明代还存在着中国古代特有的边庭少数民族政权即元代蒙古贵族退归漠北后建立的北元政权的威胁，但从此时期具有传统边塞性质的诗歌创作看，少有反映战争杀戮、白骨遍野的作品，倒是赞美颂扬北方草原儿女尚武好勇、豪猛雄悍的作品不少；二是直接描写北方代表性草原自然环境之美、风土人情之美的诗篇偏多，当然其中还有一些对于元代统治依恋、追念的诗篇；三是对于草原英雄儿女赞美，以及对于各民族融合一体生活的向往。由此，明代北方草原文学所体现出的中华一体的美学精神更加突出，反映各民族共同追求的品性更加鲜明。

自号西斋老人的和尚楚石公可谓明代草原诗作的拓荒者，他曾游历北方草原，留下了数百首反映北方农业、游牧生活的诗篇，作为一个虔诚的佛教徒，他的《开平书事》和《漠北怀古》集中描写上都地区游牧民族的生活环境和生产活动，纪实性尤为明显。其中"夜雪沙陀部，春风敕勒川。生涯惟酿黍，乐事在弹弦。不用临城将，何须负郭田。双雕来海外，一箭落天边"；"孤城横落日，一望黯销魂。天大纤云卷，风多积草翻。有田稀树粟，无树强名村。土屋难安寝，飞沙夜击门"；"每厌冰霜苦，长寻水草居。控弦随地猎，刳木近河鱼。马酒茶相似，驼裘锦不如。健儿双眼碧，惯作左行书"。楚石公之诗现实主义风格鲜明，其诗与其说是抒情，不如说是如同摄录一般逼真、客观，现实感、写实性突出。这里鲜见主体情感的明显体现，不显主体的亲疏、主次，只是有意识地叙写、刻画。其一描写敕勒川一带的游牧民族生活，只见辽阔草原、春风劲吹，而游牧生活却极为平和有致，"生涯惟酿黍，乐事在弹弦"两句可谓画龙点睛，活化出塞北草原不离歌舞、美酒的生活习性。其二写塞北草原沙化严重、草原荒芜的自然现象，其中"土屋难安寝，飞沙夜积门"两句触目惊心，实为反映草原环境问题的经典之作，引发人们严肃的思考。其三写塞北游牧民族的生活风俗，这里北靠阴山、南面黄河，因而游牧、狩猎、打鱼三位一体，成为他们主要的生产活动内容；同时"健儿双眼碧，惯作左行书"两句说明敕勒川一带还留存了一部分西域之人，眼睛呈碧绿色，而蒙古民族则习惯竖写，文字由左向右书写。西斋老人之诗浅白如话，视野独特，开明代北方草原风俗诗的先河。

又有钱逊的《胡人醉归曲》、谢榛的《漠北词》、李梦阳的《云中曲》、方逢时的《山丹花》等作品将笔触集中于北方草原民族的多彩生活，从各个方面淋漓尽致地展示北方草原的人情之美、风俗之美，可谓北方明代草原人情美的诗歌长廊。《胡人醉归曲》写道："貂帽锦靴明绣衣，调鹰射虎捷如飞。紫髯寒作猊毛磔，碧眼夜看霜月辉。筚篥声中传汉曲，琵琶帐底醉明妃。更深宴罢穹庐雪，乱拥旌旄马上归。"此诗专写北地草原民族贵族寒冬狩猎并饮宴的场景，冬日寒冷无比，草原民族却"调鹰射虎"、猎杀野兽，可谓英武豪雄、撼倒天地;刺骨北风使紫色的胡须像刺猬的硬毛那样四处张开,可见天气的寒冽逼人。到了晚上,蒙古毡包之内,筚篥之音、琵琶之曲此起彼伏,而月光映衬的白雪之上,留下他们晚归的足迹,北方草原游牧民族的豪壮劲健之美显现无遗,令人钦拜不已。如果说《胡人醉归曲》专表冬猎夜宴,那么《漠北词》则专写漠北草原炙烤黄羊的生活场面:"石头敲火炙黄羊,胡女低歌劝酪浆。醉杀群胡不知夜,鹈儿岭下月如霜。"漠北应指含今蒙古国以及内蒙古自治区北部一带,其独特之处在于显示了漠北游牧民族近乎古朴原始的生活方式,敲击石块取火烤羊,而牧人们则月夜饮酒不绝,直至天明大亮,是对北方僻远草原生活的真实描绘,显示了此地与中原文化相隔绝的生活状貌,有一定历史价值。与此相近,李梦阳的《云中曲》把视点集中于草原与中原相接的云中一带,尽显北地的辽远苍茫和草原男儿的豪壮英武。《云中曲》其一写道:"黑帽健儿黄貂裘,匹马追奔紫塞头。相逢不肯通名姓,但称家住古云州。"其二写道:"白登山寒低朔云,野马黄羊各一群。冒顿曾围汉天子,胡儿惟说李将军。"其一将长城、云中连为一体,极力突出北疆的辽阔无边,而重点则是展现草原健儿胸怀宽阔、天地为家,不管姓名为何,都是北方草原的子孙,一种草原儿郎的豪雄之气、豪迈之状、豪勇之情随之散发开来,使人不由钦慕之至。其二以汉代匈奴与汉朝对战为题,而重心却是凸显对于和平生活的向往,渴望胡汉一体。与诸位文人借景言情不同,方逢时的《山丹花》可谓融理于景的佳作,其深感塞外草原民族的忠诚、执着之精神之美,不由将对草原民族的赞美寄托于塞北特有的山丹花,以山丹花的红艳晶莹象征人的赤胆忠诚之美,以山丹花的扎根边陲荒原比喻生活于此地的人的坚韧持久,可谓别开生面,是一首盛赞北方草原精神与情感之美的诗篇。全诗如下:"雨晴川路净,空翠丽行色。山花何嫋娜,含丹映文轼。孤根沙塞远,抱此肝胆赤。抚玩意已勤,感叹情何极!欲以贻所思,室远不可及。"山丹花又叫红百合花,花瓣多呈红色,多产于塞外荒漠草原,深受草原民族喜爱。本诗以花喻人,既表达了对草原的热爱,也显示出草原民族的精神的崇高。

当然，明代北方草原诗篇少不了传统边塞题材，而明代著名的爱国英雄、文人于谦的《塞上即景》一诗当为其中代表之作："目极烟沙草带霜，天寒岁暮景苍茫。炕头炽炭烧黄鼠，马上弯弓射白狼。上将亲平西突厥，前军近斩左贤王。边城无事烟尘静，坐听鸣笳送夕阳。"本诗为七律，借古论今，借唐时兵败西突厥而言明代粉碎蒙古瓦剌部对明朝的进攻。首联纵笔写塞外苍茫深远荒凉之景，显示了作者深重的忧患意识，一种深厚的忧国忧民之感冲荡其间。颔联叙述少数民族生活习俗，炭火烧炕，过冬焚鼠，骑马猎杀四眼白狼，形象鲜明，可谓对蒙古草原民族极为了解，同时也流露出对其军力强大的担忧。颈联写边庭战事，几经努力，终于粉碎也先的不断进扰，保卫了京城的安危。最后感叹和平宁静的来之不易。全诗诗风深沉凝重，情景相融，实是对唐代边塞诗的有力继承，而遒劲利落中深含深重忧思，又是唐人所不及。可谓明代边塞的绝唱，引发了后人诸多的唱和响应。而最主要的则是不断扩展其中对和平生活追求的情感。敖英的《塞上曲》就极为鲜明地抒发了渴望息战事、享太平的美好愿望："无定河边水，寒声走白沙。受降城上月，暮色隐悲笳。玉帐旄头落，金徽雁阵斜。儿时征战息，壮士早还家。"全诗写西北古战场一带的悲凉气氛和将士厌战的情怀。最有特色的是不论所绘之景，还是所发之情，无一昂扬奋起之意，均为低落哀怨之物，可见传统草原边塞诗至明而一变，不再激越豪壮，不再豪情云天，而是充满了悲愁、无奈，而这均隐含着对于国家稳定、民族和谐、生活太平的积极追求。有意思的是明人边塞题材之诗还对明朝统治者为防御蒙古游牧部族政权南下而采取的火烧草原的政策、行为表示了有力的批判，这在传统边塞题材作品中还是第一次。秋高马肥、秋草纵横，正是北方草原民族用兵袭扰的最佳时节，而汉族统治者为了阻挡其南下，竟然纵火焚烧草原，意图在于使蒙古马无草料而难以进兵，即所谓"烧荒"。上文所提的方逢时就有一首名为《烧荒行》的诗："汉家御房无奇策，岁岁烧荒出塞北。大碛平川鸟绝飞，溿溿龙廷暮云黑。秋风萧萧边草黄，胡儿牧马乘秋凉。将军令下促烧草，衔枚夜发何仓皇。边头路尽迷行迹，黄狐赤兔如人立。心惊魂断马不鸣，月暗沙寒露沾湿。阴崖举火各因风，烬结如云万里同。虏帐千群皆北徙，烈焰夜照阴山红。山头突骑飞流矢，几人还向火中死。白骨成灰散不收，恸绝胡天作冤鬼。东风吹绿旧根荄，乾坤回首又春归。惟有游魂归不得，年年空逐野烟飞。""烧荒"作为一种战略防御手段，古已有之，《新唐书》就有唐末镇守幽、蓟大将刘仁恭"岁燎塞下草，使不得留牧，马多死"的记载。顾炎武在《日知录》"烧荒"条中说，"守边将士，每至秋月草枯，出塞纵火，谓之'烧荒'"①。实际上，这是一种军事上的被动策略，倘若北方草原民族备足粮草，岂不贻笑大方。然而"烧荒"之策在明代备守北部边疆过程中却成为一种经常化的军事对策，《明会典》载："岁凡每岁七月，本部请敕各边遣官军往敌人出没之地三五百里外，乘风纵火焚烧野草，以绝兵马，名曰烧荒。事毕，以拨过官军烧过地方造册缴奏。"（《兵部·事例》）② 成为常例，虽说有时确实起到了一定的军事效果，但长期执行下来，不仅长城沿线的植被、草场遭到了严重破坏，而且整个生态系统也产生了巨大的改变，土地沙化、人烟稀少，不毛之地连片而生。方逢时联系历史批判现实，对这一策略表示不满，实为明代草原边塞诗的现实主义力作，具有极强的历史和现实价值。他将边塞征战、人民安危与环境保护联系起来，拓展了传统边塞题材的深度，而又非无病呻吟、故作他调，而是目睹明军烧荒御敌，明确指出"烧荒"结果并非如统治者所思，而是"惟有游魂归不得，年年空逐野烟飞"，只是对该地区的破坏而已。

明代北方草原诗篇对美的追逐最为独特之处还体现在对于出现在北部边疆草原活跃的民族交融、民族贸易的歌颂和对以三娘子为代表的草原英雄儿女的赞美上。实际上，从历史来看，边疆草原一直难以断绝的普遍现象始终就是民族政权之间的军事对抗，从先秦以来连绵不断。虽然历代统治王朝也采取了或是军事征战，或是羁

---

① （明）顾炎武：《日知录》卷29，上海古籍出版社2006年版，第839页。
② （明）栾尚约：《嘉靖宣府镇志》卷2。

縻州府，或是和亲联姻等各种政策，但出现在文学记忆中的始终是以对抗为主的史实表达，鲜见民族之间的真正现实意义上的和平共处。历代边塞诗当然也记录了边地百姓与中原王朝的友好往来，但实际上依然不能摆脱中原王朝居高临下、唯我独尊的历史视角，而且也往往拘泥于一时一地。同时，即使记载了边地胡人与中原的商旅交流，也只是以一种好奇惊诧的目光去看待，也极为罕见。而到了明朝的北部边疆草原，随着统治政策的调整，更主要的是双方对中华一体、民族共存认识的逐步深化，特别是在蒙古右翼土默特万户首领俺答汗与其妻三娘子的努力下，明朝、蒙古之间的商旅畅通、和平友好的安乐之景逐渐繁盛起来，方逢时的《塞上谣》一诗对此作了生动的描绘："雁门东来接居庸，羊肠鸟道连崇墉。关头日出光曈昽，于今喜见车书同。商旅夜行无春冬，南金大贝辇相逢，越罗楚练纷蒙茸。车频脂，马频秣，朝关南，暮关北。胡姬两两颜如花，入市时能歌贾客。"长城阔远蜿蜒，小路道道连接，从早到晚，由春至冬，南北东西的商旅往来不绝，各地特产相互交易，而边地的蒙古民族载歌载舞表示欢迎，实为汉蒙互通、民族一体的诗歌表达。而更突出的则是对草原英雄三娘子的热爱、崇敬之情的表达，特别是明朝世宗、神宗年间的穆文熙、于慎行、冯琦等汉民族文人的草原诗篇。"三娘子"，蒙古名称"钟金""中根"，原为蒙古卫拉特奇喇古特部首领哲恒阿哈之女，后为蒙古右翼土默特万户首领俺答汗之妻。她与被明朝封为"顺义王"的丈夫俺答汗一起极力主张与明廷息兵停战，不断加强与明朝的政治联系，后独立主持蒙古政务三十余载，在大同等地建立边贸"互市"，有力促进了蒙汉之间的经济文化交流，保持了西北一带的和平安宁，被明朝封奖为"忠顺夫人"，得到了各族人民的爱戴，被誉为北部边疆和平的使者、蒙汉民族友好福音的象征。这里需要注意的是，不仅蒙古人们爱戴三娘子，视其为英雄，就是汉民族文人也以他们的历史眼光从不同的方面审视着、倾吐着对这一杰出女性英雄的赞美之情，从而完整地再现着蒙古民族女性英雄的传奇而伟大的历史形象。穆文熙的《咏三娘子》侧重对三娘子的胡人汉装、英武矫健、明丽刚健的形象直接赞美,对其辅佐俺答汗开辟"互市"的功业予以歌颂:"小小胡姬学汉装,满身貂锦厌明铛。金鞭娇踏桃花马,共逐单于入市场。"诗歌从三娘子的服装、配饰入笔,夸赞她艳妆出场,惊艳无比;三娘子装扮蒙汉合一,既有蒙古族女性所惯穿的貂衣裘皮,又有汉家女儿爱慕的锦缎衣裳,胡汉相配相谐,映衬出三娘子的容饰之奇美;再加上叮咚悦耳的环佩以及黄金为柄的马鞭和黄花骏马,一路风尘,可谓倾倒世人。不仅容颜服饰惊艳绝人,又将镜头转移至与俺答汗和明朝会盟集市,共治边塞。本诗紧紧抓住三娘子外在惊人之美和伟大历史功业,以连续推出画面的方式,刻画了谋求蒙汉和平的三娘子的光彩形象,风格清丽,三娘子形象栩栩如生。如果说穆诗简笔描绘了三娘子的光辉形象,那么于慎行的《题忠顺夫人画像》其一则深沉委婉地展示了三娘子伟大而凄苦的人生:"燕支山色点平芜,染出春愁上画图。一曲胡笳明月夜,边声又度小单于。"据历史记载,三娘子的出身并非像容貌服饰般光彩照人,她是匈奴故地焉支山、祁连山一带游牧部族首领之女,是被蒙古俺答汗部落劫掠的俘虏。虽然贵为俺答汗的妻子,又在俺答汗死后主政多年,但屈辱的泪水始终如胭脂染红草原一样漫延流淌,内心始终愁怨不绝。"边声又度小单于"句一语双关,一方面写胡笳吹奏的是《小单于》之曲,惹发三娘子的思乡之情,又说明在俺答汗之后,三娘子为了稳定边庭局势,巩固蒙汉和好,曾先后两嫁单于。本诗特点在于力图还原三娘子的历史真实,在他人不断高扬其精神崇高、功业巨大之时,抒写这一伟大少数民族女性背后的悲凉、不幸,使人在崇敬之后,又多了一种深厚的同情,也更能够明确她力主民族相融共存的自身原因,从而使三娘子的形象更加丰盈、饱满、厚重。与穆诗相异,冯琦的《题三娘子画像》二、三首诗则以琳琅满目的色彩之美描绘三娘子的传奇人生,充满浪漫主义色彩。其二为:"氍毹春暖锁芙蓉,争羡胡姬拜汉封。绕膝锦襕珠勒马,当胸宝袜绣盘龙。"其三云:"红妆一队阴山下,乱点酡酥醉朔野。塞外争传娘子军,边头不牧乌孙马。"其二专写三娘子受明廷嘉封"忠顺夫人"称号时的美艳动人。三娘子风华绝代,身披毛织披风,满身锦缎围拥,更有明廷赐予的盘龙绣物,惊世动人;她的诰封惊羡了草原多少儿女,不由赞美三娘子的雄才大略。本诗铺陈描写三娘子的服饰之美、高贵,风格自然艳丽,可谓描写三娘子光彩人生的绝笔之作。其三侧重写三娘子红妆素裹、英武超绝的传奇经历,她组织女军,不让须眉,以惊人的骑射勇敢捍卫着边庭的安全,致使世人相传,都知道塞外草原有一支美艳而英武的娘子军。本诗热烈激昂,展示了三娘子多姿多彩的人生。

由此观之,明代北方草原文学对美的追求主要专注于草原风情、草原人物的刻画方面,而从中传达出的美的内涵愈加集中、积极,一方面是对和平生活的倾情礼赞,一方面是对女性英雄人物的热情歌颂,均隐含着中华民族共同体共同的愿望:民族融合、和平发展。从而将古代北方草原文学的思想深度又向前推进了一步。

第二节　清代北方草原文学的美学景观

进入清朝,古代北方草原文学对美的追逐、表现也到了古代史的终结时期。清朝是中国历史上继元代之后,又一个由少数民族——满族建立的统一、强盛的王朝,此间发生的北方草原文学更加自觉地反映民族文化的交融共生,更加强调草原民族地域特色的独特鲜艳,更加注重民族文学样式的开掘、创新,从而使古代北方草原文学的美学天地更加色彩缤纷、丰润独特,为中国古代文学的精彩谢幕献上了一曲厚重而艳丽的宏大乐章。

一　对文学本质之美的探究

清代北方草原文学对文学本质之美的探究愈加自觉、深厚,呈现出理论总结与自我践行相互结合的状貌。当然,这离不开清朝统治者对于民族文化交融的高度重视,离不开北方草原民族对于汉文化、文学的自觉学习、吸收。与元朝相似,清朝在草创之初,就明确意识到民族文化交融的极端重要,提出"满汉一体"的正确主张,尊孔读经、设立学校、整理历史文化典籍,编辑《四库全书》

《康熙字典》《全唐诗》，从各方面促进民族之间的融合、发展。从当时文坛景象来看，清代众多的汉族文人与少数民族文人结下了深厚情谊，多相往来，已全然不似元代那样局限于贵族、著名文人的雅集或重大文坛活动，而是深入、遍及社会生活的方方面面。比如清代大文豪王渔洋、袁枚、郑板桥等，与允禧、鄂尔泰、图清格等少数民族诗人关系密切、交往甚深；而蒙古族文人法式善将毕生精力投入到对乾嘉诗坛诗人作品的编撰、揄扬之中，以至于汉族文士郭麟记忆犹新："梧门先生法式善风流宏奖，一时有龙门之目，已卯岁余应京兆试，先生为大司成，未试前余避嫌未及晋谒，先生已知其姓名，监中试毕，呼驺访余于金司寇邸第，所以勖励期待之者甚厚。下第出都，犹拳拳执手，望其再踏省门。"① 正是在民族文化交融全面深入的基础上，清代北方草原民族文学得到了突飞猛进的发展，比如嘉庆道光年间的蒙古族文人哈斯宝，精通蒙汉两种语言文字，对于《红楼梦》爱不释手，历数年之心血，将百二十回的《红楼梦》节译成四十回目的蒙文本《新译红楼梦》，且强力熔铸自我对历史和人生的独特思考，将忠奸、正邪之间的矛盾冲突作为主线，展现了其对于传统文化背景下人的成长发展的深刻认识。然而，更主要的是清代出现了北方草原民族文人对于传统文学的理论探寻、总结的热潮，产生了满族文人恒仁、杨钟羲编撰的《月山诗话》和《雪桥诗话》，产生了蒙古族文人法式善编撰的《梧门诗话》《八旗诗话》等诗学著作，从主体情感的来源、取材的真伪、创作的原则、诗歌风格以及对前人创作的评价等角度阐发自我独立见解，显示了北方草原民族对于传统文学的理论态度和自我认识，表明北方草原文学对于美的探究已经深入到文学本质之美、文学表现风格等深层次的境界，表明古代北方草原文学在对美的追求、表现上已经提升到理论表达、独立思考的程度。比如共同主张"以真为美"的原则，认为"赋物诗不脱不离最难"，绘景要"自出物

---

① （清）郭麟：《灵芬馆诗话续》卷5，清嘉庆二十一年孙均刻本。

表"①，所谓"不烦添脂传粉，只一味真至，便不可及"②，将"真至"作为诗歌创作的最高境界。而杨钟羲编撰《雪桥诗话》认为"诗意真朴，非介寿泛语"③，作诗要以"真朴"为主，"真朴"才能动人；所谓"诗到真时方可传"④，突出对真情实感的格外重视。由此，清代北方草原文学在理论上把"真"作为文学表现的第一要素，显示了其鲜明而独特的美学追求。他们不但在美学主张上推崇"真美"，而且在自我实践方面也不断身体力行。法式善认为"天地间皆诗也"⑤，诗歌要因材依质而刻绘对象，切莫将主体情感凌驾于客体之上，因而其诗取材广泛、风格多样，"有的气魄宏大，意境开阔，有的清平淡漠，用工精细，达到了工巧的地步。《清史列传》说其诗'清峭刻削，幽微宕往'"⑥，在状景抒情方面着力凸显"真美"精神。

二 形式美、内蕴美的开掘

由于民族文化交融空前的自觉、热烈、深入，清代北方草原文学对于历史、现实的反映更加广阔、全面，对于文学样式的使用更加娴熟、自如，从而使古代北方草原文学在文学形式美的探究上产生了质的飞跃，并与传统汉民族文学并驾齐驱，难分轩轾，共同丰盈、促进着中国古代文学对美的追求。

在古代北方草原文学呼唤美、表达美的历史上，元代固然是一座难以超越的高峰，此间蒙古民族的史诗性创作、西域文人的诗歌表达以及少数民族戏曲家的不断追新，显现了元代北方草原文学的独特魅力，但是，这并不意味着清代的北方草原文学就无法推进、

---

① （清）法式善著，张寅彭、张迪艺编校：《梧门诗话合校》，凤凰出版社2005年版，第54页。
② 同上书，第473页。
③ （清）杨钟羲著，刘承干参校：《雪桥诗话三集》，北京古籍出版社1989年版，第72页。
④ 同上书，第84页。
⑤ 赵相璧编著：《历代蒙古族著作家述略》，内蒙古人民出版社1990年版，第134页。
⑥ 同上书，第135页。

深化、发展。事实上，清代蒙古族文学、满族文学、回族文学竞相开花结果，尤其是在对于北方草原生活的描摹、展现方面，以多种文学体制、以多种圆润精熟手段触及、展现，使得北方草原文学的形式美天地愈加繁盛、多彩。一是北方草原民族文人积极、广泛、深入地汲取传统文化、文学经典营养，著述丰硕。比如活跃于乾隆、道光年间的蒙古族文人和瑛，"所著有《易贯近思录》四卷、《经史汇参》上下卷、《回疆通志》十二卷、《三州辑略》九卷、《西藏赋》一卷、《易简斋诗钞》四卷、《续水径》、《孔子年谱》、《杜律》、《铁围笔录》、《风雅正音》"① 等。从名称看，就知和瑛对于汉学的精研、老到和认识的极为丰富、多元，涉及历史典籍、文学著作、历史名人、诗文创作，可谓文诗并举、古今通览。而更使人叹为观止的是他们文学浸润所产生的极大的社会影响力，吸引着四方名士会聚门下，投诗赠文、谈古论今。如蒙古族文人法式善在京都主盟诗坛数十载，"时帆先生为艺林宗匠，名满天下"②。编著诗集《湖海诗》六十卷，文坛盛传不已。法式善所为几与元代后期南方汉族名士顾瑛玉山雅集相抗。二是北方草原民族文人兴趣多般、成就多样，在文学各个领域均占有一席之地。据当代内蒙古学者赵相璧统计，清朝仅蒙古民族作家就有100多位、书画艺术家近80位，从数量而言超越了元代北方草原民族文人。而尤为可贵的是突破前人藩篱、自出机杼，在叙事文学方面翻新出奇。比如蒙古族作家尹湛纳希陶醉于"淡饮深论，名茶一杯，古书一部"③ 的雅士生活，不仅翻译了《红楼梦》《中庸》等著作，积极传扬汉民族传统文化、文学，而且将自我文学追求、美学思想熔铸于蒙古民族历史、现实生活，创作了蒙古民族历史上具有重要价值的长篇历史小说《青史演义》，既承袭《蒙古秘史》突出英雄传奇之美的优秀传统，又汲取汉民族传统叙事文学的表现营养，同时结合清代历史发展，特别是多种社会矛盾的尖锐、复杂，记事从伟大的成吉思汗

---

① 赵相璧编著：《历代蒙古族著作家述略》，内蒙古人民出版社1990年版，第127页。
② 同上书，第135页。
③ 同上书，第167页。

的诞生到窝阔台即位,描述了蒙古民族崛起、兴盛的光辉历史,塑造了诸多蒙古民族的历史人物形象,揭露了统治阶级内部的排挤、倾轧,表达了蒙古族人民的生活愿望、理想,是"一部蒙汉文化交流的结晶"[①]。同时,他又创作了蒙古民族历史上的以爱情婚姻为题材的两部现实主义长篇小说《泣红亭》《一层楼》,反映了劳苦人民的痛苦和知识分子的不幸,是蒙古民族文学史上的优秀作品。

叙事文学融汇古今,传统文学样式更是争奇斗艳,出现了在中国古代词史上最后一位泣血滴泪而创作的伟大词人——满族人纳兰性德,他将自我悲剧性人生遭遇及对于社会生活的敏锐感触、独特思考融注于北国草原的山水风物、荒漠草木,留下了诸多蕴含着无限凄楚感受的精彩草原词作,在草原文化、草原生活、草原风情与个体人生感受、个体命运追求之间建构了一座深情咏叹、相互交流、不断深化的情感桥梁,成为古代北方草原文学借草原而吟咏自我的绝唱,在草原抒情文学史上独树一帜。关于纳兰性德的词作前人研究丰厚,此处只捡拾其关涉北方草原风物的几首略作分析。纳兰爱美、追求美,但内心中的美并非现实中的建功立业、光宗耀祖,也不是著述等身、借文留名,而是一种难以言说的个性独立、清奇之美。他的《采桑子·塞上咏雪花》《沁园春·试望阴山》《鹧鸪天·谁道阴山行路难》等词作就集中体现了这一点。《采桑子·塞上咏雪花》写道:"非关癖爱轻模样,冷处偏佳。别有根芽,不是人间富贵花。 谢娘别后谁能惜,飘泊天涯。寒月悲笳,万里西风瀚海沙。"纳兰没有像前代诗人那样彰显严冬的寒冷,更没有借雪花的舞动、无处不在而托衬天气的奇寒,而是直接以主体情感介入到客体之上,不停笔于客体雪花的气势、力量等外在特征,而是以主体驱使客体,将对雪花的钟爱转移到主体内在对其的独特感知之上,一个"癖"字强调了个体主体的驾驭力量;而此后的几句不断强化主体对雪花的独特把握,"冷处偏佳。别有根芽,不是人间富贵花"道出了此中缘由,一是雪花对于环境的奇特耐受

---

① 赵相璧编著:《历代蒙古族著作家述略》,内蒙古人民出版社 1990 年版,第168页。

力,二是非寻常事物可比,自有一番无法比拟的神韵风采。在纳兰的审美世界之中,雪花愈是寒冷愈是娇艳,寒冷天地才能映衬出雪花的奇美,说明雪花对于生存环境的强大的耐受性。同时,雪花犹如天外之物,非人间之物那样有根有底,因此独立而奇特,自有自身的生命追求,不是供人欣赏的花草,它源于天空,终将回到天宇。这样,纳兰就将常见北方之雪花赋予了别样的美的元素,从而使雪花具有了人性美的力量和色彩。然而,雪花的奇异之美人世间能有几人珍惜懂得,于是雪花只能漂泊天涯、流落瀚海大漠,唯此,雪花才能显示其生命和价值。由此,纳兰的《采桑子·塞上咏雪花》通篇以情使物、借物写人,以雪花抒写自我孤高品性,可谓古代咏雪的力作。《沁园春·试望阴山》写道:"试望阴山,黯然销魂,无言徘徊。见青峰几簇,去天才尺;黄沙一片,匝地无埃。碎叶城荒,拂云堆远,雕外寒烟惨不开。踟蹰久,忽砯崖转石,万壑惊雷。　穷边自足秋怀,又何必平生多恨哉。只凄凉绝塞,峨眉遗冢;销沉腐草,骏骨空台。北转河流,南横斗柄,略点微霜鬓早衰。君不信,向西风回首,百事堪哀。"全词景象开阔、苍凉,字里行间弥漫着一种凄楚衰沉之意。不管是连绵阴山,还是西域碎叶,处处令人痛断肝肠;不管是黄金台高筑、士人云集,还是王昭君出塞、塞北传扬,都是腐草空囊。于是时光流转、命运无常的普遍性情怀充斥于作者心灵,实是对传统主题的有力深化。与前两首不同,《鹧鸪天·谁道阴山行路难》则笔触轻快,显示了草原民族塞外狩猎的生动景象,全诗写道:"谁道阴山行路难,风毛雨血万人欢。松梢露点沾鹰绁,芦叶溪深没马鞍。　依树歇,映林看,黄羊高宴簇金盘。萧萧一夕霜风紧,却拥貂裘怨早寒。"此词最鲜明的特点是巧妙化用前人成句,以铺陈夸张之法和动静相衬之笔描绘狩猎场面,展示草原民族的英武豪壮、威猛无比,也从侧面表现作者对本民族的深沉之爱。首句化用李白的《上皇西巡南京歌》中的"谁道君王行路难,六龙西幸万人欢"之意,突出打猎气势的宏壮盛大,而"风毛雨血"则出自班固的《西都赋》"飑飑纷纷,缯缴相缠,风毛雨血,洒野蔽天"的描绘狩猎时禽兽毛血纷飞的情状之句，极力渲染满族勇士强悍勇猛、豪情万丈，突出满族好勇尚武的传统文化精神。而使人惊叹的是过片两句三言以静显动，用短暂的停顿与细节之状显示狩猎的终结和人马的转场，动静相宜，转承谐和，转为对夜宴的盛大奢华和猎物之盛的描写。充分说明，尽管纳兰有着种种人生的别致体验和敏感，但对于本身草原民族历史的辉煌的自我体认始终不改，而且历久弥深。这样，纳兰对于北方草原词作的探索，特别是将自我人生思考与北方草原的深度融合，显然将传统的词的美学触角深入到了更为广阔的北方天地，是古代北方草原词创作的有力深化。

由此，清代北方草原文学不断发展，从文学体制的延伸、发展等方面显示了其勇于追求、超越的创新精神。

三 全景式、多角度的摹写与时代精神的体现

清代北方草原文学对于北方草原之美的展现，较前人来说更为广阔、全面、细密，不仅在于对作为描写对象的北方全景式的覆盖，涵括了西北、东北，而且在于北方草原民族生活习性和人物描写的相得益彰，在于对于草原风情之美、人物之美的展示更具有地域特质和人文精神，有的还紧密熔铸着时代爱国精神，从而体现了清代北方草原文学在对美的追求历程中的时代性变化。

一是绘制草原别致风貌的地域之广、风情之盛，超越了前人的足迹、笔触，实为北方草原的全景式展现。从青海雪域、新疆南北到东北草原、森林草原，从蒙古族、满族、回族到东北其他草原民族，举凡游牧生活、草原习俗、地域物产、历史沿革、奇特人物，纷纷汇聚笔端、形诸诗情，从更为丰富、细腻的角度展现北方草原的奇特别异，使北方草原之美显得更加深刻、新颖、夺目、丰满。不唯普通文人吟咏北方草原美不胜收，清代皇帝也兴趣盎然，或借草原而表明心志，或是书写草原的多姿多彩，将对草原的挚爱引入到皇廷高阁，从而使北方草原为更多人所激赏、神往。清圣祖康熙大帝亲率大军平定西北噶尔丹叛乱，历经西北草原，创作了多首展示其拥有像草原般宽广的雄才伟略的诗，《出塞诗》堪为代表：

"森森万骑历驼城,沙塞风清碛路平。冰泮长河堪饮马,月来大野照移营。邮签纪地旬馀驿,羽辔行边六日程。天下一家无内外,烽销堠罢不论兵。"诗歌没有对广袤草原过多描述,而是直笔叙述千军万马经过西北重镇驼城榆林这一民族屯居区,虽然道路漫长、行军遥远,但为了国家的统一也在所不惜。诗歌质朴无华,深沉有力,将北方草原之铁马冰河、深广悠远与帝王统一天下心理融为一体,不失为一代明君所作。如果说康熙大帝之诗是以草原言明政治抱负、远大心胸,那么乾隆皇帝则直接将目光投射于东部草原的人情物态,或写草原水景的鬼斧神工,如《观敖汉瀑布》,或写草原民族生活的自在祥和,显示出一代帝王与民同乐、美民之美的美好心理,实是帝王之诗的罕有之作。比如其《过蒙古诸部落》七首,有的描绘牧童放牛情状:"识路牛羊不用牵,下来群饮碧溪泉。儿童骑马寻亡牸,只在东沟西谷边。"有的写牧区民众初学农耕情景:"咿呀知是过牛车,学种嘉禾蔓不锄。看牧独回歌敕勒,射生双获笑轩渠。"有的写蒙古幼儿的天真可爱:"小儿五岁会骑驼,乳饼为粮乐则那。忽落轻莎翻得意,揶揄学父舞天魔。"与历代帝王情志相兼不同,乾隆皇帝之作专写草原人民的各种生活情态,观察细致入微、体会准确逼真,体现出帝王少有的平易之态,从而以帝王的角度把清代北方草原诗作对美的开掘向前推进了一步。

  清代文人足迹遍行北方草原,他们对草原的关注多以组诗或长诗的形式来呈现,比如南方文人也是经略西北多年的乾嘉年间的著名大臣毕沅,创作了长篇歌行体诗《自兰州至嘉峪关纪行诗一百韵》和《西山记游诗二十首》《游终南山十五首》《嵩岳记游诗六十首》等大型组诗,显现出气魄宏大、壮伟俊朗的山川草原之美。而蒙古族贵族文人和瑛曾先后在西藏、新疆为官多年,对西部草原生活极为了解,写下了记游诗二百五十余首,西域诗四十五首,成为清代绘制西部草原民族风情习俗、自然风光的代表之作。而其最主要的美学特质不在于对草原广袤、荒凉的大笔挥洒,而是紧紧抓住西部草原的神奇神秘和新颖独特,围绕其历史积淀而形成的种种奇风异俗、文化现象而展开,为人们从深层次了解西部提供了极为有益的视角。比如他的《观回俗贺节》写道："怪道花门节，刲羊血溅腥。鸡充里，羧故震羌庭，酋拜摩尼寺，僧暄穆护经。火祆如啖蜜，石榴信通灵。"出语奇特，所绘之状皆为世人所罕见，实际是对新疆维吾尔等少数民族庆祝古尔邦节活动的精彩描述，充满了神秘气息，令人遐想不已；还有在诗中提到的"和田玉""突厥鸡"等，均有意识地将边疆草原的宗教文化、风物特产引入诗中，带给人一种神奇的联想，从而体现出北方草原的神秘之美，对古代北方草原文学的美学天地有了极大的拓展。

如果说和瑛等主要描写了西部草原，那么王昶等诗人更多地关注了东部蒙古民族的草原生活，留下了数十首珍贵的有关蒙古民族生活习俗的草原诗作。值得注意的是，他有意识地汲取地理纪行诗的优长，往往在诗作之前用"小序"的方式对所写对象作出解释，文诗互为作用，使人更为全面地了解草原民族的生活习性。比如《诈马》诗中描绘骑手"突如急箭离弓鞘，捷如快隼除韝绦""先者怒出追秋飙，后者络绎惊奔涛"等句，犹如天马踏空而来，风驰电掣，充满了速度之美、力量之美，将蒙古民族"诈马"这一传统马戏艺术淋漓尽致地表现出来。同时还在诗前注解道："诈马为蒙古旧俗，今汉语俗所谓跑等是也，然元人所云诈马实咱马之误，蒙古语谓掌食之人为咱马，盖呈马戏之后，则治宴以赐食耳。扎萨克（蒙语指蒙古旗长）于上行围木兰进宴时择名马数百列，二十里外结鬃尾去羁鞯，命幼童骑之以枪声为节递施传响，则众骑齐骋腾越山谷，不踰晷刻而达。抡其先至者赏之。"（王昶《春融堂集》卷八）相对于简单形象的描绘，有了叙述性的文字，会加深人们对"诈马"游戏的理解。还有王昶对其它蒙古习俗的描写刻绘，均附有诗前的来龙去脉的叙述，由此说明，清代北方草原诗篇对于草原生活的描写较前代更为细腻、深刻，更富有文化精神的力量。

在反映北部草原之美的过程中，对于蒙古草原的关注始终是清人描摹的重心所在，包括蒙古草原自然景色的秀丽之美、蒙古民族习俗的多彩之美、蒙古民族人性之美、蒙古民族女性之美、蒙古民族生活多样之美等，而在这一过程中作者抛弃了传统描绘草原的浪漫之态,将现实主义精神贯穿始终,注意到了草原民族在时代的演变过程中遇到的新问题,表达了深沉的思考和忧虑,可谓蒙古民族丰富生活全方位展示的长卷画廊。比如康熙年间进士张鹏翮的《喀尔喀曲》专写蒙古东部草原喀尔喀部地区的民族生活:"水竭草枯叹俗穷,腰悬竹箭臂悬弓。轻躯上马飞如鸟,只畏中原火器攻。"这里地处兴安岭南麓的喀尔喀草原,民情淳朴善良,由于天干少雨、土地贫瘠,致使百姓生活贫穷不堪,但物质的匮乏丝毫没有减损草原儿女对骑射本领的酷爱,喀尔喀人个个骑术高超,弓马技艺精湛无比,是蒙古民族各部族中极为有名的一支力量。结尾一句说明了时代进步引起的忧虑,也是尚武好勇的北方草原民族所面临的共同问题。同样,康熙年间的方登峰的《打貂行》则将目光转移到蒙古草原东部的鄂伦春族、鄂温克族、达斡尔族的生活情态,在详细叙写所谓"索伦部"猎取貂物的基础上,表达了他们对现实生活的深切感受:"打貂须打生,用网不用箭。用箭伤皮毛,用网绳如线。犬逐貂,貂上树,打貂人立树边路。摇树莫惊貂,貂落可生捕,皮完脯肉供匕箸。索伦打貂三百户,白狼苍鹿贶同赴。九天阊阖上方裘,垂裳治仰蛀虫助。"语言简洁质朴,细致描绘了索伦人捕貂的所有环节,体现出蒙古东部草原民族的智慧、善良,也折射出他们面对朝廷的盘剥的无奈、痛苦。还有光绪年间的文人志锐的《蒙古孀妇》一诗,描述了一个孤苦无依的蒙古族寡妇的生存状况:"老年嫠妇剃为尼,教是红黄亦不知。赤足褴衫行踥蹀,傍人门户候晨炊。"一个蒙古族老年寡妇,由于生活无依无靠,只能寄身于喇嘛教寺,依赖他人的施舍度日,显现了蒙古民族百姓的疾苦。凡此,均说明清代草原文学注重了现实主义精神的强力融入,对草原生活的矛盾、问题没有回避,而是真实客观地展现出来,意味着古代北方草原文学对于美的追求的脚步更加坚实,更加富有现实的力量。

在展示草原风情之美的过程中,钱良择的《竹枝词》组诗、卢见曾的《杭爱竹枝词》组诗、李我的《鄂伦春竹枝词》组诗、林则徐的《回疆竹枝词二十四首》组诗等,以轻快明朗之笔,从不同方面各具美学特征地描绘了北方草原的多样风情之美。钱良择创作的《竹枝词》组诗侧重从日常生活场景展示的角度予以描绘，其一写道："马通供爨酪供餐，革带羊裘貂制冠。应傲中原生计拙，苦辛耕织备饥寒。"将草原游牧生活与中原农耕生活作比，铺排牧人生活细节，马粪作炊用之物，貂皮为帽、羊皮作衣、皮带拦腰，显得质朴真切，而这一切都是草原所赐，不像中原百姓一年辛劳，还有饥寒的焦虑，显示了草原人民的生活之美。其二云："蕃语侏离译不明，相看都用手传情。却思博望操何术？口作华言万国行。"诗歌关注了北国草原大地语言交流的困难，中原人士与边疆民族存有语言上的明显障碍，触碰了民族、地域往来的实质，草原文学的写实性、深刻性明显加强。其三云："塞北红颜亦自妍，宝环珠串锦妆鲜。怪来羞脱蒙茸帽，顶上浓云在两肩。"此诗专写蒙古族姑娘的天生丽质与民族服饰相宜之美，言语之间传递出蒙古族年轻女性的艳丽、健壮之美，是对蒙古族女子之美的传神写照。其四说："驱驼市马语哗然，乞布求茶列帐前。但得御寒兼止渴，生涯初不赖金钱。"本诗写边疆草原与中原互市交易的场面，突出了游牧民族生性质朴、豪爽，讲求诚信之美；做买卖只为生活所需，不追富贵荣华，是对蒙古民族精神美的赞颂。其五写："马上帷巾等絮袍，腰横鑿绩领缘高。卸来便寄征夫去，不待秋风费剪刀。"本诗展示出蒙古民族女性的勤劳之美，外出放牧，与男性一样，居家则随时制作皮式衣服，不似内地女性只在秋风到来之际，才赶制衣物寄与外出的丈夫。其六说："小姑晨出靓妆新，编发簪花炫好春。手爇名香拜高座，衣来禅床许横陈。"本诗刻画蒙古族少女的日常生活，但见伴随着日出的阳光，一位生机无限、服饰亮丽、帽檐插花的少女展现于世人面前，一句"炫好春"显现女子对生活的热爱和对自身美艳的肯定，而宗教活动依然成为日常生活的重要组成，只是不像内地有诸多的禁忌、戒律。其七说："沙草连天短发氄，歧途七圣亦回骖。征人失道黄昏夜，马矢扪来当指南。"描写牧人生活经验丰富，在茫茫荒原之上，迷路失途之事经常发生，而马粪就成为寻觅道路的重要物品，可见游牧民族生活的能力之强。卢见曾的

《杭鬲竹枝词》则将蒙古民族的礼仪风俗作为描写的重点，可谓蒙古民族礼仪文化的诗画图。其一写道："正朔钦遵贺岁新，佛天参罢更周亲。出门礼数先台长，哈达高攀道塞因。"本诗写蒙古民族过春节的主要礼仪，要先参拜佛祖、上天，表达敬拜感念之情，后拜父母双亲，再拜官员台长，献上哈达，道上"塞因"。描写犹如礼仪教程，娓娓道来，细致周详，说明作者对蒙古民族节庆礼仪的熟谙程度。其二写道："不宿春粮不裹粮，但逢烟火便充肠。家堂有禁君须记，下马投鞭好入房。"写蒙古民族的热情好客、生活习性及生活禁忌。与汉民族不同，蒙古民族逐水草而居，认为所有一切皆为上天所赐，不分你我彼此，因此出门之人不必携带干粮，草原上只要有烟火之处就可以为家饮食。而最忌讳的恰恰是持马鞭入房。是对蒙古草原民族的美好情性的赞美。其六则写牧区百姓的订婚仪式："驱马牵羊载酒樽，委禽礼物剧闻喧。双环却闭缘何故？要待阿翁亲款门。"青年男女相悦，必行聘礼致亲，于是携牛羊酒器，热热闹闹。与汉家鲜明不同之处在于男子父亲必亲至女方府上，女家才出门相迎，显示了对女子出嫁的重视。李我的《鄂伦春竹枝词》重点对生活于今黑龙江黑河地区的鄂伦春民族生活状态进行描写。与北方其它草原民族相区别的是，鄂伦春人生活于森林草原，因此骑射、狩猎也主要在林间展开。比如其一写："春回桦岭草如茵，几日前头约比邻。载得鹿干兼鹿脯，也曾席也宴佳宾。"其三写："山南山北绿重重，家住凌霄第一峰。十五女儿能试马，柳荫深处打飞龙。"第一首突出东北桦树林中养鹿、驯鹿对于鄂伦春人的重要性，写出了他们的热情好客与待客习惯，均离不开对鹿的养护、依赖。第二首强调鄂伦春少女骑射本领的高妙，高山低涧、深林草原飞驰而过，难能可贵的是居然捕获林中飞龙，刻画出鄂伦春少女的英武之态。凡此，皆以纪行纪实的手法对蒙古草原民族的多彩生活予以描写，具有着极为丰富的历史文化价值。

二是时代精神的融入，使北方草原文学愈加厚重、质实。古代草原诗歌作为草原文学的主体，始终将抒情表意、绘景状物作为核心来倾注，鲜有对历史人物的讨论和对时代重大问题的关注，而在清代草原诗篇之中，却出现了蒙古族文人延清的《赋得苏子卿在匈奴娶妇生子》这一富有时代进步色彩的诗作，全诗写道："汉使牧羊年，胡中娶妇贤。节旄都脱落，裘帽独便娟。羖㸿偎眠地，熊罴入梦天。穹庐新置酒，大窖旧吞毡。塞上酥何腻，床前镜共圆。姻缘殊草率，嗣续宛瓜绵。雁帛音书寄，麟图姓氏延。生还通国赎，北望海山连。"作为一名蒙古族文人，作者将视野放在历史发展、社会进步的立场上重新审视苏武匈奴生活，一方面高度肯定他忠诚汉朝故国的民族气节，表现出对历史的认同态度，另一方面又称扬他在匈奴娶妻生子也是无可非议、客观使然，而民族之间的和平相融才是最重要的，体现出对于历史人物的公正态度。而晚清文人宋小廉的《呼伦贝尔纪事》长诗则表现出对东北草原遭受沙俄蚕食的深重忧虑以及整顿边防、捍卫国家的爱国情怀。诗歌以长篇歌行体的形式，对东北草原地域的辽阔、民风的淳朴以及清初年间俄罗斯与清朝所定边界进行追忆，流露出对于北国草原的无比热爱和对于前人胜利抵御侵略的自豪；而最主要的是对晚清时期沙俄不断袭扰东北、修建铁路、欺压民众、盘剥百姓的揭露，作者最后提到"回头切切语我蒙，尚武无忘先代风。有马可骑羊可食，同仇共愤图边功"，意在唤起民众，发扬草原民众的尚武精神，抗御外侮、保卫国家，一种深厚的民族爱国热忱跃然纸上。

总之，清代的草原文学对美的追求、表达，无论是理论性提升，还是对草原生活的表现，都将古代草原之美点缀得质厚而鲜艳、丰盈而多彩，从而为中国古代北方草原文学探寻美、体现美的征途画上了一个完美的句号。

参考文献

一 古籍类

（北朝）颜之推：《颜氏家训》，中华书局 2007 年版。

（北齐）魏收：《魏书》，中华书局 1974 年版。

（北宋）陈旸：《乐书》，（台湾）商务印书馆 1986 年版。

（北宋）郭茂倩：《乐府诗集》，中华书局 1979 年版。

（北宋）李昉等：《太平御览》，中华书局 1966 年版。

（北宋）欧阳修：《新五代史》，中华书局 1974 年版。

（北宋）欧阳修、宋祁：《新唐书》，中华书局 1975 年版。

（北宋）欧阳修著，陈尚君辑纂：《旧五代史新辑会证》，复旦大学出版社 2006 年版。

（北宋）司马光：《资治通鉴》，中华书局 1956 年版。

（北宋）苏舜钦：《苏学士集》，四库全书本。

（北宋）王谠著，周勋初校证：《唐语林校证》，中华书局 1987 年版。

（东汉）班固：《汉书》，中华书局 1962 年版。

（东汉）许慎著，徐铉校定：《说文解字》，中华书局 1963 年版。

（后晋）刘昫：《旧唐书》，中华书局 1975 年版。

（金）刘祁：《归潜志》，中华书局 1983 年版。

（金）佚名编，金少英校补，李庆善整理：《大金吊伐录校补》，中华书局 2001 年版。

（金）元好问著，狄宝心校注：《元好问文编年校注》，中华书局 2012 年版。

（晋）陈寿：《三国志》，中华书局 1999 年版。

（明）顾炎武：《日知录》，上海古籍出版社 2006 年版。

（明）胡震亨：《唐音癸签》，上海古籍出版社 1981 年版。

（明）栾尚约：《嘉靖宣府镇志》，明嘉靖四十年刊本。

（明）毛先舒：《诗辩坻》，清诗话续编本，上海古籍出版社 1983 年版。

（明）王夫之：《读通鉴论》，中华书局 1975 年版。

（明）王士性：《广志绎》，中华书局 1981 年版。

（明）赵廷瑞修，马理、吕柟编纂：《陕西通志》，文渊阁四库全书本。

（南朝）范晔：《后汉书》，中华书局 1999 年版。

（南朝）刘勰著，黄叔琳注，李详补注，杨明照校注拾遗：《增订文心雕龙校注》，中华书局 2000 年版。

（南朝）刘义庆：《世说新语》，中州古籍出版社 1994 年版。

（南朝）沈约：《宋书》，中华书局 1974 年版。

（南朝）钟嵘：《诗品》，中华书局 1998 年版。

（南宋）洪皓著，翟立伟标注：《松漠纪闻》，吉林文史出版社 1986 年版。

（南宋）洪迈：《容斋随笔》，中州古籍出版社 1994 年版。

（南宋）江淹：《横吹赋》，江文通集汇注本，中华书局 1984 年版。

（南宋）李纲：《梁溪集》，文渊阁四库全书本。

（南宋）吴曾：《能改斋漫录》，上海古籍出版社 1960 年版。

（南宋）徐梦莘：《三朝北盟会编》，上海古籍出版社 1987 年版。

（南宋）严羽著，郭绍虞校释：《沧浪诗话》，人民文学出版社 1961 年版。

（南宋）岳珂撰，吴企明点校：《桯史》，中华书局 1981 年版。

（南宋）曾巩：《隆平集》，（台湾）文海出版社 1981 年印行版。

（南宋）朱熹：《诗集传》，中华书局 1958 年版。

（秦）吕不韦等：《吕氏春秋》，中华书局 2007 年版。

（清）丁福保：《清诗话》，上海古籍出版社 1982 年版。

（清）法式善著，张寅彭、张迪艺编校：《梧门诗话合校》，凤凰出版社 2005 年版。

（清）方玉润：《诗经原始》，中华书局 1986 年版。

（清）顾嗣立：《寒亭诗话》，上海古籍出版社 1999 年版。

（清）郭麟：《灵芬馆诗话续》，清嘉庆二十一年孙均刻本。

（清）郭庆藩撰，王孝鱼点校：《庄子集释》，中华书局 2016 年版。

（清）焦循撰，沈文倬点校：《孟子正义》，中华书局 2017 年版。

（清）况周颐著，王幼安校订：《蕙风词话》，人民文学出版社 1960 年版。

（清）沈德潜：《古诗源》，中华书局 1963 年版。

（清）沈德潜：《唐诗别裁集》，中华书局 1975 年版。

（清）孙希旦撰：《礼记集解》，中华书局 1989 年版。

（清）孙诒让撰，王文锦、陈玉霞点校：《周礼正义》，中华书局 2016 年版。

（清）王先谦撰，沈啸寰、王星贤点校：《荀子集解》，中华书局 2017 年版。

（清）王先慎著，钟哲点校：《韩非子集解》，中华书局 1998 年版。

（清）翁方纲：《石洲诗话》，中华书局 1981 年版。

（清）吴楚才、吴调侯著，阴法鲁译注：《古文观止译注》，北京大学出版社 2000 年版。

（清）吴广成著，龚世俊等校正：《西夏书事校正》，甘肃文化出版社 1995 年版。

（清）徐釚撰，唐圭璋校注：《词苑丛谈》，中华书局 2008 年版。

（清）徐松辑，刘琳等点校：《宋会要辑稿》，上海古籍出版社 2014 年版。

（清）杨钟羲著，刘承干参校：《雪桥诗话三集》，北京古籍出版社 1989 年版。

（清）姚际恒：《诗经通论》，中华书局 1958 年版。

（清）于敏中等：《日下旧闻考》，北京古籍出版社 1981 年版。

（清）张德瀛：《词征》，中华书局 1986 年版。

（清）朱彬：《礼记训纂》，中华书局1996年版。

（唐）杜佑：《通典》，中华书局1992年版。

（唐）段安节：《乐府杂录》，中华书局2012年版。

（唐）房玄龄等：《晋书》，中华书局1974年版。

（唐）韩愈著，马其昶校注，马茂元整理：《韩昌黎文集校注》，上海古籍出版社1986年版。

（唐）慧立、彦悰：《大慈恩寺三藏法师传》，载《中外交通史籍丛刊》，中华书局2000年版。

（唐）李延寿：《北史》，中华书局1974年版。

（唐）魏征：《隋书》，中华书局1973年版。

（唐）徐坚：《初学记》，中华书局1962年版。

（唐）玄奘口述，辩机撰，季羡林等译注：《大唐西域记校注》，载《中外交通史籍丛刊》，中华书局2000年版。

（唐）姚思廉：《梁书》，中华书局1974年版。

（魏）王弼注，楼宇烈校释：《老子道德经校注释》，中华书局2012年版。

（西汉）董仲舒：《春秋繁露》，中华书局1957年版。

（西汉）桓宽著，王利器校注：《盐铁论校注》，中华书局1992年版。

（西汉）刘向集录，范祥雍笺证，范邦瑾协校：《战国策笺证》，上海古籍出版社2017年版。

（西汉）司马迁：《史记》，中华书局1959年版。

（元）顾瑛撰，杨镰、叶爱欣整理：《玉山名胜集》，中华书局2008年版。

（元）顾瑛撰，杨镰、祁学明等整理：《草堂雅集》，中华书局2008年版。

（元）郝经著，秦雪清点校：《郝文忠公陵川文集》，山西古籍出版社2006年版。

（元）侯克中：《艮斋诗集》，文渊阁四库全书本。

（元）李焘：《续资治通鉴长编》，中华书局1985年版。

（元）苏天爵：《元文类》，商务印书馆 1936 年版。

（元）苏天爵：《滋溪文稿》，适园丛书本。

（元）苏天爵著，姚景安点校：《元朝名臣事略》，中华书局 1996 年版。

（元）陶宗仪撰，王雪玲点校：《南村辍耕录》，辽宁教育出版社 1998 年版。

（元）脱脱：《辽史》，中华书局 1974 年版。

（元）脱脱：《金史》，中华书局 1975 年版。

（元）脱脱：《宋史》，中华书局 1977 年版。

（元）辛文房著，傅璇琮编：《唐才子传校笺》，中华书局 1989 年版。

（元）耶律楚材著，谢方点校：《湛然居士文集》，中华书局 1986 年版。

（元）叶隆礼：《契丹国志》，上海古籍出版社 1985 年版。

（元）虞集：《道园集古录》，影印文渊阁四部丛刊初编本。

（元）袁桷：《清容居士集》，影印文渊阁四部丛刊初编本。

（元）周南瑞：《天下同文集》，影印文渊阁四部丛刊初编本。

《十三经注疏》整理委员会整理：《春秋公羊传注疏》，北京大学出版社 1999 年版。

《十三经注疏》整理委员会整理：《毛诗正义》，北京大学出版社 1999 年版。

程树德撰：《论语集释》，中华书局 2017 年版。

旧题（南宋）宇文懋昭著，崔文印校证：《大金国志校证》，中华书局 1986 年版。

上海师范大学古籍整理组校点：《国语》，上海古籍出版社 1978 年版。

王国维：《宋元戏曲史》，中国书籍出版社 2006 年版。

许嘉璐主编：《二十四史》，汉语大辞典出版社 2004 年版。

杨伯峻编：《春秋左传注》，中华书局 2015 年版。

杨伯峻编：《列子集释》，中华书局 1985 年版。

杨明照：《抱朴子外篇校笺》，中华书局2016年版。

二 今人著作

《马克思恩格斯全集》，人民出版社1972年版。
北京师范大学文学院组编：《中国古代文学史》，北京师范大学出版社2008年版。
陈得芝：《蒙元史研究丛稿》，人民出版社2005年版。
陈福康：《井中奇书考》，上海文艺出版社2001年版。
陈琳国：《中国北方民族史探》，商务印书馆2010年版。
陈尚君：《全唐诗补编》，中华书局1992年版。
陈序经：《匈奴史稿》，中国人民大学出版社2007年版。
陈寅恪：《隋唐制度渊源略论稿》，生活·读书·新知三联书店2001年版。
陈寅恪：《唐代政治史述论稿》，生活·读书·新知三联书店2001年版。
陈垣：《元西域人华化考》，上海古籍出版社2000年版。
程俊英：《诗经译注》，上海古籍出版社1985年版。
道润梯步译注：《新译简注〈蒙古秘史〉》，内蒙古人民出版社1979年版。
段连勤：《丁零、高车与铁勒》，广西师范大学出版社2006年版。
方克强：《文学人类批评》，上海科学出版社1992年版。
冯育柱：《中国少数民族审美史纲》，青海人民出版社1994年版。
复旦大学历史系中国思想文化史研究室编辑：《中国文化研究集刊》第二辑，复旦大学出版社1985年版。
顾学颉：《元人杂剧选》，人民出版社1957年版。
郭预衡：《中国古代文学史长编》，北京师范学院出版社1992年版。
韩国磐：《隋唐五代史纲》，生活·读书·新知三联书店1962年版。
［德］黑格尔：《哲学史讲演录》，贺麟、王太庆译，商务印书馆1957年版。
侯外庐等：《中国思想通史》，人民出版社1962年版。

胡可先：《唐诗发展的地域因缘和空间形态》，中国社会科学出版社 2010 年版。

黄晖撰：《论衡校释》，中华书局 1990 年版。

蒋祖怡、张涤云整理：《全辽诗话》，岳麓书社 1992 年版。

朗樱、扎拉嘎等：《中国各民族文学关系史》，中国民族大学出版社 2005 年版。

李凤斌等：《草原文化研究》，中央编译出版社 2008 年版。

李浩：《唐代关中士族与文学》，中国社会科学出版社 2003 年版。

［英］李斯托威尔：《近代美学史述评》，蒋孔阳译，上海译文出版社 1980 年版。

李修生主编：《全元文》，凤凰出版社 2004 年版。

李泽厚：《美的历程》，生活·读书·新知三联书店 2018 年版。

李泽厚等：《中国美学史》，安徽文艺出版社 1999 年版。

梁一儒：《民族审美文化论》，中国传媒大学出版社 2007 年版。

梁一儒、宫承波：《民族审美心理学》，中央民族大学出版社、内蒙古大学出版社 2003 年版。

林幹：《东胡史》，内蒙古人民出版社 2007 年版。

林幹：《突厥与回纥史》，内蒙古人民出版社 2007 年版。

林幹：《匈奴史》，内蒙古人民出版社 2007 年版。

林幹：《匈奴通史》，人民出版社 1986 年版。

林幹：《中国古代北方民族通论》，内蒙古人民出版社 2007 年版。

刘梦溪主编：《中国现代学术经典》，河北教育出版社 1996 年版。

刘师培：《刘申叔遗书》，江苏古籍出版社 1997 年版。

刘师培著，劳舒编：《刘师培学术论集》，浙江人民出版社 1998 年版。

刘锡诚编：《俄国作家论民间文学》，中国民间文艺出版社 1986 年版。

卢冀宁、汪维懋：《历代边塞诗词选析》，军事谊文出版社 1997 年版。

鲁迅：《鲁迅全集》，人民文学出版社 2005 年版。

逯钦立辑校：《先秦汉魏晋南北朝诗》，中华书局1983年版。
吕思勉：《中国民族史两种》，上海古籍出版社2008年版。
马克思、恩格斯：《马克思恩格斯论文艺》，人民文学出版社1963年版。
马曼丽主编：《中国西北边疆发展史研究》，黑龙江教育出版社2001年版。
马学良、梁庭望、张公瑾主编：《中国少数民族文学史》，中央民族大学出版社2005年版。
孟驰北：《草原文化与人类历史》，国际文化出版公司1999年版。
苗圃生、田卫疆主编：《新疆史纲》，新疆人民出版社2003年版。
内蒙古自治区蒙古语言文学历史研究所历史研究室、内蒙古大学蒙古史研究室编：《中国古代北方各族简史》，内蒙古人民出版社1977年版。
牛森主编：《草原文化研究资料选编》第三辑，内蒙古教育出版社2007年版。
齐木道尔吉、徐杰舜主编：《游牧文化与农耕文化》，黑龙江人民出版社2011年版。
钱基博编著：《中国文学史》，中华书局1993年版。
钱穆：《国史大纲》，商务印书馆1996年版。
钱锺书：《宋诗选注》，人民文学出版社1982年版。
钱锺书：《谈艺录》，生活·读书·新知三联书店2001年版。
任讷：《散曲概论》，山西古籍出版社1999年版。
任文京：《中国古代边塞诗史》，人民出版社2010年版。
荣苏赫等：《蒙古族文学史》，辽宁民族出版社1994年版。
束锡红、李祥石：《岩画与游牧文化》，上海古籍出版社2007年版。
孙进己：《东北各民族文化交流史》，春风文艺出版社1992年版。
塔拉主编：《草原考古学文化研究》，内蒙古教育出版社2007年版。
谭其骧主编：《中国历史大辞典》，上海辞书出版社1996年版。
陶玉坤：《北方游牧民族历史文化研究》，内蒙古教育出版社2005年版。

特·官布扎布：《蒙古秘史》，阿斯钢译，新华出版社2006年版。
王德朋：《金代汉族士人研究》，中国社会科学出版社2006年版。
王明荪：《元代的士人与政治》，（台湾）学生书局1992年版。
王明珂：《游牧者的抉择——面对汉帝国的北方游牧民族》，广西师范大学出版社2008年版。
王启兴：《校编全唐诗》，湖北人民出版社2001年版。
王蘧常：《秦史》，上海古籍出版社2000年版。
王绍东：《碰撞与交融——战国秦汉时期的农耕文化与游牧文化》，内蒙古大学出版社2001年版。
王叔磐、旭江主编：《中国少数民族文化史研究》，内蒙古大学出版社1991年版。
王钟翰主编：《中国民族史》，中国社会科学出版社1994年版。
王仲荦：《隋唐五代史》，上海人民出版社2003年版。
文艺理论译丛编辑委员会编：《文艺理论译丛》第二期，人民文学出版社1958年版。
闻一多：《闻一多全集》，生活·读书·新知三联书店1982年版。
翁独健主编：《中国民族史纲要》，中国社会科学出版社1980年版。
翁独健：《中国民族关系史》，中国社会科学出版社2001年版。
吴功正：《宋代美学史》，江苏教育出版社2007年版。
吴林伯：《〈文心雕龙〉义疏》，武汉大学出版社2013年版。
吴霭宸选辑：《历代西域诗选》，新疆人民出版社1982年版。
向达：《唐代长安与西域文明》，河北教育出版社2007年版。
刑莉：《游牧文化》，北京燕山出版社1995年版。
徐万邦等：《中国少数民族文化通论》，中国民族大学出版社1996年版。
徐英：《中国北方游牧民族造型艺术》，内蒙古大学出版社2006年版。
杨建新：《中国少数民族通论》，民族出版社2005年版。
杨建新、崔明德：《中国民族关系研究》，民族出版社2006年版。
杨军：《文化人类学》，吉林人民出版社2003年版。

杨镰：《元西域诗人群体研究》，新疆人民出版社1998年版。

杨圣敏：《回纥史》，广西师范大学出版社2008年版。

阴法鲁、徐树安主编：《中国古代文化史》，北京大学出版社1989年版。

尹伟先：《中国西北少数民族通史》，民族出版社2009年版。

余观英：《诗经选译》，人民文学出版社1978年版。

云峰：《民族文化交融与元代诗歌研究》，内蒙古大学出版社2013年版。

扎格尔：《草原物质文化研究》，内蒙古教育出版社2007年版。

札奇斯钦：《蒙古秘史新译并注释》，联经出版事业公司1979年版。

湛之编：《杨万里范成大资料汇编》，中华书局1964年版。

张碧波、董国尧主编：《中国古代北方民族文化史》，黑龙江人民出版社2001年版。

张碧波等：《中国古代北方民族文化史》，黑龙江人民出版社2001年版。

张博泉：《中华一体的历史轨迹》，辽宁人民出版社1995年版。

张广达：《西域史地丛稿初编》，上海古籍出版社1995年版。

张鹤泉：《周代祭祀研究》，文津出版社1993年版。

张践、齐经轩：《中国历代民族宗教政策》，中国社会科学出版社2007年版。

张晶：《辽金元诗歌史论》，吉林教育出版社1995年版。

张景明：《中国北方游牧饮食文化研究》，文物出版社2008年版。

赵芳志主编：《草原文化》，商务印书馆1996年版。

赵相璧：《历代蒙古族作家述略》，内蒙古人民出版社1990年版。

郑临川记录，徐希平整理：《茹吹弦颂传薪录——闻一多罗庸论古典文学》，上海古籍出版社2002年版。

中国社会科学院文学研究所中国文学史编写组编：《中国文学史》，人民文学出版社1962年版。

中国农业部畜牧兽医司主编：《中国草地资源》，中国科学技术出版社1995年版。

朱瑞熙等：《辽宋夏金社会生活史》，中国社会科学出版社 1996 年版。

周秉高编著：《全先秦两汉诗》，内蒙古大学出版社 2011 年版。

宗白华：《美学与意境》，人民出版社 1987 年版。

[德] 傅海波、[英] 崔瑞德：《剑桥中国辽西夏金元史》，中国社会科学出版社 1998 年版。

[德] 康德：《判断力批判》，邓晓芒译，杨祖陶校，人民出版社 2017 年版。

[德] 尼采：《尼采论善恶》，朱泱译，团结出版社 2006 年版。

[法] 拉法格：《文论集》，罗大纲译，人民文学出版社 1997 年版。

[美] 吉尔伯特、[德] 库恩：《美学史》，夏乾丰译，上海译文出版社 1989 年版。

[伊朗] 志费尼：《世界征服者史》，何高济译，内蒙古人民出版社 1981 年版。

三 期刊论文

蔡明玲：《从汉匈关系的视域讨论胡笳在汉文化中的意义展演》，《徐州师范大学学报》2007 年第 3 期。

陈广思：《试论西夏文化的多元性》，《西北师大学报》2005 年第 3 期。

邓佑玲：《中国少数民族审美模式初探》，《中央民族大学学报》2007 年第 4 期。

董继兵：《文学地理视域下的宋代边塞词解读》，《青海社会科学》2014 年第 1 期。

龚世俊、皋于厚：《试论萨都剌的宫词与艳情诗》，《宁夏大学学报》2005 年第 6 期。

郭磊：《元代色目人马祖常多元诗风评述》，《太原师范学院学报》2016 年第 5 期。

郝延霖：《贯云石两篇序论内容的蠡测》，《西北民族学院学报》1997 年第 4 期。

何玉红：《西夏女兵及其社会风尚》，《云南民族大学学报》2004 年第 5 期。

胡景乾：《华夏正统意识与元杂剧的民族情结》，《四川戏剧》2010 年第 6 期。

黄震云：《辽代的文学观念和文学思想》，《民族文学研究》2003 年第 2 期。

黄宗凯：《元代妇女地位略论》，《广西民族学院学报》2001 年第 12 期。

李秉毅：《地理美学初探》，《华中师范大学学报》1992 年第 3 期。

李丽达：《论北方民族妇女的社会地位与历史作用》，《吉林师范学院学报》1999 年第 5 期。

梁霞：《佛妆对中国古代女性面部装饰的浸染》，《青海师范大学学报》2011 年第 1 期。

刘成：《"草原文学"界定及其他》，《内蒙古民族大学学报》2011 年第 1 期。

刘嘉伟：《泰不华在元大都多族士人圈中的文学活动考论》，《内蒙古大学学报》2012 年第 4 期。

刘兆云：《汉武帝〈天马歌〉纵横谈》，《新疆大学学报》1993 年第 21 卷第 2 期。

米彦青：《蒙汉文学交融视域下的乾嘉诗坛》，《民族文学研究》2016 年第 4 期。

牛贵琥、秦琰：《论金代文学的叙述性与俗化倾向》，《山西大学学报》2012 年第 1 期。

彭栓红：《元杂剧中的女真民俗文化》，《民族文学研究》2015 年第 4 期。

沈鸿：《论先秦文学中的少数民族使者形象》，《北方论丛》2006 年第 6 期。

宋巍：《元代散曲审美新变论》，《内蒙古社会科学》2012 年第 5 期。

孙书敏：《草原文学：民族文化的记忆书写》，《广播电视大学学报》2012 年第 2 期。

托雅、嵇平平：《论蒙古古代战争中的女性》，《中央民族大学学报》1995 年第 3 期。

王昊：《试论西夏文学的华儒内涵》，《北京大学学报》2013 年第 5 期。

王宏刚：《古代北方民族妇女社会地位、作用的历史考察》，《黑龙江民族丛刊》2001 年第 4 期。

王辉斌：《清代描写少数民族竹枝词述论》，《南都学谈》2012 年第 3 期。

王洪岳：《论中国古代艺术的审丑精神》，《贵州社会科学》2011 年第 3 期。

王荣华：《萧观音〈回心院〉是否为词》，《陕西广播电视大学学报》2011 年第 3 期。

王姝：《金代女真婚姻礼俗探源》，《学问》2016 年第 4 期。

王双梅：《元代上都文学活动研究综述》，《前沿》2015 年第 10 期。

王晓玲：《〈诗经·秦风〉文化简论》，《宝鸡文理学院学报》2010 年第 5 期。

王震：《辽西夏金"天使"考》，《齐齐哈尔大学学报》2016 年第 8 期。

乌冉：《试论游牧民族生命意识的文化世界》，《内蒙古民族大学学报》2009 年第 5 期。

吴团英：《草原文化与游牧文化》，《内蒙古社会科学》（汉文版）2007 年第 5 期。

许秋华：《〈元曲选〉所见女真文化习俗考释》，《通化师范学院学报》2014 年第 1 期。

于东新、于广杰：《"高古"：金代诗歌的一种审美形态》，《河北学刊》2014 年第 2 期。

云峰：《略论民族文化交融与元散曲之爱情婚姻及两性关系描写》，《中央民族大学学报》2007 年第 4 期。

曾小月：《从尚武精神看北方少数民族文化对中原文学的影响》，《中南民族大学学报》2007 年第 2 期。

扎拉嘎：《北方少数民族对中国文学的贡献》，《社会科学战线》2003年第3期。
张建伟：《论蒙古时期文士诗歌活动》，《内蒙古大学学报》2005年第4期。
赵逵夫：《论先秦时代的文学活动》，《郑州大学学报》2005年第6期。
赵维江：《北方地域文化与辽金元文学》，《文史哲》2005年第1期。
赵阳：《论宋代文学对西夏文学的影响》，《兰州学刊》2016年第8期。
钟元凯：《唐诗中的任侠精神》，《北京大学学报》（哲学社会科学版）1993年第4期。
周惠泉：《辽代契丹族女诗人萧观音的诗词》，《文史知识》2004年第11期。
祝注先：《先秦时代民族文学的交融及其少数民族的诗歌创作》，《中央民族大学学报》1994年第2期。
［日］东山魁夷：《中国风景之美》，《世界美术》1979年第1期。

后　　记

　　文章千古事，得失寸心知。拙著《古代北方草原文学美学价值探究》是国家社科基金项目的最终成果，从立项到结稿历时四载有余，可谓字字辛苦、竭虑穷慧，虽非皇皇巨著，难成一家之言，终是"志思蓄养，吟咏情志"之作。

　　作为一个地处祖国北疆地区的高校教师，正逢习近平总书记倡导"建设各民族共有精神家园""筑牢中华民族共同体意识"的文化洪流汹涌澎湃之际，能以自身一介微力，助推草原文化文学的研究进程，为之摇旗呐喊、彰显风力，实是我辈一大盛事。虽然时有挂一漏万之嫌、井蛙望天之憾，也不失小荷尖角露峥嵘、碧草满园始兆春。

　　本书是对古代北方草原文学美学价值丰厚内蕴的追寻，意味着首先须对草原文化和草原文学的概念予以明确，其次要对中国古代文学创作从三个层面上予以关注，一是草原文化、游牧文化的强力渗透，二是北方草原民族自身的文学表达，三是在美学意义上进行把握，三者互相结合，而美学内涵的探究则为重点。客观来说，中国古代文学的深厚积淀，尤其是多元民族文化交融的不断深入，对北方草原文学的美学追求的演进起到了积极而巨大的推动作用，汉民族文学、草原民族文学在各个层面互动、影响，致使古代北方草原文学在美学风格形成、民族精神体现等方面愈加鲜明、突出，最终共同构筑了繁花似锦的古代中华民族的文学美学殿堂。

　　虽情以物迁、志随时变，但包师从教三十余载，终未随波浮沉，矢志在立德、立功、立言的道路上坚实前行，始终得到了自治区社科同仁,包师领导、同事的呵护关爱,始终得到了妻子的慰藉支持,特别是小女古代文学研究生一格,对全书行文、文献细大不捐、逢病必究,极尽其力,于此诚挚感谢。

  在本书写作过程中,参考了诸多专家、学者的成果,已以注释或参考文献的方式标出,这里表示深深的谢意。

  本书还是包头师范学院"中国语言文学""中国史"等一流学科的建设成果。书稿不当之处,恳请指正。

温斌

2018年8月于包师博学楼